이재욱과『영남전래민요집』연구

이재욱과 『영남전래민요집』 연구

배경숙 지음

국학자료원

■ 이재욱선생이 제작발간한 여러 저서들

▸ 『동요집』(1929년 제작, 필사본)

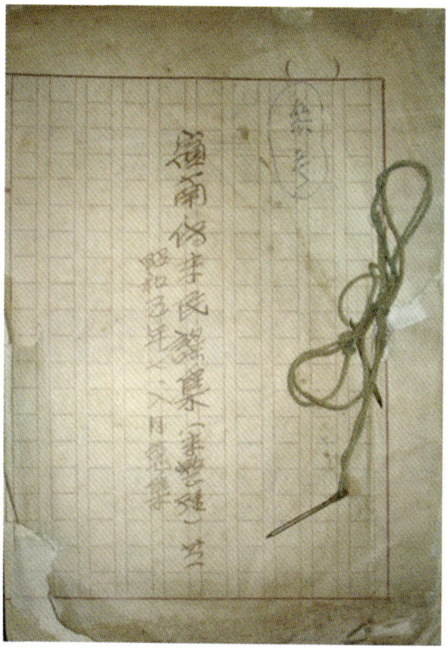

▸ 『영남전래민요집』 (1930년 제작, 필사본)

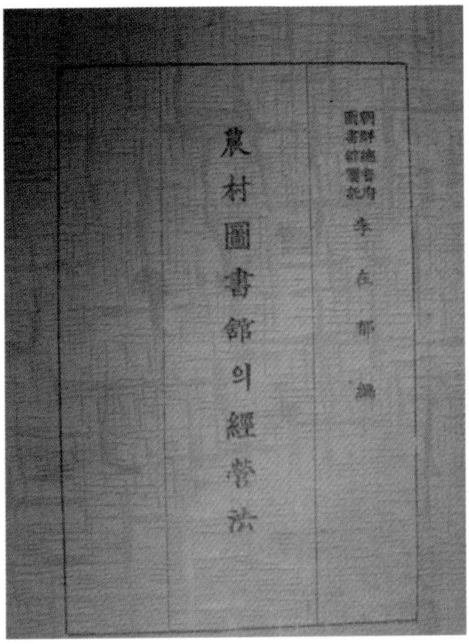

▸ 『농촌도서관의 경영법』(한성도서주식회사, 1935)

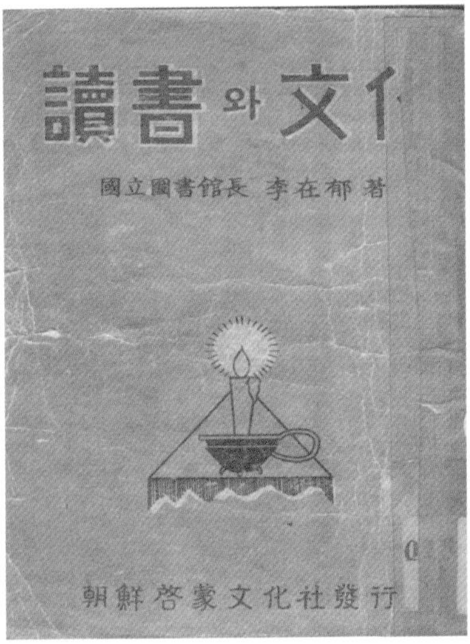

▸ 『독서와 문화』(조선계명문화사, 1947)

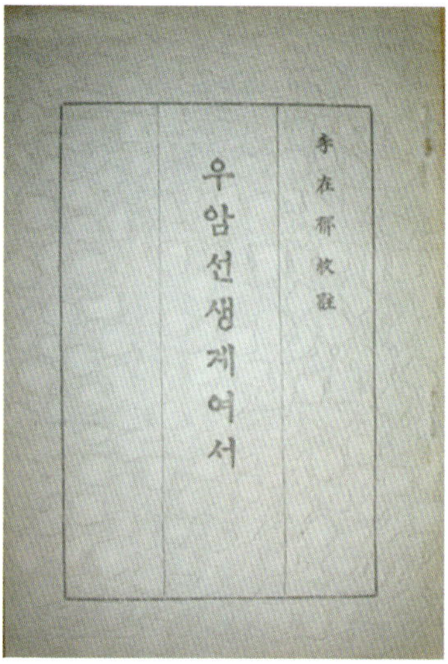

▸ 『우암선생계녀서』(대동인쇄소, 1939)

▸ 『우암선생계녀서』(정음사, 1946)

■ 이재욱선생의 재학시절 학적관련 서류

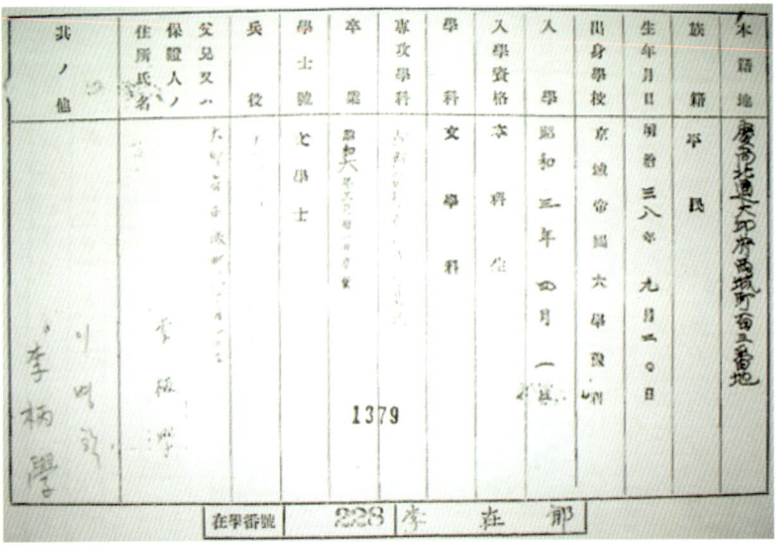
本籍地	族籍	生年月日	出身學校	入學	入學資格	學科	專攻學科	卒業	學士號	兵役	父兄又ハ保證人ノ住所氏名	其ノ他
慶尙北道大邱府西城町百五番地	平民	明治三八年九月二〇日	京城帝國大學豫科	昭和三年四月一日	本科生	文學科	[illegible]	昭和六年三月[illegible]卒業	文學士	[illegible]	李炳學	李炳學

1379

在學番號 228 李在郁

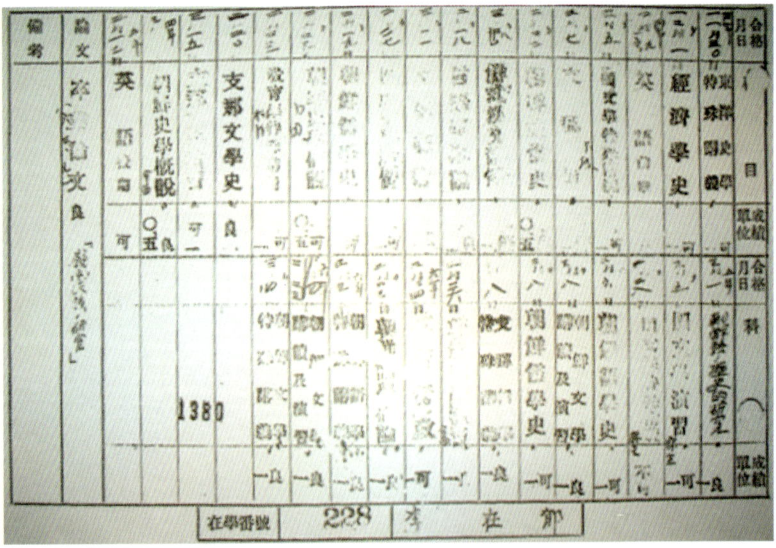
1380

在學番號 228 李在郁

■ 이재욱선생의 호적등본

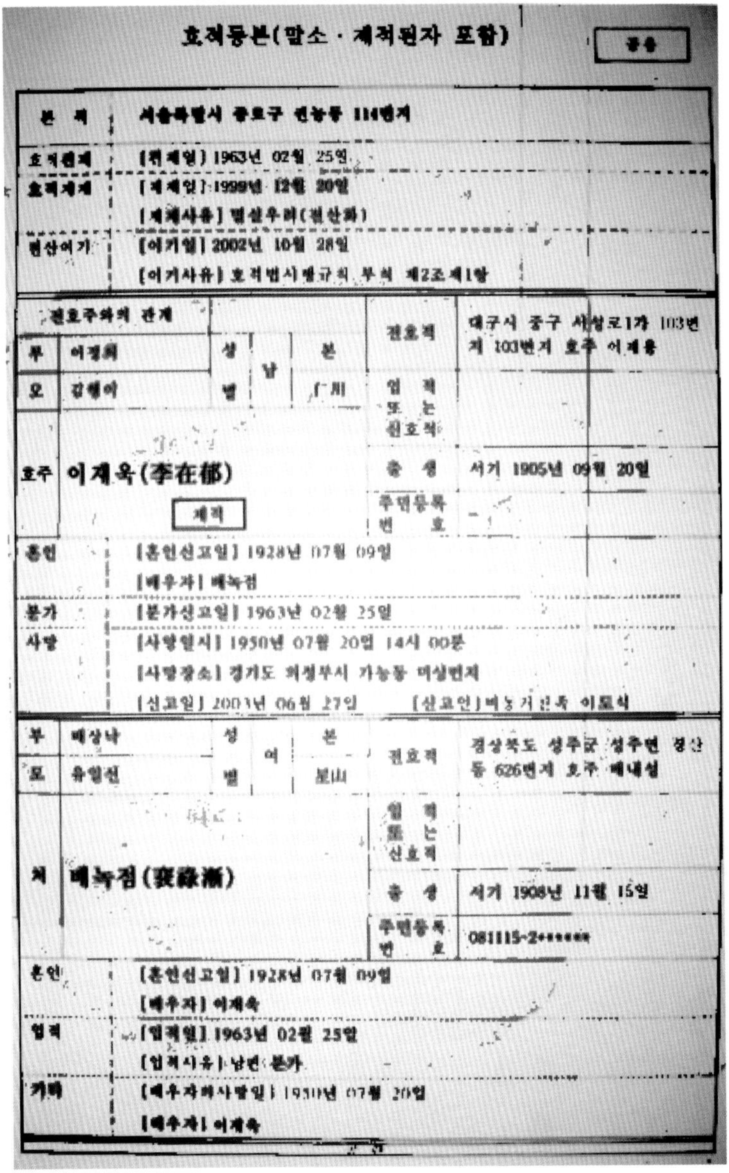

호적등본(말소 · 제적된자 포함)

본적 서울특별시 종로구 원남동 114번지

호적편제 [편제일] 1963년 02월 25일

호적재제 [재제일] 1999년 12월 20일

[재제사유] 멸실우려(전산화)

전산이기 [이기일] 2002년 10월 28일

[이기사유] 호적법시행규칙 부칙 제2조제1항

전호주와의 관계		성별		본	전호적	대구시 중구 서성로1가 103번지 103번지 호주 이재용
부	이정희	성별	남	본		
모	김행이			廣州	입적 또는 신호적	
호주	이재욱(李在郁) 제적				출생	서기 1905년 09월 20일
					주민등록번호	-

혼인 [혼인신고일] 1928년 07월 09일

[배우자] 배녹점

분가 [분가신고일] 1963년 02월 25일

사망 [사망일시] 1950년 07월 20일 14시 00분

[사망장소] 경기도 의정부시 가능동 미상번지

[신고일] 2003년 06월 27일 [신고인] 비동거친족 이필석

		성별		본	전호적	경상북도 성주군 성주면 경산동 626번지 호주 배내성
부	배상나	성별	여	본		
모	유일선			星山	입적 또는 신호적	
처	배녹점(裵祿漸)				출생	서기 1908년 11월 15일
					주민등록번호	081115-2******

혼인 [혼인신고일] 1928년 07월 09일

[배우자] 이재욱

입적 [입적일] 1963년 02월 25일

[입적사유] 남편 분가

기타 [배우자의사망일] 1950년 07월 20일

[배우자] 이재욱

■ 이재욱선생의 생가 내부도와 전경

50周忌에 헐리는 古月의

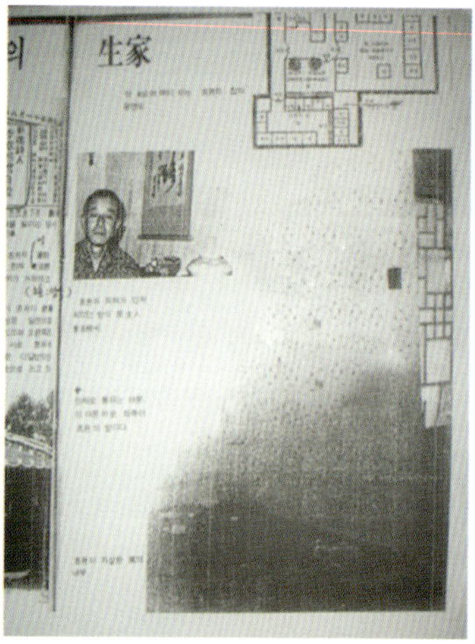

生家

▸ 이재욱 생가의 내부도(인용)

▸ 이재욱선생의 생가는 이장희 시인의 생가이기도 하다.
지금은 집이 헐리고 다른 건물이 세워졌다.

■ 이재욱선생의 가족들(1)

▸ 이재욱 가족

▸ 이재욱 가족

■ 이재욱선생의 가족들(2)

▸ 이재욱 가족

▸ 친구들과 함께

▸ 역대관장

차례

책머리에

1부 연구편 : 이재욱과 『영남전래민요집』 연구

제1장 : 머리말

1. 선행연구 및 연구목적_ 15
2. 연구범위와 연구방법_ 20

제2장 : 이재욱의 생애와 연구 활동

1. 이재욱의 생애_ 23
2. 연구활동_ 30
3. 이재욱의 위상_ 80

제3장 : 『영남전래민요집』의 분석적 고찰

1. 『영남전래민요집』의 서지와 분류_ 92
   1) 『영남전래민요집』의 텍스트와 서지연구_ 92
   2) 『영남전래민요집』의 조사지역과 조사방법_ 96
   3) 『영남전래민요집』의 분류_ 114

2. 『영남전래민요집』의 사설과 선율_ 168
1) 영남전래민요의 외연적 성격_ 168
2) 『영남전래민요집』의 사설 내용_ 176
3) 『영남전래민요집』의 선율 양식_ 198
3. 『영남전래민요집』의 특징과 문학사적 위상_ 216
1) 『영남전래민요집』의 특징_ 216
2) 『영남전래민요집』의 문학사적 위상_ 220

제4장 : 『영남전래민요집』의 복원과 활용

1. 영남민요 복원과 창민요 연행_ 227
2. 영남민요 정체성과 문화콘텐츠_ 233

제5장 : 맺음말

■ 참고문헌_ 257
■ 부록 편_ 263

1. 이재욱의 생애와 연보_ 263
2. 이재욱의 작품 연보_ 265
3. <표> <악보> 색인_ 269

4.『영남전래민요집』분류_ 272
1) 기능별 분류_ 272
2) 지역별 분류_ 290
3) 가창자별 분류_ 310
5.『동요집』(이재욱 편)의 주요 내용_ 302

■ 영문초록

2부 자료편 :『영남전래민요집』(이재욱)

1.『영남전래민요집』소개 및 일러두기_ 309
2.『영남전래민요집』목차_ 334
3. 원문정리_ 348
4.『영남전래민요집』(영인본)_ 456

책머리에

최근 100년 안쪽의 한국현대사는 그야말로 고난과 핍박의 역사였다. 제국주의 침탈로 강요된 식민지 정황과 그 이후 시간의 굴곡 및 파행의 연속이 그러한 사실을 극명히 말해준다. 이와 같은 굴곡과 파행 속에서도 민족문화 연구는 오히려 역풍을 뚫고 난관을 헤쳐가는 갈매기 조나단의 힘찬 비상처럼 힘겨운 과제들을 하나둘 감당해갔다. 인문학의 기본이라 할 문사철(文史哲) 영역에서 그러한 성과는 한층 눈부신 모습으로 돋보였다.

하지만 1950년 한국전쟁의 소용돌이 속에서 이전에 이룩한 모든 성과들은 한 순간에 잿더미로 변하거나 가치의 전복을 겪는 일도 빚어졌다. 소멸과 매몰의 환난을 겪게 된 비운의 자료들이 적지 않았던 바, 이 저서에서 후반부에 함께 영인으로 출판하게 되는 이재욱 선생의 편저 『영남전래민요집(嶺南傳來民謠集)』의 경우도 바로 그러하다.

그동안 한국학 연구 일반이나 민요학 연구 분야에서 이재욱(李在郁) 선생의 이름은 거의 알려지지 않았거나 혹시 알려졌다 할지라도 극히 제한된 일부에 불과하였다. 국문학 연구사 초창기의 전설적 선학(先學)들이라 할 수 있는 『조선문학사』의 김태준(金台俊), 『조선민요연구』의 고정옥(高晶玉), 『조선연극사』의 김재철(金在喆) 등과 더불어 이재욱 선생은 같은 시기의 경성제대 조선어문학과 동창이다. 그들의 활동과 마찬가지로 이재욱 선생의 경우도 민족문화가 일제의 억압과 유린

속에서 말살되어가던 1930년대 초반에 영남지역 30곳의 민요 358곡을 직접 채집 조사하고, 필사본 원고를 손수 제작하여 그 이름을 『영남전래민요집』이라 하였다. 그 유명한 <조선어문학회>와 <진단학회>, 혹은 <신흥>지의 발기인으로도 참여했을 정도로 이재욱 선생의 민족문화 연구를 향한 열정은 뜨겁고 남다른 바가 있었다. 그럼에도 불구하고 이재욱 선생의 이름이 일시에 한국학 연구계에서 사라진 까닭은 한국전쟁 직후 북한군에 의해 납치되어 곧 사망했기 때문이다. 아직도 이런 사례들이 남아있다는 것은 우리 민족문화연구에서 하나의 비극이라 아니할 수 없다.

지난 한 세기 동안 빛을 보지 못했던 상당수의 한국학 연구 자료가 그동안 하나둘 발굴 소개됨으로써 한국학 연구의 초석은 한층 튼튼해졌다. 그러나 이재욱 선생의 활동과 관련된 자료들은 어찌된 까닭인지 전혀 그 모습을 드러내지 않았다. 그러던 차에 이재욱 선생의 친필에서 느껴지는 정겨움과 열정을 고스란히 맛볼 수 있는 필사본 『영남전래민요집』이 극적으로 세상에 알려지게 되었고,[1] 그 원본은 온갖 곡절을 거쳐서 마침내 저자의 손으로 들어왔다. 당시의 가슴 떨리던 감격과 흥분을 과연 무엇으로 필설할 수 있으리오.

저자는 지난 십여 년 동안 오로지 영남민요의 연창과 연구에 몰두하였다. 그러던 중 뜻밖에 만나게 된 이재욱 선생의 필사본 자료는 인간의 지향과 운명에 대한 근본을 다시금 돌아다보게 하였다. 이 필사본과의 만남은 그야말로 운명이란 말 이외에 달리 무엇으로 표현할 수 있겠는가. 이토록 소중한 자료를 꼼꼼히 검토하고 여러 날 밤을 꼬박 지새우던 기억은 차라리 하나의 아름답고도 흐뭇한 추억이라 할 수 있다.

이재욱 선생의 생애를 통틀어 집필가로서의 활동은 대부분 민요수

---

1) 『영남전래민요집』(이재욱 엮음, 영남대학교 민족문화자료총서 22, 2008)

집 및 정리 분석과 문헌학 연구 분야로 집약된다. 그 중 『영남전래민요집』은 당시로서는 매우 독보적인 방법이라 할 수 있는 내용분류와 특성을 보여준다. 그것은 행정구역별로 편제를 단순화시키고 있다는 점, 민요작품명과 조사지역, 응답자 성명, 나이와 음조, 조사일시 등을 상세히 기록하고 있다는 점이다. 심지어는 분포상황과 연행의 방법, 관련 전설까지 병기하여 민요자료집으로서의 치밀성을 담보하고 있다는 점은 한국의 민요연구 수준을 이재욱 선생이 이미 한 단계 드높이고 있었다는 사실을 말해준다. 그야말로 이재욱 선생의 활동에 힘입어 우리 민족문화는 발전의 기틀을 마련하고, 도약의 획기적 계기를 제공하였다고 확신한다.

이 중요자료를 분석하기 시작한지 어언 다섯 해 성상, 저자는 영남민요 연구의 획기적 교본이라 할 수 있는 『영남전래민요집』을 박사학위 논문의 텍스트로 결정하고 페이지마다 그야말로 '안광(眼光)이 지배(紙背)를 철(徹)하도록' 연속해서 보고 또 보았다. 그동안 학계에 전혀 알려지지 않았던 이재욱 선생의 생애와 연구 활동에 대하여 자세한 조사와 정리를 시도하였고, 이어서 『영남전래민요집』을 낱낱이 분석 고찰하였다. 그 대상과 범위는 주로 텍스트의 서지(書誌)에 관한 항목들과 분류방법의 특징을 분석하는 것이었다. 또한 텍스트가 지니고 있는 사설의 내용과 선율양식에 관한 문제들도 집중적 탐구의 대상이었다.

그리하여 저자는 『영남전래민요집』의 특징과 문학사적 위상까지 말끔히 정리하여 학위논문을 완성하고, 학계에 그 성과를 제출하였다. 텍스트를 제대로 활용한 복원과 발전방안까지 예측하여 하나의 가상적 모델로 제시하였음은 물론이다. 이와 더불어 부록을 통하여 이재욱 선생의 생애와 작품연보를 정리하였고, 텍스트의 목록과 분류를 총체적으로 정리하였다. 이 분류는 기능별, 지역별, 가창자별로 나누어 관심 있는 연구자들이 활용하기에 편리하도록 배려하였다. 한편 이재욱 선생은 아동 관련 민요자료를 수집 정리하여 『동요집』이란 이름으로 엮었는데, 그 주요내용도 함께 수록하였다. 분석과 연구를 거듭하면 할수록 학자로서의 이재욱 선생의 성실성과 치밀함은 더욱 옷깃을 여미게 하였다.

이재욱 선생의 생애를 연구하는 과정에서 선생이 과거 1920년대의 한국대표시인이었던 고월(古月) 이장희(李章熙) 선생의 친조카라는 사실을 최초로 확인할 수 있었던 것도 하나의 놀라운 발견이자 성과이다. 번뜩이는 감수성과 예지에 찬 사물인식으로 섬광과도 같은 빛을 우리 민족문학사에 던져주었던 삼촌 고월 시인의 뜨거운 피가 영남민요 수집과 연구 활동에 온 생애를 바쳤던 조카 이재욱 선생의 혈맥 속에서도 고스란히 흐르고 있었다는 사실과 공감의 체험은 하나의 전율 그 자체라 할 수 있다.

저자가 『영남전래민요집』 연구에 몰두할 수 있도록 기틀을 마련해 준 모든 고마운 분들께 이 자리를 빌어서 깊은 감사를 드리고자 한다. 먼저 귀한 텍스트를 저자가 소장할 수 있도록 물길을 터주신 (사)아리랑연합회의 배려를 잊을 수 없다. 그리고 이민 간 미국 땅에서 부친의 업적이 세상에 다시금 빛을 볼 수 있도록 사진 및 각종 증언 자료 등을 흔쾌히 제공해주셨던 이재욱 선생의 장남 이정하 님에게도 감사의 인사를 드린다. 『영남전래민요집』 발간과 더불어 영남대학교로 특강을 오셔서 논문 집필에 따뜻한 성원을 보내주셨던 임동권 박사님께도 감사를 드리고자 한다. 아울러 논문의 완성도를 높일 수 있도록 항상 자상한 격려와 지도를 해주셨던 김광순 교수님, 곽태천 교수님, 이동순 교수님, 이창식 교수님께도 감사를 드린다. 연구자의 숫자가 그리 많지 않은 영남민요연구 분야에서 저자가 보다 전문적인 식견과 세련된 안목을 갖춘 연구자가 될 수 있도록 무언의 자극을 주셨던 김기현 교수님의 고마움도 잊을 수 없다.

영남민요연구회 전체 회원들의 노고를 어찌 빠트릴 수 있으랴. 저자가 6년 전부터 이끌어 오는 영남민요연구회는 영남지역 민요자료를 지속적으로 수집 발굴하고 이를 현대화시키며, 무대 위에 올려서 대중들에게 연창을 통해 선보이는 노력을 계속하고 있다. 각계각층에서 종사하는 전체 회원들의 땀과 열정은 이재욱 선생의 발굴 자료에 힘입어 더욱 훌륭한 성과로 꽃피어 나리라고 확신한다.

머나먼 남녘 땅 인도네시아에서 사업에 골몰하면서도 아내의 학문적 성과에 묵묵히 성원을 보내주는 낭군 김종순 씨와 귀한 두 아들 왕수, 억수에게도 마음속으로 늘 감사하며 깊은 사랑을 보낸다. 끝으로 저자의 논문과 이재욱 선생의 텍스트를 함께 나란히 엮어서 한 권의 중량감 있는 저서로 만들어준 국학자료원 편집부 여러분께도 감사의 뜻을 전하고자 한다.

2009년 새봄

배 경 숙

1부 연구편
이재욱과 『영남전래민요집』 연구

제1장 : 머리말

1. 선행연구 및 연구목적

한국민요사에서 1930년을 전후한 시기는 민족문화사의 통시적 관점에서 파악할 때 매우 주목할 만한 전환적 시기라 하겠다. 왜냐하면 이 시기를 전후해 민요조사 및 연구 활동이 매우 적극적으로 시작되고 있기 때문이다.

가장 먼저 한국의 민요연구에 관한 활동의 흔적을 찾는다면 정인섭의 사례를 들 수 있다. 정인섭[1]은 1923년 자신의 누이로부터 직접 민요를 조사하여 이를 손진태에게 제공했다. 그 다음해인 1924년에는 한국 최초의 구전민요집인 『조선동요집』[2]이 발간되었다. 이러한 활

---

1) 손진태는 정인섭이 자신의 누이로부터 수집한 민요노트를 빌려 보고, 1927년 『신민(新民)』지(제22호)에 「조선의 동요와 아동성」이란 논문 서두에서 "군(정인섭)이 3년 전에 나에게 보여준 군의 채집록에는 헤일 수 없는, 우리의 동요, 부요, 처녀요, 민요가 있었다. 나는 그것을 보고 입을 벌렸다. 동시에 나는 군의 모토애(母土愛)에 경복(敬服)하였다."라고 하였다.

동과 연계하여 1929년 경성제국대학 법문학부 <조선어문학회>에서는 6개월에 걸쳐 전국적인 민요 조사를 실시하게 된다. 이 조사는 과학적 방법으로 이루어진 최초의 민요조사 활동으로 기록된다.[3)]

또한 같은 해에 『조선민요집』(김소운 편)[4)]이 일본에서 발간되었는데, 이는 한국의 민요를 처음으로 일본에 소개한 자료로서 특별한 의의를 지닌다. 이러한 활동과 더불어 한국의 민요는 수집과 정리의 필요성이 특별히 부각됨으로써 본격적인 연구대상으로 인식되었다. 당시 조선총독부 촉탁으로 조선에 온 일본의 작곡가 이시카와(石川)가 함경북도 방면의 민요를 조사하였다.[5)] 이를 기점으로 한국의 민요 자료에 대한 구체적 연구 성과물이 발표되는 계기가 마련됐다.

1929년에는 <영남아리랑>이 수록된 『조선가곡집』[6)]이 발간되었고, 다수의 민요를 채보하여 수록한 이상준의 『조선속곡집(朝鮮俗曲集)』[7)]이 발간되기도 했다.

---

2) 엄필진(嚴弼鎭), 『조선동요집』, 창문사(彰文社), 1924.

3) 1929년 6월 경성제국대학 다카하시(高僑亨)는 전국보통학교 교원을 동원, <향토민요수집조사보고의뢰서>를 발송하고 집중적 조사를 했던 사례가 있다.

4) 김소운, 『조선민요집』, 제일서방, 1929.

5) 대정 9년 이래 10여 년 동안 총독부의 촉탁으로 회령 일부 지역을 제외하고 조선각지를 답사했던 이시카와(石川)는 “나의 조사는 장차 없어지게 된 경우에 있는 조선민요를 조사하는 것이 목적인 고로 50세 전후 노인의 기억을 두드려 이를 취집한 것입니다. 지금에 조사를 완성하여 놓치 않으면 순전한 조선민요는 시대의 변천에 따라 후세에 전할 수 없게 되겠음으로 이점으로 보아 매우 유의의한 일로 생각하오”라고 조사의 필요성을 강조한 바 있다. (조선민요를 악보로 보존－십년동안 취집(聚集)에 노력한 음악가 석천(石川). <매일신보>, 1929. 12. 22).

6) 임원상, 『조선곡집』, 영창서관, 1929. 이는 광고문에 의해 확인 될 뿐 실제 자료는 발굴되지 않았다.

7) 이상준, 『조선속곡집』, 삼성사, 1929. 이 시기 가장 방대한 분량의 민요와 악보가 수록된 가집이다.

또한 1930년에는 『조선』지에 <아리랑>을 테마로 쓴 글 「조선민요 아리랑」(김지연)[8]이 발표 되었고, 같은 해에 김재철이 논문 「민요 <아리랑>에 대하여」[9]를 발표하였다. 특히 진주고보 재학생 소용수[10]가 논문 「나의 연구 신흥민요 – 그 단편적 고찰」[11]을 발표하였다. 그리고 평양고보 재학생 김대봉이 「민요에 대한 사견」[12]이란 논문이 발표된 것도 1930년이다. 이처럼 1930년대 초반의 시기는 한국의 민요에 대한 연구가 뜨겁게 달아오른 시기였다고 할 것이다.

이때부터 한국의 민요작품에 대한 수집과 연구의 분위기는 점차 고조되어갔다. 이재욱은 1930년 영남지역 30개 군을 대상으로 본격적인 민요 자료를 조사 정리하여 『영남민요전래집(嶺南民謠傳來集)』이란 이름의 필사본을 직접 제작하였다. 이러한 일련의 민요수집과 연구 활동에 기초하여 1931년 이재욱이 한국의 민요를 주제로 한 「영남민요연구」[13]를 경성제국대학 졸업논문으로 발표하였다. 여기에 머물지 않고 이재욱은 민요에 담긴 배경설화와 전승 상황을 다룬 본격적인 민요론인 「소위 <산유화>와 <산유해>, <미나리>의 교섭」[14]이 발표하

---

8) 조선총독부 촉탁 학자인 백당 김지연이 1930년 6~7월 총독부 기관지 『조선』 152호(조선문판)에 전국 팔도의 아리랑 21곡을 정리해 발표한 <조선민요 아리랑>을 총독부가 5년 뒤에 단행본으로 출판한 것이다. 1935년 3월 『조선민요 아리랑』(문해서관 간)을 발간했다.

9) <조선일보>, 1930. 7. 11.

10) <조선일보> 1930년 1월 11일자에 발표한 「남도민요 수제(數題)」에 산청 지역민요를 소개하며, 각주에서 소용수(蘇瑢叟)가 습작집으로 『남도민요집』을 출간하였음을 밝혔다.

11) <조선일보>, 1930. 10. 3.

12) <조선일보>, 1930. 11. 18.

13) 서울대학교 학적부에 의하면 재학번호 228과 함께 수강과목과 그의 졸업논문의 제목과 성적이 기록되어 있다. 그러나 논문은 확인되지 않고 있어, 이에 대한 발굴은 우리 민요사적 차원에서도 절실한 일이다.

기에 이르렀다.

1935년으로 접어들면서 조윤제가 등사본 『민요집』[15]을 발간하였고, 김사엽도 경성제국대학에서 민요를 전공하고 한국민요 관련 연구실적을 남긴 바 있다.

서상(敍上)의 여러 민요연구사 사례 가운데 가장 우뚝한 민요연구자가 배출되었으니 그가 바로 팔공산인(八公山人) 이재욱(李在郁)이다. 이재욱은 초창기 민요전공자로, 실제로 민요를 조사 정리하였으며 또한 그 당시 연구자들 중 핵심적 위치에 자리하고 있다. 그럼에도 불구하고 이재욱의 생애와 활동 및 위상은 민족문화사에서 거의 다루어지지 않았을 뿐 아니라 어느 분야에서도 제대로 조명을 받지 못하고 있다. 뿐만 아니라 다양한 연구 성과물이 있음에도 불구하고 그 공로에 대한 인정과 원전확정도 거의 받지 못한 상태이다.[16]

그러므로 본고에서는 한국민요연구사에서 매우 소중한 위상을 차지하고 있는 이재욱의 생애와 활동에 대하여 그의 대표적 연구성과물인 『영남전래민요집』을 중심으로 집중적 분석과 연구를 시도해 보고자 한다.

1930년대 한국의 민속학 태동기에 영남민요는 한국민요 그 자체로 인식될 만큼 중심적인 위치에 있었다. 주제는 물론 대상에서도 마찬가지였다.[17] 이러한 해석과 배경은 언어학적으로 국어의 대부분이 신라

---

14) 이재욱, 「소위 <산유화>와 <산유해>, <미나리>의 교섭」, <신흥> 6호, 신흥사, 1931.

15) 김선풍, 「경사조선어연구부편 『민요집』에 대하여」, 『한국민요학』 제4집, 1996, 237쪽에 김선풍은 '국문학계에 처음으로 소개되는 이 자료집이 문학도들에게 선용되어 좋은 평가를 받기를 기대한다'며 자료를 소개했다.

16) 이재욱의 글 중 동시대에 원전확정으로 인정받은 논문은 「소위 <산유화>와 <산유해>, <미나리>의 교섭」 과 『조선민요선』 「해제」등 몇 편 되지 않는다.

어의 후계어(後繼語)였으며[18], 신라의 중심지가 영남지역이었다는 사실에 바탕을 둔다. 또한 신라가 삼국을 통일했으니 언어와 민속음악과의 상관관계에서 볼 때 영남이 지역문화의 실질적 주도를 담당해 왔다고 볼 수 있다.[19][20] 김소운, 조윤제, 이재욱, 김사엽 등 국학 형성기 중심인물들의 출현도 이러한 역사적 배경과 무관하지 않을 것이다. 영남지역의 내방가사와 서사민요 장르도 이와 일정한 관련을 갖고 있을 것으로 추정된다.

이상과 같은 정황으로 볼 때 한국학 태동기 학자들의 출현과 영남민요는 매우 주요한 연구대상이다. 최근 영남대학교 민족문화연구소에서 발간한 이재욱의 필사본 『영남전래민요집』도 이러한 역사적 배경을 지닌 학술적 자료로서 주목하지 않을 수 없다.

이재욱은 1930년 영남 30개 군에서 총 350여 편[21]의 민요를 조사하여 『영남전래민요집』[22]과 그리고 동요 모음집인 『동요집』을 정리함

---

17) 1930년대 초까지의 대표적 사례를 든다면, ① CSC生, 「다정다루(多情多淚)한 경북의 민요」, 『개벽』, 36호, 1923. ② 손진태, 「조선의 동요와 아동성」, 『신민』, 1927. ③엄흥섭, 「경남민요」, <동아일보>, 1926. 8.21 ④ 엄흥섭, 「영남민요」, 『동광』, 1927. 2 ⑤ 이재욱, 「소위 <산유화>와 <산유해>. 미나리의 교섭」, <신흥>, 1931. ⑥대판육촌, 「경주지방의 동요와 민요」, 『조선』, 208호, 1932. 9.

18) 최학근, 『국어방언학서설』, 청연사, 1959, 165쪽.

19) 이재욱 역시 그러한 자부심을 나타내기도 했다. 즉 '무엇 무엇이라 해도 지방으로서의 문물의 총연(叢淵)은 삼남(三南)이라 하겠고, 또 그 중심지는 영남이라 아니 할 수 없다'라고 한 것에서 알 수 있다. 「납서여묵(獵書餘墨)」, 『독서와 문화』, 조선 계몽문화사, 1947, 33쪽.

20) 송방송, 『한국음악통사』, 일조각, 1998, 94쪽.

21) 제목만 쓴 것도 포함한 결과이다.

22) 당시 이 자료집의 필적과 가치에 대해 자문을 얻고자 2006년 1월 27일 자택에서 저자와 면담한 임동권 교수는 '해방 후 조윤제등과 국립도서관에서 수차 이재욱을 만나 민요연구에 대한 논의를 한 바 있다'며 이재욱의 자필

으로써 이는 한국학 연구에 매우 소중한 기본적 텍스트로서 평가받아야 마땅하다. 하지만 이재욱은 국립도서관 초대 관장으로 재직 중이던 1950년, 당시에 발발했던 한국전쟁으로 말미암아 북한군에 의해 납북됨으로써 그가 남긴 귀중한 업적과 성과는 줄곧 역사의 뒤안길에 묻히고 말았다.

그동안 이재욱에 대해서는 필사본 동요 모음집인 『동요집』에 대한 해제에서 소략한 언급만 있었을 뿐이고, 기존의 동시대 국학자들의 연구과정에서 단편적인 언급만 간혹 있었을 뿐이다.[23)]이렇게 볼 때 이재욱과 그의 조사 자료에 대한 인물론이나 연구사에 대한 본격적 분석과 고찰은 거의 전무하였다.

이런 관점에서 본 연구는 이재욱과 그의 민요조사 자료집을 분석 연구하기 위해, 민족문화연구사에서 매우 중요한 인물인 이재욱의 문화사적 위상을 밝히고 그의 연구활동을 고찰하고자 한다. 그리고 『영남전래민요집』의 문학적 분석과 음악적 검토를 통해 『영남전래민요집』의 특징과 문화사적 위상을 밝히는 것을 목적으로 한다. 더 나아가 『영남전래민요집』의 문화콘텐츠와 응용방안을 강구할 것이다.

2. 연구범위와 연구방법

본 연구의 범위는 연구의 목적을 달성하기 위해 먼저 이재욱(八公山人, ㄹㅈㅇ[24)])의 생애에 관한 새로운 조명과 국학자와 영남지역 문화

임을 확인해주었고, 이 자료가 매우 귀중하다고 평가하였다.

23) 김선풍 외, 『한국민속학인물사』, 보고사, 2004, 231~257쪽 참조.

24) <조선어문학회보> 제3권, 「달구지방속신일속(達九地方俗信一束)」에서

인물로서의 업적과 생애를 통해 그의 위상을 밝히는 것이다. 또한 1920년대 영남민요의 실상을 본격적으로 파악하여 『영남전래민요집』의 민요연구사적 가치를 규명하고, 특히 시대배경과 동시대 민요관을 밝힘으로써 『영남전래민요집』의 문학사적 위상을 규명하고자 한다.

한국학 초창기의 중요인물에 대한 재조명은 분명 일정한 가치를 담보하고 있을 뿐 아니라, 다양한 문화콘텐츠(culture contents) 텍스트(text)로서의 활용 가능성까지 지닌다. 이러한 관점에서 『영남전래민요집』을 심도있게 규명하고자 한다. 아울러 이와 연계하여 영남민요를 주제로 한 각종 무대작품을 생산할 수 있는 '영남민요 데이터베이스화'와 영남민요로 '문화원형 디지털 콘텐츠화 사업' 등의 기초적 터전까지를 마련할 것이다.

『영남전래민요집』은 영남지방 아리랑의 1920년대 실상을 담았고, 특히 <경북아리랑>의 존재와 실상을 담은 소중한 민요집이다. 그러므로 일제강점기의 영남지역 아리랑의 분포와 상황을 개괄하고, <경북아리랑>이 과연 오늘의 <문경아리랑>과 어떤 관련을 지니는 것인가에 대하여 규명하게 될 것이다. 이와 함께 <문경아리랑>이 지닌 역사성과 위상까지도 제시하고자 한다. 사실 영남지역 아리랑의 존재와 그 위치는 곧 영남민요의 현재적 위상을 말해주는 것이며, 이는 결국 영남민요의 정체성을 확인하는 의미로 귀결될 것이다.

또한 이러한 문화적 배경을 토대로 음악적 분석을 통해 <경북아리랑>, 즉 <문경아리랑>의 경복궁 중수기의 역할과 그 영향관계를 규명하려 한다. 이를 위하여 <강원도 긴아라리(정선 긴아리랑)> <문경아리랑> <예천아리랑> 헐버트 채보 <아리랑> 이상준 채보 <아리랑> 간의 선율을 대비해 볼 것이다.

이 아호를 처음으로 사용하였다.

한국학 연구 태동기의 중요 학자들을 양성한 경성제국대학은 1924년 예과에 이어 1926년 본과를 개설, 1929년 첫 졸업생을 배출했다. 이 경성제국대학의 법문학부[25] 조선어문학 전공에서의 졸업생 배출은 한국의 근대 실증적인 학문연구의 실천적 터전으로 이어진다. 1931년 김태준, 김재철, 조윤제, 이희승, 이재욱 등에 의해 결성된 <조선어문학회>의 활동은 이러한 연구의 본격적 출발점으로서의 의미를 지닌다. 이들보다 앞선 선배학자들인 안확, 정만조, 신채호, 최남선 등이 내세웠던 자각론, 복고론, 변증론, 조선심 같은 학풍은 계몽적인 특성을 지닌 연구태도로서 다소 비과학적이었다는 비판을 면키 어려운게 사실이다.

그러나 <조선어문학회> 회원들의 학풍은 실증주의적 연구 태도로서 선배 세대 저자들과 상당한 차이를 지니고 있다. 이재욱은 후자의 계열에 속하는 한국학 전문가로서 첫 민요전공자로서의 성격과 의미를 지닌다. 이 때문에 이재욱에 대한 학문적 관심과 접근은 매우 특별한 뜻을 함유하고 있다. 그리하여 이 연구는 이재욱의 학문적 성과에 대해 실증주의적 관점에서 다루고자 한다.

또한 종래 민요연구의 관례에서 경기민요, 남도민요, 서도민요 등의 개념은 일반화된데 반해 영남민요에 대해서는 아직도 그 개념이 제대로 정착되거나 부각되지 못했다. 『영남전래민요집』에 관한 연구를 통해 영남민요의 개념을 보편화하고 정착하는데 기여를 하고자 한다. 이재욱이 조사 정리한 민요집을 기준으로 1920~30년대의 영남지역 대표민요를 선정하고 이를 대상으로 음악적 특징 등을 규명하는 것은 의

25) 각과병학(各科幷學) – 법학과, 철학과, 사학과, 문학과 포함, 문학과에는 국어학, 국문학, 조선문학, 지나어학, 지나철학, 영길리어학, 영길리문학이 해당되며, 법학과와 문학부가 분리된 것은 1934년이다.

미 있는 작업이 될 것이기 때문이다.

이러한 분석 작업과 함께 1980년대에 한국정신문화연구원이 조사 정리한 『한국구비문학대계』[26]와 MBC에서 발간한 『한국민요대전』[27] 등 관련 자료들과의 대비는 일제강점기에서 해방과 분단시기를 거쳐 현재에 이르기까지 시공간적 변화와 그 의미를 파악하는 확인 작업이 될 수 있을 것으로 보인다.

이를 위해 본 연구는 이재욱의 생애와 연구활동을 밝히고, 또한 『영남전래민요집』의 문학적 분석과 음악적 검토를 통해 『영남전래민요집』의 특징과 문학사적 위상을 밝히는 일이다. 그리고 『영남전래민요집』의 '문화콘텐츠화'와 '응용방안'을 제시하는 순으로 전개할 것이다.

그리고 본서 부록편에 수록된 『영남전래민요집』은 영남대학교 민족문화연구소에서 발간한 것을 정본으로 삼고자 한다.

제2장 : 이재욱의 생애와 연구활동

1. 이재욱의 생애

이재욱의 생애에 대해서는 제대로 정리된 자료가 아직 전무하다. 1950년 7월 18일, 한국전쟁이 발발한 직후였던 당시 이재욱은 초대 국립도서관 관장 재직 중 박봉석 부관장과 함께 북한군에[28] 끌려간 뒤

26) 『한국구비문학대계』, 한국정신문화연구원, 1980~1988.

27) 『한국민요대전』, (주)문화방송, 1989~1995.

28) 국립중앙도서관 편, 『국립중앙도서관사』, 국립중앙도서관, 1973, 250쪽.

이후 행적에 대해 알려진 바가 없다.[29] 다만 그동안 민요학계와 도서관사(圖書館史)에서 '경성대학 조선어문학과 출신으로 처음에는 민요를 전공했으나 도서관에 직을 가진 후로 서지학을 전공하였다'라는 단편적 기록만 확인할 수 있을 뿐이다.

이재욱은 1905년 9월 20일생으로 본관은 인천 이씨이며, 본적은 경상북도 대구 서성정(西城町) 103번지이다.[30] 1926년 5월에 개교한 경성제국대학 법문학부[31] 예과에 재학하던 한국인 총 59명 중 문과 B반 이혜구 등과 함께 3회로 입학하였다.[32] 이 시기에 1회 선배인 조윤제에게 2회 선배인 이희승과 함께 국문학 강독을 듣는 등 특별지도를 받았다.[33] 2년의 예과를 마치고 본과에 입학, 1931년 3년 동안 동양사학 특수강의, 경제학사 등 전공을 포함 30강좌를 수강했고, 졸업논문으로

29) 이재욱의 장조카, 이수하(75세, 서울시 서초구에 거주)에게 알아보았으나, 그 당시 납북 이후의 소식을 전혀 모른다고 하였다. 그리고 『삼팔선』(조철, 성봉각, 1971)은 6·25때 행방불명 된 사람들의 정황을 수록하고 있으나, 이재욱에 관한 언급은 확인 할 수 없다.

30) 현재 대구광역시 중구 서성로 1가 103번지로 바뀌었다.

31) 경성제국대학에 조선문과가 특설된다는 사실은 당시로서 큰 반향을 일으켰다. 개교 1년 전의 보도는 다음과 같다. '<조선문학의 신기원> 래년 오월부터 개교되는 경성제국대학은 개교 당초에는 의학부와 법문학부의 두 부를 둘 터인데 법문학부에는 특히 조선 문과를 두기로 하고 그 안에 조선사와 조선어와 조선문학의 세 강좌를 두기로 작정되어 방금 학제와 담임교수와 강사 등에 대하여 학무국에서 전형 중이라는데 최고학부에 조선 문과를 둔다는 것은 천대를 받는 조선문학 갱생에 신기원이라 할 만한 학계의 중대한 소식으로 따라 당국에서도…'(<동아일보>, 1925. 7.14).

32) 경성대예과 합격자 59명, <조선일보>, 1926. 4. 2.

33) 도남 조윤제는 1904년생으로 경북 예천 출신이다. 1924년 대구고등보통학교를 졸업하고 경성제대 제1회 예과에 입학, 1926년 졸업과 동시에 4월 경성제대 법문학부 문학과에 진학한 유일한 문학전공자로 1929년 3월 문학사 학위를 받았다. 이후 1932년 3월 경성사범학교 교유로 임명되었다. 이 학교 근무시 <경사조선어연구부>를 주도, 민요·방언 조사를 했고 1935년 등사제책본 『민요집』을 냈다.

최초의 개별양식 민요연구인 『영남민요연구』를 써서 우수한 성적(良)으로 졸업하였다.[34)]

이 시기의 동기생들로는 김태준, 김재철, 최재서, 이혜구 등 12명이 있다. 이들과 함께 이재욱은 3회로 졸업하였고, 중국문학 분야에서 전과한 김태준을 비롯하여 김재철과 특히 가까웠다. 그런데 김태준은 반제국주의 활동에 참여를 했으나 그와는 서로 학문적 동반자였을 뿐 이재욱 자신은 경직된 이념을 가진 좌파는 아니었다.[35)]

졸업 후에는 조선총독부 도서관에 근무하게 되었고, 이 무렵 민요연구에서 서지학으로 방향을 바꾸게 되는데, 이러한 배경에는 여러 사정이 있겠지만 무엇보다도 선배였던 조윤제과 김태준의 교수임명 주도권을 둘러싼 갈등관계[36)]를 지켜보며 느낀 좌절감이 작용했던 것으로 추정된다. 이런 사실로 미루어 보아 이재욱이 한국학에 대하여 나타낸

---

34) 김용직, 『김태준평전』, 일지사, 2007, 60쪽. 김태준은 대학이 요구한 최저 이수과목 21강좌만 수강, 김재철은 26개 강좌를 수강를 수강하였는데 이재욱은 30강좌를 수강하였으니 그의 학문의 열정을 알 수 있다. 한편 이 시기 졸업생으로 김태준 등은 학사 논문이 전해지는 것으로 보아 이재욱의 논문도 발굴 가능성이 있다고 본다.

35) 김용직, 앞의 책 99쪽.

36) 김태준과는 3회 동기이고, 조윤제는 예천 출신의 동향 선배이며, 고교선배 관계였다. 그리고 조윤제로부터 재학 중 지도를 받은 상황이었다. 그런데 졸업하면서 조윤제가 스승 다카하시(高橋亨)와 함께 제주도 민요 조사 등에 전력을 기울였으나 그 결과물을 다카하시가 독점하려하자 조윤제가 협조를 하지 않아 미움을 샀고, 이 때 다카하시는 정년으로 학교를 떠나면서 직계 제자 조윤제가 아닌 중국문학 전공으로 『조선한문학사』를 낸 김태준을 추천, 임명하게 되어 갈등이 커지게 되었다. 이 때 조윤제는 기호출신 인물들에 대한 피해의식이 있었던 터에 김태준과 이런 관계가 되어 많은 불만을 품고 있었다. 이런 상황에서 추정이지만 자신이 장차 민요집 등을 출간할 계획이어서 이재욱의 민요연구에 어느 정도 부담을 주었을 것으로 본다. 이런 추정은 김동욱의 『나손서실통신(羅孫書室通信)』, 한국문학비건립동호회, 1991, 31쪽에서도 확인할 수 있다.

관심은 경성제대 법문학부에 재학하던 시기부터라 할 수 있다. 졸업 후 이재욱은 총독부도서관에 근무하면서 당시 경성방송국(JODK)에 출연하여 대중강좌 독서 프로그램과 도서관 안내 프로그램을 담당하기도 했다.[37]

그리고 1939년에는 총독부 도서관 사서과에 근무하며 지상을 통해 우리 고전의 중요성을 계몽하기도 했다. 1939년 2월「공개될 고서 팔만권」[38] 같은 글이 그 중 하나인데, 우리 고서의 가치와 그 소유권이 한국인임을 밝힌 소중한 자료이다. 이는 한국인으로 최고도서관에 근무함으로써 일본으로의 자료유출 등을 규제하는 역할을 했을 수도 있다는 점에서 의미있는 기간이었던 것으로 보인다. 이 시기에 여러 간행물의 발간과 집필활동을 펼쳤다.

아울러 당시 경성제국대학 출신 중심으로 결성된 <신흥> <조선어문학회> <진단학회> 등의 국학분야 단체와 학술지를 통해 연구활동을 했다.[39] 필명은 '팔공산인(八公山人)'[40]과 'ㄹ ㅈ ㅇ'[41] 등 두

---

37) 이 시기는 최남선, 김진섭, 이효석, 김태준, 유석중 등 저명인사들이 출현하여 대중강연을 했던 시기이다. 1936년 11월 3일, <圖書週間을 當하여>, 1938. 7. 21에는 총독부 도서관 근무자 명의로 <도서관에 대하야>, 1938년 11월 4일에는 <탐서 이야기>, 1940년 1월 20일에는 <독서방법>을 방송했다. 이재욱은 <도서문화>를, 최남선은 <민족문화 강좌>를, 이광수는 <문학강좌>를, 김진섭은 <연극이야기>를, 윤석중은 <동화·동요>를 담당하여 방송했다. 그리고 김태준은 1939년 4월 11일 <조선조 가요에 대하여>를 방송했다. 이상은 <동아일보>와 <조선일보>의 해당 일자 '방송란'에서 확인된다.

38) <조선일보>, 1939. 2. 28.

39) <부록 1> 이재욱 연보, <부록 2> 이재욱 작품연보 참조.

40) <조선어문학회보> 제3권, 「향토연구계일별」과 「Si－jo · A－ra－rung etc」 <조선어문학회보>, (한성도서주식회사, 1932), 제5권, 14쪽. 이 글에서 이 아호를 썼음. 임화, 『조선민요선』(대동출판사, 1939), 257쪽. 해제 「조선민요서설」(이재욱 편)의 내용 일부와「Si－jo · A－ra－rung etc」과 내용 일부가

가지를 사용했다.

1945년 3월 '지방문화 발전을 위하여 여생을 받치겠다는 각오'로 고향 대구로 내려왔으나[42] 해방 후 국립도서관의 관장으로 또 우리나라의 도서관계의 지도자로서, 새 나라의 도서관계를 지도하여 줄 것을 요청한 박봉석 등 전 직원의 간곡한 부탁으로 그 해 10월 해방정국의 초대 국립도서관 관장직을 맡았다.[43] 하지만 확인할 수 전쟁 발발 한 달 후 행방불명되어 우리들의 관심에서 멀어지고 만다.

납북 후의 활동에 관한 기록이 현재 확인할 수 없는 상태이고, 또한 호적등본에 의하면 '1950년 7월 20일 경기도 의정부시 가능동에서 사망'으로 기재되어 있다. 이 사실로 미루어 볼 때 납북되면서 피살된 것으로 추정된다.

한편 1930년 이재욱의 현지조사 성과물인 『영남전래민요집』은 한정된 제보자에 편중되었고 집중적인 조사가 이루지지 못한 점도 있으나 현지에서의 직접적인 민요수집이기 때문에 특별한 가치가 있다. 그리고 이재욱은 이 수집 자료를 바탕으로 단행본 도서를 발간하려고 했다. 그것은 1932년 2월에 발간된 <조선어문학회보>[44]에 <총서속간예고(叢書續刊豫告)－근간>이라는 제목과 함께 『영남민요연구』(이

같으므로 사실상 동일인임이 확인되었다.

41) <조선어문학회보> 제3권, 「달구지방속신일속(達九地方俗信一束)」 같은 책에 두 편의 글을 실으므로 다른 아호를 쓴 듯하다.

42) 국립중앙도서관 편, 『국립중앙도서관사』(국립중앙도서관, 1973), 242쪽. 1945년 경상북도도청 사회교육과에 근무하였음을 확인하고자 2007년 10월25일 도청을 방문하였으나 자료담당인 이강훈은 일제말이란 사회적인 상황이라, 현재 도청에서는 1947년 이후의 자료는 있으나 그전 자료는 없다고 하였다.

43) 국립중앙도서관 편, 앞의 책 243쪽.

44) <조선어문학회보>, 한성도서주식회사, 1932, 제3권, 23쪽.

재욱)가 『조선연극사』(김재철), 『조선소설사』(김태준) 등과 함께 소개되었기 때문이다. 그중 『조선연극사』와 『조선소설사』는 단행본으로 발간되었지만[45] 『영남민요연구』는 발간되지 않았다. 그 시대에 이미 이재욱은 민요보존의 중요성을 인식하고, 현지 조사를 통하여 구비전승으로서의 민요를 소개하려고 하였다. 하지만 안타깝게도 발간의 뜻을 이루지 못하였다.

미국에 거주하는 이재욱 선생의 3녀 이신자(미국 워싱턴 거주)의 증언에 의하면, 납북 당시 국립도서관 관사에 거주하였는데, 부친의 납북 이후 미국으로 거주를 옮기면서, 부친이 돌아오면 다시 되돌려 받기로 하고 모든 자료를 이희승 박사에게 맡겼다고 한다. 하지만 원고상태의 이 자료에 대한 행방은 알 수 없다고 하였다.[46]

① 이재욱의 가계

이재욱은 조부[47]인 이병학이 중추원 참의를 지낸 대구 명문가의 부유한 집안이었으며, 1920년대 식민지 조선의 대표시인으로 활동했던 고월(古月) 이장희(李章熙)[48]가 삼촌이다[49]. 이병학은 잇단 상처로 인

45) 김재철, 『조선연극사』(1933), 청진서관, 김태준, 『조선소설사』(1933), 청진서관.

46) 이재욱의 생애를 규명하기 위해 먼저 국립중앙도서관을 찾았으나 알 수 있는 것은 아무것도 없었다. 그리하여 동시대에 이재욱과 같이 공부한 박봉석, 김사엽 선생의 관련인물을 통해 사실을 확인하려 했으나 이 또한 무산되었다. 이후 서울대학교 학적과를 통해 본적을 확인할 수 있었고, 다행히 미국에 거주하고 있는 아들 이정하, 딸 이신자와 어렵게 연결이 되었다. 그리하여 2007년 5월25일 3녀인 이신자씨와 전화 통화를 하면서 구체적인 가족사항과 그 당시의 상황을 확인할 수 있었다. 증언에 의하면 이희승 박사는 이재욱 자녀들의 주례를 맡는 등 가족들과 친분이 두터웠다고 한다.

47) 경성제국대학의 학적부에 호주로 기재.

48) 이장희(李章熙, 1900~1929) 시인. 본명은 이장희(李樟熙). 호는 고월(古月).

하여 이후 세 번을 결혼하였고, 슬하에 12남 9녀를 두었는데 이중 몇 자녀는 유아시절에 세상을 떠났다.[50]

가계를 살펴보면, 이병학의 첫 부인 박금련 사이에 이정희, 이상희, 이장희, 이영이(3남 1녀)가 태어났다. 그리고 둘째부인 사이에는 이성희, 이정수, 이임수, 이수자, 이칠희, 이돈희, 이윤자, 이달희, 이운희, 이덕자, 이복자(5남 6녀)이다. 셋째부인 조명희 사이에 이철희, 이필희, 여(이름 미확인)[51], 이복희, 이경희, 이행자(4남 2녀)외 수양녀 정월이까지 모두 22남매이다.

이중 장남 이정희와 김행이 사이에서는 이재용, 이재욱, 이잠이(2남 1녀)가 출생하였다. 이재욱의 본명은 을복(乙福)이었으나 1920년 재욱(在旭)으로 개명하였다. 이재욱은 배녹점과 혼인하여 정옥, 명옥, 조옥(예자), 말옥(민자), 정하, 신자 등 1남 5녀를 두었으나, 차녀 명옥은 유아 때 사망(1932년～1933년)하였다.[52]

대구 출생. 1924년 시 「청천(靑天)의 유방(乳房)」, 「실바람 지나간 뒤」를 <금성> 3호에 발표하여 등단. 우울하고 비사교적인 성격 때문에 지기도 적고 따라서 작품도 많이 남기지 못했다. 그러나 안으로 파고드는 깊은 감성(感性)은 섬세한 감각과 심미적인 이미지를 작품에 표출시켜 「봄은 고양이로다」, 「하일소경(夏日小景)」 등의 주옥같은 시편을 낳았다. 복잡한 가정환경과 친일파인 부친과의 갈등 때문에 고민하다가 1929년 음독자살하였다

49) 이재욱의 생가는 곧 삼촌 이장희(시인)의 생가이며, 이장희가 자살을 한 장소이기도 하다. 현재는 도로변이라 집이 헐리고 다른 건물이 세워져있는데, 바로 건물 옆 길 안쪽으로는 그 당시의 위용을 알 수 있는 고가가 비교적 그대로 잘 보존되어 있다. 2008년 3월5일 생가 부근에 거주하는 경주이씨 논복공파 사무실의 이엽희(78세)씨의 증언에 의하면, '한 집은 이장희의 생가이고, 안쪽 옆집은 이상화의 집안이라 시인들이 많이 드나들었다는 이야기를 들었다'하였다. 곧 이재욱과 이장희는 인천 이씨 집안이고, 옆집은 경주 이씨 이상화의 집안이다.

50) 2007년 6월28일 이재욱의 아들 이정하(미국거주, 의사)와 전화통화로 확인하였고, 이병학의 호적등본을 확인하였다.

51) 호적등본을 살펴보면 이름을 알아볼 수 없도록 기재되어 있다.

② 이재욱의 가계도

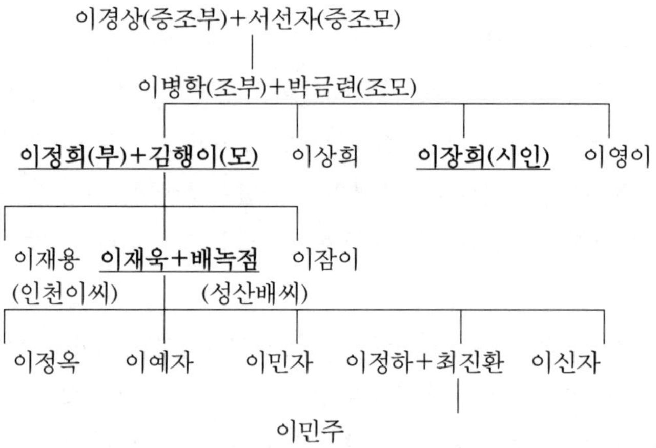

2. 연구활동

이재욱은 1929년부터 1950년 9월까지 약 77편 가량의 각종 논문, 수필, 해제, 단행본, 필사본 등을 집필 발표하였다. 이 가운데 민요에 관련된 자료들은 10편 정도가 된다. 하지만 『동요집』과 『영남전래민요집』의 수집 정리라는 매우 중량감 있는 연구 성과를 필두로 그의 활동이 시작되었음을 목록을 통해 확인할 수 있다. 그의 연구 활동에 관

---

52) 1932년 2월에 발간된 『조선어문학회보』에 <총서속간예고-근간>이라는 제목과 함께 이재욱 저 『영남민요연구』가 김재철 저 『조선연극사』, 김태준 저 『조선소설사』와 함께 소개되었다, 그 중 『조선연극사』와 『조선소설사』는 1933년에 발간되었지만 『영남민요연구』는 발간되지 않았는데 시기적으로 같은 무렵이다. 또한, <조선어문학회보>제2권, 1931년 10월 발행자 김재철이 편집후기에서 '八公山人의 不意의 多忙' 이라는 사정이 있었다고 했는데, 이 또한 1931년 졸업논문을 발표한 후이다.

한 총목록은 부록 편[53]에 수록한 자료로 대신하고자 한다.

이재욱의 집필 목록을 통해 확인해 볼 때 관심분야는 주로 국학 일반과 서지학분야 그리고 민속학 중에 향토민요 분야임을 알 수 있다. 다음 글은 1939년에 정리한 『조선민요선』[54] 해제에 수록된 글이다.

> 이것은 거월에 채집한 것으로서 김천군하 거주 금년 68세인 유부인이 구창한 것인데 그 얼마나 애상적이고 또 비애적인가. 이 부요에서 그들의 비애와 우울이 극단화함을 볼 수 있다.
>
> 싀 집 사 리 노 래
>
> 싀집온지사흘만에 양농의가버러젔네
> 싀어머니거동보소 한간마루를뚜드리며
> 아가아가미눌아가 느거집에가그들랑
> 세간전지다팔아도 내양동의물어다고
> 싀아바니거동보소 아가아가미눌아가
> 사랑대청뛰울니며 느거집에가그들랑
> 싀비쟁기다팔아도 내양가매불어다고
> 미눌애기거동보소 활장갓치굽은질(길)에
> 구름긋튼(같은)말을타고 소녀집으로후여들어
> 밤중밤중야밤중에 차돌긋튼(같은)이내몸을
> 헌섬긋(같)치헐엇시니 헌섬긋흔(같은)이내몸을
> 차돌갓치물어주면 양가매도물어주고
> 양동우도물어주리 아가아가미눌아가
> 대문밧긔말나갈라 홋말업시좃키사자.
> 싀누민거동바라 서름담고눈물담고

53) <부록 2> 이재욱의 작품연보 참조.

54) 임화, 『조선민요선』, 258쪽.

짓칫돌로밧치씨고 어무(니머)니집에보내닛게
울오마니거동보소 앗갑운내자식이
서른싀집가능(는)가배 울아부니나오시며
앗갑운내자식이 설은싀집가능가배
올아바니나오시며 불상헌내동생이
서른싀집사능가배 올기님거동바라
부적작지로 정지문턱뚜드리며
예라요년요망한년 너도싀집그릇트나
나도싀집그릇트라.

이재욱은 1930년『영남전래민요집』작성 이후에도 줄곧 민요를 채집하는 등 민요에 대한 지속적이며 열정적인 애착과 관심을 보였다.

1) 학회 활동

(1) <조선어문학회> 창립발기 참여

한국인 중심의 실질적인 국학 연구는 신채호, 정인보, 박은식, 최남선 등으로부터 시작되었다. 그들의 경우 국권상실의 위기상황에서 계몽적인 태도로 '조선심(朝鮮心)'을 강조하는 등 지식인의 자각을 독려하려는 목적이 우선되었다. 그런 만큼 과학적인 학문체계를 세우는 데는 아직 미치지 못했다.

이 무렵 최남선과 이능화가 신문화운동의 하나로 민속연구에 몰두하여 한국학의 근대적 시발점과 초석을 마련하게 된 것은 특기할 만하다. 이들의 뒤를 이어 경성제국대학 출신들과 일본 등지의 유학생들이 국학 연구에 열성적으로 참여하였다. 그러나 주체적인 한국학의 개척이라 하기에는 그 나름의 문제가 있었다. 왜냐하면 민족적 자각에도 불구하고 일제의 영향에서 완전히 벗어날 수 없었다는 한계를 지니고 있었기 때문이다.

그 실례를 든다면 우선 조선총독부가 1925년 <조선사편수회>를 설치하고 <조선사> 등을 편찬케 했는데, 이때 여기에 참여한 조선인 저자들이 과학적인 문헌실증 방법으로 편수에 임하기는 하였으나 일제의 식민통치를 위한 것이라는 기본적 문제에서는 벗어나지를 못했다는 것이다.

이러한 상황에서 '조선 그 자체의 연구'를 위해 '특종의 학부'로 설립된 경성제국대학 법문학부 출신들로만 조직된 학술단체가 결성되었으니 그것이 <조선어문학회>이다. 처음 조선어문학회를 발기, 주재한 것은 도남 조윤제였다. 그가 조선어문학회 1회생으로 첫해에는 다카하시(高僑亨)의 강의를 혼자 들었다. 그의 뒤를 이어 2회에는 이희승, 3회에는 김재철과 이재욱이 합세했다. 김태준은 김재철, 이재욱의 인도로 이 모임에 동참한 듯하다.[55] 이후 참여 인원이 늘었지만, 초창기 한국문학의 전공자는 몇 명되지 않았다. 이들은 한국인에 의한 한국어문학 연구를 목적으로 활동하였고 그 성과를 내게 되었다. 곧 김태준의 『조선한문학사』(1931), 『조선소설사』(1933), 김재철의 『조선연극사』(1933) 등의 성과를 낸 것이다.

그리고 1930년 일제 관학자들에 의해 <청구학회(靑丘學會)>가 결성되어 일제의 문화제국주의의 본산 구실을 했다. 이 학회는 일본과 조선을 '선진'과 '후진'의 관계로 보았다.

<조선어문학회>는 <조선어문학회보>를 발간했으며, 당시 경성제대법문학부가 발행한 <청량(淸凉)>이 일문으로 편집된 반면 <조

55) 김용직, 『김태준평전』, 일지사, 2007, 80쪽.

선어문학회보>는 모두 국한문으로 냈다. 이 점도 이 학회의 주체적인 특성으로 볼 수 있다. 또한 등사본 민요집 발간과 조선어문학 도서전시회도 개최하는 등 어문연구 활동을 했다.[56]

이상에서 언급한 바와 같이 1931년 결성된 <조선어문학회>는 우리 어문학사에서 한 획을 그은 학회로서 의의를 지니는데, 바로 이 학회의 발기인으로 이재욱이 직접 참여하였다는 사실은 주목 된다. 또한 1933에는 <조선어문학회> 대표자격으로 김재철의 사망에 대한 조사(弔辭)를 <조선어문학회보>에 발표하기도 했다.

(2) <신흥(新興)>의 동인활동

1929년 7월에 창간된 <신흥>은 1937년 1월 18일 통권 9호를 끝으로 폐간된 종합학술지이다. 일반적으로 '계급사관의 동반자'[57]로 평가되는데, 경성제대 법문학부 첫 졸업생을 배출한 해에 그 출신자와 재학생들에 의해 발행되었고, 편집 겸 발행인도 그 출신인 배상하, 이강국, 유진오, 장후영 등이 담당했다.[58] 식민지 최고의 경성제대 출신자들이 중심이 된 담론의 장이었다. 그러나 당시 <조선지광(朝鮮之光)>[59]에 비해 언론매체로서나 학술지로서의 각광을 받지는 못했던

---

56) <조선일보>, 1939. 10. 29.

57) 김용직, 『김태준평전』, 일지사, 2007, 79쪽.

58) 이 잡지는 국판 130쪽 내외였고, 내용은 주로 조선에 관한 여러 가지 문제들을 다룬 논문을 실었다. 제4호에는 '조선특집호', 제8호에는 '조선문제 특집호'라는 부제를 붙였다. 논문으로 김찬혁의 「조선의 공업문제에 대하여」, 이지휘의 「영국 노동당과 대영 세계제국」, 조윤제의 「삼국시대의 가무희(歌舞戱)」, 김창균의 「연오랑세오녀 전설의 유래」 등이 주목을 받았다. 당시 진단학회의 기관지 『진단학보』와 함께 손꼽히는 학술잡지였다.

59) 조선지광사가 발행한 종합문예지.

것 같다. 그러나 당시 학술적인 매체가 없던 상황과 경성제대라는 제도와 권위를 배경으로 한, 그리고 '조선을 조선 사람의 조선으로 만들고자' 하는 열망으로 가득 찬 경성제대 졸업자들의 동인지의 성격이란 점에서 주목할 만하다.

바로 이재욱도 이 '신진기예 동지'의 한 사람으로 참여해서 3편의 논문을 발표했다. 여느 학술 잡지의 발간과는 다르다는 자부심으로 '같은 값이면 일본 잡지를 선호하는 조선 상황'에서 '적어도 <신흥>은 일본 잡지의 야끼나오시(複寫)'가 아니라며, 이 잡지가 학술 전문지로서 제값을 하겠다고 한 '경성제대 법문학부 졸업의 신예제군'의 한 사람으로 활동한 것이다.[60] 이 잡지에서 이재욱의 졸업시기의 성향을 파악할 수 있다는 점은 검토해 볼 필요가 있겠다.

우선 일본어를 학술 언어로 해야 하는 학술적 통제 속에서 이를 극복하려는 의지로 국한문을 쓴 잡지라는 점을 강조할 수 있다. 다음은 영국 노동당의 선거상황을 번역 자료로 소개하고 '향토'라는 용어를 민중에 중심을 두고 '계급성'으로 해석하는 등 주로 사회주의적 입장에서 보고 있다는 점이다. 그리고 학술 중심의 잡지이긴 하지만 '혁명', '공산' 같은 용어가 복자(伏字) 처리되고, 유진오와 조윤제 등의 논문이 삭제를 당하는 등 검열 문제에 완전히 자유롭지는 않았음을 알 수 있다. 마지막은 '향토'라는 용어에 대한 담론이 형성된 계기를 마련했다는 점이다.

이는 1930년대로부터 오늘날 민속학 곧 향토학으로 통용되는 상황을 감안하면 그 의미가 크다고 본다. 당시 향토학의 대상을 '민간전승의 수집연구 대상으로 신앙에 관한 것, 금압, 풍습, 민담구비, 방언, 민요, 동요, 등 민간예술'[61]로 인식했으니 국학은 연구 대상 그 자체인

60) <신흥>, 제2호, 114~115쪽.

것이다.

제3호에 이재욱이 발표한 「향토연구계 일별(一瞥), 특히 일본과 조선」에서 '향토'는 1910년대 일본 민속학자 야나기다(柳田國男)와 다카키(高木敏雄) 등이 잡지 <향토연구>를 발간하면서 쓰이게 된 신조어인데, 당시에는 '문자의 권력에 의해서 조직된 기존의 사료 이외의 텍스트에 대한 확대를 위한 방법적 전략'에서 쓰였다고 하였다. 이 용어는 이후 1920년 학술용어로 통용되어 우리도 널리 쓰게 된 것이다.

그런데 이를 조윤제가 신흥 제2호에 발표한 논문 「향토예술 부흥운동」에서 민족주의와 사회주의가 대립하는 상황의 대안으로 '향토예술'이란 용어를 다시 사용하였다. 이 논문에서는 이 향토의 개념 등에 대해 구체적으로 제시하지는 않았지만 '조선 혼의 침복처(侵伏處)로서, 조선 정서의 노골화'라는 표현에서 이 향토는 '민족' 또는 '민중'이란 말로 대체한 것으로 볼 수 있다. 이 글은 이 용어의 출처 등을 국내에서는 처음 밝힌 글로써 유일하게 원전의 확정[62]을 거친 글이다.

그런데 이 '향토'에 대해서는 <신흥> 제5호에 논문 「조선의 백의속고(白衣俗考)」를 발표한 이재욱이 '향토예술 연구에 유의하는 제씨…'라고 언급한 것을 미루어 볼 때 <조선어문학회> 회원들 간에 이 용어의 개념과 효용성에 대한 논의가 있었다고 추정하게 된다. 이재욱의 이러한 태도는 해방직후 민속학 전문지 <향토>에 논문 「이조실록에 대하여」를 발표하며 창간 작업에 함께 한 사실에서 짐작이 된다.

이상의 고찰을 통해 확인할 수 있는 사실은 이재욱이 일정 부분 사회주의와 민족주의 갈등 속에서 그 대안의 학문으로 향토학에 관심을

61) 이재욱, 「향토연구계일별」, 조선어문학회보, 1932, 15쪽.

62) 이 글에 대해서는 박광현의 「경성제대와 <신흥>」(『한국문학연구』 26집,) 이란 논문에서 처음 인용되었다.

갖게 되었다는 점이다.[63]

(3) <진단학회(震檀學會)>

<진단학회>는 국내 및 주변 지역에 대한 역사・언어・문학 등 인문학에 관한 연구를 목적으로 1934년 5월에 설립한 순수 민간 학술단체이다.

특히 신진학자들에 의한 실증사학 연구를 바탕으로, 식민사학을 극복하려 했다는 점에서 평가를 받았다. 그러나 각계의 호응이 열렬해지면서 일제의 탄압도 심해져 결국 1942년 일단 자진해산 형식으로 해체하고 학보 간행도 중단되었다.

발기인은 김태준, 김효정, 이병기, 이병도, 이상백, 이선근, 이윤재, 이은상, 이재욱, 이희승, 문일평, 박문규, 백낙준, 손진태, 송석하, 신석호, 우호익, 조윤제, 최현배, 홍순혁 등이며, 초대위원은 위의 발기인 중에서 김태준, 이병도, 이윤재, 이희승, 손진태, 조윤제 등이 선출되었다.

2) 저술 연구

(1)『동요집』

① 서지사항

민요연구는 1920년대부터 각종 자료가 본격적으로 수집되면서 연구의 출발을 가능하게 하였다. 그 첫 사례는 1924년에 한국 최초의 구

63) 이상 <신흥>의 성격 등에 대해서는 안동대 박광현의 논문「경성제대와 <신흥>」의 논지에 의거하였다.

전민요집인 『조선동요집』[64]이다. 이 자료는 엄필진에 의해 발간되었는데, 『동요집』이라고 하나 민요도 실렸으며, 각국의 동요라 하여 일본, 중국, 영국, 독일의 동요도 함께 소개되었다. 이어서 1933년에 김소운의 『조선동요선』[65]이 발간되었고, 그 후 1939년에 『구전동요선』[66]을 발간했다. 이는 『조선구전민요집』[67]에 수록된 2,375편 가운데 동요만을 추려내어 간행한 것이다.

『조선구전민요집』는 지역별로 민요를 분류하였으며, 신문사에 독자들이 투고한 총 2,375편의 민요를 전국 13개 도로 나누어 수록하였다.[68] 제보자의 주소·성명을 밝히고, 각 편의 이해에 도움이 되는 내용이나 알아보기 어려운 사투리에 주석을 낱낱이 달았다. 이 저작은 맨 처음 일어로 간행했다가 다시 우리말로 낸 것으로 비록 <매일신보>의 지면을 활용해서 채록한 것이지만, 민요의 실상을 알 수 있는 중요한 자료이다.

1939년 3월에는 임화의 『조선민요선』이 발간되었다. 서정가, 결혼·가정에 관한 가요, 사친가, 자탄가, 풍유요, 노동가요, 서사가요, 잡요 등 장르·내용·기능 중에서 두드러진 성격에 따라 민요를 분류하였다.

그리고 『동요집』은 최근 김선풍에 의해 이재욱의 수집 자료로 확인되었다.[69] 내용상으로는 간접 조사를 통해 수집된 것인데, 『영남전래

---

64) 엄필진(嚴弼鎭), 『조선동요집』, 창문사, 1924.

65) 김소운, 『조선동요선』, 암파서점, 1933. 『조선구전민요집』에 실린 자료 가운데서 대표적인 곡만을 간추려 일본어로 번역해놓은 동요집.

66) 김소운, 『구전동요집』, 박문서관, 1939.

67) 김소운, 『조선구전민요집』, 제일서방, 1933.

68) 김소운, 『조선구전민요집』, 민속원, 1989 참조.

69) 김선풍, 「새 발굴 <민요집>(이재욱편)에 대하여」, 『한국민요학』 제 3집, 한국민요학회, 1995, 205~233쪽.

민요집』의 성격과 그 내용을 파악하는데 도움이 된다. 한편 이 책의 내용 중 뒷부분의 동요 한편과 한자말은 본문과 필체가 상이한 점이 확인된다. 앞부분은 이재욱 부인의 필체로 추정되며,[70] 뒷부분은 필사본 『영남전래민요집』에 수록된 이재욱의 필체와 같다.

이 사실에 대한 확인을 위해 저자는 『동요집』 소장자 김선풍 교수를 면담하였고, 이 과정에서 해당 자료가 이재욱에 의해 수집된 자료임을 확인할 수 있었다.[71] 김 선풍 교수는 '후학들에게 자료만 제공한다는 생각으로 이 책을 소개하였다.[72] 이 책은 1970년대 초반에 헌책방에서 우연히 발견하였고, 책과 함께 이재욱에 관한 내용의 신문을 스크랩해서 정리한 약간의 자료도 함께 있었다'고 하였다. 저자는 그 후 김선풍 교수를 다시 만나 이 자료의 실물을 직접 확인하였다.[73]

그리고 김선풍 교수는 '미발표된 필사본이라 더욱 가치가 있다'고 하면서, '이 책을 보는 순간 임화의 『조선민요선』도 이재욱이 해제만 쓴 것이 아니라, 이 책의 상당한 부분을 직접 집필했을 것이란 느낌이 들었다고 했다. 임화는 자료제공자로 추측된다. 그 까닭은 이재욱의 경우 민속학 등 다방면에 박식하였으나, 임화는 시인이자 정치가이며, 평론가였기 때문'이라고 하였다.

이 자료집의 표지에는 1929년이란 간기와 '공산(公山)'이란 필명이 적혀있고 『동요집』이라는 제명이 있다. 그런데 김선풍은 이재욱의 생

---

70) 이재욱의 아들 이정하를 통해 전달 받은 이재욱 부인의 필체와 육안으로 볼 때 동일한 것으로 확인 되며, 이정하에 의하면 '어머니가 아버지의 자료를 정리해 주곤 하였다'고 한다.

71) 『동요집』의 표지에 성대(城大)와 공산(公山)이라는 이재욱의 필명이 기록되어 있다.

72) 김선풍 외 『한국민속학인물사』, 보고사, 2004, 245~257쪽 참조.

73) 2008년 2월10일 면담.

애에 관한 사실을 명쾌히 밝혀내지 못한 측면이 있다. 김선풍은 이재욱 수집의 『동요집』을 해설하면서 표지 상단에 표시된 '성대(城大)'에 대한 풀이를 하고 있다. 풀이에 의하면 '그가 성균관대학교 교수로 근무할 때 정리한 것'으로 잘못 해석하고, 더욱이 이 글을 2004년에 발간된 『한국민속학인물사』[74]에 이 부분을 그대로 수록함으로써 새로운 오류를 보태고 있다. 그것은 '성대(成大)'를 '성대(城大)'로 쓰고 있어 의문점을 남기고 있다'란 대목의 해설부분 때문이다. 일제는 한국인이 설립한 대학에 대해서는 '전문학교'란 명칭만 쓰게 했지, '대학'이란 용어를 결코 쓰지 못하게 하였던 것이다. 이에 따르면 '성균관대학교'는 일제하에서 '명륜학원'이란 이름을 가졌었고, 오늘날의 교명인 '성균관대학교'를 재대로 쓰기 시작한 것은 1953년 이후이다.

더욱 분명한 것은 관례적[75]으로 '성대(城大)'를 '경성제국대학'의 약칭으로 썼다는 사실인데, 실제로 이재욱이 1933년 <조선어문학회> 대표 자격으로 김재철의 사망을 추도하는 조사(弔辭)에서 '성대(城大) 예과 졸업…성대(城大) 법문학부 조선어문학부 졸업'[76]이라고 한 것과 「조선민요서설」에서 '소화 4년 6월 이래 성대(城大)에서 수집한 것도…'라고 한 내용에서도 알 수 있다. 이는 1929년 6월 경성제국대학에서 다카하시(高橋亨) 교수의 주재로 전국보통학교 교원을 동원하여 '향토민요수집 조사보고 의뢰서'를 발송하여 조사한 사례를 지칭한 것이다. 더불어 이 '성대'란 용어는 1930년대 당시 경성제국대학을 가리키는 일반적인 관례이기도 했다.

74) 김선풍 외, 『한국민속학인물사』, 보고사, 2004, 230쪽.

75) 「성대학생회서 각종전람회」, <동아일보>, 1937. 11. 11.

76) <조선어문학회보> 6집, 1933, 2쪽, 조사(弔辭).

② 내용

자료 『동요집』(이재욱 편)은 대학노트에 필사한 것으로, 이 자료의 내용은 시 10편, 시조 1수와 동요 40여 편이 실려 있다. 시 편에는 X표로 크게 가로질러 놓았는데, 이것은 『동요집』에서 동요와 시가 구별없이 수록되어 있으므로 동요가 아님을 표시한 것 같다. 그리고 자료집의 내용 중에는 '대정 12년 말경 <동아일보> 지상 발표분'이라고 기록되어 있다.

김선풍은 이 자료를 소개하면서 '필사자의 습작시 10편과 시조 1편'이라고 언급하였는데, 본 연구자가 확인한 바로는 이 자료집의 시와 동요는 <동아일보> 1923. 11월에 실린 작품들이다. 그리고 김선풍은 동요를 소개하면서 '제보자를 기록한 것을 보아 개인적으로 현장조사에서 구득한 자료'라고 하였다.[77] 그런데 이 논문을 통해 <동아일보>에 발표된 날짜와 가창자가 밝혀지므로, 이 『동요집』은 이재욱의 간접조사물인 것이다. 또한 김선풍이 공개한 이 자료집에는 실수로 한 장이 누락되면서 실지 두 편의 동요가 시작과 끝이 합하여 한편이 되었다.[78] 그리고 『동요집』의 사설에는 제목이 없으나 『영남전래민요

---

77) 김선풍, 「새 발굴 ≪민요집≫(이재욱편)에 대하여」, 『한국민요학』(제3집), 207쪽.

78) 김선풍, 앞의 책, 221쪽.

1. **김선풍본 『동요집』**

동요(북청지방)

양천젼촌의젼갑섬아 부지에게말이낫소 나는실소나는실소 금전제세에나는실소

양천젼촌의젼갑섬아 괄이에게말이낫소 나는실소나는실소 세력제세에나는실소

양천젼촌의젼갑섬아 농부에게말이낫소 형제줄로애정줄로 허리능청둘려매고

그어대가는배오 양친부모게시드니 금강산제일봉에 재미불공가

집』에는 제목이 있는데, 자세한 내용은 <부록 5>를 통해 확인할 수

나이다

2. **이재욱본『동요집』**

동요(북청지방) (<동아일보>를 통해 확인한 바로는 가창자는 리형원이고, 1923.11.18 수록 됨)

양천전촌의전갑섬아 부자에게말이낫소 나는실소나는실소 금전재세에나는실소
양천전촌의전갑섬아 관리에게말이낫소 나는실소나는실소 세력재세에나는실소
양천전촌의전갑섬아 농부에게말이낫소 나는실소나는실소 무－지하야나는실소
양천전촌의전갑섬아 상인에게말이낫소 나는실소나는실소 속이는노릇나는실소
양천전촌의전갑섬아 사군에게말이낫소 나는실소나는실소 어복에장사나는실소
양천전촌의전갑섬아 세민에게말이낫소 나는실소나는실소 모진학대가나는실소
양천전촌의전갑섬아 애국자에게말이낫소 나는실소나는실소 형사조사가나는실소
양천전촌의전갑섬아 류학생에게말이낫소 나는실소나는실소 맘태우기에나는실소
양천전촌의전갑섬아 시가안가고무얼하소 나는좃소나는좃소 홀로살기가나는좃소

동요(동래지방) (<동아일보>를 통해 확인한 바로는 가창자가 동래군 동래면 복천동 이인선이고, 1923.11.18 수록 됨)

우리금주 심은나무 금강수 물을주어
육판서 버던가지 각업수령 꽃이피고
삼정성 열매열어 은독기와 금독기로
그남글 버혀내여 모왓구나 모왓구나
염불선을 모왓구나 사공은 바라보니
대사십육 사공이요 적군은 바라보니
오바라한 적군이라 찹쌀단말 밉쌀단말
유리를 짐바거러 이물가득 실어놋코
아밤줄노 허페줄노 어맘줄노 잔정줄노
형제줄노 애정줄노 허리능청 둘너매고
그어듸 가는 배요 양치부모 게시드니
금강산 재일봉에 재비불공가느이다.

있다. <동아일보>에 수록된 날짜를 표로 나타내면 다음과 같다.

<표 1> 『동요집』 곡명의 <동아일보>수록 일자( )는 제보자[79]

	날 짜	곡 목
시	1923.11.4	명월야(김여수), 씨를 뿌리자, 어즈러운 이 세대, 오실님(김진욱)
	1923.11.11	산해골(권파)
	1923.11.18	회상곡(광사), 농촌 청년의 절규(장원순), 농가의 아침(정기환)
동요	1923.11.4	호랑나비(오월), 노처녀의 설움(이종한), 영화(강경수), 바늘(강경수), 꽃노래(강경수), 황선달의 맛딸(강경수), 형님형님(이연포), 해롱해롱(이연포), 배나무골(평양 경상리, 정학영)
	1923.11.11	비야비야(강진동), 울아바니, 다복다복(이연포), 쌍금쌍금(국헌), 서울이라(최용규), 진주단성(봉권), 여보여보(장춘강), 논귀대기(최영신), 하날에는, 네저골내(권천덕), 성아성아(임병규)
	1923.11.18	왜밥뚝이(김돌뫼), 무남독녀(김건의), 그저줄가(석대산생), 네복장치고(박상규), 경상도라(박형래), 양촌전촌(리형원), 우리금주(이인선), 하동따복닥강에(이홍식), 한산모시(최택규)
	1923.11.25	베틀노래(이성홍), 파랑새, 노랑까치, 방아방아(벽파), 1.쌍금쌍금 2.망개동, 3.형아형아 4. 동래땅의(이종모), 비야비야(김종호), 하날에 선녀각시(박상흠), 서울갓든(임종화), 부루퉁(박상흠)

그리고 『동요집』 뒤편의 서사민요 <우미인초>와 세 편의 동요[80]

79) 제목이 없는 곡은 첫 사설의 첫 단어로 표시함.

80) **제목미상(이천지방, 이연포)**

해롱해롱 황해롱아　　님죽은지 삼년만에
무덤압헤 꽃치폈네　　그꽃잎은 무엇인가
님을그려 상사화라　　꽃은잇서 피건마는

가 김선풍이 공개한 자료집에는 수록되지 않았다.

여기에서 주목할 것은 이 자료집의 '영남지역편' 민요를 1930년 영남지역을 조사 할 때 직접 확인하였다는 것이다. 『동요집』에 수록된

님은가고 아니오네　　내가죽고 지가살면
꿈에라도 다니리라

제목미상(평양 경상리, 정학수)

배나무골 배좌수딸　　머리좃쿠 실한처녀
례장밧구 죽엇더라　　칠푼팔분 다줄게니
네머리를 나를다고　　조곰조곰 더살더면
떡동에를 밧을것을　　죽동에가 왼말인가
조곰조곰 더살더면　　구경군이 만발할걸
도상군이 왼말인가　　조곰조곰 더살더면
가마둔채 홀니올걸　　상여둔채 웬말인가
조곰조곰 더살더면　　새신랑과 마주설걸
지부왕과 마주섯네　　조곰조곰 더살더면
하포포만 깔구눌걸　　칠성판이 왼말인가
조곰조곰 더살더면　　초록니불 덥구잘걸
쌈베니불 왼말인가　　조곰조곰 더살더면
원앙금침 베구눌걸　　돌벼개가 왼말인가

제목미상

낭글싱가낭글싱가　　낙동강에 낭글싱가
그나무가자라나서　　열매하나 여럿다네
무슨열매여럿던고　　해와달이 여럿다네
열매하나 따여다가　　햇님을낭안을엿코
달님을낭것을대여　　줌치한개지여내서
중빌따서중침노코　　상빌따서 상침노아
무지개로선두리고　　당홍실노 귓밥처서
동내팔사 끈을다라　　한길가에 거러노코
올나가는구감사야　　나려오는 신감사야
저줌치를구경하소　　그줌치를누솜시로
누가누가지여내소　　어제왓든순금씨와
아래왓든선이씨와　　둘의솜시 지여냇네
저줌치를지은솜시　　은을주랴금을주랴
은도실코 금도실코　　물명주삼척수건
이내허리둘너주소

자료들 중 영남지역의 7편은 『영남전래민요집』에도 수록되었다.

(2) 『농촌도서관의 경영법』

『농촌도서관의 경영법』[81]은 이재욱이 조선총독부 도서관 촉탁으로 재직하던 시절인 1935년에 엮은 전문도서이다. 비록 문고판 60쪽 소책자이나 우리나라 독서운동사(讀書運動史)나 근대 도서관사에서 의미 있는 책이다. 이재욱은 '총설(總說)'에서 농촌 현실과 농촌 도서관 운동의 필요성을 다음과 같이 제시했다.

> 조선인구의 약 8할은 농업을 생업으로 하는 자, 혹은 그 관계자이며 또 그들은 농촌을 형성하고 있으며 그 대부분이 문맹인 것은 세인의 주지하는 바이다. 그리고 목하 그들은 향상과 갱생에도 일심매진하고 있다. (중략) 그것은 전조선적으로 농촌도서관운동열을 고취하여 일반에게 도서관 특히 농촌도서관의 가지는 바 사명을 충분히 인식시켜 그 건설 발전을 촉진함에 있다고 하겠다.

이러한 인식에서 이 책이 집필되었음을 알게 하는데, 전체 내용은 다음과 같다.

1. 총설 – 조선농촌 현실과 농촌 도서관 운영의 요결
2. 도서관의 시설 – 건축과 진열실, 그리고 집회소와 방제시설
3. 도서관 상무(常務) – 도서수집의 방도, 그리고 도서의 선택과 관리법
4. 통계 – 장서통계와 열람통계

---

81) 이재욱, 『농촌도서관의 경영법』, 한성도서주식회사, 1935.

5. 경비와 유지문제
6. 부록 - 전조선 공개도서관, 이명본명 대조표(異名本名 對照表), 동서역대 년표 등.

더불어 이 책의 의미는 농촌 소도서관 운영의 핸드북이라 할 수 있는 바, 우리나라에서 근대 도서관 운영관련 저술로는 최초이며, 도서에 대한 객관적, 체계적 집필과정을 확인할 수 있다.

(3) 『우암선생계녀서(尤庵先生戒女書)』

『우암선생계녀서』[82]는 송시열(宋時烈:1607~1689)이 권씨 가문에 출가하는 장녀를 위하여 적어준 훈계로써, 부모 섬기는 도리, 남편 섬기는 도리, 형제 화목하는 도리, 자식 가르치는 도리 등 여자로서 지켜야 할 덕목을 20여 항목으로 설정하여 자상하게 이른 것이다.

이재욱이 직접 교주(校註)한 『우암선생계녀서』는 1939년 9월 대동인쇄소에서 발행한 32쪽의 소책자이다. 서문인 '교주자의 말'에서는 이 계녀서는 '비단 부녀자뿐만 아니라 일반인의 처세상 필요하다'고 발간 취지를 밝혔다. 여기에서는 이 계녀서가 처음으로 현대 철자로 간행되기에 이른 경위를 서지학적인 측면에서 제시하였다. 전체적 경로를 정리하면 다음과 같다.

송시열 필사→ 공주 권추(權推)의 아내인 장녀에게 보냄, 문중 비장품으로 소장→ 1891년 충북 영동 거주 선생 9세손 송병준 대에서 사본 일부 비전→ 1895년 경주 거주 손진암이 등사→ 손진암이 맏며느리 이씨에게 전해 줌→ 1930년 총독부도서관에 사본 기증→

---

82) 이재욱, 『우암선생계녀서』, 대동인쇄소, 1939.
이재욱, 『우암선생계녀서』, 정음사, 1946.

1939년 이재욱이 현대 인쇄본으로 발간

전반적 내용은 부모를 섬기는 도리, 지아비를 섬기는 도리, 시부모를 섬기는 도리, 형제간에 화목하는 도리, 친척 간에 화목하는 도리, 자식을 가르치는 도리, 제사를 받드는 도리, 손님을 대접하는 도리, 투기하지 않는 도리, 말을 조심하는 도리, 재물을 절제하면서 쓰는 도리, 일을 부지런히 하는 도리, 병환을 돌보는 도리, 의복과 음식을 만드는 도리, 노비 부리는 도리, 재물을 빌려주고 되돌려 받는 도리, 팔고 사는 도리, 비손하는 도리, 종요로운 도리, 선인들의 선행 등 20여 조로 되어 있다.

이들 내용은 조선시대 사대부가 부녀자들의 행동에 관한 사회적 규범을 보여주는 것으로 여성사 연구에 중요한 자료로 평가된다.

그리고 이 자료는 이재욱이 국립중앙도서관 관장으로 재직 중이던 1946년 정음사에서 다시 발간되었다. 역시 56쪽의 소책자 형식이었다. 서문 '소개하는 말씀'에서는 앞서 1939년에 발간된 자료보다 약간의 내용이 더 부가된 정도이다.

(4)『독서와 문화』

『독서와 문화』[83]는 이재욱이 1947년 국립도서관장직에 있던 시기에 발간한 소형 교양도서이다. 1941년부터 1947년 사이에 신문과 잡지에 발표된 글들을 모은 것인데, 총 79쪽 분량의 소책자이다.

내용상으로는 서지학 분야(「우리 고전의 재음미」「탐서(探書)」「도서군(圖書群)」「개정소학총론(改訂小學總論)」「춘향전」), 민속분야(「

83) 이재욱,『독서와 문화』, 조선계명문화사, 1947.

관왕묘(關王廟)」「역(曆)의 상식」 교양부문(「독서」, 「가을과 독서」, 「학생과 독서」) 그리고 민요부문(<산유화>, 「전래민요」)을 다루었다. 이 중에 몇 편을 살펴보면 다음과 같다.

「춘향전」은 그 내용에 대해서가 아니라 서지적인 차원에서 다루었다. 즉 근원설화로 전해지는 이능화의 「춘몽록(春夢錄)」등의 문헌과 연구논문인 김태준, 조윤제 등에 관한 글, 그리고 일본인의 각색 작품과 영역서 「The Fragrance of Spring」 등을 소개하였다. 이는 <아리랑>의 다양한 장르 확산 상황에 관심을 가진 당시로서는 이재욱이 국립도서관의 직에 있고 서지학에 관심을 갖고 있기에 집필이 가능했던 글이다.

두 편의 민요 관련 글이 확인되는데 이 가운데 <산유화>는 과거에 발표한 글 「소위 <산유화가>와 <산유해> <미나리>의 교섭」을 재수록한 것이다. 「전래민요」는 내용 중 '거금 17년 전'[84]이란 표현, 즉 1930년 영남지역 민요조사 사실을 적시하면서 『영남전래민요집』의 조사자가 이재욱임을 입증해 주었다. 그리고 이 글은 1930년 영남지역 30개 지역을 조사할 때의 경험담과 농민들의 유장한 <이앙가(移讓歌)>의 가치를 제시한 글인데, 바로 여기에서 상주 지역의 당시 61세 '민요가수 박천일(朴天一)'의 존재를 알려주고 있다.

이와 더불어 1930년 조사 당시 사명감의 회고와 성주 지역 <이앙가> 사설[85]에 나오는 '상주 공갈못'과 '충청도 가섭산'을 문헌고증을 통해 확인하였다. 전자는 『신증동국여지승람』에서의 '공검지'의 와전이라는 사실, 그리고 후자의 '가섭산'은 임란 때 조령의 천험(天險)을 버리고 충주 달천에서의 신립장군(申砬將軍) 패전과 관련 있는 '가섭

84) 『독서와 문화』, 65쪽.

85) 『영남전래민요집』, 136쪽.

산(迦葉山)'이라는 사실을 밝히기도 했다.

3) 민요연구

(1) 「소위 <산유화가>[86]와 <산유해> <미나리>의 교섭」에 대하여

이 논문은 경성제대 졸업자들의 동인지 <신흥> 제6호(1931년 12월)에 발표한 글이다. 그 내용이나 시기로 보아 1930년 영남지역 민요조사를 바탕으로 경성제대 졸업논문 『영남민요연구』의 일부로 추측된다. 이재욱의 연구방향과 의식세계, 즉 문헌, 역사 기반, 민요의 추이에 대한 관심, 향토사에 대해 경성제대 문학부의 연구 경향인 '실증주의와 문헌학적 연구태도'인 해석, 이해, 평가하는 기초 작업에 충실한 글이다. 거의 유일하게 이른 시기에 원전으로서의 확정을 받은 글이다.

이 잡지의 창간 전후 학문적 지향은 '학문의 과학적 경향'이었다. 그래서 이 잡지의 초기 내용이 서양 이론의 번역 소개, 철학이나 사회과학 논문의 편중 등으로 나타난다. 이에 반해 이재욱은 이 논문에서 알 수 있듯이 총론적이기보다는 비교적 구체적이고 실증적인 논문을 썼다. 하나의 민요가 어떻게 전개, 교섭되며 전승되는가를 살핀 것으로 당시로서는 흔치 않을 만한 단일 민요를 주제로 한 본격적인 논문으로 주목을 받았다.

이 논문의 소재인 <산유화가>는 1960년대 이종출의 「<산유화

86) 부여는 남부여시대 123년간이나 백제의 도읍지였다. 이러한 역사성 때문에 부여 지역민들은 자긍심 높은 문화를 지녀오고 있다고 생각한다. 그 입증의 하나로 오랜 역사를 갖고 불려오던 <산유화가>를 손꼽는다. 이 노래를 '부여형 상사소리'라고도 하는데, 논산, 공주, 청양, 일부지역까지 불려진다.

가> 소고」87)에서 지적했듯이 일제시대에 이병기, 양주동, 권상로 등이 맨 먼저 관심을 가졌다. 이후 1980년대 아라리와 메나리의 관계를 설명하며 다시 논구하게 되고, 1990년대로 접어들어 이소라에 의해 비로소 본격적인 음악상의 분석이 가해지게 되었다. 그리고 특히 이 논문은 당시 60세인 상주읍 신동동 윤영식옹88)과 '상주 제일의 민요가수89) 박천일(60)옹의 증언, 『신증동국문헌비고』90)와 같은 문헌을 대비한 논리 전개방식이 매우 신선한 것이었다. 따라서 일제강점기까지는 매우 긍정적인 평가를 받았다. 특히 이후 이 노래를 백제시대에 형성된 노래로 보는 것에 누구도 이의를 제기하지 않았다.

이를테면 김태준은 1934년 『조선가요집성(朝鮮歌謠集成)』 중 백제고가편에서 <산유화> 두 편을 게재91)하며 이 논문에서 인용했음을

---

87) 이종출, 『무애 양주동박사 화갑기념논문집』, 동국대, 1963, 432쪽.

88) 상주시 낙동면 낙동, 박천일(『영남전래민요집』, 301쪽).
"낙동동백칠십에 거주하는 백성진노인(74세)에게 물은즉 그런 전설은…"
위의 논문에 등장하는 인물과 사설이 『영남전래민요집』에 있다. 그래서 이들의 흔적을 찾기 위해 2008년 2월26일 저자는 상주 낙동 지역에서 김동일(낙동 1리 이장), 백남식(낙동 2리 이장) 등과 면담하였다. 그들의 증언에 의하면 '낙동 강변을 중심으로 홍백계라고 하는 지역이며 앞으로 펼쳐진 산이름이 홍백산 이었다고 전해진다고 한다, 홍씨와 백씨 성을 가진 집성촌이었으나 대홍수로 인해 강변주위에서 산 밑과 언덕으로 이사를 하였다'고 하였다. 그 외 마을 노인들도 백성진, 김남조, 박천일, 김인오에 대해 아는 바도 없고, 민요도 아는 바가 없다고 했다. 또한 상주시 신봉리(『영남전래민요집』, 311쪽)는 현재 아파트와 상주고등학교가 들어섰고, 현재 4개통으로 구성되어 있으며, 지금으로서는 1930년대의 거주인물 윤영식을 확인하기가 불가능하다고 하였다.

89) 대개 명창이라면 일반적으로 창곡단위를 잘 부르는 사람을 '소리가 곱다'거나 '은쟁반에 옥구술 구르는 것 같다'고 하고, 사설단위인 서사민요류를 잘 할 때는 '총기가 좋다'라고 하는데, 이 둘 중 하나를 잘해도 그렇게 부른다.

90) 이 문헌은 『증보동국문헌비고』이거나 『신증동국여지승람』의 오기인 듯하다. 그것은 '신증동국'은 『여지승람』에만 쓰이기 때문이다.

91) 김태준, 『조선가요집성』, 한성도서주식회사, 1934, 28쪽.

밝혀 자료화했다. 이어서 고정옥은 『조선민요연구(朝鮮民謠硏究)』에서 충남 예산지역에서 조사된 103번 사설(165쪽)을 소개하며, '이는 <산유화가>와 <미나리>의 교섭에 착목한 이재욱 씨의 탁견(卓見)의 한 유력한 증좌가 되리라고 생각한다'라고 강조했다.[92] 한편 김태준은 편저 『조선가요집성』에서 <초부가>와 <산유화가>를 거론하였고, 주요 관련 논문을 거론하는 곳에서 <미나리>를 소개하며 각주에서 별도로 언급을 계속하고 있다.

근년에 접어들면서도 이에 대한 관심은 줄곧 이어졌다. 강등학은 민요연구사를 개괄한 「민요의 연구 흐름 점검: 문제의식의 추이와 현황의 분석」[93]에서 '이재욱의 이 글은 백제 노래로 알려진 <산유화가>

---

92) '메나리꽃아 메나리꽃아...'라고 시작하는 '산유화가'에 대해 고정옥은 다음과 같이 말을 했다. '이재욱이 山有→山遊→뫼놀이→미나리로 추단하였는데, 이 노래는 현행 '산유화가'가 바로 '메나리'로 되어있는 예다.'

<충남 예산지역 사설>

메나리꽃아 메나리꽃아
저꽃피여 농사일시작하야
저꽃이저서 농사일필역(畢役)하세
얼널널상사뒤여 어뒤여상사뒤
메나리꽃아 메나리꽃아
저꽃이피여 번화(繁華)함을자랑하라
구십춘광 잠간간단다
얼널널상사뒤여 어뒤여상사뒤

<「소위 <산유화가>와 <산유해> <미나리>의 교섭」 사설>

산유화야 산유화야
저꽃피여 농사일시작하야
저꽃지더락 필역하게
얼널널상사뒤 어여뒤여상사뒤
산유화야 산유화야
저꽃피여 번화함을자랑하라
구십춘광 잠간간다
얼널널상사뒤 어여뒤여상사뒤

93) 강등학, 『문화예술』(한국문화예술진흥원, 2006. 6).

와 경상도의 민요 <어사용>, <미나리> 등의 장르적 교섭관계를 노래명을 중심으로 옛 문헌과 현지주민의 증언을 활용하여 검토하였다. 이는 제1기의 글로서는 드물게 분석적이며 논증적인 기술로 평가된다. 또한 이 작업은 최초의 본격적인 민요분류 업적으로 제2기의 저자들도 이를 크게 수용하였다.'고 하였다.

그러나 오늘의 민요권 연구와 음악적 분석 결과로는 주목을 받았지만 그 내용에 대해서는 이소라 등에 의해서 비판을 받기에 이르렀다. 물론 이 논문에서 이재욱 자신이 '향토예술을 논할 때는 어느 정도 황당무계(荒唐無稽)와 미망 배리를 전제하지 않을 수 없다'고 하긴 했지만, 그의 결론은 틀린 것으로 평가되고 있다. 즉 산유화의 백제기원설도, <산유해>와 <산유화곡> 간의 관계도 잘못 서술되고 있다고 생각하기 때문이다.

이에 대해 이소라는 「<민아리>와 <어산영(산유해)>, 이른바 <산유화가>의 비교」에서 탁상공론을 비판하며 세 가지 측면에서 다음과 같은 문제를 지적하기도 했다.[94]

그리고 김태준은 『조선가요개설』에서 『증보문헌비고(增補文獻備考)』(권246) 백제가요조에는 <산유화가 일편>으로 남녀상열지사(男女相悅之詞)라고 했고, 「백제의 사적과 부여의 명승고적」에 <산유화곡>이 있다며 '산유화야 산유화야 저 꽃피여 농사일 시작하야…. 얼널널 상사뒤 어여뒤여 상사뒤….'를 제시했다. 그리고 이사명(李師明)과 윤창산(尹秞山)의 한시 작품도 백제 노래라고 했다. 정인보가 『증보문헌비고』를 들어 가사는 없으나 부여 근방의 <산유화곡>이 있어 그

94) 이소라는 관련 논고 두 편에서 산유화가, 산유해, 미나리의 관계를 단지 문자해석에 치우쳐 현장조사가 부족했던 데서 결과한 것으로 전제하며, 민요권, 용도, 가창방식, 선율 등을 대비하여 각각의 곡들 간에는 상관성이 없다고 했다. 『부여의 민요』, 부여문화원, 1992, 58쪽.

것이 변천 없이 온 것인지는 단언할 수는 없다고 한 것을 소개했고, 자신은 <산유화가>가 백제 노래라고 본다고 했다.[95)]

오늘날 이 <산유화가>의 백제 기원설에 대해서는 부여지역에서는 물론 저자의 해석과 관점이 일치한다. 현재 이 노래는 1977년 전국민속경연대회를 통해 문공부장관상 수상을 계기로 충남지방문화재 제4호로 지정되어 있다. 당시 부여국악원에서 활동하던 홍준기(1899년생), 박홍남(1920년생), 이병호(1926년생) 등이 전수의 주역들이었는데, 1986년 초 위의 세 분[96)]은 명칭에 대해 선대 소리꾼들로부터 전수받은 대로 '백제시대 이름 모를 아름다운 꽃이 있어 산유화라 지었다'라고 했다.

그런데 이 진술은 백제 멸망 천여 년 후에 지어진 『증보동국문헌비고』 권246의 '백제 가요조'에서 '<산유화가> 1편 남녀상열지사 음조처완 여반려옥수(山有花歌 一篇 男女相悅之詞 音調凄惋 如伴呂玉樹)', 즉 백제 가곡으로 <산유화가>란 노래가 있는데 남녀상열의 가사이며 서글픈 가락이라고 할 뿐 그 구체적인 노랫말은 전하지 않는다고 수록한 것에 유래한 것이다. 그러나 전해지는 사설 내용에서는 이 <산유화가>에서 '남녀상열지사'의 느낌을 찾을 수 없다. 그러므로 이 수록의 산유화가가 현재의 <산유화가>와 동일 곡이라고 단정하기는 어렵다.[97)]

---

95) 김태준, 『조선가요개설』(58) 민요편(3) '영남대표적 민요는 미나리 혹은 산유해라고도 하는데 한자로는 산유화(山有花)라고 역(譯)하지만 이는 전라도 충청도 지방의 산유화(山有花)와 별칭인 듯 함으로 산유화라고 한역함은 잘못인 것 같다.'(<조선일보>, 「조선가요개설, 민요편」(3), 1934. 3. 9).

96) 이 진술은 이소라의 조사 결과로 『부여의 민요』(부여문화원, 1992, 54쪽)에서 인용하였다.

97) 이소라의 조사로는 사설에서 '산유화야 산유화야'로 시작하는 농요로 부여 세도면 조사 자료, 고창군 논매는 소리, 울릉군 나무꾼소리와 문헌으로 『한

다만 문화적인 측면에서는 일면 백제기원설이 타당성을 얻기도 한다. 즉 부여지역의 청동기시대 유적 발굴에서 쌀과 반월형 토기가 발굴되고 백제시대에 수리시설을 갖추고 논농사를 했다는 사실, 그리고 이 노래가 부여, 논산, 공주, 청양 지역에서 불려왔다는 적층성(積層性)을 전제로 할 때, 논농사 소리의 기원은 상고된다고 볼 수 있다는 것이다. 이는 이재욱의 백제기원설 가정을 인정할 수 있다는 말과 같다.

이재욱은 영남의 영천과 신령 지역에서 누구나 다 부르는 민요가 <산유해>이고 이를 <얼사영>이라고도 하는데, 곡이 매우 슬픈 소리라 하고, 앞의 <산유화가>와 이 <산유해>가 일정한 관계가 있을 것이라고 했다. 그 근거를 다음 세 가지 사실로 제시했다.

첫째로는 나당연합군의 백제 멸망 전쟁에 참전했던 신라군이 백제 지역에 주둔하다 들어 알게 된 노래를 귀향하여 부른 것이 전파되었다는 추측. 둘째로는 <산유화가>의 후렴 '얼널널 상사뒤야'가 충청도와 전라북도 지역에서는 흔히 들을 수 있지만 경상도에서는 거의 들을 수 없다는 점. 셋째로는 '얼널널 상사뒤야'가 강경지방에서 불린다는 사실 등이다.

이상의 세 가지를 들어 백제 망국의 슬픈 노래가 신라지역 경상도로 전해져 승리한 신라인들은 형식과 내용을 개장(改裝)하여 <산유해>로 불렀다고 주장했다. 특히 그 곡조와 내용이 처완(凄惋)하고 비통한 것이 이를 잘 말해준다고 했다. 더불어 상주 선산 지역의 부녀자들이 부르는 <미나리>와 <산유화가>의 관계를 제시했다. 즉, '산유(山有)'는 '산유(山遊)'로 전사(轉思)되고, 그 뜻은 '뫼노리'로 되고 다시 '미나리'로 와전되었다고 했다. 그래서 재래의 가사는 저절로 소멸되

단고기』에 등장하는 「애환가(愛桓歌)」가 있다고 하지만 명칭만으로는 단정키 어려운 상황이다. 『부여의 민요』, 부여문화원, 1992, 54쪽.

고 근근이 그 가곡명만 남았다고도 간주했다.

이렇게 경상도 지역 <산유해>와 <미나리>를 거론하고 『경상도 읍지(慶尙道邑誌)』[98]와 『악파만록(樂坡漫錄)』(산유화가), 『동환록(東寰錄)』 소재 향랑조(香娘條)의 「산유화 일곡(山有花 一曲)」의 <산유화>를 한학자(漢學者)가 '미나리'의 '산유(山遊)'에 통하고 이는 '산유(山有)'와 동음일 뿐 아니라 백제의 <산유화가>에 대한 선입지식에 좌우되어 <산유화 일곡>이라 했으리라고 했다. 또한 성주 선산 지방의 <산노래>를 향랑이 부른 노래의 기조를 지니고 있다며 제시하기도 했다.

이 글은 1931년 11월에 '저자는 거하(去夏)에 민요수집차로 답사'라고 했으니 1930년에 영남지방을 답사하여 얻은 의문을 문헌과 각종 자료들을 들어 <산유해>와 <미나리>를 『경상도지』 등의 문헌 소재 '향랑 설화'에 기인한 <산유화>와 동일 연원의 노래일 수 있다는 문제를 제기한 것이다. 영남민요의 실상과 풍부한 문헌을 파악하지 못했다면 제기할 수 없는 글이라는 점에서 특히 주목 된다.

여기서 <산유화>를 다룬 가람 이병기의 소론 <산유화>를 대비코자 한다.[99]

이병기의 자료는 '<산유화>란 것은 여러 문헌에 보이거니와 과연

---

98) 필사본. 20책. 규장각도서. 경상도 각 읍의 지도 · 연혁 · 군명(郡名) · 관명(官名) · 성씨(姓氏) · 산천 · 방리(坊里) · 풍속 · 호구(戶口) · 전부(田賦) · 군액(軍額) · 성지(城池) · 임수(林藪) · 창고 교원(校員) · 관방(關防) · 진보(鎭堡) · 봉수(烽燧) · 단묘(壇廟) · 능묘(陵墓) · 공해(公廨) · 불우(佛宇) · 누정(樓亭) · 도로 · 교량 · 도언(島堰) · 장시(場市) · 역원(驛院) · 목장 · 형승(形勝) · 고적 · 토산(土産) · 진공(進貢) · 봉름(俸廩) · 관적(官跡) · 인물 · 과갑(科甲) · 제영(題詠) · 비판(碑版) · 책판(冊板) 등이 기록되어 있다. 순조 때 합책(合冊)된 것이나, 금산(金山) · 의성(義城) · 영덕(盈德) · 고성(固城)의 4개 읍지는 고종 때 추가된 것이다.

99) 이병기, 『가람문선』, 신구문화사, 1966, 193쪽.

<산유화>란 무엇인가?' 라고 하여 출전문헌, 배경설화, 사설과 곡조에 대해 견해를 밝힌 글이다. 이병기는 <산유화> 기록이 숙종 이후의 문헌에만 나온다며 출전문헌으로 이재욱이 이미 밝힌 문헌인 『백제의 사적과 부여의 명승구적』(부여고적보존회 발간), 『동국여지승람』(부여조)100), 『신증동국여지승람』(권26, 백제가요조), 『경상도읍지』(선산·향낭원가·산유화가), 『악파만록』(산유화가), 『동환록』(권4 상주조·향낭원가·산유화가), 『동국세시기』, 『조선여속고』 중에서 『백제의 사적과 부여의 명승고적』과 『동환록』 외에 『한산세고』(권12), 『증보문헌비고』(권107·향랑작산유화가), 『교남악부』, 『일선읍지』, 『일선의 열도』(1702년 간행) 등을 인용하고 배경설화와 관련 사항을 제시했다.

이 가운데 『일선읍지(一善邑誌)』의 부사 조귀상이 쓴 「향랑여초여도(香娘輿樵女圖)」와 「향랑 투강수사도(香娘 投江水死圖)」에서 인용한 배경설화를 정리하면 다음과 같다.

> 시기－숙종조 어느 해 9월 6일.
>
> 장소－선산 길재선생 비가 있는 근처 강.
>
> 발화자－향랑의 죽음을 보고 그 사연을 향랑의 부친과 부사에게 알리는 어린 나뭇군
>
> 주인공－향랑, 박자갑의 딸로 계모에게서 자라 17세에 14살짜리 임칠봉에게 출가하여 3년을 살고 강물에 투신자살.
>
> 사연－나무하러 간 처녀가 물가에서 한 여인을 만났다. 그녀는 어린 남편과 시아버지로부터 시집살이를 하다 견디지 못해 친정에

---

100) 『동국여지승람』, 성종 11년 (1480) 노사신 등이 편찬한 우리나라의 지리서. 『대명일통지(大明一統志)』를 참고하여 우리나라 각 도의 지리·풍속·전설, 특히 누정(樓亭)·불우(佛宇)·고적(古蹟)·제영(題詠) 등(等)의 조(條)에는 역대 명가(名家)의 시(詩)와 기문(記文)이 풍부하게 수록되어 있다.

왔지만 아버지와 계모가 받아주지 않아 다시 숙부에게 갔는데 숙부는 개가하라고 강권하였다. 어쩔 수 없이 시집에 들어갔으나 학대는 더 심하였다. 그래서 물에 몸을 던져 죽으려 하는데, 내가 아무도 모르게 투강 자살하면 혹시 모르는 남자를 따라 나갔다는 오해를 받을까하여 억울해 하던 차 너(樵女)를 만났다. 그러니 짚신과 치마를 내 친정아버지에게 전해다오. 그런데 네가 두려워하니 내가 '노래 한 곡조'를 하나 불러 줄테니 기억했다가 네가 나무하다 여기를 오게 되면 이 노래를 불러 달라. 그러면 네 온 줄 알 것이고, 물살이 돌면 내가 온줄 알아라. 이렇게 하여 노래를 부르고 저고리로 얼굴을 싸고 물에 빠져 죽었다.

'산유화' 곡조는 '하늘은 어이 높고 땅은 어이 넓은고/ 천지는 크더라도 이 몸은 둘 데 없다/ 차라리 물에 던져 어복(魚腹)에 장(葬)할거나' 라고 하여 근거로 한 것이다.

이병기는 향랑의 마지막 상황을 주목하여 향랑을 불우한 환경에 희생된 열녀이기보다는 천재적이고 정열적인 예술가로 봐야한다고 했다. 그리고 <산유화>의 어의에 대해 언급했는데, 산유화는 '메나리'를 한자로 적은 것이라고 했다. '메'는 '산'이고, '나리'는 '꽃'으로 곧 '산화(山花)'인데, '유(有)'를 첨가하여 '산유화'라 한 것은 한문투에서 비롯된 것이라고 했다. 그리고 '메나리는 소당풍속시(嘯堂風俗詩) 앙가(秧歌) 또는 산가(山歌)라 하였으며 남도[101]여자들이 혹 사설을 섞어 우는 것을 메나리조라 한다. 산유화라는 말은 근조에 생겼다 하더라도 이 음조만은 퍽 오랜 것이고 남도의 특수한 향토성을 나타내는 곡조의

101) '남도'의 의미는 두 가지이다. 하나는 진도아리랑을 말 할 때의 '남도'민요이고, 또 하나는 "대구는 영남의 중심도시오 창극조 남도소리. 소리의 본고장인 만큼…"(제2회 대구의 밤, <조선일보>, 1934. 10. 27)의 경우와 같이 '영남'의 남도이다. 북부, 중부, 남부로 구분한 당시의 민요분류 방식을 확인할 수 있다.

하나다. 향랑은 이 메나리조로 그 노래를 불렀을 것이다.'라고 했다.

이는 메나리를 음악 조로 이해한 것으로 이 글은 향랑 전설에 의한 산유화와 백제 노래라는 산유화가 있음을 제기했다. 또 산유화는 '산의 노래' 즉 '메나리'인데 '메나리'는 남도의 음악조이기도 하다고 한 것이다.

앞에서 살핀 대로 앞의 이재욱의 논문은 하나의 노래가 어떻게 오늘에 이르렀는가를 주제로 한 민요론이지만, 이에 반하여 이병기의 소론은 그 배경설화와 그 작자에 중심을 둔 글이다. 전자는 민요론으로 접근하였고 후자는 문헌을 통해 배경설화[102]를 중심으로 살핀 글이라 할 수 있다.

<산유화가>는 과연 백제가요일까? 이 문제는 이재욱으로부터 시작하여 지금까지 민요 관련 단일논문 가운데 가장 많은 주목을 받은 테마 중의 하나이다. 이것은 백제가요인 <산유화> 곡과 영남좌도일대(영천, 신령을 중심으로 하고)에 성창되는 민요 <산유해>, 혹은 <얼사영>과의 관계와 상주 선산지방 부녀자 간에 성창되는 미나리와 관계 유무와 관련된 것이다. 아울러 '산유(山有)'는 '산유(山遊)'와 동음인 관계로 당시 부녀자에게서 '산유(山有)'는 '산유(山遊)'로 전이되고 그리하여 산유(山遊)를 훈독하여 뫼노리에서 뫼나리, 미나리로 전이되었다고 추정하였다.

다음은 이재욱이 향랑 가창요의 편린일 것이라고 소개한 우금 성주 선산지방에서 부녀자 간에 선창되는 <산노래>에 대하여 살펴보기로 한다.[103]

---

102) 설화의 하위에는 신화(myth), 전설(legend), 민담(falktale)이 있는데, 이들 간에는 구분이 쉽지 않기도 하다. 전승자의 태도, 시간과 장소, 증거물 주인공, 전승범위, 세계관에서 서로 넘나들기 때문이다.

기정가자 기정가자
산에올나 기정가자
나물뜨더 엽헤끼고
꽂은 꺽어 머리꼿고
닙흔뜨더 치금불고
마노장판 기정가자
친정에도 하직이요
싀집에도 하직이요
어듸로 갈거나 (성주)

향랑이 부른 <산유화>는 공통적으로 남편을 잃은 뒤 절개를 지키려고 하는 자신이 이 세상에서 의지하고 살아갈 곳이 없음을 한탄한 것으로 위의 곡과 내용이 유사하다. 즉 향랑은 당시 민요로 불리던 <산유화> 곡조로 자신의 처지를 읊은 것이다.

그렇다면 조선시대 선산의 여인 향랑이 부른 <산유화>와 백제의 노래인 <산유화가>와는 어떤 관계가 있을까. <산유화가>는 백제에서 처음 형성된 후 오랜 세월에 걸쳐 여러 지역으로 전파되면서 백제 패망 후에는 그 유민의 한을 담은 노래로, 경상도 선산 지방에서는 과부 향랑의 한탄을 담은 노래로 변모 과정을 거치며 전승되었던 것이다. 설화라는 것은 원래 입에서 입으로 전승되는 것이어서 이름이 비슷할 경우 쉽게 변이되어 정착되는 속성을 지니고 있기 때문이다.

이 이론을 음악학적으로 살피고자 리듬의 형태를 비교할 수 있는 장단, 선법구조, 선율진행방법, 시작음과 종지음 등으로 구분하여 확인하고자 한다.

다음은 현재까지 전승되고 있는 <부여 모심기 소리>와 지리산의

103) 『영남전래민요집』, 140쪽.

<초부가>, 그리고 <메나리> 3곡을 분석하겠다.

① <부여 모심기소리>

<악보 1> <부여 모심기 소리>104)

부여 농사 짓기 소리
모심기 소리

박홍남, 이병호 창
백대웅 채보

<표 2> <악보 1>의 출현음 분석

	1	2	3	4	5	6	7	8	9	10	11	12	13	14	15	16	17	18	19	20	21	22	23	24	25	26	27	28	29	30	31	32	33	34	35	36	총
B(미)							1		1												5				1								1		1		10
D(솔)			1			1																				1			1			1					5
E(라)			2			1			2	1							2	2				3	1	2	1	1			2			1			2	1	24
F(시)						1											2	1				2	3	1	1							1					12
G(도)	1	1		2	2	2											2	1				1	2	1	1	1	1	1		2	2	2					25
A(레)		1			1						4	1	3	1	5	3												1			1						21
B(미)								1			1						1	1					1											1			6
E(라)																			6	1																	7

104) 김해숙 · 백대웅 · 최태현, 『전통음악개론』, 어울림, 1997, 291쪽.

<부여 모심기 소리>는 주요음은 '미－솔－라－(시)－도－레'로 나타나나 출현음은 '미－솔－라－시－도－레－미－라'로 위로 2음계가 더 출현을 한다. 최고음은 옥타브 위 '라'이며 최저음은 옥타브 아래 '미'로 음역은 넓은 편이며 시작음은 '도'이고 종지음은 '라'로 이며 음계는 '라－도－레－미－솔'로 '라'음계라고 할 수 있겠다. '시'음의 경우 횟수는 많이 출현을 하나 '도'에서 떨어지는 음으로 '시'가 나오기 때문에 중심음이 4음인 '미－라－도－레'로 볼 수 있다.

<**표** 3> **주요음 분석**

주요음	중심음	시작음	종지음	최고음	최저음
미·라·(시)·도·레 B－E－(F)－G－A	미·라·도·레 B－E－G－A	도 G	라 E	라 E	미 B

<예보 1> <부여 모심기 소리> 선율 구성음

② <초부가>

<악보 2> <초부가>[105]

105) 이보형, 「메나리조(山有花制)」, 『한국음악연구』, 한국국악학회, 1972, 117쪽.

초부가(樵夫歌)

이보형 채보

에헤 헤헤헤이 남날 적에나도 났고호호오내날 적에 참났는 데 어찌부귀
빈친이같지않 고 항상 이놈 은 에이지게 목 발 못면하 고오오오
항상남 집단살 아진고 호호호이 히이히히 하하하하아

<표 4> <악보 2>의 출현음 분석

	1	2	3	4	5	6	7	8	9	10	11	12	13	총
A(미)					1		1	1	1	3	6			13
C(솔)			1	2	2		2	2	2	1				12
D(라)	5	1	3	4	1	4	3	1	5	4	1	1	6	39
F(도)	1	5	3	1	3	2	2	4				5	1	27
G(레)												2		2

<초부가>의 주요음은 '미－솔－라－도－레'이며 시작과 종지 모두 '라'이나 종지음 뒤에 '도'음이 한음 더 출현을 하나 그 음은 종지음으로 보기보다는 종지음에서 음을 끌어 올려 끝내는 것으로 볼 수 있으며 중심음은 '미－라－도'로 나타나 종지로 볼 때는 '라'음계로 볼 수 있으나 주요음 구조는 '미'음계 선율 구조를 가지고 있다. 전체적인 음 구조는 주요음에서 벗어나지 않게 곡이 구성되어져 있다.

<표 5> 주요음 분석

주요음	중심음	시작음	종지음	최고음	최저음
미·솔·라·도·레	미－라－도	라	라	레	미
A－C－D－F－G	A－D－F	D	D	G	A

<예보 2> <초부가> 선율 구성음

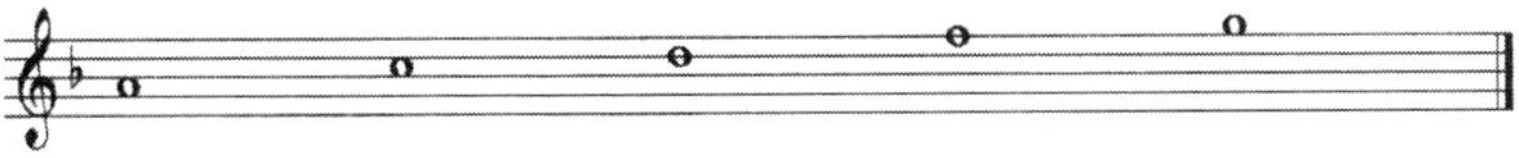

③ <메나리>

<악보 3> <메나리>106)

메나리

이보형 채보

<표 6> <악보 3>의 출현음 분석

	1	2	3	4	5	총
E(미)		3	2	3	1	9
G(솔)			1			1
A(라)		4	2	4		10
C(도)	3	1	1			5
D(레)	1	1	1			3

<메나리>의 주요음은 '미－솔－라－도－레'로 '미'음계의 주요

106) 이보형, 「메나리조(山有花制)」, 『한국음악연구』, 한국국악학회, 1972, 117쪽.

선율구조를 가지고 있다. 중심음은 '미－라－도'의 구성을 가지고 있으며 시작음은 '도'로 시작하여 종지 '미'로 종지한다. 최고음과 최저음은 주요음의 틀을 벗어나지 않는다. 시작음이 주요음의 4번째 음으로 시작하는 구조를 가지고 있다.

<표 7> 주요음 분석

주요음	중심음	시작음	종지음	최고음	최저음
미·솔·라·도·레 E－G－A－C－D	미－라－도 E－A－C	도 C	미 E	레D	미E

<예보 3> <메나리> 선율 구성음

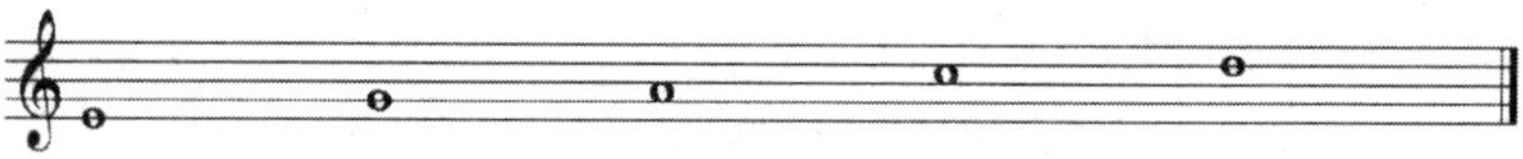

<표 8> 산유화가류의 주요음 분석

곡 목	미	솔	라	시	도	레	미	라
1. 부여모심기소리	0	0	0	0	0	0	0	0
2 초부가	0	0	0		0	0		
3. 메나리	0	0	0		0	0		

<부여 모심기 소리>는 '라'음계로서 '도', '시'로 꺾는 음이 있고, 경상도 <초부가>나 메나리는 모두 미선법의 메나리토리이다. 선법은 분명 서로 다름이 확인된다. 그러나 이 선법상의 다름이 민요의 연원이나 전이 여부 까지를 규명하는 절대적 단서는 되지 못한다. 교섭

의 결과는 민요론적 입장이기보다는 당시의 여러 상황을 고려한, 즉 문화적 해석의 대상이기 때문이다.[107)]

결국 어원, 배경설화, 역사적 사실 등이 부합된다면 두 민요간의 교섭관계는 선율상의 관계보다 그 문화적 관계가 더 중요하게 해석되어질 필요가 있다는 것이다.

(2) 『조선민요서설(朝鮮民謠序說)』

1939년 임화가 엮은 『조선민요선(朝鮮民謠選)』[108)]의 해제로 문고판형 17쪽 분량의 소론이다. 비록 소론이기는 해도 이 시기 민요총론으로는 유일한 글이다. 이때까지는 엄필진의 『조선동요집』과 김소운의 일본어 번역 『조선민요집』『언문조선구전민요집』『조선동요선』『조선민요선』 등이 있었으나 오로지 순수 민요모음집은 이 『조선민요선』 뿐인 것이다. 이 자료에는 도합 160편을 수록했는데, 이는 이 민요집의 위치를 말해주는 것이다.

그런데 이 민요선집의 편자에 대해서 논의의 여지가 있다.[109)] 즉 외견상으로는 임화로 되어있지만, 실제는 임화가 아닐 수도 있다는 것이다. 그 단서로는 우선 임화가 쓴 글 중 민요수집에 관한 글이 없다는 점이다. 그리고 또 하나는 이 책의 광고 문안이다. 이 두 가지 사실에서

---

107) 이런 경우 강원도의 <아라리>와 경남 <밀양아리랑>간의 상황을 대입할 수 있는데, 두 소리 간에는 선율상 아무 관련이 없다. 그럼에도 아리랑으로 말해지는 데는 선율상의 관계이기 보다는 문화적인 관계가 중요함을 보여주는 것이라 하겠다.

108) 임화, 『조선민요선』, 학예사, 1939.

109) 저자는 2006~2007년 사이에 임동권 교수, 김선풍 교수, 그리고 <아리랑연합회> 김연갑 이사 등의 여러 저자들과 이 문제를 집중적으로 논의한 바 있다. 그들 모두 임화가 민요 작업을 한 것으로는 보지 않는다고 했다.

실제 편찬자는 임화가 아닐 수도 있다.

> 민요는 향토문화의 정수요 현대 언어문화의 원천이다. 그러므로 민요 수집은 원칙상 직접 창자(唱者)의 구송(口誦)을 조금도 상하지 않고 수사(手寫)하는 것이다. 본서는 이런 의미에서 이상으로 각 여행자가 직접 여행하야 수사(手寫)한 초고를 중심으로 하여 편찬한 것이다.[110)]

이는 수록 민요자료가 모두 실제 현장에서 직접 수집한 것이라고 한 것이다. 과연 임화가 이 시기 민요를 직접 수집했고, 이를 확인 시켜주는 기록이 있는가라는 의문 때문이다.

① 민요의 의의와 가치

이 글에서 이재욱은 민요에 대하여 '일개 민족고유의 자연적 공동심음의 표현'이라고 하며 '최초에는 가재(歌才) 있는 일개인이 창출한 것이라 할지라도 시간적 공간적으로 유전되는 사이에 그 노래는 개인적 색채를 해탈하는 것이 상례임으로 이것을 국민적 합작품 혹은 사회적 산물'이라는 발생론을 피력했다. 또한 연구 시각에 대해서 '가사의 문학적 가치, 악보의 음악적 가치, 내지 이에 부수하는 무용의 예술적 가치가 그 대상'이 되어야 한다고 하며 특히 사회적 문학적 지위를 강조했다.

한편 민요에 대한 그릇된 인식이 있음을 지적했는데, 즉 '봉건군주시대의 산물로서 그 인습적 사상과 그 전통적 취미 속에서 배태된 것인 즉 이미 생활양식과 생산방법이 일변한 금일에는 현존을 불허할 골

---

110) <조선일보>(1939. 4.26)

동품에 불과하다며 그 도피적, 현상유지적, 현상만족적, 우상숭배적 정신과 그 율조의 용만유장(冗漫悠長)을 이유로 일률로 민요연구 내지 정리를 무의의화하랴는 논자가 있는 것은 유감'이라고 하였다.

② 한국 민요의 사적고찰

여기에서는 한국의 전래민요가 이른바 유불동점(儒彿東漸) 이후에 형성된 것이라고 보고, 조선시대에 들어서 '하급계급에는 유교도의의 지고의 소치로 급격히 많은 민요가 배태'되게 되었다고 했다. 그리고 자신이 주목하고자 하는 것이 '관부의 민요에 대한 태도와 유불교의 민요에 미친바 영향'이라고 해서 사적인 관점에 무게를 두고 있음을 피력했다.

③ 한국 민요의 특질

한국 민요의 특질을 논한 대목에서는 일반적으로 논의된 특질 외에 서양인의 수록을 인용하여 이에 동의한다고 했다. 이는 당시 다른 논자들의 시각과는 다른 독특한 방식인데, 영국인 여류 여행가 비숍(Isabella. B. Bishop)의 견해이다.

> (조선인의)노래는 태(殆)히 해결을 절규하는 것으로서 오등 영국인의 감정에는 하등 반응을 주지 아니하는 부조합한 환희이다. 극동음악의 주지(motip)인 우울은 조선음악에서 극단적 비애로 변하였다고 볼 수 있다. 그리고 연가에는 해학미가 횡익(橫溢)할 뿐 아니라 가련한 애교미가 풍부해서 극히 매력적이다.

이 부분은 1932년 <조선어문학회>회보 제5호에 발표한 <Si－jo · A－ra－rung etc>에서 인용한 것인데, 원래는 헐버트가 1896년 발표한 글을 비숍이 인용한 것을 다시 초역한 것이다. 비숍은 1894년과 1897년 사이에 네 차례에 걸쳐 한국을 여행하고 쓴 여행기 『Korea and Her Neighbors』 제12장 '동해안을 따라서'에서 '한국인은 음식에서 밥을 빼 놓을 수 없듯이 음악에서 아리랑은 밥과 같다'고 한 부분이다.[111)]

④ 한국 민요와 당면과제

문화교류의 급격한 진보와 제반교통의 발전으로 '전래민요가 그 지방색과 야조(野調)를 잃어 속요화(俗謠化)하여가는 경향'이 있어 연구와 정리의 필요성이 절실하다고 했다. 그래서 이를 인식한 이들에 의해 수집과 연구가 이뤄졌는데, 수집의 사례에서는 20세기 초반 총독부의 수집, 김교헌(김소운)의 『언문조선구전민요집』, 그리고 경성제국대학에서의 수집활동 등을 제시했다.

또한 연구에 대해서는 1800년대 말에 서양인 헐버트와 비숍의 사례가 훨씬 앞서 이뤄졌으며, 연구서로는 이광수, 이은상, 최남선 등이 참여한 일본잡지 <진인(眞人)> 특별호의 「조선민요의 연구」를 예로 들었고, 김소운의 『언문조선구전민요집』, 『조선민요집』, 그리고 경사조선어연구부편 『조선민요집』을 언급하였다.[112)]

그리고 해외의 전래민요수집 정리의 예로서는, 일본의 문부성내 문예위원회가 1900년에 수집활동을 시작하여 1914년에 발표한 『이요집

111) 비숍 저(신복룡 역주), 『조선과 그 이웃나라들』, 집문당, 2000, 162쪽.

112) 그런데 여기에서 <조선어문학회보>나 <신흥> 지면에 발표한 자신의 연구 실적은 언급하지 않았다.

급습유(俚謠集及拾遺)』와 이태리와 독일의 정부기관의 수집 정리, 그리고 중국의 민요 연구 및 방법론을 다룬 자료집인 『怎樣去硏究和整理歌謠』에서 그 사례를 들었다.[113] 그러므로 조선에서도 이와 같이 지리, 인문, 사회 등 각 분야의 전문가가 참여하여 과학적인 연구를 하는 것이 긴급과제라고 강조하였다.

민요의 기능은 민요의 존속근거이다. 그럼에도 1920년대 일부 민요론에서는 이 기능을 별반 주목하지 않았다. 이재욱 역시 「조선민요 서설」을 통해 보면 크게 인식하지 않았음을 알 수 있다. 즉 고정옥 이전엔 민요의 기능에 대한 개념과 문제의식이 없었음을 의미한다.

한편 세계 민요수집 사례를 구체적으로 제시했다. 이에 대해서는 이후 최영한이 일본에서의 민요 조사 및 수집 정리 활동 사실(「조선민요론」, <동광>33호, 1932, 5, 89쪽)과 이태리, 독일, 영국 등의 조사 사례를 제시한 것과는 다르게 중국의 구체적 실례를 들어 우리의 실상을 대비시킨 바 있다.

이렇듯 민요수집의 시급성은 당시 민요를 언급하는 저자마다 거의 모두가 거론하였다. 그러나 그 이유는 서로 상이하였다. 이와 관련하여 이재욱과 동시대에 활동한 이들을 중심으로 살피면 다음과 같다.

1930년대 우리 민요의 멸실(滅失)을 우려하는 소리는 민요를 언급하는 이들 거의 모두에서 나타났다. 하지만 그 원인과 대책에 대해서는 서로 다르게 진단했다. 우선 멸실의 원인에 대해서는 유행가의 극

113) 이 논지를 요약하자면 중앙회를 결성, 각 지역에 분회를 두어 수집하고 이를 문・철학, 방언학, 지지학, 고거학(考據學) 전공자들이 중앙회에서 분류 정리, 해석전주 해내자는 것과 민요수집 정리의 체계성과, 전문성을 강조한 것이다. 이는 <조선어문학회보> 제4집에 수록된 「가요의 연구와 정리는 여하히 할까」에서도 강조되었으며 민요수집의 시급성과 정리의 과학적 필요성에 대한 관심이 컸음을 알게 한다.

성을 들었다. 먼저 수집의 당위성을 말하는 이들이 많은데, 이는 지식인으로서의 책무와 관련한 관점이다.

그러나 이재욱은 이상과 같은 당위론을 피력하기보다는 한 발 더 나아가 구체적인 원인규명과 현실적인 대책을 제시했다. 이는 다른 주장자들과 다른 과학성을 견지하고 있음을 알게 한다. 우선 「조선민요서설」의 일부를 살펴보기로 한다.

> ① 민요는 그 민족의 언어, 풍속, 인정학을 연구함에 있어서 귀중한 자료가 되며 문학상, 사회상, 정교상(政敎上) 많은 공헌을 함에도 불구하고 조선에 있어서는 재래로 그다지 아니, 전혀 민요의 수집보존 내지 연구를 보지 못했다.
> ② 그 뿐만 아니라 현하 조선은 급격한 문화권 내에 들어있는 이상 전래민요의 생명은 그다지 머지 아니할 것이다. 다시 말하면 문화교류의 급격한 진척과 제반 교통의 장족적 발전으로 말미암아 그렇다는 것이다.
> ③ 전래민요가 그 지방색과 야조(野調)를 잃어 속요화하여 가는 경향이 많음을 보매 전래민요의 연구와 정리의 필요를 절실히 느끼게 된다.[114]

비록 짧은 언술이지만 이재욱은 민요의 인멸 원인을 정확하게 진단했다.

①은 민족사를 연구함에 있어 민요가 중요한 단서가 되기에 당연히 수집을 해야 되는데, 그렇지 못했다는 문제제기다.

②는 식민지 조선에서도 전기, 통신, 도로의 발달과 신문물의 확산으로 새로운 유행을 따르는 상황으로 전래민요가 소외될 수밖에 없음

114) 임화, 『조선민요선』, 학예사, 1939, 263쪽.

을 진단했다.

그리고 ③에서는 설령 전래민요가 존속한다 해도 지방 고유의 토속성과 야생성을 잃어가기 때문에 그 조사와 연구가 시급하다고 했다. '전래민요'라는 용어와 민요의 속성인 '야조(野調)'를 인식하였음이 민요전공자로서의 면모를 보여주고 있다.

이어서 이재욱은 중국의 사례를 들어 그 대안을 제시했다. 즉 중국 자료 『민요의 연구와 정리를 어떻게 할 것인가(怎樣去硏究和整理歌謠)』에서의 방법을 제시했다. 첫째는 중앙정부에 본부를 설치하고 각 성에 지회를 두고 다시 현마다 수인의 책임자를 두어 운영한다. 둘째, 현의 사정에 정통한 이가 지방의 가요를 조사하여 성의 지회에 보고한다. 셋째, 성은 조사한 민요를 분류하여 해석전주(解釋詮註)해서 중앙에 보고한다. 넷째, 중앙은 이렇게 보고 받은 자료를 전국의 학술계가 분담 연구하게 한다는 것이다.[115]

오늘의 시점에서 보더라도 이러한 방법들은 합리적이고 과학적인 대책이다.

(3) 『Si－jo・A－ra－rung etc』 외 기타

이재욱의 다른 민요관련 글들과는 다른 영문 기사 번역문이다. <문헌보국>에 번역한 「Overseas section Uber koreanische Novellen』와 함께한 것인데, 2쪽 분량으로 '팔공산인(八公山人)'이란 필명으로 밝혔듯이 초역(抄譯)이다.

이 글은 당시 민요수집・정리에 대한 자극을 위해 인용한 것으로

115) 앞의 책, 264~265쪽.

보는데, 여류여행가 비숍(Isabella B. Bishop)[116]의 한국여행기 『Korea and Her Neighbors(한국과 그 이웃 나라들』[117] 중 음악을 언급한 부분을 초역한 것이다. 비숍 여사가 1894년 요코하마를 경유하여 방한한 이후 1897년까지 3년 동안 극동에 머물면서 세 차례 더 방한하고 쓴 책이 바로 『한국과 그 이웃나라들』[118]인데, 네 차례나 방한한 경력으로 당시 다른 서양인들의 여행기와는 다르게 면밀한 필치로 당시 실정을 수록한 책이다. 그런 만큼 이 책 속에 서술된 민속, 특히 음악을 언급한 부분은 감성적이고 예민한 시각을 보여주고 있다.

이중에 1896년 헐버트(H. B. Hulbert)가 1896년 『The Korea Repository(한국보고)』라는 선교잡지에 발표한 「Korean Vocal Music (한국성악)」의 일부를 인용했는데, 이재욱이 이 부분의 일부, 즉 <아리랑(A－ra－rung)>과 시조에 대한 기술 부분을 초역한 것이다.

한편 이중 아리랑 관련 수록은 이후 1908년 의료 선교사 알렌의 『Things Korea(한국견문기)』[119] 등에 재인용되었다. 그런데 단순한 이 부분을 왜 초역 했느냐 하는 문제인데, 이는 우선 누구보다도 이재

116) 비숍 여사는 '극동 음악의 주지(主旨:Motip)인 우울은 조선음악에서 극단적 비애로 변하였다고 볼 수 있다. 그리고 연가에는 해학미가 횡익(橫瀷)할 뿐만 아니라 가련한 애교미가 풍부해서 극히 매력적이다'라고 했다. (정동화, 『한국민요의 사적 연구』, 일조각, 1981, 100쪽).

117) 이 책에 수록된 글은 1932년 이재욱이 <조선어문학회보> 5호에 번역 소개 했다.(si－jo · a－ra－ru ng etc, <조선어문학회보> 5호, 1932, 14~15쪽) 한편 이 책에서는 한국인에 대한 의미심장한 평가가 있는데, 몇몇 지방을 답사하고는 매우 불결하고 게으른 생활을 한다고 하고, 시베리아에서 악조건을 극복하고 사는 조선인의 생활상을 확인하고는 '조선이 훌륭한 지도자를 만나면 러시아에서 중국과 일본과 러시아 사람들 보다 더 잘 사는 것과 같이 게으르게, 불결하게 살지 않을 것'이라고 했다.

118) 비숍(Isabella B. Bishop)저(이인화 역주), 『한국과 그 이웃나라들』, 살림출판사, 1994.

119) 알렌 저(신복룡 역주), 『Things Korea』, 집문당, 55쪽.

욱이 문헌조사에 특히 관심을 가진 결과이며 우리 가요의 사설을 외국인이 채록했음을 동료들에게 소개하려 한 것과 더불어, 이 수록이 자신의 관심사인 <영남아리랑>과 관계가 있기 때문일 것이다. 이는 그의 『영남전래민요집』과 관련하여 중요한 논점을 제공하고 있다.

그리고 이 글에서 한국의 성악을 3등분 하였는데 시조, 하치, 그리고 중간단계의 음악이다. 그러나 같은 저자가 1906년에 발행한 『The Passing of Korea(대한제국멸망사)』 제24장 '음악과 시' 편[120]에서는 고전적인 시조와 대중적인 형식인 하치의 두 가지 형태로 구분하였다. 또한 하치의 대표곡의 하나로 '문경 새재 박달나무 매끈한 방망이로/남의 옷 두드리는 냇가 아낙'이라는 사설[121]을 제시했다. 결국 이 책에서는 저자가 한국의 성악을 3등분한 것을 2등분으로 수정하였던 것이다.

일반적으로 '하치'는 상류층의 '양반'에 대칭되는 하층민을 이르는 '하(下)치', 즉 '아랫사람'을 말하는 것이다. 그러나 여기에서는 음악 장르로 취급하였다. 즉, 헐버트가 정리한 '하치'는 '시조를 부르는 상류층과 대칭되는 대중들이 부르는 민요를 가리키는 것이고, 이 중에 <아리랑>이 대표적이다' 라고 정리할 수 있다.

---

120) 헐버트 저(신복룡 역주), 『The Passing of Korea』, 376~377쪽 참조.

121) H. B. 헐버트 , 『The Passing of Korea』, 경인문화사, 2000, 318쪽.
원문은 다음과 같다.
On Saijai's slope, in Mungyung town
We hew the paktal namu down
To make the smooth and polished clubs
With which the washerwoman drubs
Her master's clothes

(4) 「가요의 연구와 정리는 여하(如何)히 할까」

이 글은 <조선어문학회보> 제4호에 발표한 글로 민요를 비롯한 우리 가요의 가치와 연구의 필요성, 그리고 자료수집과 정리의 시급성을 제시한 것으로 대부분 『조선민요서설』에 반영되었다. 한편 이밖에는 <조선어문학회보>에 발표한 서평인 『언문조선구전민요집』 김소운 편이 있고[122], 해방 후 경향신문에 발표한 『조선민요연구』의 서평이 있다.

그리고 두 편의 서평은 특별한 논점을 제시한 것이기보다는 출간의 의의를 피력한 것이나, 고정옥의 저술을 평한 글은 해방 후 정국에서 민요의 연구와 수집정리의 필요성을 제기한 것임과 이재욱과 고정옥의 관계를 보여 준다는 점에서는 나름의 의미를 갖는 글이다.

(5) 「부요에 나타난 여성의 비애」

이 글은 이재욱이 한국전쟁의 와중에서 납북되어 실종 직전인 1950년 <협동>[123]지에 발표된 것을 1956년 한국민속학회에서 발간한 <민속학보> 제1집에 재수록한 글이다. 그러므로 이 단체가 1946년 4월 창설한 <한국전설학회>의 후신이고 내용에서 '내가 약 20년 전 영남 영천에서 채집한 것'이라고 해서 1950년 실종 직전에 집필된 것임을 알게 한다. 이 학회보 제 1호에 이재욱과 함께 활동한 저자들은 손진태, 최상수, 송석하, 이주환 등이다.

이 글은 1930년 영남지역 민요조사 때 영천지역에서 수집한 시집살

122) <조선어문학회보>, 제7권, 조선어문학회, 1933, 55쪽.

123) 이재욱, 「부요(婦謠)에 나타난 여성의 비애」, <협동> 통권 31호, 조선금융조합연합회, 1950, 102~103쪽.

이 노래 <채녀 노래>(이성녀, 19세)에 대해 아무런 사설 제시 없이 단지 배경을 이야기체로 쓴 것이다. 전체 10연의 형식 중 첫 연의 사설은 다음과 같다.

핀지왔네 핀지왔네	실영땅에 핀지왔네
엄마엄마우리엄마	저핀지가누핀진고
에라야야식그럽다	너칠울나핀지왔다
엄마엄마우리엄마	내가무슨나히만아
날치울나핀지왔나[124]	

이러한 이야기체 시집살이 노래는 조동일의 『서사민요연구』[125] 이후 서사민요로 규정되어 왔다. 이 서사민요는 민요분야에서 가장 활발하게 연구된 분야이기도 한데, '절박한 삶의 문제를 노래'한 것이라고 보아 사건의 비약이나 장면의 확대로 이루어지고 있어 서사민요가 지니는 감정의 지속적 환기에 기여하고 있다고 한다. 서사민요의 양식적 특성이 서사적인 골격과 함께 공존하고 있는 서정적인 성격에 기인한다고 하면서 서사민요는 서사성과 서정이 공존하는 언어예술로서의 특성을 지닌다고 하였다.[126] 이재욱이 제시한 이 이야기는 유형으로는 '가출형 며느리 노래'인데, 그 일반적 배경은 다음과 같다.

> 한 번 출가한 여성은 출가외인이라는 불문율에 의해서 어떠한 사유와 사정이 있다하더라도 그 생가에 다시 돌아오는 것은 여성으로서의 최대 불명예의 하나라고 생각되어 왔던 것이다. 그러므로

124) 영남대 민족문화연구소 발간 영인본, 2007, 25쪽.
125) 조동일, 『서사민요연구』, 계명대학교 출판부, 1970.
126) 이정아, 『서사민요연구』, 이화여자대학교 석사학위논문, 1992.

> 가련한 그네들은 이와 같이 인권과 인간성을 무시한 질악(姪惡)에 신음하면서도 사회적 체면과 경제적 파탄을 염려하는 나머지 인간으로서는 도저히 참기 어려운 고통과 천대를 참고 지내왔던 것이다. 그러나 그네들도 역시 감정과 이상을 가진 인간에 틀림없었던 만큼 그들이 가슴 속에 품었던 슬픈 감정과 억울한 심회를 다른 어느 나라 여성보다도 더욱 심각히 가음(歌吟) 자위하였고, 따라서 그네들의 그 노래는 거의 그 전부가 환희적 또는 낙천적(樂天的)의 그것이 아니고 호소적 또는 비통적(悲痛的)의 그것이다.[127]

매우 애련한 관점에서 쓴 글이다. 이제 이재욱이 제시한 이야기의 '단락소'들로 나누면 다음과 같다.

① 청혼 편지가 옴.
② 처녀가 불안해 편지의 진상을 어머니에게 물었더니 사실임.
③ 드디어 혼인날 부모 명령으로 시집감.
④ 시집에 당도하니 시누이들의 수작으로 대접이 너무 친절함에 놀람.
⑤ 그러나 3일이 못되어 고역을 당하고, 그중 물 길어대는 일이 최대 고역임.
⑥ 어느 날 물동이를 깸..
⑦ 시어머니 등 가족이 물어내라고 성화, 사과를 받지 않음.
⑧ 친정어머니에게 호소하려고 시집을 나옴.
⑨ 도중에 중을 만나 머리를 깍고 중이 됨.
⑩ 중으로 변복하고 친정집에 들어감.
⑪ 모친에게 동량을 청함.
⑫ 밑 없는 자루에 깨를 받아 해질 녘까지 하나씩 주어 담으며 밤을 보

127) <민속학보>, 제1집, 한국민속학회, 1956, 171쪽.

내게 됨.

⑬ 한밤중 슬퍼 노래를 부르니 친정어머니가 알게 됨.

⑭ 모녀 둘이 부둥켜 앉고 움.

⑮ 후에 그녀가 시집을 가니 식구들이 모두 죽었음.

⑯ 그녀도 자결하였음.

'시집간 지 사흘 만에…'로 시작하는 일반형과 달리 '편지 왓네 편지 왓네…'로 시작한다. 각 편의 서술구조를 이루는 단락소의 실현 양상은 매우 정연한 스토리 선(story line)으로 되어있다. 그런데 이 글에서는 ⑫까지만 제시되고 ⑬~⑯은 1930년 조사 자료집 해당 노래 끝에 할주(割註)로 첨부해 놓았다. 창자가 ⑫까지만 불렀는데, 이재욱이 첨부한 부분이다.

이 글은 이렇게 영남지역 시집살이 노래를 통해 여성의 인습적 고난을 잔잔한 이야기체, 즉 '부르는 노래'를 '읽는 노래'로 제시한 의미 있는 소론이다.

(6)『달구지방속신일속(達勾地方俗信一束)』

이재욱은 「달구지방속신일속(達勾地方俗信一束)」[128]에서 '달구지 속신의 일이에 불과하나 민족심리가 역연(歷然)히 표현되어 있다고 믿는다. 그러므로 차종(此種) 자료 수집은 비교민속지학(誌學) 내지 일국민속지학(誌學) 연구자를 위하여 유력한 조언자의 역할을 연(演)할 것이다'라는 취지와 함께 다음을 소개했다.

---

128) <조선어문학회보>, 조선어문학회, 1932, 제 3호, 23쪽.

· 아츰에 나오리(霞) 퍼지면 비가 온다.

· 암탉이 울면 불길의 조(兆)다.

· 초저녁에 닭이 울면 불길의 조(兆)다.

· 거무를 아츰에 보면 재수가 있고 저녁에 보면 재수가 없다.

· 아츰에 쉰바리를 보면 재수있고 저녁에 보면 재수 없다.

· 국궁새가 울면 날이 가문다.

· 아츰에 까치가 울면 깁븐 소식 듣고 저녁에 울면 흉보(凶報)를 듣는다.

· 서북간에 무지개서면 큰물진다.

· 손톱을 함부로 버리면 밤에 귀신이 따린다.

· 배암에게 교상(咬傷)을 당할 때는 배암보담 속(速)히 흙을 집어먹으면 중독(中毒)하지 아니하고 배암이 죽는다.

· 한해(一年) 에 배꽃이 두 번 피면 병란(兵亂)이 이러난다.

· 고목나무 가지를 꺾으면 자손이 홍성(興盛)치 아니한다.

· 눈(眼)이 크면 소담(小膽)하고 눈이 적으면 대담(大膽)하다.

· 담뱃불 댕겨주면 인정(人情) 없어진다.

· 초1일에 질책(叱責)받으면 그달 중 질책 받는다.

· 연기가 지상에서 저미(低迷)하면 비가 온다.

· 한술(一匙)밥은 인정 없어진다.

· 머리카락을 담궁게 너어두면 배암이 없어진다.

· 임부(妊婦)가 꿈에 붉은 고초 보면 생남(生男)하고 푸른 고초 보면 생녀(生女)한다.[129)]

---

129) 모든 표기형태를 원문 텍스트 그대로 옮겼다.

(7)『조선의 백의속고(朝鮮의 白衣俗考)』[130]

이 글에서 이재욱은 『고려도경(권7)』관복조, 『성호사설(권9 하)』, 『지봉유설(권2)』, 『삼국사기(권33)』, 『성호사설(권9 하)』, 『위지』, 『일본서기』 등 각종문헌을 통하여 '백의, 백의인, 그러면 그 백의를 어느 시대부터 착용하였을까, 그 전래의 과정은 어떠한가, 백의속은 창제적인가, 추종적인가, 또, 어떤 근거로서 백의를 애착하였을까 이러한 문제를 천명히 하는 것은 오인에게 부과된 임무라고 생각하며 글을 썼다.'고 했다. 이재욱의 결론은 다음과 같다.

> 백색숭배사상은 동방민족의 고유한 공통신앙이엿다. 그리고 조선의 백의속도 차신앙에서 발족한 것이다. 그러나 후세에 나려와 계급의식이 발달되여오자, 복색으로서 소속계급을 표시한 것이다. 물론 차제도는 상류계급 내지 공경계급에 잇서서, 흥망한 제도이엿다. 따라서 민간에 잇서서는 의연, 백의를 착용한 것이다.

그 외 「지봉방언잡담(芝峯方言雜談)」은 영남지역 민요연구 과정에서 작성한 글이다. 이수광이 쓴 『지봉유설(芝峯類說)』[131] 중에서 영남지역과 관련된 지역과 민요에 대해 살핀 단문으로 8항목에 대해 글쓴

130) 이재욱, <신흥>제 5호, 신흥사, 1931. 63쪽.

131) 이 저술은 조선 중기의 학자 이수광(李睟光 : 1563～1628)이 편찬한 백과전서로 20권 10책. 목판본. 1614년경에 편찬했다. 범례에 의하면 총 3,435항목으로, 384가(家), 2,265명의 저술을 인용했는데 모두 25부 182항목으로 분류되어 구성되었다. 25부는 천문, 시령(時令), 재이(災異), 지리, 제국(諸國), 군도(君道), 병정(兵政), 관직, 유도(儒道), 경서(經書), 문자, 문장, 인물, 성행(性行), 신형(身形), 어언(語言), 인사(人事), 잡사(雜事), 기예(技藝), 외도(外道), 궁실, 복용(服用), 식물, 훼목(卉木), 금충(禽蟲) 등이다. 우리나라에서 편찬된 유서(類書)로는 선구적 저술로써 그 가치가 높다.

이 자신이 초주(抄註)한 것이다. 대구, 칠곡 지방의 민요 '성주풀이', '오호 달구소리'의 여음 '에라 만수'와 '오호 달구'를 민속어휘 측면에서 추적한 글이다.

3. 이재욱의 위상

1) 1930년대 영남민요의 위치

(1) 「조선가요개설」(58회) 중 「민요 편」

「조선가요개설(朝鮮歌謠槪說)」[132]은 1930년대 중반, 학계에 유례가 없던 최초의 장기 학술 연재물로 김재철이 집필을 담당하였다.[133] 1933년부터 1943년까지 총 74회에 걸쳐 「가요와 조선문학」(1~19회), 「근대가요론」(20~22회), 「시조론」(23~44회), 「별곡편」(45~46회), 「현대가요론」(47회), 「가사론」(48~55회), 「민요편」(56~67회), 「동요편」(68~70회), 「유행가편」(71~74회)으로 대부분 가요를 다루었다. 그리고 「시가(詩歌)」에서 「조선민요는 어데로」(1934. 4.25~27), 「조선민요의 개념」(1934. 7.24~8.4)을 연재했다. 이중 영남민요에 대해서는 「민요편」(3~4회)에서 언급하였다.

그런데 3회에서 경상도 지역의 역사성 즉, 마한과 변한의 역사 그리고 통일신라의 서울이 경주라는 사실을 이해해야 한다며 <쾌지나칭칭나네>가 고가(古歌)의 모습을 띠고 있다고 전제하고, 이어 경상도

132) <조선일보>에 연재한 글이다, 이중 '민요편'은 1934. 3. 7~1934, 3, 20에 수록되어 있다.

133) <조선일보>, 1930. 7. 11.

의 대표적인 것은 <산유화(山有花)」>로 한역되는 노래라고 했다. 이는 '산유해', '미나리' 또는 '얼사영' 등으로도 불리는 것이다. 그리고 '현재 경상도에 전하는 <산유해>는 학우 이재욱 군의 조사에 의하면…'[134]이라고 전제한 뒤 4회에서 이재욱의 논문의 논지를 거의 그대로 전재했다. 다만 마지막에서 경상도 사람들이 곤충인 '노래기'를 방지하는 비방에 '향랑각씨'를 언급하니 이것이 언제부터 쓰이기 시작했는지를 아는 것이 열쇠라고 했다.

(2) 「경북민요의 특이성」

이 자료는 김사엽이 1935년 10월 <조선일보> 학예면에 16회를 연재한 글이다. 1935년 하기 방학을 이용해 50여일 영남 일대에서 4백여 수(원고지 1천여 매)를 조사하여 이를 대상으로 그 특이성을 제시하였다.

전체 수집자료는 부요(婦謠) 98수, 남녀 공요(男女 共謠) 15수, 남요(男謠) 14수, 동요(童謠) 52수로 분류하고 동요를 제외한 민요를 대상으로 했다.[135] 그리고 이를 다시 13종[136]으로 세분하였다. 1~4회에서는 「연정 서정요(戀情 抒情謠)」로 군위 지역에서 채집한 <갈가마구> 등을 예로 들었고, <갈가마구>를 임진병자년 전화에 참흉을 당해 아

134) 김태준 저 · 김명준 교주, 『조선가요집성』, 도서출판 다운샘, 2007. 72쪽에도 소개했다.

135) 김사엽은 자신이 수집한 자료의 발생 연도에 대해 그 근거를 제시하지 않고 조선시대를 소급하지 못한다고 추정했다.

136) 분류는 －A. 연애, 서정요, B. 결혼에 관한 노래, C. 가정불화에 관한 노래, D. 노동에 관한 노래, E. 채채가(採菜歌), F. 자탄가, G. 생활에 관한 노래, H. 술회서사(述懷敍事), I. 사(死)에 관한 노래, J. 특수가 : a. 쟁필한 딸 b. 놋다리 c. 외－다리청청－이다.

사로 죽은 남편을 아쉬워 부른 노래라고 했다. 4회에 이어서 청송 지역의 '것닢같은 울어머니…'를 들어 '죽은 어미를 그리워하는 순정도 가마귀와 통한다'고 했다.

이어 「결혼에 관한 노래」류에서는 군위 지역의 '장가가네…'를 들어 결혼 초야에 소박을 만나서, 또는 신랑이 죽어서 '처자과부(處子寡婦)'가 되었다는 진기한 이야기를 담은 노래라고 했다.

5회에서는 「가정불화에 관한 노래」류에서 선산 지역의 '시집 온지 사흘 만에…'와 <베틀가>를 들어 소부(少婦)를 노예시하고 학대하려는 변태적 심리와 '조혼의 여폐(餘弊)'를 보이는 노래라고 했다. 6회에서는 「노동에 관한 노래」류를 다뤘는데, 하위단위로 <기계가><사승가><물레노래><베틀노래><양잠시(養蠶時)에 부르는 노래> 등을 들었다. 7회에서는 청송 지역에서 유행한다는 '영해영덕 진심가래…', 7회와 8회에서는 칠곡 지역의 '뒷동산에 올라가서…'를 다뤘고, 8회에서는 「채채가(採菜歌)」류로 5~6월 나물 캐는 처자들의 노래로 '서문밖에 서처자(西處子)야…'를, 「자탄가」류로 과부의 애수를 다룬 '하날가튼 가장 몸에…'를 다뤘다. 9회에서는 「생활에 관한 노래」류로 칠곡과 예안에서 채집한 <시집사리 노래>를 '생활에 관한 노래그룹에서 이채로운' 것이라고 했다.

10~11회에서는 「술회서정(述懷抒情)」류를 가슴에 담은 것과 사물을 관찰한 것을 느낀대로 노래한 것을 말한다고 하며 김천 지역에서 채집한 소, 꽃, 새, 달, 줌치, 댕기 등을 노래한 것을 예로 들었다. 12회에서는 「특수가」류를 다뤘다. <쾌지나칭칭나네><놋다리노래><외-다리청청>이 달 밝은 밤에 처녀들이 원무를 추며 부르는 노래를 들었다. 특히 노래에서 '나-네'가 나오는 것은 여성들이 부르고, <놋다리 노래>는 '거금 560여년 전에 고려 제31대 공

민왕이 왕녀와 가치 안동으로 피난하엿슬 때 군민의 남녀를 물론하고 총출하야 봉영(奉迎)하였다 한다. 이때 경의를 표시하는 의미로 묘령의 처녀들로 하여금 인교(人橋)를 만들어 왕녀가 그 처녀들의 어깨를 건느시었다. 이를 기념하여 이 놋다리 노래를 한 것'이라고 했다. 이어 13~15회에서는 「남녀 공요에 나타난 노동요」류로 각지의 <이앙가(移秧歌)>를 다뤘다.

김사엽은 16회 마지막 회에서 라디오와 축음기(蓄音機)의 등장으로 재래 구전민요가 '멸망'의 처지에 있다며, 일본 문부성의 조사, 이태리, 독일 등의 사례를 들어 조사의 필요성을 제시했다. 그리고 '민요의 영역에 몰입한 지도 기간이 일천하므로 충분한 연구는 못하였으나 사도(斯道)에 헌신할 각오만은 남에게 지지 않으리라고 자부'하며 이 글에서 다루지 못한 동요 부분과 경남과 전라도지역 조사로 연구를 전개하겠다고 했다.

주목할 만한 것은 스스로는 해결하지 못했지만 '율조와 무용 등의 문헌적 수록이며 민요의 가사에 나오는 도구 등으로 특히 조만간 소멸될 가능성이 있는 것은 그것을 보존 혹은 촬영이라도 해둘 필요'가 있음을 제기한 것이다. 그런데 이재욱 등의 선행조사와 연구사례를 언급치 않았고 그 연구를 참고하지 않은 점은 유감스럽다.

2) 한국문학사에 나타난 이재욱의 위상

(1) 고정옥의 「조선민요연구」

고정옥은 『조선민요연구』[137]에서 도합 세 차례에 걸쳐 이재욱을 언

137) 고정옥, 『조선민요연구』, 동문선, 1998.

급했다. 한번은 논문에 대해 '산유화가'와 '미나리'의 교섭에 착목한 이재욱씨의 탁견이라 했고, 나머지 두 번 역시 '미나리'를 언급하며 할주(割註) 형식으로 언급했다. 그러나 구체적인 인물평이나 글에 대한 평가는 없다.

그러나 동시대 민요에 관심을 가졌던 둘은 이상의 언급보다 더욱 긴밀한 관계였음은 당연했다. 이는 이재욱이 이 책의 발간에 따른 신간서평에서 '우리 민요연구에 십 수 년에 달해서 전심혈(全心血)을 경향하고 있었음을 잘 알고 있기에 경의를 표하여 왔고 또 그 귀중한 성과가 하루바삐 세상에 발표되기를 누구보다 더 열심히 기원'하였다고 한 데서 알 수 있다.[138]

(2) 임화의 『조선민요선』

임화는 『조선민요선』[139]의 '예언(例言)'에서 이 민요집이 '이재욱, 김태준, 방종현, 김사엽 여러분의 도움을 얻었고, 김소운의 노작에서 얻음이 많았으며, 특히 김태준씨 소장의 제주도 민요 전편과 이재욱씨의 해설을 부록으로 수록하였다'고 밝혀 사실상 이재욱으로부터 직접적인 도움을 받았음을 고백하고 있다. 이는 이재욱의 민요조사와 연구실적이 있었음을 말한 것이다.

138) 이재욱은 이 책에 대해 '자료수집의 범위과 이론전개는 본서에 대한 우리들의 신뢰를 더욱 깊게 한다고 하겠으며 또 차종도서의 백미(白眉)라 해도 과언이 아닐 것'이라고 했다. 「신간서평」(경향신문, 1949. 4.6)

139) 임화, 『조선민요선』, 학예사, 1939.

(3) 임동권의 『한국민요연구』

임동권은 『한국민요연구』[140]에서 이재욱에 대해 주로 세 가지 측면에서 언급했다. 첫째는 일제시대 민요조사의 사례에서, 둘째는 우리 민요의 해외 소개를 언급한 대목에서, 셋째는 이재욱의 연구 활동을 소개한 대목이다.

이 책의 제3장 민요사론 3편 '연구활동'에서, '그가 지금은 납북되었으나 6·25전에 국립도서관장으로 있을 때에 저자는 종종 만났는바 늘 민요에 관심을 표했었다.'라고 하여 이재욱과의 친분을 언급했다. 두 번째는 일본 단가 전문잡지 <진인(眞人)>지의 특집호 『조선민요의 연구』, 김소운의 민요연구, 다카하시(高橋亨)의 민요연구, 김지연의 민요연구 등과 함께 이재욱의 민요연구를 언급했다.

임동권은 『한국민요사』에서 그의 대표 논문 「소위 <산유화가>와 <산유해>, <미나리>의 교섭」과 임화 편 『조선민요선』의 해제인 「조선민요서설」을 중심으로 언급했다. 여기에서 '경성대학 조선어문학과 출신으로 처음에는 민요를 전공했으나 도서관에 직을 가진 후로 서지학을 전공하였다'라고 했고, 이어 '초기 민요에 관한 글들이 기초적이며 계몽적인데 반하여 이재욱의 논문은 본격적인 논문으로서 수는 적으나 권위를 보여주었다.'라고 평가했다. 또한 임동권은 『한국민요사』에서도 이재욱의 활동과 위상을 간략하게 언급했다.

(4) 김선풍의 「조윤제 · 이재욱론」

김선풍 교수는 「조윤제 · 이재욱론」[141]에서 이재욱을 조윤제와 함

140) 임동권, 『한국민요연구』, 선명문화사, 1974, 73~74쪽.

141) 김선풍, 「조윤제, 이재욱론」, 『한국민속학』 28집, 1999.

께 한국 민속학계의 중요인물로 다루고 있다. 집필의 중심내용은 이재욱 원고본 『동요집』[142]에 대한 해제이다. 이 글은 비록 해제라 할지라도 학술적으로 매우 주목되는 부분이 있다. 왜냐하면 이재욱 조사의 육필본 『동요집』으로 민요조사에 대한 구체적인 실적을 입증해주는 자료이기 때문이다. 뿐만 아니라 우리가 다루게 될 『영남전래민요집』 연구의 한 측면을 실질적으로 보완해준다는 점에서도 그렇다.

이 자료의 표지에는 1929년이란 간기와 '공산(公山)'이란 필명이 적혀 있고 『동요집』이라는 제명이 있다. 그러나 실제 내용은 자신의 습작시 10편과 시조 1편을 수록하였고, 동요는 17개 지역명과 때로는 '여학생' 혹은 '서선 방직여공'(西鮮 紡織女工)이라고 제보자를 밝히기도 했다.[143] 이는 '민요는 시(詩)의 시(詩)'임을 스스로 입증하려 한 듯하다.

(5) 이소라의 「<민아리>와 <어산영(산유해)>, 이른바 <산유화가>의 비교」

이소라는 강원도 삼척군 농요를 다룬 논문 「<민아리>와 <어산영

---

142) 1927년 11월에 창간된 『동요』 지에서는 각 지방 고유의 동요를 현상공모하였다. (순 동요잡지 동요 발간, <조선일보>, 1927. 11.11)
'동시대 동요에 대한 인식을 다음과 다르지 않다고 본다. 조선 동요란 조선말로 쓴 동요인 것이니 무엇보다도 그 속살(內容)이 조선 독특의 혼과 정서가 흘러야 된 것은 물론 조선아동의 생명이 움직이어야 될 것이다. 거듭 말하지만 조선 동요는 향토동요를 의미하는 것이니 향토동요는 곧 고향의 말로 쓴 동요를 향토동요라 하겠다. 그리고 향토동요는 아동의 노래요 아동의 자연시다.－향토란 좁게는 고향이고 넓게는 조선을 말한다.'(김태오, 「조선 동요와 향토예술의 논의 필요성」(상・하), <동아일보>, 1934. 7. 9)

143) 김선풍, 「새 발굴 ≪민요집≫(이재욱편)에 대하여」, 『한국민요학』제 3집, 한국민요학회, 1995, 205쪽.

(산유해)>, 이른바 <산유화가>의 비교」[144]에서 1931년 이재욱이 발표한 「소위 <산유화가>와 <산유해>, <미나리>의 교섭」에 대한 비판을 가했다. 여기 이재욱의 논지를 정리하고 자신의 현지답사에서 논지를 확인해 보았으나 이재욱의 전제, 즉 <산유화가>와 <산유해> 그리고 <미나리>가 서로 관련이 있다고 본 관점은 잘못되었다는 것이다. 물론 이 글에서도 이재욱에 관한 인물사적 기술은 없다.

한편 이창식은 「김소운의 삶과 민요」[145]에서 1920년대 민요에 대한 학문적 관심을 제기하면서 각주에서 최남선 이후 김지연 등과 함께 거론하여 이재욱에 관한 존재의 유무 정도만 확인시켰다.

3) 1930년 무렵의 사회적 배경

이재욱이 영남지역의 민요 조사를 실시한 1930년을 전후한 상황[146]에서 조사 동기와 시대배경을 주목할 필요가 있다. 이는 궁극적으로는 이재욱이 단순한 개인취향에서 조사를 한 것이 아니라 당시 사회의 지식인에 대한 여망과 지식인 스스로의 소명의식이 작용했으리라고 보기 때문이다.[147] 다음은 문화계, 언론계, 학술계의 관련 상황을 중심으

---

144) 『한국의 농요』 4집, 이소라, 현암사, 1990, 37~39쪽.

145) 이창식, 「김소운의 삶과 민요」, 『한국민속학인물사』, 보고사, 288쪽.

146) 1930년은 총독부에서 음악회에 대한 규제가 두드러졌던 시기이기도 하다. 대표적인 사례는 경남 김해지역에서 오래 전부터 이어오던 김매기 후의 풍물판 '콩볶이'를 논이나 동네에서는 하지 말고 산으로 가서 하는 것만 허가한다고 한 사실이다. 이는 일제가 우리 민속을 탄압한 명백한 사례인데, 이에 반발이 있었던 것은 당연했다. 2~3천명의 주민들이 이 규제를 무시하고 동네에서 개최하였다. 이 때문에 주민 12명이 체포당하는 등 탄압이 있었던 것이다.(「오락제한 수천농민시위운동」, <조선일보>, 1930. 8. 10)

147) 이재욱은 저서 『독서와 문화』의 「전래민요」편에서 '우리의 사상 감정 인

로 살펴보기로 한다.

(1) 문화계

1930년을 맞으며 유행가에 대한 문제제기가 일반화되었다. 이는 당시 전통문화의 퇴색을 가속화하는 상황의 반영인데, 우선 눈에 띄는 것이 문인과 음악가들 중심의 모임체인 <시가협회(詩歌協會)>의 결성이다. '시인들과 악단의 명성'들이 모여 이 단체를 조직, '노래의 일대혁신을 도모'하고자 한다며 결성되었다. 기본 취지는 다음 요약에서 알 수 있다.

> 현재 조선사회에 흘러 다니는 속요(俗謠)의 대부분은 술과 계집을 노래하는 퇴폐적 세기말적인 것이 아니면 현실도피를 찬미하는…(중략)…조선민족의 기상을 우려할 현상으로 이 풍조를 크게 개탄한 유지(有志) 제씨(諸氏)는 총 결속을 하여…148)

인용문에서는 당시 사회상에서 나타나고 있었던 현실도피와 그를 찬미하는 가곡을 비판하며 이를 세기말적 상황으로 개탄했다. 그러나 '조선민족의 기상'이란 대목을 보면 이를 극복하려는 의지도 함유되어 있었음을 확인할 수 있다. 이 시기 식민지 조선 내부에서 활동하는 문인들의 조선 문화계에 대한 우려를 짐작하게 한다. 이에 대해 <중외일보>는 사설에서 「망국적 요곡(謠曲)을 배제하자」며 속요 개선을

정 풍속 및 관습 등을 조금도 수식하는바 없이 전해주며 또 우리가 그것들을 세밀히 분석 연구함으로서 얻는 바가 반드시 많을 이 전래민요를 이것들이 소멸되기 전에 채집 수록해두어야 하겠다는 정열만큼은 누구에게나 뒤떨어지지 않게 가졌던 것이었다'라고 술회하였다.

148) <매일신보>, 1929. 2. 24.

목적으로 결성되는 <시가협회>를 긍정적으로 보도했다.

이 단체의 동인은 이광수, 주요한, 김소월, 변영로, 이은상, 김석송, 안석영, 김억, 양주동, 박팔양, 김동환, 김영환, 안기영, 김형준, 윤극영 등이다.[149] 이들은 작곡부, 작가부, 선전부를 두고 '건전한 조선가요의 민중화를 기한다'며, '조선민중은 진취적 노래를 부르자'는 슬로건을 내걸고 활동했다.[150]

이상과 같은 문화계의 가요 정화 문제는 당시 국학자들에게도 일정한 영향을 주었을 것이다.

(2) 언론계

<조선일보>와 <동아일보> 중심의 언론계는 문자보급운동(文字普及運動)을 폈다. 이 운동은 1929년 7월 '아는 것이 힘, 배워야 산다'라는 표어를 내걸고, 두 신문사 중심으로 귀향 남녀학생을 통해 전개한 문맹퇴치 운동으로 펼쳐진 전국 규모의 민중계몽운동이다.

이 문자보급운동은 당시 조선 인구의 90%에 달했던 문맹을 타파하기 위해 한글을 보급, 민족정신을 선양하려는 실천적 항일운동의 한 갈래였다. 이 활동은 학생들이 방학 기간 중에 자기 집이나 헛간 등에서 특별한 경비를 쓰지 않고 전개하였다. 시행 첫 해인 1929년에는 귀향 학생 409명이 2,849명에게 한글을 깨치게 했고, 이듬해인 1930년에는 900여명의 학생이 1만여 명에게 한글을 깨우치게 하는 성과를

149) 1929년 11월 3일 이재욱의 삼촌이자 시인인 이장희가 자살로 생을 마감한 이듬해에 이장희의 유고집을 출판하고자 결성한 모임 중 이재욱의 삼촌이자 이장희의 형인 이성희와 김석송, 양주동, 김소운, 손진태 등이 참여(『이장희전집-봄과 고양이』, 제해만 편, 187쪽) 하였으니 개인적으로도 관심이 있었을 것이다.

150) <중외일보>, 1929. 2. 24.

거뒀다. 이렇게 언론계는 1929년과 30년에 민중들을 향한 대사업을 전개하였다. 이는 당시 학생과 지식인들에게 크게 영향을 끼쳤을 것이다.

(3) 학술계

1926년 경성제국대학의 개교와 함께 조선어문학과가 개설되고 여기에 조선인 학생이 입학할 수 있다는 사실이 하나의 뉴스가 되었다. 당시 한 신문은 '조선문학의 신기원'이라고 했다.[151] 문학부에 조선문과를 개설하게 된 것을 '조선문학의 신기원'으로 평가하였다.

'조선문학의 신기원'이라고 평했던 기대는 1929년 경성제국대학 법문학과 제1회 졸업생 26명의 배출[152]과 문학부에서 전국적인 민요 조사를 한 것이다. 경성제대가 언론기관[153]을 통해 공시한 민요조사 방법은 민요조사의 과학적인 방법론적 엄밀성을 기하게 되는 계기였다. 또한 이렇게 조사 계획된 사업은 우리 민요사의 획기적인 사례이다.

1929년 경성제대의 대대적인 민요수집에 대한 발표가 영향을 주어 국학자들이 민요와 아리랑에 대해 주목하게 되고, 각급 학교에서도 민요에 대해 관심을 증폭시켰다.[154]

소용수[155]는 '민중 층에서 창작되어 민중 자신이 부르는 노래와 시

---

151) 「경성제대에 조선문학과 특설」－경성제국대학교 법문학부, <조선일보>, 1925. 7. 14.

152) 「경성제대 첫 졸업」, <중외일보>, 1929. 3. 25. 문학부의 조윤제, 역사과의 신석호 등 총 7명이 졸업했다.

153) 「문학 저자료로 조선민요를 수집, 수촌산곽의 순진한 향토가요를－성대 문학연구실에서」, <매일신보>, 1929. 6. 29.

154) 김재철이 「민요 '아리랑'에 대하여(1~4)」를 발표하고, 1930년 10월 3일 진주고보 재학생 소용수의 글 「나의 연구 신흥민요－그 단편적 고찰>, 평양고보 재학생 김대봉의 「민요에 대한 사견」 등이 발표 된 것에서 알 수 있다.

의 민요'라는 인식에서 민요의 특수성을 두 가지로 정리했다. 첫째는 '민중들이 지어 민중 스스로가 부르는 노래와 시'이며, 둘째는 그 내용에서 '향토적 색채가 농후'한 것이라고 했다. 그러면서 첫 번째의 예로 주제가 <아리랑>3절을 제시했고, 후자에 대해서는 경남 삼천포 근해 신수도(新樹島)의 아리랑 한 수[156]를 제시했다.

제3장 :『영남전래민요집』의 분석적 고찰

다음은 이재욱이 1930년 영남지역 민요 조사를 했을 당시의 사명감을 피력한 대목이다.

> 나는 당시 20세를 겨우 넘은 학도이었기에 그 방법에 있어서나 또는 그 정리에 있어서나 치졸부족한 점이 많았음은 물론이라 하겠으나 그러나 우리의 사상 감정 인정 풍속 및 관습 등을 조금도 수식하는바 없이 전해주며 또 우리가 그것들을 세밀히 분석 연구함으로서 얻는바가 반드시 많을 이 전래민요를 이것들이 소멸되기 전에 채집 수록해두어야 하겠다는 정열만큼은 누구에게나 뒤떨어지지 않게 가졌던 것이었다.[157]

---

155) 소용수,『남도민요』, 155)의 주에 의하면 '서초담배에 불을 등겨/ 한 대 너허 피여 보니/우리의 살림 맛/ 이 맛 가트면 에인할가'를 '소용수의 작'이라고 했다.

156) '신수도 구두섬은 사람살기 좋아도 님 그립고 물 그리워 못 살겠네' 이 사설은 '인천 제물포 살기는 좋아도/ 왜인들 등살에 나는 못 살겠네'의 변형이다.

157) 이재욱,「전래민요」,『독서와 문화』, 65쪽.

이러한 배경에서 조사 정리된 『영남전래민요집』은 개인의 성과물이지만 오늘에 있어서는 의미 있는 구비문학 자료집이다. 이재욱 자신이 영남 출신이었으므로 방언에 대한 일정한 지식이 갖춰져 있었기에 가능하였을 것이나 당시 제반 여건을 감안하더라도 대단한 업적으로 볼 수 있다. 이제 『영남전래민요집』을 본격 분석해보기로 한다.

1. 『영남전래민요집』의 서지와 분류

1) 『영남전래민요집』의 텍스트와 서지연구

(1) 텍스트 확정

이재욱은 자신의 저서 『독서와 문화』의 「전래민요」 편에서 민요수집과 정리활동의 어려움을 다음과 같이 술회했다.

> 나는 거금 십칠 년 전에 즉 4264년 7월부터 8월에 긍(亘)해서 전래민요를 채집하기 위해 영남지방을 여행한 일이 있는데 그때 이 상주지방에서도 전래민요 가수로서 제일인자라고 하는 박천일 옹[158]으로부터 많은 전래민요를 채집하였고 또 모숨기 노래도 청취 채집한 바 있는데 여러 점으로 봐서 여기에 들은 이 가사는 상주 또는 그 부근에서 배태된 것이라고 볼 수 있을 것 같다. 이 박옹은 당시 60세였으나 원기가 왕성한 사람이었다는 인상이 아즉 내 머리의 한구석에 남아있음을 말해두고 싶다. 전래민요의 채집이야말

158) 『영남전래민요집』 308쪽 조사지에 대한 표기에서 박천일 옹으로부터 조사를 한 곳은 '오후 8시 상주읍 주점'으로 표기했다. 이 때 박천일 옹으로부터 조사된 민요 수는 10여 편이다.

로 대단히 어려운 일의 하나이라고 말할 수 있다고 믿는다.[159]

이재욱은 이러한 술회와 함께 자신이 직접 채록한 『영남전래민요집(嶺南傳來民謠集)』의 수록 민요를 소개했다. 또한 이재욱의 논문 「조선민요서설」, 「부요에 나타난 여성의 비애」와 「소위 <산유화가>와 <산유해> <미나리>의 교섭>」 등에도 『영남전래민요집』 수록 민요와 그에 대한 해설을 싣고 있다. 그 당시 이재욱의 민요 논문에 실린 실물의 글들이 가장 주목받는 단일 논문 등의 텍스트에 있으므로 더욱 가치가 있다.

그리고 엄필진의 『동요집』, 김소운의 『조선구전민요집』, 김사엽의 『조선민요집성』과 임화의 『조선민요선』에도 『영남전래민요집』과 같은 민요가 실려 있다. 이에 이재욱이 직접 조사 정리한 유일본으로 고증 확인되어 2007년 영남대학교에서 '민족문화연구소 자료총서 22집'으로 영인 출간하였다.

(2) 서지사항

이 민요집은 원고용지에 정서된 것으로 영남의 민요를 지역별로 연구하기 위해 일반적인 기능별 분류가 아닌 지역별 분류를 했으며, 또한 곳곳에 할주(割註)로 주요사항을 부기해 놓았다.[160] 따라서 자신의 연구를 위해 정리한 것이니 굳이 자신의 이름을 밝힐 필요가 없었을

159) 이재욱, 앞의 책, 65쪽.

160) 예를 들면, '엄씨가 발포 부산에 유행(엄필진, 『조선동요집』, 1924)한 것'이라는 주를 붙이므로, 이 노래가 1924~1930년에 걸쳐 불려지며 유행한 것을 알 수 있으며,(65쪽) 곡에 따라서 엄·재, <신생>11호 발표, <동아일보> 등의 주를 통해 당시의 분포상황을 알 수 있다.

것이다.

그리고 일반사항인 곡명, 조사지역, 응답자 성명, 나이, 음조, 일시를 수록했으며 특히 창자의 출생지와 곡의 이명(異名)을 병기한 것도 있고, '애조(哀調)', '쾌조(快調)', '타령조(打令調)'라는 율조의 특성을 별도로 표기하기도 했다. 또한 가창자의 이름 밑에 부호로서 직능(신분)을 표기[161] 하였으며, 주요 자료에서 분포상황, 연행방법, 관련전설(근원설화)[162]을 표기하는 등 당시로서는 체계적인 조사방법을 통하여 조사하였는데, 특히 율조의 특성을 기본적으로 부기하므로 민요가 사설, 기능과 함께 음조에 의해 불러지는 시가라는 사실을 보여주었다. 이러한 상황들은 조사자가 직접 현장에서 그 정감을 체감하므로 가능한 것이고, 현장감 있는 상황을 해설로 간단하게 제시하기도 했다.

예컨대 상주지역에서 1930년 7월에 조사된 <이앙가>에 대해서, '윤영식, 60세, 애조, 소화 5년 7월 21일'이라는 수록과 함께 이 노래가 '강경지방에 성창한다고 하였다'라는 등의 주를 별도로 달았다. 이렇게 조사대상 외 다른 지역의 상황과도 대비를 하고 <동아일보>[163] 및 『악파만록(樂坡漫錄)』, 『경상도읍지』 같은 향토지[164]를 참조했다. 이런 사실은 이 자료집이 현장의 1차 조사수록이 아니라 그를 바탕으로 정리한 것임을 말하고, 목적이 조사 그 자체 이상이었음을 알게 한다.

그리고 경북 연일 지역에서 조사한 <이앙가>(김장개, 67세, 5년 8

---

161) 상주지역 편, 310쪽 주에서 '「の」는 농부 혹은 기자제야'라며 가창자의 직능을 밝혔다.

162) 영천지역 조사내용 중 「채녀노래」의 주요 부분 등.

163) 동래지역의 「염불선」(장씨부인, 45세, 5년 8월 22일) '<동아일보> 재'라고 부기되었다.

164) 선산 지역 「농부가」(73쪽)에 '『악파만록(藥坡萬綠)』, 『경상도읍지』 참조'라고 했다.

월 1일)의 주에서 조사자의 심회를 부기하였고, <방아타령>의 경우 '이앙 할 때에도 함'이라고 하여 같은 노래가 다른 기능으로 불리는 사실을 밝혔다. 또한 영천지역의 이춘삼(49세)에게 7월 30일 조사한 <산유해>에 대해서는 '이후는 재소리라 한다. 시중과 공장 갓흔 곳에서 이 재소리를 하면 재수가 없다(춘삼)고 한다'고 했는데 노래의 기능과 금기(禁忌)까지도 염두에 두고 조사했음을 알게 한다.

김천지역에서는 '토괴(무덤처럼 불록한 흙으로 된 무덤)'를 '섬백이'라고 한다. 농가에서는 이를 신성시하고 근잠과 수재, 충제, 풍제를 막기 위해 거르지 않고 제사를 지낸다'는 풍습을 설명했다.[165] 또한 영덕지방에도 '섬백이'가 있다고 부기했는데[166] 이재욱의 민속학적 관심을 알 수 있다.

그리고 소리판의 상황을 제시한 경우도 있다. 김천지역에서 조사된 민요(이성근 43세 5년 7월 21일) 자료 <쌍금쌍금>에 대해 '각인이 일상에 집합하여 물내를 처놋고 이 노래를 하면서 일을 한다'고 하여 동네 여인네들이 모여 물레질을 하며 소리하는 상황을 제시했다.

한편 일부이기는 하나 베틀의 세부도를 제시하고[167] 여백에 삽화를

165) 『영남전래민요집』, 255쪽.

166) 앞의 책, 114쪽.

167) 앞의 책, 112쪽, '왜관동 110번지 김계조(15세) 가의 베틀구조'라는 표기와 함께 그림이 있다.
2008년 3월10일 저자가 직접 왜관동에 가서 확인을 한 바가 있다. 해당 주소지에서 태어나서 계속 거주하고 있는 이우옥(84세, 왜관동 127번지)에 의하면 '김계조가 아니라 이계조이다. 이계조는 벽진 이씨 집안의 형이고, 그 당시 마을에서 초등학교를 나온 사람은 이계조 형제 뿐이었다. 또한 그 마을에는 거의 집마다 사랑방에 베틀이 있었으며, 이계조는 오랫동안 동장을 하다가 40여년 전에 돌아가셨다'고 하였다. 그 집은 현재 지적도상 왜관리 112번지이나 그 당시는 110번지에 울타리가 없이 왕래하였고 그 이후에 분할하였다고 한다.

그리므로 곡의 이해를 도왔다. 아울러 대구지역의 <달거리>에서 유월 유두에 먹는 '밀개떡'에 대해 모양, 색깔, 쓰임새 등을 부기하여 세시음식에 대해서도 치밀한 관심을 보였다.

2) 『영남전래민요집』의 조사지역과 조사방법

(1) 조사지역

현지조사는 대상지역의 사회에서 상호작용하는 지역민들의 문화현상을 제한된 시간에 관찰하는 것이다. 그러므로 조사목적과 조사자의 편의에 따라 그리고 대상지의 생활적기(농촌은 파종기, 육성기, 수확기, 농한기, 어촌은 어성기(魚盛期)와 어한기(魚閑期))에 따라 정해져야 한다. 인류학에서 타민족을 조사할 때는 대개 2년이라고 하는데, 이는 우선 현지 언어 해득기간과 대상자들과 친근감 유지를 고려한 것이다. 그러나 우리가 국내를 대상으로 할 때는 조사 내용과 심층조사(depth projects)냐 개괄조사(survey projects)냐에 따라 일정이 정해지게 된다.

이재욱의 조사는 1930년 7, 8월 두 달 동안이다.[168] 이 참여기간은 조사자의 하기 휴가 기간을 이용한 것인데, 민요분야만을 대상으로 했다는 부분조사, 개괄조사, 그리고 사전에 관공서를 통해 준비가 되었다면 2개월은 그리 짧은 기간은 아닌 듯하다. 하기 방학기간에 조사를 한 것은 동시대의 보편적인 조사시기였다. 경성제대와 각 대학의 민요수집 형태는 일반적으로 방학기간을 활용하여 고향지역을 조사하는 것이 일반적이다.

---

168) 앞의 책, 114쪽 영덕 <화전노래>는 9월26일임.

김사엽이 1935년에 이어 1936년 「하기 학생통신－수집행각」에서 '그 지방에 있는 지기를 찾아서 수집을 의뢰함에 그쳤을 뿐입니다. (중략) 작년 한 여름 동안 민요 수집을 한 짧은 경험에 비춰…'(<조선일보>, 1936년 8월 2일, 4일, 5일, 6일)라고 한데서 알 수 있다. 또한 동계방학을 이용하기도 했다. 1936년 12월 연재한 「남해연안 주민의 민요와 리언(俚言)」에서 '배에 오르자 방형은 미리부터 수면을 염려하여…'라고 하여 방종현과 함께 답사를 한 것을 알 수 있다.[169]

이 민요집의 조사는 소화 5년(1930) 7월부터 9월까지 상주지역을 시작으로 대체로 30개 군을 대상으로 이뤄졌다. 조사지역은 다음 표와 같다.

<표 9> 『영남전래민요집』 조사지역

경상북도	대구(시) 상주(시) 영천(시) 의성(군) 김천(시) 연일(포항시)
	청도(군) 경주(시) 군위(군) 안동(시) 영주(시) 선산(읍)(구미시)
	성주(군) 청송(군) 고령(군) 영양(군) 영덕(군) 칠곡(군) 경산(시)
	문경(시) 예천(군) 달성(군)(대구시) (총 22개 지역)
경상남도	울산(시) 산청(군) 마산(시) 동래(구)(부산시) 창원(시) 밀양(시)
	거창(군) 진주(시) (총 8개 지역)

(2) 조사일지

이재욱의 민요답사 과정을 표와 지도로 정리해보면 다음과 같다.

169) <조선일보>(1936. 12.13)

<표 10> 민요답사 일지

차 례	조사날짜	조사지역	가창자	조사곡수
1	7월 1일(화)	대 구	김성녀	4
			이성남	4
2	7월 3일(목)	달 성	박서방	3
		성 주	남봉선	1
			배 씨	1
			고기술	10
			남 씨	2
			배성녀	1
3	7월 20일(일)	칠 곡	김재수	3
			곽영감	2
		선 산	김주정	7
4	7월 21일(월)	김 천	이성근	14
		상 주	김인오	5
			윤영식	1
			하상옥	3
			박천일	11
5	7월 22일(화)	상 주	박천일	향랑에 관한전설
		문 경	김성남	5
			박완배	3
6	7월 23일(수)	예 천	원유근	5
			김범동	2
			강만득	2
			김만조	1
		영 주	이병국	10
			임장수	3
		영 양	A	4
7	7월 24일(목)	안 동	김성남	1
			류성남	8
		의 성	류상목	2
			A노파	12
			김성은	2
		군 위	김성녀	15
			김성남	1
			미 상	4

차 례	조사날짜	조사지역	가창자	조사곡수
8	7월 30일(수)	경 산	신원도	10
		영 천	이춘삼	3
			강대곡	8
			이성녀	1
			이분이	5
			미 상	4
		군 위	최성남	10
9	7월 31일(목)	청 송	신재룡	16
10	8월 1일(금)	연 일	김장개	13
11	8월 2일(토)	경 주	박원이	14
		울 산	이주원	15
12	8월 12일(화)	선 산	정 씨	3
			심상순	1
			미 상	7
13	8월 20일(수)	고 령	김원도	10
		거 창	김재천	10
14	8월 ? 일 170)	산 청	박성남	5
	8월 21일(목)	진 주	최성남	11
		마 산	박성녀	4
		창 원	노수봉	18
15	8월 22일(금)	동 래	윤두수(장씨장모)	18
			장씨부인	2
			정인식	1
		청 도	이성남	6
			이 씨	1
			김성녀	1
			박성녀	1
16	8월 23일(토)	밀 양	이성남	6
17	9월 26일(금)	영 덕	남성남	3
합계				359곡

170) 『영남전래민요집』에는 산청의 채집 날짜가 기록되어 있지 않다. 그런데 지리적 위치를 볼 때, 고령, 거창, 산청, 진주, 마산, 창원, 동래, 청도, 밀양을 거쳐 대구로 돌아 온 듯하다. 그렇다면 거창에서 20일 '오후 10시경'에 채집을 했다고 하니 21일인 듯하다.

위의 표를 통해 볼 때 이재욱의 조사방법은 한 차례에 3~4일씩 답사를 다녔다. 때에 따라서는 야간에도 제보자를 만났다. 이는 다음에서 알 수 있다.

> 밤이 너무 느저감으로 해안에서 무심히 자고 있든 나의 투숙한 여관객이나 지금은 나의 안내자 사나이를 다리고 1리나 되는 포항읍내로 도라 오니 때는 영시 반이었다.[171)]

필사자는 당시의 소감을 피력하였는데, '소화 5년 8월1일 밤 11시 학상 해안 과상(오이상인) 소고(작은 창고)에서 청취한 것이며, 명천(明天)하였스나 파도는 심하고 기온은 저하하여서 노파는 솜이불을 두르고도 오히려 치운 모양이었다. 그의 설단에서 유출하는 수식 없는 노래를 기록하였는데 나는 무한한 즐검을 늣깃다.'라고 했다. 이렇게 제보자 김장개에게서 13곡을 채집하였다.

그리고『영남전래민요집』173쪽에 '오후 10시에 거창 제일의 가수라고 말하는 김재천씨을 만났다. 민요조사는 극난사인 것을 이 밤에도 통감하였다.'라며 10곡을 채집하기도 했다. 이의 조사태도는 답사 전에 미리 연락이 되어 있지 않더라도 현장에서 안내를 받아 지역 소리꾼을 만나 집중적으로 채집을 했음을 알 수 있다.

한편 8월22일 동래지방에서 채집한 윤두수와 정인식의 노래는 <신생> 9월호(1929)에 여러 편을 수록했다. 이것은 이미 알려진 제보자와 미리 연락을 취하였고, 그러므로 제보자 셋[172)]을 한 곳에서 만나 모

---

171)『영남전래민요집』, 250쪽.

172) 이미 알려진 정인식, 그리고 윤두수와 윤두수의 딸, 이 세 제보자는 모두 한 곳에서 만났던 것으로 추정할 수 있다.

두 21곡을 채집했음을 알게 한다. 말하자면 이재욱의 조사방법은 미리 약속을 하여 한 곳에서 여러 곡을 채집하였고, 또한 안내자의 도움으로 한 사람에게 여러 곡을 채집하였다.

<그림> 민요답사 지도

(3) 조사방법

1920~30년대 민요를 언급한 저자들은 거의 수집의 필요성 제시와 단편적인 민요의 실상 제시 정도에 그쳤지만 이재욱은 1929년 경성제대에서의 과학적인 수집방법 등을 수학하고 실제 필드워크 과정을 거쳐서 수집, 정리를 실시하였고, 이를 바탕으로 우리나라 최초의 공식적인 영남민요론을 썼다는 사실에서 그 의미를 찾을 수 있을 것이다. 이 자료집은 바로 그 결실의 하나로 독보적인 역사성을 지닌다.

당시 <매일신보> 보도에 의하면 이 조사는 독일이나 영국의 예로서 수집의 필요성을 들어 '수촌 산곽의 순진한 향토가요'를 수집하는 취지를 다음과 같이 밝혔다.

> 민요 혹은 속가가 그 민족의 자연생활에 대한 취미와 소원신앙을 유설하며, 더욱이 절대로 개성화됨을 떠나, 일반성을 가져, 그 민족의 언어 문학사상 연구에 가장 중대한 가치를 가지고 있음은 일반이 다 아는 사실로, 또 신문화, 신생활에 대한 대항력이 미약하여 지속성이 적은 자로 그의 소멸변화가 자못 심하야 수십 년 내지 심한 자는 수년의 경과로 차자 볼 수가 업게 되는 일도 있어 선진 각국에서는 정부의 후원으로 이미 민요수집에 착수하야 다대한 소득이 있었는데, 그중 문부성 내 문예위원회, 독일민요조사위원회, 영국민요협회 등은 기 실적이 많은 편이다.

이어 보도의 내용은 조선 내의 상황을 들어 조사의 당위성을 제시했다. 사실 이는 식민정책 수립의 이론적 근거를 마련하기 위한 것이지만 이를 학문적 차원에서 진지하게 접근한 이들은 조선인 저자들과 지역 관원들이다.

이에 조선의 민요를 도라다 볼 때 실로 한심함을 금치 못하겠으며, 더욱이 이조 5백년래 사상으로 민요를 천대하야 온 결과 아울러 더 신사상의 수입된 이후, 양악존중의 폐단이 있어 바야흐로 조선고래의 민요는 그 자취를 감추게 된 현상이다. 이에 성대조선어학문학연구실에서 조선민요 연구상, 또 보존할 목적으로 다음과 같은 요령으로, 13도 전반에 긍하야 민요를 수집키로 되야 제1차로 손쉬운 기관인 각지 보통학교장에게 의뢰하였는데 이에 대하야 일반유지의 다대한 후원 있기를 바란다 한다. 실로 금반 성대의 이 수집 착수는 조선학계의 대장거라 하겠다.

'조선 학계의 대장거'라는 의미 부여에 대하여 당시 한국인 저자들은 공감했을 것이다. 그러므로 다음의 구체적인 조사요령은 매우 유용한 지식으로 받아들여졌다. 당시의 조사요령을 정리해보면 다음과 같다.

1. 그 민요의 유행되는 구역과 시일(도, 군, 면으로 구별하고 또 현금 유행되는 것인지 아닌지도 부기할 일)
2. 그 민요의 별급 호칭(민요의 칭이라 함은 무슨 타령, 무슨 가(歌), 기타 곡, 잡가, 사조, 사설, 푸리 등을 지칭함)
   ① 남자만 부르는 것.
   ② 여자만 부르는 것.
   ③ 남여가 다 부르는 것.
   ④ 성인만 부르는 것.
   ⑤ 소아만 부르는 것.
   ⑥ 성인소아가 다 부르는 것.
   ⑦ 축하에 부르는 것.
   ⑧ 무용에 부르는 것.
   ⑨ 노작(勞作)에 부르는 것.
   ⑩ 주연(酒宴)에 부르는 것.

⑪ 장의 기타 종교적 의식에 부르는 것.

3. 그 민요를 부른 사람의 성명, 주소, 직업, 연령.
4. 그 민요에 상관되는 전설과 작자 명.
5. 그 민요를 부르는 때의 악기의 반주 유무.
6. 가사는 현행 되는대로 충실히 청취할 것.(언문으로 보통학교용 조선어독본에 의하여 정확히 철자할 것. 구두점을 붙일 것. 지방 특유한 방언에는 할주를 부칠 것. 기타 난해의 가(歌)에는 해석을 첨가 할 것)
7. 그 민요의 조(調)(애조:哀調, 쾌조:快調, 골계조:滑稽調, 우미활발조:優美活潑調)
8. 만일 음보(音譜)가 있으면 기재할 것.(약보:略譜도 가함)
9. 기한 금년 12월 중, 경성제국대학 법문학부 조선어문학연구실 御中.[173]

이와 함께 각 도・군의 공립학교 교원들에게 다음과 같은 조사 협조 사항을 담은 <민요수집보고의뢰서>를 발송했다. 전체 10항으로 된 채집 요령을 적은 의뢰서는 다음과 같다. 이 의뢰서는 1929~30년 전후에 경성제대 <조선어문학회>에서 <산대도감별곡>을 조사 정리하며[174] 이재욱과 함께 이 민요 조사사업에 참여한 것으로 추정되는 김지연이 1929년 7월 총독부 기관지 월간 <조선>에 수록한 것이다.[175]

173) <매일신보>(1929. 6. 29)

174) 영남대 도서관 소장 <산대도감>과 서울대 도서관 소장 <산대도감>은 내용면에서 서로 다르다. 서울대소장 본은 뒷부분에 원고지 상태의 이재욱 글씨로, 등장인물의 역할에 대해 명시되어있으며 표지에 이재욱의 도장이 있다. 이것은 이재욱의 책을 납북된 후 이희승 박사에게 맡겼다고 볼 때, 이 <산대도감>은 사실상 이재욱 소장본으로 추정할 수 있다.

175) 김지연, 「조선민요에 대하여」, <조선>(1929. 7), 29쪽.

<민요수집 보고의뢰서>

1. 가급적 종별을 엄밀히 할 것
2. 가자(歌者)에게 가요는 비천한 것이 아니라는 점을 충분히 이해시킬 것
3. 종래전승 그대로 가(歌)케 할 것
4. 저자는 가자(歌者)가 창(唱)하는 그대로 필기만을 할 것
5. 만약 다른 말로 옮긴 경우라도 원어(原語)의 야취(野趣)는 그대로 보존함에 노력할 것
6. 이를 채집함에는 보통학교 교원 제씨가 가장 적당한 지위에 있음을 자각할 것
   1) 교육의 자각과 책임감을 가지신 점으로
   2) 직접 농부 목동 채상부(採桑婦) 등 접촉할 수 있음으로
   3) 생도를 간접으로 수집할 수 있으므로
7. 면직원 여러분께서도 될 수 있으면 합위진력(合爲盡力) 하실 것
8. 가장 생명시(生命視)할 것은 율격
9. 부녀들의 가요를 들음에 주의할 것
10. 일언으로 폐지(弊之)하면 수시로 청자의 신분은 가자(歌者)의 신분과 동일한 수평선상에 있어야 될 것

민속, 특히 민요연구의 제일 단계가 자료 수집과 그 해석이라고 할 때, 이 취지서는 학술적 자료를 담보하는 엄밀한 채집 요령인 것이다. 따라서 이 조사는 결과적으로 몇 가지 특별한 의미를 지니고 있다.

그 하나는 이 때 조사한 방식과 결과물이 기반이 되어 김소운의 『언문조선구전민요집』을 낳게 한 점이다.[176] 둘은 주관 교수인 다카하시

176) 이창식 '김소운의 『조선구전민요집』은 편자가 1929~1930년까지 매일신문사에 근무할 당시 독자에 의해 제공되었다'고 했는데 이무렵 경성제대와 같이 민요 조사를 했다. (「김소운의 민요조사에 대하여」, 『한국민속인물사』, 제24권, 단일호, 1995년, 90쪽)

(高橋亨)가 조선에서 구체적인 민요 조사를 하게 되어 당시 경성제국대학 학생들에게 민요의 중요성을 인식케 해 주었다는 사실이다. 다카하시 교수는 이 조사가 그의 수차에 걸친 민요수집 첫 단계로 제2단계인 1930년부터 경성제대 조선어문학과 명륜전문학교(성균관대학교의 전신)와 경성사범학교 학생에게 조사 방법을 훈련시켜 수집을 했고, 3단계로 1934년 이마니시 등과 함께 일본제국학사원(日本帝國學士院)의 연구보조로 조사사업을 확대하는 데까지 이르게 했다. 다카하시는 이 결과를 자료로 하여 1931년 경성제국대학 창립 10주년 <기념논문 문학 편>에 「영남민요에 나타난 여성생활의 두 길」을 발표했고, 총독부 기관지 『조선』 등에 단편적인 민요 논문을 발표했다.

이 조사업무에 본과 학생으로 참여했던 이재욱은 이듬해인 1930년 하기방학을 이용해 영남지역 민요를 조사하고, 졸업논문으로 「영남민요연구」를 썼다. 또한 1935년 조윤제 주관 경성사범학교 <조선어문학회>편의 등사본 『민요집』도 발간하게 되었다.[177] 이외에도 이 조사는 이후 <매일신보> 등에 우리 민속에 대한 관심을 불러일으켜 1931년 9월 「각지 사투리 모집」 등의 향토문화 관련 조사를 하게 했다.[178]

이재욱이 개인적으로 영남지역의 민요 조사를 하고 경성제대 조선어문학과에서 「영남민요연구」로 졸업 논문을 쓴 1930년 전후의 학문적 환경은 민족주의적 계몽시대였다. 3·1운동을 비롯하여 일본학자들의 조선 문화 연구에 대한 자극으로 자아각성한 결과이다. 그래서 우리 민속학은 1930년대 이전은 '독자성이 불분명한 채, 넓은 의미의 조선학, 역사학으로 파악' 되었고, 이후 독자적 영역을 갖추기 시작했다. 이는 국학 1세대들이 그러하듯 한 분야를 전공했다기보다는 여러 분

177) 임동권, 『한국민요연구』, 선명문화사, 1974, 67쪽.

178) <매일신보>(1931. 9. 29)

야를 두루 연구하는 박람강기(博覽强記)형이었다. 당시까지 여러 분야가 제대로 연구되지 않았음에서 개척의 공로가 인정될 수 있었기 때문인 듯하다.[179]

이런 이유로 이재욱 역시 초기 국학자들과 마찬가지로 입장과 시각에 따라 서지학자일 수도 있고, 민속(민요)학자일 수도 있다. 그래서 탈영역적 지성이 범하게 되는 논리의 비약이 있을 수도 있다. 그러나 이재욱이 일관되게 추구한 지향점, 곧 자기동일성을 실현하려 했던 지점은 분명히 있었을 것이다. 그것의 단서는 다음과 같다.

> 경성대학을 전후한 김태준의 학문 성향을 살피려는 경우 8·15 직후 그가 한 발언은 매우 중요한 의의를 지닌다. …(중략) 문학가동맹의 전국문학자대회에서 가진 보고연설「문학유산의 정당한 계승」이 있다. 이 자리에서 그는 일제치하 고전문학과 한국사 연구가 <조선어문학회>와 <진단학회>에 의해 주도되었다고 전제했다. 이어 그는 그 무렵까지 우리 주변에서 이루어진 성과로 그 자신의『조선한문학사』,『조선소설사』를 든 다음, 김재철의『조선연극사』, 조윤제의『조선시가사강』, 이병기의『시조의 연구』, 이재욱의『민요의 연구』와 함께 양주동의『조선고가연구』등을 손꼽았다.[180]

단서의 결과로서 이재욱은 영남지역을 대상으로 과학적 민요 조사를 착수한 것이다. 그런데 이재욱의 영남민요 조사 동기, 즉 민요전공 동기는 1929년 그러니까 경성제대 본과 2학년 때 <매일신보>와 함께 전국적인 민요 조사를 할 때 참가한 사실과 직접적인 관련이 있을 것이다. 우선 이 조사와 이재욱의 관계를 살펴보자

179) 성병희,「청계의 민속연구」,『청계김사엽박사추모문집』, 2002, 167쪽.
180) 김용직,『김태준평전』, 일지사, 2007, 100~101쪽.

금번에 경성제국대학 조선문학 연구실에서 조선민요를 수집하기 위하여 각 보통학교 직원 제씨에게 많은 수고를 끼치게 되었습니다.[181]

이 글은 경성제대에서 민요조사에 대한 공표가 있던 6월에 잡지 <조선>에 쓴 글이다. 여기서 분명하게 알 수 있는 것은 이재욱이 2학년 재학 중임으로 이 사업의 실무자 중 한 사람이었을 것이다.[182]

한편 주목되는 것은 1929년 6월에서 12월까지 다카하시 교수 주재의 경성제대와 <매일신보>가 각 지방 보통학교 교원을 동원하여 전국적으로 수집한 이듬해라는 점이다. 말하자면 경성제대가 제시한 과학적인 조사 방법을 최초로 적용, 직접 조사한 결과라는 점 때문이다.

따라서 현지조사로서 과학적 분석이 가능한 기반을 마련하는 계기가 된 것이다. 그러므로 특정 텍스트를 파악하는데 도움이 되는 제 사항을 부가하게 된다. 이재욱은 30개 군에서 조사한 전래민요 359곡을 조사하면서 가장 기본적인 사항일 수 있는 10개항을 자료 앞에 스탬프로 찍어 제시했다.[183]

①조사지(군명) ②주소 ③이름(직능) ④나이 ⑤성별 ⑥전설, 악기 ⑦곡명 ⑧비고 ⑨조 ⑩날짜

181) 김지연, 「조선민요에 대하여」, <조선> 7월호, 1929. 7.

182) 다카하시는 1926년부터 조선사상 및 문학 강좌를 맡아 왔는데, 민요조사에 많은 관심을 기울였다. 이 때 연구는 제국주의 사관이 아닌 진지한 차원에서 했다고 회고했다. 그러나 그의 행적으로 보아 조선 지배의 정책 자료로서 관심을 가졌음은 부인할 수 없다.

183) 이 10개항은 심재완이 1935년 <경성여자사범학교작문용지>에 조사한 민요의 경우 민요명과 조사지만 정리되어있는 것과 대비된다.(사단법인 한민족아리랑연합회 소장 자료번호36)

이 가운데 전설, 악기 부분은 특별한 수록 내용이 없다. 이는 실제 악기를 사용하지 않았을 수도 있고, 사용되었다 하더라도 농악기 일색이었기에 생략했을 수도 있다. 전설은 (주)에서 지역에 따라 '향랑전설' '옥단춘'[184] '꼭개싸움' 등을 언급하였다.

조(調)의 경우 거의 표시를 했는데, '애조(哀調)', '쾌조(快調)', '타령조(打令調)'로 구분했다. 이는 조사자가 직접 현장에서 느낀 대로 표기한 것으로 보인다.

이외 많은 자료에 각주(脚註) 또는 할주(割註)에서 조사내용을 덧붙였다. 즉 거창지역에서 '춘삼월에 남녀가 거자나무에 물먹으러 간다'며 연행에 따른 민속적 해석이 있으며[185], 영덕 지역에는 <화전놀이>에 대해 다음과 같은 민속적 해석을 시도하였다.

> 솥뚜껑을 가지고 가서 참꽃으로서 전을 붓처 먹는다. 집으로 돌아 올 때는 가자 참꽃을 머리에 꼿고 온다. 그리하야 혹은 주방 솟둑에 꼿아 놓는다. 이것은 재수가 있기를 원한 것이다.[186]

해방 이후의 민요연구가 임동권의 저작물에는 민요에 대한 다음과 같은 소론이 밝혀져 있다. 그 서술내용에 의하면 적어도 1970년대 중

---

184) 『영남전래민요집』, 233쪽 (주) 역남 1리에 「한개」라 하는 (금, 음지동) 동리가 잇스니 이곳이 옥단춘의 출생지라고 전한다.
2008년 2월12일, 저자가 직접 음지리에 가서 확인을 해보니 한개가 아니라 한재로 확인되었다. 음지리 389에 거주하는 박경녀(70세)에 의하면 '옥단춘이 동굴에서 태어나서 자랐다는 이야기를 듣고, 친구들과 동굴에 몇번 갔다'고 하는데, 철마산 정상(630m)의 바로 밑에 동굴이 있다고 한다' 동굴은 그리 깊지 않으며, 초를 사용한 흔적과 집기류가 약간 있다'고 했다.

185) 앞의 책 71쪽.

186) 영덕지역 조사 할주, 101쪽, 영남대본, 114쪽.

반 이전까지는 민요를 민속학의 범위로 보고 사설에 중점을 두어 시가로만 보았음을 알게 한다. 이러한 관점에서 판단해 볼 때 한국학태동기라는 1930년, 이재욱이 영남민요를 조사한 시점에서 음악적인 고려를 기대하는 것은 무리가 아닐 수 없는 것이다.

> 민요가 가장 태초의 시로서 현대의 시가의 종가란 것과 특정인이나 지성의 세계를 노래한 것이 아니고 민중들의 공명에서 자연발생적으로 우러나온 서민의 시란 점에서, 그리고 현대시의 궁극적 형태는 민요에서 찾을 수밖에 없다는 사실에서, 민요가 문학으로서 중요시 된다. 민속학에서는 민요를 민중들의 정신생활의 반영체로서 가치를 높이 평가하는바 민속학이 문화인의 생활 속에 남아 있는 잔존문화의 연구를 목적으로 하고 있는 만큼 민요처럼 보편성을 가지고 동일한 역사적, 사회적 환경과 문화적 조건을 같이 하는 집단이라면 누구나 다 즐겨 부르고 공명을 느끼는 엄연한 사실로 보아 민요에 집단적 공동체의 심음이 여실히 반영되었음을 본다.[187]

이재욱이 영남민요를 조사 정리하던 당시에도 제보자(informants)에 대한 정보는 크게 미흡하지 않았다. 나이, 성별, 직능, 주소, 다른 창자와의 관계 등을 제시했는데, 제보자의 생애력 등에 대해서는 조사되지 않았다. 물론 박천일 옹과 같은 특별한 창자에 대해서는 미흡하나마 제시되어 있다.

또한 연행의 현장 정보[188]와 민요의 변화 여부 등이 미흡하다. 특히 조사 항목에는 악기 사용여부가 표기 되었으나 실지 조사내용은 없고,

---

187) 『한국민요연구』, 임동권, 선명문화사, 1974, 25쪽.

188) 『영남전래민요집』, 130쪽. B처에서 나래소리를 한 후, 지상에 나선다는 표기와 함께 간략한 연행 그림이 있다.

연행 도구 및 성격, 그리고 의상착용 등의 조사가 없었다. 오늘날 조사에서 주목하는 음악과 춤의 동작 형태 및 여부는 미흡한데 이는 이 자료의 한계이다. 그러나 이 자료집을 1차 자료로 하여 재조사를 통해 추정할 수 있다는 점에서 활용가치를 창출할 수 있기는 하다.

이재욱의 영남민요 조사 동기는 당시 국학에 관심을 가졌던 여타의 지식인들과 같은 계기일 것이다. 즉 1910년대 중반 2차에 걸친 조선총독부의 조사, 그리고 오쿠라(小倉進平)[189] 같은 일본인 학자의 우리 고가(古歌)에 대한 조사와 연구에 자극을 받았을 것이라는 추정이다. 도남 조윤제의 경우에서 이를 확인할 수가 있는데, 오쿠라의 권유로 제주민요를 조사하게 되었다고 하며 다음과 같은 진술을 한 바 있다.

> 매년 하기휴가가 되면 남자 여자 양부 생도가 거의 총동원하다 싶이하야 지방 방언과 민요의 수집을 하야왔다. 이것은 근계 학계에 있어서는 민속학이 대두하고 교육계에 있어서는 향토교육이 고조 되여 온 영향도 있겠지마는 오로지 우리 사범교생의 자각에 의한 위대한 사업이라 하겠다.[190]

그리고 1920년대 민속학과 향토학이 대두된 것도 위와 같은 상황이 계기가 되었을 것이고, 여기에 식민지 약소국 지식인으로서의 울분과 소명의식에 대해 누구도 내색을 할 수 없었겠지만, 거의 모두가 같은 심정이었을 것이니 이재욱 역시 다르지 않았을 것이다.

또한 조사방법에서 조윤제는 1935년 제주도에서 조사를 할 때, '미

---

189) 오쿠라진페이(小倉進平)는 조선을 두루 답사 연구 한 후 『朝鮮の方言』을 출간하였다, 그는 한국의 방언을 최초로 연구한 식민지 시대의 일본인 학자이다.

190) 조윤제, 『민요집』, 1935년, 서문.

리 연락하여 두었던 면사무소에 들러 민요를 잘 하는 늙은 할머니 몇 분을 소개'받아 조사했는데, '절조(節調)를 붙이지 않고 구술한다는 것'이 어려우므로 동작과 함께 소리를 하게 하였다고 했다.[191] 아마 이재욱도 같은 방법으로 조사를 했을 것이다.

그 예로, 동래지방 윤두수의 노래는 <신생> 9월호(1929)에 여러 편이 실려 있다. 또한 『영남전래민요집』에도 할주에 '신생에 재' 라는 표기와 함께, <신생>에 실린 곡을 포함하여 윤두수의 노래가 10여 편 실려 있다. 이것은 윤두수와 미리 연락을 취했기 때문에 가능했을 것이다.[192]

그 당시의 교통 통신의 어려움과 시국 상황 등을 감안 할 때, 오늘날과 같이 조사자의 선택으로 사전 통보 같은 절차 없이 접촉을 하여 짧은 시간에 조사가 이뤄지기는 어려우니, 1930년에는 위와 같이 경성제대라는 위치를 이용하여 공립학교나 관공서의 협조로 가능했을 것이다. 그리고 현장에서는 현지 안내자의 도움이 있었을 것이다. 이는 8월의 포항지역 조사 상황에서 현장감을 소상하게 엿볼 수 있다.[193]

조사자료에 의하면 '밤이 너무 느저감으로 해안에서 무심히 자고 있든 나의 투숙한 여관객이나 지금은 나의 안내자 사나이를 다리고 1리나 되는 포항읍내로 도라 오니 때는 영시 반이었다.'라고 하였다.

안내자의 도움으로 늦은 시간까지 조사지로 이동해야 하는 상황이었음을 알 수 있다. 거창 지역 조사 <고우때 노래>에서 거창 제일의 소리꾼을 밤 10시에나 만날 수 있었다며 '민요 채집은 극난사'라고 하여 그 사명감을 토로하기도 했다.[194] 당시는 오늘날처럼 교통과 통신

191) 조윤제, 『도남잡지』, 을유문화사, 1964, 118~119쪽.

192) 『영남전래민요집』, 190쪽.

193) 앞의 책, 250쪽.

이 발달되지 않았고 녹음기 같은 기기도 없어, 일일 일회의 기차나 승합자동차 편에 의존할 수밖에 없었다. 그리고 시골길에는 도보로 해변과 어촌에서는 통통배로 내왕했으며, 제보자의 선정에도 애로가 많았는데, 애매모호한 대답을 일일이 필기하여야 하는 어려움을 필설로 표현할 수 없을 정도로 고난이 수반되었을 것이다.[195]

1939년 말 방종현의 수집 방법도 이와 다르지 않았던 듯하다. 전남 화순군 동복 지방 민요수집기인 「동복(同福)행 속요수집」 일부이다.

> 오전 8시 동복면사무소 면장을 찾아갔더니 의외에 병중이라고 집으로 가서 보라고 한다. 화순군수가 마침 성대 동창인 현석호 씨였음으로 이 현군수의 소개장을 가지고 면장실을 찾었더니 67세의 노령으로 병상에서 만나주니 아무리 일이 중타기로니 병중에까지 시끄러움을 끼침은 참으로 미안하였다. 친절하게도 그 사무소에서 일보는 오연경 씨를 소개 받어 이 동복읍의 모든 사정은 순연히 이 오연경 씨의 노고에 의하여 구득한 것이라고 하겠다.[196]

그리고 조윤제, 방종현을 통해 본 조사방법은 면접조사와 설문지조사, 참여관찰조사가 있는데, 그 당시 정황으로 보아 면접조사에 설문지조사가 따랐을 것이다. 즉 사전 협조 공문에 구체적이지는 않지만 전체적으로는 기본 조사내용을 적시했을 수 있기 때문이다.

전체적인 상황으로 보면 사전에 군청이나 면사무소에 도움을 청하고 집결지에서 조사를 한 것으로 본다. 그러므로 조사지가 개별적이지 않고 일시에 동일 장소에서 시연을 통해 조사했을 것이다.[197]

---

194) 앞의 책, 173쪽.

195) 천시권, 「행장(行狀)」, 『청계김사엽박사추모문집』, 2002년, 51쪽.

196) 「동복행 속요수집」, <조선일보>, 1939. 11. 17.

이를 감안한다면 충분한 시간을 갖고 개별조사와 집중조사를 통해 전승내용(text)만의 수집에 그치지 않고 관련된 문화적 맥락(context)까지 조사한다는 것은 기대하기 어려웠던 것이다. 그럼에도 향량 전설 유적지를 탐방한 것이나 '김재천씨는 거창 제일의 가수'[198], '상주지방 전래민요가수로서 제일인자라고 하는 박천일 옹'[199]을 지칭해 놓은 것은 나름의 관찰이 기울여진 결과이다.

3)『영남전래민요집』의 분류

(1)『영남전래민요집』의 내용

① <경북아리랑>에 대하여

『영남전래민요집』의 조사수록에는 <경북아리랑>을 비롯한 각종 아리랑들이 조사되어 있으며 그 내용은 다음 <표>와 같다.

<표 11>『영남전래민요집』 아리랑 조사

번호	곡 명	조사지역	후 렴	비 고
1	없음	상주	아리아리랑 시리시리시리랑	사설첫수 '문경새재는 언고갠가 구부야 … 눈물일세'
2	아리랑	의성	없음	없음

197) 이런 상황이었음으로 현지에서의 주민들과의 친화관계(rapport)의 문제는 없었을 것이다. 예를 들면 '조사 왔다'라는 말에 대단한 거부감을 보이는데, 이런 문제는 없었다고 보는 것이다.

198)『영남전래민요집』, 173쪽. (이재욱본 71쪽)

199)『독서와 문화』, 이재욱, 67쪽.

번호	곡 명	조사지역	후 렴	비 고
3	아르랑	김천	아르랑 아르랑 … 주에서 '상주에도 유행함'	사설첫수 '문경새재는 물박달은 홍둑게방망이로 다나가는구나'
4	아리랑타령	청도	없음	사설첫수 '뒷동산산천 박달낭근 홍두개방마치로 다나간다'
5	아르랑	군위	아리랑 아리랑 아라리요 아리랑 고개를 넘어간다	사설둘째수 '풍난이논다네 풍난이논다네 이강산삼철니 풍이 논다네'
6	경북아리랑(최근)	군위	없음	없음
7	경북아리랑	안동	없음	없음
8	경북아리랑	안동	없음	없음
9	아리랑	거창	없음	없음
10	경북아리랑	선산	없음	'(二三年 …)'
11	문경아새재야	울산	없음	없음
12	없음	문경	없음	<문경아리랑> 4수의 음조란에 '경북표기'
13	정선진아리랑	예천	아리아리랑 아라리가났구나 어리랑뛰어라 너고나고널고나	(장조) 본사에서도 후렴형이 쓰임
14	아리랑	예천	아리아리랑 …	'경북아리랑조'로 표기
15	정선진아리랑	예천	이야이야 어렁렁아 어리랑 고개지처 날넹겨 주세	'哀調'로 표기
16	경북아리랑	청송	없음	'(날좀 보소…)'
17	아리랑	고령	없음	곡명만 수록

<표 11>의 내용을 다시금 간략히 정리하면 다음과 같다.

문경지역 : 음조를 <경북아리랑>으로 밝힌 '문경아 새재야' 사설 4수 수록.
상주지역 : 아리아리랑 사설 3수, '문경아 새재야' 가사 11수 수록.
의성지역 : <아리랑> 언급, 가사 없음, '문경아 새재야' 가사 1수 수록.
김천지역 : <아르랑>(상주지방에도 유행 단서로) 가사 4수 수록.
청도지역 : <아리랑타령>, '…다나간다' 가사 1수 수록
군위지역 : <아리랑> 5수 수록, <경북아리랑> 언급(최근).
안동지역 : <문경새재>와 <경북아리랑> 언급.
영천지역 : 가사 없이 <경북아리랑> 언급.

즉 조사지역 30개 시 군 중, 총 13개 군에서 직접적인 <아리랑>이 17번 언급되었는데 '문경아 새재야'의 <아리랑>까지 포함하면 숫자는 늘어난다. 이 빈도수로 보아 1920년대 영남, 특히 경북 북부지역에서는 <아리랑>이 대표적인 민요의 하나로 불리고 있었다. 그리고 이 중에 <경북아리랑>으로 명기하거나 다른 <아리랑>을 언급하며 참고로 '경북아리랑조'를 제시한 경우가 여섯 번이다. 이와 같은 표기 태도는 당시 조사자에게 <경북아리랑>이 분명하게 인식되어 있음을 알 수 있다.

따라서 본 연구에서는 『영남전래민요집』에 수록된 이재욱의 조사 <아리랑>을 네 가지로 분류하여 살펴보기로 한다. 하나는 일반적인 <아리랑> 또는 <○○아리랑>으로 명시한 것이고, 둘은 <경북아리랑>이란 명칭을 쓴 것, 그리고 세 번째는 오늘의 <문경아리랑>의 대표사설 '문경 새재…' 또는 그 딸림형[200]을 사설로 한 노래, 네 번째는

200) '딸림형'이란 공동체에서 유통되는 각편에서 그 형식과 주제를 따르면서 일부 시어를 바꿔 구성한 사설을 말 한다. 일종의 각편이기도 하다. 예를 들면 '문경 새재 박달나무 홍두깨 방망치로 다나간다'와 '거재봉산 박달

‘미상’ 또는 다른 곡에 <경북아리랑> 곡조를 쓴 것이다.

가. 아리랑류

명시적으로 <아리랑(아르랑)>이나 <○○아리랑>은 상주지역의 <아리랑>, 의성지역의 <아리랑>, 김천지역의 <아르랑>, 청도지역의 <아리랑타령>, 군위지역의 <아리랑>, 창원지역의 <아리랑>, 예천지역의 <정선진아렁렁이><아리랑><정선진아리랑>, 고령지역의 <아리랑>이다.

이를 다시 분류하면 토속요인 <정선아리랑>, 잡가 자진아리랑류(김천의 <아르랑>, 청도의 <아리랑타령>), <본조아리랑>(군위의 <아리랑> 등)이 된다. 이 중에 잡가 <자진아리랑>은 사설에서 ‘문경 새재는…’을 쓰는 서울경기지역에서 제일 먼저 형성된 헐버트 채보의 <아라렁>(Ararung)이고, <본조아리랑>은 1926년 개봉된 나운규 주연 영화 <아르랑>의 주제가로 후렴의 2행에서 ‘아리랑고개를 넘어간다’를 쓰는 것이다. 그런데 이들 수록자료는 후렴과 사설을 수록한 것이 있는가 하면 곡명만 수록한 것도 있다. 대개 사설을 생략하는 경우는 앞에 제시한 것과 동일한 것이거나 당시 통속적인 사설로서 굳이 적시하지 않아도 알 수 있는 것(조사자)일 경우가 있다.

이상의 자료는 네 가지 점에서 주목하게 된다. 하나는 명칭 문제로서, 1930년이란 시점에서도 <아리랑>이 보편적이긴 해도 <아르랑>으로도 불렸다는 점, 둘은 오늘과 같이 ‘정선’을 특화하여 <정선아리랑>으로 불렸으며 ‘진’(긴)과 ‘잦은’으로 구분하여 불렀다는 점

나무는 홍두개방망치로 다나간다’에서 후자는 전자의 딸림형이다. 그러니까 ‘○○ 는 ○○로 다나간다’의 형식이다.

이다. 그리고 셋은 상주지역의 예에서 알 수 있는 것으로, 오늘날 진도아리랑의 대표 사설인 '문경새재는 웬 고갠가 구부야구부구부가 눈물이로고나'가 이미 상주지역 <아리랑>[201]과 선산지역의 <초부가>나 문경지역의 노래 <제목미상>[202]에서 불렸다는 점이다. 넷은 다른 곡명의 노래에서도 '경북아리랑조'로 불린 경우가 있다는 것이다.

<아르랑>(김천)

문경아새재아 물박달은 홍둑게 방마치로 다나가는구나
아르랑 아릉랑……
문경아새재야 떡물푸리 말채쇠채로 다나간다
아르랑 아릉랑……
품안에들제 우든 닭은 야산의 실갱이가 다물어가제
아르랑 아릉랑……
뒷집에갈적에 짓든개는 은앙산(인왕산) 호랭이가 다물어가게

---

201) 이 자료의 경우 주목된다. 사설에서 <진도아리랑> 대표 사설이라는 점과 후렴이 '아리 스리형'으로 역시 진도아리랑형이라는 점에서다. 이는 <진도아리랑>의 연원과 관련하여 시사하는 바가 크다. 이에 대해 김연갑은(2007. 5.28. 영남대학교 특강) '<진도아리랑>(후렴이 포함된 오늘의 형태)의 형성은 넓게는 1925년에서 1935년 사이, 좁게는 1930에서 1935년 사이가 된다. 왜냐하면 전자는 박종기의 주 활동 시기이고, 후자는 음반 취입을 위해 도일하는 최종 시점이 1934년이기 때문이다. 1935년 7월 <조선일보> 주관의 <독자위안회> 공연에서 －名物 珍島아리랑 만장의 갈채가 끈일 줄 몰라－라는 제하 기사에서 '우리의 고전민요 무용인 진도아리랑'이라하고 있어 최소한 1935년 이전에 존재했다고 보기 때문이다.
한편 이 <진도아리랑>의 형성시기는 진도지역에서 전해지는 소위 '신극단사건, 거꾸로 아리랑'과 관련이 깊은데, 실제 <신극단 사건>은 김소희가 오케레코드사에서 <진도아리랑>을 취입, 발매한 시점인 1934년 12월에 발생되었으니, 이것으로 보더라도 1930년대에 형성되어 유행했다고 본다.'고 했다.

202) 문경지역, 김완배, 36세(영인본『영남전래민요집』, 90쪽)

<아리랑>(상주)

아리아리랑 시리시리시리랑
문경아새재는 언(님)고갠가 구부야구부야 눈물일세
문경아새재야 떡물푸리는 말채쇠채로 다나간다
문경아새재야 물박달은 큰애기 손길로 다나간다

<초부가>(선산)

문경아새재야 인고부튼다
구부야그부야 눈물난다

<제목미상>(문경)

문경아새재는 왠고갠가 구부야 구부야 눈물이라
문경아새재야 박달낭근 방마치 홍둑개로 다나간다
문경아새재야 떡물푸리 말채쇠채로 다나간다
문경아새재야 인심이조와 노랑전(당백) 한푼에 처자둘식

이는 <진도아리랑>의 형성 연원이 1930년 이전이라는 단서가 없는 한 오늘의 <진도아리랑> 대표사설은 토속적이거나 독자적인 것이 아니라 이 시기 불리던 <아리랑>의 전승사설인 것이다.[203] 정리하자면 오늘의 시점에서 본다면 우리나라 <아리랑>에서 '문경 새재…'의 사설과 그 딸림형 사설을 대표사설로 쓰는 <문경아리랑>은 헐버트 채보 <아라렁>이나 남도의 대표적인 아리랑인 <진도아리랑>의 연원에 영향을 준 것으로 보아 토속 <아라리>에서 근대민요 <아리랑>으로 형성, 재탄생시킨 모태가 된 것이다.

---

203) 최근 일부에서의 '문경 새재'가 아닌 '문전 새재'라는 주장은 심각하게 재론되어야 한다고 본다. 이런 점에서 이재욱의 『영남전래민요집』은 <아리랑>의 여러 문제에 시사점을 제공해 주고 있다.

나. <경북아리랑>

『영남전래민요집』에 <경북아리랑>이라고 명시한 것은 5번이 나온다. 군위, 안동, 영주, 선산, 청송 지역으로 모두 경북 지역이다.

* 군위지역 – <경북아리랑>(최근)
* 안동지역 – <경북아리랑>
* 영주 – <경북아리랑>
* 선산지역 – <경북아리랑>
* 청송지역 – <경북아리랑>(날 좀 보소…)

이렇게 볼 때 <경북아리랑>의 실상, 즉 어떤 사설의 어떤 곡조인지 알 수가 없다. 다만 여러 <아리랑>의 표기 방법으로 보아 '경북의 아리랑'이라는 포괄적인 지명 표기가 아니라 구체적인 곡명 <경북아리랑>인 것은 알 수 있다. 그것은 김천, 선산, 예천, 문경지역에서 곡조명으로 '경북아리랑조'를 쓰고 있어 분명하다.

또한 군위지역의 경우 '최근'이란 표기와 청송지역의 경우 '날 좀 보소…'가 있어 주목을 하게 한다. 전자는 1930년 직후에 새로운 사설이 있음을 표기한 것이라 보는데, 곡조가 다른 것이라면 괄호 표기로 구분하지는 않았을 것이다. 후자는 조사자가 이 사설에 주목하여 특기를 한 것이다. 사실 이 사설은 이미 1926년 권번 출신 소리꾼들에 의한 음반과 방송으로 알려진 <밀양아리랑>의 대표 사설이다. 그렇다면 이 <밀양아리랑> 사설이 <경북아리랑>에서도 불린다는 사실을 표기한 것이거나 본래 이 사설이 청송지역에서 불린 <경북아리랑> 사설임을 표기한 것이다. 그러나 이중 어느 뜻으로 표기한 것인지는 분간하기 어렵다.

그런데 공교롭게도 이들 <경북아리랑>을 수록한 다섯 곳 모두 사설과 곡조에 대해 생략하고 있다는 점이 이채롭다. 언급한대로 동일한 것이거나 생략할 만큼 널리 알려져 있기 때문이라고 보는데, 이『영남전래민요집』에서는 동일한 것이기에 생략한 것은 아닌 것으로 본다. 이 자료집에서 첫 사례인 군위지역 앞부분에서도 <경북아리랑>을 예시한 바가 없기 때문이다. 그렇다면 생략할 만큼 널리 알려진 것이라는 뜻이 되는데, 실제 5개 지역에서 조사된 빈도수로 보아 널리 불리고 있는 것임을 알 수 있다.

그리고 이『영남전래민요집』에는 네 곳에서 '경북아리랑조'[204]를 곡조로 표기를 하고 있다. 즉, 위에서 살핀 김천지역 <아르랑>의 곡조를 '경북아리랑조'는 아님이라고 한 예와 선산지역 <초부가>, 예천지역 <아리랑>, 문경 마성면의 김완배가 두 번 째로 부른 '문경새재…'의 곡조를 '경북아리랑조'로 표기한 것이 그것이다. 그런데, 이들 네 가지 중 예천의 <아리랑>을 제외한 세 지역 자료에서는 '문경새재…'가 대표 사설로 불리고 있다.

이는 두 가지 사실을 시사해준다. 하나는 <경북아리랑>은 '문경새재는…'을 대표 사설로 부르는 노래라는 점이다. 그러므로 문경지역 공동체가 이 노래를 <문경아리랑>이라 명명하여 부르는 것은 이의가 없는 것이다. 그리고 또 하나는 1930년 전후 경북지역에서 이 곡조는 기층성(基層性)을 갖고 다른 아리랑의 사설로도 불려지고 있다는 점이다.[205] 곧 토속 <아리랑>임을 입증해 주는 것이다.

---

204) 문경에서의 경우 곡조 표기란에 '경북'이라고만 했다. 미루어 <경북아리랑>의 약칭임을 알 수 있다.

205) 김기현,「경산지역 <아리랑>의 존재양상과 전승실태」,『아리랑 종합 전승실태 조사보고서』, 문화재청, 2006, 350~354쪽, <예천아리랑> 편 참조. (양옥교 창)

다. '문경새재…'

앞에서 살핀 아리랑류에서 상주지역 <아리랑>, 김천지역 <아르랑>, 청도지역 <아리랑타령>에서 확인되듯이 대표 사설은 '문경 새재 박달나무는 홍두깨 방망이로 다나간다'와 그 딸림형이다. 이런 사실로 보아 이 사설은 이 시기 영남지역의 <아리랑>의 대표사설이고, 이런 <아리랑>의 경우 그 사설의 첫 마디 '문경'을 곡명으로 하여 <문경아리랑>이라고 부르는 것은 자연스런 일이다.

『영남전래민요집』에는 아리랑류를 제외하고 이 사설을 쓰는 노래 또는 <문경아 새재야>를 곡명으로 표기한 것이 의성, 안동, 울산, 청송, 영주, 다섯 곳 는 사설 한수만을 수록하면서 같은 쪽에서 <아리랑>이 조사되었음을 표기하고 있어, 이 경우 일반적인 <아리랑>이 아님을 알게 한다. 그리고 공교롭게도 나머지 네 곳은 모두 <문경아 새재야> 만을 기록하고 있어 마치 <경북아리랑>을 표기한 방법과 같다. 그러므로 2행 1연의 본 사설에 2행의 후렴사를 쓰는 형식으로나 곡조에 대한 표기가 없어 아리랑 여부와 또는 어떤 아리랑인지를 판단할 수가 없다.206)

문경아새재야 물박달은 / 방망이배기로 다 나간다
방망이배기는 팔자가 좋아 / 큰애기손질로 놀아나네
문경아새재야 물푸리 낭근 / 도리깨노리로 다 나가네
도리깨 리는 팔자가 좋아 / 총각손질에 놀아 나네
아리아리 아리아리 아라리야 / 아리랑 고개로 넘어가요
(이상휴 창)
문경아새재에 물박달 나무 / 홍두깨야 방망치로 다 나가네
홍두깨야 방망치는 팔자가 좋아 / 큰애기 손질로 돌고 도네
아리랑 아리랑 아리리요 / 아리랑 고개로 넘어가세

206) 물론 이 시기 토속적으로 부르는 <문경아리랑>에 후렴이 현재의 형태와 같이 반드시 두 줄 사설 다음에 매번 불렸는지는 단정 할 수 없다. 정선아리랑의 경우 고령자들은 후렴을 부르지 않는 경우가 있는 것과 마찬가지다.

그러나 이 자료집의 전체적인 표기 방법으로 보아 이 역시 보편적으로 알려진 것이기 때문에 사설과 곡조 표기를 생략한 것으로 본다. 만일 이렇게 생각할 때, 이는 '경북아리랑조'는 아니다. 왜냐하면 안동지역의 조사에서 <문경새재>와 <경북아리랑>을 함께 수록하여 변별한 것은 각각 다른 <아리랑>임을 말하는 것이기 때문이다. 결국 예천지역에서와 같이 안동 지역에도 <경북아리랑>과 '문경 새재는…'을 대표 사설을 쓰는 다른 곡조의 <아리랑>이 있는 것이 된다.

그렇다면 이 둘을 어떻게 변별하여 명명할 수 있을까? 이 문제는 <강원도 아라리>에서 예를 찾아볼 수 있다. 즉 전승지가 분명한 토속민요로서 연원이 깊고 사설의 적층현상이 분명한 <아라리>는 소리의 형식을 변화시켜 다양한 기능에 부응한다. 곧 긴소리, 잦은 소리로 분화하여 유희요와 노동요 등으로 불려진다는 사실이다. 바로 <경북아리랑>은 보편성으로 보아 '긴소리'이고, 또 하나는 '자진소리'가 되는 것이다. 그러니까 오늘의 시점에서 보면 <문경아리랑>은 '긴소리'이고, <예천아리랑>은 <문경아리랑>의 '자진소리'가 되는 것이다.[207]

라. <초부가> 등

여기에서는 앞에서 살핀 '문경새재는…'이란 대표 사설이 다른 곡명의 소리에서 불리는 경우를 살펴보기로 한다. 이 자료집에는 상주의 <이앙가>, 창원의 <제목미상>, 선산의 <초부가>, 울산의 <초부노래>, 문경지역의 <제목미상>(2) 등이 있다.

207) 이는 문경지역 내에서도 구분하여 조사할 필요성이 있다고 본다.

<이앙가>(상주)

문경아새재야 박달낭근
문경아새재야 떡물푸리
문경아새재야 박달낭근
진산덕산 왕대뿌리는
중아중아 대사중아
개산금산 너른들에
저너건 황새등에
시누올기뛰다가
늘청늘청 비럭끝에
처자곤식을 싱기볼가
머리조코 고흔처자

홍둑게 방마치로 다나간다
쇠채말채로 다나간다
큰애기손질노 다나간다
소구채로 다나간다
느거신님 어듸갓노
목해동영 하로갓네
청실홍실 줄을 매여
떠러짓가 염여더라
끝에너도죽어서 남자가되고

줄뽕낭게 거란잔네

<초부노래>(울산)

니월아 시월아 가지마라
압갑운 청춘이 다늘는다
홍두게 방마치 얼마나조와
큰 애기 손에 다녹아지노

<제목 없음>(창원)

거재봉산 박달나무
홍득게 방마치로 다나간다
동래부산 큰애기는
콩지름 장사로 다나간다

<초부가>(선산)

문경아새재야 인고부튼다
구부야그부야 눈물난다

<제목 없음>(문경)
왕십리처자는 매나리장사로 나간다
드매골처자는 홰장작패기로 나간다
동래울산큰아기 내다보기 일수라
올타그것도 거진말이 아니다
지 낭군 고를나고 그럿탄다

<제목 없음>(문경)
문경아새재는 왠고갠가 구부야 구부야 눈물이라
문경아새재야 박달낭근 방마치 홍둑개로 다나간다
문경아새재야 떡물푸리 말채쇠채로 다나간다
문경아새재야 인심이조와 노랑전(당백) 한푼에 처자둘식

상주지역의 <이앙가(모심기 소리)>에서는 첫 절을 시작으로 아래 3절이 '문경 새재…'의 딸림형 '○○는 ○○로 다나간다'가 불렀다. 그리고 이후는 본래의 이앙가 사설이 이어졌다. 이것은 <이앙가> 곡조가 아닌 '경북아리랑조'로 부른 것이다. 창원지역의 <미상>은 '문경새재'가 창원지역의 '거재봉산으로 대체된 것이다. 이는 다른 곡조에 수용된 것이 아니라 일부 사설만 다르게 바꾼 것이다. 선산지역 <초부가>는 역시 첫 사설로 불렀다. 이 지역 <초부가>에 수용된 것이다. 울산지역의 <초부노래>는 2절에서 딸림형 사설이 불렀다. 문경지역의 곡명을 기록하지 않은 두 가지 소리는 한 곡은 1절에서 딸림형을 썼고, 다른 한 곡은 4수 모두 대표사설과 딸림형을 불렀다. 여기에서도 조사자는 당연히 <경북아리랑> 또는 또 다른 <아리랑>이기 때문에 곡명을 생략하였을 것이다.

이상 5개 지역에서 확인되는 현상은 '문경새재…' 사설이 영남지역에서 널리 불려지고 있을 뿐만 아니라 다른 소리에도 수용되어 불렀다는 점이다. 그리고 이 사설의 주 전승지(傳承地)는 지역적 연고로 보아 당연히 문경지역이 되는 것이다.

이상에서 『영남전래민요집』 수록 네 가지 유형의 자료를 살펴보았다. 그 결과 '문경 새재…'라는 사설이 1930년대 영남지역 <아리랑>의 대표적인 사설이고 다른 소리에서도 수용되어 불려지고 있음을 확인하였다.

즉, 『영남전래민요집』에 수록된 <아리랑>은 ①아리랑류(잡가류 <아리랑>·<본조아리랑> 등) ②<경북아리랑>(<문경아리랑> 긴소리) ③조(調)가 다른 <경북아리랑>(<문경아리랑> 자진소리) ④다른 곡명으로 부른 <경북아리랑>, 이렇게 네 가지이다. 이 경우 명시적인 곡명을 쓴 경우는 두 가지이다. '아리랑류'와 <경북아리랑>인데, 전자는 이 시기 음반이나 방송, 그리고 권번 출신 소리꾼들에 의해 보편화된 것으로 누가 명명했든 이미 일반화된 것이다. 그런데 후자는 전자처럼 일반화되지도 않았고, 당시의 문헌자료에 나타나지도 않았다. 단지 이 조사 자료에만 나타난다. 뿐만 아니라 최근의 조사 자료에서도 확인되지 않는다. 그렇다면 이는 조사자 이재욱의 명명이 된다. 이 명명 <경북아리랑>에 대해서는 정정의 필요성이 있다. 즉 현지 공동체가 부르는 곡명이 있다면 이를 따르는 것이 현실적이다. 그러므로 『영남전래민요집』의 <경북아리랑>은 현실적 정황에 비추어 볼 때 <문경아리랑>으로 부를 필요가 있다.

이상에서 <문경새재>는 '경북아리랑조'와 '경북아리랑조가 아닌 조' 두 가지가 있다는 사실을 확인하게 하며 <경북아리랑>은 '문경새재야'라는 '긴 소리'를 말하는 것이다. '경북아리랑조'가 아니라고 한 아리랑은 '자진소리'로 문경, 예천 일대에서 불리는 것이라고 생각

할 수 있다.[208]

이제 <경북아리랑>의 존재가 밝혀짐으로써 <경북아리랑>으로서의 <문경아리랑>에 대해 그 의미를 알아보겠다. 이 자료집에는 문경의 인접지역인 예천, 상주, 의성, 군위, 안동지역에서 <아리랑>이 밀집되어 불러지는 것을 알 수 있다. 이는 <문경아리랑>은 물론이고 유사한 사설과 선율의 노래들이 그 고장에 사는 이들에게 일반화되었으며, <아리랑>이 기층을 이루고 불러진다는 것을 입증해 주는 것이다.

그러므로 경복궁 중수로 파생되었다는 문제의 <아리랑>이 바로 이 <문경아리랑>일 수 있다고 볼 수 있는 것이다. <문경아리랑>의 형성과 그 의미를 파악하기 위해 악보 대비와 문경의 민속지리적 배경

---

208) 엄필진은 대정 13년(1924년) 창문사 판『조선동요집』의 <상주아리랑>을 설명하면서 '이 동요는 상주지방에서 유행하나 어느 향촌을 물론하고 15세 이하의 목동들이 흔히 하는 것이니라'라고 하였다. 채록 시점을 밝히지 않아 정확히는 알 수 없지만 분명한 것은 1924년 이전이며, <자진아리랑>이 널리 불러졌음을 추정케 한다.' 그리고 같은 시기 <매일신보>(1930. 5.23)에는 '목동들이 영남지방에서 흔히 부르는 노래'로 상주지역에서 조사 된 5편을 수록했는데, 이중 '아리랑 아리랑'을 수록했다. 사설은 다음과 같다.

아리랑 고개에 집을 짓고
동모야 오기만 기다린다
아리랑 아리랑 아라리요
아리랑 얼시구 아라리야

여보게 쇠꼴을 밧삐비오
저건너 저집에 연긔난다
아리랑 아리랑 아라리요
아리랑 얼시구 아라리야

이 글과 맥을 같이 하는 부분이 이재욱의『영남전래민요집』에도 있다. 김천지역의 <아리랑>에서 <경북아리랑조>가 아님을 설명하면서 '자진소리'를 추정케 하였으며, '상주지방에도 유행한다'고 주를 달아 놓았다.

을 통해 살펴보고자 한다.

> 문경새재는 소백산맥을 넘나드는 가장 대표적인 고갯길이다. 소백산맥은 곧 우리나라의 중서부 지방과 영남 지방을 가르는 분수령이며 문경새재는 그 중심에 있다. 조선시대의 영남지방은 자원과 인재의 보고라 일컬어졌다. 이 지역은 한반도의 수리관개 문명의 요람으로서 우수한 농업기술을 바탕으로 한 농업 선진지역이었으며, 임진왜란 전까지 국가 재정상의 기여도가 전국에서 가장 높은 곳이었다. 그러므로 조정은 이 지역을 행정적으로 중요시하였다.
>
> 그리고 한강 유역은 한반도의 중앙부에 위치하므로 역사상 가장 중요한 전략 요충 역할을 해왔다. 그러나 이 지역은 독자적으로 기능을 발휘하지 못하며, 이웃의 다른 지역과 연결되는 경우에만 중심지로 기능을 발휘할 수 있었다. 신라·고려·조선 등 세 왕조의 경우를 보건대 한강 유역의 중심지 기능을 보충해 준 이웃 지역이란 영남지방이며, 두 지역을 결속시켜 준 대동맥은 곧 영남대로였음을 알 수 있다. 그러므로 영남대로를 차지하는 집단이 한반도 통일에 성공하였다.[209)]

이렇듯 문경의 역사 발전과 변천, 그리고 수많은 사건들은 영남대로의 중심인 새재 길과 밀접한 관련이 있을 수밖에 없으며, 오늘날까지 문경새재 곳곳에 남아 있는 유적들, 역대 그 당시 주변 지역의 부사, 현감의 송덕비가 즐비한 것과 곳곳에 새겨진 옛 문인들의 시문과 박달나무에 관한 안내판을 통해서도 확인할 수 있다.

다음은 경복궁 중수에 따른 민요 상황, 아리랑 상황을 살펴보겠다. 이를 민속학 이론으로 일반화시킨 것은 1969년 임동권의 『한국민요

209) 최영준, 「영남대로와 문경」, 『길위의 역사, 고개의 문화』(문경 새재박물관 연구총서), 실천문학사, 2002.

사』[210]등이다.

이에 앞서서는 장사훈 교수가 1958년「경복궁 중수와 민요」라는 글에서 '실로 경복궁 중수는 새로운 민요발생의 직접동기가 되었을 뿐만 아니라 부역하는 인부들의 피로를 덜어주고 그 원망을 사지 않으려는 방편으로 각 지방에서 소리꾼과 무동들을 불러 올렸기 때문에 13도의 가지가지의 소리가 서울에 집중 소개되었다.'라고 했다.

그리고 1932년 일본인 학자 다카하시(高橋亨)에 의해 바로 이에 대한 첫 주장이 발표되었다. 즉「조선민요총설」이란 논문에서인데, 이 글에서 '경복궁의 공사장은 마치 전 조선의 민요전람회와 같은 경황을 띠고 민요의 교착과 변화와 학습이 활발히 행해졌다. 이때에 발생한 조선민요의 종류도 상당수에 이른다고 여겨진다. <아리랑> <담바고 노래> <애원성>이 이때 생긴 것이라고 했다.'[211] 분명히 경복궁 중수공사와 향토민요의 교류 상황이 언급되었다.

그리고 '고종 31년 갑오 1894년 황현 선생의 문집『매천야록』에는 <아리랑타령>이 '신성염곡'으로서 당대 궁중 내의 지도층이 꽤나 좋아한 노래였다는 사실과 아리랑의 '교졸(巧拙)'을 가름하여 상을 내렸다'고 한 것으로 미루어 보아 <아리랑>이 상당히 유행했던 노래였음을 알 수 있다. 여기에 지적된 <아리랑>은 '새로운 곡'으로서 그 성격이 염곡이었다.[212]

따라서 공사가 끝난 해가 1872년이니까 1894년은 22년 후가 되므로 <아리랑>을 신성절곡, 즉, '새로 생긴 노래'라고 한 것은 바로 경

---

210) 임동권,『한국민속학』, 한국민속학회, 1969, 제1권, 23~38쪽.

211) 김연갑,「경복궁 중수공사와 <강원도 아라리>의 확산」, 국악신문(2004.4.20)

212) 김기현,「아리랑 요(謠)의 형성 시기」,『민요논집』제6집, 민속원, 2001, 36쪽.

복궁 중수 기간 또는 그 직후에 형성된 노래라고 보았기 때문이다. 이것으로 보아 중수 공사를 계기로 새롭게 형성된 <아리랑>이 궁궐에까지 전해졌음을 확인할 수 있다. 그렇다면 그 <아리랑>과 <문경아리랑>과의 관련은 어떻게 설명될 수 있는가.

1922년 당시 조선총독부 소속의 일본인 관리 오오키타(大喜多筆一)가 쓴 『신조선』이란 책에 서술된 다음과 같은 대목이 우리의 시선을 끌게 한다.

> 조선에 조령(鳥嶺)이라는 고개가 있다. 이 고개에서 '아라렁'이라고 하는 나무가 나왔는데, 이 나무는 13도의 빨래 방망이로 사용되었다. 이는 천여 년 전부터 지금 까지도 변함없이 전국에서 쓰이고 있다. 그런데 조선 사회에는 백성을 학대하는 관리들 때문에 인민들은 더 이상 희망을 갖지 않지만 '아라렁' 나무처럼 언제까지나 변치 않고 싶다는 뜻이 노래로 되었다고 한다. 이것은 역사적으로 조선시대 백성들의 억압된 소리이며 이것이 조선인들의 속요(俗謠)의 대명사가 되었다.213)

<아리랑>이 나무 이름이라는 주장은 잘못되었으나 '조령이란 고개'와 '아리랑이라는 나무'를 주제로 이 노래를 언급하고 있어, 이 시기 이전에 <문경아리랑>의 존재가 일본인에게도 전해질 만큼 널리 불렸음을 알 수 있다. 즉 적어도 1922년 이전에 이미 <문경아리랑>이 외국인에게 불렸다는 것을 말하며, 또한 '조령'이란 고개와 <아리랑>과의 관계도 생각할 수 있다.'

다음은 조령이라는 지명과 공간성의 의미에 관한 규명이다. 즉 문경새재의 뜻은 날아다니는 새도 울고 넘을 정도로 높은 재, 풀이 무성한

---

213) 오오키타(大喜多筆一), 『신조선』, 선만협회(鮮滿協會), 1922, 62쪽.

재, 묵은 재를 두고 새로 만든 재, 두 고개의 사이에 있는 재 등 그 의미가 다양하다. 문경새재박물관에 있는 자료는 이렇게 설명한다.

> <아리랑>은 고개를 노래하는 민요이다. 이 고개는 실제 넘어야 하는 공간상의 고개일 수도 있고, 힘겨운 우리들 삶의 마디마디를 말하는 시간상의 고개이기도 하다. 여행의 길목에서 만나는 공간상의 고개는 물리적인 힘으로 넘을 수 있으나 삶의 여정에서 만나는 시간상의 고개는, 마음속의 고개는 쉽게 넘을 수 있는 것이 못된다.[214]

<아리랑>은 바로 이 고개를 넘겨주는 시간성과 공간성을 담보한다. 그러므로 <문경새재 아리랑>에서 아리랑 고개는, 아리랑 고개 일반의 뜻을 공유하면서도 관념적일 수 없는 실제로 넘는 고개이다. 그래서 노랫말이 '문경새재는 웬 고갠고 구부야 구부 구부가 눈물이로구나'로 전개되고 있으며, 실제로 넘는 고개로서의 문경 새재도 현지에 엄연히 존재하고 있는 것이다.

<아리랑 고개>
아리랑 아리랑 아라리요 아리랑 고개가 뭔 고갠고
아리랑 고개 올라가면 30리요 내려가도 30리라
60리를 당도하니 큰 새재 다 넘어 가는구나
오라는 님은 아니 오고 나 혼자 넘어 가는구나

<문경 정선아리랑>

214) 2006년 2월15일 문경새재박물관 소속 안태현 학예사는 저자와의 담화에서 '국가대표 고개 문경새재'라는 말과 함께 '정선과 문경은 산간지대의 지리적 조건이 비슷하여, 산에 나무하러 갈 때 등에 <정선아라리>, <문경아라리>를 불렀는데 거의 같은 노래가 전승되면서 변이가 있었다'고 증언하였다.(안태현의 글 「문경새재는 웬 고갠가」 참조)

길이 난 고개라면 발을 벗고도 가지요
그렇지만 아리랑 고개는 무서운 고개
문경새재가 아리랑 고개가 되었네
아리랑 고개는 큰 고개 아리랑 고개가 적막강산
아리랑 고개는 뭔 고개냐 영감님 넘어간 고개로구나
아리랑 고개가 무섭네요 정든님 넘어가신 고개
오실 때가 되었는데 왜 아니오시나
아리랑 고개가 그렇게도 무섭던가요
(문경새재 거주 김도화 할머니 가창)

김하돈은 그의 저서 『고개를 찾아서』에서 백두대간을 넘어가고 넘어오던 숱한 민중들의 발품의 역사 또한 그 길섶에 고스란히 묻혀있다고 하였다. 조선왕조 5백년이 흐르는 동안 새재는 그렇게 나라 산천에 걸린 수많은 고개 중의 고개, 무릇 조선 팔도 고갯길의 대명사가 되었다고 했다.[215] 그러니 문경새재는 문경새재 밑에 사는 사람들의 전유물이 아니라 적어도 조선사람 모두의 고개였던 것이다.

즉 조선사람 모두가 간직한 가슴 속의 응어리가 문경새재였고, 싫든 좋든 굽이굽이 눈물 흘리며 반드시 넘어가야 할 고개가 문경새재이며, 그 너머 찾아오는 희망과 환희 또한 문경새재였다.[216] 그러므로 문경새재는 조선 팔도 고갯길의 대명사이며 <아리랑>의 고개가 될 수 있었다. 따라서 경복궁 중수라는 대역사를 통해 문경새재가 재인식이 될 수 있었고, 이렇게 실제로 넘는 고개에서 '아리랑 고개' 노랫말이 만들어져 가창이 되면서, 민중의 삶을 담았으며 다양한 해석을 가능하게

215) 「문경지역의 백두대간 고갯길」, 『길위의 역사, 고개의 문화』(문경새재박물관연구총서), 실천문학사, 2002에서도 언급.

216) 문경새재박물관 소속 안태현 학예사의 글 참조.

했다. 그러므로 아리랑 고개는 넘어가야 할 고개라는 점에서 고단한 삶의 고개이고, 사람마다 삶의 곡절이 다르기에 제각각의 의미를 간직한 고개일 수 있다.

다음 문헌은 <아리랑>을 서양 오선보로 채보한 최초의 수록인 1896년 선교사 헐버트의 「코리아 보컬 뮤직」이라는 논문이다. 이 글에서 헐버트는 '조선인에게 아리랑은 쌀과 같다'라고 하며 사설 5수도 수록했다. 그 중에 첫 수와 두 번째 수를 제시하면 다음과 같다.

아리랑 아리랑 아라리요
아리랑 얼싸 배띄워라
문경새재 박달나무[217)]

---

217) 안태현, '박달나무와 생활용구', 『생활용구』 통권 6호, 서일문학사, 1998, 16~21쪽 참조.

박달나무가 자생하고 있는 지역으로 산간마을인 경북 문경시 동로면 적성리를 통해 박달나무가 생활용구로 사용되는 실례를 살펴보고자 한다.

첫째, 농기구와 박달나무－농기구중 '쟁기'의 성에부분은 꼭 박달나무를 사용한다. 그 이유는 가장 강도가 높은 나무를 그 곳에 사용함으로써 쟁기의 역학적 특성상 저항력과 견인력을 최대한 유지시키기 위한 것. 4,50년 전만 해도 "적성리 근방에 사돈이라도 있어 성에에 쓸 박달나무만 베어 줘도 큰 선물"이었다고 한다. 또 물을 가둔 논에 정지작업을 하는 '써레'도 무논의 특성상 부식의 속도를 늦추기 위해 강한 박달나무를 사용 했다.

두 번째는, 여성들의 노동과 박달나무 홍두깨, 다듬이돌, 방망이, 베기(베틀을 통해 짠 옷감을 곧게 펴는데 사용하는 도구), 떡살, 다식판, 팔만대장경 등 목판의 활자에 사용되었다.

세 번째는, 도정기구와 박달나무 수차의 제작에 절대적인 영향을 끼쳤다. 물레방아의 경우 둥글받침목, 둥글보조목, 방아채, 방아눌림목, 쌀개, 방아공이, 나무못에 사용되었고, 연자방아의 밑돌, 고줏대, 빵이 그리고 디딜방아의 방아공이에 사용되었다.

네 번째는 기타 얼레빗, 미투리나 짚신의 신골과 초석바디, 목탁이나 불상, 수렵도구의 창마루, 미역 채취용 낫대에도 사용 되었다.

'조선왕조실록'에는 박달나무의 용도는 첫 번째가 단군신화의 신단수

홍두깨 방망이로 다나간다
문경새재 박달나무
빨래 방망이로 다나간다

여기서의 사설은 오늘날 <문경아리랑>의 첫 수와 두 번째 수와 일치한다. 민요의 첫 사설은 그 민요의 정체성을 담고 있고, 대개 그 첫 단어가 곧 민요 이름이 되기도 하므로 다른 사설과는 다르다. 그리고 헐버트가 채보에 대해 '나는 조선인의 장식음을 모두 악보로 처리할 능력이 없다'라고 했듯이 어느 정도 차이는 있을 것이다.

이재욱은 위의 1897년에 저술된 비숍 여사의 『Korean and Her Neighbours』를 초역하였는데 이 글 속에서 우리는 아주 중요한 것을 확인할 수 있다.

a－ra－rung a－ra－rung a－ra－ri－o
a－ra－rung Ol－sa pai ddi－o－ra
mun－gyungsai－chai Pak－tala－nu
hong－do－kai pang－maing－i ta na－kao－da

이재욱은 '이 사설이 헐버트의 <아리랑>으로써 <영남아리랑>의 일절일 것이다' 라고 분명히 명시하였다. 이것은 넓게 보면 영남이 되고, 범위를 줄이면 경북이 되므로 이재욱이 『영남전래민요집』에서 언

(神檀樹)이고, 두 번째는, 궁중과 각 관아의 겨울철 불씨에 사용했고 세 번째는, 임진왜란 때 팽유격이라는 명나라 장수가 임금님과 독대하여 창마루에 쓸 박달나무를 요구했다. 네 번째는, 김하련의 상소내용 중에 수차의 재목으로 박달나무를 마련해 달라고 했다. '문경아리랑' 사설이 박달나무와 그 용도를 주 내용으로 하고 있는데, 이렇듯 박달나무가 가지고 있는 재질의 특성으로 인해 여러 생활용품으로 일찍이 널리 사용되었음을 알 수 있다.

급한 <경북아리랑>의 실체를 최초로 밝힌 단서이다. 이 논문에서 헐버트는 '후렴은 아리랑 아리랑 아라리요 아리랑 얼싸 배띄워라이며, 종지는 ~다나간다'인 헐버트 채보 <아리랑>이 '1883여년 경부터 불리어졌다'고 하였다. 그러므로 1872년의 경복궁 중수와 1883년 무렵을 시간적으로 헤아릴 때 시차는 10여년으로 좁아진다.

헐버트는 1886년 육영공원 교사로 한국에 온 후, 한국 YMCA 창설과 고종황제의 외교고문으로 활동했다. 또한 이 논문은 나름대로 <아리랑>에 대해서 발생과 분포상황, 의미 등을 연구하여 나온 결과일 것이다.

그러므로 1894년『매천야록』에 기록된 경복궁 중수 이후에 불려진 <아리랑타령>이 <경북아리랑>에 직접적인 영향을 받은 헐버트의 채보 <아리랑>이라는 관점은 크게 설득력을 지닌다.

문헌상의 수록에 의한 시기별 <아리랑>의 확산과정을 정리하면 다음과 같다.

(1) 1872년 경복궁 중수 후 향토민요의 교류에서 아리랑이 확산되기 시작하였다.

(2) 1894년『매천야록』에 <아리랑타령> 궁궐내의 인지도에 대해 최초로 언급하였다.

(3) 1896년 헐버트가 아리랑악보를 최초로 제시하였다.

① 사설은 '문경새재 박달나무 홍두깨 방망이로 다나간다'로 시작된다.

② 이재욱은 이 사설을 '<영남아리랑>의 1절일 것이다'라고 언급하였다.

③ 헐버트는 이 글에서 1883여년 경부터 위의 '~다나간

다' 라는 사설이 널리 불려 졌다고 언급하였다.

(4) 1914년 이상준이 한국인 최초로 <아리랑> 악보를 제시하였다.(사설은 '문경새재 박달나무 홍두깨 방망이로 다 나간다'이다.)

(5) 1922년 오오키타(大喜多筆一)는 『신조선』에서 '<조령>이라는 고개에 <아라렁>이란 나무는 13도의 빨래방망이로 다나간다. 이 노래는 속요의 대명사이며 국가(國歌)와 같다'라고 언급하였다.

(6) 1926년 영화 <아리랑>이 만들어졌으며, 이때부터 사실상 <아리랑> 후렴구인 '~고개로 날 넘겨 주소', '~고개로 넘어간다' 라는 형태가 정형화되었다.

따라서 논문 'Si－jo・A－ra－rung etc'에서 <경북아리랑>으로서 <문경아리랑> 사설의 노래가 이미 1883년경부터 불려온 것을 밝혔음으로 <경북아리랑>이 <아리랑>의 모체가 되어 여러 <아리랑>이 탄생하는 생명력으로 작용했음을 알 수 있다.

그 근거는 첫째로 헐버트가 채보한 <아리랑>에서 사설이 파생되어 불렀으며, 둘째로는 『영남전래민요집』 청송지역 조사에서 <경북아리랑>이라 하고 그 괄호 안에 '날 좀 보소'라고 했는데, 책의 표기상 사설을 설명한 것으로 해석할 수 있으며, 그러므로 오늘날 <밀양아리랑>의 첫 사설과 <문경아리랑>과의 상관관계를 알 수 있다.

셋째로는 <진도아리랑>의 첫 사설인 '문경새재는 몇 구비냐/ 구부야 구부 구부가 눈물이로구나'에 대해서다. 이 사설은 <문경아리랑>에서 보통 세 번 째 사설로 불러지는데, <진도아리랑>에서는 대표 사설로 불리고 있다. 지금 진도의 일부에서는 문경새재가 '문전새재'의

와전이라고 한다. 그러나 <진도아리랑>이 형성된 시기를 1930년대로 본다면, 1920년대에 이미 기층성을 가지고 불린 <문경아리랑>의 사설을 인용했다고 하지 않을 수 없다.

그리고 후렴구는 '아리랑 아리랑 아라리요/ 아리랑 얼싸 배띄워라'였으니 <문경아리랑>의 '아리랑 아리랑 아라리요/ 아리랑고개로 나를 넘겨나 주소'와 전행은 같으나 후행은 다르다.

이것은 1912년 총독부가 조사한 자료를 통해 경기도와 충청도에서 '아르랑 띄어라 배 띄어라', '아리랑 어얼싸 아라송아', '아르랑 띄여라 놀다가게', '아리랑 철철 배 밀어주게'와 같은 유사한 노래 사설들이 불려진 사실을 확인할 수 있는데, 이런 유희적인 노랫말의 한 유형일 것이다. 즉, 1926년 나운규(羅雲奎)가 제작한 영화 <아리랑> 이후 '아리랑 고개로 넘어 간다', 또는 '아리랑고개로 날 넘겨주소'로 정형화되기 이전 경복궁 중수로부터 1910년대까지 다양하게 불려온 후렴 중 한 가지이다.

결국 <아리랑>은 토착소리로서 출발하여 경복궁 중창이란 대역사에 의해 새로운 노래로 태어나 1900년에 이르러 구조적 안정성을 획득하였고, 잡가집의 출판으로 널리 퍼지다가 1926년 영화 <아리랑>을 통해 전국적인 일대 선풍을 일으킨 근대민요라 할 수 있다.[218] 경복궁 창건 이전 각 지역에서 불려지던 토속요들이 그 이후 <경북아리랑>이란 이름으로 탄생되었으며, 그것은 <문경아리랑>으로서 영남지역 <아리랑>의 새로운 기층이 되어 여러 <아리랑>이 탄생시키는 산파역으로 작용했다. 이로써 영남의 <아리랑> 역사, 우리 <아리랑>의 전 역사에서 문경새재, <문경아리랑>은 실질적 중심이었다는 사실을 확인할 수 있다.

---

218) 김기현, 앞의 논문, 41쪽.

② <경북아리랑>의 선율 비교

이제 앞에서 논의한 문화적 배경을 토대로 <경북아리랑>, 즉 <문경아리랑>이 경복궁 중수기에 중심적인 역할을 했고 이후 <아리랑>의 출현에 많은 영향을 주었다고 규명하였다. 그 영향관계를 음악적 분석을 통해 밝히기 위해 강원도의 <긴아라리>(<정선긴아리랑>) <문경아리랑> <예천아리랑> 경기 지역의 <자진아리랑>(헐버트 채보 <아리랑>, 이상준 채보 <아리랑>) 간의 선율을 대비하고자 한다. 이 작업은 경복궁 중수 이후 구한말 토속민요가 창민요화하는 사회변동기를 배경으로 형성된 <아리랑>의 상호선율상의 관련과 고찰이다.

가. 헐버트(H·B Hulbert) 채보 <아리랑>

<악보 4> 헐버트(H·B Hulbert) 채보 <아리랑>[219)]

헐버트 채보 아리랑
H.B. 헐버트
A ra rung a ra rung a ra ri o a ra rung ol sa pai ddi o ra
9
Mun gyung sai chai pak tal na mu bong do kai pang maing i ia na kan da

219) 이정면, 『한지리학자의 아리랑 기행』, 이지출판, 2007, 94쪽.

<표 12> <악보 4>의 출현음 분석

마디 수 / 주요음	1	2	3	4	5	6	7	8	9	10	11	12	13	14	15	16	총
G(솔)	3	3		1		1	1	1				1		1	1	1	14
A(라)												1					1
C(도)			1	1			1					1			1		5
D(레)			1		3	1	1		2	2	2		3	1	1		17
E(미)			1			1					1			1			4

<표 13> 주요음 분석

주요음	중심음	시작음	종지음	최고음	최저음
솔·라·도·레·미 G－A－C－D－E	솔－도－레 G－C－D	솔 G	솔 G	미 E	솔 G

헐버트 채보 <아리랑> 출현음은 '솔－라－도－레－미'로 나타나며 주요음은 '솔－도－레'로 추정된다. 시작음과 종지음은 '솔'로 나타나며 최고음은 '미', 최저음은 '솔'로 나타난다.

이것으로 미루어 볼 때 헐버트 채보 <아리랑>은 경기민요의 음 구조인 '솔'음계의 구조에서 아주 단순 소박한 선율로 채보되었음을 알 수 있다. 헐버트가 외국인이며, 서울 경기 쪽이 주 거주지라 그 영향으로 경기민요의 음 구조를 가지고 있었을 것이라 여겨진다.

<예보 4> 헐버트 채보 <아리랑> 선율 구성음

나. 이상준 채보 <아리랑>[220]

<악보 5> <아르렁타령>

아르렁 타령
문 경 새 재 박 달 나 무 홍 두 께 방 망이 로 다 나 간 다

<표 14> <악보 5>의 출현음 분석

주요음 / 마디수	1	2	3	4	5	6	7	8	총
D(도)		1		1	4	1		1	8
E(레)		1		2	2	1		2	8
G(파)		1	3	1		2	3	1	11
A(솔)		2	2			2	2		8
B(라)	2	3	1			1	1		8
D(도)	2								2
E(레)	1								1

<아르렁타령>은 다른 곡조와 다르게 '파'가 나와 출현음이 '도－레－파－솔－라'로 이루어져 있다. 노래상으로는 현재 많이 불려지고 있는 <구아리랑>과 비슷한 멜로디를 가지고 있으며 흐름도 비슷하다. 중심음이 '파'가 나오는 것으로 보아 채보 될 때 앞 조표를 잘못 기재한 듯하다. 악보를 변형시켜 조표를 G장조로 보면, '솔－라－도－레－미' 음계로 헐버트 채보 <아리랑>과 동일하게 볼 수 있다. 즉, 헐버트 채보 <아리랑>과 동일하게 '솔'음계로 경기민요의 특징을 그

220) 앞의 책, 95쪽.

대로 가지고 있음을 알 수 있다.

<표 15> 주요음 분석(D장조)

주요음	중심음	시작음	종지음	최고음	최저음
도·레·파·솔·라 D－E－G－A－B	도－파－솔 D－G－A	라 B	도 D	레 E	도 D

<예보 5> <아르렁 타령> 선율 구성음

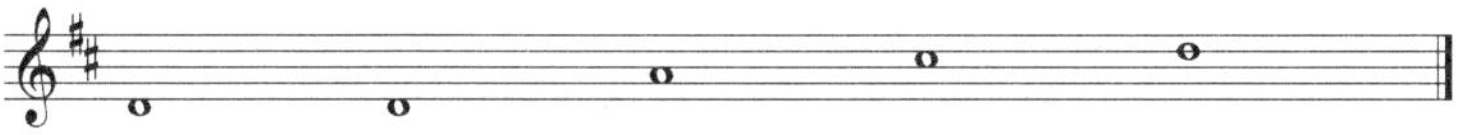

<악보 6> <아르렁 타령>(G장조 변형)[221]

아르렁 타령
문 경 새 재 박 달 나 무 홍 두 께 방 망이 로 다 나 간 다
아 리 랑 아 리 랑 아 라 리 요 아 리 랑 띄 어 라 노 다 가 게

221) 저자가 임의로 이조시켰다.

<표 16> <악보 6>의 출현음 분석

주요음 / 마디수	1	2	3	4	5	6	7	8	총
D(솔)		1		1	4	1		1	8
E(라)		1		2	2	1		2	8
G(도)		1	3	1		2	3	1	11
A(레)		2	2			2	2		8
B(미)	2	3	1			1	1		8
D(솔)	2								2
E(라)	1								1

<표 17> 주요음 분석(G장조로 변형)

주요음	중심음	시작음	종지음	최고음	최저음
솔・라・도・레・미	솔－도－레	미	솔	라	솔
D－E－G－A－B	D－G－A	B	D	E	D

<예보 6> <아르렁 타령> 선율 구성음(G장조)

다. <정선아라리>

<악보 7> <정선아라리>222)

222) 국립국악원 편, 『민요, 이렇게 가르치면 제맛이나요』, 민속원, 1998, 112쪽.

정선아라리

강원도 민요

<표 18> <악보 7>의 출현음 분석

	1	2	3	4	5	6	7	8	9	10	11	12	13	14	15	16	총
B(미)	3	3	1	1		1	1	3		1	1	1		1	1	3	21
D(솔)	1	1	2	1		1	1	1		1	1	1		1	1	1	14
E(라)	1	1	3	3	2	1	4	1		1	5	3	3	1	4	1	34
G(도)			3	1	3	4	3			7	3	1	3	4	3		35
A(레)			1		1	3	1		5	3	1		1	5	1		22

<정선아라리>의 출현음은 '미－솔－라－도－레'이며 시작음과 종지음 모두 '미'이다. <정선아라리>의 경우 전형적인 메나리조 구조를 가지고 있다. 선율구조로는 '라－솔－미'로 떨어지는 하행 구조로 되어 있으며 '미'를 시작과 종지로 사용함으로써 '미'음계의 구조를 가지고 있다. 중심음은 '미－라－도－레'로 구성되어 있다.

<표 19> 주요음 분석

주요음	중심음	시작음	종지음	최고음	최저음
미·솔·라·도·레 B－D－E－G－A	미－라－도－레 B－E－G－A	미 B	미 B	레A	미B

<예보 7> <정선아라리> 선율 구성음

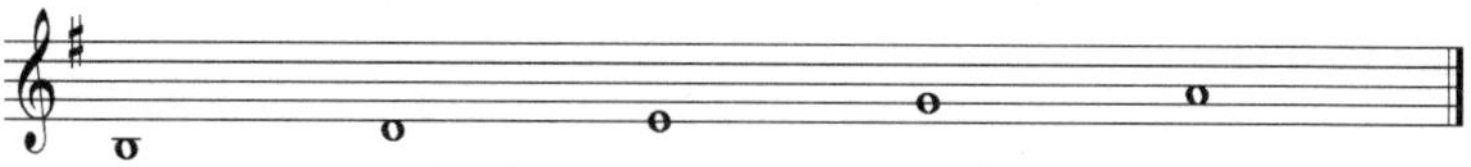

라. <문경아리랑>

<악보 8> <문경아리랑>223)

문경아리랑

가창자 송영철
채보자 강혜인

223) 김기현, 「경상지역 아리랑의 존재양상과 전승실태」, 『아리랑 종합전승실태 조사보고서』, 문화재청, 2006, 333쪽.

<표 20> <악보 8>의 출현음 분석

	1	2	3	4	5	6	7	8	9	10	11	12	13	14	15	16	총
C(미)	3	3	1	1		1	1	2				1		1	1	1	16
E♭(솔)		1	2	1		1	1					1		1	1		9
F(라)		2	3	2		2	2			2	3	2	4	1	2		25
A♭(도)			1		3	2	3			1	2		1	2	2		17
B♭(레)						2	1		3	1	1			3			11

<문경아리랑>은 주요음이 '미－솔－라－도－레'이며 시작음과 종지음 모두 '미'로 시작하며 끝이 난다. 주요음은 '미－라－도'이며 최고음 최저음이 기본 음 구조를 벗어나지 않으며 '미'음계의 전형적인 틀을 가지고 있다. '라'음을 중심으로 '미'는 떠는 음 '라'는 평으로 내는 음으로 보는 것이 적당할 것으로 보인다.

<표 21> 주요음 분석

주요음	중심음	시작음	종지음	최고음	최저음
미·솔·라·도·레 C－E♭－F－A♭－B♭	미－라－도 C－F－A♭	미 C	미 C	레 B♭	미 C

<예보 9> <문경아리랑> 선율 구성음

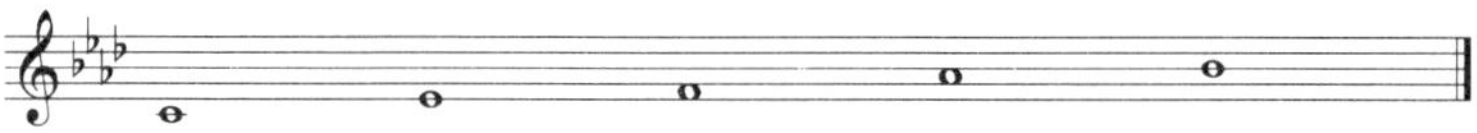

마. <예천아리랑>

<악보 9> <예천아리랑>224)

예천아리랑
가창자 이상휴
채보자 강혜인
아 리 랑 아 리 랑 아 라 리 요 생 감 자 를 먹 었 는 지 왜 이 리 아 려
무 정 한 세 월 아 가 지 를 마 라 꽃 과 같 은 내 청 춘 다 늙 어 가 네

<표 22> <악보 9>의 출현음 분석

	1	2	3	4	5	6	7	8	총
B(미)	3	1	1			2	1		8
D(솔)		1	1			1	1		4
E(라)	3	1	5	5		1	5	5	25
G(도)	1	1	2	1	1	2	2	1	11
A(레)		1	1		5	1	1		9

<예천아리랑>의 주요음은 '미－솔－라－도－레'이며 시작음은 '미'음이며 종지음은 '라'음이다. 최고음과 최저음은 주요음 '미－솔－라－도－레'를 벗어나지 않으며 예천아리랑의 경우 주요 3음으로 주로 연주되어지며 '솔'은 경과음처럼 사용된다. '레'는 5번째 마디에서만 주요음으로 사용되고 다른 마디에서는 경과음처럼 사용된 것으로 보인다.

224) 김기현, 「경상지역 아리랑의 존재양상과 전승실태」, 『아리랑 종합전승실태 조사보고서』, 문화재청, 2006, 359쪽.

<표 23> **주요음 분석**

주요음	중심음	시작음	종지음	최고음	최저음
미·솔·라·도·레 B－D－E－G－A	미－라－도 B－E－G	미 B	라 E	레 A	미 B

<예보 10> <예천아리랑> 선율 구성음

바. '미'음계의 헐버트 채보 <아리랑>

<악보 10> '미'음계의 헐버트 채보 <아리랑>225)

헐버트 채보 아리랑

H.B. 헐버트

A ra rung a ra rung a ra ri o a ra rung
6
ol sa pai ddi o ra Mun gyung sai chai pak tal na
12
mu bong do kai pang maing i ia na kan da

<표 24> **<악보 10>의 출현음 분석**

	1	2	3	4	5	6	7	8	9	10	11	12	13	14	15	16	총
C(미)	3	3		1		1	1	1				1		1	1	1	14
D(파)												1					1
F(라)			1	1			1					1			1		5
G(시)			1		3	1	1		2	2	2		3	1	1		17
A(도)			1			1					1			1			4

225) 저자가 메나리토리의 '미'음계 형식으로 이조시켰다.

구성음은 '미－파－라－시－도'이며 '파'음이 출현은 하나 전체 음에서 1음이 출현을 한다. 최저음은 '미'이며 최고음은 '도'로 볼 수 있다. 주요음은 '미－라－시'이며 시작음과 종지음은 '미'로 본다. 원래 악곡은 '솔－라－도－레－미' 구성인데, 헐버트가 서울에 거주하여 경기민요의 영향을 받았을 것이라고 생각된다. 한편 <문경아리랑>의 영향관계를 고려하여 메나리의 기본 구성인 '미'음계로 변형을 시켜 다른 곡과 비교하여 보았다.[226]

그렇게 변형을 시켜보니 구성음이 메나리조와 비슷한 '미－라－시' 구성으로 나오며, '파'음은 나오기는 하나 1음 밖에 출현하지 않아 음 구성에 영향을 미치지는 않는 것으로 보인다.

<**표** 25> **주요음 분석**

주요음	중심음	시작음	종지음	최고음	최저음
미·파·라·시·도	미－라－시	미	미	도	미
C－D－F－G－A	C－F－G	C	C	A	C

<예보 11> '미'음계 헐버트 채보 <아리랑> 선율 구성음

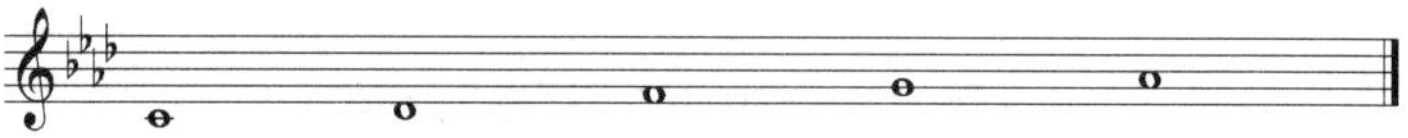

음악적으로 <문경아리랑> <정선아리랑> <예천아리랑>은 미선

226) 처음의 <영산회상>에서 완전4도 아래도 이조시켜 <유초신지곡> 즉 평조회상을 만들었다. <영산회상>은 계면조이나 현재 연주되고 있는 <유초신지곡>은 평조곡이라고 말할 수 있다. 이와 같이 처음에는 같은 곡이지만 이조시키면 그 곡의 조 특성이 변한다.(곽태천, 「평조회상의 선법 연구」, 『한국음악사』제29집, 한국음악사학회, 2002, 71쪽 참조)

법의 메나리토리로서 상호관련이 있으나 헐버트 채보 <아리랑>은 솔선법이다. 또한 이상준의 <아르렁타령>은 조표가 잘못 기재된 듯하며, G조로 보면 '솔'선법이다.

<표 26> 아리랑류 구성음 분석

곡 목	솔	라	도	레	미	파	솔	라	시	도	레
1. 헐버트 채보 아리랑	o	o	o	o	o						
2. 아르렁 타령(이상준)			o	o		o	o	o			
3. 아르렁 타령(G장조)	o	o	o	o	o						
4. 정선아라리					o		o	o		o	o
5. 문경아리랑					o		o	o		o	o
6. 예천아리랑					o		o	o		o	o
7. '미'음계 헐버트 채보 아리랑					o	o		o	o	o	

각종 <아리랑>을 분석해 본 결과 헐버트 채보 <아리랑>과 이상준의 채보 <아리랑>은 경토리인 경기민요의 특징인 '솔'음계를 그대로 가지고 있다. 이상준 채보<아리랑>의 경우 조표를 잘못 기재한 것으로 보아지며, 음계는 그대로 두고 G장조로 변형을 시켰을 때에 같은 '솔'음계이다.

<정선아라리> <문경아리랑> <예천아리랑>의 경우는 지방색을 가지고 있으며, 메나리토리의 특징인 '미'음계를 가지고 있다. 헐버트 채보 <아리랑>은 <문경아리랑>에 영향을 받았을 것이라는 단서로 '미'음계로 이조시켜 분석해 보았다.

③ 영남의 <아리랑>에 대하여

<경북아리랑>의 존재를 확인하기 위해서는 당시 1930년 전후에 불렸던 영남지역의 <아리랑>을 먼저 살펴봐야 한다. 영남은 경상도와 대구광역시와 부산광역시를 포괄하는 지역이다.

영남지역에서 전통적으로 불려오던 <아리랑>은 경북 문경지역에서 전승되어 오는 <문경아리랑>과 예천지역에 전승되어 오는 <예천아리랑> 등 두 종류가 있다. 그리고 1926년 10월에 '박춘재 장고 대구 김금화 창'의 음반에 수록된 <밀양아리랑>, 1929년 발행된 『조선곡집』[227]에 수록된 <영남아리랑>, 그리고 『영남전래민요집』의 <경북아리랑>을 여기에 보탤 수 있다.[228]

이상과 같은 영남지역 <아리랑> 현황은 이 시기 전후 다른 지역에 비한다면 주목할 만하다. 첫째는 어느 민요권보다도 다양한 <아리랑>이 불렸다는 것이고, 둘째는 근대 이후 형성된 <아리랑>의 시간적 층위를 살필 수 있다는 점이다.

---

227) 임원상, 『조선곡집』, 영창서관, 1929. 이 자료는 광고문에 의해 확인될 뿐 실제로 확인되지 않았다.

228) 이후 일제강점기에 확인되는 것으로는 1935년 월간 <중앙>1월호 「조선속요행각(朝鮮俗謠行脚)」에 수록된 <경상도아리랑>, 김사엽이 1935년 <조선일보>에 연재한 「신민요의 재인식」에 수록한 <영천아리랑>, 해방 직후인 1947년, 고려레코드사가 발매한 최계란의 창작 <대구아리랑>이 있다. 그런데 <조선일보>에 연재된 <영천아리랑>은 사설 내용으로는 토속적이다. 그러므로 그 당시 전국적으로 불러진 엇모리 장단의 <강원도아리랑>의 가락일 수 있다. 그리고 북한에서 불러져서 알려진 <영천아리랑>은 엇모리 장단과 세마치 장단 두 가지 유형이다. 그런데 초창기 자료의 악보와 음원은 엇모리장단이고, 엇모리 장단이 기본형이다. 세마치장단은 그 이후에 창작된 아리랑이다. 최근 영천에서는 <영천아리랑 축제>를 하면서 세마치 장단의 <영천아리랑>을 지정곡으로 하였다. 그런데 이를 고형으로서 정하였다면 문제가 있다고 생각 된다.

가. <문경아리랑>

역사는 기억을 규정하는 힘을 가지고 있다고 한다. 그래서 역사 해석을 둘러싼 갈등이 언제나 존재한다는 것인데, 이를 '기억을 둘러싼 투쟁'이라고도 한다. 역사는 특정 기억은 계속 상기하게 하고 시대가 나아갈 바를 제시하면서 현실인식을 조종하기도 한다는 것이다. 그래서 미래를 선택하는데 결정적 영향을 미치는 역사(과거) 해석의 주도권을 쟁취하려는 투쟁을 계속하게 한다. 이는 굴절의 역사를 경험한 우리에게 더 절실히 적용된다.

그런데 이러한 역사해석을 정치적 무기로 활용하려는 태도는 당연히 기득권의 방식인데, 이와는 달리 민중들은 나름의 인식으로 해석을 하고 있다. 이것은 '이야기(수록)는 거짓이 있지만 노래(구전)는 참말이다'라는 말에서 알 수 있듯이 구전(민요)에 담아 전승시킨다는 것을 말한다. 경복궁 중수와 문경새재를 수록한 역사와 그리고 이를 담은 노래의 내용은 각각 다르다는 사실이 바로 이를 잘 반영하고 있다고 본다.

경복궁 중수 공사를 계기로 널리 불리게 된 아리랑은 앞에서 주장한 바 있는 <문경아리랑>이다. 문경은 3도 접경지로 강원도와 충청북도와 통혼권역이다. 이는 음악적으로도 세 지역 간의 공통점과 차이점을 갖고 있는 것으로 추정하게 한다.

<문경아리랑>은 문경 조령지역과 그 일대에서 '문경의 노래' 또는 '홍두깨 소리'로 불리는 노래다. 첫 사설에서 문경새재소리와 지역 특산물인 박달나무가 나와 향토적이며 곡조는 메나리조이다. 그런데 주목되는 것은 1990년대 조사된 각종 보고서류들을 통해 볼 때 <정선아리랑>의 대표적인 사설인 '눈이 올라나 비가 올라나…'가 <문경아리

랑>에서는 불리지 않고, <문경아리랑>의 대표적인 사설 '문경 새재…'도 <정선아라리>에서는 나타나지 않는다. 이는 두 지역 모두가 각각 다른 소리로 인식하고 부른다는 것을 의미한다.

민요의 경우 대개 첫 사설은 그 노래의 곡명이 되기도 하고, 또한 노래의 연원과 더불어 동일한 시간과 환경을 거쳐온 것이기도 하다. 그래서 다른 사설과는 비교가 되지 않을 만큼 특별한 의미를 지니고 있어 노래 그 자체라고 볼 수도 있다. 정선아라리에서 '눈이 올라나 비가 올라나 억수장마 질라나/ 만수산 검은 구름이 막 모여 든다'라는 첫 사설 역시 그렇다.[229]

이 대표사설은 우선 대단히 우의적(寓意的)인 의미를 내포하고 있음을 알 수 있다. 이 사설의 유형으로 확인되는 것은 대략 다음과 같은데, 이처럼 다양한 딸림형의 존재는 주제가 공동체에 공감을 얻어 전승범위가 매우 넓음을 알 수 있다.

① 문경새재야 물박달나무/ 홍두께 방망이로 다나가네
② 홍두께 방망이는 팔자가 좋아/ 큰애기 손질로 놀아나네
③ 문경은 새재고개는 웬고개인지 구비여 굽으 굽으가 눈물이 나네
　아리랑 아리랑 아라리요 아리랑고개로 날 넘겨주소[230]
④ 문경새자(재) 높으지마는/ 말책찌채(말채찍)으로 다나가네
⑤ 먼저 간 새자야 박달나무/ 홍두깨 방망이로 다나간다
아리랑 아리랑 아라리요 아리랑 고개를 넘어가네[231]

229) 정선아리랑 기능보유자 김길자는 2004년 전주 문화방송 <얼쑤 한마당 팔도아리랑>에서 이 사설을 말하면서 "이 사설을 부르는 것은 정선아라리 4천수를 부르는 것이나 마찬가지입니다."라고 한 바있다. 아마 첫 사설의 상징성을 주목한 발언으로 보인다.

230) 국민대 국어국문학과, 『구비문학조사보고서』, 원광문화사, 1993, 37쪽.

231) 위의 책 40, 42쪽.

⑥ 문경새재 박달나무/ 북바듸집으로 다 나간다
⑦ 황백나무 북바듸집은/ 큰아기 손목이 다 녹아난다[232)]
⑧ 월정 오대산 박달남근/ 축자왕자로 다 나간다[233)]

이 같이 각 편의 존재는 이 노래의 연원이 얕지 않음과 그 주제가 지역공동체의 공감을 얻었음을 알게 한다. 1930년 김재철은 ①의 사설에 대해 직접적으로 민중이 시대에 반감을 표시한 것이라고 하며 '풍자적으로 시대에 대한 반감의 노래이며 원망의 노래가 분명하다.'고

232) 『민족문화대백과사전』(정신문화연구원, 1991), 문경 편.

233) 김소운, 『언문조선민요전집』, 제일서방, 1933, 평창 편, 512쪽. 매일신보(1930. 11.17)의 <구전민요란>에 평창군 진부면 하진리 김재하의 제보로 수록된 사설은 다음과 같다.
<아리랑오조>
월정오대산 박달남근
축자왕자로 다나간디
아리랑 아리랑 아라리야
아리랑고개서 노다가세
축자왕자는 팔자도 좋아
기차에다 몸을 실고
안동현 구경
아리랑 시리랑 아라리야
시리랑고개로 너머가네
산중까마귀 까악까악
그이의 병환이 중한줄아네
아리랑아리랑아라리야
아리랑고개로 너머간다
애고야 지고야 통곡을마라
죽었든 그이가 또 살아올가
아리랑아리랑아라리야
아리랑뜨여라 노다가세
천안삼거리 능수나 버들
제머세 질려서 척 늘어졌네
아리랑아리랑어러리야
아리랑고개로 너머가오.

했다[234]. 이 해석에 동의할 때 우의적이라 함은 겉으로는 특산물인 박달나무가 쓰임이 많다는 것이지만 기실은 특산물이 제값에, 제격으로 쓰이기 위해 나가는 것이 아니라 헐값에 나가 허수히 쓰이는 것을 안타까워 한 표현이다.

그러나 이것만이 아니다. 여기에는 더 깊은 역사적 사실을 민중적인 수사로 담아 전승시키려는 속뜻이 담겨 있다. 그것은 바로 우리 근대사의 '아픈 기억'(trauma)인 민란(1871년에 일어난 '이필제의 난')과 의병전쟁(1907~1908년, 이강년, 이인영 등의 의병장들이 순국함)으로 인한 민중적 영웅의 상실에 대한 원상의식(原傷意識)을 반영한 것과 경복궁 중수공사에 원한을 안고 문경 새재를 넘어 온 영남인들의 원성과 문경지역의 박달나무가 수없이 베어져 나간 깊은 상실감을 말한 것이다.[235]

그런데 이 역사적 속뜻이 반드시 이와 같은 시대상에만 맞춰 한정된 것은 아닐 것이다. 말하자면 개인적인 원상의식으로도 충분히 의미를 갖고 불렀다는 것인데, 사실 구한말에서부터 일제시대는 바로 국권 상실의 연대인데, 개인이라고 상실의 시대가 아니겠는가. 그래서 이 노래는 문경지역[236] 전승집단의 시공적 삶 속에서 경험과 인식에서 생

---

234) 김재철, <조선일보>(1930. 7.11~16)

235) 이 사설에 대해 권혁종의 '피압박 속에 있었던 우리 민중이 일제하에서 일경의 무서운 방망이를 풍자적이며 해학적으로 표현한 것이라고 본다'는 주장은 지나친 해석이다.(「우리문학에 나타난 해학성연구」, 전남대 교육대학원 석사논문, 1980)

236) 문경은 조선시대 한양과 영남을 잇는 관문으로 낙동강과 한강을 연결하는 가장 짧은 고갯길로 새도 쉬고 넘는다는 고개다. 조선 500년 간 영남의 관문 역할을 했던 새재다. 동래에서 한양으로 가려면 추풍령과 새재, 죽령 등 3개의 고개 중 하나를 골라야 했다. 이중 새재 코스가 여나흘 걸리는 가장 빠른 길이고, 추풍령은 보름길, 죽령은 열엿새 길이었다고 한다. 과거를 보러가던 선비는 유독 새재를 고집했다. 추풍령은 추풍낙엽같이 낙방

성된 것이지만, 경복궁 중수라는 고역(苦役)의 7년 동안 이 노래에 많은 이들에게도 그대로 공감을 얻은 것이다.

1865년(을축년)에서 1872년(임신년)까지의 중수공사 이후 많은 노래의 주제인 이별, 덧없음, 상실 등은 '부재(不在)의 부정적(否定的) 의식'의 표현으로 통속적 민요의 한 특징이기도 하다. 문경새재의 특산품인 박달나무가 나가는 것이나, 갖가지 역사 사건에서의 패배 등의 상실감을 함축시킨 것이다. '문경새재 박달나무 다나간다'는 구한말 경기 일원을 중심으로 유통된 '구전 공식구'로 불렸다. 이는 특정인의 노래가 아니라 동시대인들 모두가 공유한 것이었다.[237]

이로써 오늘의 시점에서 <문경아리랑>은 19세기 말 우리나라 아리랑 사(史)의 중요한 기점에 위치해 있었던 것이다. 그것은 경복궁 중수 이후 형성된 근대민요 <아리랑>이 헐버트 채보 <아리랑>의 모체가 되었다는 점을 말하고, 아리랑 '고개'가 사설에서 형성, 합성된 것임을 말하는 것이다. 이에 대해서는 문경인들의 일반적인 인식이다.[238]

할 것 같고, 죽령은 대나무 미끄러지듯 떨어질 수 있어 피했다는 것이다. 새재에 있는 3관문은 임진왜란 때 순식간에 한양을 빼앗기자 전란이 끝나고 급히 지은 것이다. 2관문 직전에 <문경아리랑노래비>가 있다. 「문경새재」, <한국일보>(1926. 10.13)

237) '문경새재'의 노래화는 <문경아리랑>의 영향력을 보여주는 것이기도 하다. 황금심의 <남도 신아리랑>(강남풍 작사, 김부해 작곡)에서도 그 영향력을 짐작할 수 있다.
아리랑 아리랑 아라리요/ 아리랑 장단에 소모는 저 목동아/ 무등산 화전밭은 어데 가고/ 멋쟁이 아가씨만 넘나 드느냐/ 홍 홍 신식 호텔이 생겼네/ 아리랑 아리랑 아라리요//
아리랑 콧노래 꼴을 비는 저 목동아/ 문경새재 넘든 님은 어데 가고/ 날씬한 자동차만 타고 넘느냐/ 홍 홍 신장로 길이 생겼다.(<황금심 히트앨범>, 제1집, LP 10309)

238) '아리랑은 고개를 노래하는 민요이다. 이 고개는 실제 넘어야 하는 공간상

나. <예천아리랑>

1980년대 중반 <예천통명농요>의 민속놀이화와 함께 조명을 받은 <아리랑>이다. 이후 도내 민요경창대회에서 수상을 하기도 했다.

사설 중 '아리랑 고개서 알을 배어/ 몸실량 고개서 몸을 풀어'란 대목이 있는데, 전승자의 한사람인 양옥교에 의하면, '처녀와 김도령이 아리랑고개서 사랑을 나눠 임신이 되었는데 둘의 사랑이 맺어지지 못해 부모 몰래 출산을 하게 되어 몸실령 고개서 몸을 풀었으나 김도령이 요절함으로써 그 사랑이 비극적으로 끝났다고 한다.[239] 이렇듯 양옥교 할머니 등 여성들에 의해 전승되고 있는데 양 할머니가 부를 때는 음영성이 짙은 소리이고, 남성 창자들은 모심기에서도 불렀다고 한다. 아리랑이 성행되었던 영화 <아리랑> 무렵에 아리랑의 후렴이 정형화되면서 예천아리랑도 정형화되었을 것이다. 그런데 '몸실(량)령'에 대한 인식이나 남녀 간 사랑에 대한 화소의 적층 현상이 보이지 않아 이 아리랑의 배경설화로는 보기 어렵다.

예천 지역 민요보존 단체가 배포한 인쇄자료에 수록된 사설은 여성창 사설은 전승사설이나 남성창 사설은 비교적 근래작이 많다. 그러나 후렴구는 '아리아리 아리아리 아라리요(야)/ 아리랑고개로 넘어가세(요)'로 같다. 그리고 <문경아리랑>의 대표사설 '문경새재 박달나무…'는 공통으로 불려진다. 곡조는 메나리조로 <문경아리랑>의 변이형으로 본다. 이러한 과정으로 <문경아리랑>의 '자진소리'의 범주

의 고개일 수도 있고, 힘겨운 우리들 삶의 마디마디를 말하는 시간상의 고개이기도 하다. 여행의 길목에서 만나는 공간상의 고개는 물리적인 힘으로 넘을 수 있으나 삶의 여정에서 만나는 시간사의 고개, 마음속의 고개는 쉽게 넘을 수 있는 것이 못된다.'(안태현, 「문경새재는 웬 고갠가」 참조).

239) 김기현, 「경상지역 아리랑의 존재양상과 전승실태」, 『아리랑 종합전승실태 조사보고서』, 창진인쇄사, 2006, 346쪽.

에 든다.

다. <밀양아리랑>

『영남전래민요집』의 밀양지역 조사에는 <아리랑>이 없다. 이는 1930년에 오늘날의 <밀양아리랑> 뿐만 아니라 다른 지역에서 불리던 <아리랑>도 널리 불리지 않았음을 의미한다. 그런데 오늘의 <밀양아리랑> 대표 사설인 '날 좀 보소…'[240]가 청송지역에서 불린다고 했으나 그 곡조를 <경북아리랑>으로 표기한 것에 주목할 필요가 있다. 이는 우선 당시 이 사설이 오늘의 <밀양아리랑>이 아닌 다른 <아리랑>에서 쓰였다는 것이고, 그 할주(割註)대로라면 <경북아리랑>에서 불린 것이다.

또한 이 사설이 <경북아리랑>에서만 불러진 것이 아니라 다른 민요에서도 불려졌다. 1969년 조동일교수가 영양군 일원면에서 조사 한 <삼삼는 소리>에 "…문경새재 밥바구리 해 이고서/ 딸 찾어 헤맨다/ 날좀보래요 날좀보래요 날 쪼금보래요/ 저기가는 저처녀야 날 쪼금보래야…"에서 확인 된다. 즉, <삼삼는 소리>는 그 연원이 아주 오랜 노래이므로 이미 경북지역에서 불려오던 사설임을 알 수 있다. 그렇다면 오늘날 영남의 대표적인 <아리랑>으로 꼽히는 <밀양아리랑>의 연원을 어떻게 볼 것인가?

현재까지 확인된 <밀양아리랑>의 첫 수록 음반으로는 1926년 9월 26일자 <매일신보> 일축 소리반(박춘재 장고, 대구 김금화 창으로 발매) 광고문에 수록된 <밀양난난타령(卵卵打令)>이다[241]. 그리고

---

240) 물론 이 자료집엔 2행의 온전한 사설을 수록하지 않아 반드시 오늘과 똑같은 사설로 불렸다고는 단정할 수 없다.

경성방송의 국악방송 송출로 확인되는 고증으로는 1932년 3월3일 <밀양아리랑>[242]이 그 첫 실증이다. 이런 정황으로 볼 때 <밀양아리랑>은 1920년대 중반에 이르러서 전문가 집단에서 불리어졌음을 알 수 있다. 그렇다면 이 『영남전래민요집』에 수록되지 않았다는 것은 그 당시 음반에 의해 또는 일부 권번 출신 소리꾼에 의해서 서울, 경기 지역에서만 불렸지 아직 밀양지역에 전파되지 못했다는 것을 뜻한다. 즉 밀양지역 음악인에 의해 창작된 신민요라 할지라도 음반과 방송을 통해 형성된 것이지 밀양지역의 공동체에 의해 형성된 토속민요가 아닌 것이다.

실제 이 동일 곡의 <밀양아리랑>은 5회나 재발매하여 많은 판매고를 올린 <밀양아리랑>(강홍식 노래, Victor 49231A)의 장르 표기가 '경기속요(京畿俗謠)'로 되어 있다. 김경희 독창으로 발매된 5절의 <밀양아리랑>(Victor 49093B)도 '유행소곡(流行小曲)'으로 표기[243]하여 밀양의 지역적 연고성이 사실상 희박함을 알 수 있다.

이는 밀양지역에서 스스로도 일정부분 인정하는 바이다. 즉 '밀양아리랑 노래비'에 적힌 대로 <밀양아리랑>은 영남 지방에서 유일하게 전해오는 흥겨운 노래이다. 작자와 연대는 잘 알 수 없으나 아랑각을

---

241) 수록상으로 <밀양아리랑>의 첫 출현은 음반 발매 광고인 <매일신보>의 1926년 9월26일자 '일축소리반 음반 광고'(박춘재 장고, 대구 김금화 창)에 <밀양난난타령(密陽卵卵打令)>으로 되어있다. 이 <아리랑>의 한자 표기는 <서울아리랑>을 <경난난타령(京卵卵打令)>으로 표기한 사례와 같다.

242) 당시 최고의 명창이었으며 1930년대 초 오케레코드사가 발매한 박부용이 노래한 최초의 <밀양아리랑>은 '날 좀 보소 날 좀 보소'로 시작되는 1절 가사가 지금과 동일하며, 선율도 오늘의 모습과 크게 다르지 않으므로 이 <밀양아리랑>이 비교적 후대에 형성되었음을 추정케 한다.

243) 대구 KBS 라디오 <정월대보름 특집 3부작 – 영남민요의 재발견> 김연재의 글.

둘러싼 여인의 애절한 한을 달래는 이야기가 정으로 이어져 초동들에 의해 지게목발 장단에 맞추어 후렴 부분에서 '아리당당궁 쓰리당닥궁'으로 불려오던 것을 박남포(朴南浦:1894~1933) 선생[244]이 다시 간추려서 오늘에 이어져 오고 있다.'에서 포괄적으로 인식하고 있음을 알 수 있다.

라. <영남아리랑>

이 <아리랑>의 명칭은 포괄적인 지명인 '영남'(嶺南)을 앞에 쓴 것이다. 이는 때에 따라 고유 곡명일 수도 있고, '영남 지역의 아리랑'이란 말로 해석될 수도 있다. 그러나 <경기아리랑>이나 <서도아리랑> <강원도아리랑>과 같은 경우로 볼 때는 후자이기보다는 전자로 보게 된다. 이는 1929년 영창서관에서 발행한 『조선가곡집』(임원상 편)에 <강원도아리랑>과 함께 수록된 것이 처음이고, 1930년 2월의 방송자료[245]에서도 확인이 된다. 당시 방송에서 <밀양아리랑>과 함께 이 곡명의 <아리랑>이 송출된 것이다.

그렇다면 이 <아리랑>은 『영남전래민요집』을 기준으로 할 때 <경북아리랑>일 가능성이 높다. 이와 더불어 오늘의 시점에서 본다면 <밀양아리랑>을 제외한 토속아리랑인 <문경아리랑> <예천아리랑>일 가능성도 있다. 당시 방송에서는 드물긴 해도 토속민요들을 소개하기도 했는데, '예를 들면 1934년 10월 방송 <평양의 밤>에서 김춘홍이 '메나리'를 부른 예가 있고, 1934년 11월의 <조선음악 전국

244) 대중가요 작곡가 박시춘의 부친으로 밀양지역에서 권번을 운영하였다고 한다.

245) 방송 프로그램, <매일신문>(1930. 2.23)

중계>에서 이 <영남아리랑>이 방송되었는데, 그 장르를 '조선음악'으로 표기'[246]한 것을 보면 지역 토속민요, 즉 오늘의 <문경아리랑>이나 <예천아리랑>일 가능성도 있다는 것이다.

한편 이재욱은 이 <영남아리랑>에 대하여 다음과 같이 언급한 바가 있다. 즉 1931년 헐버트가 채보한 <아리랑(자진아리랑)>을 언급하면서 '문경새재 박달나무는…'의 사설을 주목하여 '이것은 헐버트의 아리랑으로써 <영남아리랑>의 일절일 것이다'[247]라고 서술한 부분이 그것이다. 그런데 이는 『영남전래민요집』에서 명시적으로 수록한 <경북아리랑>으로 추정된다. 그러므로 조사자 이재욱은 '문경새재…' 라는 사설을 쓰는 아리랑을 <영남아리랑>이라 했고, 이를 곧 <경북아리랑>이라고 규정한 것이다.

1935년 1월 월간 <중앙>에 소개된 「조선속요행각(朝鮮俗謠行閣)」의 첫 편으로 수록한 <경상도아리랑>을 찾아볼 수 있다. 이 잡지에서의 <아리랑> 모음은 <아리랑>에 대한 장르 인식에 의한 것으로도 볼 수 있는데, <경상도아리랑><강원도아리랑><밀양아리랑><아리랑><경기아리랑><황해도아리랑> 등과 함께 소개하였다. 여기에서도 <밀양아리랑>이 함께 나오는 것을 미루어 짐작해 볼 때 <경상도아리랑>과도 다른 것임이 분명하다.

이상에서 이재욱이 조사할 당시에 불렀던 영남의 <아리랑>은 모두 네 가지다. 이중 오늘에까지 전승되는 것은 <문경아리랑> <예천아리랑> <밀양아리랑> 등 세 종류이다. 그리고 마지막으로 살핀 <영남아리랑>은 <밀양아리랑>이 아닌 것으로 보아 이는 곧 <문경아리랑>으로 볼 수 있다. 이를 전제로 한다면 이재욱의 인식이나 조

246) 위의 대구 KBS 라디오방송 참조.

247) 이재욱, 'Si－jo · A－ra－rung etc', <신흥> 5호, 신흥사, 1931. 7, 63쪽.

사 자료에 <밀양아리랑>은 처음부터 존재하지 않았다고 할 수 있다. 조사당시에는 <밀양아리랑>이 영남지역에서 불리지 않고 서울에서 음반으로만 유통되었기에 이를 의식적으로든 실제로 모르기 때문이든 제외되었다는 것이다. 결국 이재욱이 자신의 조사 자료에서 당연하게 제목만 표기한 <경북아리랑>은 이로 미루어 볼 때 <문경아리랑>으로 확정할 수 있다.

따라서 <문경아리랑>의 민요사적 의미를 살펴본다면, 첫째는 1930년 시점으로 문경지역을 주 전승지로 하고 경북일대에 분포된 사설의 적층성(積層性)을 갖고 있는 아리랑은 <강원도 아라리>를 제외하고는 유일하다. 이는 전승 공동체에 기반을 둔 토속 아리랑은 <강원도 아라리>를 제외하고는 유일하다는 특징을 갖고 있다.

둘째는 1896년 헐버트가 채보한 <아라렁(Ararung)>은 '문경새재…'를 대표사설로 쓰는데, 이 <아라렁>을 경복궁 중수의 문화충격으로 형성된 근대민요 아리랑이라고 저자는 앞에서 주장하였다. 바로 <문경아리랑>이 이의 형성에 직접적인 영향을 주었다고 보아 기념비적인 <아리랑>이 되는 것이다. 왜냐하면 이 <아라렁>이 이후의 각종 아리랑(<진도아리랑> <본조아리랑> 등)을 파생시켰기 때문이다.

셋째는 오늘날 영남지역은 <밀양아리랑><영천아리랑><예천아리랑><울릉도아리랑><상주아리랑><대구아리랑><경상도아리랑><구미아리랑><봉화아리랑><경산아리랑><영양아리랑> 등 전국에서 가장 많은 <아리랑>이 불리고 있는데, 이러한 전통을 있게 한 것이 이 <문경아리랑>이라는 점이다.

그런데 <경남아리랑>이란 형태도 있어 주목하게 된다. 1934년 김태준이 <조선일보>에 연재한 「조선가요개설」 '유행가 편(3)'에서 영화주제가 <아리랑> 4절을 제시하고, 이어 그것을 <경남아리랑>이라고 표기하면서 그 사설로 '시집사리 못살면 친정가고/ 술담배 굶고는 나 못 살네'라는 1절을 제시했다.[248] 이 사설만으로는 어떤 아리랑인지 변별이 되지 않으나 두 번째 사설 '네 잘 났나 내 잘 낫나 뉘 잘 났나/ 꾸리구통 은전지화 제 잘 낫네'가 있는데, 이는 <밀양아리랑>의 사설로 본다. 그렇다면 <경남아리랑>은 사실상 <밀양아리랑>이 되는 것이다.

(2) 『영남전래민요집』 분류

구비문학은 문자 그대로 말로 형성된 문학이며 또한 구연되는 문학이다. 그리고 구연자의 창작성이 가미되어 창작문학으로의 개성을 지니고, 공동체의 보편적이고 형식이나 내용이 단순하다. 뿐만 아니라 누구에게나 개방되는 민중문학이며 그 범위는 매우 광범위하다.[249]

이렇듯 생활 속에서 생성된 민요는 삶의 형태가 달라지므로 급격히 소멸되었고, 채집이나 조사가 어려운 지금 상황에서의 민요채집은 가히 고고학적 발굴에 견줄만하다. 삶 속에서 만들어진 민요는 지역성을 크게 반영하므로 지역에 따라 사설내용, 기능, 음악 등이 다르다.

1930년대 이후 민요채집이 본격화되면서 민요의 분류도 시작되었으나, 초기에는 편의상의 민요구분이었고 차차 민요가 지닌 성격에 따라 민요를 분류했다. 이에 분류원칙을 제시하고 그 원칙에 맞춰 활발히 분류작업을 시도하고 있지만, 아직 한국민요전반에 적용할 수 있는 합당한 분류시안은 아직 마련하지 못했다.

---

248) <조선일보>(1934. 3.28)

249) 김광순, 『한국구비문학』(경북 고령군), 박이정, 2006, 20쪽.

본 논문은 민요의 존재양상에서 필연적인 기능, 사설, 창곡의 상호 결합관계를, 가장 합리적으로 분류법을 제시하였다고 생각되는 『한국구비문학대계』를 기준으로 분류하였다. 그러나 『영남전래민요집』에는 제목만 수록이 되어있는 등 기능, 사설, 창곡을 알 수 없는 부분도 많이 나타난다. 하나의 곡이 여러 기능으로 불려지는 상황에서 기능별 분류의 한계이기도 하다.

이후 『영남전래민요집』을 근거로 1930년을 전후하여 지역별 민속 문화적인 상황과 음악적인 상황을, 근래 조사정리된 『한국민요대전』과 『한국구비문학대계』를 추적하여 보완하고자 한다. 여기서는 보편적으로 인정하는 관례에 따르겠다. 또한 지역별, 창자별, 남녀별, 나이별 등 여러 가지 방법으로 분류한 내용을 통해 1920년대의 사회문화상을 짐작할 수 있을 것이다. 다음은 수집된 민요를 분류 할 때 각별히 고려해야 할 사항이다.

① 먼저 지역적 분류가 기본이 되어야 한다. 이는 그 지역의 대표 민요를 알 수 있고 전승과 전파사항 즉, 해당 지역의 민중적 공감대를 토대로 형성된 것이냐 그렇지 않은가의 여부가 중요하기 때문이다.

② 세부적인 분류 이전에 상위개념으로서의 민요와 동요는 구별되어야 한다. 그러나 이 민요집은 세 편만 채집되었으므로 생략했다.

③ 음악외적 목적과 음악내적 목적, 즉 전자는 기능요, 후자는 비기능(유희요)의 차이로 분류한다. 이는 일반적으로 토속 민요과 통속민요, 그리고 향토민요와 창민요의 개념과 상통한다.[250]

④ 음악외적 기능에서 다시 연행상황에 따라 하위분류한다. 음악외적 기능에서 다시 악곡별로 하위분류한다. 단 동일 종류 용도에 여러 종류의 악

250) 향토민요나 통속민요 등의 개념과 그 타당성 여부에 대해서는 조영배의 한국의 민요 아름다운 민중의 소리 분류 항목에 상술되어 있다.

곡이 수반 되는 경우는 한 가지의 악곡임을 밝혀야 한다.

그리고 고유명은 조사자가 명명한 '문경새재' 등을 볼 때, 지역에서 통용되는 현지의 지명을 많이 쓴 것으로 보인다. 데이터베이스 구축 때는 조사자 부여 명칭(약칭, 생략)은 재조정(표준명)해야 할 것이다. 예를 들자면, '지금까지 학계나 민요의 현장에서 '소리'는 기능요적 성격을, 그리고 '가'는 가창유희요적 성격을, '타령'은 특정 소재, 또는 주제 중심의 해설적 성격이나, 아니면 선율요의 성격을 가진 노래의 명칭에 주로 사용해 온 것…'[251] 그러므로 기능에 따라 고유명을 써야 할 것이다.

예를 들자면 <시집살이> <시집살이 노래> <시집살이요>의 경우와 <징거미타령> <징금노래> <징금이소리> 등은 명칭을 통일 정리해야 한다. 데이터베이스에서는 노래의 개체성이 모호하기 때문에 사용자를 위해서 반드시 재분류되어야 할 것이다. 또한 '가래', '목도', '상여'에는 접미어 '소리'를 쓴다. 이는 일반적으로 '기능'의 구체성을 나타낼 때 쓰는 명칭인데, 현지 명칭을 그대로 쓴 경우로 이 역시 재분류되어야 한다.

한편 일반적인 수록정보는 육하원칙인 6개항에 마을 정보를 추가, 7항목이다. 즉, 제보자, 조사일, 장소, 기능명, 노래명, 구연상황, 그리고 마을 정보이다. 이중 제보자, 조사일, 조사장소를 통해 노래의 출처를 명확히 하고, 노래명과 기능을 통해 자료의 정체성을 파악하는 것, 또한 가창방식과 구연상황을 통해 자료의 상태를 이해 할 수 있어 이 같은 정보는 노래의 생태를 입체적으로 파악하는데 필수이다.

---

251) 강등학, 「민요 데이터의 정보처리 구도와 자료 분류 표준화 방안」, 『한국민요학』 14집, 한국민요학회, 2004, 33쪽.

그런데 이 자료의 정보항목 중 왜(기능)와 어떻게(구연상황)가 부족한 면이 있다. 또한 민요집 발간을 전제로 한 듯 마을 정보나 기타 부가 정보가 없는 평면적인 사설모음집이라는 것도 활용도를 낮게 하는 한계점이기도 하다. 이는 데이터베이스 구축 시에 당시의 향토자료에서 보충, 첨부해야 하고 가창물 해설 등 항목을 확대해야 할 것이다.

기능은 어떤 일을 하며 그 노래를 부르는가를 말하는 것이다. 이에 따라 음악과 사설이 생산된다. 그리고 토속민요와 창 민요는 자연발생적인 배경을 지닌 것과 전문가적인 솜씨로 재구성된 민요의 차이가 된다. 어떤 의미에서 후자는 발전된 형태라고 볼 수도 있다. 이것은 후자를 미학차원에서 감정적 공감대인 사회적 인성구조를 중심으로 한 음악외적 목적(생활, 의식, 노동 기타)으로 형성되어 점차 음악내적 목적으로 변했다고 보기 때문이다.

이 민요집의 분류통계표는 다음과 같다.

<표 27> 기능별 분류 통계표

대분류	중분류	소분류		세분		성별미상	남						여					
							미상	20대이하	30대	40대	50대	60대이상	미상	20대이하	30대	40대	50대	60대이상
기능요	노동요 179	농업노동요	98	모찌기소리	10		0	2	1	4	0	3						
				모심기소리	66	3		17	10	18	4	8		1				5
				논매기소리	4	2		1	1									
				밭매기소리	0													
				보리타작소리	18			7	2	7	2							
		어업노동요	1									1						
		벌채노동요	37	어사용 외		3	1	10	1	7	4	5		3		1		2
		길쌈노동요	13	비틀노래				5		1	1	2		3				1
		제분노동요	27	방아타령		3		7	4	6	3	2				1		1

		잡역노동요	3					1	1			1						
	의식요 13	세시의식요	11				2	2	2	3	1	1						
		장례의식요	1					1										
		신앙의식요	1							1								
	유희요 61	세시유희요	47	칭칭이 소리외		3		13	3	15	5	3		4				1
		경기유희요	0															
		조형유희요	1											1				
		풍소유희요	13					2	5	1		4			1			
		언어유희요	0															
	253		253	남214 :여 25		14	3	68	30	63	20	30	0	12	1	2	0	10
비기능요	비기능요 106			꽃노래	4			1	1			2						
				담바구	11	1		4	1	2	1	1						1
				댕기노래	3									2		1		
				서울갓든 선부님네	2			1										1
				시정요	5			1		1	1	1						1
				시집살이	9			2	1	2		1		2				1
				쌍금가	10			2	2	2	1			1				2
				아리랑	16			7	3	3	1			1				1
				옥단춘노래	4			1	1					1		1		
				제목미상	8	1		3	3					1				
				청쌍가	3			2		1								
				청조요	4			1		1	1							1
				기타	27	1	1	3	5	1		5		3		7		1
	106			남 74:여 29		3	1	28	17	13	5	10	0	11	0	9	0	9
계	**359**			**남 288:여 54**		**17**	**3**	**97**	**48**	**75**	**26**	**40**	**0**	**24**	**1**	**11**	**0**	**19**

악곡별로 재분류한 결과를 편의상 5개 항목으로 다시 정리하였다.

(1) 총 조사 곡수 : 359곡

(2) 빈도수 별 10대 대표민요

① 모심기소리(66곡) ② 칭칭이소리(34곡) ③ 방아타령(27곡) ④ 어사용(26곡) ⑤ 보리타작소리(18곡) ⑥ 아리랑(16곡) ⑦ 비틀노래(13곡) ⑧ 담바구타령(11곡) ⑨ 쌍금노래(10곡) ⑨ 모찌기소리(10곡)

(3) 가창자 성별 대비

남: 여: 성별미상 – 288명: 54명: 17명

(4) 가창자 연령별 순위

남: ① 20대 이하 ② 40대 ③ 30대 ④ 50대 ⑤ 60대 이상

여: ① 60이상 ② 20대 이하 ③ 40대 ④ 30대

(5) 기능별 대비

기능요: 비기능요 – 253곡: 106

<표 28> 지역별 분류 통계표

경북(22)	상주(20)	기능요	16	영천(21)	기능요	14	대구(8)	기능요	6	의성(16)	기능요	9
		비기능요	4		비기능요	7		비기능요	2		비기능요	7
	김천(14)	기능요	10	연일(13)	기능요	9	달성(3)	기능요	3	청도(9)	기능요	6
		비기능요	4		비기능요	4		비기능요	0		비기능요	3
	칠곡(5)	기능요	5	경산(10)	기능요	9	군위(30)	기능요	21	안동(9)	기능요	8
		비기능요	0		비기능요	1		비기능요	9		비기능요	1
	영주(13)	기능요	9	선산(18)	기능요	14	경주(14)	기능요	9	문경(8)	기능요	6
		비기능요	4		비기능요	4		비기능요	5		비기능요	2
	예천(10)	기능요	1	성주(15)	기능요	14	청송(16)	기능요	10	고령(10)	기능요	8
		비기능요	9		비기능요	1		비기능요	6		비기능요	2
	영양(4)	기능요	4	영덕(3)	기능요	2						
		비기능요	0		기능요	1						
경남(8)	마산(4)	기능요	0	동래(21)	기능요	10	창원(18)	기능요	11	거창(10)	기능요	8
		비기능요	4		비기능요	11		비기능요	7		비기능요	2
	울산(15)	기능요	11	산청(5)	기능요	4	밀양(6)	기능요	4	진주(11)	기능요	7
		비기능요	4		비기능요	1		비기능요	2		비기능요	4

지역별 조사 곡수 순위

* 경상북도

① 군위군(30곡) ② 영천시(21곡) ③ 상주시(20곡) ④ 구미시 선산읍(18곡) ⑤ 의성군(16곡) ⑤ 청송군(16곡) ⑦ 성주군(15곡) ⑧ 김천시(14곡) ⑧경주시(14곡) ⑩연일(포항시)(13곡) ⑩영주시(13곡) ⑫ 경산시(10곡) ⑫고령군(10곡) ⑫ 예천군(10곡) ⑮ 청도군(9곡) ⑮ 안동시(9곡) ⑰ 대구시(8곡) ⑰ 문경시(8곡) ⑲ 칠곡군(5곡) ⑳영양군(4곡) ㉑ 영덕군(3곡) ㉑ 대구시 달성군(3곡)

* 경상남도

① 부산시 동래구(21곡) ② 창원시(18곡) ③ 울산시(15곡) ④ 진주시(11곡) ⑤ 거창군(10곡) ⑥ 밀양시(6곡) ⑦ 산청군(5곡) ⑧ 마산시(4곡)

2. 「영남전래민요집」의 사설과 선율

1) 영남전래민요의 외연적 성격

장사훈은 다음을 최남선의 주장으로 말했으나 구체적인 근거를 밝히지는 않았다.

> 경남도풍(慶南道風)은 웅혼(雄渾)하며 위압적(威壓的)이고, 호남풍(湖南風)은 유화(柔和)하며 여유(餘裕)가 있고, 서도풍(西道風)은 촉박애초상심(促迫哀楚傷心)의 소리 아님이 없고, 경기풍(京畿風)은 청화한아(淸和閒雅) 궁정적(宮庭的) 기분이 장익하다.[252]

한편 기녀들의 음악 상황을 통해 지역 음악의 특징을 설명하기도 한다. 역시 정해진 대상을 분석한 결과는 아니나 일반화된 주장이다. 예를 들면 각 지방의 기녀들이 특히 잘하는 작품들을 통해서 알 수가 있는데, 곧 기녀문화의 지방적 특색인 셈이다.

> 관동기생은 「관동별곡」을(唱關東別曲), 안동기생은 대학을 잘 외우고(誦大學之道), 영흥기생은 「용비어천가」를 잘 부르고(唱龍飛御天歌), 함흥기생은 「출사표」를 잘 외우고(誦出師表), 제주기생은 말을 잘 타고(走馬之技), 의주와 북청기생은 「관산융마」를 잘 부르고(唱關山戎馬), 서도기생은 「수심가」를(唱愁心歌), 경성기생은 「관동별곡」을 잘 부르고(唱關東別曲), 선천기생은 「황장무」를 잘 추고(황장무), 의주기생은 「검무」가 뛰어나고(馳馬武劍), 경상[253] 전라기생은 「단가」(唱短歌)를 잘 불렀다'[254]

이와 관련하여 이재욱은 『조선민요선』 해제인 「조선민요서설」에서 다음과 같이 서술하고 있다.

> 경상은 태산교악(泰山喬嶽), 평안은 청산맹호(靑山猛虎), 함경은 니전투구(泥田鬪狗), 강원은 암하노불(岩下老佛), 전라는 풍전세류(風前細柳), 경기는 경중미인(鏡中美人), 충청은 청풍명월(淸風明月), 황해는 석전경우(石田耕牛)라 평(評)한다. 그런데 민요가 그 민족의 사상감정을 적나라(赤裸裸)히 표현한 것인 이상 민요의

252) 강등학, 「민요 데이터의 정보처리 구도와 자료분류 표준화 방안」, <한국민요학> 14집, 2004, 33쪽.

253) 1910년대 한남조합의 주축은 영남기녀들이었다. (「다동조합의 영남군(嶺南裙) 독립」, <매일신보>(1917. 2.27). 「영남기녀의 면목을 보전하고저」, <매일신보>(1917. 3.2)

254) 백화랑, 「기생의 특색」, <조광>, 1936년 10월호.

지방색도 그 지방민중의 기질에 합치(合致)된 것이라고도 보는 것은 유견(謬見)일가. 나는 경상도 민요의 대개(大槪)가 위압적(威壓的)이고 평안도 민요의 대개(大槪)가 애상적(哀傷的)이면서 박력 있는 것을 보매 더욱이 이러한 감이 많음을 느낀다.

영남민요의 특징은 일반적으로 '꿋꿋함'에 있다고 한다. 또한 제주민요와 대비하여 '담백함과 맑음'이 특징이라고 했다.[255] 그러나 통속화한 창 민요는 대개 자체지향적인 음악적 에너지에 의해 발전한 가락으로 보아 선율기원적 선율들이라고 본다.[256]

영남의 문학은 일찍부터 상하, 호남문학은 남녀관계를 기본 관심사로 삼고 그 차별 철폐를 위해 각기 애써왔다. 호남문화의 원형인 백제의 노래 몇 편은 여성이 지어 부른 것들인데, 국정을 담당한 남성이 나라 전체의 노래로 받아들여 후세에 전했다. 뛰어난 한시를 쓴 여성 시인이 계속 나오는데 그치지 않고, 남성이 처지를 바꾸어 여성 화자나 여성 주인공의 노래를 부르는 전통이 뚜렷하다. 「사미인곡」이나 「춘향가」가 바로 그것이다.

영남에서는 여성의 문학 활동은 미미하고, 남성의 관심사가 되지 않았다. 그 대신 상하의 차등을 뒤집어엎는 탈춤을 해왔다. 조동일은 영남의 탈춤을 논구하면서 상층은 탈춤 같은 것은 외면하고 한문학에 힘써 상하의 거리가 더 크게 하고 있다는 언급을 하였다. 그 과정에서 유명・무명의 인물을 두고 하는 인물전설을 즐겨 이야기하면서 상하의 차등을 뒤집어엎는데 동참했다고 규명하였다.[257]

---

255) 조영배, 179쪽.

256) 언어기원적 선율과 감정기원적 선율은 다분히 원초적인 선율들을 말한다. 그러나 선율기원적 선율은 창민요로 변화될 수 있는 자체 에너지가 있다는 것이다.

조동일 교수의 이러한 지론은 영남문화, 영남 민요의 성격을 규명하는데 유익한 참고가 될 만하다.

① 언어 토리에 의한 특징

신라의 통일이 비록 외래세력을 빌어서 이루어졌고 또한 그렇기 때문에 한반도를 완전 점유하지 못하였더라도 신라의 한반도 통일이 국어에 끼친 영향은 지대하다 할 것이다. 왜냐하면 현재 국어의 대부분은 신라어의 후계어라고 할 수 있기 때문이다.[258] 그러므로 특정한 창작자 없이 자연적으로 이루어져 민중의 생활 감정을 소박하게 반영하고 때로는 국민성·민족성을 나타내는 민요는 언어 즉 토리와 밀접한 관계가 있기에 민요 또한 신라의 중심지인 영남지방의 영향을 많이 받았다고 할 수 있다.

영남지방의 방언에 따른 영남민요의 특징을 살펴보면 다음과 같다.[259]

① 어두의 평음이 경음화하는 현상도 두드러지게 많이 나타난다. '뻔개(번개), 빠닥(바둑), 싸위(사위), 꼬등어(고등어), 까지(가지)' 등이 그 보기에 속한다.
<밀양아리랑>에서는 '날 좀 보소'를 '날 쫌 보쏘'로 발음함으로써 자음이 강하게 발음되며 모음약화 현상으로 음이 떨어지게 된다.

② 유성음 사이에 있는 'ㄱ, ㅂ, ㅅ' 등이 약화 탈락하지 않고 보존되는 현상이 강하게 나타난다. [ㄱ]음이 보존되는 예로는 '멀구(머루), 몰개(모

257) 조동일, 「문학지리학을 위한 출발선상의 토론」, 『한국문학연구』 27집, 2004, 176~177쪽.

258) 최학근, 『국어방언학서설』, 청연사, 1959, 165쪽.

259) 이익섭, 『국어학개설』, 학연사, 1989, 376~377쪽.

래), 바구(바위), 가시개(가위)' 등이있다. [ㅂ]음이 보존되는 예로는 '호부래비(홀아비), 호부레미(홀어미), 입수불(입술), 가려버(가려워), 새비(새우), 누비(누이), 누베/누비(누에)' 등이 있다. [ㅅ]음이 보존되는 예로는 '가실(가을), 마실(마을), 모시(모이), 가새(가위)' 등이 있다. 이 방언에서는 유성음 사이 [ㅂ]음과 [ㅅ]음의 보존 현상으로 말미암아 '표준어의 'ㅂ'불규칙 용언과 'ㅅ'불규칙 용언이 규칙적으로 활용된다.

경상도 노래가사에는 '시어머니'를 '시오마씨' '시어마씨', '시아버지'를 '시아바씨', '시누이'를 '시누부'라고 하는 등 이런 현상이 나타나는 가사를 볼 수 있다.

③ 단어 내에서 'ㄹ' 받침 뒤에 'ㅑ, ㅕ, ㅛ, ㅠ'등이 올 경우 연음 하지 않고 분음한다. '필요'를 [피료]로 발음하지 않고 [필요]로 발음하는 것이 그 보기에 속한다. 그리고 '뭐라카노?(뭐라고 하느냐?)'와 같이 '－라고 하－'를 '－카'로 '갈라칸다.(가려고 한다)'와 같이 '－려고 하－'를 '－락카'로 줄여 발음한다.

<밀양아리랑> 가사 중에 '엇던에 잡놈이 님좃타드냐 알고나보면 원수로다'에서 '－아 하－'를 '－타'로 '좃타드냐(좋아하드냐)'와 같이 줄여 발음한다.

④ 청자 대우법은 '해라체, 하게체, 하오체, 하십시오체' 등 네 개의 화계로 이루어지듯이 경상도 민요가사에는 흔히 볼 수 있는 말이다.

⑤ 특수 어휘로는 '저모래/저모리(글피), 여수/야수/예수/여시/야시/여깽이/야깽이(여우), 아베/아방이(아버지), 오메/어망이/어뭉이(어머니), 할베(할아버지), 돌미/돌삐(돌), 보듬다(껴안다), 이붓(이웃), 중우/주우(바지), 초뚜삐(정강이), 개대가리(감기), 초포(두부), 공이(거위), 항글레비(메뚜기), 씁다(쓰다), 짭다(짜다), 찹다(차다)' 등이 있다. 고어로는 '아래/아리/저아리(그저께), 멀구(머루), 새비(새우), 그러매/그르매(그림자), 진뒤(진드기), 하마/하매(벌써), 더버(더워), 고룹다/고룹다(괴롭다)' 등이 있다.

<치야칭칭나네>에서 살펴보면 '대밭에는 꽹이도 많다'에서 '꽹이/괭이(호미)'가 있다.

영남지역 언어의 특징은 끝말의 음이 떨어진다. 즉, '고등어'를 '꼬등어'로 '나무가지'를 '나무까지' 등 어두를 강하게 발음함으로써 자음은 강하게 모음은 약하게 발음되어 음이 떨어지는 현상이 발생한다. 이는 음악에도 그대로 표현되고 있으며, 또한 영남민요는 시김새가 적고 꿋꿋하고 씩씩한 느낌이 난다.[260]

② 권역별 특징

지역적 분류는 자연지리와 인문지리적 상황을 고려하여 구분한 것이다. 그 지역의 민요가 어떻게 형성되었는가와 다른 지역 민요와는 어떤 편차를 갖고 있는가를 파악하기 위해서다. 그래서 일반적으로 경기민요권, 서도민요권, 남도민요권, 제주민요권, 그리고 동부민요권으로 분류하는데, 이 중 영남민요는 동부민요권에 속한다. 동부민요권은 강원도, 경상도와 함께 경기도와 충청북도 일부가 속한다.

지금까지의 일반적인 민요권 구분은 육지민요와 제주민요를 대별하고, 육지민요는 다시 1)서도민요권 2)경기민요권 3)남도민요권 4)동부민요권으로 구분한다. 이는 선법을 중심으로 수심가 토리, 경 토리, 육자백이 토리, 메나리 토리로 구분한다. 이는 어느 하나의 민요가 한 지역에 지배적인 즉, 특정지역에서 특히 성창되는 것은 그 지역의 향토성과 밀접한 관련이 있다는 것에서 중시된 것이다.

이중 영남은 '미 · 라 · 도'를 근간으로 하며, '솔'과 '레'를 추가하

260) 배경숙, 「영남민요 연구」(영남대 석사논문, 2003), 23쪽 참조.

는 형태에 청성(淸聲)과 요성(搖聲)을 특징적으로 사용하는 메나리 토리의 동부민요권에 속한다. 그리고 이는 다시 지역 특성에 따라 다음 세 권역으로 구분된다.[261]

1. 동부해안권 – 농어업 중심권 – 울진군, 영덕군, 포항시, 경주시
2. 중앙내륙권 – 임산 농업경제권 – 영주시, 문경시, 봉화군, 영양군, 상주시, 안동시, 의성군, 예천군, 군위군, 김천시
3. 남부권 – 농업, 상업경제권 – 성주군, 칠곡군, 구미시, 영천시, 경산시, 청도군, 대구광역시, 고령군

또한 방언에 따라 민요권을 나누기도 한다.

경북지역은 의문형 어미의 분포를 기준으로 ① '~능교' 지역 – 남부지역 – 대구 경주, ② '~니껴' 지역 – 북부지역 – 안동, 의성, ③ '~여' 지역 – 서북부지역 – 상주 선산 등 3개 하위방언권으로 나누고, 경남지역은 ① 동북방언권(울주 양산 밀양 창녕 합천). ② 서남방언권(거창 함양 산청 하동 진양 사천 남해 거제 통영 고성)으로 나눈다. 그리고 ③ 중부방언권(창원 함안 김해 창녕 고성 일부)은 전이지대를 형성하고 있다.

한편 경상남북도를 통합하여 방언 구획한 박지홍은 서술형어미와 의문형어미를 기준으로 ① 상주방언권 ② 안동방언권 ③ 경주방언권(경주, 부산방언) ④대구방언권(대구, 밀양방언) ⑤김해방언권(김해, 통영), ⑥진주방언권의 6개 하위 방언권으로 구획하였다. 이를 바탕으로 권오경은 영남민요는 그 문화적 속성에 따라 대개 다음과 같이 권역화하였다.[262]

---

261) 김기현, 「경상북도편」, 『한국구연민요(연구편)』, 집문당, 281쪽.

(1)경북 서부권, (2)경남 서부권, (3)경남 남해권 – 영남우도
(4)경북 북부권, (5)경북 중부권, (6)경남・북 동해권 – 영남좌도

그러므로 영남권 전체를 민요권역화할 때에 지리적, 언어적, 행정적 조건과 민요의 분포상태 등을 충분히 감안할 필요가 있다.

③ 형식과 율격

이재욱은 『조선민요선』[263]에서 '조선 민요의 형식은 일본가요가 5・7조가 기본형이 되어 있는 것과 같이 4언 2구 1연, 다시 말하면 4・4조가 기본형이라 하겠다. 그리고 조선민요의 곡조는 서양의 그것과는 판이해서 음의 고저에 관계됨이 적고 음절의 장단에 영향을 받음이 많다 한다. 4・4조는 조선인의 호흡에 가장 잘 적응하고 또 가장 노래함에 자연스러운 형식이라 하겠다. 이 점에 대해서 일본학자 안확(安廓)[264]은 생리적 입장에서 조선가요의 음수는 4・4조로 8자인데 이것은 생리상 호흡의 강약으로 있는 천연적 구박자에 기인하는 것이다'라 하였다. 4・4조가 한국 민요의 기본형이라 하였지마는 물론 예외의 것도 적지 아니하다.

가령 영남의 이앙가인 <모숨기 소리=등지=정지>와 동초부가인 <산유해>의 사례를 통하여 그러한 사실을 확인 할 수 있다.

262) 권오경,「영남민요의 전승과 특질」, <우리말글>, 우리말학회, 통권 25호, 2002, 220~222쪽참조

263)『조선민요선』, 260쪽.

264) 안확(安廓;1886~1946)은 1922년『조선문학사』를 집필했고 훈민정음의 악리(樂理)를 연구한 업적을 남긴 한국학 전문연구자였다.

호, 이물개 저물개 푹파노코 이노주인 어듸갓노
응, 무내야 전북 손에 들고 등넘에 첩의집에 놀노갓네(군위)[265]

어듸후후야 심산심곡 가리갈가마구야
잔솔밭으로 넘어 굵은 솔밭으로 넘어가는구나
허허후후야 가리갈가마구야 이후후(하양)[266]

이와 같이 형태상으로는 4.4조(제주는 4.5조)가 정형률이라 하나 노동요에서는 변조형이 많다. 한편 영남은 추석단오 복합형이고, 이북은 단오형, 기호 남부와 호남지역은 추석권, 영남과 영동 일부는 추석 단오 복합권, 추석은 벼, 단오는 보리라고도 한다.[267]

그러나 농사세시 상황과 전래민요에서 추석과 단오를 주제로 한 소리를 변별하여 다소를 따지기는 애매한 실정이다. 다만 더 많은 텍스트를 전제로 한다면 어느 정도는 변별성이 확인될 수도 있을 것이다.

2) 『영남전래민요집』의 사설내용

1920년대는 교통과 통신시설이 발달되지 못했으므로 유기적으로 변화는 문화가 비교적 잘 보존이 되었던 시기이다. 이 무렵의 민요가 한 사람의 지속적인 시각으로 조사 될 수 있었던 점은 마땅히 주목해야 할 공적이다.

일반적으로 『영남전래민요집』에 조사된 자료의 출현 빈도수에 따라 곧 영남에서 가장 유행한 노래라고 단정할 수는 없다. 그러나 어느

265) 『영남전래민요집』 의성 270쪽, 군위 214쪽 외.
266) 앞의 책, 228쪽.
267) 김택규, 「한국기초문화론시고」, <인류학연구> 제2집, 1982, 6쪽.

시기든 공동체가 가장 즐겨 부른 노래는 있을 것이다. 그것을 확인시켜 준다는 것은 어떤 자료에 의해서만 가능한데, 바로 『영남전래민요집』이 이를 확인시켜 준다는 것이다.

이에 1920년대의 영남의 민요 실상을 간직한 『영남전래민요집』과 1980년대(정신문화원), 1990년대(MBC)의 표본 조사의 빈도수와 대비해 보고자 한다. 표본 현상의 결과에 따른 10대민요의 차이는 왜 있을까? 조사 방법의 차이일까? 아니면 민요상황(이농현상, 주 생산 활동의 변화, 유행가 등의 일반화 등) 자체의 변화에 기인한 것일까? 이는 이재욱의 표본이 존재하기 때문에 비교가 가능한 문제이다.

그러므로 이 항에서는 민요집에 수록된 사설을 중심으로 다른 자료집과의 비교를 통하여 분포, 전승 등을 알아보고, 이재욱의 조사 결과와 『한국구비문학대계』와의 비교, 동일성 여부를 살핌으로써 그동안 60여년의 시차에 변화상을 확인하고자 한다. 아울러 경상북도 민요의 사설을 종합적으로 검토하여, 전이지대를 포함하여 타 지역과의 비교 연구는 앞으로 해야 할 과제이다.

(1) 다른 자료와의 사설 비교

① 「소위 <산유화가>와 <산유해>, <미나리>의 교섭」의 사설 비교

다음의 내용은『영남전래민요집』에 '강경지방에 성창한다고 하였다'는 (311쪽) 설명과 함께 실려 있다.

> '산유화가의 결구 '얼널널 상사뒤야는 충청과 전라북도지방 민요에서는 유유히 들을 수 잇스나 영남지방 민요에는 태(殆)히 들어

> 볼 수가 업스며 또 상주읍 신풍동 윤영식(60충주생)옹은 충청도 지방에서는 유유히 이 결구를 창요하나 내가 경상도로 이주한 후는 방에 가면 '얼널널 상사뒤야'라는 노래가 성창 된다'[268],

「소위 <산유화가>와 <산유해>, <미나리>의 교섭」에 '현행의 <산유해>의 곡조가 극히 처량할 뿐만 아니라 그 내용이 가히 비통적인 것은 저자의 가정을 지지하는 것이라고 볼 수 있다.'라는 말과 함께 <산유해> 한 편이 실려 있는데 『영남전래민요집』에는 368쪽 의성편에 실려 있다.

> 어데후후야 심산심곡 가리갈가마구야
> 잔솔밧을 넘어 굴근솔밧으로 넘어가는구나
> 허허후후야 가리갈가마구야 이후후
> 동모네야 벗님네야 어서가자밧비가자
> 점심도느저가고 술도느저간다
> 허허후후야 가리갈가마구야 이후후
> 산천초목은 절머가고 우리부모는 늘거간다
> 공산낙목일분토에 왕후자제도
> 한번가면 그만이다
> 허허후후야 가리갈마구야 이후후

그리고 『영남전래민요집』에는 '성주면 경산리' '남이선(농)' 22세 '소화 5년 7월 3일'이라는 부기사항과 함께 <산 노래> 한편이 있다.(140쪽) 또한 「소위 <산유화가>와 <산유해>, <미나리>의 교섭」에도 실려 있다.

268) 이재욱, 「소위 <산유화가>와 <산유해>, <미나리>의 교섭」, <신흥> 제6호, 신흥사, 1931.12, 216쪽의 원문을 한글로 표기하였다.

'우금, 성주, 선산지방에서 부녀자간에 성창된 산노래'는 향랑의 부른 노래의 편린이 아닐가[269]

기경가자 기경가자
산에올나 기경가자
나물뜨더 엽헤끼고
꽃은 꺽어 머리꼿고
납흔뜨더 치금불고
만고장판 기경가자
친정에도 하직이요
싀집에도 하직이요
어듸로 갈거나 (성주)

여기에서 이재욱은 성주 선산지방 부녀자간에 성창되는 <미나리>와 <산유화가>의 관계 유무를 논하였다. 즉, '산유(山遊)는 산유(山有)와 동음인 관계로, 당시 부녀자에게는 산유(山有)는 산유(山遊)로 전이되고 산유(山遊)가 뫼노리(미나리)로 통칭되었다.

그리고 <산유화가>와 <산유가(山遊歌)>는 내용이 다르므로 그 재래의 가사는 자연도태 당하고 순수한 <산놀이 노래>, 즉 <미나리>로서 행세되고 지금까지 근근이 가곡 명을 남길 뿐이다.'라는 언급과 함께 <산놀이 노래>를 소개했다.

향랑의 사적을 조사하기 위하여 저자는 거하에 상주읍에서 6리 가량 동제하는 낙동강변의 낙동리를 조사하엿다. 저자는 동리 170에 거주하는 백성진노인(74)과 주모 김성녀(47)－양자공히 낙동리 태생－에게 향랑의 전설을 물엇스나 자세히 알수 업다 하엿스며 상

269) 앞의 책, 218쪽 참조.

주거주 박씨는 향랑전설은 선산지방에 성전한다고 하엿다.'[270)]

---

270) 『영남전래민요집』, 169쪽. (주) 향랑－선산읍내에서 동북방으로 약 일리 가량되는 낙동강변에 여진이(행랑)이라는 한 부락이 잇스니 그 부락의 부근에 야은의 묘가 잇고 또 심호까지 잇다. －『악파만록』, 『경상도읍지』 참조.

권오경, 「선산, 향랑의 <산유화>를 찾아서」, 『대구경북지역동향』, 1995년 5월호, (영남의 민요 기행 편)에 의하면, '일찍이 1920년대 민요학자 이재욱은 향랑의 산유화를 채록하기 위해 선산 낙동강 일대를 조사하였으나 이미 이 소리를 들을 수 없다 하였다. 다만 향랑이 노래하고 물에 빠져 죽은 자리는 길재선생의 비석이 있는 지주연(砥柱淵)이고 지주비가 아직 남아 있다고 수록하였다.

그러나 오늘날 이의 존재를 아는 주민은 아무도 없다. 남편의 이름이 임칠봉이라는 사실도 문헌으로만 전할뿐이다. 저자는 혹시나 하는 마음에 향랑고사를 아는 촌로를 반나절 찾아 다녔으나 만나지 못하였다. 지주비가 있는 장소 역시 찾지 못하였다. 그만큼 향랑을 찾아보는 여행은 쉬운 일이 아니었다.'

저자는 2008년 3월18일 오후 4시경 구미문화원에 들렀다. 홍인수 사무국장이 향랑에 대한 자료와 함께 김교홍 선생(전구미문화원장)을 소개해 주었다. 김씨의 증언에 의하면 어릴 때 부모님으로부터 '우리 집 건너쪽 시무실(상형)에 향랑이가 살았는데 사대부가 아닌 평민이었지만 나라에서 열녀라는 칭호를 받았다'라는 말씀을 들었다고 했다.

또한 김교홍이 26세 때 그 당시 상형에서 4H 활동 중 '마을 소류지 공사 과정에서 인부가 둑을 쌓기 위해 돌을 가지고 왔는데 그 돌에는 향랑이라는 글씨가 쓰여 있었다. 공사감독에게 이것이 어디에 있더냐고 물어본 즉, 그 장소에 가니 나머지 비석이 <열녀향랑지묘>란 이름과 함께 남아있었다. 그리하여 그 곳이 향랑의 무덤이었음을 알게 되었고, 또 귀한 것이니 옆에 보관해두라고 하여 그 부근에 그냥 있다.'는 말을 들었다. 그 순간 이것은 중요하여 잘 보관해야 한다는 생각에 김교홍이 바로 마을로 옮겨 놓았다고 한다. 그 후 문화원장이 되면서 1992년 11월30일 지금의 향랑 무덤을 단장하였다.

실제 무덤과는 30~40m가량 떨어져있으며 원래 무덤의 위치는 구미시 형곡동 형남초등학교 뒤쪽 산 부근이다. 현재 그 당시의 비석과 새로운 비석과 봉분도 만들어졌다. 그 이후 사당도 만들어졌고 <열녀향랑추모회> 주관으로 매년 9월6일(1703년 선산부사 조구상이 향랑의 이야기를 듣고 조정에 상소를 하고, 향랑전을 짓고 죽은 향랑의 넋을 달래고자 1702년 9월6일 향랑이 죽은 날에 제문을 지어 무덤에 제사를 올린 날임) 제사를 지낸다.

이상의 내용이 『영남전래민요집』 169쪽과 300쪽에 수록되었다.[271)]

② 『조선민요선』[272)]의 사설 비교

댕기노래

빠잣다네 빠잣다네	정상감사 마딸아기
비단댕기 빠잣다네	조엿다네 조엿다네
김통령이 조엿다네	통령통령 김통령아
빠진댕기 날을주소	채매끝과 직영귀가

한편 향랑은 집과 다소 거리가 있는 야은의 지주중류비 옆의 낭떠러지 지주연에 몸을 던졌다. 이에 김교홍은 '지주중류는 황하 중류의 석산이 마치 돌기둥처럼 생겨 어떠함에도 흔들리지 않음을 의미하여, 고려왕조의 절개를 지킨 길재를 기린 곳이다. 같이 정절을 지킨다는 뜻으로 그곳에서 죽음을 택하였을 것이다'라며 그 당시 향랑이 불렀다는 메나리조로 구슬프게 <산유화> 한 소질을 불러주었다.

지주중류비(지주비)는 1587년 인동현감 류운용이 야은길재의 충절을 기리기 위해 지었으며, 야은의 묘소에서 동쪽으로 약 400m 떨어진 곳에 있다. 1983년 유형문화재 제 167호로 지정 되었다.

지주연은 그 앞 낭떠러지의 물이 소용돌이치는 웅덩이를 가리킨다.

271) 향랑은 선산군 구미면 형곡동에 사는 박자갑의 딸로써 일찍이 어머니가 돌아가셔서 아버지가 재혼을 한 후 계모에게 모진 학대를 받았다. 향랑이가 17세 되었을 때 계모에게서 벗어난다는 마음으로 14세인 임칠봉에게 시집을 갔다. 그런데 그곳에서도 모진 학대를 받았는데, 예를 들자면 새신랑이 밤에 잠자리에다 오줌을 싸면 향랑에게 누명을 씌우고는 17세가 된 계집년이 이불에 오줌을 싸니 어찌 계모의 학대를 안 받겠냐면서 때리고 머리채를 잡아 흔들었다.

억울하게 매를 맞기가 일쑤다보니 쫓기어 삼촌네 집과 친정집을 갔으나 학대는 떠나지 않았다. 그리하여 결국에는 연못에 빠져 죽었는데 그 연못을 <향낭연(香娘淵)>이라고 한다. 그리고 죽을 때 까지 향랑이가 언제나 부른 노래가 <메나리>이고, 옆집 새댁들의 입을 거쳐서 세상에 전해졌다.(김선풍, 「<산유화가>考」, 『중앙민속학』, 중앙대 한국민속학연구소, 1991, 17~18쪽 참조).

272) 임화, 『조선민요선』, 15쪽.

마주칠때 너를주지 고일업시 너를주랴
고랑물과 거렁물과 합수될때 너를주지
고일(이)업시 너를주랴
통령통령 김통령아 정상감사 딸볼나고
열두담장 넘치다가 신양(50냥)짜리 금쾌자로
반만잡아 밀치도다 꽂치긋튼 우리안해
성하같치 내다리면 그말대척 엇지하고
뒷동산치치달나 붓대하로 가섯다가
가지나무 노성낭개 바람부러 쨋다하소
그래일너 안듯거든 동원마당 치치달나
성누낭게 쨋다하소 그래일너 안듯거든
사도압헤 굼니다가 발질에 쨋다하소
그래일너 안듯거든 훗날저역 다시오소
뒹경 뒹경 옥뒹경에 시심지에 불을발켜
물밍지 당대실노 홈솔업시 내해줌세
물밍지 당대실노 홈솔업시 내해줌세
물밍지 당대실노 홈솔업시 내해줌세
(김성녀 26세 5년 7월 24일)

이재욱이 채집한 『영남전래민요집』 212쪽의 <댕기>가 할주에 대구지방에도 성행한다는 표기와 함께 군위지역으로 표기되어 있다. 임화의 『조선민요선』 15쪽에는 대구지역으로 실려 있다.

임화가 엮은『조선민요선』의 해제로 작성된 이재욱의 글 「조선민요서설」에서는 '가령 영남의 이앙가인 <모숨기 소리=등지=정지>라든가 혹은 동 초부가인 <산유해>에서 두 편의 노래를 소개하고 있다.[273)]

273) 앞의 책, 260쪽.

호, 이물개 저물개 푹파노코 이노주인 어듸갓노
응, 무내야 전북 손에 들고 등넘에 첩의집에 놀노갓네.(군위)[274]

어듸후후야 심산심곡 가리갈가마구야
잔솔밭으로 넘어 굵은 솔밭으로 넘어가는구나
허허후후야 가리갈가마구야 이후후.(하양)[275]

③ <동아일보> 『조선동요집』[276) 『동요집』 <신생>[277] 『조선민요집성』[278] 의 사설 비교

영화

삼가합천 너른들에
왼갓화초 숭상하여
봉선화는 길을잡고
외꽃을낭 등을걸고
가지꽃은 것을달고
고초꽃은 동정달고
분꽃은낭 돌띄매여
아츰이슬 살작밧처
은다리비 뺌을맛처
우리님을 입혓드니
서울길노 가시드니
첫명지를 들여밧처
장원급재 하엿다네
내린다네 내린다네
시가울노 내린다네
길너내든 우리부모
오늘날이 영화로세
갈치크든 우리동긔
오늘날이 영화로세

274) 『영남전래민요집』, 의성 270쪽, 군위 214쪽 외.

275) 앞의 책, 의성 228쪽.

276) 엄필진, 『조선동요집』, 창문사, 1924년.

277) 주시경선생의 15기 기념호(周時經先生의 15朞 記念號), <신생> 9월호, 신생사, 1929.

278) 방종현·김사엽·최상수, 『 조선민요집성』, 정음사, 1948.

<동아일보> 1923년 11월4일, 『조선동요집』 133쪽, 『동요집』(쪽수 표시가 없음), 『영남전래민요집』 동래, 186쪽, 『조선민요집성』, 부산, 34쪽에 수록되어 있음.

바늘

양치손상품쇠는　　지여내니바늘이라
삼사월긴긴해에　　그즁쳐녀벗일너니
앗기앗기불니다가　　너몸이갖진하니
내몸이속진하가　　뿌러젓내뿌러젓내
단통으로뽈어젓내　　나리님의 곤룡포도
널로하여지어입고　　성인군자유리복도
널로하여지어입고　　만인간의복생치리
널로하여지어낸다　　붙어진헌적이나
낙시를후와내여　　청류수에내알새서
잉어를낙가내여　　부모봉양하고지고

<동아일보> 1923년 11월4일, 『조선동요집』 40쪽, 『동요집』(쪽수 표시가 없음), 『영남전래민요집』 창원, 176쪽, 『조선민요집성』, 창원, 34쪽에 수록 되어 있음.

꽃노래

이때가어늬땐고　　춘삼월호시땐고가
울아버지생신땐가　　술어지어검청주라
그술먹고취즁꼿헤　　노래한장지어주소
묵고묵고도리꼿흔　　야산에서피여나고
시고남은페리꼿흔　　심산에서패여나고
미나리시천꼿흔　　물가운되패여나고

늘고점고할미꽃은　　들가운되피여나고
맨두라미봉선화는　　장독간에피여나고
요내몸에쳐녀꽃흔　　방가운되피여난다

<동아일보> 1923년 11월4일, 『동요집』(쪽수 표시가 없음), 『영남전래민요집』 창원, 177쪽에 수록 되어 있음.

황선달의 맛딸

황선달내맛달애기　　하잘랏다소문듯고
한번이사보러가니　　와가갓다그시드니
두번이사보러가니　　안왓가그시드니
삼세번을거듭가니　　삼세간마루청에
어리등실나섯구나　　억게점점볼작시면
보래비단겹져고리　　모양좃케볼라입고
차마라도모초치마　　뒹기라도궁초뒹기
발끗졈졈불작시면　　연지갓흔겹보선에
자지볼을걸어신고　　어리둥실나섯구나
신기실흔만석뒹이　　타기실흔상가매라
가기실흔되궐안에　　점기실흔조령고개
하기실흔절을하고　　꼿새긴유리잔에
님금압헤굽시다가　　유리잔을지엿드니
죽일라고단졍하에　　꼿색인유리잔은
즁갑주면잇거니와　　황선달내맛달애기
즁강조도업서리라

<동아일보> 1923년 11월4일, 『동요집』(쪽수 표시가 없음), 『영남전래민요집』 창원, 178쪽 수록되어 있음.

장모

진주단성을건돌이　　찹살비 단감쥬야
딸길러서날준장모　　이술한잔잡으시오
이술한잔잡어시오　　늑도졈도안히시요
꼿출사긴유리잔이　　나위남산거남쥬야

<동아일보> 1923년 11월11일, 『조선동요집』 123쪽, 『동요집』(쪽수 표시가 없음), 『영남전래민요집』 울산, 161쪽에 수록 되어 있음.

원의 아들

동래땅의 원의아들　　밀양땅에 장가오니
것대문에 용그리고　　안대문에 범그리고
오죽댄가 자지댄가　　그꽃테라 써리나무
동내어룬 모다노코　　소한마리 업혀노코
열두폭 채일하고　　금천주를 부어들고
은쟁반에 밧처노코　　조고만은 첨사뻬서
저어보소 오늘왓든　　새서방님 실끝같은
이내목숨 떠러질가　　염여하고 느거집에
천석하면 천석보고　　내가왓나 봉선화
꽃같은 주절보고　　내가왓지

(장씨 부인 45세 5면 8월 22일)[279]

<동아일보> 1923년 11월25일, 『조선동요집』 131쪽, 『동요집』(쪽수 표시가 없음), 『영남전래민요집』 동래, 184쪽, 『조선민요집성』, 하동, 30쪽에 수록되어 있음.

279) 가창자

염불선

우리금주 심은나무 금강수 물을주어
육판서 버던가지 각업수령 꽂이피고
삼정성 열매열어 은독기와 금독기로
그남글 버혀내여 모왓구나 모왓구나
염불선을 모왓구나 사공은 바라보니
대사십육 사공이요 적군은 바라보니
오바라한 적군이라 찹쌀단말 밉쌀단말
유리를 짐바거러 이물가득 실어놋코
아밤줄노 허페줄노 어맘줄노 잔정줄노
형제줄노 애정줄노 허리능청 둘너매고
그어듸 가는 배요 양치부모 게시드니
금강산 재일봉에 재비불공가느이다.

(장씨부인 45세 5년 8월 22일)

<동아일보> 1923년 11월18일, 『조선동요집』 123쪽, 『동요집』(쪽수 표시가 없음), 『영남전래민요집』 동래, 185쪽, 『조선민요집성』, 161쪽에 수록되어 있음.

옥동처자

아부지는 서울양반 어무니는 진주댁이
나하나는 옥동처자 옥동처자 죽거들낭
압산에도 뭇지말고 뒷산에도 뭇지말고
서울남산 연대밋헤 꼭꼭파고 무더주소
아부지가 날찻거든 소주받어 대접하고
어머님이 날찻거든 청주받어 대접하고
오라버님 날찻거든 탁주받어 대접하고
우리동생 날찻거든 떡을주어 달내주소 (엄.재)

(박성녀 41세 5년 8월 21일)

『조선동요집』 102쪽, 『영남전래민요집』 마산, 226쪽, 『조선민요집성』, 마산, 35쪽에 수록되어 있음.

줌치

낭글싱가 낭글싱가 낙동강에 낭글싱가
그나무가 자라나서 열매하나 여렀다네
무슨열매 여렀던고 해와달이 여렀다네
열매하나 따여다가 햇님을낭 안을엿코
달님을낭 것을대여 줌치한개 지여내서
중빌따서 중침노코 상빌따서 상침노아
무지개로 선두리고 당홍실노 귓밥처서
동내팔사 끈을다라 한길가에 거러노코
올나가는 구감사야 나려오는 신감사야
저줌치를 구경하소 그줌치를 누솜시로
누가누가 지여내소 어제왓든 순금씨와
아래왓든 선이씨와 둘의솜시 지여냇네
저줌치를 지은솜시 은을주랴 금을주랴
은도실코 금도실코 물명주 삼척수건
이내허리 둘너주소 (엄. 재)

(김성남 19세 5년 7월 24일)

『조선동요집』 83쪽, 『동요집』(쪽수 표시가 없음), 『조선구전민요집』[280] 224쪽, 『영남전래민요집』 안동, 196쪽, 『조선민요집성』, 안동, 146쪽에 수록되어 있음.

280) 김소운, 『조선구전민요집』, 민속원, 1989.

모심을 때

납작납작 피리꽃은　　　양지양지 자리잡고
키크다 연달네는　　　돌우에 자리잡고
열업도다 할미꽃은　　　수절이나 하는듯시
남면이라 피어나네 (윤, 재)
(윤두수(장호진 장모) 67세 5년 8월 22일)

<신생> 9월호 발표, 『영남전래민요집』 동래, 190쪽에 <꽃놀애>로 수록되어 있음.

게모놀애

수싯대야 수만대야　　　오실동동 울아배야
전처의 자식두고　　　후실장가 가지마소
모시적삼 속적삼이　　　눈물까닥 다젓는다
(주) 신생 11호에 발표된 것. 대학채집을 재조함[281]
(윤두수(장호진 장모) 67세 5년 8월 22일)

<신생> 9월호 발표, 『영남전래민요집』 동래, 190쪽에 수록되어 있음.

불상해라

헌신짝이　　　딸딸끌고
부리든것　　　불상해라
오금쟁이　　　옷작좃작
(주) 윤, 신생 재
(윤두수(장호진 장모) 67세 5년 8월 22일)

---

281) <신생> 9월호에 발표하였다.

<신생> 9월호 발표, 『영남전래민요집』 동래, 188쪽에 수록되어 있음.

혼인노래 (주) 장씨 장모로부터 재조

상투야 한분 빳빳쪼고　　장가로 한분 가고지파
머리야 한분 쫑쫑땅코　　시집을 한분 가고지라
남면이라 피어나네
(주) 윤, 신생11호 재
(정인식 5년 8월 22일)

<신생> 9월호 발표, 『영남전래민요집』 동래, 187쪽에 수록되어 있음.

이상의 민요작품 수록형태에서 우리는 민요연구가 이재욱의 조사방법과 태도를 알 수 있다. <동아일보>를 통해 연재된 1923년은 이재욱이 대구고보에 재학하던 시절이다. 자료 『동요집』에는 1929년이란 필사 시기가 밝혀져 있으며, 동요 작품에 '<동아일보> 연재'라는 할주가 부기되어 있다. 이재욱은 당시의 '신문자료'와 '작시 편' 등을 정리하여 1929년 필사본 『동요집』을 만들었고, 여기서 주목할 것은 이 자료집의 '영남지역편' 민요를 1930년 영남지역을 조사할 때 직접 확인하였다는 것이다. 즉, 1923년 <동아일보>에 연재되었던 곡을 정리해서 1929년 『동요집』에 수록했으며, 같은 곡을 1930년도에 직접 채집하여 『영남전래민요집』에 다시 수록하였다.

이 자료에 실린 동요작품 <영화>를 하나의 본보기로 제시하고자 한다.

① <동아일보> 1923년 11월4일 자에 실린 「지방동요란」에는 '창원

지방유행'이라는 설명과 함께 경성의 강경수 제보로 수록되어 있다. 그런데 여기에는 노래 제목이 표시되어 있지 않다.

② 1929년 제작 『동요집』에는 할주처리 방식으로 '<동아일보> 재…'라는 형태로 <수록되어 있다.

③ 1930년 제작 『영남전래민요집』에는 <영화>라는 제목으로 동래지방편, 186쪽에 '장씨 장모(윤두수) 67세 소화 5년 8월22일'로 표시되어 있다. 이때 할주처리 방식으로 '엄씨가 발포 부산에 유행한 것'을 부기하고 있다.

④ <신생>지(1929년 9월호)에는 윤두수의 노래가 5편 실려 있다.

동요작품 <영화>는 <동아일보>에 강경수 명의로 발표된 형태를 이재욱이 1929년 제작본 『동요집』에 재 수록하였다. 그리고 이 동요작품은 <신생>(1929)지에 제보방식으로 자료를 제공한 윤두수 가창으로 이재욱이 『영남전래민요집』(1930)을 편찬하면서 다시 실었다.

당시 윤두수는 <신생>지에 도합 5편의 전래민요를 발표했는데, 이 민요작품은 이재욱이 엮은 『동요집』에는 실리지 않았고 『영남전래민요집』을 통하여 전체 작품을 수록하고 있다. 이 민요집에는 <신생>지 수록본 5편과 <영화>등 유두수가 제공한 노래가 18편 실려있다. 당시 이재욱은 가창자 윤두수가 동래지방의 이름난 소리꾼임을 알고 미리 연락을 하여 직접 면담 조사를 실시한 것으로 추정된다.

그리고 이재욱은 할주방식으로 '○○재'라 부기를 하였다. 이를 통하여 해당 자료가 자신이 직접 채집하지 않은 것임을 분명히 밝혔고, '엄씨, 발표 부산에서 유행한 것'이란 방식의 부연설명을 붙여서 해당 민요작품의 전파 과정까지도 자세히 표시하고 있다. 이런 수록 방식을 통하여 우리는 <신생>지 수록 민요자료 <모심을 때>가 이재욱의

『영남전래민요집』에서는 <꽃놀애>란 제목으로 수록된 사실을 확인할 수 있다. 이것은 동일한 민요작품이 전파를 하는 과정에서 제목이 바뀌었다는 사실을 말해준다.

한편 민요작품 <계모놀애>는 자신이 첨가한 할주를 통하여 '<신생> 11호에 발표된 것. 대학채집을 재조함'이란 부기를 하고 있다. 이것은 대학재학 시절에 이 민요자료를 채집하였다는 사실을 암시하게 해준다.

우리는 앞에서 일제강점기에 발간한 각종 신문, 잡지, 단행본, 논문 등의 수록 민요작품을 상호 비교분석하고 검토 해 보았다. 인간의 삶과 더불어 전승, 전파되는 민요는 항상 활발한 변화의 시간을 거쳐 왔다. 당시의 각종 인쇄물에 수록된 민요작품들은 서로 시간적, 공간적 편차를 내재하고 있음에도 불구하고 비교적 긴 형태의 사설이 그대로 실려있다. 이재욱의 『영남전래민요집』에는 이러한 민요자료를 포함하고 있을 뿐만 아니라, 상기 자료들에 수록되지 않은 미발표 민요자료까지 수록하고 있음으로 민요자료집으로서의 가치는 매우 특별하다고 할 것이다.

(2) 순위별 10곡(가창빈도수) 비교

이재욱이 일정 기간에 전체적인 조사가 가능할 수 있었던 것은 1929년 경성제대 간접조사 방식으로 설문조사(자료의 유무, 전승여부, 제보자의 인식[282] 등의 정보)나 관공서의 협조를 받았기 때문일 것이다. 그리하여 이를 기초로 직접 조사를 하였으며 때로는 관공서의

282) '동래편 윤두수'는 <신생> 9월호에 그의 노래가 실려 있다. 이것은 조사자가 제보자의 정보를 미리 알고 채집한 증거이다.

협조도 받은, 일종의 공동조사로 이뤄졌을 것이다.

사실 개인적인 조사로 짧은 시간에 30개 군을 대상으로 한 것은 무리이다. 그러나 이것은 영남지역 전반의 민요 분포파악에 초점을 둔 듯한데, 자신의 연구주제이며 개인적인 최초의 조사로 분포범위를 파악할 수 있다.

<표 29> 순위별 10곡(가창빈도수) 비교표

소속 / 순위	『영남전래민요집』	MBC『한국민요대전』	『한국구비문학대계』
1위	모심기소리 66곡	논매기소리 57곡	모내기노래 252곡
2위	칭칭이소리 34곡	모심기소리 42곡	베짜기노래 113곡
3위	방아타령 27곡	어사용 31곡	애기어르는노래 79곡
4위	어사용 26곡	지신밟기 17곡	삼삼기노래 74곡
5위	보리타작소리 18곡	월월이청청 16곡	쌍가락지노래 55곡
6위	아리랑 17곡	보리타작노래 15곡	물레질노래 54곡
7위	비틀노래 13곡	아이어르는소리 15곡	지신밟기 49곡
8위	담바구타령 11곡	상여소리 14곡	나물캐는노래 48곡
9위	쌍금가 10곡	모찌기소리 13곡	각설이타령 47곡
9위	모찌기소리 10곡	시집살이 11곡	나뭇군노래 43곡
총 곡 수	359곡	527곡	4332곡

7·80여년 동안의 민요 변모요인은 첫째, 신분 이데올로기의 변화로 다층집단으로의 변모에 기인하고 둘째, 노동환경의 변화에 의한 노동 기능 감퇴 등이 요인으로 작용했을 것이고 셋째, 대가족제의 핵가족화로 민요사설 유형의 변화는 불가피했을 것이다. 그리고 유행가 등의 일반화도 변모의 요인일 것이다.

일반적으로 말하는 영남의 민요 중에서 남성의 소리는 <어사용>

<논매는 소리> 등이고, 여성의 소리는 <길쌈노래> <밭매는 소리> 등이 대표적이다. 그리고 <모심기 소리>는 지금까지 학계에 남녀교환창의 방식으로 널리 인지되었으나, 남녀 교환창은 근래에 농지 정리가 이루어지면서 줄모를 심게 되자 모내기에 여성이 참여하여 이루어졌다. 일제시대나 해방 전후에는 여성들이 모를 심을 수도 없었을 뿐만 아니라, 막모 내지 벌모를 심어서 일정한 교환창의 방식을 택할 수 없다고 한다.

그런데 이 민요집에서는 여성의 <모심기 소리>가 있다. 그리고 사설은 남녀교환창이 되면서 세련되게 첨가되었다. 모심는 소리는 아침, 점심, 저녁의 시간적 전개에 따라서 달라진다고 했는데,[283] 그러한 사설의 변화는 퇴조했다.

또한 모심기소리의 대표사설인 첫째. '이 물꼬 저 물꼬 다 헐어놓고 (중략) 문어야 대전복 손에 들고 첩의 집으로 놀러 갔네' 형과 둘째는 '상주함창 공갈못에', 셋째는 '우리야 부모 산소에', 넷째는 '울뽕줄뽕', 다섯째는 '넝청넝청' 등이다. 그리고 서사적으로 짜임새 있게 작은 단락소를 이루고 있는데 나누면 다음과 같다.[284]

① 남편이 첩을 얻음.
② 본처가 첩을 처단하기 위해서 결심을 하고 첩의 집에 감.
③ 첩은 갖은 교태를 보이면서 본처를 달램.
④ 본처의 눈에도 첩이 너무 맵시 있고 아름답게 보임.
⑤ 본처는 생각을 체념하고 돌아옴.

---

283) 『영남전래민요집』, 136쪽.
284) <이앙노래>, 『영남전래민요집』, 62쪽.

모심기소리의 유형, 기능, 주 사설의 주요단락은 거의 1920년대와 유사하다.[285] 이런 현상은 <보리타작소리> <쾌지나칭칭나네> <쌍금요> <시정요> <베틀노래> 이것은 일부 단락소가 전승이 안 된 부분도 있지만, 대체로 단락소의 위치는 다르나 이미 1920년대에 전승체계가 대체로 확립이 되었다는 것을 이재욱의 조사 자료를 대비함으로써 확인 할 수 있다.

또한 『영남전래민요집』에 처음으로 출현하는 곡은 <상주 꽃노래> <성주 산노래> <의성 시집> <채여인 노래> 등이다. 이를 『한국구비문학대계』과 비교해 볼 때 여러 편이 있다. 그리고 이 자료집에 거의 나타나지 않는 것은 <애기 어르는 소리> <상여소리>[286] <지신밟기소리> <진주난봉가> <각설이타령> <징금이타령> 등이다. 이를 통해서 보 면, 일반적으로 잘 부르지 않은 것은 이들 노래들이 당시 특수한 기능요 때눈인지, 아니년 또 다른 이유가 있는지에 대해서도 심층 연구가 필요하다.

그리고 <어사용>은 '구야구야 심의심곡산 갈가마구야'로 시작하여 까마귀와 자신의 신세를 비교하거나 자신과 남의 팔자를 비교해서 신세타령을 하는 것이다. 영남은 통일신라시대의 영향을 받아 불교문화가 적층화되어 있다. <어사용>이 발달되어 있는 것이 그 이유이다. <어사용>은 토착명칭이 다양하다. <얼산영><어사링이><신세타령><심회소리><산유화><어새이><어생이> 등이 그것이다.[287]

즉, 불교의 <범패(梵唄)>와 <회심곡>의 영향을 받았다. <범패>

---

285) <고성모심기>, <예천모심기> 노래는 수집이 되지 않았다.

286) 『영남전래민요집』, 237쪽, 청도 편, <애홍>.

287) 김경배, 「메나리 · 산유화 · 어사용의 특질고」, <향토문화>, 향토문화연구회, 제 7집, 1992, 37～79 참조.

를 다른 말로 하면 <어산>이고, <심회소리>는 <회심소리>라 할 수 있다. 그러므로 영남에서도 경북을 중심으로 <어사용>과 출가하여 중이 되는 사설이 많다.

또한 일반적으로 동요의 사설은 단조롭고 반복과 명령형인데 '비야 비야 오지 마라, 바람아 바람아 불어라' 등이다. 그 당시 동요에 대한 인식 때문인지 자료집에는 동요가 3편이 있으며 전승이 되었고,[288] <뱃노래>는 수집되지 않았다.

<모찌는 소리>는 『한국민요대전』에서 '지금까지 단순 작업으로 생각되어서 '쪄내세' 또는 '이와내자' 등의 사설만 있는 것으로 알려져 있었으나, 지역에 따라서 '절구차'로 시작되는 사설도 발견되었다.'[289] 그런데 『영남전래민요집』에서는 '저루자[290]', '조루자[291]', '덜어내자[292]'로 표기되어 있다.

경상북도 지역의 <달구소리>는 지역 명칭이 대부분 <옥설가>라고 되어 있는데 이 민요집에서는 김천에서 수집하였다는 기록만 할주로 남아있다. 보통 <옥설가> 사설는 불교사상이 주요 골격을 이루는 회심곡 사설의 영향을 많이 받았다. 이는 사후세계를 인정하며 우리 민족 특유의 사고나 정서인 죽음을 극복하고 삶을 긍정적으로 보는 인식이다.

그리고 경상도 지역의 민요 사설을 전체적으로 살펴보면, 불교문화

---

288) 『영남전래민요집』, 34쪽의 동요가 『한국구비문학대계』에서 경남 울산 편(8~12, 199쪽)에 「대추노래」로 채록되었음.

289) 김헌선, 「경상북도 민요의 사설적 특징」, 『한국민요대전해설집』, (주)문화방송, 1994년, 44쪽.

290) 『영남전래민요집』, 117쪽. 165쪽, 189쪽, 200쪽 등.

291) 앞의 책, 160쪽.

292) 앞의 책, 302쪽.

뿐 아니라 유교문화도 민요 사설에 적지 않은 영향을 미치고 있다. 고사성어, 유식한 한자구 등이 두드러지면서 본디의 토착적이고 순박한 민요 사설과 복합되어 있다는 것이다. 대체로 민요에 나타난 민중적 세계관은 삶을 철저하게 아파하면서도 삶을 거부하지 않고 받아들이는 순응적 자세이다. 비극적 슬픔을 희극적으로 차단하는 묘미가 있다. 어사용의 사설이나 시집살이노래 사설에서 발견되는 미적 특징은 곧 이와 상통한다 하겠다.[293]

이것은 결국 우리 민족의 정서에는 '풀이 문화'가 깊숙이 자리 잡고 있다는 것이다. 우리 민족은 일찍이 선사시대의 제천의식에서부터 출발한 '굿' 문화를 뿌리 내리고 있다. '굿'의 과정 중에는 조상 등과의 '푸는 과정'이 있다. 그러므로 일상생활에서 '살풀이', '속풀이', '뒷풀이', '화풀이'라는 용어가 생활화 되어 있다. 이렇듯 큰 아픔도 풀어서 승화시키려는 민족성이 있는 것이다. 또한 이창식은 '장례에는 조이는 의식을 중심적인 활동으로 하여 적당한 푸는 놀이만 허용한다.'[294]고 하였다.

『영남전래민요집』을 통해서 개괄적으로 볼 때, 특정 곡목에 집중한 조사를 확인 하였으며,[295] 대표적인 창민요와 농요에 관심을 둔 것은 확인 된다. 그리고 지역에 따라서는 한 소리꾼에 대한 집중적인 조사를 했다. 또한 대표 창곡은 알고 있었고, 유입과정과 전승과정을 주목하여 타 지역 전승 상황에 대해 할주로 나타내었다.

그리고 창곡과 가창 구조를 병기하지는 않았고, 조사자의 위치나 입장을 밝히지 않은 것은 문제점으로 남는다. 조사장면 수록 사진은 없었던 듯하고, 존재양상은 기능과 직결, 그 상황 기술이 부족했다. 무가

---

293) 김헌선, 앞의 책, 48쪽 참조.

294) 「민요의 기능과 민중의 삶」, <한국민요학> 제2집, 한국민요학회, 1994, 158쪽.

295) 이 논문의 <사설비교> 부분에서 이미 밝힌 바 있다.

에 대한 조사가 거의 없음도 지적될 수 있겠다. 내방가사나 무가 등이 결여된 것으로 보아 이들을 민요로 파악하지 않는 분류 인식이 있었던 듯하다. 무엇보다 아쉬운 것은 조사자가 민요전공을 하지 않았으므로 이 지역에 대한 연차적 조사가 축적되지 못한 점이다.

3) 『영남전래민요집』의 선율양식

1930년의 민요집은 사설만 있고 악곡은 없다. 그러므로 가장 보편적인 기준으로 악곡을 선정해야 할 것이다. 예로부터 불리어 온 한정된 지역의 향토민요는 그리 변화가 많지 않다. 그래서 귀하지만 지금도 무형의 문화재가 있을 수 있는 것이다. 여기에서는 그 당시 가장 많이 수집된 곡의 지역을 기준으로 12곡을 선정하여 분석하고자 한다.

(1) <모심기 소리>

<악보 11> <모심기 소리>(상주 함창)[296]

296) <경상도 민요(60년대 채록)>CD 7, 국립문화재연구소 출반, 해설집, 2005, '경북 선산 편', 186쪽.

<모심기 소리>[297]는 박자가 일정하지 않으며, 출현음은 '미－솔－라－도'로 4음이 출현을 하며 '라(A)'음이 중심음으로 '미(E)'음을 떠는 음으로 볼 수 있다. 출현횟수로는 '미(6)－솔(3)－라(13)－도(4)'로 출현을 한다. 곡 전체에서 출현음이 4음 밖에 출현하지 않아, 중심음을 따로 구분하지 않았다. 구성을 보면 다음과 같다.

<**표** 30> **주요음 분석**

주요음	시작음	종지음	최고음	최저음
미・솔・라・도 E－G－A－C	라 A	미 E	도 C	미 E

<예보 12> <모심기 소리> 구성음

<악보 12> <상주함창>[298]

297) 국립문화재 연구소 소장, 음반자료 시리즈, <경상도 민요> 중 '경북 선산편', 186쪽.

298) 배경숙, 「영남민요 연구」, 영남대 석사논문, 2003, 60쪽.

<표 31> <악보 12>의 출현음 분석

마디수 / 출현음	1	2	3	4	5	6	7	8	9	10	11	12	13	14	15	16	총
F(미)	2	2		1		1	1	1		1		1		2	1	1	14
A(솔)	3	1	1	1	1	1				1		1	1	2			13
B(라)	2	1	4	2	4	3	3		1	1	2	1	3	1	3		31
D(도)			1	1	2	1	1		3	1	4		2				16
E(레)									2	3	2						7

경북무형문화재 13호로 지정되어 있는 상주민요 창자가 부른 민요를 분석하였으며, 출현음은 '미 · 솔 · 라 · 도 · 레'며 중심음은 '미 · 라 · 도'로 보아야 할 것이다. 그 이유는 시작음이 '라'로 시작하며 출현음도 가장 많지만 음역을 살펴보면 '미'에서 '레'까지 음역에서 노래가 진행이 된다. 종지음이 '미'로 끝나며 진행상 '미'음계로 볼 수 있다.

그리고 최저음인 '미'와 옥타브 위 '미'음 사이에서 모든 음 진행이 이루어진다. 그래서 '미'를 가장 아래 음으로 '라'를 중심으로 아래위로 음정을 쌓아올렸다. 상주 모심기 소리는 전형적인 경상도 민요지만 남도 민요창자에 의해 많이 불려졌다. 경상도지역의 선율을 가지고 있으면서 남도 창자에 의해 많이 불리고 있어 남도민요 맛이 난다. 전형적인 '미'음계의 틀을 가지고 있다.

<**표** 32> **주요음 분석**

주요음	중심음	시작음	종지음	최고음	최저음
미 · 솔 · 라 · 도 · 레 F－A－B－D－E	미－라－도 F－B－D	라 B	미 F	레 E	미 F

<예보 13> <상주 모심기 소리> 구성음

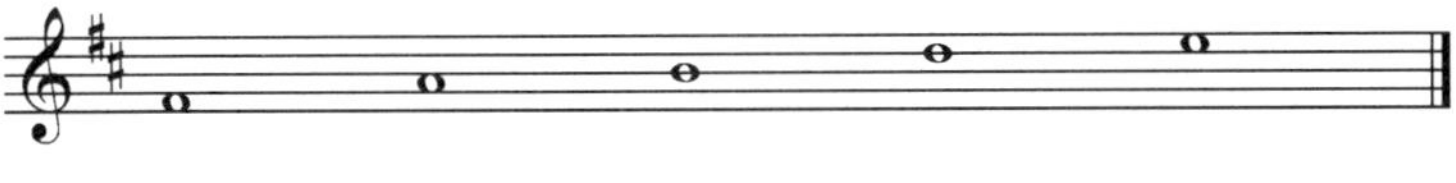

(2) <칭칭이>

<악보 13> <치야칭칭>299)

치야칭칭

이해식 녹음
홍승희 채보

치 야 칭 칭 나 네 치 야 칭 칭 나 네 어 화 세 상 벗 님 네 야 치 야 칭 칭 나 네
5
이 내 말 씀 들 어 보 소 치 야 칭 칭 나 네 세 월아 내월 아 가거 나 말거 나 치 야 칭 칭 나 네
9
우 리 청 춘 늙 지 말 자 치 야 칭 칭 나 네 젊 은 시절 은 다시 가 고 치 야 칭 칭 나 네
13
원 수 백 발 연 로 하 네 치 야 칭 칭 나 네

<표 33> <악보 13>의 출현음 분석

	1	2	3	4	5	6	7	8	9	10	11	12	13	14	계
E(미)	3	3	1	3	1	3	1	3	1	3	1	3	1	3	30
G(솔)			2		2		2		2		2		2		12
A(라)	2	2	2	2	2	2	2	2	2	2	2	2	2	2	28
C(도)	1	1	1	1	1	1	1	1	1	1	1	1	1	1	14
D(레)			2		2		2		2		2		2		12

299) 홍승란, 「경북민요의 선법고찰」, 영남대 석사논문, 1984, 23쪽. (상주지역)

<치야칭칭>은 음계는 '미－솔－라－도－레'로 주요음은 '미－라－도'이며 '미'가 떠는음, '라'는 중심음이며, '도'는 후렴구에서 <치야칭칭>의 특징인 노래의 끝을 끌어 올려서 마무리를 했다.

<표 34> 주요음 분석

주요음	중심음	시작음	종지음	최고음	최저음
미·솔·라·도·레	미－라－도	미	도	레	미
E－G－A－C－D	E－A－C	E	C	D	C

<예보 14> <치야칭칭> 구성음

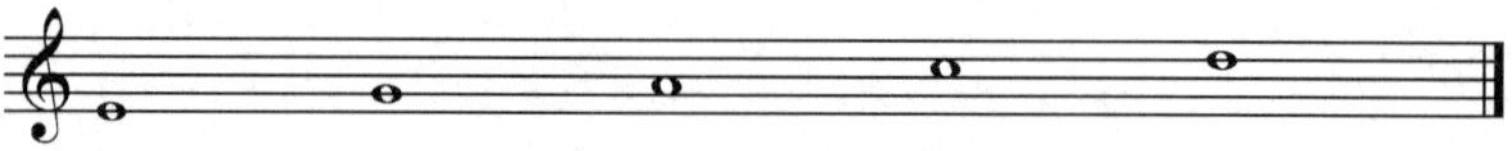

<악보 14> <쾌지나칭칭나네>300)

쾌지나 칭칭나네

채보 성기련

쾌 지 나 칭 칭 나 네 쾌 지 나 칭 칭 나 네 노 자 노 자 젊 어 노 자
쾌 지 나 칭 칭 나 네 늙 어 지 면 못 노 나 니 쾌 지 나 칭 칭 나 네

300) <경상도 민요(60년대 채록)>CD 7, 국립문화재연구소 출반, 해설집, 2005, '경북 선산 편', 201쪽.

<표 35> <악보 14>의 출현음 분석

	1	2	3	4	5	6	계
E(미)	4	4	1	4	1	4	18
A(라)	2	3	2	3	4	3	17
C(도)	2	2	3	2	3	2	14
D(레)			2		4		6
E(미)			2				2

<쾌지나칭칭나네>는 출현음이 <치야칭칭>과 달리 '미－라－도－레－미'로 나타난다. 중심음은 '미－라－도'로 일치한다. 떠는 음 '미'와 평으로 내는 음 '라', 끌어올리는 음 '도'는 <치야칭칭>과 <쾌지나칭칭나네>가 일치한다.

<표 36> 주요음 분석

주요음	중심음	시작음	종지음	최고음	최저음
미 · 라 · 도 · 레 · 미 E－A－C－D－E	미－라－도 E－A－C	미 E	도 C	레 D	미 C

<예보 15> <쾌지나칭칭나네> 선율 구성음

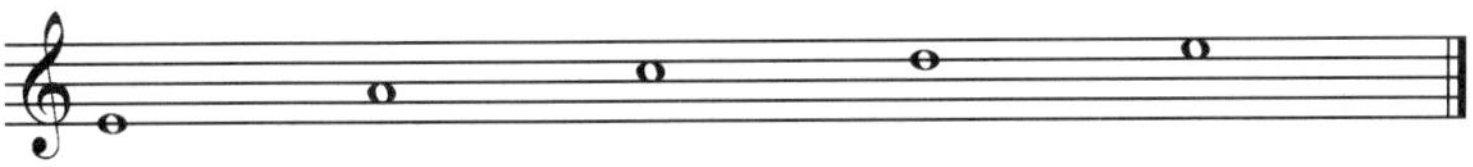

(3) 경북 영천 <어사용>

<악보 15> 경북 영천 <어사용1>[301)]

301) 김영운,「영남민요 어사용의 음조직 연구」, <한국민요학> 제6집, 한국민요학회, 1999, 111쪽.

경북 영천 (어사용)

창: 김태조(1920)
MBC한국민요대전CD경북편 10-11

구 야 구 야 가 마 구 야 신 예 신 공 산 아 리 알 갈 까 구 이 예
3
금 년 에 도 봄 이 오 건 마 는 으 은 맹 년 에 도 봄 이 오 리
5
이 이 알 같 갈 마 구 야 구 야 구 야 카 마 구 야 맹 넌 삼 월 봄 이 되 면
8
너 는 다 시 피 건 마 는 우 리 인 생 한 번 가 면
10
다 시 오 진 못 하 리 라 후 이 가 마 구 이 이 여
12
구 야 구 야 가 마 구 야 신 예 신 공 산 아 리 알 갈 가 마 구 이 예 이
14
니 몸 은 젊 어 지 는 마 는 우 리 인 생 은 늙 어 지 는 데
17
세 상 천 지 사 람 들 아 으 허 으 흐 어 우 리 인 생 한 번 가 면 다 시 젊 기 어 렵 더 라
20
에 헤 이 후 우 여 에 헤 헤 에

<표 37> 주요음 분석

주요음	중심음	시작음	종지음	최고음	최저음
파 · 솔 · 라 · 도 · 레	라－도－레	레	솔	파	파
F－G－A－C－D	A－C－D	D	G	F	F

<예보 16> 경북 영천 <어사용> 구성음

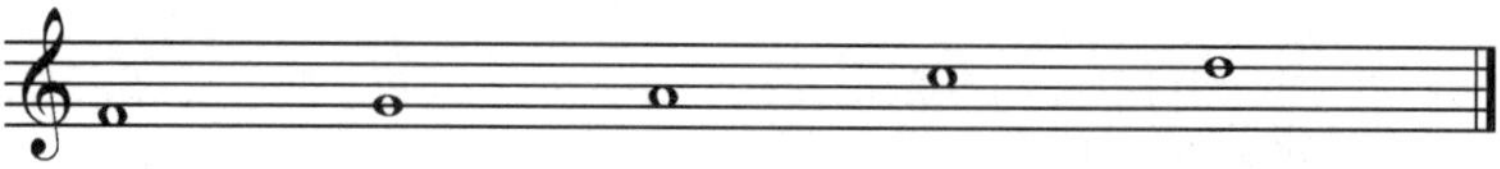

<악보 16> 경북 영천 <어사용2>302)

경북 영천 (어사용)

창: 이규상(1920)
MBC한국민요대전CD경북편 10-11

<표 38> **주요음 분석**

주요음	중심음	시작음	종지음	최고음	최저음
파・솔・라・도・레 F－G－A－C－D	라－도－레 A－C－D	레 D	솔 G	파 F	파 F

302) 앞의 책, 113쪽.

<예보 17> 경북 영천 <어사용2> 선율 구성음

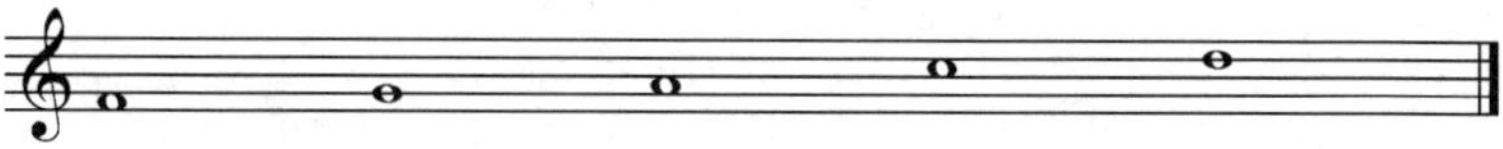

경북 영천 <어사용>[303] 두 곡의 차이는 창자에 따라서 질러내는 소리와 평으로 내는 소리일 뿐 음계차이는 보이지 않는다. 출현음은 2곡 모두 '파－솔－라－도－레'로 나타난다. 하지만 중심음은 첫 번째 곡은 '레(D)'이며, 두 번째곡은 '라(A)'이다.

첫 번째 곡의 출현음 횟수는 '파(5)－솔(4)－라(24)－도(50)－레(53)'로 주요음은 '라－도－레'이며, 두 번째 곡의 출현음 횟수는 '파(12)－솔(2)－라(40)－도(33)－레(8)'로 주요음이 '파－라－도'로 나타난다. 두 곡의 차이를 살피면, 주요음의 차이는 두 사람의 처음 내는 소리의 차이 때문으로 보여진다. 첫 번째 곡은 첫마디에서 고음으로 처리를 하며 두 번째 곡은 첫마디에서 가운데 음에서 시작을 하는 차이를 보인다.

그런데 국악의 음계상 파음이 주요음으로 나오지 않는다. 경북 영천 어사용을 채보상의 문제로 보아 조표를 변형시켜 F조로 보면, 선법 진행이 '도－레－미－솔－라'의 도선법으로 볼 수 있을 것이다. 그러므로 그 음이 단순히 창자가 음정이 불안정하여 나타나는 현상으로 보아야 할 것인지, 아니면 경상도 민요의 새로운 특징으로 봐야 할지는 앞으로의 과제로 남는다.

303) MBC『한국민요대전』, 경북 편, 10~11쪽.

(4) <논매는 소리>(방아소리)

<악보 17> <논매는 소리>(방아소리)[304]

논매는 소리(방아소리)

<표 39> <악보 17>의 출현음 분석

	1	2	3	4	5	6	7	8	9	10	11	12	13	14	15	16	계
E(미)	1	1	1	1		1	1	1		1	1	1		1	1	1	13
G(솔)	1	2	1	2		3	1	2		3	2	2		3	1	2	25
A(라)	3	2	3	2		3	3	2		3	2	2		5	3	2	35
C(도)					1	1			3	1			3				9
D(레)					1				2				2				5
E(미)					3				1				1				5

<논매는 소리>(방아소리)는 출현음이 '미－솔－라－도－레－미'로 6음이 출현을 하나 최고음인 '미(E)'는 5째 마디에서만 주음으로 사용될 뿐이다. 중심음은 '미－라－도'로 봐야 할 것 같다. 출현횟수는 '도'에 비해 '솔'이 많이 출현을 하나 '솔'은 '라'음에서 흘러내리는 소리로 많이 사용되었고, 음과 음 사이에 연결음으로 사용되어 주요음

304) 이정란, 「'방아~'류 민요의 음조직 유형과 분포」, <한국민요학> 제4집, 한국민요학회, 1996, 96쪽. (상주)

으로 보기는 힘들 것 같다.

<표 40> **주요음 분석**

주요음	중심음	시작음	종지음	최고음	최저음
미·솔·라·도·레	미－솔－라	미	솔	미	미
E－G－A－C－D	E－G－A	E	G	E	E

<예보 18> <논매는 소리>(방아소리) 구성음

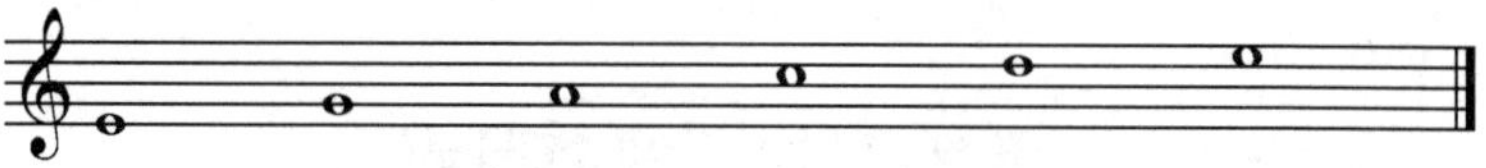

<악보 18> <논매는 소리>(늦은 방아타령)[305]

논매는 소리(늦은 방아타령)

채보: 이정란
경북 문경시 산북면 우곡2리 도지골(마동진외)

305) 이정란, 「'방아~'류 민요의 음조직 유형과 분포」, <한국민요학> 제4집, 한국민요학회, 1996, 96쪽. (상주)

<표 41> <악보 18>의 출현음 분석

	1	2	3	4	5	6	7	8	9	10	11	12	13	14	15	16	17	18	19	20	계
C(미)		1		1		1		1		4		1				1				1	11
F(라)	1	3	1	3	3	4	1	3	3	1	1	3		3	1	3	3	3	1	3	44
A♭(도)	2		2		1		2		1		2		1	2	1		1	2	2		19
B♭(레)								eeee eeee					4								4

<논매는 소리>(늦은 방아타령)의 출현음은 '미－라－도－레'로 나타나며, 중심음은 '미－라－도'로 방아타령과 일치한다. 조표는 다르게 기보되었지만 음구성은 동일하게 나타나며 방아타령에 비해 흘러내는 소리가 없어서 '솔'이 출현하지 않아서 4음 음계로 구성된 것으로 보인다. '미'는 떠는 음, 라는 평으로 내는 음으로 방아소리와 일치한다.

<표 42> 주요음 분석

주요음	중심음	시작음	종지음	최고음	최저음
미·라·도·레 C－F－A♭－B♭	미－라－도 C－F－A♭	라 F	라 F	레 B♭	미 C

<예보 19> <논매는 소리>(늦은방아타령) 구성음

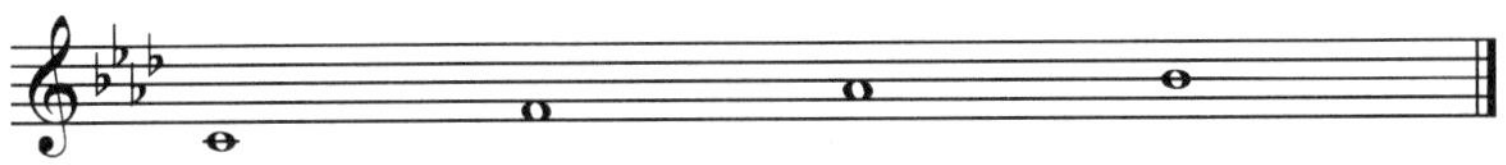

(5) <아리랑>

<악보 19> <문경아리랑>306)

문경아리랑
가창자 송영철
채보자 강혜인
아 리 랑 아 리 랑 아 라 리 요 아 리 랑
고 개 로 날 넘겨 주 소 문 경 의 세 자 야 물 박 달 나
무 홍 두 깨 이 방 망 이 로 다 나 가 네

<표 43> <악보 19>의 출현음 분석

	1	2	3	4	5	6	7	8	9	10	11	12	13	14	15	16	총
C(미)	3	3	1	1		1	1	2				1		1	1	1	16
E♭(솔)		1	2	1		1	1					1		1	1		9
F(라)		2	3	2		2	2			2	3	2	4	1	2		25
A♭(도)			1		3	2	3			1	2		1	2	2		17
B♭(레)						2	1		3	1	1			3			11

<문경아리랑>은 주요음이 '미－솔－라－도－레'이며 시작음과 종지음 모두 '미'로 시작하며 끝이 난다. 중심음은 '미－라－도'이며 최고음 최저음이 기본 음 구조를 벗어나지 않으며 '미'음계의 전형적인 틀을 가지고 있다. '라'음을 중심으로 '미'는 떠는 음, '라'는 평으로 내는 음으로 보는 것이 적당할 것으로 보인다.

306) 김기현, 「경상지역아리랑의 존재양상과 전승실태」, <아리랑 종합전승실태 조사보고서>, 창진인쇄사, 2006, 333쪽.

<표 44> 주요음 분석

주요음	중심음	시작음	종지음	최고음	최저음
미·솔·라·도·레 C－E♭－F－A♭－B♭	미－라－도 C－F－A♭	미 C	미 C	레 B♭	미 C

<예보 20> <문경아리랑> 선율 구성음

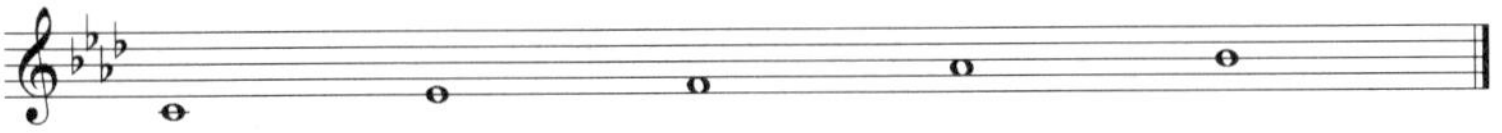

<악보 20> <예천아리랑>[307)]

예천아리랑
가창자 이상휴
채보자 강혜인
아 리 랑 아 리 랑 아 라 리 요 생 감 자 를 먹 었 는 지 왜 이 리 아 려
무 정 한 세 월 아 가 지 를 마 라 꽃 과 같 은 내 청 춘 다 늙 어 가 네

<표 45> <악보 20>의 출현음 분석

	1	2	3	4	5	6	7	8	총
B(미)	3	1	1			2	1		8
D(솔)		1	1			1	1		4
E(라)	3	1	5	5		1	5	5	25
G(도)	1	1	2	1	1	2	2	1	11
A(레)		1	1		5	1	1		9

307) 김기현, 「경상지역아리랑의 존재양상과 전승실태」, <아리랑 종합전승실태 조사보고서>, 창진인쇄사, 2006, 359쪽.

<예천아리랑>의 주요음은 '미－솔－라－도－레'로서 시작음은 '미'이며 종지음은 '라'로 끝이 난다. 최고음과 최저음은 주요음 '미－솔－라－도－레'를 벗어나지 않고, 예천아리랑의 경우 주요 3음으로 주로 연주되며 '솔'은 경과음처럼 사용되며 '레'는 5번째 마디에서만 주요음으로 사용되고 다른 마디에서는 경과음처럼 사용된다.

<표 46> 주요음 분석

주요음	중심음	시작음	종지음	최고음	최저음
미·솔·라·도·레 B－D－E－G－A	미－라－도 B－E－G	미 B	라 E	레 A	미 B

<예보 21> <예천아리랑> 선율 구성음

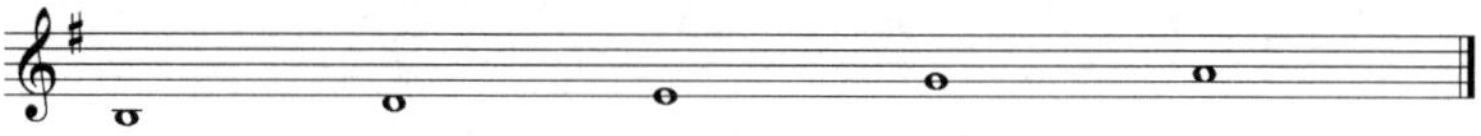

(6) <보리타작소리>

<악보 21> <옹헤야 소리>308)

308) MBC 『한국민요대전』, 경북 편, 91쪽.

<표 47> **주요음 분석**

	1	2	3	4	5	6	7	8	9	10	11	12	13	14	15	16	합계
F(미)	2	2	1	2		2		2					2	2		2	17
A♭(솔)	1	2		2		2	1	2					1	2	1	2	16
B♭(라)	2	1	4	1		1	3	1						1	4	1	19
C(시)					1												1
D♭(도)					3				2	2	5	2	3				17
E♭(레)									1	1		1					3

<옹헤야 소리>는 출현음이 '미－솔－라－시－도－레'로 6음이 출현을 하나 '시'음은 1회 출현으로 실제 출현음으로 보기 힘들다. 그래서 '미－솔－라－도－레'로 볼 수 있으며 중심음은 '미－라－도'로 나타난다.

<표 48> **주요음 분석**

주요음	중심음	시작음	종지음	최고음	최저음
미·솔·라·도·레 F－A♭－B♭－D♭－E♭	미－라－도 F－B♭－D♭	라 B♭	솔 A♭	레 E♭	미 F

<예보 22> <옹헤야 소리> 선율 구성음

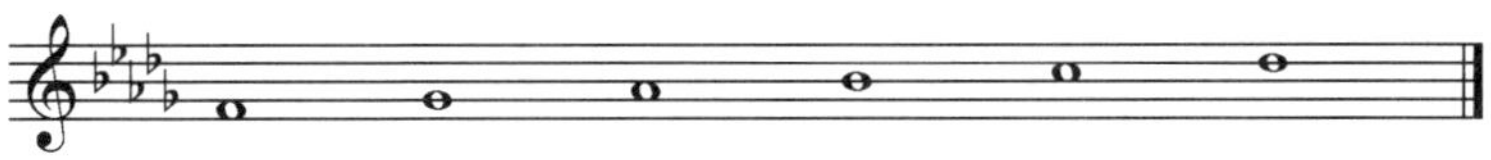

<악보 22> <안동 보리타작 소리>[309]

309) MBC 『한국민요대전』, 경북 편, 383쪽.

안동 보리타작 소리

1994.1.5 신창자 조차기(1918)
후창자 조석재(1936)외

호 호 호이야 호 호 호 이 호 호 호이야 호 호 호 이
이 놈 의 보 리 가 살 살 긴 다 호 호 호이야 호 호 호 이
각 의 보 리 가 왜 이 리 기 노 호 호 호이야 호 호 호 이

<표 49> <악보 22>의 출현음 분석

	1	2	3	4	5	6	7	8	9	10	합계
D(미)	1	1	1	1	3	1	1	3	1	1	14
G♯(라)	4	4	4	4	7	4	4	8	4	4	47
B(도)	1		1			1			1		4

<안동 보리타작 소리>는 사설이 단순한 노래이므로 5음 음계가 다 출현하지 않고 단순하게 3음 음계만으로 되어있다. 출현음은 '미－라－도'로 다른 악보에서 사용되는 중심음으로만 노래가 구성되어졌다.

<안동 보리타작 소리>는 농사를 지으며 부르던 곡조라서 박자가 일정하지 않으며 노랫말에 따라 임의로 박자를 지정하였다. 나오는 횟수는 '미(14)－라(47)－도(4)'회로 중심음이 '라'이다.

<표 50> 주요음 분석

주요음	중심음	시작음	종지음	최고음	최저음
미 · 라 · 도 D－G♯－B	미－라－도 D－G♯－B	라 G♯	라 G♯	도 B	미 D

<예보 23> <안동 보리타작 소리> 율격 구성음

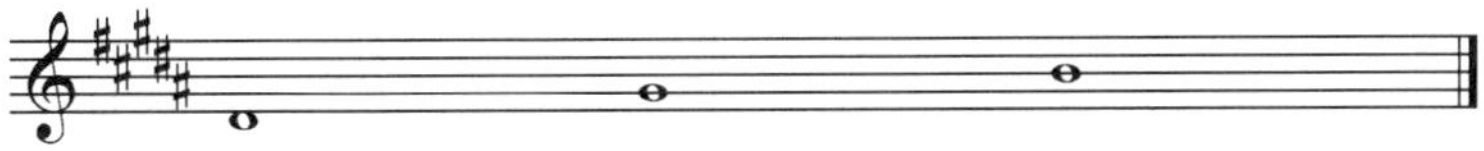

<표 51> 12곡 주요음 비교

곡 목	미	파	솔	라	도	레	미	솔	라
1. <상주모심기 소리>	o		o	o	o				
2. <상주 함창>	o		o	o	o	o			
3. 경북 영천 <어사용>		o	o	o	o	o			
4. 경북 영천 <어사용>		o	o	o	o	o			
4－1. 경북영천 <어사용>(F장조)					o	o	o	o	o
5. <치야칭칭>	o		o	o	o	o			
6. <쾌지나칭칭나네>	o			o	o	o	o		
7. <논매기소리>(방아소리)	o		o	o	o	o	o		
8. <논매기소리>(늦은방아타령)	o			o	o	o			
9. <옹헤야소리>	o		o	o	o	o			
10. <안동보리타작소리>	o			o	o				
11. <문경아리랑>	o		o	o	o	o			
12. <예천아리랑>	o		o	o	o	o			

위 12곡을 살펴본 결과 <어사용>을 제외하고는 모든 곡들이 '미' 음계로 구성이 되어 중심음이 '라'로 나타난다. <어사용>을 제외한 10곡에서는 '라'음이 중심이 되어 메나리토리의 특징을 표면적으로 표현하고 있다. 경북 영천 <어사용>의 경우 '파'음이 출현을 하지만 '파'음이 중심음으로 나타나지 않으며 '도'음과 '라'음이 중심음이다.

<어사용>은 경북을 대표하는 노래 중 하나인데 우리가 일반적으로 알고 있는 메나리토리와 다른 특징이 나타난다. 위의 곡에서는 '파'음이 중요하게 나타나지는 않지만 율격구조상 빠져서는 불가능한 음이다.

그런데 국악의 음계상으로는 파음이 주요음으로 나오지 않는다. 경

북 영천 <어사용>을 채보에서의 문제로 보아 조표를 변형시켜 F조로 보면, 선법 진행이 '도－레－미－솔－라'로 도선법으로 볼 수 있을 것이다. 그러므로 그 음이 단순히 창자가 음정이 불안정하여 나타나는 현상으로 보아야 할 것인지, 아니면 경상도 민요의 또 다른 특징으로 봐야 할지는 앞으로의 과제로 남는다. 그런데 이를 특징으로 본다면 미선법과 도선법이 같이 존재한다고 할 수 있다.

3.『영남전래민요집』의 특징과 문학사적 위상

1)『영남전래민요집』의 특징

우리는 일반적으로 지역민요를 향토민요라고 하며 향토인의 생활감정을 여실히 반영한 것이라고 한다. 그러면서 그 민요에는 다른 지역과 변별되는 특징을 지니고 있다고 말한다. 그런데 이는 일반론일 뿐 사실은 그렇게 분명하게 다른 특징을 지니고 있지는 않다.

중국 등과 비교할 때 우선은 국토가 그리 넓지 않고, 산・강・들・바다를 지니고 있지만 그 삶의 터전인 백두대간을 삶의 근간으로 하며 계곡을 중심으로 살았기 때문이다. 그리고 들과 바닷가를 터전으로 확대되어 살게 된 시점부터는 국가적 제도 탓으로 완전하게 변별되는 고유문화를 갖지 못했기 때문이다. 결국 우리 민요는 제주도를 제외하고는 향토성이 희박하다고 할 수 있다.

특히 1930년을 기점으로 할 때는 더욱 그렇다. 즉, 전통적으로 유교적인 문화통제가 영향을 주었으며, 제후국이 아닌 중앙집권적 통치체제여서 문화적 자주성을 유지하기 곤란했고, 조선조 말에는 경복궁 중수 공사라는 시기에 수십만 명의 부역꾼들이 7년여 년 간 각지의 민요를 교환하는 인위적 교섭이 있었고, 마지막은 1920년대를 전후한 영남인의 관북 이주와 전국적인 만주 이주로 인한 급격한 인구 이동현상 때문이다.[310]

이를 전제한다면 영남 민요의 특징은 아주 세밀한 관찰에서 찾게 될 것이고, 그 결과 역시 상대적인 변별성 정도일 것이다.

(1) 자료 분석과 자료의 의미[311]

이재욱의 영남민요 조사 동기는 1929년, 그러니까 경성제대 본과 2학년 때 전국적인 민요 조사에 참가한 사실과 직접적인 관련이 있다. 우선 이 조사와 이재욱의 관계를 살펴보기로 한다. 여기서 전재되어야 하는 사실은 지도교수였던 다카하시 교수가 순수한 관심에서 조사가 되었다고는 했지만 그는 조선 지배의 식민정책의 조연자(助演者)였다는 사실이다.[312] 그러나 또한 분명한 것은 이 조사에 참여한 한국인 학생들의 관심은 진지한 자세였다.

---

310) 임동권, 『한국민요연구』, 선명문화사, 1974, 251～252쪽.

311) 이 조사 이후 향토음악에 대한 관심을 갖게 되었다. 1937년 5월 초 콜럼비아 레코드사가 <유행가 급 민요대모집(流行歌 及 民謠大募集)> 중에 －향토민요 가사 급 곡보－이다. 특히 조선민속학회가 나서서 5월27일 부민관에서 '조선향토무용민요대회'를 개최하여 '봉산탈춤 등을 소개한 것이다.(문화유산을 재음미, 향토예술을 살리자, 조선향토 민요대회를 개최, <조선일보>, 1937. 5.9) 그리고 방송에서 정선아리랑을 방송(1937. 5.3)한 것 같은 향토민요의 방송일 것이다.(<조선일보>, 1937. 5.1. 광고) 나아가 <조선일보>가 창간 18주년 기념으로 대대적인 향토예술을 노산 이은상 주관으로 <조선향토문화조사 사업착수의 제일보>(향토문화조사의 의의, <조선일보>, 1937. 3.6)라는 사업을 벌였고, 1938년 4월에는 <향토연예대회>를 개최하게 했다.(<조선일보>, 1938. 4.25)

312) 다카하시, 「제주도의 민요」, <동방학기요> 별책 2, 일본 천리대학, 1968년.

1929년 6월부터 12월까지 법문학부 조선어문학연구실에서 전국적인 민요 조사를 착수했다. 이에 그 조사 관련 요령 및 주의 사항을 <매일신보>에 공고하고 전국 도와 군청 학무담당자에게 취지서를 보내는 등 업무가 진행되었다. 이 사업에서 제시한 취지서와 수집 요령 지침은 매우 중요하다. 최초의 과학적 조사가 이뤄진 것이기 때문이다.

(2) 조사의의

1929년에 실시된 경성제국대학 주최 민요조사 의의는 대체로 다음 네 가지로 요약이 된다. 첫째는 우리 근대민요사에서 최초의 과학적인 조사 방법에 의한 조사라는 점이다. 둘째로는 비록 간접적인 방법이긴 하지만 조사 지역이 한반도를 통괄하는 전체 규모였다는 점이다. 그리고 셋째가 개인 명의이긴 하지만 조사 결과물이 출판물로 발간되어 존재한다는 점이다. 넷째는 이후 그 자료집이 후대의 한국민요연구자들에게 일정한 영향을 미치고 있다는 사실이다. 이 자료집에는 1910년대 중추원과 조선총독부 주관의 조사나 1930년대 개인 및 전문학교 단위의 몇몇 조사와 차별화되는 것으로 전형적 특징을 담고 있다.

(3) 자료의 가치

자료집이 지닌 특징에 대해서는 앞에서도 제시했지만 정리를 하면 다음과 같다. 즉, 첫째는 1920년대 우리 민요사의 제도적으로 첫 민요 전공자의 조사라는 점과 그리하여 과학적 조사 방법에 의해 이뤄졌다는 사실이다. 둘째는 영남지역 30군을 대상으로 하여 350여곡이 조사되어 일제에 의해 전통 향촌사회의 공동체가 해체되기 이전의 민요 실상을 확인 할 수 있게 했다는 점을 주목 하게 한다. 조사자의 일관된 조사 태도가 바탕이 되었기 때문에 특히 그렇다.

또한 자료 내용에 있어서 영남지역권을 대상으로 한 각 개별민요의 출현 빈도와 오늘날 영남의 대표적인 창민요들의 당시 전승 범위를 알려준다는 점 등에서 유용하고, 음악적으로는 빈도수가 높은 민요들이 영남의 대표적인 민요라고 볼 때, 이들에서 '끗끗한' 경상도메나리 권역의 음악적 특징이 나타난다는 점도 간과할 수 없게 한다. 이는 음악적 상황이 80여년의 시간에서 변함이 없었음을 알려주는 것이다.

특히 이재욱의 『영남전래민요집』은 한국의 1920년대 영남민요의 실상과 전모를 확인하게 해줄 뿐만 아니라 민요조사방법론의 기준까지 마련해주고 있다는 사실은 이 자료집이 지니고 있는 최고의 가치라 하겠다. 그리고 <진도아리랑>이나 <밀양아리랑>의 형성 내지 성창 이전인 1920년대에 영남지역의 <아리랑> 상황을 알게 한다.

즉, 1930년 시점으로 문경지역을 주 전승지로 하고 경북일대에 분포되고 사설의 적층성을 갖고 있는, 전승 공동체에 기반을 둔 토속 <아리랑>은 <강원도 아라리>를 제외하고는 유일하다. 또한 1896년 헐버트가 채보한 <아라렁>은 '문경새재…'를 대표사설로 쓰는데, 이는 경복궁 중수 이후에 문화충격으로 형성된 근대민요 <아리랑>이라고 본문에서 밝힌 바 있다. 이의 형성에 <문경아리랑>이 직접적인 영향을 주었으므로 기념비적인 <아리랑>이 되며, 이의 단서를 제공하는 것이 『영남전래민요집』이다.

이상과 같은 특징을 지닌 『영남전래민요집』은 조사자의 자필로 정리되어, 당시의 원형대로 보존되어 왔다는 점에서 서지학적으로나 민요사 자료적 측면에서도 매우 비범한 가치가 있는 것으로 평가된다. 이 자료집을 바탕으로 해서 이재욱은 최초의 지역적 민요연구논문

「영남민요연구」를 작성 제출하여 경성제대를 졸업하였고, 또 단행본 출간 예고도 확인할 수 있지만 실제로 출간되었는지 그 여부는 확인 불가능한 상태이다.

2)『영남전래민요집』의 문화사적 위상

『영남전래민요집』의 가치는 이 자료집이 조사 정리된 시점을 전후한 시기의 관련 사항과 비교를 통해 확인할 때 보다 명확히 드러난다.

1896년 선교사 헐버트의 단편적인 조사로부터 1948년 해방직후 민요 조사 및 민요집 발행을 정리했는데, 1930년 이재욱의 영남지역 조사상황이 개인으로서 광범위한 지역을 대상으로 민요집을 발행하였다는 사실을 직시하게 된다. 즉, 1930년 이전에는 민요 전공자의 과학적 지식으로 조사한 사례가 없다는 것과 조사결과를 연구한 사례도 없다는 점에 기인한다.

① 주요 조사와 자료집 출간 현황

<표 52> **자료집 출간 현황**

번호	시기	조사자 및 단체	간행물명	비고
1	1896년	선교사 H,B.헐버트 I,B.비숍	일부 민요 채보	
2	1907년	통감부 조사[313]	민요의 1차 조사 수집	
3	1912~1913	총독부, 김지연 촉탁으로 참여	민요의 2차 조사 수집	
4	1924년	石川義一	『朝鮮民謠』[314]	
5	1924년	엄필진편	『조선동요집』	창문사
6	1929년	김소운譯	『조선민요집』	태문관

7	1929년	경성대학 다카하시 주재 조사[315]		
8	1929년	이재욱	『동요집』	필사본
9	1930년	이재욱	『영남전래민요집』	필사본
10	1931년	김지연	『조선민요아리랑』[316]	수문사
11	1933년	김소운편	『언문조선구전민요집』[317]	동경제일서방
12	1933년	김소운	『조선동요선』	암파문고
13	1934년	일본제국대학원 (소창진평 지원)	민요수집	
14	1935년	조윤제	『민요집』	등사본
15	1939년	이재욱 해제	『조선민요선』[318]	학예사, 임화편
16	1940년	김소운	『조선민요선』[319]	서울박문문고
17	1948년	방종현, 김사엽, 최상수 공편	『조선민요집성』[320]	정음사

313) 총독부의 민요수집에 대해 이재욱은 『조선민요선』, 「조선민요선 서설」에서 1907년에 조사가 있었다고 했다.

314) 이 민요집의 존재는 이경손이 1924년에 번역했다는데서 확인된다.(<동아일보>, 1924. 10.13) 한편 이시카와(石川義一)는 1935년 10월 24일 조선아악 <만년장환지곡>과 <승평만세지곡>에 대하여 채보작업을 하기로 했다.(<조선일보>, 1924. 10.13)

315) 전국보통학교교원 동원 <향토민요수집조사보고의뢰서> 발송, 수백 편 수집했고, 2차로는 경성대학 조선어문학과 학생, 명륜전문학교, 경성사범학교 학생들에게 수집요령을 강의하고 조사했다.

316) 1929년 김지연은 총독부 촉탁 도서관 시절 「조선민요에 대하여」를 연재했으며, 그 중 『조선』 141호, 151호와 그리고 152호에 「조선민요 아리랑」을 발표했다. 이 자료집은 이의 「조선민요 아리랑」을 증보, 단행본화한 것이다.

317) 총 수록작품은 2370편 가량. <매일신보> 독자를 통해 수집(편자는 1924~29 무렵에 수집하였고, 친구 두세 명의 도움으로 가능했다고 했다).

318) '그때까지 출판된 민요집 중에서는 엄선된 자료집이며 채집 범위도 거의 전국에 걸쳐있다' (임동권, 『한국민요연구』, 59쪽.

이상의 정리표에서 알 수 있듯이 이재욱의 조사는 조사 지역의 방대함이나 시기상으로 볼 때, 특히 개인에 의해 일관된 인식으로 조사된 자료집으로는 거의 유일한 것이다.

말하자면, 표의 내용 중 1의 경우는 아리랑에 한정된 주관적 정리이고, 2와 3은 관(官) 주도의 간접조사이면서 최종 보고 과정까지 관리의 왜곡이 있었던 조사이다. 김소운의 경우는 독자투고와 기존 조사에서 취합한, 그래서 지면의 한계 등으로 왜곡이 있을 수 있는 자료라는 문제가 있고 또한 일본에서 발행되었다는 문제가 있다. 김지연의 경우도 간접조사로 조사지나 창자 등에 대한 기본 정보조차 없다는 문제점이 있다. 이에 비해 이재욱은 조사목적이 순수한 연구목적이었고, 조사지역이 비교적 조사자와 유관한 영남지역이고 범위가 지역권으로 망라된다는 점이 주목되고, 특히 조사방법이 과학적 바탕에서 이뤄졌다는 점 등이 이들과는 전혀 달랐던 것이다. 이는 이 자료집이 지닌 차별성이고 가치이다.

또한 민요 전공자로서 지역 연고를 갖고 있는 이에 의한 조사라는 점에서 그 가치는 배가된다. 그러므로 동시대인들의 활동 사례를 통해 볼 때, 개인으로써 직접 현지조사를 한 사례와 영남지역을 한정하여 조사한 것으로는 제일 앞선 것임을 알 수 있다. 이로써 이재욱의 조사와 자료집의 가치는 가늠되며, 특히 다음의 몇 가지 점을 주목한다.

첫째, 비교적 이른 시기에 일관된 인식으로 조사된 영남지역 민요집이라는

---

319) 조윤제는 이 책의 신간서평에서 『언문조선구전민요집』이 국내에서 구하기 어려운 형편이므로 이 민요집이 발행된 것은 큰 성과라고 강조했다. (<동아일보>, 1939. 11.19)

320) 이 자료집의 출간은 1945년 이후이지만 실제 이 자료는 일제시대에 조사된 것이다.

점이다.

둘째, 이를 통해 비교적 민속적 전승체계가 유지되었던 1920년대의 대표적인 영남민요를 추출할 수가 있어 이후 조사 자료와의 대비를 통해 전승실태를 파악할 수 있게 한다는 점이다.

셋째, 오늘날 대표적인 창민요(통속민요)인 <쾌지나칭칭나네>나 <옹헤야> 등의 민요에 대한 출처를 구체화할 수 있게 한다는 점이다.

넷째, <진도아리랑>이나 <밀양아리랑>의 형성 내지 성창 이전의 1920년대 영남지역의 아리랑 상황을 알게 한다는 점이다.

다섯째, 그 시기로 보아 영남민요권이 다른 지역 민요권 보다 앞서 주목을 받았다는 점 등이다.

② 민요학계에 기여한 이재욱의 공로

한국문화사에서 근대적 개념에 의한 민속조사는 20세기 초반 식민체제하에서 일본학자들의 현지조사로부터 시작되었다. 효과적인 식민정책 수립을 위한 일본정부의 전폭적 지원에 의한 활동이었다. 이는 1890년대부터 1920년대 초에 집중되었는데, 초기에는 무속에 대한 현장 조사로 시작되었다.

이 시기 일본 조정은 전문적인 조사단을 중국과 조선에 파견하여 조선 지배와 식민담론(colonial discourse) 개발을 위한 조사활동을 전개하였다. 아유카이(鮎具房之進:1864～1946)와 토리이(鳥居龍藏:1870～1953)가 대표적 인물인데, 전자는 동경외국어학교에서 조선어를 전공하고 1894년 조선에서 생활하다가 1945년에 귀국한 인물이다. 1902년 <한국연구회>에서 활동하며 민속을 연구하고 1903년 저서 『한국의 살만교(薩滿敎) 풍속』을 펴냈다.

후자는 일본의 대표적인 고고학 및 인류학 학자로 중국・조선・몽골・시베리아・사할린 등지를 대상으로 연구하였는데 조선에서의 연구는 1911년부터 1916년까지 경상도를 비롯하여 전국을 대상으로 했다. 그 결과가 논문 「조선 무(巫)에 취(就)하여」이다. 이들은 주로 농촌성, 여성성, 원시성을 강조하였는데, 이에 대한 자극과 반발로 최남선, 이능화, 손진태 등이 연구에 나서게 했다.[321]

음악분야도 일본 전문가들이 먼저 나섰다. 당시 동경제국대학 강사인 다나베(田邊尙雄)[322] 등이 1921년 조선고악 실연 후 쇠퇴한 조선고악 부흥에 대하여 송병준, 구연수 등의 협조를 얻어 연구했다.[323] 이어서 1929년에는 총독부 촉탁으로 음악가 이시카와(石川義一)가 함북방면의 민요를 조사하고자 입성하였다. 그는 1920년 이래 10여년 동안 지속적 관심을 가져왔는데, 조선총독부의 촉탁으로 회령 일부 지역을 제외하고 거의 조선 각지를 답사했다.

이에 대하여 이시카와는 '나의 조사는 장차 없어지게 된 경우에 있는 조선민요를 조사하는 것이 목적인 고로 50세 전후 노인의 기억을 두드려 이를 취집한 것입니다. 지금에 조사를 완성하여 놓지 않으면 순전한 조선민요는 시대의 변천에 따라 후세에 전할 수 없게 되겠음으로 이점으로 보아 매우 유의의한 일로 생각하오'[324]라고 했다.

이상에서 확인 할 수 있듯이 1920년대까지의 민속조사와 음악 조사는 일본 전문가가 주체라는 사실이다. 이는 조선 내의 지식인들에게

---

321) 김성례, 「무속전통의 담론 분석－해체와 전망」, <한국문화인류학> 22호, 1990, 227~230쪽.

322) 이 인물은 1934년 동아민족문화협회 주최로 행해진 강연회에서 동경음악학교 강사로서 <조선무악으로 본 동아민족의 문화적 관계>라는 강연을 했다.(<조선일보>, 1934. 2.17)

323) <조선일보>, 1921. 2.18~4.15.

324) 「조선민요를 악보로 보존－십년동안 취집(聚集)에 노력한 음악가 석천(石川)씨」, <매일신보>, 1929. 12.22.

자극이 될 만했을 것이다. 1920년대 말부터 그에 대한 긍정적인 상황이 확인되는데, 그 구체적인 실례가 이재욱의 영남지역 민요조사 등인데, 이는 당시 경성제국대학 어문학부의 관심에서 크게 자극을 받았을 것으로 본다.

이러한 영남민요의 조사 동기는 당시 국학에 관심을 가졌던 여타의 지식인들과 같이 1910년대 중반 2차에 걸친 조선총독부의 조사나 오쿠라(小倉進平) 같은 일본인 교수의 선행 조사와 우리 고가요 연구 등이었을 것이다. 이후 1930년의 경성제대 일본인 교수들의 민속극 전승과정 연구[325], 1931년 일본학자들의 요청으로 오백년 간 왕가전승의 조선무용을 영화한 것[326]과 1932년 이시카와(石川義一)에 의해 조선아악의 악보화[327]도 자극을 받았을 것이다.

도남 조윤제의 경우는 다카하시 교수의 권유로 제주민요를 조사하게 되었다고 했으며 '매년 하기휴가가 되면 남자 여자 양부 생도가 거의 총동원하다시피 하야 지방 방언과 민요의 수집을 하야 왔다. 이것은 근계 학계에 있어서는 민속학이 대두하고 교육계에 있어서는 향토교육이 고조되어온 영향도 있겠지마는 오로지 우리 사범교생의 자각에 의한 위대한 사업이라 하겠다.'고 했다.[328] 1920년대 민속학과 향토학이 대두된 것도 그 계기가 됐을 것이고, 여기에다 무엇보다도 식민지 약소국 지식인으로서의 울분이 작용했을 것이다.

이 자료집은 일제강점기의 조사 수록과 그 성과물이다. 두 말할 여

325) 「민속극 전승과정 연구-1930년 추엽과 삼전촌의 현지조사에 대하여」, <예술과 비평>, 1985년 가을호.

326) 「필름 두 권으로 촬영현상」, <조선일보>, 1931. 7.4.

327) 「유례없는 조선아악 악보로 영구보존-사계의 태두 석천씨의 손으로」, <매일신보>, 1932. 7. 9.

328) 조윤제, 『민요집』, 서문, 1935.

지없이 입으로 전해지며 전승 변화를 하는 구비문학이지만 채록을 하는 순간 기록문학으로 바뀐다. 음악적 가락이 사라지고 민요의 정형률이 파괴되기도 한다. 그렇다고 적어도 일제강점기의 민요조사에서 녹음을 한다든가 채보를 한다는 것은 거의 불가능했을 것이다. 필요성과 가치를 몰라서가 아니라 여건이 따르지 못했기 때문이다.

그렇다고 해서 아무리 오늘의 시점이라고 하더라도 그 기록물을 무가치하다고 폄하할 수는 없다. 구비성의 숙명을 들어 당위론적인 변명이 아니라 나름의 가치는 판단과 재가공의 여부에 따라 활용성이 큰 것을 마땅히 인정해야만 한다. 기록이 있으면 그 곡조를 복원하는 것이 가능하고, 율독(律讀)이 가능한 율문 자료로서의 가치도 있다. 기록문학으로서의 가치도 중요하게 읽어낼 수 있는 것이다. 또한 어떠한 구비문화도 현장에서만 연구를 할 수 없다는 점에서 기록은 본질적인 가치를 손상시키는 것은 아닌 것이다.

제4장 : 『영남전래민요집』의 복원과 활용

문화콘텐츠(culture contents)란 용어는 주로 인터넷 공간에서 '지식을 이용해 만든 상품'으로 20세기 후반 한국에서 생겨난 신조어이다. 70~80년대 중공업, 90년대 반도체 사업을 바탕으로 21세기 들어 주력사업으로 등장한 것인데, 문화의 중요성을 자연스레 대중문화와 접목한 '문화+콘텐츠'라는 합성어이다.

문화는 향유하는 것으로 수용자가 아니라 향유자의 몫이다. 따라서 문화콘텐츠란 대개 게임, 애니메이션, 영화 등 오락적인 엔터테인먼트 측면이 부각되고 있다. 또한 유사 개념인 '인문콘텐츠'가 대두되는데, '인문학적 사고와 축적물'이라는 방향성을 강조하여 인류의 공동선(共同善), 인간화, 인간해방을 지향하는 것을 강조하고 있다. 정리하면 디지털 기술에 담기는 내용물을 표현함에 있어 형식에 치중하면 디지털콘텐츠, 내용을 위주로 하면 문화콘텐츠, 내용 창작물과 방향성을 위주로 하면 의미 있는 인문콘텐츠라 할 수 있다.[329)]

그런데 이러한 텍스트를 활용하는 경우는 가능한 한 현대적인 문물에 노출되지 않았던 시기의 것일수록 가치가 높다고 본다. 토착성과 고유성을 비교적 많이 지니고 있기 때문인데, 비록 채보와 음원이 부가된 최근의 수집 자료이긴 해도 1930년에 수집 정리된 『영남전래민요집』의 가치는 대단히 중요한 문화사적 위상을 차지한다 할 것이다.

이 경우 우선 『영남전래민요집』의 수록 작품을 대상으로 10대 민요를 추출해서 오늘날의 창민요화 한 것과 비교하여 공통된 것을 1930년대부터 오늘에 이르기까지 선정하여 그 역사성과 브랜드적 가치를 콘텐츠로 재생산한다.

1. 영남민요 복원과 창민요(唱民謠) 연행

다음 표는 영남지역 지정 무형문화재 14종의 장르 수행과정에서 불

329) 이를 산업화 개념으로는 문화산업(culture industry)으로 표현하기도 한다. 문화산업은 문화상품의 생산, 유통, 소비와 관련된 산업이다. 문화상품이란 문화적 요소가 구체화되어 경제적 부가가치를 창출하는 유무형의 재화와 서비스 및 이들의 복합체를 말하는 것이다. 유네스코에서는 문화산업을 '형체가 없고 문화적인 콘텐츠를 창조, 생산, 상업화하는 산업'이라고 정의하고 있다. 문화산업은 문화콘텐츠의 중요성이 더욱 부각되면서 비중이 크게 강화되고 있다.

리는 민요의 상황을 확인하고자 했다. 그 결과 전 종목에서 영남지역 대표적인 창 민요가 중요한 기능을 하고 있음을 확인했다. 그런데 1930년 이재욱의 『영남전래민요집』에 출현 빈도수가 높은 창민요가 바로 그 기능을 수행하고 있다는 것이다. 이는 이미 1920년대 영남인의 인식에 이미 대표성을 확보했음을 알게 해주는 것이다.

<표 53> 경상남북도 기능요(농요)의 무형문화재 현황

지역	종 목	문 화 재 명	불려지는 민요
대구	시도무형문화재 제7호(동구)	공산농요	어사용, 가래질소리, 망깨소리, 모노래, 긴논맴소리, 잦은 논맴소리, 논맴끝소리, 도리깨타작소리(옹헤야), 괭이말 타는소리(치기나 칭칭나네)
경북	중요무형문화재 제84－2호	예천통명농요	모심기소리, 모심기 마치고 나오면서 부르는 소리, 논매는소리, 논을 다매고 나오면서 부르는소리, 집으로 오면서 부르는소리(캥마쿵쿵노세), 마당논매기소리,타작소리
	시도무형문화재 제27호(구미시)	구미발갱이들소리	선산아리랑, 어사용, 가래질소리, 망깨소리, 목도소리, 모찌기소리, 모심기소리, 논매기소리, 타작소리가 있고, 칭칭이
경북	시도무형문화재 제13호(상주시)	상주민요	모심기소리, 논매기소리, 두불논매기소리,치나칭칭나네, 타작소리
	시도무형문화재 제2호(안동시)	안동저전동농요	모노래, 긴논맴소리, 칭칭이, 잦은상사소리, 칭칭이, 도리깨질소리, 파래소리, 달구소리
	시도무형문화재 제31호(경산시)	자인계정들소리	지신밟기, 어사잉이, 목도소리, 망깨소리, 보역사소리, 모찌기소리, 모심기소리, 논매기소리, 타작소리, 방아소리, 칭칭이소리
	시도무형문화재 제26호(청송군)	청송추현상두소리	긴논맴소리, 칭칭이, 잦은상사소리, 칭칭이, 도리깨질소리, 파래소리, 달구소리
부산	시도무형문화재 제11호 (서구)	구덕망께터다지기	큰 망깨소리, 오방 작은 망깨소리, 쾌지나칭칭소리
	시도무형문화재 제7호 (사하구)	다대포후리소리	사리소리, 용왕제, 이여사소리, 후리소리, 산자소리, 가래소리, 풍어소리(쾌지나칭칭나네)
	시도무형문화재 제2호 (수영구)	수영농청놀이	풀노래소리, 가래소리, 모찌기소리, 모심기소리, 도리깨타작소리, 김매기소리, 소싸움, 칭칭소리

이상의 정리표에서 알 수 있듯이 『영남전래민요집』에서 비교적 빈도수가 높은 민요가 오늘날 소위 '창민요'로 불려지고, 이는 장르 내적으로는 독립적 창민요로, 외적으로는 민속놀이의 중요한 '놀이 노래'로 기능하고 있다. 이러한 대표성과 복합적인 기능은 80여년 전 이미 지역 내에서 형성된 것임을 『영남전래민요집』이 입증해 준 것이다.

이들 창 민요는 앞으로 콘텐츠의 개발 여부와 시각에 따라 무한한 기능을 발휘할 수 있음을 확인할 수 있다. 즉, 콘텐츠화의 요건 중 필수적인 요소는 브랜드성과 배경설화 여부[330]라고 할 때, 그동안 이런 통속 민요를 주목하지 않던 기존의 민요학 시각과는 다른 것으로 바라보게 된다.

『영남전래민요집』의 현대적 활용을 위해서는 기본적으로 이 자료의 데이터베이스가 선행되어야 한다. 그러자면 먼저 영남지역 각 군 및 행정기관과 교육청의 기존 데이터베이스 구축 현황 또는 관련 콘텐츠화 여부를 파악해야 한다. 만일 이미 구축되어 있다면 이의 보완 여부를 살펴야하고, 구축 되어 있지 않다면 새롭게 구축하는 방향으로 논의해야 마땅하다. 이는 민요자료의 데이터베이스화는 활용의 가장 기본적인 작업이며 이를 통해 확대된 콘텐츠화가 가능하기 때문이다.

그런데 저자가 확인 한 바로는 경상북도나 대구시는 민요를 주제로 한 데이터베이스나 기타 콘텐츠가 구축되지 않았다.[331] 근래 조사된

330) 문화콘텐츠 비즈니스론, 임은모, 진한도서, 229쪽. 이 같은 논리는 용어의 다름일 뿐 이미 배경설화가 있는 민요가 새로운 장르로 확산된 예는 서구에서는 허다하게 확인된다. 죤 케이지의 <la bella dame sans merci>나 예이츠의 <The song of wandering aengus>나 좌일드의 <Thomas Rymer> 등이 모두 동일 민요에 의해 시로 탄생한 작품이다. 이는 오늘의 영상을 중심으로 한 콘텐츠화의 과정과 동일한 것이다.

331) 저자가 2007년 10월25일, 경상북도청 음악담당 김옥자 장학사와 면담한 결과에 의하면 경북의 자료는 경북교육연수원에서 취급한다고 하였다.

자료의 경우는 저작권 문제가 걸려 있고, 또는 지자체 단위에서 공식적으로 조사된 민요자료가 없기 때문인 듯하다. 이 경우 이재욱의『영남전래민요집』은 저작권 문제가 없고, 조사량과 지역의 다양성으로 큰 어려움 없이 구축할 수 있을 것이다.

우선 가칭 데이터베이스 명칭은 표제 그대로 <영남의 전래민요, 80년전 수록>으로 할 수 있을 것이다. 데이터베이스 구축의 기본 내용을 정리하면 다음과 같다.

1. 교육용『영남전래민요집』해설 첨부 발간－교과서 제재 작품 중심.
2. 지역별 분류와 양상 제시.(한국학중앙연구원 데이터베이스 참고)
3. 민요의 가변성과 유동성, 그리고 생활음악으로서의 특성을 이해시키기 위한 음원과 영상자료 보완.
4. 교과서에 실린 제재곡과의 비교 가능한 교과서 외의 보조악곡 제시.
5. 노인 및 가정불화 대상 특수치료를 위한 비브리오테라피[332] 전문 콘텐츠화.

이재욱의 영남민요 조사는 학술적 연구를 목적으로 수집한 것이지만 제2의 활용은 오늘의 몫이다. 이를 위해 민요전문가와 정보처리 전문가의 협업 하에 자료의 분류와 표준화 방안 등을 마련하여 조직화하

이에 대하여 사실 확인을 한 바 저작권 문제 등으로 제작할 수 없는 실정이라고 하였다. 또한 2007년 1월29일, 대구시교육청 이명주 초등학교 장학사에 의하면 아직 민요에 대한 데이터베이스는 없다고 확인하였다.

332) Bibriotherapy는 '독서치료'로 번역된다. 이 개념은 예술치료에서 문학치료로, 여기서 다시 구체적 하위 장르로 치료 방법이 연구되고 있다. 저자는 이를 노인 대상, 가정불화로 마음을 다친 이들을 서사민요나 젊은 시절 건장하게 일했던 시절을 회상시키는 벼농사 일노래 등을 치료법으로 활용하는 연구를 촉구하는 의미로 '민요치료'로 확대되기를 바란다.

여야 한다. 지역민요의 정보화와 음악적 활용가능성이라는 보편적인 가치 창출을 위해서다.

그동안 학계에서는 무가 유형분류[333], 전국민요 지역분류 자료색인[334], <논매기 소리>에 대한 처리안과 실례가 제시된 바 있고[335], 근대민요 <정선아라리>의 데이터베이스 구축과 활용방안이 제시된 바 있다.[336] 그러나 모두 특정 주제로 한정했다는 한계점이 있어 보편화 되지 못했다. 물론 그럴 수밖에 없었던 것은 자료가 방대하고, 조사지역이 극히 한정되었거나 반대로 광역적이기 때문일 것이다. 그렇다면 이재욱의 조사 『영남전래민요집』은 1930년 7~8월이라는 특정 시기, 동일 조사자가 영남 지역 30개 군 대상 조사라는 점에서 선명성을 담보할 수 있다.

주제별, 지역별, 사설교합상 등 분류를 모두 아우를 수 있기 때문이다. 다만 1930년도에 당시의 제한된 조사방법이었기 때문에 시각에 따라서는 이용자의 현장 읽기에 도움을 주는 현장정보[337], 가공정보, 해설정보, 특히 당시의 2차 정보인 악보 사용 여부가 없다는 점이 한계이기도 하다. 이는 2차적으로 해설정보를 보완하고, 많은 가공정보, 즉

333) 박경수, 서대석, 『한국민요·무가 유형분류집』, 한국정신문화연구원, 1992.

334) 좌혜경, 「한국민요의 지역적별 자료색인」, <민요론집> 2, 민요학회, 1993.

335) 강등학, 「전국 논매기소리의 기본정보와 분석」, <반교어문연구> 8, 반교어문학회, 1997.

336) 김학성·심선옥·김문태, 「근대민요 정선아라리의 데이터베이스 구축과 활용방안」, <어문연구> 120, 한국어문교육연구회, 2003.

337) 현장정보는 노래의 생태정보로 수집단계의 생태학적 시각의 결과물로 문자, 음성, 영상으로 노래의 존재환경, 구연상황, 창자의 생활과 문화적 인식 등 관계망을 말한다. 대상 마을의 지리적 환경, 가창방식, 기능, 창자의 노래에 얽힌 일화 등이 이에 해당된다.

정체성 파악에 도움을 주는 악보, 어휘해설, 항목해설 등을 확충 보완해야 한다.

다음은 자료의 조직화 작업에서 보완 사항을 정리하였다.

1. 노래명 총색인
2. 노래 첫머리 총색인
3. 기능별 분류
4. 사설 교합 비교 정리
5. 영상자료 활용[338)]
6. 각 방송사 제작 다큐멘터리 자료 활용[339)]

데이터베이스(database, 문화어: 자료묶음체계, 자료기지)는 자료의 통합체이다. 이로써 가창물의 정체성 부여를 위한 1차적 분류는 노래명 분류이다. 그렇다면 이 자료의 노래명을 보편성 추구의 원칙, 현장상황 수용의 원칙, 기존상황 존중의 원칙에 의해 합리적 재조정을 해야 한다.[340)] 구체적으로는 기능중심의 곡명과 사설특화 곡명이 있으나 우선의 부여 단위는 '개체요'가 되어야 한다. 개체요란 '민요의 전승과 구연의 단위로 인식되는 유형적 존재'를 말한다. 예컨대 <쾌지나칭칭나네> <각설이타령> <밀양아리랑> 같은 것이다.

---

338) 활용자료로는 1997년 국립영상자료원이 정리한 『공연영상자료목록』에 수록된 국립국악원 및 국립문화재연구소 등의 영상 수록자료를 협약에 의해 사용할 수 있다.

339) 활용 자료로는 <구미 발검들 들노래> (KBS) 등으로, 역시 저작권 협약에 의해 활용할 수 있다.

340) 이 분류 원칙 등에 대한 전반적 논리는 강등학의 「민요데이터의 정보처리 구도와 자료분류 표준화 방안」, <한국민요학> 14호11~48을 참고하였다.

이 보고서에서 개체요 <문경새재아리랑>은 '고유명'이고, 이중 문경에서 <모심는 소리>로 명명된 것은 '기능명'이고 예천 지역 아리랑은 <자진아리랑>으로 '파생명'이 된다.

2. 영남민요 정체성과 문화 콘텐츠

콘텐츠의 핵심은 '스토리텔링(storytelling)'이다. 이는 이야기(story)와 나누기(telling)의 합성어로 사건이나 사실에 대한 의사소통(사실전달:report)이 아니라 '개인적이고 주관적인 의미에 대한 이야기 나누기', '구전되는 것을 꾸며 전하는' 기법이다 원래는 문학에서 나온 용어로, 사건과 그 사건에 얽힌 인물이나 배경 등을 소설에서 글로 이것저것 설명해 주는 것을 말한다.

사람들은 어떤 내용이든 이야기에 관심을 기울인다. 그것은 이야기, 곧 스토리가 애초부터 사람들의 흥미를 끌도록 만들어졌기 때문이다. 스토리텔링은 상대방에게 부담을 주지 않으면서도 문제에 쉽게 접근하는 길을 터주는 효율적인 커뮤니케이션 도구이다. 몰입과 재미를 불러일으키는 기법인데, 예를 들면 세계적인 명품 브랜드들은 소비자에게 상류사회에 대한 환상을 심어주고 구매 욕구를 자극하는 이야기 형식을 스토리텔링 기법이라고 한다는 것이다.

소비자는 상품 그 자체를 사는 것이 아니라 상품에 얽힌 이야기를 산다고 한다. 소비자의 구매 욕구를 자극하는 요인은 지식과 논리적 설득이 아니라 감성 바이러스가 담긴 이야기로, 스토리텔링은 소비자의 감성에 호소하는 가장 효과적인 방법이라는 것이다. 상품을 알리기 위한 방법으로 그 상품이 소비자와 어떠한 연관을 가질 수 있는가, 어떻게 의미 있는 이미지로 소비자에게 남도록 할 수 있는가에 집중하는 것이 스토리텔링 마케팅[341]의 일종이다.

이상에서 제시한 문화콘텐츠, 그리고 스토리텔링 대상으로 이재욱의 생애와 그의 조사 결과를 대입하여 생산적 활용방안을 살펴보기로 한다.

1) 문화콘텐츠화 및 문화산업 활용 방안

민요와 같은 무형문화의 가치는 유형문화가 양식상 독점적 점유의 문화인데다 거래되는 상품문화인데 반해 평등한 공유의 문화이며 공유되고 소통되는 생활문화라는데 있다. 그런데다 문화상품화에 있어서도 유형문화가 재료비・포장비・공급비 등의 생산비가 투여되지만 무형문화는 무형이자 공기와 같은 것으로 생산비가 거의 들지 않으면서 한번 형성시켜 놓으면 무한 복제가 가능하다. 이러함에서 무형문화를 상품화하는 문제는 소프트웨어와 콘텐츠[342]라는 말로 끊임없이

---

341) 대표적인 예로 '판타지'라는 스토리 기법을 활용하여, 인디고 담배가 추구하는 브랜드의 아이덴티티를 확립해 나간 사례로 인디고 담배갑에 키샤(Kishar)라는 바빌로니아 신화 속의 대지의 신과 장자의 소요유(逍遙遊)편에 나오는 커다란 봉새를 그려 '어디에도 얽매이지 않고 자유로운 정신세계를 누리는 위대한 존재'에 대해 이야기를 전달한다. 인디 세대가 누구에게 구속받기를 거부하고, 새로운 것에 항상 도전하며, 자유를 꿈꾸는 순수한 영혼을 가진 세대를 대변하듯 인디고(Indigo)는 바로 개인의 자유를 표방하는 스토리텔링 형식을 마케팅에서 활용하고 있다. 또 하나는 KT&G는 초저타르 담배라는 USP를 소비자에게 요구하는 것이 아니라, '무쏘의 뿔처럼 어느 것에도 거칠 것 없이 혼자 가는 (Individual going)' 독립적이고 자유로운 정신에 대한 이야기를 전달했다.

342) 콘텐트(content)의 사전적인 의미는 내용・알맹이・목록 또는 '만족시키다' '기쁘게 하다'로 구체적인 알맹이이자 내용인 동시에 만족을 줄 수 있는 '내용 묶음'을 말한다. 인간은 특정의 미디어를 통해 특정의 메시지를 전달하는데, 그 내용이 콘텐츠이다. 콘텐트는 선천적으로 파생성과 행동

재생산된다.

이는 고분에서 발굴된 금관이 문화유산으로 지정되면 오히려 일반으로부터 격리되어 민주적인 공유가 불가능해지고 그저 '거기에 존재' 하지만, 무형문화는 '지금 여기까지' 역동적으로 전승되어 왔다. 그러면서 가꾸기에 따라서는 새로운 문화로 번성될 수 있다. 곧 사회적으로 함께하고 역사적으로 이어가지 않으면 전승될 수 없어 동시대 사람들이 두루 공유하면서 역사적으로 과거에서 현재로, 다시 미래로 이어가지 않으면 전승될 수 없는 운명을 갖고 있다. 무형문화는 물질문화(materrial culture)가 아니고 공동체와 더불어 실행되지 않을 수 없는 연행문화(performance culture)이기 때문이다.[343)]

결과적으로 민요는 역사적 계승과 현재적 연행, 미래적 재생산이 존재 방식이 되는 것으로 새로운 존재양상이 대두될 수밖에 없다는 것이다. 곧 문화콘텐츠(culture contents)로 가변, 생산되어야 한다는 것이다.

이는『영남전래민요집』을 통해 오늘날 사설만 남아있는 영남민요의 표본적인 민요를 찾아내어 음원을 확보하고, 재생산하여 영남민요의 정체성을 확인해야 한다. 그리하여 작게는 지역별 특징을 찾을 수 있고 크게는 영남민요의 특징을 확인 할 수 있다.

그 선정방법은『영남전래민요집』을 대상으로 그 빈도수를 중심으로 10대 민요를 선정하고, 배경설화가 수반된 민요나 남녀요의 특징적

(행위)관련성을 갖고 있다. 콘텐트는 자본주의경제 하에서 생산되고 유통소비되는 하나의 상품이며 서비스이다. 결론적으로 '콘텐츠란 소비자(이용자)로 하여금 콘텐츠소비자(이용자)의 행동(행위)를 효율적이고 효과적이도록 만들어 주는 정보 상품으로서 미디어를 통해 유통(전달)된다.'

343) 임재해,「민속문화의 공유가치와 민중의 문화주권」, <민속학자대회 논문집>, 2004. 49쪽

민요 등을 참고하여, 현재까지 전승되지 않는 것은 복원함으로써 대표적인 영남민요로 자리매김 시킨다.

이 중에 창민요로서의 <쾌지나칭칭나네> <옹헤야>와 <모심기소리> 등은 대체로 전승이 잘 되어있다. 빈도수가 높은 것을 대상으로 분류하면 다음과 같다.

1) 전승되는 영남의 민요－<쾌지나 칭칭나네> <옹헤야> 농요 <모심기> <어사용> <문경아리랑> 등이다.
2) 전승되지 않는 영남의 민요－ 성주 <산노래>, 영천 <채녀노래>, 향랑의 <산유화> 등이다.

2)의 경우는 1930년 전후까지 영남에서 널리 불렀던 것이나 오늘날에는 그 전승력이 소멸된 것들이다. 이런 종류의 자료는 음원을 확보하거나 전승자를 찾아 복원한다면 전승력의 소멸 이유와 전이 여부를 확인할 수 있을 것이다. 그런 과정을 거쳐야 비로소 유용한 자료로 확대재생산될 수 있을 것이다.

또한 1)의 경우 어떠한 요소에 의해 전승력을 확대하여 왔는가와 다른 민속놀이와의 교섭상 등을 살피는 유용한 자료적 가치가 크다. 결국 이 두 유형의 자료에서 영남민요의 특성과 현대적 활용 가능성 등을 축출할 수도 있을 것이다.

2) 영남민요를 주제로 한 스토리텔링

'모든 담론은 극(劇)'이라는 바흐친(M. Bakhtin)의 명제[344]를 수용

344) 츠베탕 토도로프(최현무 역), 『바흐친: 문학사회학과 대화이론』, 까치, 1987,

한다면 서정시 조차도 시인 자신과 관계자들의 목소리를 반영한 것이기 때문에 결국 '연극적'이라는 것이다. 인간의 모든 정신적 산물을 이야기로 재해석하려는 새로운 시각인데, 최근 인문학의 중요 담론으로 대두 되는 스토리텔링도 각종 역사 수록물을 재해석, 재생산, 특히 문화콘텐츠 생산 차원에서 극화(劇化)하려는 시각으로서 주목되는 것이다.

디지털시대 문화콘텐츠는 즉시적인 상품이다. 이런 속성 때문에 문화콘텐츠는 곧 인문학의 활로로까지 얘기되며, 대학의 정규 과정으로까지 설치될 정도로 성장했다. 그러나 문화콘텐츠의 구체적인 실상은 '한류(韓流)' 또는 '한(韓) 브랜드'가 국가 차원의 일례로 제시되었을 뿐 아직 입론에 머무른 상태이다. 그런데 최근 생명철학을 주창한 김지하가 '문화콘텐츠가 미래 산업으로 가기 위해서는 천재의 출현과 탁월한 전통문화의 재해석에 기댈 수밖에 없다'고 했다. 다소 극단적인 주장일 수도 있는데, 이 시점에서는 시사하는 바가 크다고 본다. 실제 국가기관인 한국문화콘텐츠진흥원 데이터베이스의 경우 90%가 전통문화 원형에 기반을 두고 있다는 점에서 어느 정도 수긍을 하게 된다.

본장에서는 앞에서 살핀 영남의 전통문화인 실체를 고스란히 확인할 수 있는 『영남전래민요집』을 오늘의 시점에서 어떻게 재해석, 활용할 것인가의 한 방안으로서 영남민요 주제 스토리텔링의 가능성을 살피고자 한다.

제1편

특집방송 <신 『삼대목』 – 발굴, 『영남전래민요집』>

103쪽.

『영남전래민요집』은 1930년 조사 정리된 후 77년 만에 세상의 빛을 보았다. 영남지역의 민요를 조사한 최초의 가집이다. 그 존재는 1930년 이재욱의 경성제국대학 졸업논문 「영남민요연구」에서 확인되었으나 여러 곡절로 인하여 묻혀 있을 수밖에 없었다. 조사자 이재욱의 개인적 비운 때문이다.

『삼대목(三代目)』은 알려진 대로 888년 진성여왕 2년 각간 위홍(魏弘)과 대구화상(大矩和尙)이 왕명에 따라 수집 정리한 자료집이다. 그 존재는 『삼국사기』 신라본기(新羅本記)에 수록되어 전해지고 있지만 실물은 아직 발굴되지 않았다. 책 이름은 상대(上代), 중대(中代), 하대(下代)의 절목(節目) 또는 요목(要目)을 뜻한다. 우리 역사상 문헌에 수록된 최초의 가집(歌集)이다.

이 두 가집을 연관시켜 『영남전래민요집』이 여러 사정을 거쳐 빛을 보았듯이 『삼대목』도 우리 앞에 나타나기를 바라는 것은 국민 모두의 염원이다.

『영남전래민요집』과 그 발굴을 스토리텔링화 하는 것은 단순히 가치 평가만이 아니다. 곡절 많은 우리 역사 속에서 일실되고, 산화되고, 유출된 귀중한 문헌들을 되돌아보게 하여 경각심을 갖게 하는데도 있는 것이다.

이를 많은 이들이 관심을 갖게 하기 위하여 이재욱의 생애 일부와 『영남전래민요집』의 내용 일부를 제외하고는 거의 논픽션으로 처리한다. 당연히 객관적인 논리가 아닌 허구의 주인공을 통해 주제를 전달하게 된다. 다만 다큐멘터리로도 가능하도록 주요 서사 단락은 사실대로 했다.

· 작품명 - <신 삼대목 - 발굴, 『영남전래민요집』>

· 장르 – 팩션(faction)드라마 또는 다큐멘터리
· 주인공 – 40대 중반 다큐멘터리 프로듀서 박천일

항미원조(抗美援助) 60년, 조선족의 슬픔

박천일 PD는 한국전쟁 60주년을 맞는 2010년 특집방송 <항미원조 60년>을 취재하기 위해 연변에 도착했습니다. 아시다시피 '항미원조'란 중국이 한국전쟁 때 북한을 돕기 위해 참전한 것으로 미국을 막기 위해 북한을 도운 것이라는 말입니다. 그런데 박 PD의 주 취재 대상은 이 항미원조에 조선족 동포들이 중국군에 끼어 참전했다는 사실을 증언해 줄 증언자를 찾아 인터뷰하는 것입니다.

이런 상황이었으니 오늘의 남북 관계상 남측 방송에 '내가 참전했소'라고 증언하려는 이가 나설 리가 없었습니다. 하는 수 없이 박 PD는 연고자를 호소해 보자는 생각으로 영남 출신 동포를 찾았습니다.

3일 후 상주 출신 87세 오시권 옹을 만났을 수 있었습니다. 그래서 자신도 영남지역 출신으로 지역방송에서 취재를 왔음을 밝히고, 오 옹의 생애를 다루고자 한다고 하고 협조 해줄 것을 정중하게 요청을 했습니다. 이에 오 옹은 자신의 생을 되돌아보며 비교적 정확한 어투로 대답해 주었습니다. 1939년 영천역에서 동리 사람 40여명과 함께 일가족 7명이 이주해 왔다고 했습니다. 담담한 어투였지만 간간 긴 한숨이 배어났습니다.

드디어 박 PD는 1945년 해방이 되어 중국동포들이 어쩔 수 없이 친북성향으로 변할 수밖에 없고, 그 연장선상에서 1950년 한국전쟁이 발발하고 남북 분단이 고착되었다는 역사를 풀어 주고 이 과정의 얘기를 청했습니다. 그러나 오 옹은 '우리는 해방으로부터 문화혁명 때까

지는 즐겨하지 않습다'라는 말을 하며 어투를 누그려 뜨렸습니다. 그러면서 의외의 발언을 하는 것이었습니다.

> '선생이 들으려는 얘기는 재미 없습다. 대신 내가 종전 직전에 원산에서 취득해 온 자료 중에 고향 자료가 있으니 그걸 뵈드리리다. 내 집으로 갑시다'

2 영남 이주민의 노래 <독립군아리랑>

오 옹의 집은 넉넉지 않은 방 3칸의 단독주택입니다만 벽 처리나 큰 책장이 다른 동포들의 집과는 다른 모습입니다. 박 PD는 마음이 급해 자료 보기를 청했습니다. 이에 오 옹은 책장의 맨 아래 서랍에서 누런 보자기에 싼 것을 꺼냈습니다. 보자기 매듭을 풀던 오 옹은 '내가 개성에서 미군과 대치 중 한 집에서 이틀을 고립되어 있게 되었는데, 그 집 주인이 내 고향이 상주라고 하니까 이것을 주며 고향에 가면 주인을 찾아 주라며 내 놓아 내가 허리춤에 매고 가지고 온 것입니다.'라고 했습니다.

드디어 보자기가 펴지고 50여 년간 고향에 돌아가지 못하고 중국동포 손에 숨죽여 있던 것이 들어났습니다. 『영남전래민요집』, 원고지에 정성들여 쓴 민요집이었습니다. 겉표지는 손상 되지는 않았으나 매우 바래있었고, 내용에서는 일관되게 만년필로 청서된 것으로, 두 번째 장에서 영남의 30여개군명이 적혀있어 오 옹의 고향 상주와 박 PD의 방송국이 있는 대구 지역의 민요도 조사되어 있음을 알 수 있었습니다. 그러므로 이를 조사 정리한 사람은 영남의 인물임에 틀림없을 것이고, 그 인물은 어쩌면 한국전쟁 기간에 이 자료를 휴대하고 월북

했거나, 강제 납북당한 인물일 것이라고 생각했습니다. 박 PD는 순간적으로 이 자료의 존재를 다루는 것도 의미가 있으리란 판단을 했습니다.

그래서 오 옹으로부터의 증언을 자료의 유전 과정에 초점을 맞추었습니다. 그러자 오 옹은 나직하지만 절도 있는 군가조로 <아리랑>을 부르는 것이었습니다. 그 아리랑은 친근하지만 분명히 처음 듣는 것이었습니다. '…광복군아리랑 불러나 보세'라는 후렴을 마친 오 옹은 '이것이 우리가 과거 시기 불렀던 <광복군아리랑>입니다. 이 노래의 뿌리가 바로 이 노래책에 있더군요. 내 고향 <경북아리랑>이 그것 아니겠습니까? 소중하게 지켜왔습니다.' 라며 자긍심을 내보였습니다.

노인의 얘기로는 해방 직전 독립군들을 도와 항일 투쟁을 할 때 군가로 이 광복군아리랑을 불렀다고 했으니, 아리랑을 각별하게 인식해 온 것은 그럴 만했던 것입니다. 박 PD는 자신의 고향 민요를 조사 정리해 놓은 이가 과연 누구일까가 더욱 궁금해졌습니다. 오 옹이 고향에 돌아가 이 조사자가 누구인지를 밝히고, 그의 후손이 살아있다면 전해 주라며『영남전래민요집』을 건넸으니 더욱 그랬습니다. 박 PD는 올 때의 목적과는 달리 민요집의 원 주인이 누구인가를 밝혀내야 하는 의외의 숙제를 안고 귀국을 하게 된 것입니다.

3『영남전래민요집』, 누구의 수록인가?

귀국한 박 PD는 우선 영남지역의 전공자들에게 1953년 이전에 영남지역의 민요 조사를 했던 사실과 그를 수행한 인물이 누구인지를 물었습니다. 그리고 동시에 자신이 근무하는 방송국 홈페이지를 통해 이러한 사연을 올리고, 이 글씨의 주인공을 찾는다고 했습니다.

그러나 며칠이 지나 돌아온 답변은 모두가 '그런 조사가 있었다면 우리가 모를 리가 있느냐'라는 반응이었습니다. 그리고 '그 어려운 시절에 30여개 군을 조사했다면 한 개인이 조사 할 수 있는 일이 아닌데, 어떻게 우리가 모를 수가 있느냐'라는 의문제기 뿐이었습니다.

방송국 내에서도 과연 영남지역을 조사했을 뿐, 그 조사자가 영남인은 아닐 수 있다, 그러니 이 문제를 신문을 통해 전국에 알려 문제를 풀어보자는 의견이 대두했습니다. 박 PD는 방송내용으로도 필요하다는 판단을 했습니다. 사실 10여일이 지나도 신빙되는 제보가 없었기에 새로운 방법을 생각하던 중이었습니다.

그래서 결국 유력 중앙 일간지를 택해 전국에 알리기로 결정을 했습니다. 박 PD가 자세하게 작성한 보도 자료는 방송국 홍보실을 통해 J일보 문화부에 전해지고, 기사를 통해 자료의 가치, 내용, 입수경위, 그리고 원고의 글씨체와 여백에 역사 수록물을 소중히 취급해야 한다는 취지의 경구(警句) 등을 사진으로 첨부, 보도를 의뢰했습니다.

드디어 보도 자료가 전해진지 이틀 후, J일보 문화면은 두 장의 사진이 곁들여져 톱으로 보도되었습니다. 기사의 표제는 다음과 같습니다.

<발굴, 신삼대목 – 영남지역 향토민요집, 수록자를 찾습니다>

보도 후, 특집 팀은 전화 받는 일로 하루를 보내야 했습니다. 제보 중에 민속학계의 최고권위자이며 전문가인 임동권 박사와 영남대학교 민족문화연구소의 연락은 박 PD로 하여금 특집방송을 단행하게 하는데 결정적 역할을 했습니다.

그리고 가장 먼저 전화를 해준 80대 제보자로 '그 주인공은 한국전쟁 때 납북당한 한 학자로 영남출신이 틀림없을 것이라고 한 단호한 목소리가 박 PD의 마음을 크게 움직였습니다. 글씨의 주인공이 쉽게 확인되지 않는 이유가 어렴풋이 떠올랐습니다. 임동권 박사는 박 PD에게 당장 경성제국대학, 현 서울대학교의 학적부를 추적하여 해방 전에 영남인으로서 민요를 전공한 인물을 조사해보라고 했고, 영남대학교는 이 자료집을 학술자료화 하는데 동참하겠다고 했기 때문입니다.

4 특집 방송 <신 삼대목>

· 20여일간의 취재는 긴박하게 이뤄졌습니다. 미국, 서울, 대구, 영천, 안동 등지를 다니며 전문가 인터뷰와 관련 수록을 취재하였습니다.

경성제국대학 문학부 「영남민요연구」로 제3회 졸업 사실 확인
초대 국립중앙도서관장으로서의 활동상 취재
서울대 규장각 소장 일석 이희승의 기증 도서 중 동일한 글씨체로 된 『산대도감대본(山臺都監 臺本)』
영남대 박물관 소장 『산대도감 대본』
국방부의 한국전쟁 『강제납북 · 실종자 자료철』 등
대구 시인 이장희의 고택
경상북도 도청 인사과
영천시 <영천아리랑보존회>의 <영천아리랑>과 <경상도아리랑> 시연 장면 취재

방송국 스튜디오 제2 부조

일주일간의 편집을 마치고 드디어 제작에 들어갔습니다. 박 PD는 스텝들에게 왼 손을 들어 큐, 5초전을 알렸습니다.

넷, 셋, 둘, 큐, 시그널, 하이 타이틀－<신 삼대목, 발굴, 『영남전래민요집』>－－하이, 현장 리포팅

드디어 화면에는 박 PD가 직접 리포팅으로 오프닝 멘트를 했습니다.

'네 제가 있는 이곳은 문경 새재 제2관문 <문경아리랑노래비> 앞입니다. 이 노래비는 30년 전에 세워져 이곳이 문경아리랑의 형성지임을 알려주고 있는 것입니다. 그런데 이 <문경아리랑>이 지금으로부터 80여년전인 1930년 <영남아리랑> 또는 <경북아리랑>으로 당시 대표적인 <아리랑>으로 불렸음이 밝혀졌습니다. 최근 발굴된 자료인데요, 바로 이 『영남전래민요집』입니다. 이 자료집을 꾸민 이는 1950년 국립도서관 초대 관장 재직 중 납북, 실종 된, 그래서 한 때는 금기의 인물로, 이후로는 잊혀진 인물이 된 대구 출신의 팔공산인 이재욱입니다.

그러면 먼저 이 자료를 감정하신 임동권 교수를 만나 보기로 하겠습니다. 스튜디오 나와 주십시오.'

프로그램은 미국에 살고 있는 차녀의 인터뷰가 이어졌습니다.

'납북 실종 후 주위의 눈총 받는 것이 견디기 어려워 모든 선친의 유품을 이희승교수께 맡기고 미국 이민을 했고, 선친의 존재를 처음 이렇게 언급되는 것이 감격스럽다. 이번에 아버지가 개성까지는 납북되어 가셨다는 사실도 알게 되었다'는 내용이 이어졌습니다. 그리고 취재한 많은 증언과 자료화면이 이어졌습니다.

그리고 40여분 후, 다음과 같은 네레이션으로 특집 방송의 마지막을 알렸습니다.

> '우리는 이번에 이재욱이라는 영남의 근대 문화인물을 발굴했고, 그의 영남지역 민요조사 자료집 『영남전래민요집』을 발굴. 영남 전통문화의 실상을 수록으로 확보하였다. 이러한 이 성과는 역사 속의 향가 모음집 『삼대목』도 발굴될 수 있지 않을까 하는 기대

를 하게 한다.'

엔딩, 크레디트 타이틀 –

제2편

<길가메쉬여, 갈가마귀여! >

작품명 – <길가메쉬여, 갈가마귀여! >
장르 – 에니메이션과 관현악과 솔리스트가 참여한 융합 에니메이션
주인공 10세 전후의 솔리스트와 20초반의 솔리스트
무대 – 중앙에 스크린 설치, 그 밑에 악단, 좌측에 컴퓨터 설치

노래는, 그것이 민중의 노래라면 거기엔 힘이 있다. 곧 생명력인데, 굳이 학술적으로 표현하면 전승력인 것이다. 영남 전역에서 불려지는 <산유화>나 <어사용> 같은 노래는 그 가늠할 수 없는 오랜 시절부터 오늘에 이르기까지 불려온 것이다.

그래서 때로는 수록되고, 구전되는 과정에서 새롭게 평가 되고 대접을 받기도 하는데, 이때 시대상을 반영한 노래로 새롭게 불려지기도 한다. 그래서 그런 노래에는 많은 사연이 부연되게 마련이다. 이런 현상은 동서고금의 노래에 있는 것이다. 예컨대 세계문화사 속에 독특한 위치를 지니고 있는 메소포타미아 문명의 설형문자로 수록되어 전하는 「길가메쉬(Gilgamesh)의 노래」가 있다. 시두리라는 여인이 부른 노래라고 하는데, 오늘날에도 『에누마 엘리쉬 텍스트』(Enuma Elish Text)에 수록되어 불리고 연구되고 있다.

길가메쉬여 불가능한 것을 찾아 헤매고 있습니다.
왜냐하면 신들이 인간을 만들 때
생명은 그들이 차지하고
인간에게는 죽음을 점지했기 때문입니다.
그러니 길가메쉬여
깨끗한 옷으로 갈아입고 좋은 음식으로 배를 채우고
매일 즐기시오
당신의 손을 잡고 재롱을 떠는 자식을 보고
당신의 품안에 있는 아내와 행복을 누리시오

영탄조에 퇴폐적이기도 하다. 그러나 이런 표면적인 뜻으로만 불려지지 않는다는 것이 부르는 이나 저자들의 공통된 견해이다. 우리에게도 오랜 세월 불리는 노래로, 문헌에 수록되고 오늘에도 불려지고 연구되고 있는 <산유화>가 그것이다. 이 노래는 사설의 표의와는 다른, 그러나 많은 사연이 담긴 노래라는 점에서 위의 「길가메쉬(Gilgamesh)의 노래」와 흡사하다고 본다.

이러한 같기도 하고 다른, 다르기도 하고 같은 「길가메쉬(Gilgamesh)의 노래」와 <산유화>를 오버랩시켜 설화를 현실화하는 스토리텔링이 가능하다는 생각이다. 『영남전래민요집』에 빈도수가 높게 조사 된 이 <산유화>의 사설은 다음과 같다. 이 노래는 향랑이 불렀다고 하는 것으로 배경설화와 일치하는 내용이다.

하늘은 어이 높고 땅은 어이 넓은고
천지는 크더라도 이 몸은 둘 데 없다
차라리 물에 던져 어복(魚腹)에 장(葬)할거나

이 노래에 담긴 사연과 그 생명력을 알리는 계기를 마련하고자 해서이다

두 번째 작품 「길가메쉬여, 향랑이여!」에서는 구체적인 스토리텔링으로 제기하기 보다는 스토리텔링의 밑그림 자료를 제시하는 것으로 대신하고자 한다.

이 스토리텔링 기본자료는 첫째 향랑 설화의 추적을 논픽션 또는 다큐멘터리로 작품화 할 수 있고, 둘째 '원사사건 설화'(寃死事件 說話)를 주제로 국제적인 학술 모임이나 문화콘텐츠화가 가능하고, 셋째 우리나라 서사민요의 거점화로 지역관광자료로 특화할 수 있다. 더불어 이를 문헌 속에서 새롭게 연구 주제화 한 이재욱의 공적도 부각시킬 필요도 있다.

주목할 것은 에니메이션 작품임으로 에니메이터가 충분이 스토리라인과 주변상황을 다양하게 스케치할 수 있도록 충분한 자료를 제공하기로 했다.

「길가메쉬여, 향랑이여!」 구성 자료

자료1 「선산읍지」권2 조귀상(趙龜祥)의 <향랑전>(香娘傳) 단락소 요약

① 향랑은 선산부 박자갑의 딸이다
② 어려서부터 용모가 단정하고, 성행이 정숙하였다
③ 계모가 불량하여 매우 박대하였으나 향랑은 공손히 순종하였다
④ 17세에 동리 임천순의 아들칠봉에게 출가하였다
⑤ 칠봉은 당시 14세로 성행이 괴팍하여 몽둥이로 때리며 향랑을 미워했다
⑥ 향랑은 견디지 못하고 친정으로 쫓겨왔다

⑦ 계모가 향랑을 매우 구박하였다
⑧ 아버지는 집에서 후모와 함께 지낼 수 없음을 알고 숙부에게 보냈다
⑨ 수개월이 지난 후 숙부는 개가를 강권했다
⑩ 향랑이 반대하자 숙부는 강제로 개가하도록 요구했다
⑪ 향랑이 다시 시집으로 돌아가니 남편은 더 박대하고 시아버지는 나가라고했다
⑫ 시아버지에게 방 한 칸 비용을 요구했으나 거절하자 투강 자살을 결심한다
⑬ 9월 6일 오태지(吳泰池)에 나가 어린애에게 산유화를 알려주고 빠져 죽었다

이런 내용의 문헌 수록은 설화화하여 전승 전파되었다. 다음의 이광정(李光庭) 편 「임열부향랑전」(林烈婦香娘傳)이 그 하나다. 역시 단락소로 정리하여 제시한다.

자료 2 이광정 편 「임열부향랑전」 요약

① 향랑(薌娘)은 박자신(朴自新)의 딸이다.
② 어려서 용모가 자정하여 사내아이들이 놀기 좋아했다.
③ 후모(後母)가 악하여 박대했으나 순종했다.
④ 17세에 동내 칠봉에게 시집갔다.
⑤ 칠봉은 14세, 나이 들어 향랑을 미워하고 때려 구박했다.
⑥ 시아버지도 아들의 행실을 말리지 못하고 친정으로 가는 것을 말리지 않았다.
⑦ 친정에 돌아온 향랑을 후모가 박대했다.
⑧ 친정아버지는 향랑을 외삼촌댁으로 보냈다.
⑨ 수개월이 지나자 외삼촌은 개가를 권했다.

⑩ 향랑이 반대하자 외삼촌은 사람을 시켜 협박을 하였다..
⑪ 다시 시집으로 들어가니 남편은 버릇이 그대로였고 시아버지는 다시 나가라고 했다.
⑫ 향랑이 문밖에 방 한 칸을 얻어 살고자 했으나 저지당하고 자살을 결심했다.
⑬ 9월 6일 오태지에 가 <산유화>를 부르고 빠져 죽었다.

자료 3 한문 장편소설 『삼한습유(三韓拾遺)』의 설화

① 향랑은 신라 일선부(日善府) 양가녀(良家女)이다.
② 시대는 무열왕 7년으로 원광법사의 예언에 의하면 향랑은 풍향옥녀이니 권화동자와 인연이 있다.
③ 어려서부터 자색이 뛰어나고 문사(文辭)에 능했다.
④ 동리의 두 집안에서 청혼하여 왔는데 부자를 희망하는 어머니의 강요로 효렴가로 시집갔다.
⑤ 시어머니는 폐백이 빈약함을 핑계로 향랑을 미워하기 시작했다.
⑥ 남편은 친정이 가난하다는 이유로 핍박했다.
⑦ 시어머니와 크게 싸우고 친정으로 갔다.
⑧ 일 년이 못되어 부모가 죽다.
⑨ 숙부에게 의탁하여 3년 상을 마친 뒤 개가를 권유 받자 거절했다.
⑩ 동군(同郡)의 부자인 조가(趙家)에서 청혼 하였으나 거절했다.
⑪ 조가의 강포로 마지못하여 재가를 거짓 허락했다.
⑫ 혼인 3일전에 오태지에 나가 산유화를 부르고 물에 빠져 죽었다.

자료 4 픽션

마지막 단락

향랑이 어린 여아에게
'내가 시집살이를 하도 하여
노래 한번을 제대로 불러 보지 못했다.
내 노래를 들어 주겠니?
한 번도 소리 내어 불러 보지 못했다.
내가 살아 처음 부르는 노래이고,
마지막으로 부르는 노래가 되는구나.
내가 부르는 이 '산유화'를 기억 해주려무나.
노래만이라도 남기고 가려한다.
그래서 노래를 부르는 이들이
내 생각을 하며 불러주기를 바란다.

해금의 독주가 물결이 큰 파장에서 점점 잦아지듯 흐르고, 화면 가득 푸른 물결 위로 꽃잎이 떨어져 내린다. 무대와 객석 모두 파란 물속으로 빠져들 듯 조명처리가 된다. 막이 내려지고 객석 조명이 들어온다.[345)]

이상에서 픽션 또는 애니메이션을 전제로 이재욱 조사『영남전래민요집』발굴 경위와 빈도수가 높게 나타나는 <산유화>를 주제로 스토리라인을 제시했다. 이재욱의 불운한 생애를 논픽션이나 드라마로 꾸며 그 위상을 일반화 할 수가 있다. 더불어 이재욱 조사의 민요들이 새로운 장르로 확산 될 수 있는 기반이 마련되어야 할 것이다.

---

345) 이 작품은 <애니메이션과 함께하는 국악관현악>, 경기도립 국악관현악단 74회 정기연주회(2008, 세종문화회관 M씨어터) <아침을 두드리는 소리>를 참고하였다.

제 5장 : 맺음말

지금까지 이 연구는 한국근대문화사 초창기 공간에서 탁월한 민요 수집과 연구 활동으로 한국의 전통민요 연구 분야에 확실한 기초 토대를 마련하였던 이재욱의 생애와 주요 활동에 관하여 집중적 분석과 고찰을 시도하였다.

연구의 방향성은 초창기 민요연구가 이재욱에 의해 수집 정리된 『영남전래민요집』에 관한 총체적인 연구로 일관되었으며 전체적으로는 세 부분으로 구성하였다. 첫째는 이재욱의 생애에 관한 복원이고, 둘째는 『영남전래민요집』의 조사 배경과 그에 대한 분석이다. 그리고 셋째로는 한국의 근대를 대표하는 문화인물로서의 이재욱의 면모와 텍스트 『영남전래민요집』의 활용방안에 대한 시론적 검토이다. 앞에서의 논의를 요약 정리하면 다음과 같다.

첫째, 이재욱의 생애는 새롭게 발굴된 자료와 미국에 거주하는 후손의 증언으로 거의 복원된 것으로 평가한다. 팔공산인 이재욱은 1905년 9월 20일, 경상북도 대구에서 태어나 삼촌이며 시인인 고월 이장희와 함께 학창시절을 보냈고, 1928년 경성제국대학 법문학부 조선어문학과에 입학하였다.

1930년 영남지역의 민요 조사를 자료로 졸업논문 「영남민요연구」를 제출하여 1931년에 졸업하였다. 1929년 경성제대 조선어문학연구회 주관의 최초의 과학적 전국대상 민요조사에 실무자로 참여했고, 이를 바탕으로 1930년 독자적으로 영남지역 30군 대상 민요 조사를 수행하였으며, 당시의 경험을 토대로 졸업논문 「영남민요연구」를 작성 제출할 수 있었다. 이러한 이재욱의 활동은 한국근대문화사에서 제도적 학문 과정을 거친 최초의 민요전공자로서의 의미와 더불어 학문적

족적을 뚜렷이 남긴 인물로 기억하게 됐다.

이재욱은 대학 졸업 후 조선총독부도서관 촉탁으로 일하며 부관장을 역임하기도 했다. 해방직전 새로운 각오로 고향 대구에서 향토문화 육성을 계획하고 경상북도 도청에 근무하게 되었으나, 바로 해방을 맞이하여 국립중앙도서관 초대 관장에 취임하였다. 그리하여 일제 당국자로부터의 인수인계 업무와 새로운 체제로서의 전환을 준비하는데 주력하였다. 하지만 1950년 한국전쟁의 발발로 북한군에 의해 납북되어 북으로 끌려가던 도중 사망하였으므로 학계에서 그의 업적이 정당한 평가를 받지 못한 채 오늘에 이르렀던 것이다.

둘째, 이재욱의 활동과 업적에서 <조선어문학회> 등의 학회 활동과 조선총독부도서관 근무 경력 등과 관련하여 살펴보면 다음과 같은 사실을 확인할 수 있다. 먼저 이재욱은 격동의 세월 속에서도 향토민요수집과 연구에 주력하였다는 것이다. 다음으로는 해방시기 민족도서관 체제의 확립을 위한 남다른 노력을 펼치며, 서지학 분야 , 향토사 분야에 특별한 관심과 노력을 쏟았다. 이재욱에 의해 한국의 근대 도서관사(圖書館史) 관련 저술이 최초로 발간하였고, 해방정국에서 조선총독부 도서관 이관 업무를 선두에서 지휘 수행하는 등 역사적 전환기에서 민족문화체제의 확립과 수립을 위해 크나큰 공헌을 이룩하였다.

한편 이재욱은 엄필진, 조윤제, 김소운, 최상수 등과 함께 민요연구사에 확실한 성과를 남긴 인물의 한 사람으로 1930년대 우리나라 국학을 학문적으로 정립하는 여러 학회 결성에 크게 기여하였다. 그리하여 <조선어문학회> 등에서 발간하는 학술연구지 간행사업 등에 중심적 역할을 함으로써 한국의 민족문화 창달과 한국학 진흥에 기여했다는 점이다.

그럼에도 불구하고 이재욱의 활동과 업적에 대하여 지금까지 학계

및 연구자들의 관심은 항시 비켜가기만 했다. 동시대 인물들에 대한 연구과정에서 지극히 제한적이고 단편적 사실로써 언급되었을 뿐 객관적이고 정당한 평가를 받지 못하였음은 참으로 애석한 일이라 하지 않을 수 없다.

셋째, 이재욱은 한국의 전통민요 <아리랑>과 관련된 연구 조사활동을 펼쳐 그 분야의 놀라운 업적을 이룩하였고, 후대 학자 연구자들로 하여금 <아리랑>에 대한 본격적 관심을 가질 수 있도록 분위기를 제공하였다는 사실을 확인하였다.

이재욱에 의해 발표된 논문 「소위 <산유화가>와 <산유해>, <미나리>의 교섭」을 비롯하여 헐버트 등 외국인에 의한 <아리랑> 관련 자료를 직접 초역한 사실을 통해서도 이를 증명할 수 있다.

전자는 문헌과 현지조사를 바탕으로 한 과학적 접근에 의해서만 가능한 것으로서, 단일 민요의 역사적 전이양상을 조명한 사실은 당시로서는 획기적인 연구 결과라 할 수 있다. 후자는 헐버트의 「Si－jo・A－ra－rung etc」를 초역(抄譯)함으로써 이러한 자료를 국내 연구자들에게 소개하고 관심을 촉발시켰다는 점이다.

넷째, 1929년 경성제국대학에서 실시한 전국적 민요조사는 한국의 근대문화사에서 매우 중요한 의의를 지니고 있는 바, 이재욱은 이 조사활동에 자극받은 한국인 연구자 그룹 가운데 한 사람이다. 손진태, 정인섭, 임화, 김태준, 조윤제, 김사엽 등을 포함한 연구진 구성에서 이재욱은 항상 중심적 역할을 담당하였다.

이재욱의 가장 대표적인 활동으로는 영남지역 일대 30개 군에서 직접 발로 뛰어다니며 현지를 답사하고, 주민들을 만나서 민요를 수집 정리하여 마침내 『영남전래민요집』이라는 빛나는 성과물을 남긴 업적이다. 이렇게 조사 정리한 『영남전래민요집』을 바탕으로 이재욱은 졸업논문 「영남민요연구」를 작성 제출하였다.

이러한 이재욱의 활동은 그가 한국 최초의 민요연구자였다는 사실을 다시금 확인하게 해준다. 뿐만 아니라 이재욱의 정열적 활동이 고정옥, 손진태, 김사엽 등 가까운 동학들에게 자극을 주어서 이후 후속 연구자들에 의해 각종 민요집과 관련 연구 성과물들이 발간되는 분위기를 형성하였다.

이재욱에 의해 필사본으로 작성된 『영남전래민요집』은 한국 최초의 과학적 조사방법에 의한 민요조사 활동의 성과물이다. 이 자료집은 민요연구가 이재욱의 철저하고도 일관된 인식으로 작성되었다. 영남지역 30개 군을 모두 조사 정리한 것으로 이재욱이라는 한 독지가에 의해 작성된 유일한 민요집인 것이다. 물론 당시의 여건상 음악적인 접근이 부족했다는 사실이 아쉬움으로 지적되기도 하지만 이는 1970년대까지 한국의 민요조사 활동이 지니고 있던 방법론적 한계이기도 했다.

그러므로 이러한 한계점에 대해서는 오늘의 시점에서 우리가 이를 지속적으로 보완해가야 한다. 토속민요의 특성상 기능요의 경우 음곡의 변이는 거의 없다고 보아 1990년대 이후 음원을 확보한 조사사례, <문화방송 민요대전>과 <한국학중앙연구소>의 협조를 받거나 새롭게 대상을 정하여 집중조사를 실시한다면 한계와 미비점은 충분히 보완작업은 가능하다. 이는 물론 개인의 노력보다는 대학의 전문 인력과 단위 지자체가 함께하는 사업으로 추진되어야 할 것이다.

다섯째, 이재욱의 『영남전래민요집』은 한국의 1920년대 영남민요의 실상과 전모를 확인하게 해줄 뿐만 아니라 민요조사방법론의 기준까지 마련해주고 있다는 사실은 이 자료집이 지니고 있는 최고의 가치라 하겠다. 그리고 진도아리랑이나 밀양아리랑의 형성 내지 성창 이전인 1920년대에 영남지역의 아리랑 상황을 알게 한다.

즉, 1930년 시점으로 문경지역을 주 전승지로 하고 경북일대에 분포되고 사설의 적층성을 갖고 있는, 전승 공동체에 기반을 둔 토속 아리랑은 <강원도 아라리>를 제외하고는 유일하다. 또한 1896년 헐버트가 채보한 <아라렁>은 '문경 새재…'를 대표사설을 쓰는데, 이는 경복궁중수 이후에 문화충격으로 형성된 근대민요아리랑이라고 본문에서 밝힌 바 있다. 이의 형성에 <문경아리랑>이 직접적인 영향을 주었으므로 기념비적인 <아리랑>이 된다. 이 사실에 대한 명확한 단서를 제공하는 것이 바로 이재욱의 『영남전래민요집』이다.

여섯째, 이재욱의 『영남전래민요집』은 한국근대문화사, 한국민요사의 내용과 체세를 보완하게 추동하는 새로운 가능성을 담보하고 있다는 사실이다. 민요라는 문화적 장르에서 검토해 볼 때 이 자료집은 사설의 전이 상황, 대표적인 민요의 분포양상, 지역적 대표민요의 여부 등을 확인하게 할 뿐만 아니라 기존의 자료들과 대비 고찰할 수 있는 환경을 마련해 준다.

이와 더불어 이 자료집은 지역민요의 발전과 전승을 위한 교육용 데이터베이스 작업과 문화콘텐츠 개발의 원천으로서의 토대를 제공해 준다. 바꿔 말하면 이재욱의 『영남전래민요집』은 문화콘텐츠 개발의 원천자료로서의 소중한 가치를 지니고 있다.

본 연구는 전반적 논구의 과정을 통하여 그 구체적 방안을 하나의 시안으로 제시하였다. 하나는 교육용 향토 민요 데이터베이스화 방안이고, 둘은 문화콘텐츠로서의 스토리텔링 마련을 위한 방안이다. 전자는 기존 데이터베이스화된 한국학 중심과의 연계 또는 독자적 데이터베이스화를 구축하는 안이다. 후자는 『영남전래민요집』의 발굴 가치와 활용가치를 널리 알리기 위하여 방송 다큐멘터리로서의 가능성을 전제로 역사 속의 향가집 『삼대목』에 견주어 스토리라인을 스케치했다. 또한 '향랑전설'을 활용한 다양한 콘텐츠 소재로 활용할 수 있도록 각종 문헌 소재 자료를 제시하였다.

우리는 이 연구논문을 시발점으로 해서 이재욱의 『영남전래민요집』에 대한 국내외 학계에서의 연구 활동이 지속적으로 펼쳐나가게 되기를 충심으로 바라마지 않는다. 이 자료집과 이재욱의 졸업논문이었던 『영남민요연구』는 발간 예고까지 발표된 상태였으나 끝내 이재욱 자신에 의해 발간되지 못하였다. 그 까닭은 부족한 내용의 보완, 해방정국과 한국전쟁의 발발 등 격동의 세월 속에서 안정된 시간을 보장받지 못했기 때문이다. 그 까닭은 자료집의 성격이 영남이라는 단일지역에 편중되고 있다는 한계성 등과 일정한 관련이 있을 것이다.

지금까지 발간되지 못한 채 필사본으로만 존재해 왔던 이재욱의 『영남전래민요집』은 2007년 영남대학교 민족문화연구소에 의해 영인되어 학계와 언론계의 특별한 주목을 받았다. 그리하여 이 소중한 자료집은 마침내 세상에 널리 알려졌다. 하지만 이재욱의 작성한 상당수의 각종 연구 성과물이 아직도 미발굴 상태로 남아있으므로, 최초의 민요연구가 이재욱에 대한 연구는 이제부터 본격적인 출발 단계로 접어들었다고 보아야 한다.

이재욱이라는 한 개인에 대한 인물론적 접근과 한국근대문화사에서의 그의 활동과 위상에 대한 연구는 더욱 심화되어야 마땅하다. 이렇게도 소중한 문화유산을 우리는 왜 그동안 어둠 속에 방치해온 것일까?

■ 참고 문헌

단행본

제해만, 『이장희전집－봄과 고양이』, 문장사, 1982.

I·BBishop 저, 신복룡 역주, 『Korea and Her Neighbors(조선과 그 이웃나라들)』, 집문당, 2000.

H·B Hulbert 저, 신복룡 역주, 『The Passing of Korea(대한제국멸망사)』, 집문당, 1999.

H·N Allen 저, 신복룡 역주, 『Things Korea(조선견문기)』, 집문당, 1999.

T·Todoroff 저, 최현무 역주, 『바흐친: 문학사회학과 대화이론』, 까치, 1987.

『한국민속학』 28집, 한국민속학회, 1996.

『한국의 농요』 4집, 현암사, 1990.

『한국민요대전』, MBC라디오, 경북편, 경남편. 1989－1995.

「문경군지」, 문경군, 1982.

『민족문화대백과사전』, 한국정신문화연구원, 1991.

『조선민요곡집』, 조선작가동맹중앙위원회(평양), 1954.

『조선민족음악전집』 3집, 조선민족음악연구소(평양), 2002.

<조선어문학회보> 7집, 한성도서주식회사, 1933.

『한국구비문학대계』, 한국정신문화연구원, 경북 편, 경남 편, 1980－1988.

국민대 국어국문학과, 『구비문학조사보고서』. 원광문화사, 1993.

김광순, 『한국구비문학』, 국학자료원, 2002.

_____, 『한국구비문학 <고령편>』, 박이정출판사, 2006.

_____, 『한국구비문학 Ⅰ』, 국학자료원, 2001.

_____, 『한국구비전승의 문학』, 형설출판사, 1983.

김선풍외, 『한국민속학인물사』, 보고사, 2004.

김소운, 『조선구전민요집』, 민속원, 1989.

_____, 『언문조선민요전집』, 제일서방, 1933.

김연갑, 『북한아리랑연구』, 도서출판 청송, 2002.
_____, 『아리랑』, 현대문예사, 1986.
김용직, 『김태준평전』, 일지사, 2007.
김재철, 『조선연극사』, 학예사, 1939.
김태준, 『조선소설사』, 학예사, 1939.
_____, 『조선가요집성』, 한성도서주식회사, 1934.
_____, 김명준교수, 『조선가요집성』, 도서출판 다운샘, 2007.
김하돈, 『마음도 쉬어가는 고개를 찾아서』, 실천문학사. 1999.
오오키타(大喜多筆一), 『신조선』, 선만협회(鮮滿協會), 1922.
문경새재박물관, 『길 위의 역사, 고개의 문화』, 실천문학사, 2002.
박경수·서대석, 『한국민요 · 무가 유형분류집』, 한국정신문화연구원. 1992.
방종현·김사엽·최상수, 『조선민요집성』, 정음사, 1948.
송방송, 『한국음악통사』, 일조각, 1998.
엄필진, 『조선동요집』, 창문사, 1924.
오동근, 『도서관인 박봉석의 생애와 사상』, 태일사, 2000.
이동순, 『민족시의 정신사』(창비신서 146), 창작과비평사, 1996.
_____, 『잃어버린 문학사의 복원과 현장』, 소명출판, 2005.
이병기, 『가람문선』, 신구문화사, 1966.
이상준, 『조선속곡집』, 삼성사, 1929.
이소라, 『한국의 농요』, 현암사, 1990.
_____, 『부여의 민요』, 부여문화원, 1992.
이익섭, 『국어학개설』, 학연사, 1989.
이재욱, 『농촌도서관의 경영법』, 한성도서주식회사, 1935.
_____, 『독서와 문화』, 조선계명문화사, 1947.
이재욱교수, 『우암선생계녀서』 대동인쇄소, 1939.
이정면, 『한 지리학자의 아리랑 기행』, 이지출판, 2007.
이창식, 『중원문화의 연구방향과 문화콘텐츠』, 충북대학교 중원문화연구소, 2005.
이철주, 『북의 예술인』, 계몽사, 1966.
임동권, 『한국민요연구』, 선명문화사, 1974.
______, 『한국민요사』, 문창사, 1969.
임원상, 『조선곡집』, 영창서관, 1929.
임 화, 『조선민요선』, 학예사, 1939.
장사훈, 『국악총론』, 정음사, 1978.
조동일, 『서사민요연구』, 계명대학교 출판부, 1970.
______, 『경북민요』, 형설출판사, 1977.
조윤제, 『도남잡지』, 을유문화사, 1964.
______, 『민요집』, 등사본, 1935년.
조영배, 『한국의 민요 아름다운 민중의 소리』, 민속원, 2006.
조 철, 『삼팔선』, 성봉각, 1971.
최학근, 『국어방언학서설』, 청연사, 1959.
『경상도 민요(60년대 채록)』, 국립문화재연구소, 해설집, 2005.
<민속학보>, 제1집, 한국민속학회, 1956.
『부여의 민요』, 부여문화원, 1992.
『신생』 9월호, 신생사, 1929.

논문

강등학, 「민요 데이터의 정보처리 구도와 자료 분류 표준화 방안」, <한국민요학> 14집, 2004.
______, 「전국 논매기소리의 기본정보와 분석」, <반교어문연구> 8, 반교어문학회, 1997.
곽태천, 「평조회상의 선법 연구」, <한국음악사>, 한국음악사학회, 2002.
권오경, 「영남민요의 전승과 특질」, <우리말글> 통권 25호, 우리말학회, 통권 25호, 2002.

______, 「선산, 향랑의 <산유화>를 찾아서」, <대구경북지역동향>, 1995, 5월호.

권혁종, 「우리문학에 나타난 해학성연구」, 전남대 교육대학원 석사 논문. 1980.

김광순, 「대명복수가 2」, <동양문화연구 3>, 경북대 동양문화연구소, 1976.

______, 「목주가에 관한 몇 가지 문제점 연구」, <논문집 3>, 경북대 교육대학원, 1972.

______, 「수운가사에 대하여」, <한국의 철학 15>, 경북대 퇴계연구소, 1987.

______, 「이조년의 시조에 대하여」, 『심재완박사회갑논문집』, 1978.

김기현, 「<아리랑>요의 형성시기」, <민요논집> 6집, 2001.

______, 「경상북도편」, 『한국구연민요(연구 편)』, 집문당, 1997.

______, 「경상지역 아리랑의 존재양상과 전승실태」, 『아리랑 종합 전승실태 조사보고서』, 문화재청, 2006.

김선풍 외, 「조윤제·이재욱론」, 『한국민속학인물사』, 보고사, 2004.

김선풍, 「<산유화가>고」, 『중앙민속학』, 중앙대 한국민속학연구소, 1991.

김성례, 「무속전통의 담론 분석 – 해체와 전망」, <한국문화인류학> 22호, 1990.

김연갑, 「<영천아리랑>의 귀향」, 2002, 영천시 시민강좌 자료.

김지연, 「조선민요에 대하여」, <조선> 7월호, 1929.

김진균, 「한국음악민요의 유형적 고찰」, <동서문화>, 계명문화사, 1970.

김택규, 「한국기초문화론시고」, <인류학연구> 제2집, 1982.

김학성·심선옥·김문태, 「근대민요 <정선아라리>의 데이터베이스 구축과 활용방안」, <어문연구> 120, 한국어문교육연구회, 2003.

다카하시, 「제주도의 민요」, <동방학기요> 별책 2, 천리대학(일본), 1968.

대구 KBS 라디오 <정월대보름 특집 3부작 – 영남민요의 재발견> 김연재 글. 2005.

박광현, 「경성제대와 <신흥>」, <한국문학연구> 26집, 동국대학교 한국문학연구소, 2003.

배경숙, 「영남민요연구」, 영남대 석사논문, 2003.

백화랑, 「기생의 특색」, <조광>, 조선일보사 출판부, 1936.

성병희,「청계의 민속연구」, 『청계김사엽박사추모문집』, 청계김사엽박사추모기념사업회, 2002.

안태현, 「문경새재는 웬 고갯가」, 문경 새재박물관 시민강좌 자료, 2006.

이동순, 「일제시대 저항시가의 정신사적 성격」, 경북대 박사논문, 1988.

이재욱, 「Si－jo · A－ra－rung etc」, <신흥> 5호, 신흥사, 1931.

______, 「달구지방속언일속(達九地方俗言一束)」. <조선어문학회보> 3집, 한성도서주식회사, 1932.

______, 「소위 <산유화가>와 <산유해>, <미나리>의 교섭」, <신흥>, 신흥사, 1931.

______, 「조사(弔辭)」. <조선어문학회보> 6집, 조선어문학회, 1933.

______, 「향토연구계일별」, <조선어문학회보> 3집, 조선어문학회, 1933.

______, 「납서여묵(獵書餘墨)」, 『독서와 문화』, 조선 계몽문화사, 1947.

______, 「조선의 백의속고향토연구계일별」, <신흥>, 신흥사, 1931.

이정란, 「'방아'류 민요의 음조직 유형과 분포」, <한국민요학> 제4집, 한국민요학, 1996.

이정아, 「서사민요연구」, 이화여자대학교 석사논문, 1992.

이종출, 「<산유화가> 소고」, 『무애양주동박사화탄기념논문집』, 동국대, 1963.

이창식, 「김소운의 삶과 문학」, <한국민속학> 28집. 한국민속학회, 2005.

______, 「김소운의 민요조사에 대하여」, 『한국민속인물사』 24권, 단일호, 1995.

______, 「민요의 기능과 민중의 삶」, <한국민요학>, 제2집, 한국민요학회, 1994.

______, 「전통민요의 자료 활용과 문화콘텐츠」, <한국민요학>제 11집,

한국민요 학회, 2002.
임재해, 「민속문화의 공유가치와 민중의 문화주권」, <민속학자대회 논문집>, 2004.
조동일, 「문학지리학을 위한 출발선상의 토론」, <한국문학연구> 27집, 2004.
좌혜경, 「한국민요의 지역적별 자료색인」, <민요론집> 2, 민요학회, 1993.
천시권, 「행장(行狀)」, 『청계김사엽박사추모문집』, 2002.
홍승란, 「경북민요의 선법고찰」, 영남대학교, 석사학위논문, 1984.

■ 부록 편

1. 이재욱의 생애와 연보

1905(1세) 9월20일 대구시 중구 서성로 1가 103번지에서 호주 이병학(李柄學)의 장남인 부친 이정희(李鋌熙)와 모친 김행이(金幸伊)의 2남으로 태어남. 본관은 인천 이씨, 이재욱(李在郁)은 본명이며, 필명은 팔공산인(八公山人).

1920(15세) 을복(乙福)을 재욱(在旭)으로 개명함.

1921(16세) 대구고보(현 경북고등학교) 입학.

1926(21세) 대구고보 8회 졸업.

1928(23세) 경성제대 법문학부 조선어문학과 입학. 배녹점과 결혼

1929(24세) 조선의 전래 동요를 수집 정리하여 필사본『동요집(童謠集)』을 완성함.

삼촌이었던 시인 고월 이장희 사망.

1930(25세) 직접 답사하여 정리한『영남전래민요집(嶺南傳來民謠集)』을 필사본으로 완성함.

1931(26세)「영남민요연구」를 대학 졸업논문으로 작성 제출.

조선총독부도서관 촉탁으로 근무. 경성제대의 조선어학 및 문학과 출신 중심으로 결성된 <조선어문학회>에 발기인으로 참가함.

<신흥(新興)> 6호에 실린 논문「소위 <산유화가>와 <산유해>, <미나리>의 교섭」은 민요연구에서 최초의 논문 형식을 갖춘 글로써 학계에서 높은 평가를 받음.

1933(28세) <조선어문학회> 대표에 위촉됨. 친구이자 연극학자였던 김재철의 영결식에 조사(弔辭)를 써서 <조선어문학회보>에 발표함.『언문조선구전민요집』(김소운)에 관한 서평을 <조선어문학회보>에 발표.

1934(29세) <진단학회> 발기인으로 참가함.

1935(30세) 저서『농촌도서관의 경영법』간행함.

1939(34세)『조선민요선』(임화)에 해제를 써줌. 이 글을 통하여 민요의 수집과 정리에 관한 구체적인 방법론을 최초로 제시함.

1943(38세) 조선총독부 도서관 부관장으로 임명됨.

1945(40세) 경북 도청 사회교육과에서 근무 중 해방을 맞이하게 되고, 도서수호 문헌수집위원회로부터 국립도서관 관장 위촉을 받음.

1945(40세) 초대 국립도서관 관장으로 취임함.

1946(41세) 한국 최초의 사서양성교육기관인 조선도서관학교를 설립함.

1947(42세) 조선도서관협회 협회장을 맡음. <조선서지학회> 조직에 참가함.

저서『독서와 문화』를 발간함. 이 책의 <전래민요> 편에서 1930년 영남민요 채집 당시의 구체적 경험담을 서술함.

1949(44세) 고정옥의 저서『조선민요연구』발간에 대한 서평을 경향신문에 발표함.

1950(45세) 한국전쟁이 발발한 직후인 7월18일 국립도서관 부관장 박봉석과 함께 인민군에게 끌려감. 이틀 후인 7월20일 오후2시, 경기도 의정부시 가능동 부근에서 사망함.[1)]

납치 직전에 기고했던 논문「민요에 나타난 여성의 비애」가 <협동> 31호에 발표됨. 이 논문은 <민속학보>(1956)에 다시 수록됨.

딸 이신자의 증언에 의하면 부친이 남긴 모든 저서와 원고를 부친의 생환시에 돌려받는 조건으로 국어학자 이희승 박사에게 위탁했다고 함.

---

1) 이재욱의 호적등본 참조.

2. 이재욱의 작품 연보

번호	논 문 명	게 재 지 명	발표년도	비 고
1	『동요집』	단행본	1929	필사본
2	『영남전래민요집』(미정리)	단행본	1930.8	필사본
3	朝鮮의 白衣俗考	新興 5호	1931.7	신흥사
4	芝峰 方言 雜談	朝鮮語文學會會報2호	1931.10	<조선어문학회>
5	所謂 <山有花歌>와 <산유해>, <미나리>의 交涉	新興 6호	1931.12	신흥사
6	鄕土硏究一瞥	朝鮮語文學會會報3호	1932.2	<조선어문학회>
7	達勾地方 俗信	朝鮮語文學會會報3호	1932.2	<조선어문학회>
8	歌謠의 硏究와 整理는 如何히할가	朝鮮語文學會會報4호	1932.4	<조선어문학회>
9	Si－jo・A－ra－rung etc	朝鮮語文學會會報5호	1932.9	<조선어문학회>
10	農村圖書館의經營法	단행본	1935.	한성도서
11	躍進朝鮮과公開図書館	문헌보국 통권1호	1935.10	창간호
12	재가승 만고	조선일보 4회연재	1935.11	11/30,12/3,12/4,12/7
13	卷頭言 朝鮮의古文獻을保存하라	문헌보국 통권4호	1936.9	
14	字訓諺解 盧守愼著	문헌보국 통권4호	1936.9	
15	李火翼을 말한다(向上板)	문헌보국 통권6호	1931.11	서지학연구특집
16	春香伝의 伝本 전하는 이야기에 대해	문헌보국 통권6호	1936.11	
17	扈聖功臣信城君珝教書	문헌보국 통권6호	1936.11	
18	朝鮮の學海一瞥	독서 제1권 제3호	1937.5	조선독서연합
19	朝鮮關係圖書紹介, 朝鮮詩歌史綱	독서 제1권 제4호	1937.8	조선독서연합

번호	논 문 명	게 재 지 명	발표년도	비 고
20	李朝實錄의成立에 대하여	문헌보국 통권18호	1937.12	
21	農村에 대해 關心을 가지고	문헌보국 통권30호	1938.12	
22	奎章閣開設의 緣由에 대하여(上)	문헌보국 통권31호	1939.1	
23	奎章閣開設의 緣由에 대하여(下)	문헌보국 통권32호	1939.2	
24	朝鮮古書의 新發見	문헌보국 통권33호	1939.3	
25	朝鮮民謠序說	林和, 朝鮮民謠選	1939.3	解題에 실렸음
26	Overseas section Uber koreanische Novellen	문헌보국 통권35호	1939.5	
27	海外欄 朝鮮의小說	문헌보국 통권35호	1939.5	
28	獵書餘墨	박문 제2집	1939.10	박문서관
29	本館儲藏稀書解題(1)	문헌보국 통권46호	1940.4	奮忠贊謨立紀靖社功臣教書
30	寺刹과 版木	문예 제2권 제4호	1940.4	문예사
31	後凋錄 鳥崎末平氏의追憶	문헌보국 통권47호	1940.5	
32	本館儲藏稀書解題(3)	문헌보국 통권49호	1940.7	淸山島遊錄
33	後凋錄 北鮮隨伴記	문헌보국 통권53호	1940.11	
34	尤庵先生戒女書	단행본	1940.	宋時烈 原著
35	探書	신세대 제1집	1941.1	
36	卷頭言 年始感	문헌보국 통권55호	1941.1	青木修三 사용시작
37	本館特別図書紹介(6) 燕行圖幅	문헌보국 통권55호	1941.1	
38	朝鮮의典籍에 대하여	문헌보국 통권56호	1941.2	
39	朝鮮의典籍에 대하여(2)	문헌보국 통권57호	1941.3	
40	圖書館이야기	춘추 제2권 제5호	1941.3	조선춘추사
41	朝鮮의典籍에 대하여(3)	문헌보국 통권58호	1941.4	
42	讀書	조광 제7권 제4호	1941.4	조선일보사
43	朝鮮의典籍에 대하여(完)	문헌보국 통권59호	1941.5	
44	우리圖書館의 珍本稀書	춘추 제2권 제5호	1941.6	조선춘추사

번호	논 문 명	게 재 지 명	발표년도	비고
45	本館特別図書紹介(8)	문헌보국 통권65호	1941.11	高麗,崔瀣著,東人之文
46	後凋錄 最近에 와서의 朝鮮의 図書館界	문헌보국 통권65호	1941.11	
47	圖書群	조광 제8권 제1호	1942.1	조선일보사
48	卷頭言 館員의 心構	문헌보국 통권66호	1942.2	
49	本館所藏朝鮮古活字及印刷道具一式解說(口繪裏)	문헌보국 통권70호	1942.4	
50	牧場図 解說(口繪裏)	문헌보국 통권71호	1942.5	
51	圖書供出	조광 제8권 제5호	1942.5	조선일보사
52	三臣新修・東國史略에 대하여(上)	문헌보국 통권75호	1942.9	
53	三臣新修・東國史略에 대하여(下)	문헌보국 통권76호	1942.10	
54	＜飜譯小學＞第10卷解說(口繪)	문헌보국 통권79호	1943.1	
55	卷頭言 圖書의供出	문헌보국 통권82호	1943.4	
56	太平廣記詳節 解說(口繪裏)	문헌보국 통권84호	1943.6	
57	柳馨遠과 그의 隨錄(수필을 모은책)	문헌보국 통권90호	1943.12	
58	卷頭言 讀書心의啓培	문헌보국 통권93호	1944.3	
59	李朝實錄의成立에 대하여(上)	향토 창간호	1946.7	문헌보국 18호에 게제분을 초역한 것임
60	李朝實錄의成立에 대하여(下)	향토 구월호	1946.9	
61	古典의 守護	신천지 제1권 제9호	1946.10	서울신문사출판부

번호	논 문 명	게 재 지 명	발표년도	비 고
62	讀書와 文化	단행본	1947.8	조선계몽문화사
63	장승	향토 통권 6권	1947.10	정음사
64	李朝實錄攷	단행본	1947	정음사
65	自主精神	민주정신 제3호	1948.1	중앙청공보부
66	收書片想	민주경찰 제2권 제4호	1948.7	총독부경찰교육국
67	苦言	현대과학 제9호	1948.11	현대과학사
68	國書漫錄	民族公論(주간)	1949,1	3,8사
69	古典解題 : 讀書	협동 통권 21호	1949.3	조선금융조합연합회
70	平凡한 提言	학풍 제2권 제3호	1949.4	을서문화사
71	古典解題 : 讀書	협동 통권 22호	1949.5	조선금융조합연합회
72	古典解題 : 讀書	협동 통권 24호	1949.9	조선금융조합연합회
73	册數縱橫談	문예 제1권 제3호	1949.10	문예사
74	讀書論 : 讀書特輯	협동 통권 25호	1949.11	조선금융조합연합회
75	奮發	문예 제2권 제4호	1950.4	문예사
76	文化指標	신천지 제5권 제6호	1950.6	서울신문사출판부
77	民謠에 나타난 女性의 悲哀	협동 통권 31호	1950.9	1956, 民俗學報 게재

3. <표><악보> 색인

1) <표> 색인

차 례	제 목	쪽수
1	『동요집』 곡명의 <동아일보>수록 일자/()는 제보자	43
2	<악보 1>의 출현음 분석	60
3	주요음 분석	61
4	<악보 2>의 출현음 분석	62
5	주요음 분석	63
6	<악보 3>의 출현음 분석	63
7	주요음 분석	64
8	산유화가류의 주요분석	64
9	「영남전래민요집」조사지역	97
10	민요답사 일지	98
11	「영남전래민요집」아리랑 조사	114
12	<악보 4>의 출현음 분석	139
13	주요음 분석	139
14	<악보 5>의 출현음 분석	140
15	주요음 분석(D장조)	141
16	<악보 6>의 출현음 분석	142
17	주요음 분석(G장조로 변형)	142
18	<악보 7>의 출현음 분석	143
19	주요음 분석	144
20	<악보 8>의 출현음 분석	145
21	주요음 분석	145
22	<악보 9>의 출현음 분석	146
23	주요음 분석	147
24	<악보 10>의 출현음 분석	147
25	주요음 분석	148
26	아리랑류 구성음 분석	149
27	기능별 분류 통계표	165

차 례	제 목	쪽수
28	지역별 분류 통계표	167
29	순위별 10곡(가창빈도수) 비교표	193
30	주요음 분석	199
31	<악보 12>의 출현음 분석	200
32	주요음 분석	200
33	<악보 13>의 출현음 분석	201
34	주요음 분석	202
35	<악보 14>의 출현음 분석	203
36	주요음 분석	203
37	주요음 분석	204
38	주요음 분석	205
39	<악보 17>의 출현음 분석	207
40	주요음 분석	208
41	<악보 18>의 출현음 분석	209
42	주요음 분석	209
43	<악보 19>의 출현음 분석	210
44	주요음 분석	211
45	<악보 20>의 출현음 분석	211
46	주요음 분석	212
47	<악보 21>의 출현음 분석	213
48	주요음 분석	213
49	<악보 22>의 출현음 분석	214
50	주요음 분석	214
51	12곡 주요음 비교	215
52	자료집 출간 현황	220
53	경상남북도 기능요의 무형문화재 현황	228

2) <악보> 색인

차례	제　　　　　목	쪽수
1	<부여 모심기 소리>	60
2	<초부가>	62
3	<메나리>	63
4	헐버트 채보 <아리랑>	138
5	<아르렁 타령>	140
6	<아르렁 타령> (G장조 변형)	141
7	<정선 아라리>	143
8	<문경아리랑>	144
9	<예천아리랑>	146
10	'미'음계의 헐버트 채보 <아리랑>	147
11	<모심기 소리> (상주함창)	198
12	<상주함창>	199
13	<치야칭칭>	201
14	<쾌지나칭칭나네>	202
15	경북 영천 <어사용>	204
16	경북 영천 <어사용2>	205
17	<논매는 소리> (방아소리)	207
18	<논매는 소리> (늦은 방아타령)	208
19	<문경아리랑>	210
20	<예천아리랑>	211
21	<옹헤야 소리>	212
22	<안동 보리타작 소리>	214

4. 『영남전래민요집』 분류

1) 기능별 분류

(1) 기능요

분류			제목	지역	쪽수	성별미상	남성가창자						여성가창자					
							미상	20대 이하	30대	40대	50대	60대 이상	미상	20대 이하	30대	40대	50대	60대
노동요	농업노동요	모찌기소리	모찔때 노래	상주	7							O						
			모찌는 노리	연일	33							O						
			모찌는 소리	경산	44					O								
			모찌는 노래	군위	58					0								
			저루자저루자 노래	동래	63							O						
			모찌는 노래	경주	75					O								
			모찔때의 노래	경주	75					O								
			모찔때의 노래	울산	78			O										
			모찔때의 노래	성주	94				O									
			모찔때 노래	고령	99			O										
		모심기소리	이앙가	상주	2													O
			모숨기 소리	상주	3					O								
			이앙가	상주	4							O						
			이앙가	상주	4							O						
			이앙가	상주	5							O						

			이앙가	상주	7							O						
			이앙노래	영천	8					O								
			이앙가	영천	9					O								
			사영대 소리	영천	9					O								
			모숨기 소리	영천	10						O							
			미상	의성	23													O
			이앙가	의성	23													O
			미상	의성	25													O
			이앙가	의성	25													O
			농부 노래	김천	28					O								
			이앙 노래	김천	28					O								
			아카산이	김천	29					O								
			이앙가	연일	33							O						
			모숨기 노래	연일	34							O						
			이앙가	달성	37				O									
			농부가	달성	38				O									
			이앙 노래	청도	40			O										
			이앙가	칠곡	42					O								
			이앙가	칠곡	42					O								
			잘하고 소리	칠곡	43						O							
			이앙가	경산	44					O								

				이앙가	경산	44					O								
				서울갓든 선부님네	경산	44					O								
				이앙노래	군위	51					O								
				농부가	군위	53									O				
				이앙가	군위	57	O												
				모숨기 노래	군위	58					O								
				모찌는 노래	군위	58					O								
				이앙가	군위	58					O								
				이앙가	안동	59					O								
				문경 새 재	안동	60					O								
				이앙가	안동	60					O								
				농부가	영주	61			O										
				문경아새 재야	영주	61			O										
				상주함창	영주	61			O										
				이앙가	영주	61			O										
				모 심 을 때	동래	63							O						
				모숨기 노래	창원	68				O									
				모숨기 노 래(이 앙가)	거창	72						O							
				상주함창	선산	73	O												

			이물개 저물개	선산	73	O												
			농부가	선산	73			O										
			이앙가	선산	74			O										
			압밧헤	경주	76					O								
			농부가	울산	77			O										
			모심기 소리	울산	78			O										
			문경아새 재야	울산	78			O										
			압밧헤	울산	78			O										
			이앙가	문경	79						O							
			이앙가	성주	89				O									
			이앙가	성주	90				O									
			이앙가	성주	92				O									
			나래소리	성주	93				O									
			이앙가	성주	95				O									
			문경아새 재야	청송	98			O										
			이앙가	청송	98			O										
			이앙가	청송	98			O										
			모숨기 노래	고령	99			O										
			모숨기 노래	고령	99			O										
			모숨기 노래	밀양	100			O										
			이앙가	영양	100				O									

			이앙가	영양	100				O									
		논매기소리	논맬때하는소리	청도	39			O										
			미나리	선산	73	O												
			정구지	선산	73	O												
			논매는노래	성주	93				O									
		보리타작소리	타맥가	상주	1			O										
			타복가	상주	2			O										
			호헤야소리	영천	9					O								
			엉해야	영천	11						O							
			타맥노래	대구	19			O										
			타맥가	김천	27					O								
			타복가	김천	27					O								
			옹헤야옹헤야	안동	60					O								
			타맥타복가(x)	영주	61			O										
			옹해야	선산	73				O									
			호해야소리	경주	76					O								
			타맥타복가	경주	76					O								
			타복가	문경	79						O							
			타맥가	성주	96				O									
			타도가	성주	96					O								

		집소가	성주	96			O										
		타맥가(x)	청송	98			O										
		타맥가	고령	99			O										
	어업노동요	어부가	연일	33							O						
	벌채노동요	산유해	상주	6							O						
		어사영	상주	6							O						
		산유해	영천	8					O								
		어사영	영천	10						O							
		채녀노래	영천	12									O				
		나물노래	대구	18											O		
		채여인노래	의성	23		O											
		미상	의성	24													O
		산유해	의성	24													O
		얼사영	김천	26					O								
		채채가	김천	28					O								
		채가	연일	33							O						
		산유해	연일	34							O						
		어사영	칠곡	43						O							
		저 건 너 갈미봉	경산	44					O								
		나물노래	군위	50									O				

		어사영	군위	57	O												
		어사영	군위	58					O								
		산유해	영주	61			O										
		어사영	영주	61			O										
		어사영	동래	63							O						
		어 사 영 (x)	창원	68				O									
		어사영 (선유해)	거창	72						O							
		어사영 (선유해)	선산	73	O												
		초부가	선산	74			O										
		산유해 (어사용)	경주	76					O								
		초부노래	울산	77			O										
		산유해	울산	78			O										
		어사영	문경	79						O							
		산노래	성주	88									O				
		얼사영	산청	97			O										
		산유해	청송	98			O										
		어사영	청송	98			O										
		어 사 영 (x)	고령	99			O										
		어사영	밀양	100			O										
		산 유 해 (x)	진주	101					O								
		어사영	진주	102	O												

	길쌈노동요		방마·면소리	연일	32													O
			비틀노래	연일	33							O						
			비틀노래	청도	39			O										
			방마노래	군위	54									O				
			비틀노래	군위	56									O				
			비틀노래	동래	63							O						
			비틀노래	거창	72						O							
			제목미상	선산	74			O										
			비틀노래	경주	76					O								
			비틀노래	울산	78			O										
			베틀노래	성주	97									O				
			비틀노래	청송	98			O										
			비틀노래	고령	99			O										
	제분노동요		방아타령	상주	3					O								
			방해타령	상주	5							O						
			오호~방해요	상주	7							O						
			방아타령	영천	9					O								ㅋ
			오호~방해요	영천	11						O							
			밀가는소리	대구	18											O		
			방애타령	대구	19			O										

			방아타령	의성	25													O
			방아타령	경산	44					O								
			방아타령	군위	57	O												
			방아타령	군위	58					O								
			오호오호 방해요	안동	60					O								
			방아타령	영주	61			O										
			방개타령	영주	62			O										
			방아타령	창원	68				O									
			방아타령	거창	72						O							
			방아타령	선산	73	O												
			방아타령	선산	73				O									
			아~오호 방해요	선산	74			O										
			방아타령	경주	76					O								
			방아타령	울산	78			O										
			방아 타령(x)	문경	79						O							
			방아타령	문경	80				O									
			방아 타령(x)	산청	97			O										
			방아타령	청송	98			O										
			방아타령	영양	100				O									
			방해 타령(x)	진주	102	O												

	잡역 노동요		줌치	안동	60			O										
			바늘노래	동래	63							O						
			바늘	창원	70				O									
의식요 · 상여소리	세시의식요		성주푸리	김천	31					O								
			성주 풀이(X)	경산	44					O								
			성주풀이	동래	63							O						
			성주푸리	창원	68				O									
			성주푸리	창원	68				O									
			성주푸리	거창	72						O							
			성주푸리	산청	97		O											
			성주푸리	청송	98			O										
			성주푸리	고령	99			O										
			성주푸리	진주	101					O								
			성주푸리	진주	102		O											
	장례의식요		애홍	청도	39			O										
	신앙의식요		독경	경산	44					O								
			칭칭이	상주	3					O								
			칭 칭 나	상주	7							O						

유희요	세시유희요		－네															
			쾌지나칭칭이	영천	9					O								
			칭칭이	영천	11						O							
			칭칭이	대구	20			O										
			칭 칭 나－네	의성	25													O
			칭칭이	김천	26					O								
			칭칭이	김천	27					O								
			캐지나칭칭나네	연일	33							O						
			칭칭이	청도	40			O										
			칭칭이	칠곡	42					O								
			칭칭이	경산	44					O								
			윷 노 는 노래	군위	47									O				
			추천가	군위	48									O				
			화전노래	군위	49									O				
			추천노래	군위	53									O				
			칭칭이	군위	57	O												
			칭칭이	군위	58					O								
			재밟는소리	군위	58					O								
			놋다리노래	군위	58					O								
			노다리	안동	59					O								

			쾌지나칭 칭 나 네 (노세)	안동	60					O								
			칭칭이	동래	63							O						
			칭칭이	창원	68				O									
			고우때노래	거창	71						O							
			고 우 ㅅ 때노래	거창	71						O							
			칭칭이	거창	72						O							
			칭칭이	선산	73	O												
			칭칭이	선산	73				O									
			칭칭이	선산	74			O										
			칭칭이	경주	76					O								
			칭칭이	울산	78			O										
			칭칭이	문경	79						O							
			칭칭이	예천	86			O										
			칭칭이	성주	90				O									
			칭칭이	산청	97			O										
			칭칭이	청송	98			O										
			칭칭이	고령	99			O										
			칭칭이	밀양	100			O										
			화 전(회 초)가	밀양	100			O										
			칭칭이	영양	100			O										

			칭칭이	진주	101					O								
			화전노래	영덕	101			O										
			칭 칭 이(x)	영덕	101			O										
			칭칭이	진주	102	O												
	조형유희요		제목미상	영천	14									O				
	풍소유희요		동요일속	대구	21					O								
			과부타령	연일	36							O						
			노리사심	달성	38				O									
			제비노래	청도	41										O			
			게모놀애	동래	63							O						
			자지찰랑	동래	63							O						
			농랑깐치	동래	63							O						
			중타령	창원	67				O									
			개타령	창원	68				O									
			새타령	창원	68				O									
			자지찰랑	창원	70				O									
			장모	울산	77			O										
			포랑새	성주	88			O										

(2) 비기능요

분류	제 목	지역	쪽수	제목 미상	남성가창자						여성가창자					
					미상	20대 이하	30대	40대	50대	60대 이상	미상	20대 이하	30대	40대	50대	60대 이상
꽃노래	꽃노래	상주	1			O										
	꽃노래	연일	35							O						
	꽃놀애	동래	64							O						
	꽃노래	창원	69				O									
담바구	담바구타령	연일	32													O
	담바구타령	동래	63							O						
	담바구타령	창원	68				O									
	담바구타령	거창	72						O							
	담바구타령	경주	76					O								
	담바구타령	울산	78			O										
	담바구타령	산청	97			O										
	담바구타령	고령	99			O										
	담바구타령(x)	진주	101					O								
	담바구타령(x)	영덕	101			O										
	담바구타령	진주	102	O												
댕기노래	댕기노래	영천	14									O				
	댕기	대구	21											O		

	댕기노래	군위	52									O				
서울갓든선부님네	서울갓든선부님네	의성	25													O
	서울가든선부님네	청송	98			O										
시정요	시정요	상주	7							O						
	시정요	영천	11						O							
	시집노래	영천	15									O				
	집노래	의성	22													O
	시정요	의성	25													O
	집살이	청도	39			O										
	시집노래	경산	44					O								
	집사리	군위	54									O				
	집사리(x)	영주	61			O										
	집노래	동래	63							O						
	시집노래	경주	76					O								
	집살이	예천	84				O									
	시정요	밀양	100			O										
	시정요	진주	101					O								
쌍금가	생금노래	영천	11						O							
	생금노래	의성	25													O
	쌍금쌍금	의성	25													O

	쌍금쌍금	김천	26					O								
	쌍금가	군위	55									O				
	쌩금노래(x)	영주	61			O										
	쌍금노래	창원	70				O									
	쌤금노래	경주	76					O								
	쌍금가	예천	82				O									
	쌍금가(x)	청송	98			O										
아리랑	아리랑	상주	1			O										
	아리랑	의성	25													O
	아르랑	김천	29					O								
	아리랑타령	청도	39			O										
	아리랑	군위	47									O				
	경북아리랑	군위	58					O								
	경북아리랑	안동	60					O								
	경북아리랑	영주	61			O										
	아리랑	창원	67				O									
	아리랑	거창	72						O							
	경북아라랑	선산	74			O										
	정선진아라렁이	예천	81				O									
	아리랑	예천	86			O										

	정선진아리랑	예천	87				O									
	경북아랑리	청송	98			O										
	아리랑	고령	99			O										
옥단춘노래	오만(당)춘이	청도	41											O		
	옥단춘아	군위	50									O				
	옥단춘이	예천	83				O									
	맨근춘이노래	밀양	100			O										
제목미상	제목미상	상주	2	O												
	미상	군위	55									O				
	미상	울산	78			O										
	미상	문경	80				O									
	미상	문경	80				O									
	제목미상	예천	84				O									
	제목미상	예천	85			O										
	제목미상	청송	98			O										
청쌍가	청쌍가	군위	58					O								
	청상노래	선산	74			O										
	청쌍노래	울산	78			O										
청조요	청조요	영천	11						O							
	청조가	의성	25													O

	청조요	경주	76					O								
	청조가(x)	청송	98			O										
기타	이사원의 맛딸	영천	16									O				
	순금세(시)	영천	17									O				
	달노래	대구	20											O		
	달거리	김천	30					O								
	청춘가	김천	31					O								
	성님성님	연일	33							O						
	옥동처자	마산	45											O		
	유산가	마산	45											O		
	사랑노래	마산	46											O		
	저구리	마산	46											O		
	희칭의노래	군위	49									O				
	서울노랫가락	영주	61			O										
	원의아들	동래	63							O						
	육자백이	동래	63							O						
	통령통령	동래	63							O						
	불상해라	동래	64							O						
	혼인노래	동래	64		O											
	염불선	동래	65											O		

	영화	동래	65													O
	원의 아들	동래	66											O		
	영화	창원	68				O									
	육자백이	창원	68				O									
	황선달의맛달	창원	69				O									
	장사야장사야 노래	경주	76					O								
	박연 폭포	울산	78			O										
	유흥가	예천	83				O									
	부녀가	성주	91				O									
	통령노래	청송	98			O										
	양산도	진주	102	O												

2) **지역별 분류**

(1) 경북지역분류

* 경북지역 분류표 *										
지역 (270)	대분류		중분류		소분류		세분류		제목	곡수
상주	기능요	16	노동요	14	농업노동요	9	모찌기소리	1	모찔때노래	1
(20)							모심기소리	6	이앙가	5
									모숨기소리	1
							보리타작소리	2	타맥가	1
									타복가	1
					벌채노동요	2	어사용		산유해	1
									어사영	1
					제분노동요	3	방아타령	3	방아타령	1
									방해타령	2

			유희요	2	세시유희요	2	칭칭이		칭칭이	2
	비기능요	4					아리랑	1	아리랑	1
							꽃노래	1	꽃노래	1
							시정요	1	시정요	1
							제목미상	1	제목미상	1
										20
영천	기능요	14	노동요	11	농업노동요	6	모심기소리	4	이앙노래	2
(21)									사영대소리	1
									모숨기소리	1
							보리타작소리	2	호헤야소리/엉해야	2
					벌채노동요	3			산유해	1
									어사영	1
									채녀노래	1
					제분노동요	2	방아타령		방아타령	1
									오호－방해요	1
			유희요	3	세시유희요	2	칭칭이		쾌지나칭칭이	1
									칭칭이	1
					조형유희요	1			제목미상	1
	비기능요	7					이사원의 맛딸	1	이사원의 맛딸	1
							순금세(시)		순금세(시)	1
							댕기노래	1	댕기노래	1
							시정요	2	시정요	1
									시집노래	1
							쌍금가	1	생금노래	1
							청조요	1	청조요	1
										21
대구	기능요	6	노동요	4	농업노동요	1	보리타작소리	1	타맥노래	1
(8)					제분노동요	2			밀가는소리	1
									방애타령	1
					벌채노동요	1			나물노래	1
			유희요	2	세시유희요	1			칭칭이	1
					조형유희요	1			동요일속	1
	비기능요	2					달노래	1	달노래	1

							댕기노래	1	댕기	1
										8
지역	대분류		중분류		소분류		세분류		제목	곡수
의성 (16)	기능요	9	노동요	8	농업노동요	4	모심기소리	4	미상	2
									이앙가	2
					벌채노동요	3			채여인노래	1
									미상	1
									산유해	1
					제분노동요	1	방아타령	1	방아타령	1
			유희요	1	세시유희요	1	칭칭이	1	칭칭나-네	1
	비기능요	7					서울갓든선부님네	1	서울갓든선부님네	1
							시정요	2	시정요	1
									집노래	1
							쌍금가	2	생금노래	1
									쌍금쌍금	1
							아리랑	1	아리랑	1
							청조요	1	청조가	1
										16
김천 (14)	기능요	10	노동요	7	농업노동요	5	모심기소리	3	농부노래	1
									이앙노래	1
									아카산이	1
							보리타작소리	2	타맥가	1
									타복가	1
					벌채노동요	2			얼사영	1
									채채가	1
			의식요	1	세시의식요	1	성주푸리	1	성주푸리	1
			유희요	2	세시유희요	2	칭칭이	2	칭칭이	2
	비기능요	4					달노래	1	달거리	1
							기타	1	청춘가	1
							쌍금가	1	쌍금쌍금	1
							아리랑	1	아르랑	1
										14
연일 (13)	기능요	9	노동요	8	농업노동요	3	모찌기소리	1	모 는노리	1
							모심기소리	2	모숨기노래	1
									이앙가	1
					어업노동요	1	어부가	1	어부가	1

					벌채노동요	2			채녀가	1
									산유해	1
					길쌈노동요	2			방마・면노래	1
									비틀노래	1
			유희요	1	세시유희요	1	칭칭이	1	캐지나칭칭나네	1
	비기능요	4					시정요	1	성님성님	1
							기타	1	과부타령	1
							꽃노래	1	꽃노래	1
							담바구	1	담바구타령	1
										13
달성	기능요	3	노동요	2	농업노동요	2	모심기소리	2	이앙가	1
(3)									농부가	1
			유희요	1	조형유희요	1			노리사심	1
										3
청도	기능요	6	노동요	4	농업노동요	3	모심기소리	2	애홍	1
(9)									이앙노래	1
							논매기소리	1	논맬때하는소리	1
					길쌈노동요	1			비틀노래	1
			유희요	2	세시유희요	1			칭칭이	1
					조형유희요	1			제비노래	1
	비기능요	3					시정요	1	집살이	1
							아리랑	1	아리랑타령	1
							옥단춘노래	1	오만(당)춘이	1
										9
칠곡	기능요	5	노동요	4	농업노동요	3	모심기소리	3	이앙가	2
(5)									잘하고소리	1
					벌채노동요	1		1	어사영	1
			유희요	1	세시유희요	1	칭칭이	1	칭칭이	1
										5
경산	기능요	9	노동요	6	농업노동요	4	모찌기소리	1	모찌는노래	1
(10)							모심기소리	3	이앙가	2
									서울갓든선부님네	1
					벌채노동요	1			저건너 갈미봉	1
					제분노동요	1			방아타령	1
			의식요	2	세시의식요	1			성주풀이(X)	1

					신앙의식요	1			독경	1
			유희요	1	세시유희요	1			칭칭이	1
	비기능요	1					시정요	1	시집노래	1
										10
군위 (30)	기능요	21	노동요	13	농업노동요	6	모심기소리	5	이앙가	3
									농부가	1
									모숨기노래	1
							모찌는소리	1	모찌는노래	1
					길쌈노동요	2			방마노래	1
									비틀노래	1
					벌채노동요	3			나물노래	1
									어사영	2
					제분노동요	2			방아타령	2
			유희요	8	세시유희요	8			윷노는 노래	1
									추천가	2
									화전노래	1
									칭칭이	2
									재밟는노래/놋다리노래	2
	비기능요	9					청쌍가	1	청쌍가	1
							댕기노래	1	댕기노래	1
							시정요	1	집사리	1
							쌍금가	1	쌍금가	1
							아리랑	2	아리랑/경북아리랑	2
							옥단춘노래	1	옥단춘아	1
							제목미상	1	미상	1
			기타	1			기타	1	회칭의노래	1
										30
안동 (9)	기능요	8	노동요	6	농업노동요	4	모심기소리	3	문경 새재	1
									이앙가	2
							보리타작소리		옹해야옹해야	1
					잡역노동요	1			줌치	1
					제분노동요	1			오호오호방해요	1

										1
			유희요	2	세시유희요	2			쾌지나칭칭나네(노세)	1
									노다리	1
	비기능요	1	기타	1			아리랑	1	경북아리랑	1
										9
영주 (13)	기능요	9	노동요	9	농업노동요	5	모심기소리	4	농부가	1
									문경아새재야	1
									상주함창	1
									이앙가	1
							보리타작소리	1	타맥타복가(x)	1
					벌채노동요	2			산유해	1
									어사영	1
					제분노동요	2			방아타령	1
									방개타령	1
	비기능요	4					기타	1	서울노랫가락	1
							시정요	1	집사리(x)	1
							쌍금가	1	쌩금노래(x)	1
							아리랑	1	경북아리랑	1
										13
선산 (18)	기능요	14	노동요	11	농업노동요	7	모심기소리	4	상주함창	1
									이물개 저물개	1
									농부가	1
									이앙가	1
							논매는소리	2	미나리/정구지	2
							보리타작소리		옹해야	1
					벌채노동요	2			어사영(선유해)	1
									초부가	1
					길쌈노동요	1			제목미상	1
					제분노동요	3			방아타령	2
									아-오호 방해요	1
			유희요	3	세시유희요	3			칭칭이	3
	비기능요	4					아리랑	1	경북아라랑	1
							청쌍가	1	청상노래	1

										18
경주	기능요	9	노동요	5	농업노동요	5	모찌기소리	2	모찔대의노래	2
(14)							모심기소리	1	압밧헤	1
							보리타작소리	2	호해야소리/타맥가	2
					제분노동요	1		1	방아타령	1
					길쌈노동요	1		1	비틀노래	1
					벌채노동요	1		1	산유해(어사용)	1
			유희요	1	세시유희요	1			칭칭이	1
	비기능요	5					기타	1	장사야장사야노래	1
							시정요	1	시집노래	1
							쌍금가/청조요	2	쌤금노래/청조요	2
							담바구타령	1	담바구타령	1
										14
문경	기능요	6	노동요	5	농업노동요	2	모심기소리	1	이앙가	1
(8)							보리타작소리	1	타복가	1
					벌채노동요	1			어사영	1
					제분노동요	2			방아타령(x)	1
									방아타령(x)	1
			유희요	1	세시유희요	1			칭칭이	1
	비기능요	2	비기타	2			제목미상	2	미상	2
										8
예천	기능요	1	유희요	1	세시유희요	1			칭칭이	1
(10)	비기능요	9					기타	1	유홍가	1
							시정요	1	집살이	1
							쌍금가	1	쌍금가	1
							아리랑	3	정선진아리랑	2
									아리랑	1
							옥단춘노래	1	옥단춘이	1
							제목미상	2	제목미상	2
										10
성주	기능요	14	노동요	12	농업노동요	10	모찌기소리	1	모찔대의 노래	1
(15)							모심기소리	5	이앙가	4

									나래소리	1
							논매기소리	1	논매는노래	1
							보리타작소리	3	타맥가/타도가/집소가	3
					벌채노동요	1			산노래	1
					길쌈노동요	1			베틀노래	1
			유희요	2	세시유희요	1			칭칭이	1
					조형유희요	1			포랑새	1
	비기능요	1					기타	1	부녀가	1
										15
청송 (16)	기능요	10	노동요	8	농업노동요	4	모심기소리	3	문경아새재야	1
									이앙가	2
							보리타작소리	1	타맥가(x)	1
					벌채노동요	2			산유해	1
									어사영	1
					길쌈노동요	1			비틀노래	1
					제분노동요	1			방아타령	1
			의식요	1	세시의식요	1			성주푸리	1
			유희요	1	세시유희요	1			칭칭이	1
	비기능요	6					기타	1	통령노래	1
							서울갓든선부님네	1	서울가든선부님네	1
							쌍금가	1	쌍금가(x)	1
							아리랑	1	경북아랑리	1
							제목미상	1	제목미상	1
							청조요	1	청조가(x)	1
										16
고령 (10)	기능요	8	노동요	6	농업노동요	4	모찌기소리	1	모찔대노래	1
							모심기소리	2	모숨기노래	2
							보리타작소리	1	타맥가	1
					벌채노동요	1			어사영(x)	1
					길쌈노동요	1			비틀노래	1
			의식요	1	세시의식요	1			성주푸리	1
			유희요	1	세시유희요	1			칭칭이	1
	비기능요	2					담바구	1	담바구타령	1

							아리랑	1	아리랑	1
										10
영양	기능요	4	노동요	3	농업노동요	2	모심기소리	2	이앙가	2
(4)					제분노동요	1			방아타령	1
			유희요	1	세시유희요	1			칭칭이	1
										4
영덕	기능요	2	유희요	2	세시유희요	2			화전노래	1
(3)									칭칭이(x)	1
	비기능요	1					담바구	1	담바구타령(x)	1
										5

(2) 경남지역분류

* 경남지역 분류표 *										
지역 (91)	대분류		중분류		소분류		세분류		제목	곡수
마산	비기능요	4					기타	4	옥동처자	1
(4)									유산가	1
									사랑노래	1
									저구리	1
										4
동래	기능요	10	노동요	5	농업노동요	2	모찌기소리	1	저루자저루자노래	1
(21)							모심기소리	1	모심을 때	1
					벌채노동요	1			어사영	1
					길쌈노동요	1			비틀노래	1
					잡역노동요	1			바늘노래	1
			의식요	1	세시의식요	1			성주풀이	1
			유희요	4	세시유희요	1			칭칭이	1
					조형유희요	3			게모놀애	1
									자지찰랑	1
									농랑깐치	1
	비기능요	11					기타	8	원의아들	1

								육자백이	1
								통령통령	1
								불상해라	1
								혼인노래	1
								염불선	1
								영화	1
								원의아들	1
						꽃노래	1	꽃놀애	1
						담바구	1	담바구타령	1
						시정요	1	집노래	1
									21
창원 (18)	기능요	11	노동요	4	농업노동요	1	모심기소리	1	모숨기노래	1
					벌채노동요	1			어사영(x)	1
					제분노동요	1			방아타령	1
					잡역노동요	1			바늘	1
			의식요	2	세시의식요	2			성주푸리	2
			유희요	5	세시유희요	1			칭칭이	1
					조형유희요	4			중타령	1
									개타령	1
									새타령	1
									자지찰랑	1
	비기능요	7					기타	3	영화	1
									육자백이	1
									황선달의맛달	1
							꽃노래	1	꽃노래	1
							담바구	1	담바구타령	1
							쌍금가	1	쌍금노래	1
							아리랑	1	아리랑	1
										18
거창	기능요	8	노동요	4	농업노동요	1	모심기소리	1	모숨기노래(이앙가)	1

(10)					벌채노동요	1			어사영(선유해)	1
					길쌈노동요	1			비틀노래	1
					제분노동요	1			방아타령	1
			의식요	1	세시의식요	1			성주푸리	1
			유희요	3	세시유희요	3	고우때노래	2	고우때노래	2
							칭칭이	1	칭칭이	1
	비기능요	2					아리랑	1	아리랑	1
							담바구	1	담바구타령	1
										10
울산 (15)	기능요	11	노동요	9	농업노동요	5	모찌기소리	1	모찔대의노래	1
							모심기소리	4	농부가	1
									모심기소리	1
									문경아새재야	1
									압밧헤	1
					벌채노동요	2			초부노래	1
									산유해	1
					길쌈노동요	1			비틀노래	1
					제분노동요	1			방아타령	1
			유희요	2	세시유희요	1			칭칭이	1
					풍소유희요	1			장모	1
	비기능요	4					기타	1	박연폭포	1
							담바구	1	담바구타령	1
							제목미상	1	미상	1
							청쌍가	1	청쌍노래	1
										15
산청 (5)	기능요	4	노동요	2	벌채노동요	1			얼사영	1
					제분노동요	1			방아타령(x)	1
			의식요	1	세시의식요	1			성주푸리	1
			유희요	1	세시유희요	1			칭칭이	1
	비기능요	1					담바구	1	담바구타령	1

										5
밀양	기능요	4	노동요	2	농업노동요	1	모심기소리	1	모숨기노래	1
(6)					벌채노동요	1	벌채노동요	1	어사영	1
			유희요	2	세시유희요	2			칭칭이	1
									화전(희초)가	1
	비기능요	2					옥단춘노래	1	맨근춘이노래	1
							시정요	1	시정요	1
										6
진주	기능요	7	노동요	3	벌채노동요	2			산유해(x)	1
(11)									어사영	1
					제분노동요	1			방해타령(x)	1
			의식요	2	세시의식요	2			성주푸리	2
			유희요	2	세시유희요	2			칭칭이	2
	비기능요	4					기타	1	양산도	1
							담바구	2	담바구타령	2
							시정요	1	시정요	1
										11

3) 가창자별 분류

	지역	이름	곡수	계		지역	이름	곡수	계
1	상주	김인오	5		15	동래	정인식	1	
		윤영식	1				윤두수	17	
		하상옥	3				장씨장모 (윤두수)	1	
		박천일	11	20			장씨부인	2	21
2	영천	이춘삼	3		16	창원	노수봉	18	18
		강대곡	8		17	거창	김재천	10	10
		이성녀	1		18	선산	정 씨	3	
		이분이	5				심상순	1	
		미 상	4	21			김주정	7	
3	대구	김성녀	4				미 상	7	18

		이성남	4	8
4	의성	류상묵	2	
		A노파	12	
		김성은	2	16
5	김천	이성근	14	14
6	연일	김장개	13	13
7	달성	박서방	3	3
8	청도	이성남	6	
		이 씨	1	
		김성녀	1	
		박성녀	1	9
9	칠곡	김재수	3	
		곽영감	2	5
10	경산	신원도	10	10
11	마산	박성녀	4	4
12	군위	김성녀	15	
		김성남	1	
		최성남	10	
		미 상	4	30
13	안동	김성남	1	
		류성남	8	9
14	영주	이병국	10	
		임장수	3	13
	계	계		175

19	경주	박원이	14	14
20	울산	이주원	15	15
21	문경	김성남	5	
		김완배	3	8
22	예천	원유근	5	
		김범동	2	
		강만득	2	
		김만조	1	10
23	성주	남봉선	1	
		배 씨	1	
		고기술	10	
		남 씨	2	
		배성녀	1	15
24	산청	박성남	5	5
25	청송	신재룡	16	16
26	고령	김원도	10	10
27	영양	A	4	4
28	밀양	이성남	6	6
29	영덕	남성남	3	3
30	진주	최성남	11	11
	계	1 − 14		175
	계	15 − 30		184
	총계			359

5. 『동요집』(이재욱 편)의 주요내용

호랑나비

올해 봄쳘 엇더한날
우리집뒤 뱃치밧헤
배치꼿이 홀로잇기
동모업는 곳이라서

무서워라겁내여서
울고불고잇것마는
염치업는호랑나븨
떨고잇는배차꼿에

어린나븨 와달라고
핸들 핸들 손쳣드니
어린나븨 오지안코
심술구진 호랑나븨
덥흘 덥흘 조차드네
엇지하랴 이나븨들
쪼차낸들 달녀들고
달녀들면 꼿입뜻내
이러면은 배차꼿은 (1연)

우는꼴을보기좃타
우스면스달녀드네
나븨 나븨 호랑나븨
너는몹시무졍터라
가라하면얼른가지
가지안코꼿울님은
무슨까닭깁히잇나
전생무슨업원잇서
배차꼿에그리하내 (2연)

깁흔까닭내모러니
어서빨리말해다고
깁흔까닭업거들랑
어서빨리물러가라
서재갓든우로라비
밥먹으로오면 오면
사졍업시너를잡아
목메여서느를죽일터니
죽지말고어서가라
꼿울리고돌아서면
넌들마음조흘소냐
이리된줄알앗드면 (3연)

당초부터잘못이지
꼿아 꼿아 배차꼿아
겁내여서우지마라
울고불면소용잇나
모든것의내잘못을
너그럽게용서해라
조금드나참어면은
힘세고도마음조흔
우로라비오거들랑
너의원한풀어줌세 (4연)

노처녀의서름

압집이라얼순이는
양반이라그러한가
오날까지오것마는
반사십이다되여도

인물잘란타시인가
열살부터오는즁매
이내나는어이하야
즁매할미젼혀업노

보살할멈보통장사
살을주고밥을줘도
할 일업고할일업다
아버지와갓치안자
행혀나즁매신가
외삼촌의부음이라
명경체경둘러노코
나이사만큰마는
연지분도잇것마는
우리부모날길너서
쳐녀이십나이적소
열일곱에싀집간다
내사됴아내사됴아
부자실랑내사실소
하로밧비뎡해주소

성기상시바내장사
이내즁매아니하니
사랑방에손님와서
편지노코읽을적에
아해불러물어보니
방안으로들어가서
나의모양살펴보니
인물풍채앗갑도다
슬대업고슬대업다
잡아쓸가구어쓸가
압집이리을순이는
뒤집머슴김동이도
양반실량내사실코
인물풍채맛당커든

동요(창원지방유행)

1. 삼가협천너른들에
봉성화는길을잡고
가지꽃은짓을달고
분꽃흘랑돌띄매여
은다리비빰을맛쳐
서울길로가시더니
장원겁제하엿다네
길에내든우리부모
갓치크든우리동긔

왼갓화쵸승상하여
외꽃흘랑동을걸고
고초꽃흔동졍달고
아참이슬살작맛쳐
우리님을입혓드니
쳣명지를듈여밧쳐
시가올로내린단내
오늘날이영화로세
오늘날이영화로세

2. 양치손상품쇠는 지여내니바늘이라
삼사월긴긴해에 그즁쳐녀벗일너니
앗기앗기불니다가 너몸이작건하니
내몸이속건하다 뿌러젓내뿌러젓내
단통으로뿔어젓내 나리님의 곤룡포도
널로하여지어입고 성인군자유리복도
널로하여지어입고 만인간의복생치리
널로하여지어낸다 뿔어진헌적이나
낙시를후와내여 청류수에내달나ㅁㅁㅁㅁㅁ서
잉어를낙가내여 부모봉양하고지고

3. 이때가어늬땐고 춘삼월호시땐가
울아버지생신땐가 술어지어검청주라
그술먹고취즁끗헤 노래한장지어주소
무슨노래지여줄고 꼿노래를서여주소
묵고묵고도래꼿흔 야산에서피여나고
시고남은페리꼿흔 심산에서피여나고
미나리시천꼿흔 물가운대피여나고
늘고점고할미꼿흔 들가운되피여나고
맨두라미봉선화는 장독간에피여나고
요내몸에쳐녀꼿흔 방가운대피여난다

4. 황선달내맛달애기 하잘랏다소문듯고
한번이사보러가니 와가갓다그시드니
두 번이사보러가니 안왓다고그시드니
삼세번을거듭가니 삼세간마루청에
어리등실나섯구나 억게점점볼작시면
보래비단겹져고리 모양좃케볼라입고
차마라도모초치마 댕기라도궁초댕기

발끗졈졈불작시면
자지볼을걸어신고
신기실흔만석댕이
가기실흔대한길에
들기실흔대궐안에
하기실흔졀을하고
님금압헤굽니다가
죽일라고단졍하네
즁갑주면잇거니와
즁강조도업서리라
연지갓흔겹보선에
어리둥실나섯구나
타기실흔상가매라
넘기실흔조령고개
서기실흔맹석우에
꼿새긴유리잔에
유리잔을개엿드니
꼿색인유리잔은
황선달래맛달애기

동요(이천유행)

형님 형님 사촌형님
싀집사리엇덥듸까
고초당초맵다한들
싀집사리더매울가
열새무명반물치마
홰뙤끗회그러두고
들락낙락눈물코물
씻노라고다석엇내
싀집삼년살고나니
미나리꼿다피엿내
우리형님죽거들랑
압동산에뭇지말고
뒤산에도뭇지말고
고개고개넘어가서
가지밧헤무더주게
눈오거든쓰러주고
비오거든덥허주고
가지형졔열니거든
우리형졔석은줄알게

동요(계산에서 유행)

좁살갓튼
입살갓튼
청실홍실
뉘를노아
고치따서
날아놋코

이월을경 가마익이
하눌에는 잉어글고
구름에는 벳틀놋코
황경나무 북바대집
왈각달각 짜노라니
압문에서 편지오내
뒤문에서 편지오내
편지한장 띄고보니
시갓죽은 편지란내
눈물바다 코물바다
곱게곱게 짠명주를
고히고히 마즌하아
우리양친 굿기실제
수의에다 쓸얏드니
시갓수에 짓게될줄
게누라서 알앗든가

동요(평원지방)

거져쥴가 기워쥴가 거져쥬기실허닛가
거져주지 못하겠내 해는따서것밧치고
달은따서 안밧치고 상무직에끈을달고
외무지게 선을둘러 멀니잇난임을쥴가
갑게잇는 너쥬가니 너쥬머니내챠겟네

동요(왜밥뚝이)

「이 동요를 하기 시작할 때에 조선아동들은 죽 돌러선다」

어머니진다고 아버지잔다고 (차이구는 보통담화의 장단으로함)
왜기왜기쫄랑왜기 왜기왜기쫄랑왜기 (차이구는 급속이함)
내밥그릇웨뺏늬 (차일구를 하며 주먹을 쥐고 힘잇게 팔을 압흐로
내밀며 「늬」자를 힘잇게 부른다)
이방치에마져봐 (「봐」자를 힘잇게 부르며 주먹을 머리우에 들언다)
쭈루룩져왜기졔다라난다. (차일구는 길게 부르며 주먹을 머리우
에 들은다)

네가가면얼마가
골백리라도가거라
이방치가무선방치
이방치가무선방치
바람차치놀랜방치
구름치치놀림방치
네머리에번적!
번지님의벼락방치 (소래를 놉히고 낫추어 부러다가 끗헤(번적)
두자를 힘잇게부러며 올은 주먹을 놉히 들엇
다가 번지님의 벼락방치를 빨리 불어며 힘잇
게 주먹을 나림)

「이 동요는 바람친 만주야에서 헤매이는 우리조선 어린이들이 배호도 안코 가르키지도 아니한 이것을 교묘히하며 다하고 나선 소변을 치며 한것 깃버함니다. 그숨은 뜻은 일본이 침략을 저주하는 것인듯 함니다.」

동요(은율지방)

무남독녀외딸에이
시집사리보내면서
금지옥엽길너내여
오머니의하는말이

시집사리말만탄다
보고도못본체하고
덧고도못더런체하고
말음서야잘산단다
그말들온외딸애기
가마타고시집가서
버머리로삼연살고
장님오로삼연살고
귀먹짜로삼연살고
석삼연을살고나니
며나리꼿만발햇네
이꼿을본쉬아버니
버버리라돌녀갈제
본가건쳐건츕와서
꽁나는소리듯고
딸아기의하난말이
여그우리압동산에
꺼드득이날의난다
이말들은쉬아버니
며누리의말소리에
넘어넘어반가워서
하인식혀하난말이
가마채를오서놋코
빨니꽁잡아오라
하인들이잡아오니
쉬아버니하는말이
오서오서도라가자
버버리는외딸아기
할수옵시도로가서
잡은꽁털을떠더
숫불놋코꾸스다와
논아지며하는말이
날게날게덥든날게
시아버님잡수시고
입숙입숙놀니든입숙
시어머님잡수시고
요내구영져쇠구명
휘두른내구영은
쉬할마니잡수시고
호물호물 옹문동은
쉬할아비잡수시고
죄우부턴간등이는
쉬누의님잡수시고
배알배알 곳배알은
쉬아쥬범잡수시고
다리다리버럿는다리
실낭님이잡수시고
가삼가삼썩이든가삼
이내나가먹읏고나
못할내라못할내라
쉬집사리못할내라
열새무명열폭치마
눈물밧기다썩읏내
못살내라못살내라
쉬집사리못살내라
해쥬자지반자지로
지어입은져고리도
눈물밧기다쳐젓내

동요(여수지방)

경상도라배약덕이 젼나도라귀양와서
귀양푸리하실짝에 의복츄뢰볼짝시면
대풍지잔뉘바지 말만잡아털쳐입고
즁동치래볼작시면 외경사허리끈에
풍사넝사즙치끈에 오록죠록삼지끈에
공단차고멸연챠고 물건삼성통행근에
귀씨갓흔내금보선 곤띄무튼죄쥬창옷
진만잡아틀쳐입고 첵졀입은수겨시고
필랑일낭손에들고 오대장내집모통이
아쟉빠쟉도라가니 오되장내못따라기
뒤창문을반만열고 져게가는져선부는
헛말읍시자고가소 와라요연요망한년
뉘말춍뎍죠타한돈 내의글시춍명갓흘손야
그말이라여기듯고 사경읍시더러가니
원앙금침짝벼게는 뷔일듯시뜬져두고
새별갓흔요강대는 발질마라밀쳐놋코
간죽설대설아지삼지 이리져리새워두고
꼭꼬리아기난방에 매미새기노난방에
꼿아꼿아지지마라 올작에나맛나보자

동요(북청지방)

양천젼촌의젼갑섬아 부지에게말이낫소
나는실소나는실소 금전제세에나는실소
양천젼촌의젼갑섬아 팔이에게말이낫소
나는실소나는실소 세력제세에나는실소
양천젼촌의젼갑섬아 농부에게말이낫소

(신문에는 13행이 더있음)

형제줄로애정줄로　　허리능청둘려매고
그어대가는배오　　양친부모게시드니
금강산졔일봉에　　재미불공가나이다

동요(함안)

하동따복닥강에　　귀녀딸나시그든
미역국끄리노코　　힌밥지어치리노코
비러주소비러주소　　삼쳔갑자빌어주소
물갓튼요아기는　　차돌갓치구해주소
몽돌갓치구헤주소　　무렁무렁크는양은
하로아참물인듯다　　방실방실웃는양은
동해사챵꼿이로다　　웃득웃득스는양은
주소게의해금인가　　앙금앙금긋는양은
하로잇틀다러도다
그러구러길닌후에　　십세젼에글을배오
언문이쳣공부라　　어화어화우리귀녀
칙보기만심작말고　　무명짜기바너질은
부지른히배올지라　　잘하면네복이요
못하면내욕이라　　그러구러길닌후에
명문에구혼들어　　매지를들어서니
혼수등졀살펴보자　　뜰아래는홰불이요
뜰우에는초불이요　　밝은초불돗기노코
상배한년물니치고　　상쳐한놈물리치고
복만코부요한군　　쌍쌍이새와노코
혼수등졀살펴보니　　어화어화우리귀여
너와갓흔옷이로다　　어화우리사위소리

옥관에구실나여
어화어화누리귀녀
비단으로치리하고
귀하고도어엽부다
사모각대단장하고
귀엽부게칙양업다

정졀궁소래나내
연지로단장하고
실랑마자나가는듯
어화어화우리사위
아시마지들어오는듯
신부의머리우에

게화꼿치넘노는 듯
여의주가넘노는 듯
예사일로알앗드니
곤흔배가불려오고
그잇흔날우리사위
신행치송하라하내
사위야이원말고
하님등절세와노코
귀여태와내여노코
귀녀홀목더워잡고
지착업시잘가거라
자리로주는대로
눈을놉히뜨지마라
합흠을길기마라
코침을길기마라
때그럭이오는손을
이런말져련말을
뒤동산치쳐올라
하님뒤에가마가고
어걱지격가는양은
원수로다원수로다
어화조타우리사위

실랑의사모우에
딸노화사위삼기
오날내집경사로다
업든잠이졀로온다
하는말삼드러보소
딸나흔그한으로
가마등졀세와노코
꼿삼에사인가마
집수건을거더잡고
잘가거라잘가거라
네방에들어가거든
단정히바로안자
붉가니녁이니라
능멸이역이지마라
더러워역이니라
잔소리를하지마라
자세자세가라치고
귀녀가는거동보니
가마뒤에요객가고
보기사조치마는
연불대쟝원수로다
옥당뵈실쉬이하야

대동상쌍가매로　　　　　　　　날시르러오는구나
우리딸유복하야　　　　　　　　사위잘본덕이로다

동요(함안지방)*

한산모시치미밋헤　　　　　　　대구팔시젼주머니
쾌상열대호걸이내

동요(음성지방)

네복장치고내복장치고환량단맛추어소대당
치고왜철벙거지왜환도차고삼성버선에
벌바더신고창곳미투리신가라신고누구를
보라고석들어섯나큰아기보라고석들어섯
내 압마당에는 꼿밧치고뒤마당에연못이고
연목안에는석가산이고석하산안에는초당
을짓고쵸당안에는규수가잇다아래웃방가루
다지국화새김이완자문이라
충청도증복상주지하창열렷내
강너머강대초앙긋방긋열엇내
떠드러온다떠더러온다점심꼬리가떠드러온다
반달갓치뜨드러오다젯가짓게반달이여초
생달이반달이지

동요(호남지방)

바야바야오지마라　　　　　　　우리형님세집갈때

---

* <동아일보>에는 함양지방으로 되어있음

가매꼭지물이든다
비단치마으룽진다
형님형님우지마소
형님형님우리형님
내일이나오실랑가
형님형님오시거든
뒤동산에아바님뫼
형님형님우리형님
내일이나오실랑가

가매꼭지물이들면
비도비도짓구지내
형님형님우지마소
어너때나오실랑가
모래나오실랑가
압남산에어머님뫼
가치가서가치울세
어너때나오실랑가
모래나오실랑가

동요(장성, 나주지방)

올아바니노리개는
울어마니노리개는
울오래비노리개는
우리형님노리개는
우리머슴노리개는
우리어멈노리개는

간지설대가노리겔래
막내딸이노리겔래
경책이놀이겔래
바늘골미가노리겔래
쟁기소리가노리겔래
함박줍밥이노리질래

동요(이천지방)

다북다북다북내야
너어대로울면가니
젓먹어려나는가오
산이놉하못간단다
산놉흐면기어가지

이삭머리종종땃코
내어머니몸둔곳에
물리깁허못간단다
물깁허면헤음치고

가지마라가지마라
문배줄게가지마라

가지줄게가지마라
엿사줄게가지마라

떡사줄게가지마라 떡도실고엿도실코
문배가지나다실소 내어머니젓만내오

살웅아래실문팟이 싹이나야오마드라
북득붙어잇는차돌 물어야만오마더라
병풍속에거린닭이 홰를쳐야오마더라
솔방울이울어야만 네어머니오마드라
애고애고내어머니 삽선대와영젼대가
남산끗테구비구비 잘로잘로돌아가내

애어몸아애어몸아 일어나라일어나라
압창에해돗앗다 뒤창에해돗앗다
어린아기젓달랜다 사란애기밥달랜다
마소색기꼴달랜다 조네동장돈달랜다

동요(경남지방)

쌍금쌍금 상가락지 수수대기밀가락지
호장질러딱가내여 멀리보니달이로세
겻헤보니쳐자로새 그쳐자의자는방에
숨소리가둘이로다 압집에는궁합보고
뒤집에는책역보니 궁합에도못갈장가
책역에도못갈장개 제가서와가는장개
누가말리누가말리 첫모롱이돌아가니
까막까치째작째작 그것도야재앙인가
두모롱이돌아가니 여호색기깨강깨강
구것도야재앙인가 세모룽이돌아가니
피리슨놈험백흠백 바더시오바더시오
편지한장바더시오 한손으로바든편지

두손으로떼여보니 부고로새부고로새
신부죽은부고로새 도라가소도라가소
아부님은돌아가소 도라가자도라가자
하인들아돌아가지 첫재대문들어가니
짓는개도아홉머리 무는개도아홉머리
둘재대문들어가니 무는말도아홉머리
차는말도아홉머리 셋재대문들어가니
곡소리가진동하네 우지마소우지마소
장인장모우지마소 성복제나지냅시다
천금갓튼내동생아 만금갓흔내동생아
너의올게어대가고 너혼자서밥을짓노
엇져녁에드던잠이 이때까지깨지안소
일어나게일어나게 이신부야일어나게
동해동창히돗앗내 세수하고밥먹어려

서울이라왕대밧헤 금비들키알을나여
안아보고지여보고 놋고가는져선부야
아들아기낫켜들낭 알상접제식여주고
딸아기낫커들낭 경상감사사우삼소

진주단성을건돌애 찹살비비단감쥬야
딸길러서날준장모 이술한잔잡으시오
이술한잔잡어시오 늑도졈도안히시요
꼿츨사긴유리잔애 나위남산거남쥬야

동요(용천지방)

여보여보 져게가는져영감
입에다가 국수살인왜물엇소

야들아야들아
년세놉흔탓이로다
져게가는져할마니
달내박아진왯엿소
흉보지말아라
흉보지마라라
여보여보
머리에다가
야들아야들아
년세놉흔탓이로다

동요(서선지방)

논귀대기잔미나리
삼빡삼빡찍러다가
강사환내강장치고
초사환내초를치고
어버님도자버시오
잡수시다남거들낭
논아먹어보고지고
서울놈의장도칼로
끌른물에속굿쳐서
김사환내기름치고
기름간장치나마니
이미님도잡어시오
이방져방세방녀와

동요(서선방직여공)

하날에베틀노코
업죽실죽적긴날에
영영구비최빨을낭
잉아때는삼형젠대
아룽지룽배가기리
소불꼬불쇠꼬리에
황경나무바듸집은
어라봐리북나간다
들고짱짱노코짱짱
삼년묵은물더품을
한물두물못입어도
구름에는잉아노코
들러띄니베틀뗄새
북바대로돌아꼿고
눌림대는독신이라
쓰리동동도투마리
집신감발왓다갓다
얼너쳐도소리나내
쉰자개미들어온다
하로젼대필을짯내
빈텀업시물더려서
또드라졋게따듬아

랑군님의옷을지니　　입은이도조흘여만
보는사람황홀하다

동요(북청신창지방)

네져골내져골초록져골　　네치마내치마분홍치마
네보선내보선삼성보선　　삼수갑신흐른물에
요기안자배츄싯는요쳐쟈야　　것이속이젓차노코
속대한대빌여주소　　거긔가는그총각아
우리어믐들어시면　　야단날소리만하는구나
우리늠들물어보고　　우리어멈안들어면
일가문즁청해노코　　일가문즁안듯거든
동내문즁청해노코　　동내문중안듯거든
신두매를돗아매고　　남산고지올라가서
나오기만기다리소

동요(웅천지방)

성아성아사촌성아　　싀집살기엇더터노
싀집살기좃트마는　　어여운것만코만태
싀아버니밥상에야　　수져노키어릅더라
둥굴둥굴수박개오　　밥담기도어럽더라
즁누버선싀아재비　　말하기도어럽더라

배틀노래(협천)

월궁에노든선녀　　할일이젼혀업서
지하로구경와서　　달가운대계수나무
동쪽으로버든가지　　옥도긔로찍어내고

금독긔로다듬아서
압집에박대목
뒤집에김대목
서울장안도대목이
베틀한쌍모왓도다
베틀놀때견혀업서
옥낭강이비엿도다
옥낭강에비틀노와
베틀다리사형졔는
압두다리놉히노코
뒤두다리낫차노코
안질게고은양은
우리나리금상님이
룡상우에안즌젓다
부테를둘은양은
삼각산제일봉에
허리안지둘럿는 듯
말코를차는듯은
처년묵은룡이
알을품고안즌듯다
북이라나든뜻은
봉황이알을품고
옥낭강에나든듯다
바듸집치는뜻은
아삼은반만열고
소삼은거더치며
황국을치는듯다
앙금암금제발거름
서에서산무지갠가
남에남산무지겐가
이주불칼에앗스되
제가절로에앗는가
잉아때삼형졔는
사백년긴을졉고
팔마금자치는듯다
사침대형뎨분은
의논좃케매자글고
버김이고은양은
홍문연놉흔잔채
벱대알로고은듯다
룡두마리우는뜻은
청쳔에외기륵이
짝을일코우는듯다
나올나올나올손은
날오라고손친듯다
절로굽은철기신은
게모밋헤무암삽혀
멧신한짝목을매여
자수해서죽은듯다
쿵질쿵도터마리
졍졀쿵뛰는뜻은
대국산성깁흔밤에
벽역치는소리갓다
그럭저럭다짝노히
암내물에치쳐다가
뒤내물에히워다가
우라버지서울양반
명주직염하여주고

우러머니사천댁이 명주치마하여주고
그럭저럭다해입고 명주자치남은것은
우리형님식집갈제 가마살방둘러줌새

파랑새

새야새야파랑새야 녹두남게안지마라
녹두꽃이뜨러지면 청포장사울며간다

노랑까치

까치까치노랑까치 풍게풍게물어다가
상즁에다집을짓고 그집짓고삼년만에
우라바지서울양반 우러머이진주댁이
우로래비홀연대장 우리형님옥당츈이
나하나는감당츈이

동요(강계)

방아방아물방아야 쿵쿵짓는물방아야
너의힘이장하고나 폭포갓치솟는물에
떨어지는공이노래 쉴새없시눌리면서
한섬두섬찌어내니 배옥갓튼흰쌀일새
이쌀찌어무엇할가 연자망에갈야내여
체로처서가루하야 알낙달낙물둘너서
곱게곱게비져내여 졀졀껄른지름속에
맛이잇게찌져내여 색씨상에고여노챠

동요(의령)

쌍금쌍금쌍가락지
회작질로딱가내여
먼데보니달일내리
곁헤보니쳐잘내라
그쳐자의자는방에
숨소리가둘일내라
홍돌바진올아바님
거짓말삼말어시요
남풍은드리불어
풍지뜨는소리로새
기름달는소래로새
멧새라기린방에
참새갓치혼자자내

망개동울아배야
내죽거든압산에도
뭇지말고뒤산에도
뭇지말고연태밋헤
무더주소울아배가
날찻거든담배때를
물리주소울오매라
날찻거든밥을한상
대졉하소올오래비
날찻거든소주한잔
올리주소우리형이
날찻거든은비녀로
찔녀주소우리동생
날찻거든금피꼿을
쥐여주소우리동무
날찻거든은가락지
찌여주소

형아형아사촌형아
싀집사리엇드터노
시집사리좃터마는
조고만한도리판에
수지놋키어릅더라
웅글둥걸수박탕끼
밥담기도어릅더라
석자수건졍지문에
거러노코날미딱고
둘미딱고눈물딱가
다썩엇내

동래땅의원의아들
밀양땅에장가오니
것대문에용기리오
안대문에범기리고

오죽댄가자지댄가 그끗태라써린나무
동내어른모다노코 쇠한머리업허노코
열두폭춰일치고 금천주를부어들고
은쟁반에밧쳐노코 조끔만흔첨새빼서
져서보소오날왓든 새서방님실것갓흔
이내목숨떠러질가 념여하소너거집에
쳔석하면쳔석보고 내가왓나봉송애
꼿갓흔주절보고 내가왓지

동요(함흥)

비야비야오지마라 우리누님시집갈때
가마속에물더러가면 다홍치마얼넉간다
무명치마둘너쓴다 비야비야끈치여라
어서어서끈치어라 우리누님싀집가면
어느때나다시맛나 누나누나불러볼가
누나누나가지마소 시집을랑가지마소
시집사리좃타해도 우리집만하오릿가
이리모다거러하니 시집을랑가지마소
바야바야오지마라 우리누나시집갈때

동요(경북봉화군풍양학술강습회)

부투룽부투룽부투룽 온다온다졸음이온다
시살물네띄더지고 안동판에송사가제
안동판에송사가니 송세원이하는말이
안저한잠자는잠을 누어한잠자지
가는잠도올아할 것을 오는잠을가라할가하더라

동요(평안도지방유행)

일조정 이원군
삼각산이 사지로다
오백년 못되어
육판서 설움지고
칠도에 흉년이고
팔재됴흔 정도령
구중궁궐구경하는
십자가상에생래해

Ph. D. dissertation

A Study on Lee Jae－Uk's *A Collection of Yeungnam Traditional Folk Songs*

Bae, Gyeung－Sook

Department of Korean Studies
Graduate School
Yeungnam University
(Supervised by Kwak, Tae Chun)

Summary

Lee Jae－Uk is a scholar of Korean folksongs who worked in 1930s. In 1931, he graduated from the Department of Chosun Language & Literature, Keijo Imperial University by presenting the graduation thesis, *Studies on Yeungnam Folksongs*. We may say that he is the first specialist of folksongs in Korea. He left a precedent of applying to a scientific inquiry in investigating the whole folksongs in Korea in 1929. On the basis of that, he investigated and collected materials of folksongs of 30 counties in Yeungnam district, and then he left *A Collection of Yeungnam Traditional Folksongs*.

After gradation, as he took a part in the founding of Chosun Language

& Literature Society and the magazine, *Shinheung*, he prepared the ground for a positive and scientific investigation on the fields of Koreanology. In 1945, When Korea freed from the Japanese ruling, he soon took the first Chief of the National Library. In 1950, when the Korean War broke out, he was kidnapped by the North's army, and his presence was buried in history.

Under the circumstances, studies on his life and his career as a specialist of folksongs was not fully performed. Now, this thesis is try to make the first academic approach to his life and achievement, *A Collection of Yeungnam Traditional Folksongs*. In the course of it, his writing materials and articles are analyzed, and especially, the contents and the background for investigation of *A Collection of Yeungnam Traditional Folksongs are analyzed precisely.*

By this careful analysis, this thesis is to make out the significance of his work of folksong investigation and its position in the history of folksong studies. In addition to this, by making use of his materials, this thesis is to present an educational effect and an effect as an example of story－telling, and also a general plan for that purpose in the aspect of cultural contents.

Subject Words: Lee Jae－Uk, Yeungnam folksongs, *A Collection of Yeungnam Traditional Folksons*, SanYuhwa, Choun Language & Literature Society, Keijo Imperial University, Kyungbuk arirang, Hyangrang.

이재욱의 『영남전래민요집』연구

배 경 숙

요 약

이재욱은 1930년대에 활동했던 초창기 민요연구 학자이다. 1931년 경성제국대학 졸업논문 「영남민요연구」로 경성제국대학 조선어문학과를 졸업하였고, 한국 최초로 본격적인 민요 전공자의 길을 걸었다. 1929년 한반도 전체의 민요조사 과정에서 과학적 조사방법을 적용한 최초의 사례를 남겼다. 이를 바탕으로 1930년 영남지역 30개 군의 민요자료를 수집 조사하여『영남전래민요집』을 남겼다.

졸업 후에는 <조선어문학회> 창립에 참여하고 <신흥>지 창간에 참여함으로써 한국학 연구 분야의 실증적이고 과학적인 학문 연구의 터를 닦았다. 1945년 한국이 일본의 식민체제로부터 놓여나게 되자 곧 바로 초대 국립도서관장을 맡아 활동하였다. 1950년 한국전쟁이 일어나자 북한군에 의해 납치되어 생사를 확인할 수 없게 되었고, 이에 따라 그의 존재는 역사 속에 묻혀버렸다.

이러한 사정으로 탁월한 민요연구가 이재욱의 생애와 활동에 대한 그 어떤 조명도 제대로 이루어지지 못했다. 그리하여 이 논문은 이재욱의 생애와 그의 연구성과물인『영남전래민요집』에 대한 최초의 학문적 접근을 시도하였다. 이 과정에서 이재욱이 남긴 다수의 논문과 집필 자료들을 연구 분석하였고, 특히 『영남전래민요집』의 조사배경과 내용을 상세히 분석하였다. 이를 통하여 이재욱의 민요조사 활동이 지닌 의의와 민요연구사에서의 위상을 밝혀내고자 하였다. 이재욱이 남긴 자료를 활용하여 문화컨텐츠의 측면에서 교육적 효과와 스토리텔링 사례로서의 효과와 그 방안을 제시하였다.

2부 자료편
『영남전래민요집』(이재욱)

1. 『영남전래민요집』 소개 및 일러두기

내가 기억하는 아버님,
이재욱 (李在郁)
이정하*

1950년 6월 서울이 공산군에게함락 된후 아직 국립도서관이 평양팀에 접수되기도 전에 공산당에 아부하던 부하직원에 의해 반동분자로 잡혀 소위 사회안전국 정치보위부에 구금되신 이후 전혀 소식도 듣지 못하고 생사조차 모른 채 생이별을 했어야 했습니다.

그 후 정전이 된 후 포로교환 때 희망을 걸었고 또 국제적십자사를 통하여 탄원했지만 소용없었습니다. 그때 저의 나이 11살이었고 거의 60년이라는 세월이 지나갔지만 아버님 모습 제 기억 속에 너무나도 생

* 이재욱 선생의 장남으로 현재 미국 일리노이주에서 병원을 운영중이다.

생하게 살아있습니다.

아버님께서는 온화하셨고, 긍정적이셨고 우스개 소리를 잘 하셨습니다. 저희 형제들이 크는 동안 큰소리로 야단맞은 기억이 없습니다. 당시에는 어른, 특히 아버지 들은 밥상을 따로 받는것이 풍습이었는데 저희 집에서는 커다란 둥근 상에서 모두 같이 앉아서 즐겁게 식사하던 때가 지금도 생각이 납니다.

아버님 그당시 대지주의 가문에서 태어나셔서 최고의 명문대학에서 교육을 받았던 부르조아의 배경을 가진 엘리트였지만 검소하시고 사치를 싫어하셨습니다. 한번은 부하 직원들을 대동하고 광주도서관을 시찰을 가셨었는데 기차역에 마중나온 직원들이 수수하게 차리신 아버님을 수행원으로 알고 모두들 대동한 총무과장에게 달려가 절을 했다는 에피소우드를 아버님께서 웃으시면서 말씀하셨습니다.

지금 생각하면 아버님의 열정은 한국문학과 도서관학에 있었습니다. 한밤중에 잠을 깨어보면 아버님 어머님 두 분이 안계실 때가 많이 있었습니다. 살살 아버님 서재 (우리는 뒷방이라고 불렀읍니다)를 훔쳐보면 두 분이 무언가 열심히 원고지에 쓰고 계신 것을 거의 매일 밤 보았습니다. 나중에 어머님께서 아버님은 원고 쓰시고 어머님은 교정하시고 또 정서도 하신다는 말씀을 들었습니다. 이렇게 1945년 해방부터 1950년 6·25까지 수많은 글을 쓰셨습니다. 저의 기억으로는 문학에 대한 글 뿐만 아니라 <도서관학> 이라는 저서도 있고, 국립중앙도서관 부설도서관 학교를 각 대학에서 도서관학과를 설치하기 훨씬 전에 창립하셔서 많은 사서를 양성하셨습니다.

불행스럽게도 남겨진 저희 식구들, 살집도 재산도 없이 전쟁중에 여기저기 떠돌아 다니며 연명하기에 급급하여 아버님의 글이나 유물을 하나도 보전하지 못하여 안타까워 하던 중 뜻밖에도 배선생님께서 아버님을 연구 제목으로 많은 자료도 수집하셨다는 말을 듣고, 정말 자식들이 못 하는 일을 대신해 주시는 것에 너무 감격했습니다. 이 자리를 빌어 가족들을 대표하여 다시금 감사드립니다. 하늘나라에 계신 아버님 어머님께서도 기뻐하실 줄 믿습니다.

끝으로 40대의 젊은 나이에 사랑하던 어머님, 자식들과 생이별하고, 자식들이 자라는 모습 보지 못하시고, 또 그자식들 다 훌륭한 배필을 만나 얻은 손주를 안아볼 기회를 무참히 빼앗긴 아버님.

생각하면 너무나 안타깝고 가슴 아프지만 지금 우리가 살고 있는 이 세상이 전부가 아닌 것을 믿는 저희들은 언젠가 아버님을 하늘나라에서 다시 뵈올 날이 있을 것을 확신합니다.

일러두기

1. 『영남전래민요집』은 이재욱이 경성제국대학 법문학부 조선어문학과 재학 중인 1930년에 영남지역 30개 군을 조사하여 358곡을 정리한 필사자료집이다.
2. 이 민요 집은 1930년의 영남지역 민요조사 자료집으로, 조사자와 정리자가 동일한 거의 유일한 실물자료이다.
3. 1930년 영남민요 실상을 지역적으로 분류하므로, 지역적, 시기적 기준을 마련할 수 있는 자료이다.
4. 정리는 지역별로, 조사 민요에 대해 곡명, 조사지역, 제보자 이름, 나이, 성별, 음조(哀調와 快調)등을 기록 했다.

<table>
<tr><td colspan="3">조사지(郡名)</td></tr>
<tr><td>傳說 樂器</td><td>곡 명</td><td>주 소</td></tr>
<tr><td>備考</td><td>調</td><td>이 름
나이
성별</td></tr>
<tr><td colspan="3">조 사 날 짜</td></tr>
</table>

* 이름 표기 중에 예를 들어 '이성녀'라면 '이씨 성을 가진 여자'라는 뜻이다.

* 調 (快調, 哀調, 打令調) – 전문적인 음악용어로 곡의 풍(style)을 표기

* 備考 – 곡의 기능과 가창 절기 또는 기타 특기 사항을 기록

5. 중복된 경우 사설이 같은 곡과 조사자가 인식한 곡 등은 곡명만 적고 사설은 생략, 축소했으며, 곡의 분포상황과 연행방법 등을 할주로 처리하기도 있다.
6. 조사자 나름의 중요사항은 사설 끝에서 할주로 처리했으며, 일부이기는 하나 베틀의 세부도를 제시하고 여백에 삽화를 그리므로 곡의 이해를 도왔다.
7. 몇 곳의 여백에는 명구(名句)로 처리했는데, 모두 도서(圖書)와 관련된 내용이다. 이는 조사자가 서지학적 관심을 표현한 것이다.
8. 독자의 편의를 위해 영인 내용을 다시 정리했다. 여기에서는 여백에 쓰인 명구나 세부도등 삽화는 생략했고, 내용, 순서와 뛰어 쓰기는 원고대로 했다
9. 목차의 표기 중 각 쪽의 앞, 뒤 면을 ㄱ, ㄴ으로 표기했다.
   예) 001ㄱ – 1쪽의 앞면
   001ㄴ – 1쪽의 뒷면
10. 본문 44쪽과 87쪽의 원고지 뒷면은 여백으로 되어 있다.

2. 『영남전래민요집』 목차

지 역	악 곡 명	첫 사 설	쪽 수
상 주	꽃노래	<사랑앞에 목단꽃은>	001ㄱ
	아리랑	<아리아리랑시리시리랑 문경아 새재는>	001ㄴ
	타맥가	<어해아 여거봐라>	001ㄴ
	타복가	<애하 애하 애－이 또 너머간다>	002ㄱ
	제목미상	<앵두나무밑에 빙아리 한쌍노는데>	002ㄱ
	이앙가	<얼럴럴 상사뒤야>	002ㄴ
	방아타령	<이히애해방하요 이히애해방하요>	003ㄱ
	칭칭이	<칭칭나－네 갱빈에는 돌도만코>	003ㄴ
	모숨기노래	<상주함창 공갈못에>	003ㄴ
	이앙가	<해해히히야 애이해해야 잘한다>	004ㄱ
	이앙가	<상주함창 공갈못에>	004ㄴ
	이앙가	<문경아 새재야 박달낭근>	005ㄱ
	방해타령	<애애해루 방해요 이방해가 누방해고>	005ㄴ
	산유해	<갈마구아 지리산가리갈가마구야>	006ㄱ
	어사영	<세상에 이내신세>	006ㄴ
	모찔때노래	<덜어내자 덜어내자 이모자리 덜어내자>	007ㄱ
	이앙가	<상주함창 공갈못에>	007ㄱ
	칭칭나－네		007ㄱ
	오－호 방해요		007ㄱ
	시정요	<성님성님 사촌성님>	007ㄱ
	향랑에 관한 전설		007ㄴ
영 천	산유해	<시내심곡산 가리갈가마구야>	008ㄱ
	이앙노래	<새발끝에 저밧골에>	008ㄴ
	호해야소리	<엉해야 호해야 꽃이밋헤 반장군아>	009ㄱ
	이앙가	<상주함창>	009ㄴ
	쾌지나칭칭이		009ㄴ

지 역	악 곡 명	첫 사 설	쪽 수
	방아타령	<대구와 동일>	009ㄴ
	사영대소리		009ㄴ
	어사영	<가마구야 가마구야 너무놉히 떠지마라>	010ㄱ
	모숨기소리	<이물개저물개 다파노코 주인내양반 어듸갓노>	010ㄴ
	엉해야	<엉해야 꽂듸밋헤 반장군아 >	011ㄱ
	칭칭이	<대구와 동일>	011ㄴ
	오호방해요	<대구와 동일>	011ㄴ
	청조요		011ㄴ
	쌤금노래		011ㄴ
	시정요	<성님성님>	011ㄴ
	채너노래	<펀지왔네 펀지왔네 실영땅에 펀지왔네>	012ㄱ
	동 일	<요미너라 조미너라>	013ㄱ
	제목미상	<요도랑에 용필이는>	014ㄱ
	댕기노래	<대로숨가 대로숨가>	014ㄱ
	시집노래	<미영가라 미영가라>	015ㄱ
	이사원의맛딸	<한살묵어 엄마죽고 두살묵어 아배죽고>	016ㄱ
	순금세(시)	<순금세야 배깍거라 순금세야 깍근배는>	017ㄴ
대 구	밀가는소리	<이밀을 이래갈아>	018ㄱ
	나물노래	<올나가는 올꼬사리 니러가는 닐꼬사리>	018ㄱ
	타맥노래	<옹헤야 옹헤야 산에가니 옹헤야>	019ㄱ
	방애타령	<오－호호 방해요>	019ㄴ
	칭칭이	<오~나~네 쾌지나칭칭나네>	020ㄱ
	달노래	<달아달아 밝은달아>	020ㄴ
	댕기	<서발너발 너름댕기>	021ㄱ
	동요일속	<기상기상콩가리, 바람아바람아, 땅땅나부야>	021ㄴ
의 성	집노래	<못질못질 은가락지>	022ㄱ
	미 상	<애해 애해 애해 애해>	023ㄱ

지 역	악 곡 명	첫 사 설	쪽 수
	이앙가	<이물개 저물개 푹파노코>	023ㄱ
	채여인노래	<꽃버구니 옆헤끼고>	023ㄴ
	산유해	<어데후후야 심산심곡 가래갈가마구야>	024ㄱ
	미 상	<때욱청산에 노든 톡기야>	024ㄴ
	쌍금쌍금	<쌍금쌍금 쌍가락지 호작질로 딱가내니>	025ㄱ
	시정요	<성님성님사촌성님>	025ㄱ
	서울갔든선부님네		025ㄱ
	칭칭나－네		025ㄱ
	아리랑		025ㄱ
	이앙가	<상주함창 공갈못에>	025ㄴ
	미상	<문경아새재야 박달나무 홍두깨방망이로 다나간다>	025ㄴ
	방아타령		025ㄴ
	청조가		025ㄴ
	샘금노래		025ㄴ
김 천	쌍금쌍금	<쌍금쌍금 쌩까락지 호작질노 딱가낸다>	026ㄱ
	얼사영	<갈가마구야 가리갈가마구야>	026ㄱ
	칭칭이	<쾌지나칭칭나네>	026ㄴ
	타맥가	<어－하 어－하 여긔봐라 저긔봐라>	027ㄱ
	타복가	<어－추야 산아 이후후>	027ㄴ
	칭칭이	<쾌지나 칭칭나－네 하늘에는 빌도만코>	027ㄴ
	농부노래	<여바라 농부들아 이내말 들어라>	028ㄱ
	채채가	<고사리 꺼거로 간다고>	028ㄴ
	이앙노래	<상주함창 공갈못에 연빰따는 저큰아가>	028ㄴ
	이카산이	<따－애해해해야 애－해 산이 잘도하는구나>	029ㄱ
	아르랑	<문경아새재야 물박달은 홍둑게 방마치로>	029ㄴ
	달거리	<정월이라 십오일에>	030ㄱ
	청춘가	<이팔아 청춘에 홀 가수(과부)되야>	031ㄱ

지 역	악곡명	첫 사 설	쪽수
	성주푸리	<에라 만수야 에라 대신아>	031ㄴ
연 일	방마・면 노래	<압밧헤는 미영을갈아>	032ㄱ
	담바구타령	<구야구야 담바구야 동래울산 담바구야>	032ㄱ
	이앙가	<상주함창 공갈못에 연밥따는 저큰아가>	033ㄱ
	채 가	<올나가는 올고사리 니러가는 닐고사리>	033ㄴ
	어부가	<어시영 어시영>	033ㄴ
	성님성님		033ㄴ
	비틀노래		033ㄴ
	모찐는노리		033ㄴ
	캐지나칭칭나네		033ㄴ
	모숨기노래	<장사야 장사야 황아장사야>	034ㄱ
	산유해	<가마구야 가마구야 심우심에산 갈이갈가마구야>	034ㄴ
	꽃노래	<북문밧게 북처자야>	035ㄱ
	과부타령	<4월이라 초파일에>	036ㄱ
달 성	이앙가	<문경 금산 홍갈못세>	037ㄱ
	농부가	<저건너 저무덤은>	038ㄱ
	노리사심	<강원도 금상산 노리사심이>	038ㄴ
청 도	비틀노래	<월궁에 노든 선여>	039ㄱ
	논맬때하는소리		039ㄴ
	아리랑타령	<뒷동산 산천 박달낭근>	039ㄴ
	애 홍	<애홍 애홍 애라남차 애홍>	039ㄴ
	싀집사리	<타기 실흔 가마타고>	039ㄴ
	칭칭이	<쾌지나칭칭나네 얼시구나 절시구나>	040ㄱ
	이앙노래	<낭장낭장 저빌끝에 시누올기 떠러젓다>	040ㄴ
	제비노래	<제비제비 초록제비 압뜰뒷뜰 진흑덩이>	041ㄱ
	오만(당)춘이	<춘아춘아 옥단춘아 보들입헤 시단춘아>	041ㄴ
칠 곡	이앙가	<서마지기 논뺌에 양달갈치 짓을다라>	042ㄱ

지 역	악곡명	첫 사 설	쪽수
	이앙가	<다른점심 나오고 이내점심 안나온다>	042ㄴ
	칭칭이		042ㄴ
	잘하고소리	<잘로하고 잘로하고 애이로상사 잘로하니>	043ㄱ
	어사영	<기리산 갈가마구야 껌다고 한탄마라>	043ㄴ
경 산	모찌는노래	<저루자 저루자 이모자리를 저루자>	044ㄱ
	칭칭이		044ㄱ
	방아타령		044ㄱ
	이앙가	<상주함창 공갈못에>	044ㄱ
	이앙가	<이물개 저물개>	044ㄱ
	저건너 갈미봉		044ㄱ
	시집노래	<성님성님>	044ㄱ
	이앙요	<서울갔든 선부님네>	044ㄱ
	성주푸리(×)		044ㄱ
	독 경		044ㄱ
마 산	옥동처자	<아부지는 서울양반>	045ㄱ
	유산가	<이짝저쩍 둘너보니>	045ㄴ
	저구리	<개자하니 살이 지고>	046ㄱ
	사랑노래	<머리조코 실한 처자>	046ㄱ
군 위	윷노는 노래	<전동갓흔 팔을 것고>	047ㄱ
	아리랑	<명사십리 해당화야>	047ㄴ
	추천가	<추천가세 추천가세 우리형제 추천가세>	048ㄱ
	화전노래	<아른마의 부녀들아>	049ㄱ
	회칭의노래	<울도담도 업는집에>	049ㄴ
	나물노래	<나물가세 나물가세>	050ㄱ
	옥단춘아	<춘아춘아 옥단춘아>	050ㄴ
	이앙노래	<위－야(뒷소리) 이물개 저물개 헐어놋코>	051ㄱ
	댕기노래	<빠잣다네 빠잣다네>	052ㄱ
	추천노래	<추천하네 추천하네 누올기 추천하네>	053ㄱ

지 역	악곡명	첫 사 설	쪽수
	농부가	<아침날시 청명킬네>	053ㄴ
	방마노래	<울올바시 잔솔피고>	054ㄱ
	집사리	<형아형아 사촌형아>	054ㄴ
	미 상	<동정호 밝은달에>	055ㄱ
	쌍금가	<생금생금 생까락지>	055ㄴ
	비틀노래	<옥황상재 맛딸애기>	056ㄱ
	칭칭이		057ㄴ
	방아타령		057ㄴ
	어사영		057ㄴ
	이앙가	<상주함창 공갈못에>	057ㄴ
	모찌는노래	<저루자 저루자 이모자리를 저루자>	058ㄱ
	모숨기노래	<새야 새야 뿍굼새야>	058ㄱ
	이앙가		058ㄴ
	칭칭이		058ㄴ
	방아타령	<대구와 동일>	058ㄴ
	청쌍가		058ㄴ
	경북아리랑		058ㄴ
	어사영		058ㄴ
	재밟는노래		058ㄴ
	놋다리노래	<이재가 누재고>	058ㄴ
안 동	노다리	<노다래(리)노다래(리)>	059ㄱ
	이앙가	<우－아－우 애야 허리야 우－－>	059ㄱ
	쾌지나칭칭나네(노세)	<대구와 동일>	060ㄱ
	오호오호방해요	<대구와 동일>	060ㄱ
	문경새재		060ㄱ
	이앙가	<상주함창 공갈못에 언밥따는저큰아가>	060ㄱ
	경북아리랑		060ㄱ

지 역	악 곡 명	첫 사 설	쪽 수
	옹헤야옹헤야		060ㄱ
	줌치	<낭글싱가 낭글싱가>	060ㄱ
영 주	농부가	<너－홍너－홍 너호넘차 너－홍>	061ㄱ
	방아타령		061ㄱ
	산유해	<갈가마구>	061ㄱ
	경북아리랑		061ㄱ
	서울노랫가락		061ㄱ
	타맥타복가(×)		061ㄱ
	상주함창		061ㄱ
	문경아새재야		061ㄱ
	쌩금노래(×)		061ㄱ
	집사리(×)		061ㄱ
	이앙가	<쾌지나 후리치 노－세>	061ㄴ
	어사영	<후후야 산천아>	061ㄴ
	방개타령	<조선의 십삼도 실만한 낭근>	062ㄱ
동 래	모심을 때	<납작납작 피리꽃은>	063ㄱ
	게모놀애	<수싯대야 수만대야>	063ㄱ
	칭칭이		063ㄴ
	어사영		063ㄴ
	담바구타령		063ㄴ
	성주푸리		063ㄴ
	육자백이		063ㄴ
	집노래	<성님성님>	063ㄴ
	통령통령		063ㄴ
	비틀노래		063ㄴ
	원의아들		063ㄴ
	농랑깐치		063ㄴ
	바늘노래		063ㄴ

지 역	악곡명	첫 사 설	쪽수
	자지찰랑		063ㄴ
	저루자저루자노래		063ㄴ
	꽃놀애	<납작납작 피리꽃은>	064ㄱ
	불상해라	<헌신짝이 딸딸끌고>	064ㄱ
	혼인노래	<상투야 한분 빳쫏고>	064ㄴ
	영화	<삼가합천 너른들에>	065ㄱ
	염불선	<우리금주 심은나무>	065ㄴ
	원의아들	<동래땅의 원의아들>	066ㄱ
창 원	중타령	<중하나 나려온다>	067ㄱ
	아리랑	<거재봉산 박달나무>	067ㄴ
	성주푸리	<에라만수 대신아>	068ㄱ
	칭칭이		068ㄴ
	방아타령		068ㄴ
	어사영(×)		068ㄴ
	담바구타령		068ㄴ
	성주푸리		068ㄴ
	육자백이		068ㄴ
	모숨기노래		068ㄴ
	(정지라고도 함)		068ㄴ
	새타령		068ㄴ
	개타령		068ㄴ
	영화		068ㄴ
	황선달의맛달	<황선달네 맛달애기>	069ㄱ
	꽃노래	<이때가 어느 땐가>	069ㄴ
	바늘	<양치손상 상품쇠는>	070ㄱ
	자지찰랑	<자지 찰랑 저 찰랑이>	070ㄴ
	쌍금노래	<쌍금쌍금 쌍까락지>	070ㄴ
거 창	고우때노래	<춥고 덥거든 내품에들어라>	071ㄱ

지 역	악곡명	첫 사 설	쪽수
	고우때의노래	<안의용추야 네 잘있거라>	071ㄴ
	칭칭이		072ㄱ
	방아타령		072ㄱ
	어사영(선유해)		072ㄱ
	담바구타령		072ㄱ
	성주푸리		072ㄱ
	모숨기노래(이앙가)		072ㄱ
	비틀노래		072ㄱ
	아리랑		072ㄱ
선 산	칭칭이		073ㄱ
	방아타령		073ㄱ
	미나리		073ㄱ
	정구지		073ㄱ
	어사영(산유해)		073ㄱ
	상주함창		073ㄱ
	이물개 저물개		073ㄱ
	칭칭이	<칭칭나네>	073ㄱ
	방아타령	<오호방해요>	073ㄴ
	옹해야	<대구와 동일>	073ㄴ
	농부가	<상추 삼으로 애해요>	073ㄴ
	초부가	<문경아새재야 인고부튼다>	074ㄱ
	제목미상	<모란봉큰애기 비짜는 소리>	074ㄱ
	칭칭이	<칭이야 칭칭나－네>	074ㄴ
	아－오호 방해요		074ㄴ
	경북아라랑		074ㄴ
	이앙가	<상주함창 공갈못에 연밥따는 저큰아가>	074ㄴ
	청상노래		074ㄴ
경 주	모찌는노래	<영해영덕 초목에>	075ㄱ

지 역	악 곡 명	첫 사 설	쪽 수
	모찔대의노래	<저루자 저루자 이모판을 저루자>	075ㄴ
	호해야소리	<오－호 오－호 호해야 너머간다>	076ㄱ
	칭칭이		076ㄴ
	청조요		076ㄴ
	쌤금노래		076ㄴ
	방아타령	<대구와 동일>	076ㄴ
	산유해(어사영)		076ㄴ
	시집노래	<성님성님>	076ㄴ
	비틀노래		076ㄴ
	장사야장사야노래		076ㄴ
	압밧헤		076ㄴ
울 산	농부가	<양해 호해야 어－하 어하>	077ㄱ
	초부노래	<니월아 시월아 가지마라>	077ㄴ
	장 모	<진주단성 얼근독에>	077ㄴ
	미 상	<오동추야에 저달이 발가>	078ㄱ
	모찔대의노래	<조루자 조루자 이논뺌을 저루자>	078ㄱ
	담바구타령		078ㄴ
	박연폭포		078ㄴ
	산유해		078ㄴ
	칭칭이		078ㄴ
	방아타령		078ㄴ
	비틀노래		078ㄴ
	청쌍노래		078ㄴ
	문경아새재야		078ㄴ
	모심기노래	<장사야>	078ㄴ
	압밧헤		078ㄴ
문 경	칭칭이		079ㄱ
	방아타령(×)		079ㄱ

지 역	악 곡 명	첫 사 설	쪽 수
	애－해로 방해요		079ㄱ
	이앙가	<상주함창 공갈 못에 연빰 따는 저 큰아가>	079ㄱ
	어사영	<구야산천가리갈가마구야>	079ㄱ
	타복가	<앵해야 여긔 때리라>	079ㄴ
	미 상	<왕십리 처자는>	080ㄱ
	미 상	<문경아새재는 왼고갠가>	080ㄱ
	방아타령	<애－애라 방해야>	080ㄴ
예 천	정선진아라렁이	<이야이야 어렁링아 어러렁고개지처 날넹겨주세>	081ㄱ
	쌍금가	<쌍금쌍금 쌍가락지>	082ㄱ
	옥단춘이	<춘아춘아 옥단춘아>	083ㄱ
	유홍가	<옥이로다 옥이로다>	083ㄴ
	집살이	<성님성님 사촌성님>	084ㄱ
	제목미상	<동부산 긔차야>	084ㄴ
	제목미상	<새야새야 은완새야>	085ㄱ
	아리랑	<아리아리랑... 산천아고와서>	086ㄱ
	칭칭이	<노－세 노－세 쾌지나후리치 노－세>	086ㄴ
	정선진아리랑	<이야이야 어렁링아 어러렁고개지처 날넹겨주세>	087ㄱ
성 주	산노래	<기경가자 기경가자>	088ㄱ
	포랑새	<새야새야 포랑새야>	088ㄴ
	이앙가	<알숭달숭 유자줌치>	089ㄱ
	이앙가	<개령금산 얼건독에>	090ㄱ
	칭칭이	<나네 칭칭칭나네>	090ㄴ
	부녀가	<강글강글 강글시야>	091ㄱ
	이앙가	<포란부채 정두분에>	092ㄱ
	논매는노래	<애해야 조호 호호야>	093ㄱ
	나래소리	<위위우여 위위우여>	093ㄱ
	모찔때의 노래	<영천아 도모게>	094ㄱ

지 역	악곡명	첫 사 설	쪽수
	이앙가	<산도산도 봄산일네>	095ㄱ
	타맥가	<애이여 애미타불>	096ㄱ
	타도가	<애이－야 애해 드러간다>	096ㄴ
	집소가	<오－해야 오해야>	096ㄴ
	베틀노래	<아가아가 문열어라>	097ㄱ
산 청	칭칭이		097ㄴ
	방아타령(×)		097ㄴ
	얼사영		097ㄴ
	담바구타령		097ㄴ
	성주푸리		097ㄴ
청 송	제목미상	<나요나요 나날난실>	098ㄱ
	칭칭이	<칭이야 칭칭나－네>	098ㄱ
	방아타령		098ㄱ
	이앙가	<상주함창>	098ㄱ
	이앙가	<이물개 저물개>	098ㄱ
	산유해		098ㄱ
	서울가든선부님네		098ㄱ
	성주푸리		098ㄱ
	통령노래		098ㄱ
	문경아새재야		098ㄱ
	비틀노래		098ㄴ
	어사영	<저건너 갈미봉에 비 무더온다>	098ㄴ
	경북아랑리	<날좀보소>	098ㄴ
	타맥가(×)		098ㄴ
	청조가(×)		098ㄴ
	쌍금가(×)		098ㄴ
고 령	모숨기노래	<이물개저물개 푹파노코>	099ㄱ
	모찔대노래	<저루자저루자 유지야 장판을 저루자>	099ㄴ

지 역	악곡명	첫 사 설	쪽수
	어사영(×)		099ㄴ
	칭칭이		099ㄴ
	비틀노래		099ㄴ
	모숨기노래		099ㄴ
	성주푸리		099ㄴ
	담바구타령		099ㄴ
	아리랑		099ㄴ
	타맥가	<옹혜야>	099ㄴ
영 양	칭칭이		100ㄱ
	방아타령		100ㄱ
	이앙가	<상주함창 공갈못에 연밥따는 저큰아가>	100ㄱ
	이앙가	<이물개저물개 푹파노코 이논주인 어듸갓노>	100ㄱ
밀 양	모숨기노래		100ㄴ
	칭칭이		100ㄴ
	화전(회초)가		100ㄴ
	어사영		100ㄴ
	시정요	<성님성님>	100ㄴ
	맨근춘이노래	<춘아춘아 맨근춘아>	100ㄴ
영 덕	칭칭이 (×)		101ㄱ
	담바구타령(×)		101ㄱ
	화전노래		101ㄱ
진 주	칭칭이		101ㄴ
	담바구타령(×)		101ㄴ
	산유해(×)		101ㄴ
	시정요	<성님성님>	101ㄴ
	성주푸리		101ㄴ
	비틀의 구조	<그림>	102ㄱ
	어사영		102ㄴ

지 역	악 곡 명	첫 사 설	쪽 수
	칭칭이		102ㄴ
	방해타령(×)		102ㄴ
	담바구타령		102ㄴ
	성주푸리		102ㄴ
	양산도		102ㄴ

3. 원문정리

상주

꽃노래

김인오 26세 애조 5년 7월 21일

사랑앞에목단꽃은	박음정이꽃이도다
네꼴이라서름마라	추절들고단풍들고
닙나라닙나라(시들시들)시든꽃은	내년이때춘삼일에
닙도피고꽃도피고	죽은낭개닙도피고
바램이다부는때로	우줄우줄춤잘춘다
짠매기밭에속닙나고	노고지리눠질뛰고
황소고등서고	암소띠금뛰고
꽃중에도준잘논다	가거나가거나성화신가

아리랑

동인

아리아리랑 시리시리시리랑
문경아새재는 언(님)고갠가 구부야구부야눈물일세
문경아새재야 떡물푸리는 말채쇠채로다나간다
문경아새재야 물박달은 큰애기손길로 다나간다

타맥가

동인

어해야
여긔봐라
저긔봐라

타복가

김인오 26세 쾌조 5년 7월 21일

애 — 화 애 — 화
애 — 이 또 너머간다
헌단드러오고 새단나간다

미상

동인

앵두나무밑에 빙아리한쌍노는데
총각아낭군 애루화밥반찬한다

이앙가

윤영식 60세 애조 5년 7월 21일

얼널널상사뒤야 이논뺌이모를심가
얼널널상사뒤야 모풀을던저로솜아

얼널널상사뒤야

강경지방에 성창한다고 하였다

방아타령 (주) 이앙 할 때에도 함

하상옥 46세 쾌조 5년 7월 21일

이히애헤 방하요
이히애헤 방하요
경상도는뒤들방해요
충청도는연자방해요
강태공의조작방해
쪼박살이 친이들고
곤배팔이 비를들고
장태대리 상가래(방아가래)
장태대리 상가래(방아가래)

칭칭이

하상옥 46세 쾌조 5년7월 21일

칭칭나－네
갱빈에는돌도만코
칭칭나－네
하늘에는빌도만코

칭칭나－네
시집살이말도만코

모숨기소리

하상옥 46세 애조 5년 7월 21일

상주함창공갈못에
연꽃은따지 말고
잠자기는어렵잔에도
머리조코잘난처자

연빰따는저큰애기
이내품에잠을자세
연빰따기느저간다
울뽕낭게 거란잔네

이앙가

박천일 60세 애조 5년 7월 21일

해해히히야 애이해해야 잘한다
우리집점심은 꿀떡에불떼는가 애 후후야잘한다
해해히히야 애이 해해야 잘한다
진주기생의암이는 왜장청정목을안고 진주남강에떠러
젓네 애 후후야 잘한다
해해히히야애이해해야 잘한다
저건너감미봉에 비무덧다 우장두루고지심매자
애 후후야 잘한다
애 후후야 잘한다
애 후후야 잘한다

이앙가

박천일 60세 애조 5년 7월 21일

상주함창공갈못에	연빰따는저큰아가
연빰줄빰내따줏게	이내품에자고가게
서방님품에잠을자니	아슬아슬춥으오네
아슬아슬추운데	뒷동산모루다래지맛이다
아슬아슬추운데	뒷동산모루다래 지맛이다

이앙가

박천일 60세 쾌조 5년 7월 21일

문경아새재야 박달낭근	홍둑게 방마치로 다나간다
문경아새재야 떡물푸리	쇠채말채로다나간다
문경아새재야 박달낭근	큰애기손질노다나간다
진산덕산왕대뿌리는	소구채로다나간다
중아중아대사중아	느거신님어듸갓노
개산금산너른들에	목해동영하로갓네
저너건황새등에	청실홍실줄을매여
시누올기뛰다가	떠러짓가염여더라
늘청늘청비럭끝에	끝에너도죽어서남자가되고
처자곤식을싱기볼가	
머리조코고흔처자	줄뿡낭게거란잔네

방해타령

박천일 60세 쾌조 5년 7월 21일

애 해루 방해요
이방해가누방해고
강태공의조작방해
강태공은 어듸가노
곳은낙시손에들고
새대삿갓숙이스고
산에가면산질방해
들에가면 뒤딜방해
골노가면 물방해
혼자찍는 돗구(절구)방해
여주이천자차방해

산유해

박천일 60세 산유해 애조 5년 7월 21일

갈마구야지리산 가리갈가마구야 굴근솔밭다지나고
잔솔밭을 자로드는구나 그등말냉이 까욱까욱
짓는가마구야 우리　어머니 꼭잡아가면 큰방
차지도내차지고 골방차지도내차지고 꽃치장
차지도내차지고 뒷집김통령더렁차지도내차지다

어사영

동인

세상에이내신세 이러키지낼수가잇나
엇던사람은팔자가조와 구태금실 놉흔집에
통과중문하고 그러키잘사는데 날같은놈은
이산중에 이고생을하나

모찔때노래

박천일 60세 쾌조 5년 7월 21일

덜어내자 덜어내자	이모자리덜어내자
이성채사 이밍손이	이모자리잡아가게
덜어내세 덜에내세	이모자리덜어내자
저성채사 강님도령	이모자리잡아가소

박천일 60세 5년 7월 21일

상함공갈못에(이앙가)
칭칭나－네
오－호호 방해요
시정요(성님성님사촌성님)

주) 향랑에관한전설

박천일 60세 5년 7월 21일

낙동동백칠십에 거주하는백성진노인(74세)에게물은즉 그런전
설은소년시에도 들은일이업다고한다. 또 김남순여사
(42,3세)에게물어보아도 도모지 모른다하였다.
상주읍내 조씨는선산지방에 그런전설이있다고하였다.

영천

산유해 **(주)이후이후는재소리라 한다. 시중과공장 갓혼곳에서 이재소리를하면 재수가 없다(춘삼)고 한다.**

이춘삼 49세 5년 7월 30일

시내심곡산 가래갈가마구야 저건너저묵밧흔
원전인가화전인가 거년에도묵어나듸 금년에도나와갈치묵어
나네 이후이후－
저건너저동내도 삼가도대동이요 오가도대동이요
동내압헤고목낭근 날과갈치속만탄다(중공이니까)이후이후
저건너 저재구부는 활잔것치 굽은질에 활살갈
치 가고저라 이후 이후－

이앙노래

이춘삼 49세 5년 7월 30일

새발끝에저밧골에　　반달같치 따나온다
네가무슨 반달이고　　초생달이반달이지(그뭄초생 반달이지)
서울이라남정자야　　점심참도 더듸온다
아흔아홉칸정지안에　　도는라고 더듸온다
서울이라 남정자야　　점심참도더듸온다
놋재(저)은저 시알느니라고 더듸온다
놋재(저)은저 시알느니라고 더듸온다
놋재(저)은저 시알느니라고 더듸온다

호해야소리　(주) 의흥지방에도 유행

이춘삼 49세 5년 7월 30일

엉해야호해야
꽃이밋헤반장군아
엉해야호해야
어절시구잘도한다
엉해야호해야
무당의보린가 춤도잘도춘다
엉해야호해야
아전의보리인가 설설긴다
엉해야호해야

사령의보리인가 뾜기도뾜다
엉해야호해야
상놈의보리인가 태도업다
엉해야호해야
량반의보리인가 태도잇다
엉해야호해야
중의보리인가 몽구기도하다

(이물개) 상함 (이앙가)

쾌지나칭칭이

방아타령 (대구와 같지 성행치는 안함)

사영대소리 노농들 잘한다(춘삼)

어사영

강임호 55세 애조 5년 7월 30일

가마구야 가마구야 너무놉히떠지마라 낫기떠도
눈아니걸닌다 해빠지면 솔밭에 자로든다 이후

가마구야 가마구야 껌다고서름마라 것이껌다고
속좃차껌으라 이－후－

모숨기 소리

동인

이물개저물개 다파노코
무내야전북손애들고
서울이라남대문안에
밉쌀닷말찹살닷말
늘청늘청바럭끝에
나는엇때 환생하여
배꽃갓흔 저처녀야

주인내양반어듸갓노
첩의방에놀노갓네
점심참도느젓다
이느라고더듸더라
끝에 너부올기거란젓다
본가장을싱거볼가
눈매사곱다마는허리맵시더곱다

엉해야

강대곡 5년 7월 30일

엉해야
꼿듸밋헤반장군아
엉헤야
어절시구잘도한다
엉해야
무당의보리인가춤도잘춘다
엉해야
칭칭이(대구와동일)
오 ― 호호방해요 (대구와 동일)
청 · 쌍 · 노래 (청조요, 쌤금노래)
시정요 (성님성님)

채녀 노래

이성녀 19세 5년 7월 30일

핀지왔네 핀지왔네 실영땅에 핀지왔네
엄마엄마우리 엄마 저핀지가누핀진고
에라야야식그럽다 너치울나핀지왔다
엄마엄마우럼마야 내가무슨나히만아
날치울나핀지 왔나

*　　　　*

아배아배울아배야 저핀지가누핀진고
에라에라시그럽다 너치울라핀지왔다
아배아배울아배야 내가무슨나히만아
날치울라핀지왔나

*　　　　*

동상동상내동상아 저핀지가누핀진고
에라누님싯그럽다 너치울라핀지왔다
동상동상내동상아 내가무슨나히만아
날치울라핀지왔나

*　　　　*

집을가니거니 범갖튼싀아바시
요미너라조미너라 요간거라조간거라
큰방이라들어가니 야시긋흔싀어머니
요미너라조미너라 요간거라조간거라
자근방에들어가니 콩코다리싀너부
팟코다리싀너부 요올기냐조올기야

요간거라조간거라

*　　　　*

싀집왓든사흘만에　　양동오얍헤찌고
은따뱅이손에들고　　까죽신 딸딸글고
건너천네 건너천네　　도랑하나건너천네
깨엿다네 깨엿다네　　양도오를깨엿천네

*　　　　*

대문밧게들어가니　　범갖튼싀아바시
요미너라조미너라　　느거집을다팔아도
요동오갑을물어내라
방안에들어가니　　야시긋흔싀어머니
요미너라조미너라　　느거집을다팔아도
요동오갑을물어내라
자근방에들어가니　　팟코다리싀너부가
콩코다리싀너부가　　느거집을다팔아도
요동오갑을물어내라

*　　　　*

한폭따서 꼭갈집고　　두폭따서 바랑집고
시폭따서 토시집고　　한곳을가다하니
중이하나내려온다　　대사대사 이대사야
머리조금깍가주게　　머리사까지마는
뒷일을엇지하나　　뒷일은내감당하지

*　　　　*

한깃대기깍고나니　　모시채매다저젓네
두족이라깍고나니　　모시적삼더저젓네

*　　　　*

친정곳에가가주고　　　　동양을돌나하니
무엇을줏가하니　　　　깨를돌나하네

이러하며 친정어머니는자기의딸인줄도모르고 깨한말을주엇다. 그러나 그여자는밋없는잘니에 그것을받엇스니 깨는죄 지상에 산란하였다. 그리하여여자는 고의로절로서 립립을주어담어스니 춘삼월장장일이라도 엇지 다좃기를기대리리요 해가빠지매 주인녀는 자고가라하니 그여자는 야심토록 잠을이루지못하고 노래를하엿스니 엇지가인의듯는봐가 아니되겟스랴. 그리하여 자기의딸인줄알았다. 그리하여 그여자는후일싀집에 돌아갓스나 식구라고는 다죽어잇슴을 보고, 그여자도 속히 그곳에서자결하엿다.

제목미상

이분이 16세 5년 7월 30일

요도랑에용필이는　　　　날가물가수심하고
큰거렁에역꾹대는　　　　큰물짓가수심이요
집웅끝에 안진새는　　　　구리옷가 수심이요
나무끝에 안진새는　　　　바람불가수심이요
한강물이술같으면　　　　아바친구 대접하지
갱변돌이 떡같으면　　　　우리엄마 대접하지

댕기노래

이분이 16세 5년 7월 30일

대로숨가 대로숨가 물가운데대를숨가
형님대는 왕대로다 내대는분대로다
형님머리 석자가옷 이내머리두자가옷
형님댕기두자가옷 이내댕기한자가옷
디럿드네 디럿드네 끝만물니디럿드네
널노뒤네 널노뒤네 객사뜰에널로뒤네
부럿드네 부럿드네 샛바람이 불엇드네
빠젓드네 빠젓드네 이내댕기 빠잣드네
조엿드네 조엿드네 김통령이조엿드네

◎ 화산 산산채 – 화산 견여지승람

뚜까리 미여츄 홈츄 참츄 으너리 다 – 너리 밤나물 밍태나물 짝두싹 빠지젱이 무시나물 비노쵸 깨나물 뻬비데 저나물 불미 게츄 꼬치떼 미사리 꼬들빡구 신넹이 비비치 대나물 삼비꼬갱이 가지복다리 원처리 돌찡이 쪽박나물 꽃나물 콩나물 장뚝갱이 물내나물 빌구두디기 비름나물 집동나물 할짝 나물 각시나물 싹갓나물 담베두까리 훈님 등

시집노래

이분이 16세 5년 7월 30일

미영가라 미영가라
원골밭에 미영가라
따엿다네 다엿다네
풍지풍지따엿다네
활장으로탱기내여
거무줄노색여내여
알각달각짜다하니
붐정왓네붐정왓네 (부고)
어맘죽어붐정왓네
갈나네라갈나네라
친정곳에갈나네라

다짜놋코가라하네
다짜놋코갈나하니
싯거놋코가라하네
싯거놋코갈나하니
가라네도가라네도
머리빗고가라네도
댕기풀어낭자걸고
비여빼여품에품고
한모룽이돌아가니
우름소리 절노나네
두모룽이돌아가니
행사소리절노나네
서런둘리행상군아
행상조금낫차주소
엄마얼골볼나거덩
어제아래붐경갈때
그를적에네오지요

*　　　　*

뚱굴뚱굴맛오라바
행상조금낫차주소
애라야야시그럽다
엄마얼골볼나거덩
어제아래붐경갈 때
그를적에니가오지

*　　　　*

시모랭이도라가니
엄마무덤저긔비네
짠지뜨더부양하고
눈물바다 제지내고
목을나어(날너)엄마소리
볼너보니아니나네 –

이사원의 맛딸

이분이 16세 5넌 7월 30일

한살묵어 엄마죽고
두살묵어 아배죽고
시살묵어 할매죽고
니살묵어 할배죽고
다섯살에 입학하여
이사원네담모통에
어실버실도라가니
이사원네 맛딸애기
밑창문을밀치놋코
살창문을살치노코
저긔가는저도령이
이도령가박도령가
말삼조금든고가소
말삼이야조타마는
악으로악으로배운글노
일시인들이즐소냐.
이사원네 맛딸애기
저놈자식장가가서
가매라고 타거들낭
가매채가뿔어지소.
말이라고 타거들낭
말쟝디이가 뿔어지소
다래청에 들거덜낭
사모깍뒤뿔어지소
큰상을낭 밧거들낭
판다리가뿔어지소.
장가라고가니거네
가매라고 타니거네
가매채가뿔어지고
말이라고타니거네
말쟝디이가 뿔어지네
다래청에 드니거니
사모각뒤뿔어지네
큰상이라 바드니까
판다리가 뿔어지네
핑풍넘어 저색시야
머리조금 집허주소
언제봣든 손이라고
머리조차 지퍼주리
큰방에의어머님요
어제왓든새실낭이
숨이깔닥 넘엇네요.
자근방의 아버지요
어제왓든새실낭이

숨이깔닥 넘언네요
아가아가내딸아가
말띠기나 들시봐라
기집연 입살이다.
자근방에들어가니
쥴쥴이도 걸어노코
모시국시 시국시는
저리만히해여낫노
긔긔동동띠와낫는
저리만히해여낫노.
행상으로하니끄네
서런둘의행상꾼이
미로섯네 미로섯네

아가아가내딸아가
말삼이야조치마는
말띠기야조치마는

모시도복 시도복은
쟝꼬방에 달나드니
어너사위주실나고
정지라달나드니
저술은어너사위주실낫고

이사원네 담모통이가니끄네
발이딸각 붓터잇네
그곳에미로섯네.

순금세

이분이 16세 5년 7월 30일

순금세야배깍거라
순금세야깍근배는
연하기도 맛도좃타
액이도령병들엇다
칠곡세라 깍근배는
찌리그도맛도업다.

대구

밀가는 노래

김성녀 46세 5년 7월 1일

이밀을 이래갈아
어넌독에 다열난고,
진주울산얼근독에
오복소복다여을나네

나물노래

김성녀 46세 5년 7월 1일

올나가는 올꼬사리
니러가는 닐꼬사리
아자금자자금 끈어다가
살금살작 딧치다가
심금심금 시아바님
밥상에 올니놋코(나물하고)
심금심금시오마니
밥상에 나물해놋코
미나리는 해다가는
실낭상에밀치노코
엉겅구나물해다가는
쉬아바니상에엉걸시노코

조바리는해다가
싀오마니상에 조벌티리노코.

타맥노래

이성남 26세 5년 7월 1일

1. 옹해야
   옹해야,
  산에가니
   옹해야
  밋추리난놈이 (저성)
   옹해야－ 해야 옹해야
2. 날을보고
   옹해야
  꽁지가빠지도록
   옹해야
  다라난다 (저성)
   옹해야－ 해야 옹해야

방애타령

이성남 26세 5년 7월 1일

오－호호방해요－
오－호호방해요

이방해가누방해고
오－호호방해요
강태공의조작방해
오－호호방해요
삼시먹고돈돈방해
오－호호방해요

칭칭이

이성남 26세 쾌조 5년 7월 1일

1. 오－나－네	쾌지나칭칭나－네
2. 얼시구나 절시구나	쾌지나칭칭나－네
3. 하늘에는빌도만코	쾌지나칭칭나－네
4. 갱빈에는돌도만타	쾌지나칭칭나－네
5. 대밭에는마디도만코	쾌지나칭칭나－네
6. 솔밭에는　이도만타	쾌지나칭칭나－네
7. 시(싀)집사리말도만코	쾌지나칭칭나－네
8. 여긔는 사람도만네	쾌지나칭칭나－네
9. 노자노자 절머노자	쾌지나칭칭나－네
10. 늘거지면못노느니	
(늘고빙들면)	쾌지나칭칭나－네
11.사람은만코 노리는적네	쾌지나칭칭나－네

달노래

김성녀 46세 5년 7월 1일

달아달아밝은달아
이태백이노든달아
이태백이죽구들낭
연대밋헤무더주소
연꽂이나피그들낭
날만역어도라보소
우리엄마날찻거든
약주한잔바다다가
국화동동뛰야다가
은쟁반에밧치다가
우리엄마대접하소
우리형님날찻거든
소주한잔바다다가
국화동동뛰아다가
은쟁반에밧치다가
우리형님대접하소
은쟁반에밧치다가
우리형님대접하소

댕기

김성녀 46세 5년 7월 1일

서발너발너름댕기
중지석항물넝댕기
빠잣다네빠잣다네
객사뜰에빠잣다네
통령통령김통령
이내댕기 날을주소
직님(남상의)끝과채매끝과
한태대일때 너를주마
도랑물과 거렁물과
합수될때 너를주지
고이업시 너를주나
고이업시 너를주나.

동요일속

이성남 26세 5년 7월 1일

기상기상콩가리 방구대지네대지
골묵골묵호양연 기상어마이뺀댓돌

바람아바람아불어라
대추야대추야 널지거라
아야아야 조흐라
어런아어런아맛바라

땅땅나부야 안진자리에안거라
건낭아가면 먹껀키죽는다.

의성

싀집노래 (주) A노파로부터 수집함

류상묵 5년 7월 24일

못질못질은가락지
끼기야조컨마는
반뜩반뜩비녀꼭지
찌르기야 좃컨마는

부모보기 하직일세
싸리비단 집동채매
숭금비단 쪽 조고리
입기야 좃컨마는
부모보기 하직일세 　　　　　　　　**류(재)**

제목미상

A 노파 64세 5년 7월 24일

애ㅡ해 　　　　애ㅡ해
애ㅡ해 　　　　애ㅡ해
애ㅡ해 　　　　얼널널상사데
　* 　　　　　　*
이물개 저물개 푹파노코
우리집(이논주인)주인은 어듸갓노.
무내아전북손에들고
등넘어 첩의방에 놀노로갓네 　　(이앙)

채여인노래 　(주) A노파로부터 청취하엿다.

류상묵 애조 5년 7월 24일

꽃버구니 엽헤끼고
우리엄마 부르면서

나물을 하로가니
저작건너 저양달에
나물하는저처자야
이짝건너 이음달에
으너리 다너리 옥어젓네
저작건너 저음달에
나무하는저총각아
이짝건너 이양달에
칼새 밀새 쓸어젓네 **류(재)**

* 으너리, 다너리(대너리) 薪名
* 칼새, 밀새 薪名

산유해

김성은 73세 산유해 5년 7월 24일

1. 어데후후야 심산심곡가래갈가마구야 잔솔밧을넘어
   굴근솔밧으로 넘어가는구나 허허후후야 가리갈가마구야

2. 동모네야 벗님네야 어서가자 밧비가자 점심도느저가고
   술도느저간다 허허후후야 가리갈가마구야

3. 산천초목은절머가고 우리부모는늘거간다 공산낙목
   일분토에 왕후자제도한번가면 그만이다 허허후후야 가리갈가마
   구야

4. 가막구가 검은들 것이검엇지 속속디리 껌을소냐 허허후후야
가리갈가마구야

미상

김성은 73세 5년 7월 24일

때욱청산에노든톡기야 야산에노다가포수한테
만나면죽는다.
하늘의 저 봉학이 하늘에서 니러와서 모진포수의
선불을만나뿌러진 날개를 히터리고 해동하기를 기
다린다.

쌍금쌍금

A노파 64세 5년 7월 24일

쌍금쌍금 쌍가락지	호작질로딱가내니
먼뒤보니 달이로다	젓혜보니 처자로다
처자함쌍자는방에	숨소리가 둘릴네라
천도복성울오래비	거진말슴말라시소
꿔고리그린공에	참새같치 내누엇소

시정요
(성님성님사촌성님)

서울갓든 선부님네
칭칭나－네
아리랑

이앙가 (상주함창공갈못에 연빰따는저큰아가
서마지기논빽이반달이떠오네)
문경아새재야박달나무 홍둑게 방마치로다나간다
방아타령
청조가 샘금노래

김천

쌍금쌍금 (주) 각인이 일상에 집합하여 물내를 처놋고 이 노래를 하면서 일을 한다.

이성근 43세 5년 7월 21일

쌍금쌍금 쌩까락지
호잘질노딱가낸다
먼듸보니 천일네라
젓헤보니 달일네라
저 천이 자는방에
숨소리가 둘일네라
홍달복성 오라바시
거진말슴마라소서
동남풍이 듸리불어
풍지떠는소릴네라.

얼사영 (주) 얼사영 띠우자하면서 이노래를 시작한다 하양 영천 지방에 유행한다.

이성근 43세 5년 7월 21일

갈가마구야 가리갈가마구야 지리덕산 갈가마구야
날다리고가거라 이후후－

칭칭이 (주) 금산지방에도 성히 유행함

이성근 43세 5년 7월 21일

쾌지나 칭칭 나－네
하늘에는빌도만코
쾌지나 칭칭 나－네
대밭에는 마듸도 만코
쾌지나 칭칭 나－네
갱빈에는 돌도만코

(주) 이왈(성근) 이노래는대구에서유행하는데 「무정적긔」와 －매구치는 약장수－장고에마추워 노래하는 것이다. 이노래 는 「옥술가」를완미한 사람이라야 잘먹일수가 잇다. 그리고, 이노래중에는 연절이만타. 과연 저자는김천지방에서 「옥술가를 수집하엿다.

타맥가

이성근 43세 5년 7월 21일

어－하 어－하
여긔봐라 저긔봐라
어－하 어－하
아전의보린가 설설긴다
어－하 어－하
중의보린가 수염도 업다
어－하 어－하
사령의보린가 뿔기도뿔다.

타복가

이성근 43세 5년 7월 21일

어－추야 산아 이후후　　새단나가고 헌단들어간다
어－추야 산아 이후후　　새단나가고 헌단들어간다.

칭칭이

이성근 43세 5년 7월 21일

쾌지나 칭칭 나－네
하늘에는빌도만코
갱빈에는돌도만타

농부노래 **(주)선산 금산지방에도 유행함**

이성근 43세 5년 7월 21일

여봐라농부들아 이내말들어라
이논빼이모를심가 반달만치 나맛구나
지가무슨 반달인가 초생달이 반달이지 얼널널상사
뒤야
그논빼이 숭근모가- 잔납히 활활피서 장햇구나
우리부모산수등에 솔을심앗드니 그솔이크서
정자네 얼널널상사뒤야

채채가

이성근 43세 5년 7월 21일

고사리 꺼거로 간다고 핑기핑기하드니 총각낭군무덤에 사모지
지내로가는구나.
산에놀나 도라지라고 캐고보니 산삼이라구나

이앙노래

이성근 43세 5년 7월 21일

상주함창공갈못에 연빼따는저큰아가

(주) 공갈못 함창부근에잇는데 지금은 매립되어 전답이되엿고 근히

일부분만잔존한다. 이전에는상주압들까지 이못물의 몽리구역이라한다.

이카산이

이성근 43세 5년 7월 21일

따－
애해 해해야 애－해 산이잘도하는구나
애해 해해야 애－애 산이 잘도하는구나
정자조타 구름정자 애해 잘도한다
애해 해해야 애－해 산이 잘도하는구나
사람은만코소리는적구나 애해 산이야 잘도한다
애해 해해야 애－해 산이 잘도하는구나
압두름은 개작아오고 뒷두름은 멀어간다.
애해 해해야 애－해 산이 잘도하는구나

아르랑 (주) 상주지방에도 유행함

이성근 43세 5년 7월 21일

문경아새재아 물박달은 홍둑게 방마치로 다나가는구나
아르랑 아릉랑……
문경아새재야 떡물푸리 말채쇠채로다나간다
아르랑 아릉랑……

품안에들제우든닭은 야산의실갱이가 다물어가제
아르랑 아룽랑……
뒷집에갈적에짓든개는 은앙산(인왕산)호랭이가 다물
어가게

달거리 (주) 상주지방에도(상주 김인오) 유행한다

이성근 43세 5년 7월 21일

정월이라십오일에 망월하는소년들아
망월도좃컨마는 부모봉양느저간다
2월이라한식일엔 한식차사다가는데
우리집서방님은 어듸가고못가는고
3월이라 삼진날은 연자옛집다시찻고
호접은 편편하고 나무 나무 속닙나고
4월이라 초파일엔 낙화성이 떠－엇다
5월이라 단오일엔 천중지가절이라
얼재지창해로다
6월이라 유두절엔 밀개떡이 떳－다
7월이라 칠석일엔 은하수 떳－다
8월이라 한가운날 장방울이 떳다 (장칠때니까)
9월이라9일에는 각구장이 떳－다 (9일이경질이잇슴)
10월이라 상달에는 떡놋대지비 떳－다 (도신=고사를하니까)
동짓달 동지에는 팟죽 버지기가 떳－다.

(주) 밀개떡

답 혹은 과전 갓흔곳의 중앙에 토괴가 잇는 것을 보는 때가 잇스니 그것은섬백이라 하는 것이다. 농가에서는 이것을 신성시하고 제사를 불흠한다. 즉 답주가 소맥으로서 점병(밀개떡)하여 담살이로 하여금 그곳에가서 제사케 한다.

그 기도하는 목적은 근잠(이가 황색으로 변하여 고사) 수잠 충재 풍재를 업도록 하기 때문이다.

(주) 버지기 – 도기의 일종

청춘가

이성근 43세 5넌 7월 21일

이팔아청춘에 홀 가수(과부)되야
한숨은모아서 동남풍되고
허르난물은 자비수 되네
산천초목은 다 속닙나고
기경가기가 다느저간다.

성주풀이

이성근 43세 5넌 7월 21일

애라만수야 애라대신아
성주본이 어데잇느냐
경상도안동땅에 재비원이 본일네라

제비원에 솔시바다 / 용문산에 치치올나
소핑대핑 떤짓드니 / 그솔이점점잘아나여
황장목이 되엿구나 / 청장목이 되엿구나
서런시명 역군들아 / 옥독기를둘너매고
그나무를 잘나내아 ……

A. 빌신할 때 .....
B, 회초때에 초빙

연일

방마 · 면 노래　　(주) 주야 돌개삼 삼을때 안동지방에서도 성행
(김여사) 오후 5시경 해안에서 채집함

김장개 67세 5년 8월 1일

압밧헤는미영을갈아
뒷밧헤는삼을가라
째면서 삼으면서하는말이
압남산 간솔가지
한발에한뼘이라
진사밴가 급제밴가
봉지봉지 따여내고
단단이 거라내고
청도밀양진삼가리
불에삼고 달에삼고
청실밴가홍실밴가
맛도좃코 연할순가

담바구 타령

김장개 67세 5년 8월 1일

구야구야담바구야
네국을어듸두고
그담배라시를바다
밤이슬에물을주어
다크거든순을아사
어양어성수매집헤
남풍에다랏다가
은장두드는칼에
어석어석사러내서
놋솔개는불담고
동창문열덜치고
함모금 펴엇스니
두모금 펴엇스니
시모금을피어무니
바대바대한압바대
쿵열사기출배

동래울산(담바구야) 왜 담배야
조선국에하패햇노
단장안에심가낫네
아즉저녁내가가여
푸른닙을지처불고
아숙바숙역거내여
순풍에잠을재여
칠한 저 빤딱에
은솔개 담배담고
은개놋개 만잿대야
사실챙명거란저여
껌은구름빗기서고
흰구름이빗기서고
저성길이발가온다
열이래새볏달에

이앙가 (주) 소실에서청취한것이며, 명왕은당천하였스나 파도는 심하고 기온은저하하여서 노파는솜이불을두르고도 오히려치운 모양이었다. 그의설단에서 유출하는수 식없는노래를 기록하였는(충실히)나는 무한한길겸

을늦깃다. 밤이너무느저감으로 해안에서무심히자고 있든 나의 투숙한여관객이나 지금은나의안내자 사나이를다리고 1리나되는포항읍내로도라오니때는영시반이었다.

김장개 67세 5년 8월 1일

상주함장공갈못에
연빤줄빤나따주마
서울이라 냉기업서
아흔아홉간시여들아
머리야조코실한처여
울뽕줄뽕내따줌에
여긔도꼽고 저긔도꼽고

연밥따는저큰아가
백년사리나카하자
촉구실노집을지어
구실아구경에가자서라
울뽕낭개 거란잔처자야
사리 나카하자
우리네주인마누라의거긔도꼽고

채가

김장개 67세 5년 8월 1일

올나가는 올고사리
아금자금 꺽거쥐고

니러가는 닐고사리
시폭보에귀를맛차이고간다

어－시영 어－시영 (어부가)

성님성님

비틀노래

모찐는노리

캐지나칭칭 나－네 (주) 어부 5월 풍어 놀이 할 때

모숨기노래

김장개 67세 5년 8월 1일

장사야 장사야 황아장사야
장두야장칼우동필에
포랑부채시선부야
그꽃이야꽃이다만
저역을먹고 석나서니
손치는듸는밤에가고
해빠지고저문날에
이태백의본처죽어
네 걸세진것이무엇인고
팔두의기생머리댕기
꽃을보고지내가나
남의꽃에손을대리
울명당처자가손을치네
준모잡집에는낮에가고
엇던행생이 떠나가노
유명행상이 떠나가네

산유해

김장개 67세 애조 5년 8월 1일

가마구야 가마구야 심우심에산 갈이갈가마구야
언재(우저)놋재 수지닷단 열에열닷단 단단이도 가래물고
큰솔밧 넘어들어 잔솔밧으로 어미품에 잠자로드는데
우리는 그늬품에 잠자로드리 이후이후－

꽃노래

김장개 67세 5년 8월 1일

북문밧게 북처자야 남문밧게 남도령아
시광지리 엽헤찌고 전라도라 매싱들에 (만경야)
푸초로 한장 뜻자하니 짓터온다 짓터온다
어만봉이 지터온다 정주라재피장에
비내팔고 댕기팔고 우리부모차자간다
놉흔낭게속닙사고 나즌닙헤 유자사고
청산을낭안을하고 녹산을낭비개하고
자는듯시 가고업다 달것튼 형님네야
빌같흔동생들아 꽃노래나 지여보자
늘다늘다 할미꽃은 남먼저도 피여선다
설수갱빈 피리꽃은 은갱빈에 헌날닌다
산들산들참꽃은 야산쪽쪽 헐날닌다
포리쪽쪽도래꽃은 떠당마당회도러젓고
첩첩산중먹꼬사리는 버지쭉쭉회도라젓다
낙낙장송 떡갈닙흔 단장안에회도라젓고
성상강 배비꽃은 시준압헤회도젓고
붐매산 전배꽃은 골골마다회회돈다
들고난다조롱꽃은 방자손에 회도라젓고
연지찍고분꽃은 새각시방에 회도라젓고
일연초해바래꽃은 해를안고 회도러젓고
봉울봉울봉선화는 장독안에 회도러젓고
너틀너틀고지꽃은 (바가치) 집웅처마에회도러젓고
뿔고희고호박꽃은 울담돌담에회드러젓고

동내방내어러신네 술잔마다회드러젓고.

과부타령

김장개 67세 5년 8월 1일

4월이라초파일에 압집에도관등달고
뒷집에도관등달고 서울갓든선부님네
우리선부안오든가 오기사온다마는칠성판에실니온다
아이답답나의일이야 이것이엇잔일고
쌍개(쌍꼬)독개어듸두고 칠성판이 왠일일고
일산대는어듸가고 칠성판이 웬일일고
금봉채어듸가고 흰댕기가왠일일고
꽂댕이는어듸가고 어검신이 왠일일고
당홍채마어듸가고 상포채마가왠일일고
백장문을열고보니 먹지고 황생빙이
먹(목)자리다자래빙에 국화주가 매화주가
빙미벙이잇겻마는 어너친구 친할소냐
조꼬만한초당압헤 무자화초심갓드니
우리님이죽어지니 무자화초 간곳업네
좀오시니도짝이잇고 헌골도짝이잇고
집신짝도짝이잇는데 나는왜 짝이업노
죽비함농을열고봐라 모시적삼광지해여
수물넉죽반일네라 뒷동산치치달나
백년초를심갓드니 백년초는간곳업고

일년초가도다나네 기리고못보는붓대야
뉘가알가내가알가나 임의소식 들을낫고
동창문을 열듯치고 사실챙면에거란잣다가
임오는가 왈칵뛰여내다르니 임은간듸온듸업서지고
하늘의송아새 그름이 날속인다.

달성

이앙가

박서방 30세 5년 7월 3일

개령금산홍갈못세 연빰따는 야큰아가
연빰줄빰다따는따나 연순니기 꺽지마라
사래지고 광찬밭에 목하따는 야큰아가
목하밍은 다따는다나 밍순니기 꺽지마오
머리쫏고 잘난처자 울뽕낭게 거란잔네
울뽕줄뽕내따줌세 시간살이 나카하자
해다지고 저문날에 우연(아)소자 울며가노
어린동상압서우고 잘때업서 울며가네
해다지고 저문날에 우연아 행상 떠나가노
이태백이번처죽어 이물행상 떠나가네
애기야 도령님이 변난이들엇는가
숭금새야배까가라 숭금새야 까근배는

맛도조코 연할손양
상추식는 야큰아가
쫄기한쌍나를주게
우리선부 안오든가
칠성판에실니어오네
칠성판에실니어오네
칠성판에실니어오네
칠성판에실니어오네

상주야선산허러난물
입흘낭훌터서 광지리담고
서울갓든선부님네
오기사 온다마는

농부가

박서방 30세 애조 5년 7월 3일

저건너 저무덤은
거년에도 묵어나고
금년에도 날과같치 묵어가네
동해동천 도든해가
일락서산 해 떠러지고
월출동령 달 밝은데
노자노자절머노자
늘고빙들면 못노느니

노리사심

박서방 30세 5년 7월 3일

강원도금강산 노리사심이
새기를아흔아홉바리를놋코
홋배가압하서 약지으로가다가
강원도금강산 강포수
강원도금강산 강포수
강원도금강산 강포수

(주) 이노래는 「노리사심」 이라는것인데 매우 자미잇는노래라한다

청도

비틀노래

이성남 26세 5년 8월 22일

월궁에노든선여
지하로내려와서
빗틀업서못짤네라
경상도 도대목 불너라
하나무를견양하니
무정할가못빌네라
황새 덕생 집을지어
하도놀기가심심하여
물명주한필짤라하니
서울이라 김대목
뒷동산천치치올라
까막깐치 집을지어
또한나무를견양하니
무정하까 못빌네라

그두낭글 치치노코
하날이라 치치올나
달가운듸 계수나무
동으로버던가지
옥독기로 찍어네여
금독기로 따덤어서
모앗도다 모얏도다
비틀한쌍모앗도다
비틀놀곳 전혀업내
좌우한상살펴보니
비엇도다 비엇도다
옥난간이 빗엇도다
옥낭간에비틀노아
비틀다리사형제는
압두다리 놉히노코
뒷다리 낫기노아
안질개 노는양은
경동것흔져팔대로 (소청..)

논맬때하는소리

0000 우

0000 우

아리랑타령

뒷동산산천박달낭근 홍두개방마치로 다나간다

애홍

애홍 애홍 애라남차 애홍

북망산천을 들어간다

싀집사리(시정요)

타기실흔가마타고 가기실흔싀집가서

칭칭이

이성남 26세 쾌조 5년 8월 22일

쾌지나 칭칭나－네

얼시구나절시구나	쾌지나 칭칭나－네
뒷집이라김도령아	쾌지나 칭칭나－네
나물캐로가지시로	쾌지나 칭칭나－네
압집이라월순이야	쾌지나 칭칭나－네
나물쾌로가지시로	쾌지나 칭칭나－네
첫닭울어 밥해먹고	쾌지나 칭칭나－네
두해울어 신발매고	쾌지나 칭칭나－네
시해울러석나서	쾌지나 칭칭나－네
김도령은등을뜻고	쾌지나 칭칭나－네
월순이는골로뜻네	쾌지나 칭칭나－네
처매벗서 취알치고	쾌지나 칭칭나－네
헐뚸벗서 핑풍치고	쾌지나 칭칭나－네
톳시 벗서 비개하고	쾌지나 칭칭나－네

이앙노래

이씨 26세 5년 8월 22일

낭장낭장저빌끝에 시누올기떠러젓다
무정하다우로래비 나도죽어후생가서 우리낭군 성길네라
밀양아삼랑진 국노숍헤 연빰따는저수자야(총각, 도련님)
사래야질고 광넙흔밧헤 목화따는저처여야

이물기저물기 푹파노코 그내주인어듸갓노
무내야전북손에들고 첩의방에놀노갓네

제비노래

김성녀 30세 5년 8월 22일

제비제비 초록제비
압뜰뒷뜰 진흑덩이
뭉게뭉게 물어다가
집한채를 지엇더니
그집지흔 삼연만에
울아부지 서울양반
울어무니 시골땍이
우리올배 훌령대장
우리누부 옥당천여
웅게둥게 모혀안저
내잘낫네 내잘낫네
잘낫다는 자랑일세

오만(당)춘이

박성녀 43세 5년 8월 22일

춘아춘아 옥단춘아 보들입헤시단춘아
네까락지뉘가주든 정상감사주시드네

무을보고주시드노 인물보고주시드네
안그라인물보자 서그라거동보자
가거라 뒷골보자 그과면서주시드네

(주) 역남1리에「한개」라하는 (금, 음지동) 동리가잇스니 이곳이 옥단춘의 출생지라고전한다.

칠곡

이앙가

김재수 49세 애조 5년 7월 20일

서마지기 논빼에 양달같치 짓을다라
지가무슨 반달잇가 초생달이 반달이지
상주함창공갈못에 연빰 따는 저큰아가
연빰줄빰내따줌세 연순내기 꺽지마라
능청능청비럭끝에 끝에시누올기 빠젓다네
무정하다우로바야 나도죽어 후생가서 낭군부터
싱길네라
머리조코 큰큰애기 울뽕낭개 거란잣네
울뽕줄뽕내따줌세 이내말삼듯고가게

이앙가 (전후일호웅)

김재수 5년 7월 20일

다른점심다나오고 이내점심안나온다
찹살닷말밉살단말 이니(느)라고 더듸오네
사양산수헌할물에 상추식는저큰아가
입흔식거 광지리담고 쫄기한쌍나를주소

칭칭이

잘하고소리

곽영감 59세 5년 7월 20일

잘로하고 잘로하고
애이로상사잘로하니
잘로하고 잘로하고
애이로상사잘로하니
잘로하고 잘로하고
애이로상사잘로하니
잘로하고 잘로하고
애이로상사 잘로하니

어사영

곽영감 59세 애조 5년 7월 20일

기리산 갈가마구야 껌다고한탄마라 껌으면것이껌지
속속듸리 껌을소냐 월경철경 것는말에(체)
옴부담 반부담 살금빗기고 날대리고가소
어하 갈가마구야 이후 이후

경산

모찌는 노래 (주) 하양부근에도 (신)성가

신원도 42세 5년 7월 30일

저루자저루자 이모자리를저루자
저루자저루자 시너부올기를저루자
저루자저루자 유지야장판을저루자

신원도 42세 5년 7월 30일

칭칭이 방아타령
상주함창 공갈못에 이물개저물개 (이앙가)
저건너갈미봉

성님성님(시집노래)
서울갔든 선부님네(이앙요)
성주푸리 (×) 독경

마산

옥동처자

박성녀 41세 5년 8월 21일

아부지는서울양반 어무니는진주댁이
나하나는옥동처자 옥동처자죽거들낭
압산에도뭇지말고 뒷산에도뭇지말고
서울남산연대밋헤 꼭꼭파고무더주소
아부지가 날찻거든 소주받어대접하고
어머님이 날찻거든 청주받어대접하고
오라버님 날찻거든 탁주받어대접하고
우리동생날찻거든 떡을주어달내주소 **(엄. 재)**

유산가

박성녀 41세 애조 5년 8월 21일

이짝저쩍 둘너보니
내잇는짝 들일러라

한짝에는 산이잇고
한짝에는 물이러라
산도조코 물도조코
어느짝이 더조흔고
쌀을내여 밥을짓고
내잇는짝 조흘러라
오동나무 그늘밋헤
부처님이 웬일인고
밥을 밧쳐 공양할까
떡을 밧쳐 공양할까
몸을 밧쳐 공양할까 **(김노파 재)**

저구리

박성녀 41세 5년 8월 21일

개자하니 살이지고
입자하니 목때뭇고
줄때끝에 거러노코
날면보고 들면보고
눈살마자 다떠러지네 **(김노파 재)**

사랑노래

박성녀 41세 5년 8월 21일

머리조코 실한처자
울뽕낭게 앉아우네
울뽕갈뽕 내따줏게
백연해래 나캉사자. **(김노파 재)**

군위

윷노는 노래

김성녀 26세 5년 7월 24일

전동갓흔 팔을것고 한번을 뽑아치니 저긔무엇고 모
이젓네 모용수가 진을치니 어영군 어듸패로다. 다시한
번 재처치니 저긔무엇고 궐이젓네 킬하다우는양은
새벽서리 찬바람에 청학홍학 우는듯네 다시한번재처치니 적이멋
고 윷이젓네 윷캉개캉상적하니 원왕새를 부러
하네

(주) 성호사설(5하) 경도잡지(2) 지봉유설(18)

아리랑

김성녀 26세 5년 7월 24일

아리랑아리랑 아랑리요 아리랑고개를 넘어간다.

명사십리 해당화야 꼿진다고 서러마라
아리랑아리랑 아랑리요 아리랑고개를 넘어간다.
풍난이논다네 풍난이논다네 이강산삼철니 풍이논다네
삼철리(니)강산에 떳는해는 무궁화같치 새싹돗네
아리랑아리랑 아랑리요 아리랑고개를 넘어간다.
나는님 허리를부여잡고 저달이지도록노다가소
아리랑아리랑 아랑리요 아리랑고개를 넘어간다.
아리랑타령을 정잘하면 죽엇든낭군이사라온다.
아리랑아리랑 아랑리요 아리랑고개를 넘어간다.

추천가

김성녀 26세 5년 7월 24일

추천가세 추천가세
우리형제 추천가세
오월오일 천중절에
추천하로 가는치래
압밧에는 쪽을갈고 **(약으로서 청색염료를 취함)**
뒷밭에는 분홍갈고 **(앙금새)**
쪽조고리 분홍채매
공자고름 널끼달고
맹자고름 좁끼달고
성님머리 석자가옷
이내머리 두자가옷

반달갓흔 용허리로
머리설설 헐니뻿고
전반도리 넘기땅아
국초댕기 끝만물니
이개넘에 횟던지고
이웃집의 동모들아
추천하로 가자서라
노인네들 치래보소
머리신듸 먹칠하고
이빠진듸 박시박고
송기꺽거 작지집고
참꽃꺽거 머리꼭고
아해당에 놀노가네
아해당에 놀노가네
아해당에 놀노가네

화전노래 (주) **춘삼일에 부녀들에 유산하나니 이때에 참꽃과밀가루로 전을만드러 먹는다. 영덕울진지방에도 유행함**

김성녀 26세 5년 7월 24일

아른마의 부녀들아 웃마의부녀들아
화전하로 가자서라

꼿흔피여 화산이고 넙흔피여청산이고
너는죽어 꼿이되고 나는죽어 나부되고
꼿치라도 목단화야 나부라도 범나부야
칠기청산 깁흔곳에 이별업시살아보세
우섭기도 우서워라 기상키도기상워라
집이라고 들어가니 시어머니 거동보소
맛동시 거동보소 **(미완)**

희칭노래

김성녀 26세 5년 7월 24일

울도담도 업는집에 도리도리삿갓집에
눈비마자 석은집에 바람불어것친집에
머리조코키큰처여 뉘간장을녹힐나고
저리송송놉히뜨노 님의간장녹힌단다.

나물노래 (주)화산, 재신령, 채명산지

김성녀 26세 5년 7월 24일

나물가세 나물가세
신령화산 나물가세
나물이사 만큼만은
범무서워 못가겟네
가느라고 가는길에
황애장사 지내가네

장사야 장사야 황아장사야
너질머진것 무엇이냐
멀구야 다래야 포도문애
양태문갑사를 질머젓네

옥단춘이

김성녀 26세 5년 7월 24일

춘아춘아옥단춘아　　보들입헤 시단춘아
네까락지 뉘가주든　　정상감사 주시드네
무엇보고 주시드노　　인물보고 주시드네
안거라인물보자　　서거라 거동보자
가거라 뒷골보자　　그카면서 주드라네

(옥단춘 소설)

이앙노래

김성남 40세 5년 7월 24일

위－야(뒷소리)

이물개저물개 헐어놋코　　이논주인 어데갓노
무내야 전북손에들고　　등넘어첩의방에놀노갓네
서마지기(매고나니)심우고나니　　점심참이 되엿구나

저긔봐라 저논귀에
반달이 떠나오네
네가엇지 반달이야
초생달이 반달이지
술도닷단 절도닷단
점심참을다치도록
이논주인아니오네
등넘에지첩을두고
밤에는자로가고
낮에는놀노가네
첩의솜시 거동보소
모매꽃(나발꽃)은큰볼대고
찔래꽃흔잔볼대고
인지줄니 전지줄니
밤이가도 아니주며
해가가도 아니주네
큰어마시 거동보소
행주채매 털치입고
짜방머리 집어언고
칙업는신을신고
책칼을낭 품에품고
첩의집에들어가니
꽃자리를 피여놋코
크다큰아 큰 어마님
여간지소 저간지소
애라욧연물너치라
꽃자리가 내자리가
마루짱이내자리지
소상반죽 화죽설때
담배담아잡으시소
애라욧연 물너치라
화죽설대 당찬쿠나
공반대가 내 대로다
첩의얼굴 다시보고
큰어마시 하는 말이
채매귀가 저럿커든
직염귀가 이련하리
큰어마시 할수업서
품은칼을 그양품고
제집으로 도라오네

(주) 직염

댕기노래 (주) 대구지방에도 성행하는것

김성녀 26세 5년 7월 24일

빠잣다네 빠잣다네
비단댕기 빠잣다네
김통령이 조엿다네
빠진댕기 날을주소
마주칠때 너를주지
고랑물과 거렁물과
고일(이)업시 너를주랴
통령통령김통령아
열두담장 넘치다가
반만잡아 밀치도다
성하같치 내다리면
뒷동산치치달나
가지나무 노성낭개
그래일너 안듯거든
성누낭게 쨋다하소
사도압헤 굼니다가
그래일너안듯거든
뒹경뒹경 옥뒹경에
물밍지 당대실노
물밍지 당대실노
물밍지 당대실노

정상감사 마딸아기
조엿다네 조엿다네
통령통령 김통령아
채매끝과 직영귀가
고일업시 너를주랴
합수될때 너를주지

정상감사 딸볼나고
신양(50냥)짜리 금쾌자로
꼿치굿튼 우리안해
그말대척 엇지하고
붓대하로 가섯다가
바람부러 쨋다하소
동원마당 치치달나
그래일너 안듯거든
발질에 쨋다하소
훗날저역 다시오소
시심지에 불을발켜
홈솔업시 내해줌세
홈솔업시 내해줌세
홈솔업시 내해줌세

추천노래 **(주) 쌍건네 뛰면서**

김성녀 26세 5년 7월 24일

추천하네추천하네
널젓다네 널젓다네
싀누올기 널젓다네
올아바님 건지다네
무정할산 올아바님
군자부터싱길네라
군자부터싱길네라
군자부터싱길네라
싀누올기추천하네
넝청넝청비럭끝에
건짓다네 건짓다네
넝청비럭끝에
나도죽어 후생가서

농부가

김성녀 26세 5년 7월 24일

아침날시청명킬네
산중에는눈이오고
참비문을열어라
참비문을 열어라
우비업시나섯드니
들중에는비가온다
언발조금녹키가자
언발조금 녹키가자

방마노래

김성녀 26세 5년 7월 24일

울올바시 간솔피고
울오머니 밤참하고
울이성님 비비치고
이내나는 날이치고
하로밤을 삼고나니
닷죽싯고지 삼앗구나

싀집사리

김성녀 26세 5년 7월 24일

형아형아사촌형아
싀집살이엇덧트노
도리도리도리판에
수저노키어렵드네
고추단말 안먹어도
싀집사리 맵드네
훗초 · 생강 안먹으도
이내가슴 따갑드네
뒷동산왕대밭에
왕대는 지치노코
시대함쌍 속가다가
시당색이 맨들어서
이내사정 다담으서
우리집에보낼적에
울어무니 보시면서
궁초채매압자래기
눈물헐너 다저젓네

미상

김성녀 26세 5년 7월 24일

동정호 밝은달에
채관하는아해들아

물결이 급단마라
풍파일가하노라
해는지고길은먼듸
바뒤에급한비오면
황주성들나들에
담머리에 소슨루각
웃물우에 벽도화
그곳에 아해불너나오거든

네소래 잠든용깨면
저긔가는저사람아
주점에 시지마소
옷저즐가 하노라
대두청루 멋곳인고
강남풍으로 완연하다
춘풍에피여잇고
연옥인줄아오소서 (연옥의 집)

(주) 기생여정부요라한다

쌍금가

김성녀 26세 5년 7월 24일

생금생금생까락지
먼듸보니 달일네라
그처자자는방에
홍달복성울오라비
동지섯달설한풍에
열두가지 맘을먹고
조곰만흔쥐피방에
밍지전대 목을매고
이내몸은죽거들낭
뒷산에도뭇지말고

호작질로딱까내니
젓헤보니 처자네라
숨소리가둘일네라
거진말슴 말아시소
풍지떠는소리로다
아홉가지 약을먹고
비상단말 피야노코
자는듯시죽고지라
압산에도뭇지말고
연대밋헤무더주소

굴근비가오그들낭　　　　멍석땍이덥허주고
가랑비가오그들낭　　　　자리입흘 덥허주소
눈을낭은오그글낭　　　　시대비로 덥허주소

비틀노래

김성녀 26세 5년 7월 24일

옥황상재맛딸애기　　　　할일이정히업서
옥낭간에둘너보니　　　　옥낭간이 비엿구나
빗틀노세 옥낭간에　　　　빗틀노세 옥낭간에
압다리는 놉기놋코　　　　뒷다리는 낫키놋코
안질개라 안전양은　　　　우리나라금상님이
용상좌기에 하신듯고　　　　말코야 감은양은
삼대독자 외동아들　　　　명과복과감은듯고
부태야 도는양은　　　　절로생금용문선에
우내왕긔둘넛듯다　　　　잉애대 삼형제는
유관장 시사람이　　　　도원결의매전듯다
바대집치는양은　　　　선녀긋튼시녀들이
수백치는 소리로다　　　　북 나든는지상은
황금같흔귀꼬리가　　　　양유간에왕래한듯
암금암금것는 칫발　　　　동해동산 무지개가 서해서산지는듯다
절노긋튼신낭근　　　　청천하늘 위기럭이
짝을불너우는듯시　　　　올너가며슬피울고
내러오며슬피우네　　　　물밍지 쉰대자를
오알만에 뒤고나니　　　　애기동동 서너럿코

청도복성 먹고지라
복성 함쌍 따왓다네
상황님게 들엿다네
이내몸을 잡으라네
성텅(태형장)우에업치라네
권장으로 때리라네
매끝이나 돌바주소
매끝이야보지마는
눈물딱가 다저젓네

따왓다네 따왓다네
들엿다네 들엿다네
잡으라네 잡으라네
업치라네 업치라네
때리라네 때리라네
울어머니 울아버지
아이고 아가 싯거럽다
물밍지석자수근

5년 7월 24일

칭칭이 (회유)

방아타령

어사영

상주함창공갈못에 (이앙가)

모찌는 노래

최성남 46세 5년 7월 30일

저루자 저루자
저루자 저루자
저루자 저루자
저루자 저루자

이모자리를저루자
시오마시 미너리 저루자
저성채사 이밍순아 이모판을 잡아가소
유지야 장판을저루자

모숨기 노래

최성남 46세 5년 7월 30일

새야새야 뺑굼새야
만첩산중 어듸두고
야산중에 슬피우노

이앙가

칭칭이

방아타령 (대구동일)

청쌍가

경북아리랑 (최근)

어사영

재밟는노래

놋다리노래

이재가누재고
이터이누터이고
애이야 대야 꼭개야
남부야북부야 들거라

나라님의옥재일세
나라님의옥터로다
정실 없이드간다
정실옥실듸간다.

안동

노다리 (주) 차행전에는 남성은일체 금족을 하는것은 주지하는 바이어니라 이이유는 의성통령이여장하여가지고 악행을하다가 유다리상에서 피살되었다고전한다 군위의성지방에도 이풍속이유행되었는데 군위지방에서는 「꼭깨싸음」이라고하고 의성지방에서는 「재밝이」라 하는 듯하다

유성남 44세 5년 7월 24일

노－다－래(리)　　노－다－래(리)
노－다－래(리)　　노－다－래(리)
노－다－래(리)　　노－다－래(리)

이앙(혹예)가

유성남 44세 5년 7월 24일

우－아－우 애야 허리야 우－
우－아－우 애야 허리야 우－ (일제)
우－아－우 애야 허리야 우－
우－아－우 애야 허리야 우－ (일제)

유성남 44세 5년 7월 24일

쾌지나 칭칭 나 — 네(노 — 세) (대구)

오 — 호 오호 방해요 (대구)

문경새재

상주함창 공갈못에 연빰따는 저큰아가 (이앙가)

경북아리랑

옹해야 옹해야.

줌치

김성남 19세 5년 7월 24일

낭글싱가낭글싱가 낙동강에 낭글싱가
그나무가자라나서 열매하나 여럿다네
무슨열매여럿던고 해와달이 여럿다네
열매하나 따여다가 햇님을낭안을엿코
달님을낭것을대여 줌치한개지여내서
중빌따서중침노코 상빌따서 상침노아
무지개로선두리고 당홍실노 귓밥처서
동내팔사 끈을다라 한길가에 거러노코
올나가는구감사야 나려오는 신감사야
저줌치를구경하소 그줌치를누솜시로
누가누가지여내소 어제왓든순금씨와
아래왓든선이씨와 둘의솜시 지여냇네

저줌치를지은솜시
은도실코 금도실코
이내허리둘너주소

은을주랴금을주랴
물명주삼척수건
(엄. 재)

영주

이병국 26세 5년 7월 23일

방아타령
갈가마구 (산유해)
경북아리랑
서울노래가락
타맥 타복 (×) 상주함창. 문경아새재야
쌩금노래 (×)
식집사리 (×)

농부가

이병국 26세 5년 7월 23일

너-홍 너-홍 너호넘차 너-홍
너-홍 너-홍 너호넘차 너-홍
너-홍 너-홍 너호넘차 너-홍
너-홍 너-홍 너호넘차 너-홍

이앙가

임장수 21세 쾌조 5년 7월 23일

쾌지나 후리치 노－세
쾌지나 후리치 노－세
쾌지나 후리치 노－세

어사영

임장수 21세 애조 5년 7월 23일

후후야산천아　산천이고와서　내여긔왓나
임사는곳이니　내여긔왓지　이후이후－

방개타령

임장수 21세 애조 5년 7월 23일

조선의십삼도실만한낭근
경복궁집짓는데 대들뽀 감으로 나간다
얼널널 홍개방개가논다
먹통자하는 저 등봐라 먹통자들고 갈팡일팡한다
얼널널거리고 홍개방개가논다 이여하소리가
기 무슨소린가 경복궁 집짓는데 희방애닷는 소
리로다 얼널널거리고 홍개방개논다
쿵자작동하는소리가 그무슨 소린고

경복궁 집짓는데 큰북 울니는 소리다
얼널널거리고 홍개방개 논다.

동래

모심을때

윤두수(장호진장모) 67세 5년 8월 22일

납작납작 피리꽃은 양지양지자리잡고
키크다 연달네는 돌우에자리잡고
열업도다 할미꽃은 수절이나하는듯시
남면이라피어나네 **(윤, 재)**

게모놀애 (주) 신생11호에 발표된것. 대학채집을 재조함

윤두수(장호진장모) 67세 5년 8월 22일

수싯대야 수만대야 오실동동 울아배야
전처의 자식두고 후실장가 가지마소
모시적삼 속적삼이 눈물까닥 다젓는다

칭칭이 (희)

어사영 (희)

담바구타령 (농토)
성주푸리 (의식은 무)
육자백이
성님성님노래 (싀집노래)
통령통령
비틀노래
원의아들
농랑깐치
바늘노래
자지찰낭
저루자 저루자 노래

꽃놀애

윤두수(장호진장모) 67세 5년 8월 22일

납작납작 피리꽃은
양지양지 자리잡고
키크다 연달래는
석상에 자리잡고
열엇도다 할미꽃은
수절이나 하는듯이
남면이라 피어나네

(주) 윤, 신생11호 재

불상해라

윤두수(장호진장모) 67세 5년 8월 22일

헌신짝이	딸딸끌고
부리든것	불상해라
오금쟁이	옷작좃작

(주) 윤, 신생 재

혼인노래 **(주) 장씨장모로부터 재조**

정인식 5년 8월 22일

상투야 한분 빳빳쫏고
장가로 한분 가고지파
머리야 한분 쫑쫑땅코
시집을 한분 가고지라 **(재)**

영화 **(주) 엄씨가 발포(부산유행)한것**

장씨장모 67세 5년 8월 22일

삼가합천 너른들에	왼갓화초숭상하여
봉선화는 길을잡고	외꽂을낭 등을걸고
가지꽂은 것을달고	고초꽂은 동정달고

분꽃은낭 돌띄매여
은다리비　을맛처
서울길노 가시드니
장원급재 하엿다네
시가울노 내린다네
오늘날이 영화로세
오늘날이 영화로세
아츰이슬 살작밧처
우리님을 입혓드니
첫명지를 들여밧처
내린다네 내린다네
길너내든 우리부모
갈치크든 우리동긔
(재)

염불선

장씨부인 45세 5년 8월 22일

우리금주심은나무
육판서버던가지
삼정성열매열어
그남글 버혀내여
염불선을모왓구나
대사십육 사공이요
오바라 한 적군이라
유리를 짐바거러
아밤줄노 허폐줄노
형제줄노 애정줄노
그어듸 가는 배요
금강산 재일봉에
금강수물을주어
각업수령꽃이피고
은독기와금독기로
모왓구나 모왓구나
사공은 바라보니
적군은 바라보니
찹쌀단말 밉쌀단말
이물가득 실어놋코
어맘줄노 잔정줄노
허리능청 둘너매고
양치부모게시드니
재비불공가느이다.

(주) 동아일보. 재

원의 아들

장씨부인 45세 5면 8월 22일

동래땅의 원의 아들
밀양 땅에 장가오니
것대문에 용그리고
안대문에 범그리고
오죽댄가 자지댄가
그꽃테라 써리나무
동내어룬 모다노코
소한마리 업허노코
열두푹 채일하고
금천주를 부어들고
은쟁반에 밧처노코
조고만은 첨사빼서
저어보소 오늘왓든
새서방님 실끝같은
이내목숨 떠러질가
염여하고 느거집에
천석하면 천석보고
내가왓나 봉선화
꽃같은 주절보고
내가왓지

(주) 엄.재

창원

중타령

노수봉 37세 5년 8월 21일

중하나나려온다
저중의거티보자
염줄목에걸고
숭연단사번난거무
꾸리백통가는장두
허널거리고 나리든다
마우역적바우밋헤
(만학천봉)
모욕을시작한다
네요 중아 …

중하나나려온다
굴갓쓰고장삼입고
백질포장 상거렁뛰 뛰고
귀우에 떠부치고
고름에능적차고
한곳으로 당도하니
어더한선녀가 삼인이

소승문안이요 소승문안이요

미상 (주)봉산산유명하다

노수봉 37세 5년 8월 21일

거재봉산 박달나무
동래부산 큰애기는

홍득게 방마치로 다나간다
콩지름 장사로 다나간다

성주푸리

노수봉 37세 5년 8월 21일

에라만수대신아
성주본이 어듸야
경상도 안동땅
제비원이본이로다
에라만수대신아
강남서나온제비
솔시를하나물어다가
제비원에던짓드니
그솔이점점잘아
소부뎅이되엿구나
수부뎅이점점잘아나
대부동이되엿구나
에라만수 대신아

노수봉 37세 5년 8월 21일

칭칭이. 방아타령

어사영 (×)

담바구타령

성주푸리

육자백이

모숨기노래(모숨기는 주로여자가 함) 정지

새타령

개타령

영화(이노래는 초부도 한다)

황선달의 맛달

노수봉 37세 5년 8월 21일

황선달네맛달애기 하잘낫다소문듯고
한번이사보로가니 왜가갓다 그시드니
두번이사 보러가니 안왓다고 그시드니
삼세번을 거듭가니 삼세간마루청에
어리동실 나섯구나 억게점점볼작시면
보래비단 겹조고리 모양좃케볼라입고
채마라도 모초치마 댕기라도 궁초댕기
발끝점점볼작시면 연지갖은접보선에
자지볼을걸어신고 어리둥실 나섯구나
신기실흔 만석댕이 타기실흔조령고개
들기실흔절을하고 꽂쌔긴 유리잔에
님금압헤굽니다가 유리잔을깨엿드니
죽일라고단정하네 꽂쌕인유리잔은
중갑주면 잇거니와 황선달네맛딸애기
중갑조도 업서리라.

(주) 동아일보. 재

꽂노래

노수봉 37세 5년 8월 21일

이때가어는땐가 춘삼월호시땐가

울아버지 생긴땐가 술을지어금청주라
그술묵고 취중끝에 끝에노래한장지어주소
무슨노래지여줄고 꽃노래서여주소
묵고묵고 도래꽃은 야산에서피여나고
시고남은 페지꽃(피랭이)꽃은 심산에서피여나고
미나리시천꽃은 물가운데피여나고
늘고점고할미꽃은 들가운데피여나고
요내몸에처여꽃은 방가운데피여난다.

바늘

노수봉 37세 5년 8월 21일

양치손상상품쇠는 지여내니 바늘이라
삼시월긴긴해에 구중처여벗일너니
앗기앗기불니다카 너몸이 작진하니
내몸이속진하나 뿌러젓네 뿌러젓네
단통으로뿔어젓네 나라님의 곤용포도
널노하여 지어입고 성인군자 유리복도
널노하여 지어낸다 뿔어진 헌적이나
낙시를후와내여 청우수에내달나서
잉어를낙가내여 부모봉양하고지고

(주) 동아일보. 재

자지찰랑

노수봉 37세 5년 8월 21일

자지찰랑 저찰랑에 알숭달숭 칼을 차고
사룽방에 섯다가니 복숭하나 주느거로
한길가에 묻엇더니 내려가는 구관삿도
맛좃타고 다따묵고 우리동생순님이는
안준다고 울고가네 아가아가 울지마라
명연에는 열거들낭 봉지봉지 보낼꺼마

(주) 장권동. 재

쌍금노래

노수봉 37세 5년 8월 21일

쌈금쌈금생까락지 호작질러 닥가내어
먼데보니 달일러니 곁에보니 처잘네라
그처자라 자는방에 숨소리가 둘일네라
헛들엇소 오라버님 거줏말슴 말으소서
동풍이 들이불어 풍지 떠는 소릴러라
아홉가지 약을먹고 석자셋치 목을매어
자는듯시 죽거들낭 앞산에도 뭇지말고
뒷산에도 뭇지말고 연못안에 묻어주소
연꽃이나 피거들낭 날만여겨 돌아보소

(주) 장권동. 재

고우때노래 (주) 춘삼월에는 남녀가 <거자나무> 물먹으로 사방에서 원근을물론하고 모혀든다 전야에 일체 준비를해노코일산에놀나가서 그 물을 먹는다 이때에 노래가 잇스니 곡조는 처하다 이나무를 <목중지왕>이라한다 옴피풍 취정 더위에 유효(김재천)라한다.

김재천 50세 5년 8월 20일

춥고덥거든 내품에들어라
빌것이업거든 내팔을비여라
얼시구 가시면갓지 지가설마갈거나

물가운데 저꽃봉지
심천이죽은넉시런가
얼시구 가시면갓지 지가설마갈거나 **(길군악)**

고웃때노래 (주) 용추는 사명(절이름)이고 그 부근에 거자나무가 만흠 전라구례의 하음사에도 고우때에는 사람이 만히 모힘

김재천 50세 5년 8월 20일

안의용추야 네잘잇거라 (폭포야네잘잇거라)
명년고우때 또다시오자

노자노자 절머노자
늘고병들면 못논다.

(주) 김재천씨는 거창제일의 가수라고 거창농부들이 말하였다.
또 농부들의 소개로 김씨를 그 자택에서 만나보앗다.
(오후 10시경)
그리하여 이 노래를 청취한 것이다.
민요채집은 극난사인 것을 이 밤에도 통감하였다.

김재천 50세 5년 8월 20일

(주) 외 수인

칭칭이. 방아타령 (×)
어사영 (산유해) (×)
담바구타령 (×)
성주푸리
모숨기노래(이앙가)
비틀노래
아리랑

선산

5년 8월 12일

칭칭이 (희) (×)

방아타령

미나리 (×)

정구지 (×)

어사영 (산유해)

상주함창. 이물개저물개 (×)

정씨 31세 5년 8월 2일

칭칭이(칭칭나－네)

오－호 방해요 (방아타령)

옹－해야(타맥) 대구에서 조사원만

농부가 (주) 농부들이 필업한 후 군취하여 박수하면서 노래한다.

심상택 23세 쾌조 5년 8월 12일

상추삼으로 애해－요
뱁추삼으로 애해－요
미나리삼으로 애해－요
호박닙삼으로 애해－요

(주) 향랑 - 선산읍내에서 동북방으로 약일리가량되는 낙동강변에 여진이 이라는 한부락이잇스니 그 부락의부근에 야은의묘가잇고 또 심호까지 잇다. - 약파만록, 경상도읍지 참조

초부가

김주경 16세 5년 7월 20일

문경아새재야　　인고부튼다
구부야그부야　　눈물난다

이팔아청춘아소년들아　　백발을보고난질마라

모란봉큰애기　　비짜는소리
길가든총각이　　지못간다
압뒷집축담은　　나자야좃코
호박꼿은 나들나들　　날직이네
웃다리밋헤　　꼴비는총각
눈치는 잇거등　　떡바다먹게
떡은바다서　　팔매를치고
술은바다서　　낫을식게

칭칭이 (칭이야 칭칭나-네) - 꼼비기 먹을때 (맥숙하고 모질때)
아- 오호방해요
경북아리랑

상함창공갈못에 연밤따는저큰아가(이앙가)

청쌍노래

경주

모찌는 노래

박원이 40세 5년 8월 2일

영해영덕초목에 호미손을놀니라
밀치고닥치고 더위야잡으다홈치라
독장사독을지고 동래부산넘어간다
판장사판을지고 파왕파방 넘어간다
병장사 병을지고 병주판사살노간다
참나무심옥속에 방해뜰아가자세라
물좇코정자존듸 방해걸노가자세라

모찔때 노래

박원이 40세 애조 5년 8월 2일

저루자 저루자 이모판을 저루자
저루자 저루자 유지야장판을저루자
저루자 저루자 갈미(갈모)삼지를저루자
저루자 저루자 너카나카 저루자

호해야 소리

박원이 40세 쾌조 5년 8월 2일

오－호호 호해야
 너머간다
오－호호 호해야
 여긔처라
오－호호 호해야
 동산에달이돗고
오－호호 호해야
 서산에해가진다
오－호호 호해야

칭칭이

청쌍노래 (청조요 쌤금노래)

방아타령 (대구)

산유해 (어사영)

담바구타령 (초당등에서)

타맥 . 복가

성님성님(시집노래)

비틀노래

장사야장사야 노래

압밧헤

울산

농부가

이주원 17세 5년 8월 2일

양해 호해야 (어－하 어－하)
잘도친다
양해 호해야
잘도친다 (여긔때리라)
양해 호해야
잘도친다 (저긔때리라)
양해 호해야

초부노래

이주원 17세 애조 5년 8월 2일

니월아 시월아 가지마라 압갑운청춘이다 늘는다
홍득게 방마치 얼마나조와 큰애기손에다녹아지노

장모

이주원 17세 애조 5년 8월 2일

진주단성얼근독에 찹쌀비 단감주야
딸기여서날준장모 이술한잔잡으시요

이술한잔잡으시요
늙도젊도 안하시오 꽃을색인유리잔에
나위 삼산 거남주야

(주) 엄. 대학. 재

미상

이주원 17세 5년 8월 2일

오동동추야에 저달이발가 님의동동생각이 절노난다
오동나무 열매는 감실감실 큰애기 젓통이는몽실몽실

모찔때소리

이주원 17세 5년 8월 2일

조루자조루자 이논뻼을저루자
영해영덕초목에 호미손을놀니라

담바구타령

박연폭포

산유해

칭칭이 (회행)

방아타령
비틀노래
청쌍노래
문경아새재야
장사야(모심기노래)
압밧헤

문경

김성남 50세 5년 7월 22일

『칭칭이 (점촌…)
방아타령(×) 단, 애 – 해로 방하요 는 있음
상주함창 공갈못에 연빰따는 저큰아가 』(이앙가)

자로한다 자로한다 어이야후후야 자로한다 (일제히)
자로한다 자로한다 어이야후후야 자로한다 (일제히)

어사영

김성남 50세 5년 7월 22일

구야산천 가리 갈가마구야

어듸갓노 후후－
우리영감아 이후후－

타복가

김성남 50세 쾌조 5년 7월 22일

앵해야
 여긔때리라
앵해야
 저긔때리라
앵해야
 헌단나가고
앵해야
 새단나간다
앵해야 앵해야.

미상

김완배 36세 5년 7월 22일

왕십리처자는 매나리장사로나간다
드매골처자는 홰장작 패기로나간다
동래울산큰아기 내다보기 일수라
올타그것도 거진말이아니다 지 낭군고를나고그럿탄다

미상

김완배 36세 5년 7월 22일

문경아새재는 왠고갠가 구부야 구부야 눈물이라
문경아새재야 박달낭근 방마치 홍둑개로다나간다
문경아새재야 떡물푸리 말채쇠채로다나간다
문경아새재야 인심이조와 노랑전(당백) 한푼에처자둘식

방아타령

김완배 36세 5년 7월 22일

애 – 애라방해야 (일제히) 이방해가 뉘방해고
애 – 애라방해야 (일제히) 강태공의조작방해
애 – 애라방해야 (일제히) 사시장춘 잘도 짓네
애 – 애라방해야 (일제히) 산으로들어 산진방해
애 – 애라방해야 (일제히) 골노들어 물방해
애 – 애라방해야 (일제히) 들노들어 물내방해
애 – 애라방해야 (일제히) 집으로들어 연자방해
애 – 애라방해야 (일제히) 여주이천 절구방해
애 – 애라방해야 (일제히)

예천

정선진아랑령이

원유근 31세 5년 7월 23일

이야이야 어렁령야 어리렁고개 지처 날넹겨주세

저건너 안산방우밋헤 낫노코지역자(기억자) 집을지어
호박주치 유리남포등은 식가래(석가래) 끝끝마다
빌절인듯하엿는데 어는텀을빠자서 임(님)상봉을 할거나

아리아리랑 아랑링이가 낫구나
어리랑뛰여라 너고나고 놀거나 (장조)

이야이야 어렁령야 어리렁고개 지처 날넹겨주세

경상도대구북문밧게 이참봉네 빳밭수무닷말지
정거장짓고 전차기차는오락가락 괙괙하는구나

아리아리랑 아랑링이가 낫구나
어리랑뛰여라 너고나고 놀꺼나

이야이야 어렁이야 어리렁고개 지처 날 넹겨주세

정선(산)읍내 물내방해 허풍산이 글글묵은 물을

안고 사시장춘 도라가는데 강릉이통령네 큰아기는
날을안고 도는구나

아리랑 아리랑 아랑링이가
낫구나 어리랑 뛰여라 너고나고 놀이거나

쌍금가

원유근 31세 5년 7월 23일

쌍금쌍금 쌍가락지
먼듸보니 달일네라
처자함쌍 자는방에
비틀노코물내놋코
아홉가지 약을놋코
압집에 자근아가
네가와서 위로해라
별로형제하엿드니
이내일신죽거들낭
뒷산에도뭇지말고
무더주소 무더주소
비오거든 덥허주고
내모압헤 오거들낭
국화둥둥띠야주소

오색실노 딱가내니
젓헤보니 처자네라
숨소리가둘이로다
여두가지 맘을먹고
밍지전대 목을맬때
우리부모애통커든
너와나와 맘 먹기를
인지이는처사로다
압산에도뭇지말고
상주함창공갈못에
눈오거든실어주고
우리부모날차자서
청주한잔바다아가

옥단춘　(주) 청도에 전설 있다

원유근 31세 5년 7월 23일

춘아춘아 옥단춘아　보들입헤 새단춘아
그까락지 뉘가주도　올나가는구관사또
니려오는 신관사또주시드네　그까락지와바닷노
내일모래 네잡으로　벙치시고 청옷입고
가맷채 둘너매고　너잡으로 온다드라
안방문전들어서서　어메어메우리어메
온다네온다네요　날잡으로온다네요
은두바리 놓두바리　저그나 날을주소
죽으로가난념이　그것하여무엇할네

유홍가

원유근 31세 애조 5년 7월 23일

옥이로다 옥이로다　이내일신옥이로다
옥문압헤 거러논것　금박박박박은댕기
이내한번 디리볼세

싀집노래

원유근 31세 애조 5년 7월 23일

성님성님사촌성님　싀집살이 엇덧튼고
싀집사리 말도마라　야야싀집말도마라

도리도리 삿갓집에
상침침수 어러운중
둥굴둥굴수박개요
중우버슨싀아재비

꺼적댁이문을달고
수저노키도 어렵드라
밥담기도어렵더라
말하기도어렵더라

미상

김범동 19세 쾌조 5년 7월 23일

동부산 긔차야
너는무슨사무가업서
동서가왠일이냐
아이고되고성화가낫네

전라남도호남선아
우리지중안시우리님을실고 각부
아이고되고성화가낫네

미상

김범동 19세 애조 5년 7월 23일

새야새야은완새야
시붓으로 그린방에
벼른박에 달이돗고
무슨요를 깔아주도
무슨요강 던저주도
발치마치 던저주데
청주약주 바다놋코
우리부모접대하소

망치장이 엇덧트노
천장에는빌이돗고
무슨이불 깔아주도
무자요를 까라주데
샛별갓흔 놋요강을
우리동무 내죽거든
국화동동 띠아서
우리부모접대하소

아리랑

강만득 22세 5년 7월 23일

아리 아리랑 …
산천아고와서 내처다반나
아리 아리랑 …
정든님오실가바 내처다봣지
아리 아리랑 …
남의집낭군은 자동차기차타고
아리 아리랑 …
우리집저문딩이는 콩밧골만탄다
아리 아리랑 …
칠내동팔내동 홍갑사댕기
아리 아리랑 …
넙우나좁우나 돈반짜리
아리 아리랑 …
넙우나좁우나 돈반짜리
아리 아리랑 …

칭칭이

강만득 22세 쾌조 5년 7월 23일

노 ― 세 노 ― 세 (저조) 쾌지나후리치노 ― 세(고조)
노 ― 세 노 ― 세 (저조) 쾌지나후리치노 ― 세(고조)
노 ― 세 노 ― 세 (저조) 쾌지나후리치노 ― 세(고조)

정선진아리랑

김만조 36세 애조 5년 7월 23일

이야이야 어렁링야 어리렁고개지처 날넹겨주세

북향마루밋헤 일월이밋처서 해달이 들기가십지
경성양반네문전에오기는 천만지하지

아리아리랑 아랑링가 낫구나 어리랑뛰여라 너고
나고 놀꺼나

우수경첩에대동강물이풀니고 정든님 연설에이내속
풀닌다 꼣네 꼣네 어린아기꼣네 싀어머님 잔소리
에 어린애꼣네

성주

산노래

남분선 22세 5년 7월 3일

기경가자	기경가자
산에올라	기경가자
나물뜨더	엽해찌고
꽂은꺽거	머리곳고

넙흔뜨더
만고장판에
친정에도
싀집에도
어듸로갈가나
치금(치경)불고
기경가자
하직이요
하직이라

포랑새

배씨 23세 5년 7월 3일

새야새야 포랑새야
녹두꽃이 떠러지면
청포장시 죽거들낭
뒷산에도 뭇지말고
연꽃이나 피거들낭
굴근비가 오그들낭
가는비가 오그들낭
이슬비가 오그들낭
녹두낭게 안지마라
떨어지청포장사 울며간다
압산에도 뭇지말고
연빰밋헤 무더주소
날만역어 도라보소
덕석으로 덥허주고
맨둑자리 덥허주고
싹자리로 덥허주소

이앙가 (주) 이 노래는 해는 서산에 떠러지고 피로는 거태한데 이앙을 중지하고 세족귀가 하자는 주인의 말이 업슴을 원망하는 노래라 한다.

고다술 31세 5년 7월 3일

알숭달숭유자줌치
인지줄가 전지줄가
해다지고 저문날에
어린동생 아부시고
능청능청 비럭끝에
나도죽어 후생가서
동해동천 도든해는
우런님은 어듸가고

대구팔사 끈을다라
댁(닭)기울어도 아니주네
소연상주 울면가네
잘때업서 울면가네
끝에무정하다 저오라비
낭군부터 싱길나네
일락서산에 지너머가네
지역할줄 이젓는고.

이앙가 **(주) 이앙가에는 조,오,석(아침,점심,저녁) 각기 가사를 달니한 3종이 잇다고한다.**
군위지방에도

고다술 31세 쾌조 5년 7월 3일

개령금산 얼건독에
꽂을노흔 유리잔에
상주함창 공갈못에
연빰줄빰 내따주마
충청도라 가랍산에
그것이 비아니라
사앙산수 헌한물에
입흔싯거 광아리담고

쌀로석은백화주야
나우(접)한상진진하네
연빰따는 저처자야
이내말삼 듯고가게
실실동풍 비무든네
억만군사 눈물이라
상추싯는 그큰아가
쭐기한쌍 날을주게

칭칭이

고다술 31세 쾌조 5년 7월 3일

나－네
 칭칭칭 나－네
노자노자 절머노자
 칭－칭칭 나－네
늘고빙들면 못노리라
 칭－칭칭 나－네
 칭－칭칭 나－네

부녀가 (주) 대구 군위 등지

고다술 31세 애조 5년 7월 3일

강글강글 강글시야 유자강글 석누시야
이슬같흔 자네시야 버선뽄을 질넛드니
바늘업서 못질늣네 동해동천 얼거노코
이웃터러 오리꼿고 오리터러 위우꼿고
위우청청 큰비들카 니어데가 자고왓노
칠성방우 자고왓네 그방치리 엇더트노
그방치리 홀난하되 무산이불 덥고잣노
무자이불 접이불을 허리반만 둘너놋코
홀난하기 자고왓네 달이뜻네 달이뜻네
비게모서리에 달이뜻네
빌이뜻네 빌이뜻네 비른빡에 빌이뜻네

소이젓네 소이젓네 비개넘어 소이젓네
그기일사 소이라고 오리한쌍 기우한쌍
쌍쌍이 떠들어오네 압산에라 체다보니
국화꽃이 만발햇네 아근자근 끈어다가
깁피아사 술을하여 친구두잔 나한잔을
삼석잔을 먹고나니 대동댕이 발낫드네
마른듸는 목하갈고 추진듸는 피조갈나
수시끝에 집을지어 만백성아 집뜨더라
석달열얼 못다뜨더 그집짓든 조타만에
우라부지 서울양반 우러마시 진주댁이

이앙가

고다술 31세 5년 7월 3일

포란부채정두분에 꽃을보고 진을치네
꽃아꽃아 서럼마라 명년삼월 다시보자
찔내꽃을 지처내니 님의버선 잔벌걸어
버선보고 님을보니 님들생이 정이업네
방실방실 윘는님을 못다보고 해 넘어간다
꽃아꽃아 서럼마라 명년삼월 다시보자

논매는 소리

고다술 31세 5년 7월 3일

애해－야　조－호　호호야
애해－야　조－호　호호야

＊B처에서「나래노리」를한후 반상에나선다.

나래소리 (일제히)

위위우여 위위우여
애－해해 애－이
애－애이－ 사－애－이－요 위－여
이후 이후 사－하－애－이－요
오－ 오루 방아요
오－호해－야
아－애－요 이후후－

모찔때소리

고다술 31세 쾌조 5년 7월 3일

영천아 도모게
업치고 젯치고
저성채사각님도령

호믜손을놀니게
이모자리를 밀치세
이모자리(를)자바가게

쩌루세 쩌루세 유지야장판을 쩌루세
쩌루세 쩌루세 갈모빗집을 쩌루세
쩌루세 쩌루세 이모야자리를 쩌루세

이앙가

고다술 31세 5년 7월 3일

산도산도 봄산일네
입도피서 춘산이라
우리낭군 엿헤누어
한삼소매 덥헛구나
서울이라 금다락에
금비들키 알을노아
올나가신 구관사또
들어보고 나아보고
……
못가지고간다.

타맥가

고다술 31세 애조 5년 7월 3일

애이여 애미타－불
애이여 애미타－불

구월국화당국화는
애이여 애미타－불
서리마자춤을춘다
애이여 애미타－불

타복가

남씨 47세 쾌조 5년 7월 3일

애이－야 애해 드러간다
애이－야 애해 드러간다
애이－야 애해 드러간다
애이－야 애해 드러간다

집추가

남씨 47세 쾌조 5년 7월 3일

오－해야 오－해야
오－해야 오－해야
오－해야 오－해야
오－해야 오－해야

베틀노래

배성녀 22세 애조 5년 7월 3일

아가아가문열어라 비단짜는구경하자
놋코짜고 들고짜고 흠심업시 잘도짠다

이비단을 누줄난고 울오래비 장가갈때
가마회장 해줄나네 그남저지 누줄난고

우리형님 싀집갈때 웃저고리 해줄나네
그남저지 누줄난고 너랑나랑 갈나하세

산청

박성남 25세 5년 8월

칭칭이
방아타령 (×)
얼사영 (불유행)
담바구타령 (불유행)
성주푸리

청송

미상

신재용 26세 5년 7월 31일

나요나요 나날난실 낫이나밤이나 산산에올나(일제히)
산에올나 들구경하니 길가는사람이 길못간다
나요나요 나날난실 낫이나밤이나 산산에 올나(일제히)
산에올나 도라지캐니 일홈이조와서 산삼일네(사삼－도라지)
나요나요 나날난실 낫이나밤이나 산산에 올나(일제히)
산에올나 옥을캐니 일홈이조와서 산옥이라
나요나요 나날난실 낫이나밤이나 산산에 올나(일제히)

칭칭이 (칭이야 칭칭나－네)

방아타령

상함. 이물개(이앙가)

산유해

서울가든선부님네

성주푸리

통령노래

문경아새재야

비틀노래

저건너길비몽에비무더온다

경북아랑리 (날좀보소...)

타맥가 (×)

청조 · 쌍금가 (×)

고령

모숨기노래

김원도 26세 5년 8월 20일

(아침)

이물개저물개 푹파노코 이논주인어듸갔노

무내야전북손에들고 첩의방에놀노낫네

(정오)

사양산수 헌한물에 상추식는저큰아가

입혼식거 광지리담고 쫄기한상나를주소

(저녁)

살랑살랑부는바람 울어머님 한삼바람

알막달막 딸막소리는 울어머님 까친소리

우런님은 어듸가고 지역할줄모르든고 골골마중연긔난다

해다지고 저문날에 골골마중 연긔난다.

모찔때노래

김원도 26세 쾌조 5년 8월 20일

저루자저루자 유지야장판을저루자
저루자저루자 이모자리를저루자
덜어내자덜어내자 이모자리를덜어내자

어사영 (×)

칭칭이

비틀노래

모숨기노래

성주푸리

담바구타령

아리랑

타맥가(옹해야)

영양

A 35세 5년 7월 23일

칭칭이

방아타령

이앙가 (상주함창공갈못에 연빰따는저큰아가)

이앙가 (이물개저물개 푹파노코 이논주인어듸갓노)

밀양

이성남 26세 5년 8월 23일

모숨기노래

칭칭이

화전가 (회초) – 풍속유함

시정요 (성님성님)

어사영

맨근춘이노래 (춘아춘아 맨근춘아 ...노래가 잇다)

영덕

남성남 26세 5년 9월 26일

화전놀이 – 삼월 일문중남여 시(일정) 뜻경을 가지고 가서 참꽃으로서 전을 붓치 먹는다. 집으로 도라올때는 각기 참꽃을 머리에 꼿고 온다. 그리하여 혹은 주방솟둑에 꼬자놋는다. 이것은 재수가 잇기를 위한 것이다.

칭칭이 (×)

담바구타령 (×)

예천유

「섬백이」 잇슴
화전노래

진주

최성남 47세 5년 8월 21일

칭칭이
담바구타령 (×)
산유해 (×)
시정요 (성님성님)
성주푸리

동국세시기왈
진주속시월회일사녀출강변위 함성발제원근래회관자여시개석
왜란이시일함성고야세이위상

왜관동 110, 김계조집(가)에서

베틀의 구조

최동길 (34) 전라도출생

어사영

칭칭이. 방해타령 (×)

담바구타령

성주푸리 (신축때 지신에게 기도)

양산도

(주) 「모숨기」「논매기 노래」 끝에는 얼널널 상사뒤야 라한다.

4. 『영남전래민요집』영인

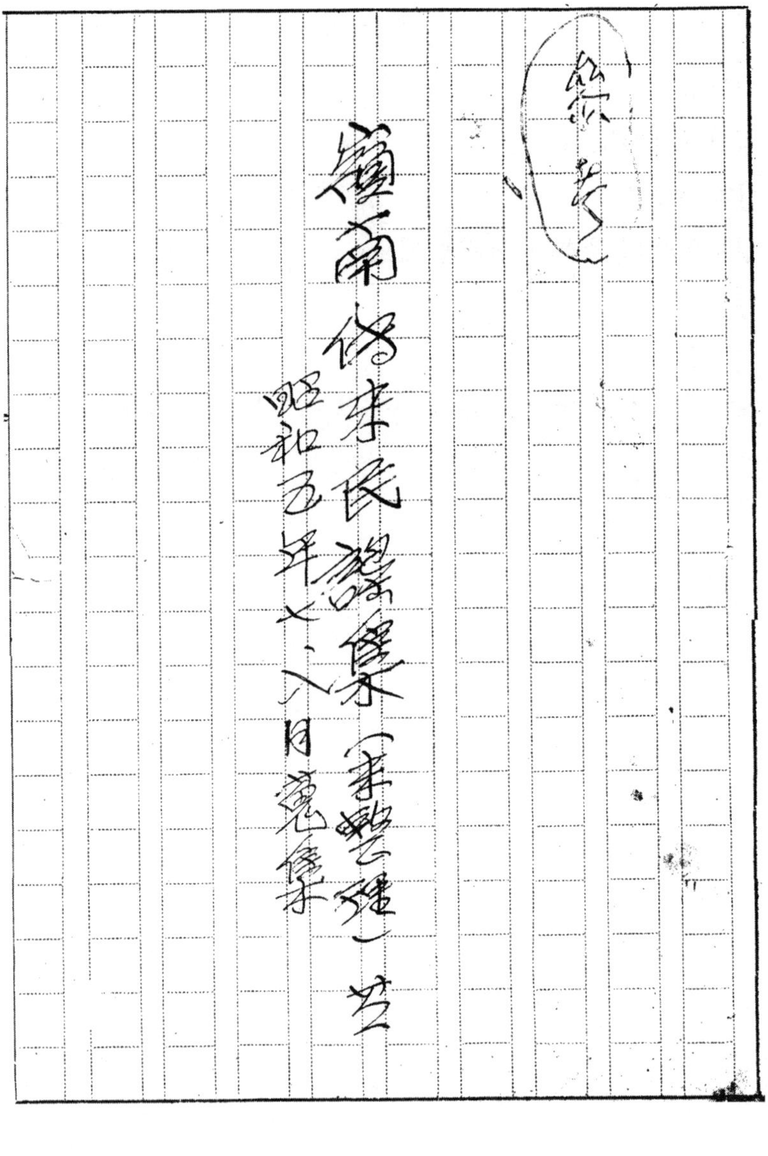

尙州 永川 大邱 義城 金泉 延日 達城 淸道 山淸 慶州

馬山 軍威 安東 榮州 東萊 昌寧 密陽 晋州 善山 蔚山

聞慶 醴泉 星州 靑松 高靈 英陽 居昌 盈德 漆谷 慶山

十行 廿詰

コクヨ 65

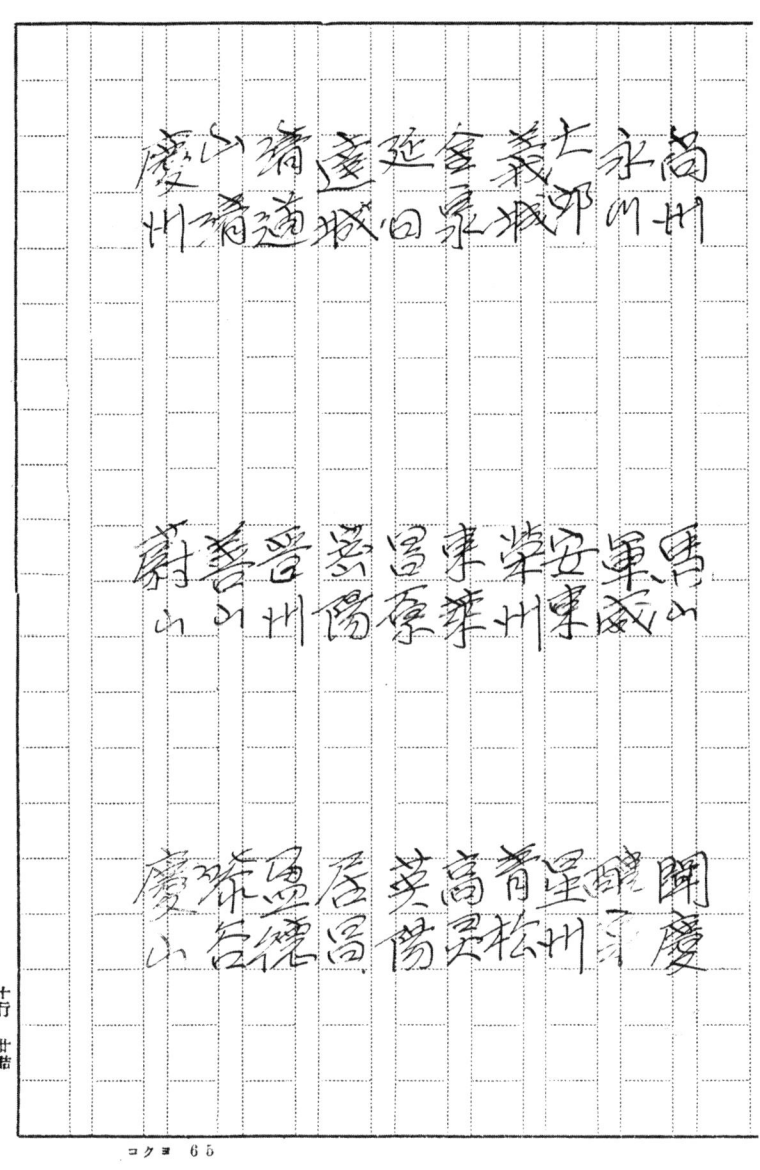

尙州

尙州面新鳳1里洞 金任连(71)才

꽃노래 寫 調

傳說·樂器 備考

5年7月21日

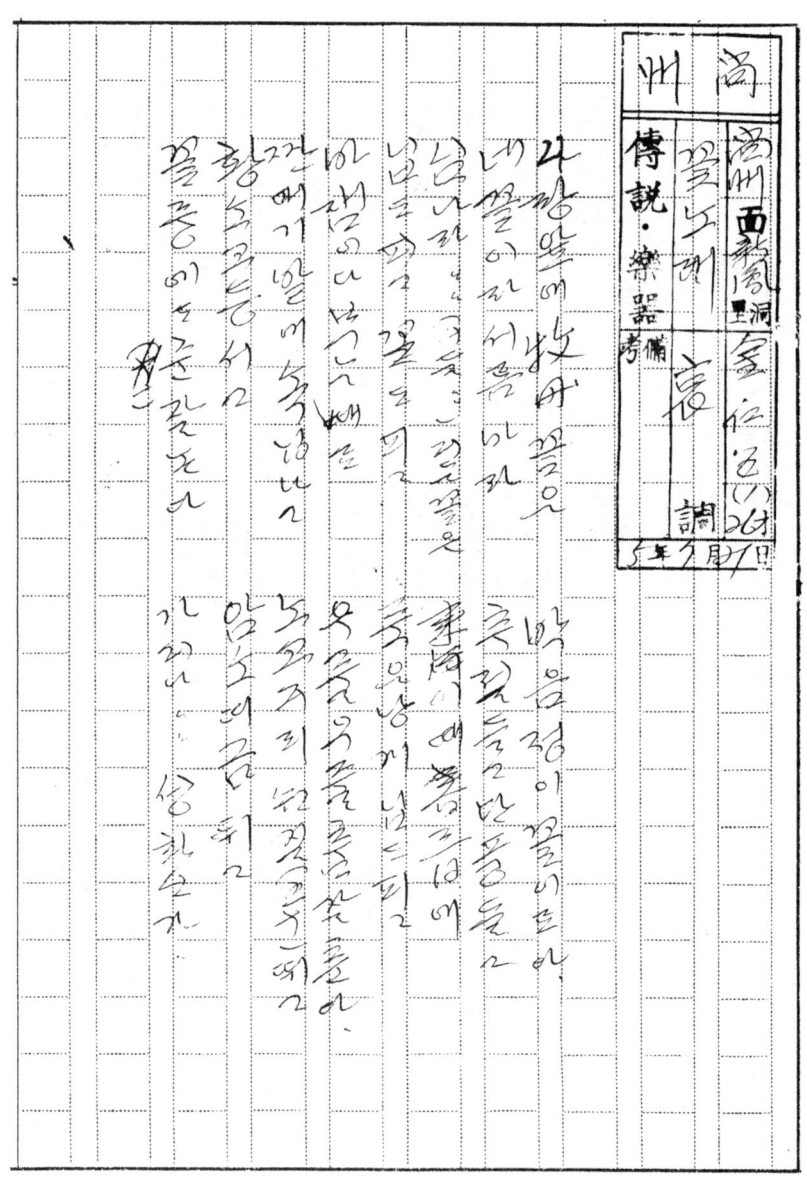

사랑앞에 牧丹꽃은 마음정이 꽃이로다,
네꽃이라 서름마라 곳갈들고 반들들고
남나라 날(?)나 꽃은 春時이 때 꽃으니에
남모르게 꽃도피고 꽃은 앙께 날도피고
바람으다 나부끼는 때는 오롤오 꽃 꽃은 꽃은다.
잔디에 가밭에 숨겼다고 노꼬지리 꺾겨두 되고
황소 구르고 서고 암소 머금 휘고
꽃풍에 또 꽃 꺾는다 가히나 ○ 살희소라

全文、

아리아리랑 스리스리 스리랑、

閔妃아 개캐는 연을 무엇냐 국나가 남은 옷에 세

閔妃가 비개야 억지로 끗리는 백제 저해온 이나간다

閔妃가 내기야 붙은 약심은 못내놓겠고 나나간다

全文

○打令歌、

어 해야

에 리 요 사

러 리 요 사

コクヨ 65

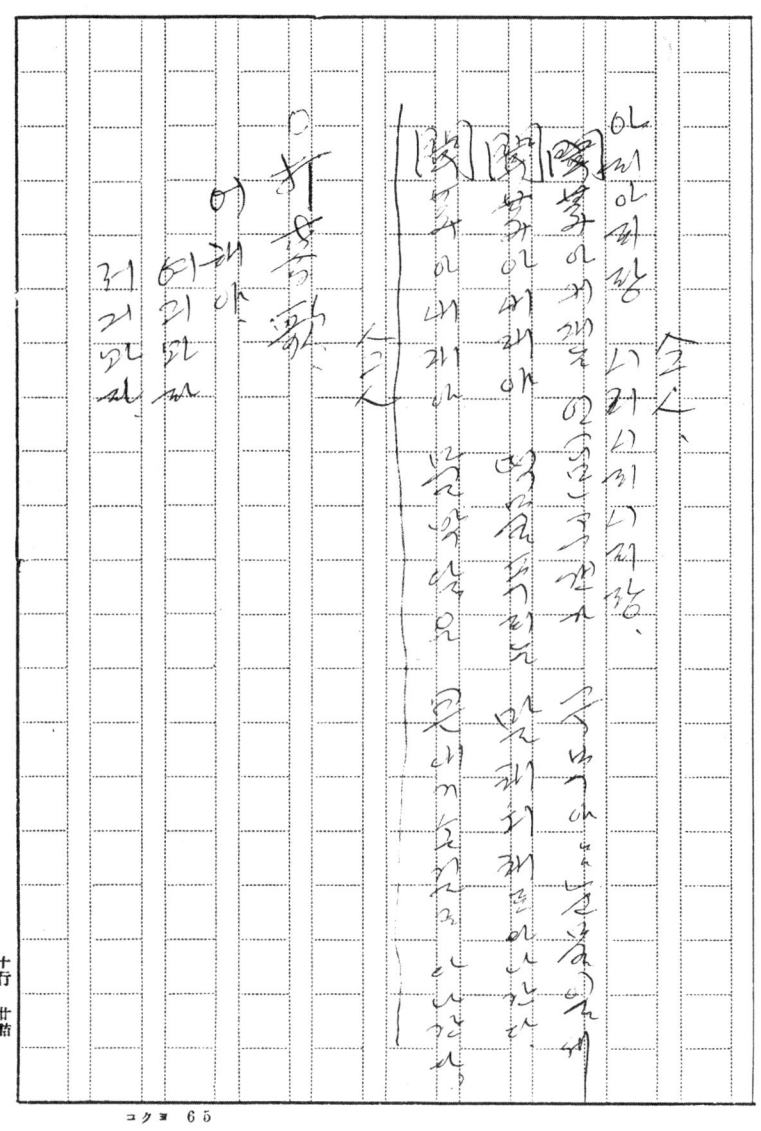

十行 廿字

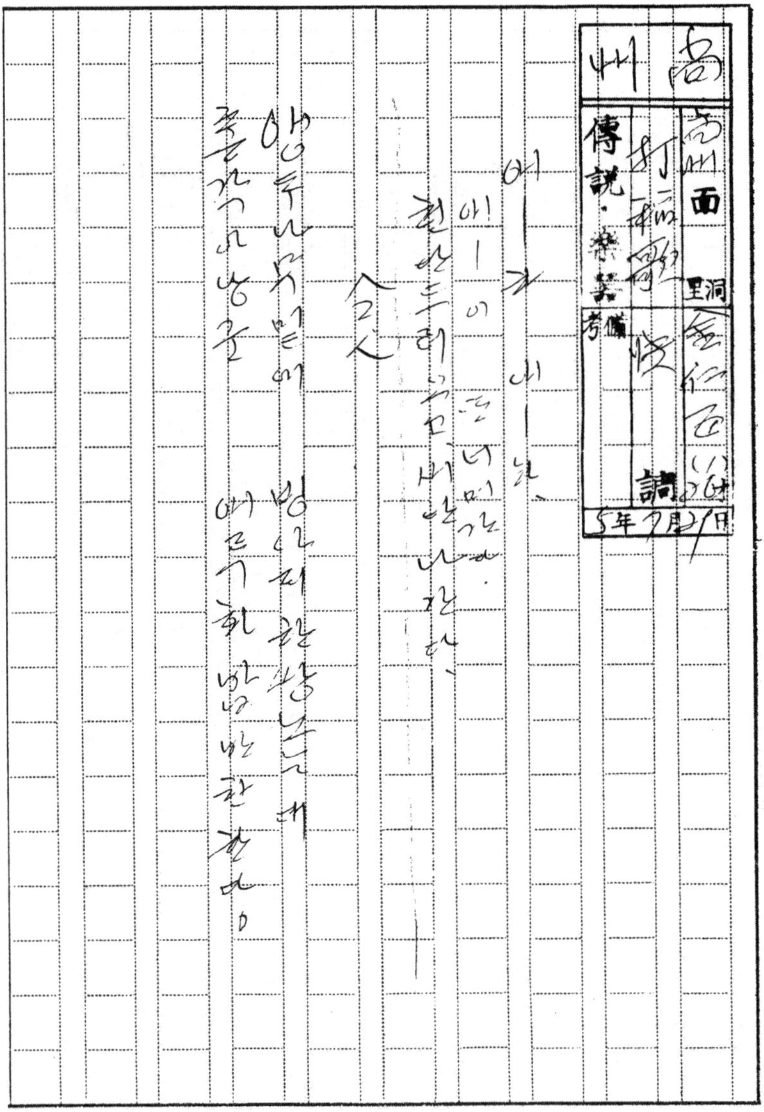
面
里洞
傳說·童謠
5年 7月 21日
앵두나무 밑에

道	慶北	
慶州 面 新豐 里洞	挽歌	傳說・樂
李永植 (60세)	唱 [illegible] 請	[illegible] 男女
[illegible] 年 9月 21		

벗님네 삼산 뒤야, 이고 빼이 보구 놀까
엉겅퀴 삼시 뒤야, 어- 효자 효자 [illegible] 있다
엉겅퀴 삼시 뒤야,

請 [illegible] 에 [illegible] 이 [illegible]

十行 廿詰

コクヨ 65

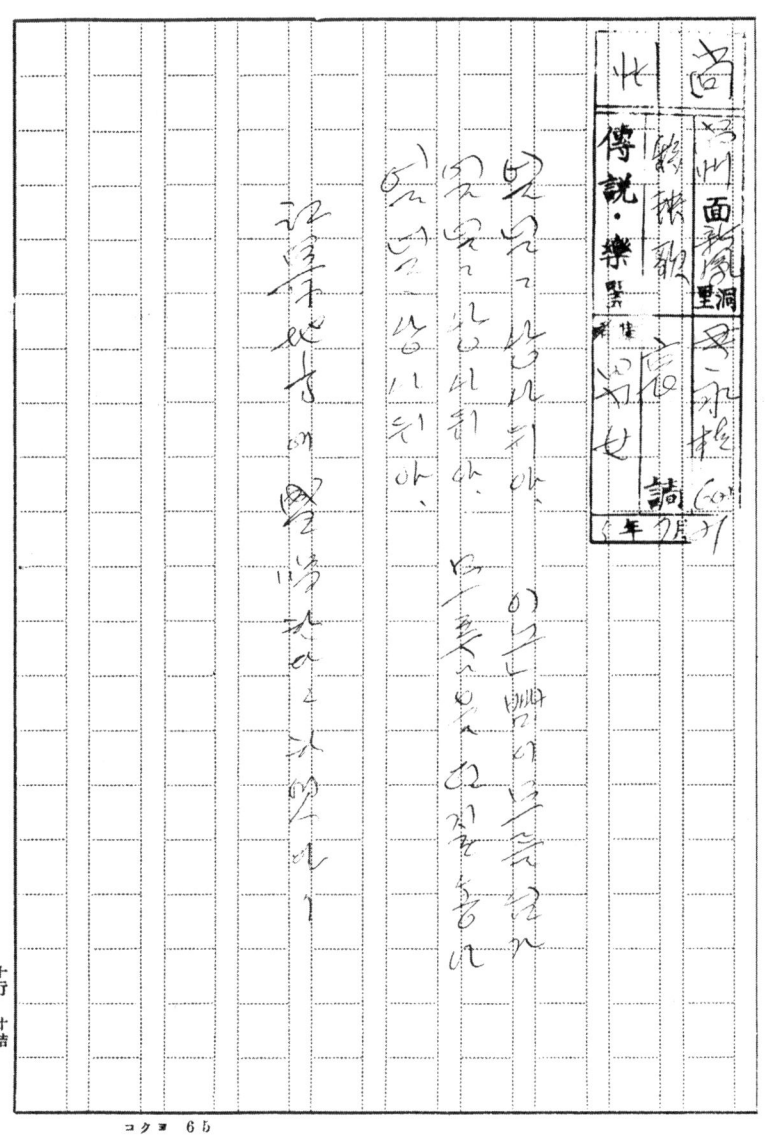

3

尙州 3

尙州面 城東洞 里 | 河相決(の) 46才

방아타령 | 快 調

傳說·樂器 | 備考 男

5. 年 7月 21

○移秧할 때(도) 에도 唱.

△이는 農夫 或은 女子 等 (者)

이히애해 방하요

이히애해 방하요

"華尙道"는 뒤둘 방해요

"忠淸道"는 연자방해요

"善太승의 當作 방해

"저막산이 친이 둘고

"곤배팔이 비틀 들고

장태머리 상(上)가래 (방아가래)

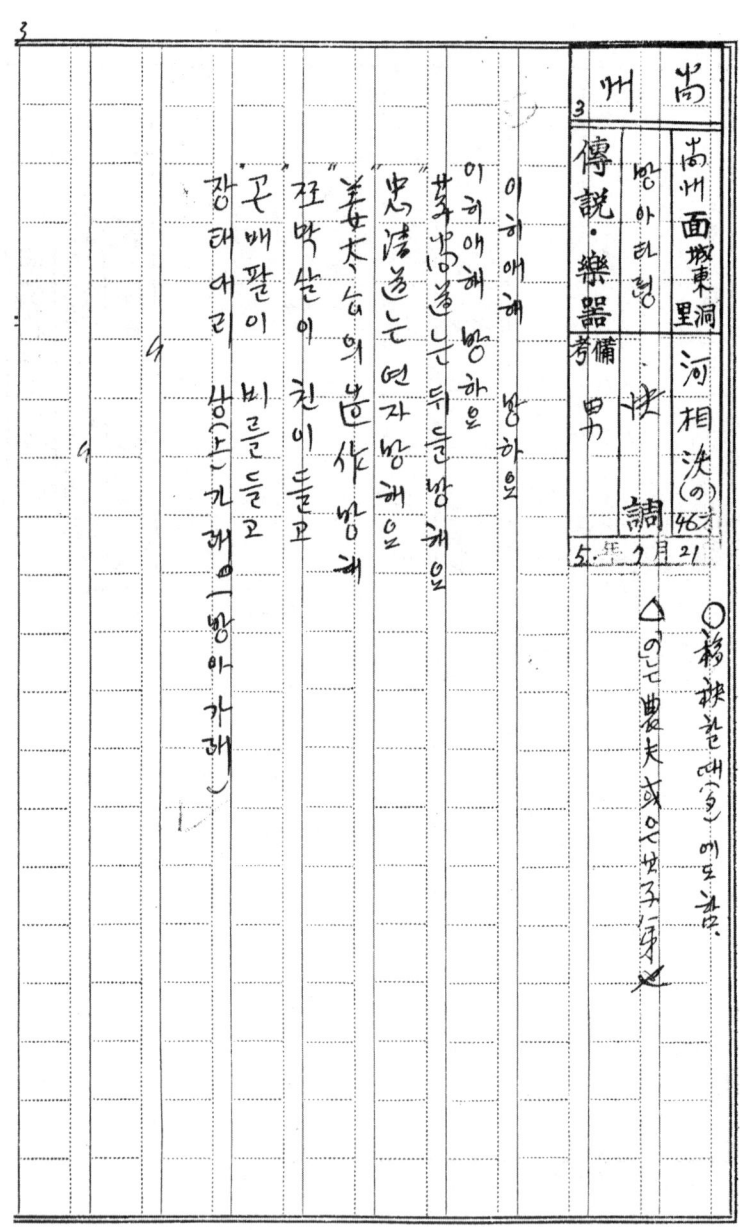

尙州 〃面 〃里洞
傳說・樂器 칭칭이
河相洸(の) 46才
唱調
備考
5年 7月 21日

칭칭나네

강변에는 돌도 만고
하늘에는 별도 만고,
시집살이 말도 많고,

尙州 〃面 〃里洞
傳說・樂器 모숨기노래
河相洸(の) 46才
唱調
備考
5年 7月 21日

前 尙州咸昌 공갈못에 연밥따는 처자 애기
後 연꽃은 떠지 빨고 이내품에 잠을 자세
前 잠자기는 어렵잔에도 연밥따기 느저간다.
後 머리조코 잘난처자 울뽕낭게 거렸잔네

OS原稿用紙

10×20

尙州

全面 南阿里洞 | 朴天一(の)60才
輓歌 |
傳說·樂器 | 備考 |
5年 2月 21日

午後 時 於尙州邑 採音。

해ᄂ히ᄀ야 에아 해ᄅ야 잘 한다

우리집 점심은 끝떡에 불떼는가。 애 후ᄅ야 잘 한다

허ᄅ허ᄅ야 애야 허ᄅ야 잘 한다

晉州牧生 義岩이는 倭將 淸正 목을 안고、晉州 南江에 떠러

젓비。해 후ᄅ야 잘 한다

해ᄅ허ᄅ야 애이 해ᄅ야 잘 한다。

저 건너 강 미봉에 비묵었다 우장 두루고 지심 메자

애 후ᄅ야 잘 한다。

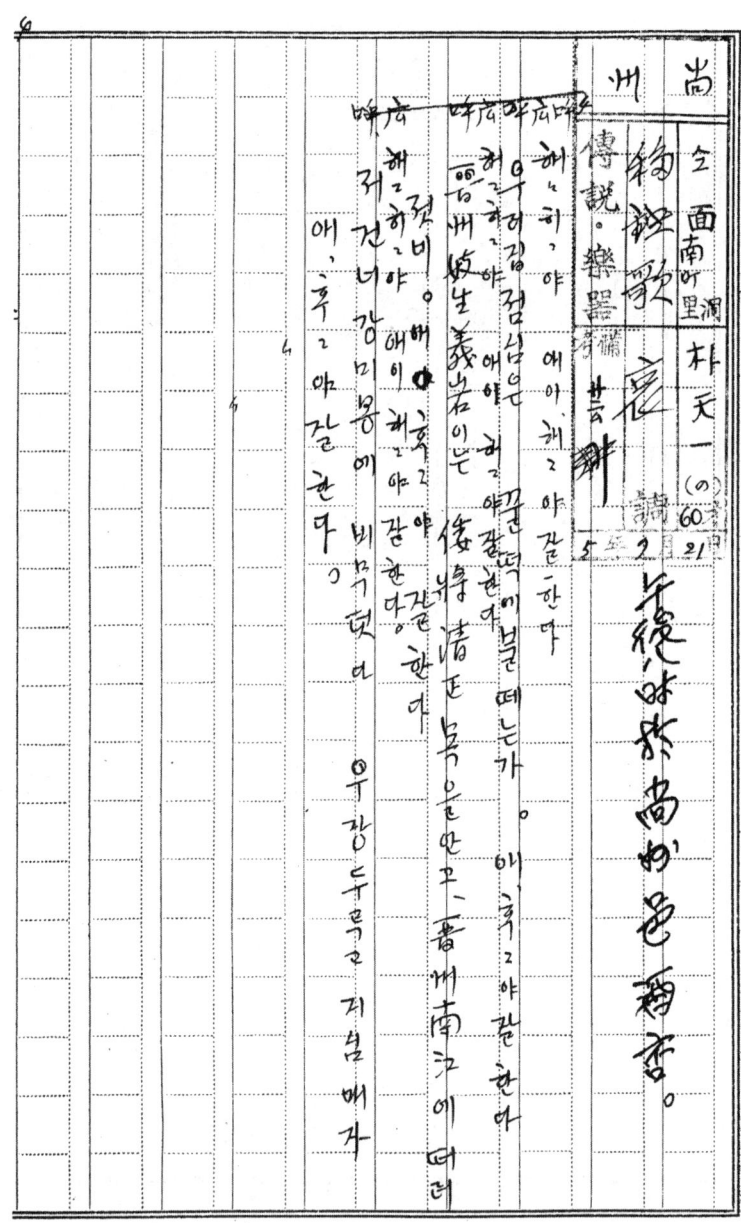

尙州 面 洞

移秧歌

傳唱者 朴天一 60

5 7 21

前 尙州咸昌 공갈못에 연밥따는 처큰이가

後 연밥줄밥 내따줄게 이내·근에 갈고가게

前 서방님 품에 잠을자니 아늑야늑 좋은오네

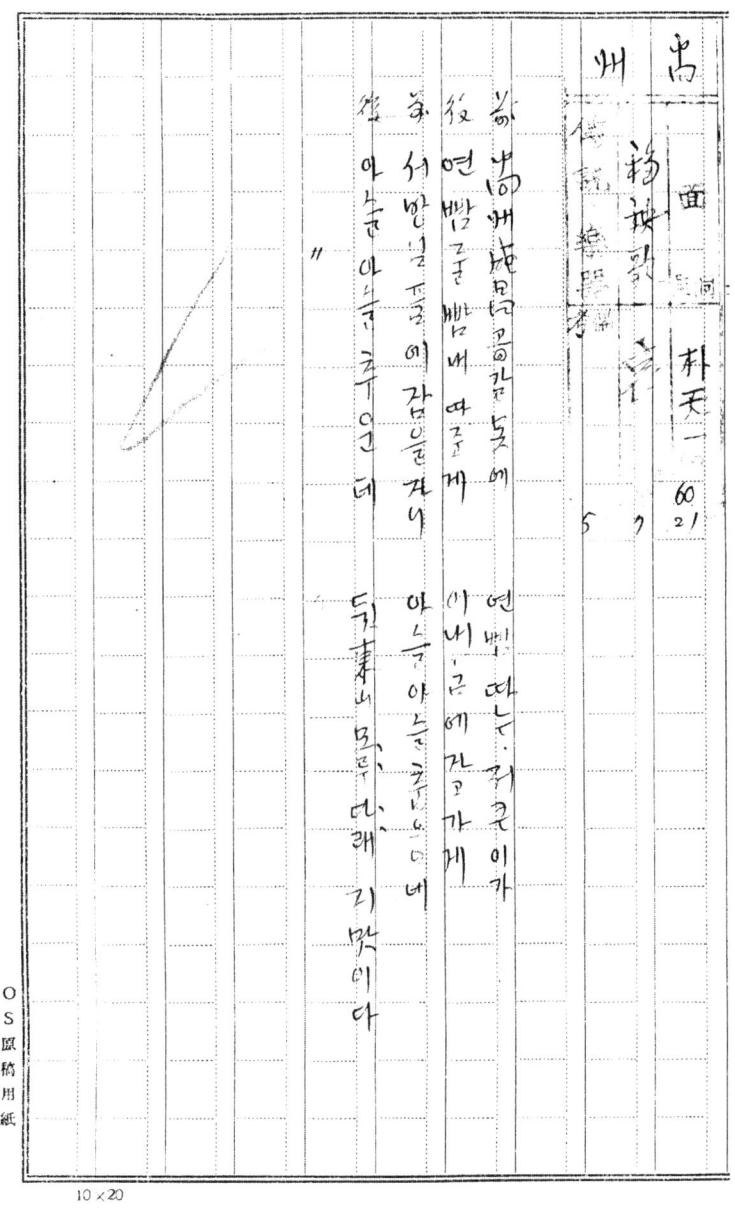

〃 後 아늑아늑 좋은데 뒤東山 모퉁, 따래, 지맛이다

尙州 移秧歌 (尙州西) 朴天一 60 57

前 聞慶새재야 박달나무 홍두께 방마치로 다 나간다

後 聞慶새재야 덕물푸러 시채말 대로 다 나긴다

前 聞慶새재야 박달남근 큰애가 손길로 다 나간다

後 西山 德山 잉대 빡구리는 초구 체로 다 나긴다

前 중아 중아 大師 중아 느거 산님 어디 갔노

後 開寧 金山 너른 들에 목해 등 영 한갓비

前 저 너건 흰새 등에 청실 홍실 그물 매여

後 시누 오른기 뒤따가 떠더 진가 엽여터라

前 눈 청눈 현 벼리 끝에 너도 죽어서 남자 되고

妻子는 석 울신가 몰가

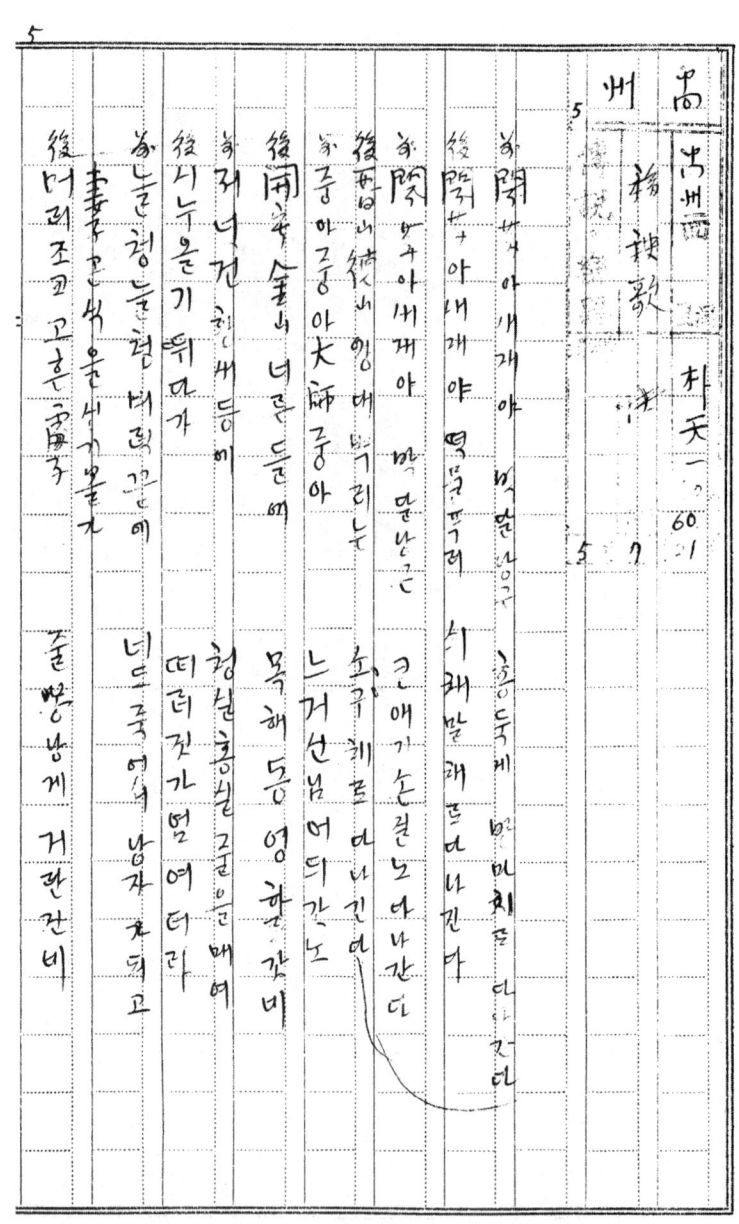

後 머리 조고 고흔 處子 줄뽕낭게 거판 간비

尙州

尙州面 洞里

방해 타령、

傳說·樂器

朴天一 (여) 60才

快 調

備考

5年 7月 21日

애、해루 방해요 (一節)

이 방해가 누구 방해고、

姜太公의 조작 방해

姜太公은 어디 갔노

곳은 낚시 손에 들고

새매산 갓 숙이스고

山에 가면 山질 방해

들에 가면 뒤질 방해

골로 가면 물큰 방해

혼자 찍는 도굿(절구) 방해

여주 이천 자。차。방。해 (經)

OS原稿用紙

10×20

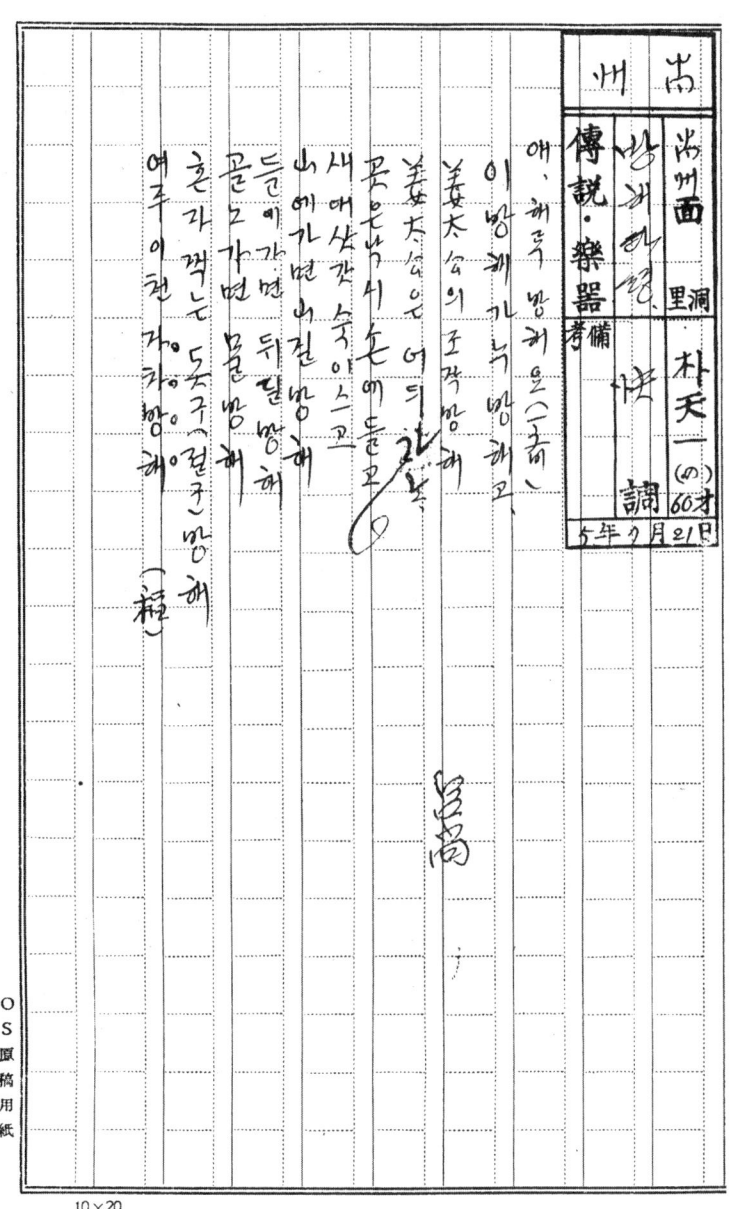

6. ( )

尙州		
傳說·歌謠	산유계	ㅅ面 ㅅ里洞
備考 摘要	農 調	金王一 ( ) 60才
5年 7月 1日		

갈미구야 고리는 가리갈미구야 골고롱 밭은 남새

찬술받은을 자는 놓구나 그늘만밭이 가웁구나

검은갈마구야 에헤이 에헤이에 꺽갈미가면 고운밭

갈께 너리리그 골밭하리도 내하기로 물피잘

최기도 바하기고 된갈 (곳) 이랑 라기도 내리리

나

어사랑

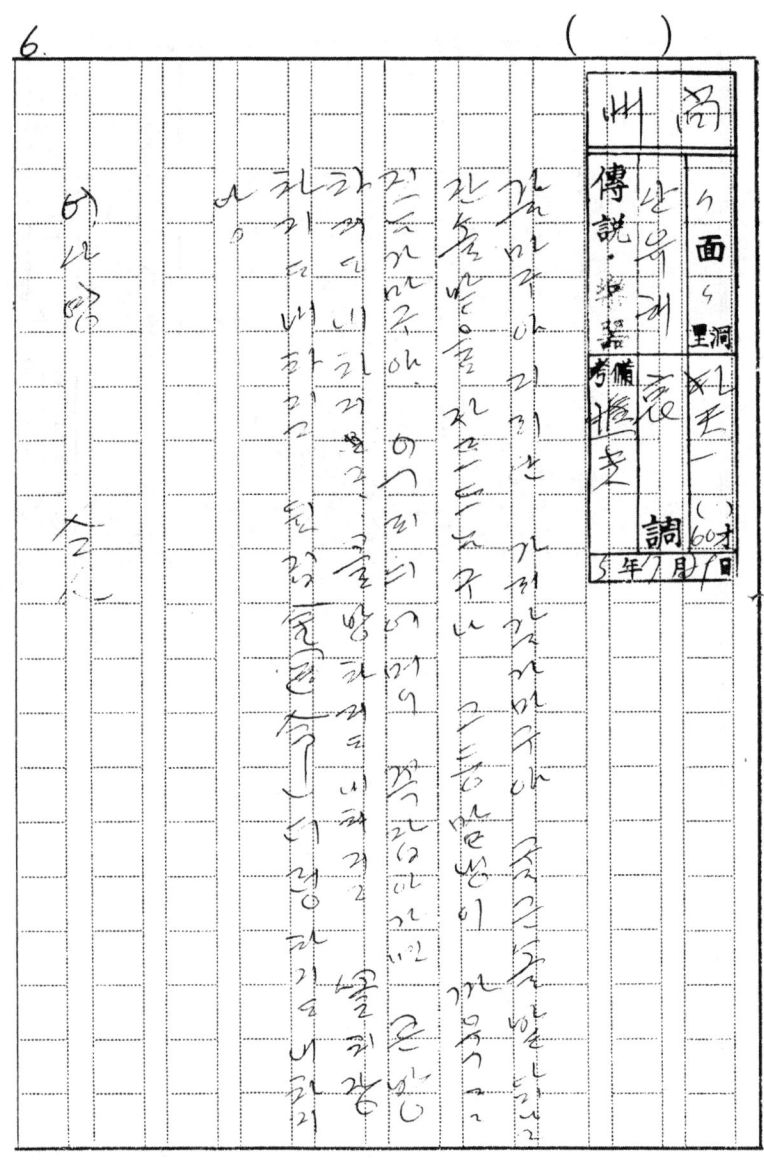

술

처녀는 에이 네 中鶴 이런 개기 낼수 있나
어떤 사람은 一大金 가로와 큰 일 끝을 솜씨 좋은 큰 집에
틈과 풍얼 같 그러께 같아 나는데 날 꿈돌 넘는
이 난중에 이우 평을 하나.

十行 廿詰

コクヨ 65

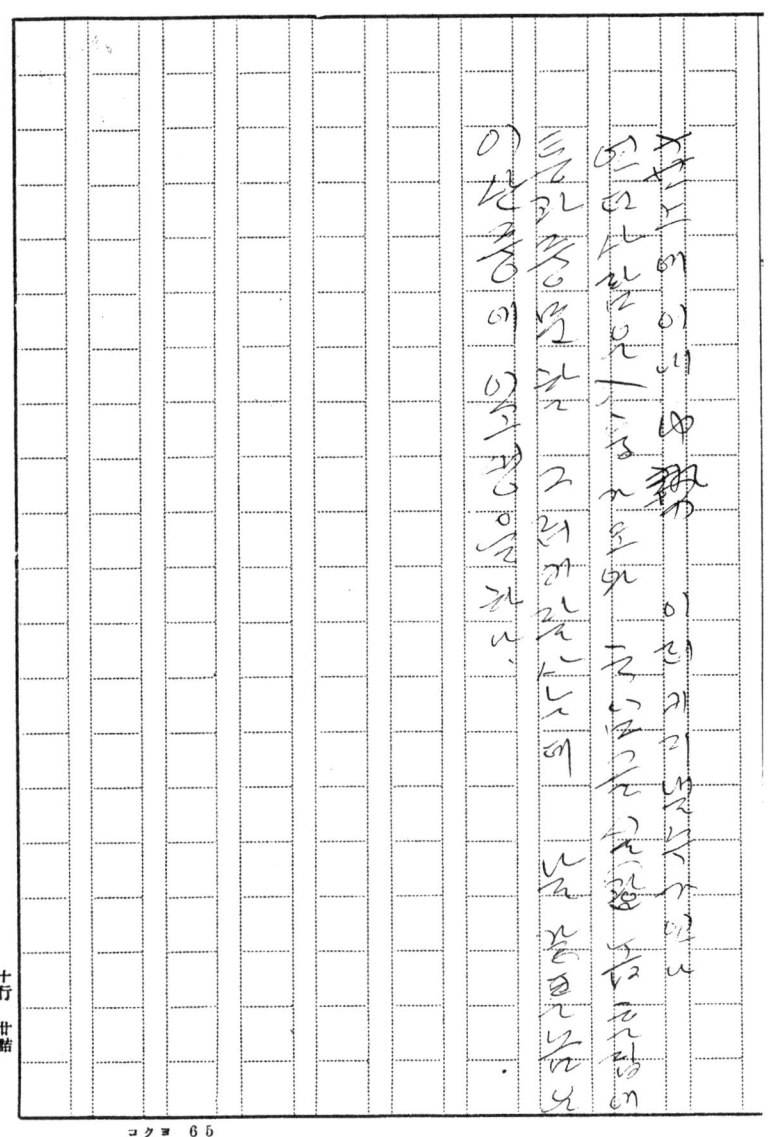

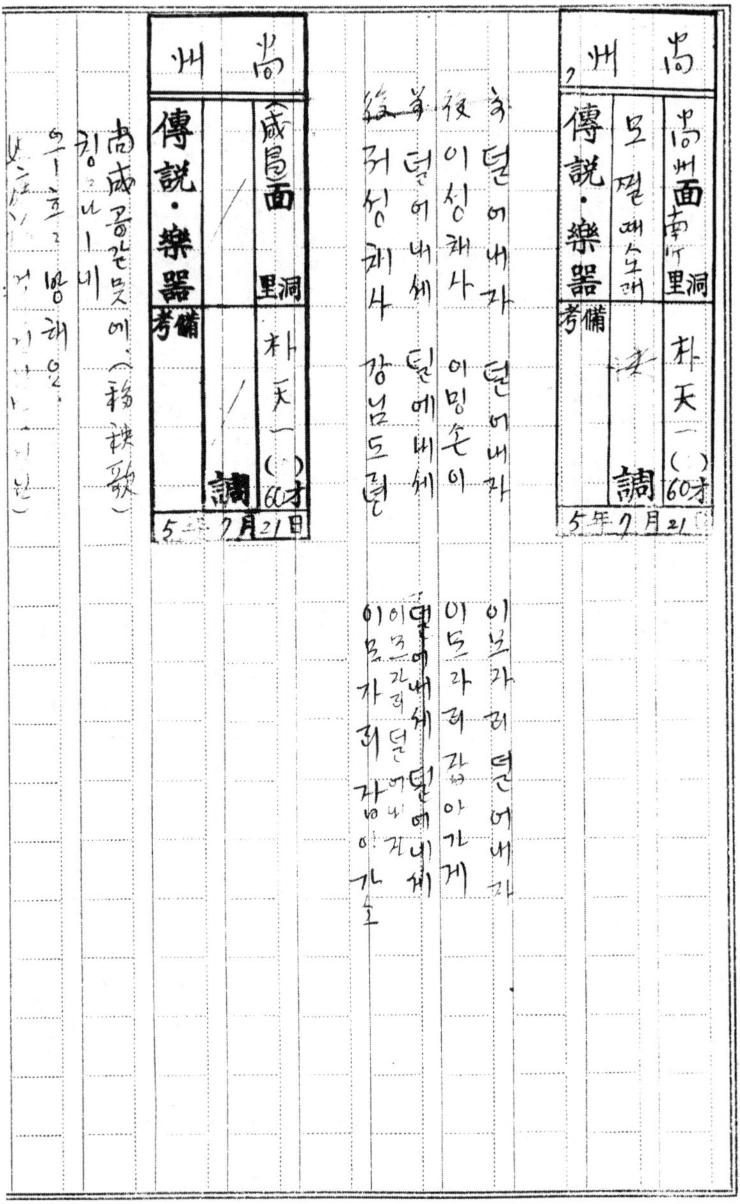

尙州

傳說·樂器

尙州面 南?里洞

모찔 때 소래

朴天一( ) 60才

考備

謠

5年 7月 21日

덜어내자 덜어내자
이싱채사 이밍손이
덜어내세 덜에배세
거싱괘사 강남도덜

이보가러 덜어내자
이도라러 감아가게
덜에내세 덜에내세
이모자러 가이가소

尙州

傳說·樂器

咸昌面 里洞

朴天一( ) 60才

考備

謠

5年 7月 21日

尙咸 곡같은 못에 (移秧歌)

尙州	
洛東面 洛東洞里	傳說·樂器
朴天一(?) 60才	備考
報告 5.7.22	

註、香娘에 關한 傳說

洛東面 百七十에 居住하는 白声 林老人에게 물은즉 이 傳說

說은 少年時에도 들은 일이 없다(七十四才)고 한다. 또 金南彬女史

(四十才)에게 물어보아도 모르겠다 하였다.

尙州邑內 諸氏나 其他 地方에 그런 傳說이 있다고 하였다.

OS原稿用紙

10×20

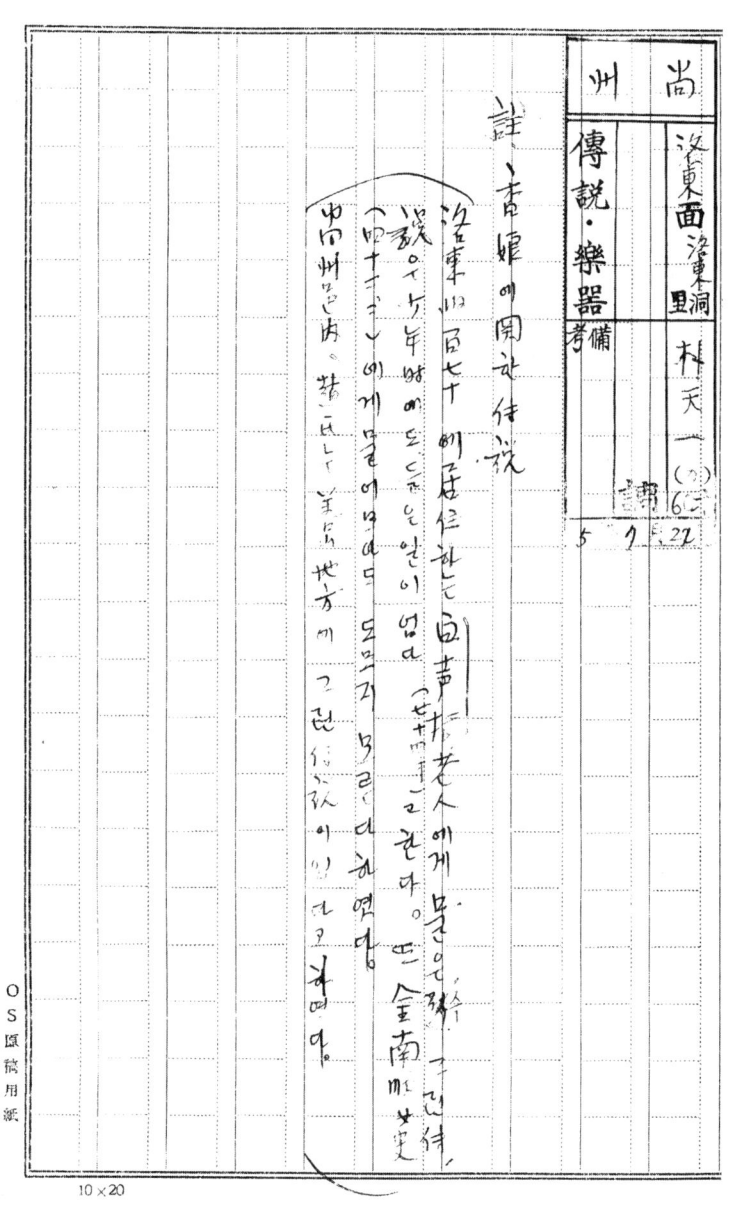

永川 今 城內 李春三 49 130

산유해 燕夫、 5 7

이후ㄱ 눈 재소리라 한다、市中 ㅁ 工場 가튼 곳에서 이 재소리를 하면 재수가 업다 (春三)가 한다。

시내십곡 산 가려 갈가 마구야 저건너 저 묵밭흔
원전인가 火田인가 去年에도 묵어나되 今年에도 나와같치 묵어
나네 이후ㄱ—.
저건너 저 등내도 상(골) 가도 애동이요 으가도 배동이요、
동내 암헤고 목낭근 남과같치 속만 한다 (中空이니깐) 이후ㄱ
저건너 저 재(峴) 구부눈 활잔것치 굽(빳은) 길에 활살같은
치 가고저라 이후ㄱ———

永川　全面　里洞　李春三(?)　49才

稼穡노래

傳說・樂器

年月日 5-2 30

前 새밭끝에 저밭골에　반달같이 떠나온다

後 네가무슨 반달이고　初生달이 반달이지(그몸初生반달이지)

前 서울이라 남정자야　점심참도 더디온다

後 아흔아홉칸 정지안에　도느라고 더디온다

前 서울이라 남정자야　점심참도 더디온다

後 놋재(저)운저 시앗내느라고 더디온다。

OS原稿用紙

10×20

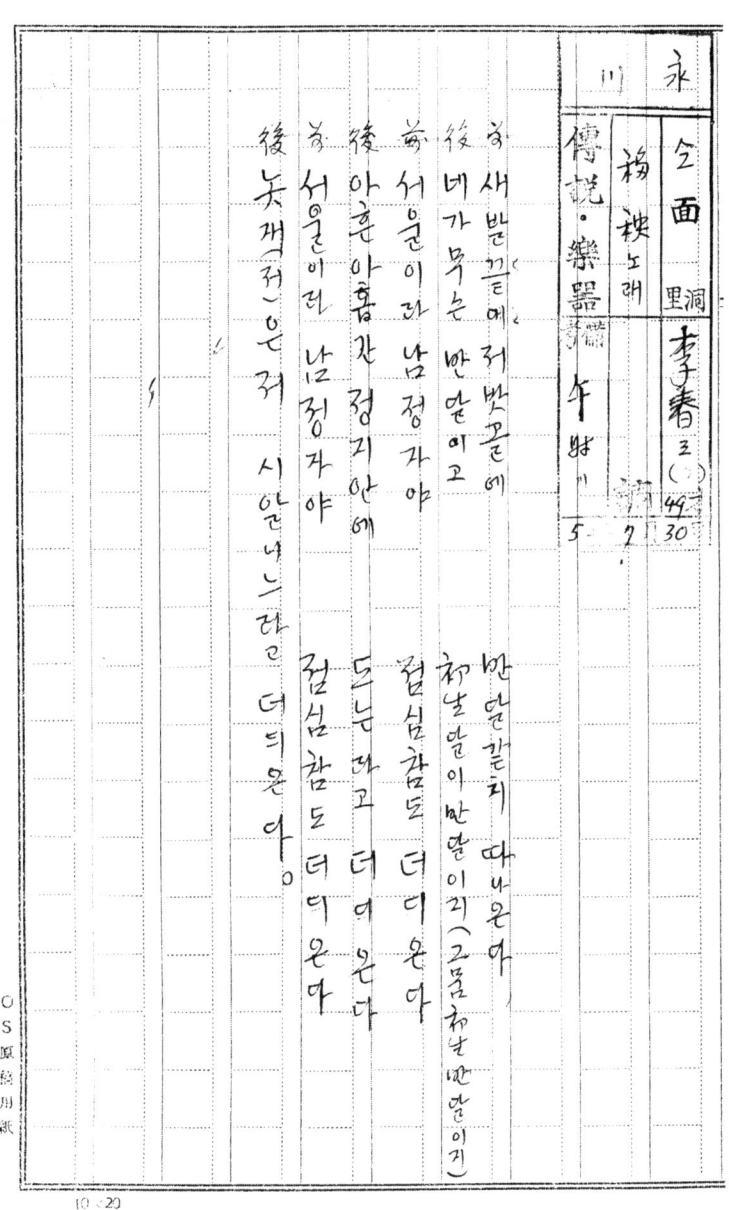

9

永川 仝

호해야소리 (打麥·謠) 李春三 49 30

(義興地方에도流行)

엉해야 호해야

꼿어멧혜반 장군아

〃 어런서구 잘도 한다

〃 무당의 노련가 춤도 잘도 춘다

〃 아전의 보리인가 설〻긴다

〃 사령의 보리인가 뿔기도 뿔다

〃 상놈의 보리인가 태도 엉다

〃 양반의 보리인가 해도 있다

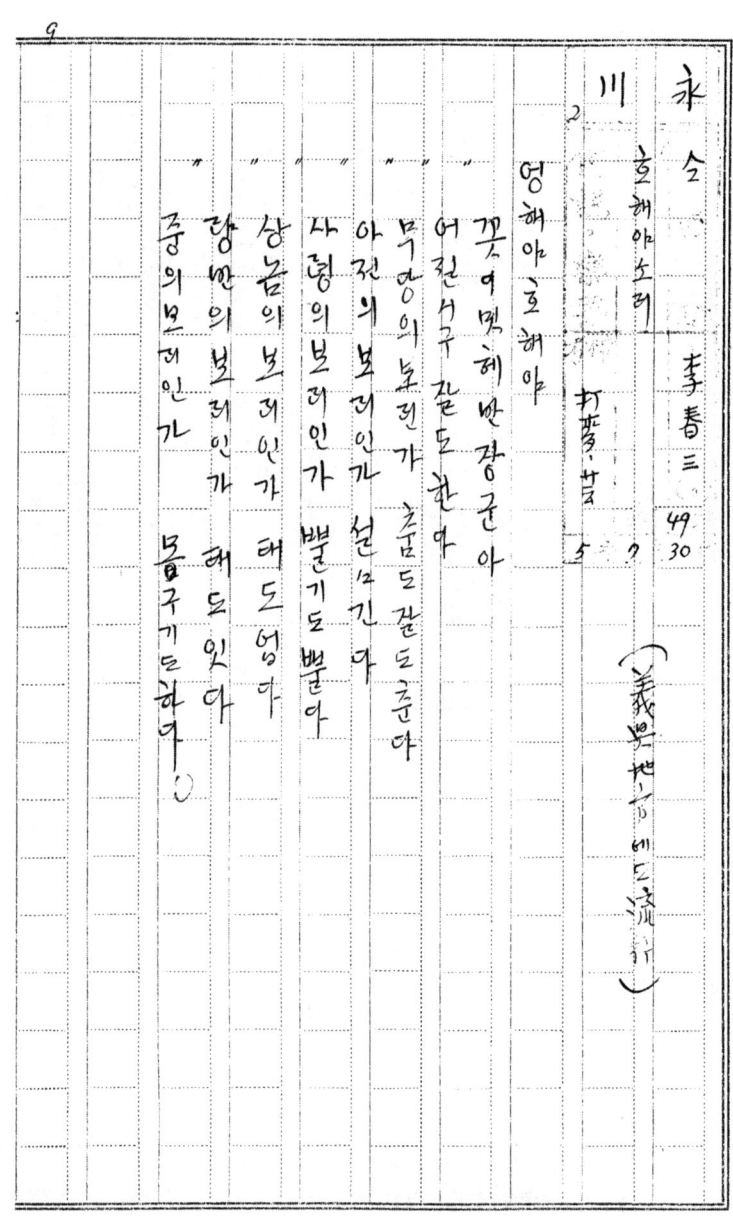

〃 중의 보리인가 몹구기도 하다

사영에소리

(이문개) 남이成、(稱揚歎)

메리나칭소이ㅁ 방아터령 (土地와같이 盛行하는안함)

● 사영에소리 老農들살한아(春王)

讀書萬倍利

書顯官人才

書張君子智

(至安面)

OS原稿用紙

10×20

10 (　　)

永川		
新寧面 [illegible] 里洞	姜壬 [illegible] (　) 55才	
어사 [illegible]	謠	
傳說・樂器	備考 [illegible]	
5年 7月 20日		

가마구야 가마구야 남구놓히 저리바라 보기저도

눈아니 껄넌다 괘빼기며 눈말에 잘든다 이후.

가마구야 가마구야 껌다고 서른바라 겉이 껌다고

속조라 껌으라 이루—

烏反哺成句

所謂 [illegible]

[illegible]

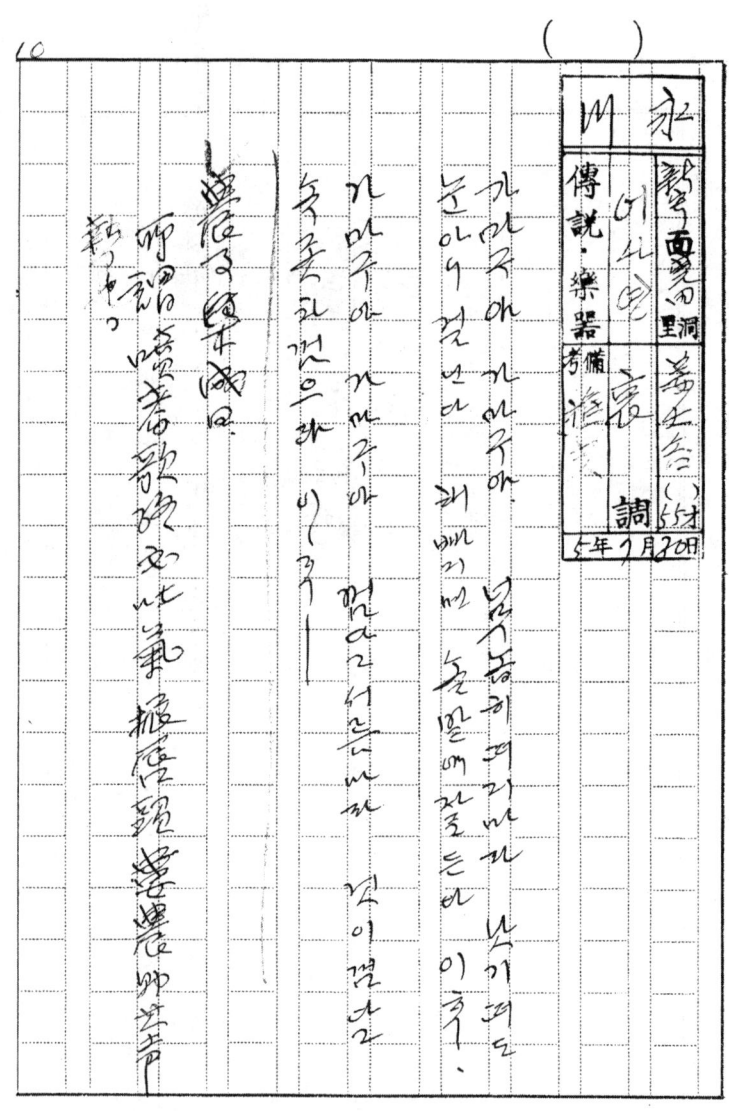

목숨가노래 金人

~~病葉~~

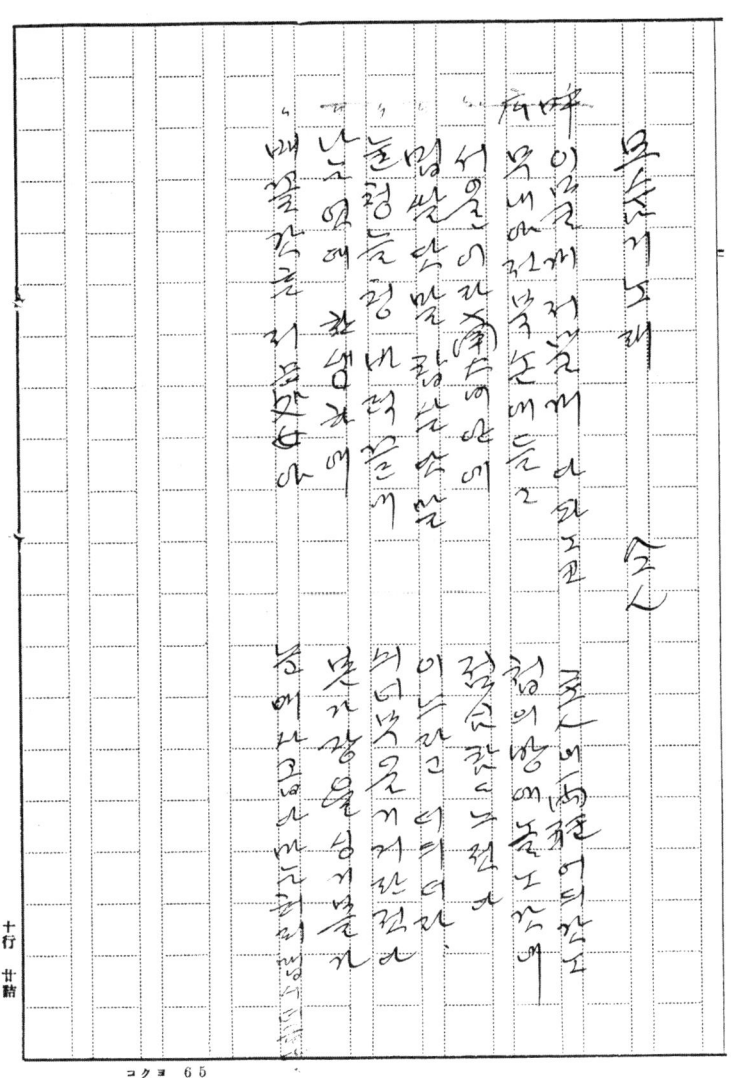

이골께 저골께 다 닳고 金人네(內)庭 어디갔노
목내에 걸북순내들은 첩의 방에 놀노갔네
서울이라 大門안에 걸신 찼느 느렀나
멥쌀 닷말 찹쌀 닷말 이나 라곤 더되더라
눈청늘 청내 덕끝에 싀너 벗을 거 거란 걸나
난 엽에 첨생각에 본가 강을 상거 볼가
배꼴 갔든 커 물옷아 녹메 나고 봅나 빠는 하리 뻡 …

11

永川 4		
新寧面 莞田洞里	영해야	傳說·樂器
姜大台 (○) 55		備考 打令
5年 7 30		

영해야

꽃의뫼헤반장군아

영해야

어전시구갈도한다

영해야

무당의모래인가굿도갈춘다

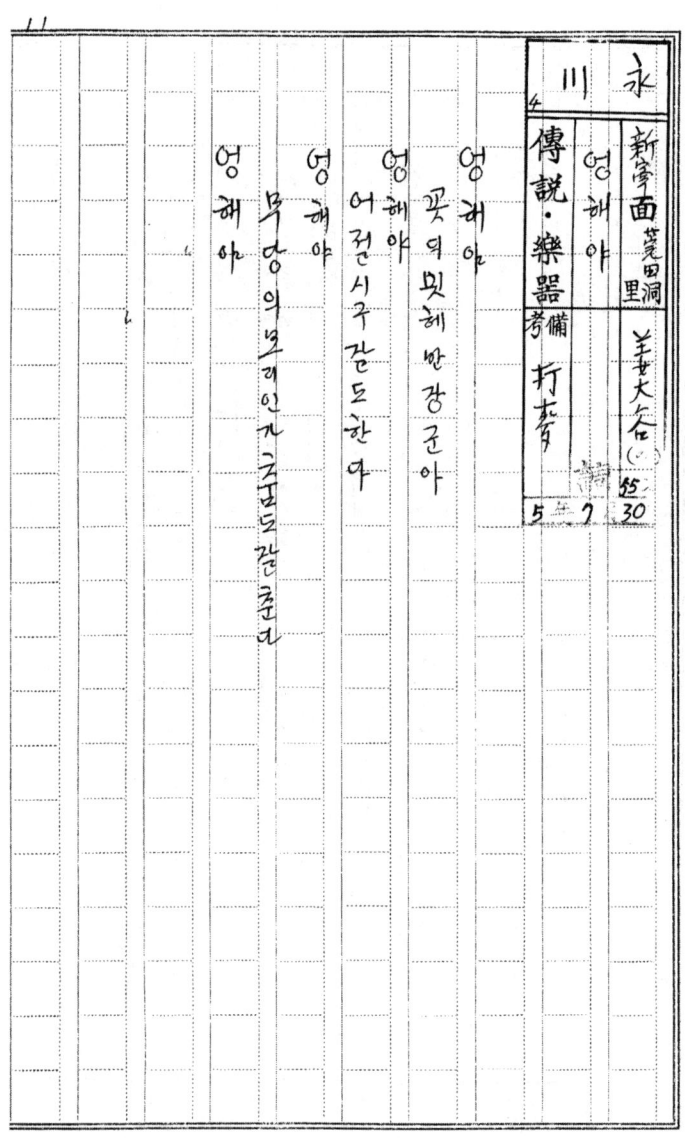

영해야

칭[illegible]이 [illegible]

오ㅣ호 방해요(大邱 외 [illegible])

[illegible]·[illegible]·노래 ([illegible])

媤使謠(시[illegible] [illegible])

婦謠 [illegible]

O S 原稿用紙

10×20

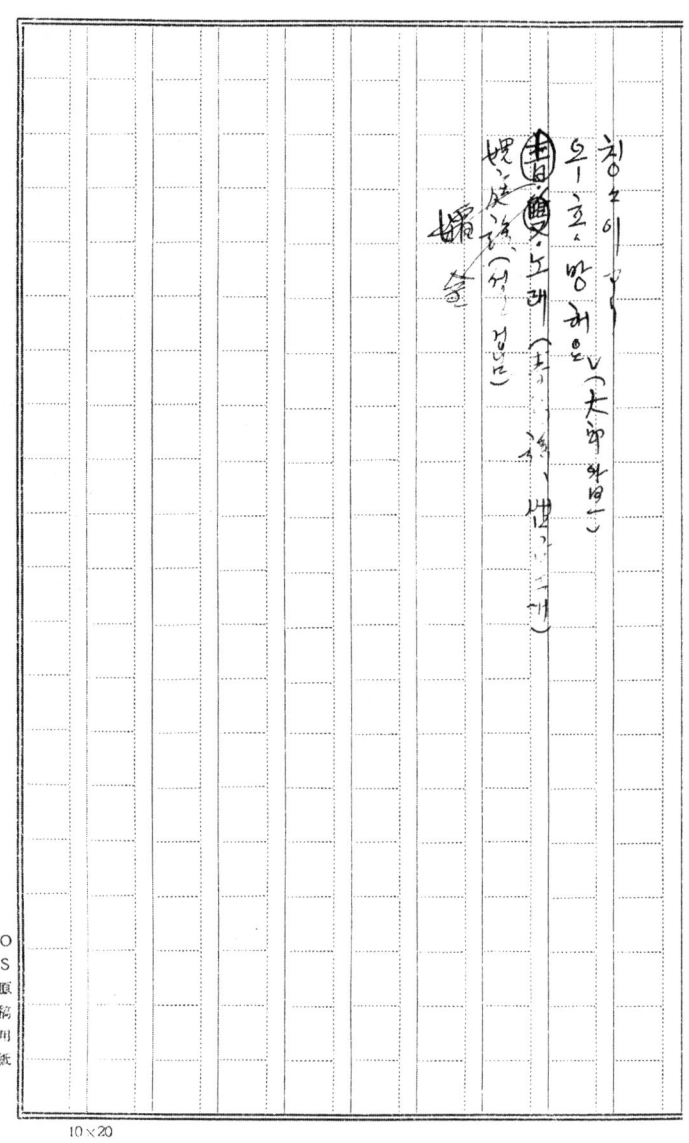

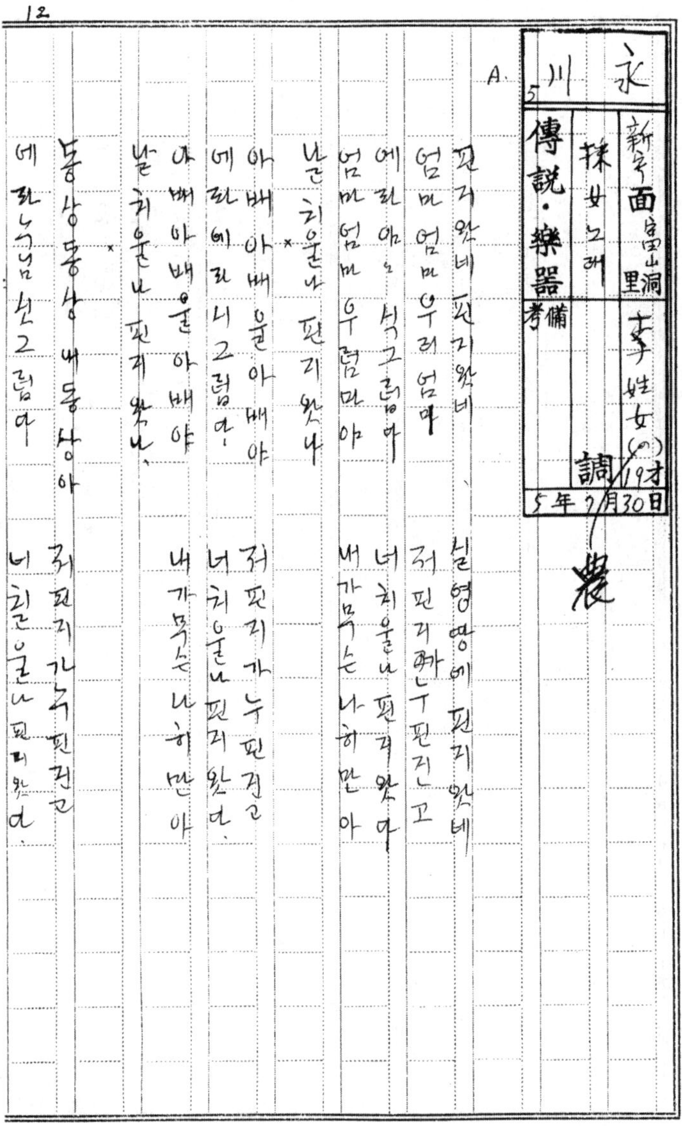

12

A. 5 永川 新寧面 官山洞里 李姓女(이) 19才

採女노래

傳說·樂器 備考

5年 7月30日

찐디왔네 찐디왔네 실영영에 찐디왔네

엄마엄마 우리엄마 저찐디가 뭔찐진고

에라얘야 석그럽아 너치울나 찐디왔다

엄마엄마 우렴마아 내가묵슨나 히만아

날치울나 찐디왔나 ×

아배아배 울아배야 저찐디가 누찐전고

에라에이 리니그럽아 너치울나 찐디왔다

아배아배 울아배야 내가묵슨나 히만아

날치울나 찐지왔나 ×

동상동상 내동상아 저찐디가 누찐전고

에라누님 선그럽아 니치울나 찐디왔다

동상동상 내동상아 내가묵은나 허먼아

날키운나 편지왔낭

시집을가니거니 범갈튼 시아바시

오미너라 조메더라 오간거라 조간거라、

큰방이라 들어가니 아시초훈 시어머니

오미너라 조미너라 오간거라 조간거라、

자근방에 들어가니 꼰고머리 시너브기

판코머리 시너부 오올기야 조올기야

오간거라 조간거라.

시집왔든 사흘만에 양동오얌 헤쳐고

운짜뱅이 손에들고 까죽신 멀을 굴고

~~홋치천에~~

건너천네 건너천네 도랑하나 건너천네

깨연어네 깨연어네 양도오를 깨엿천네

애묻반게 들어가니 범갈튼 시아바시

OS原稿用紙

10×20

13

永 (11) 6	新寧面 富山洞 里	李姓女(の) 19才
傳說·樂器	採女노래	備考 謠
5年7月30日		

B.

오랍니라 조미너라 느거집을 다팔아도
오동오 감은 모곤에 내라,
방안에 들어가니 앉서굿은 쉬어머니
오미너라 조미너라 누거집을 다팔아도
오동오 갑을 모곤에 내라,
라군방에 들어가니 팥고다리 쉬너부가
콩고다리 쉬너부가 느거집을 다팔아도
오동오 갑을 모곤에 내라,

×

한폭떠서 꿈꾸같겠고, 두폭떠서 비방깁고,
시폭떠서 도나깁고 한곳을 가다하니
중이 하나 내려온다 떡사 떠사 이대사야
머리조금 깍가주게 머리사까지만는

뒷일은 엎지 하나 뒷일은 내 갈 양 하자

한 귀에가 깍고나니 보시 채매 다 지졋네

두 죽이 라 깍고나니 보시 적삼 다 저젓네

천정곳에 가 가구고 동양을 돌나 하니

목 엇을 주고 가 하니 개를 돌나 하이

이러하며, 천정어머니는 自己의 딸인줄도 모르고, 개나 한 말을 주었다. 그러나

그 女子는 밑(底) 없는 가마니에 그 보을 받었으나, 개는 저 地上에 散亂하였

다. 그리하여, 女子는 辛苦로 젓箸로서 粒을 주어 담어 놓으니 春三月長

日이 刪하도, 없지 다 주가 들기에 되리라면, 해가 빠지매, 主人女는 자고가

라 하니 그 女子는 夜深토록 잠을 이루지 못하고, 노래를 하였스니

없지 家人의 듣는 바가 아니되겠다. 그리하며, 自己의 딸인줄 알았다.

그리하여, 그 女子는 後日 시집에 돌아갔으나, 싫다 하고는 다 죽어 있음을

보고, 그 女子도 遂히 그곳에서 自決하였당

OS原稿用紙

10×20

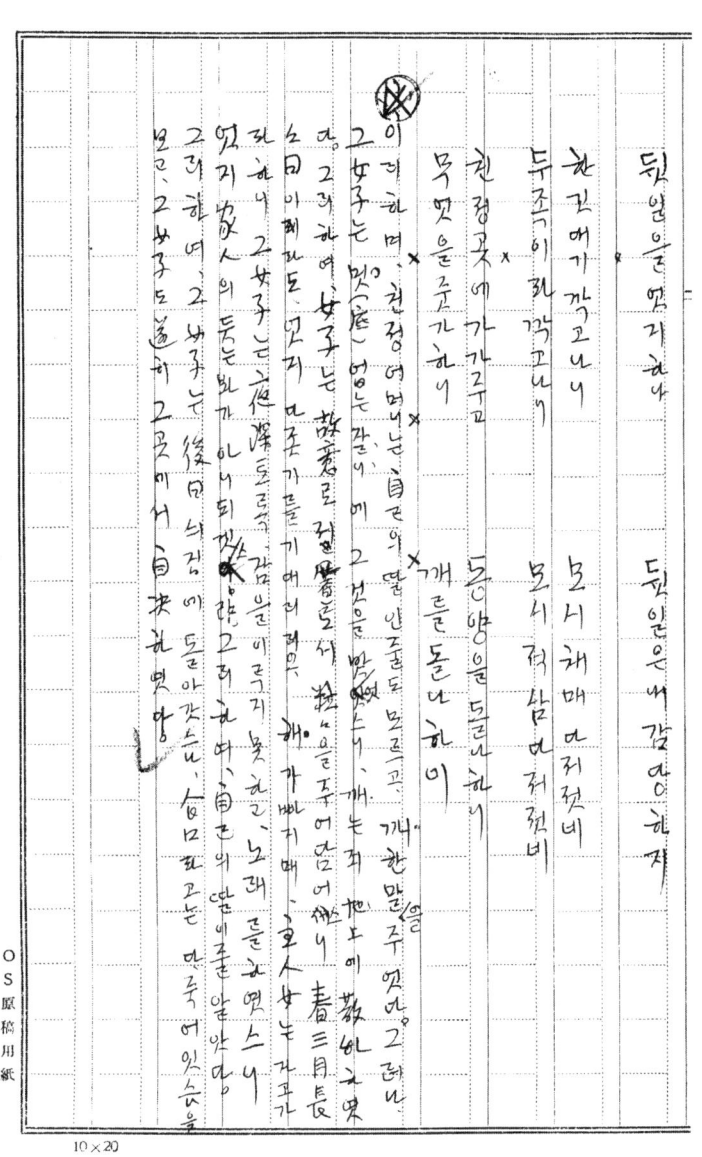

14

永川

新寧面 富山洞里 | 李粉伊(の) 16 | 5年 7月 30日

傳說·樂器 | 謠 | 備考 採女

오도랑에 봉필이는
큰거랑에 역꿍메누
김용끝에 안진새는
나무끝에 안진새는
날가물게 수심하고.
큰물짓기 수심이요,
빨래옷가 수심이요.
바람불기 수심이요,

〃

新寧面 富山洞里 | 李粉伊(の) 16才 | 5年 7月 30日

傳說·樂器 | 備考 採女

한강물이 술같으면
갱변돌이 떡같으면
아바친구 대접하지
우리엄마 대접하지。

대로숨가 대로숨가
물가운데 대롤숨가
형님메누 왕메로다
내메누는 불메로다,
형님머리 석자가웃
이내머리 두자가웃

형님댕기 두자가옷 이내댕기 한자가옷,
더뎃도비 어뎃도비 끝면무니 어뎃드네
넘노뒤네 넘노뒤네 객사뜰에 넘노뒤네
부렀두네 부렀두미 샛바람이 부렀드비
빠젓드비 빠젓드비 이내댕기 빠갓드비
조엿드네 조엿드네 金運술이 조엿드네

⑨ 화산(產) 山菜 " — (安東) 見聞[illegible]

뚜까리, 미여취, 홈취, 곰취, 으너리, 다니리, 밤나물,
밍해나물, 짝두싹, 빼리젱이, 부시나물, 배추, 깨나물,
빼비떼, 저나물, 분미, 게취, 꼬치떼, 미사리, 꼬들빼구,
신냉이, 비소치, 대나물, 삼빠비꼬갱이, 가지복어리,
원처리, 돌쩡이, 쪽박나물, 꿀나물, 콩나물, 장뚝겡이,
부굳내나물, 벌구두여기, 버름나물, 지부둥나물, 한짝
나물, 각시나물, 싸갓나물, 엄베두까리, 혼나물,

OS原稿用紙

10×20

15

永川 8

新寧面 富山洞里

시(집)살노래

傳說·樂器

李粉伴(이) 16才

調

備考 婦女子

5年 7月 30日

미영가라 미영가라、
떠 열어내 다 열어내
활랑을 펑기내어
앞각 앞각 짜아하니
어맘구어 봄정 왔네
흰정곤에 갈나베라
아깨꽃고 가라하배
싯거놋고 가라하이
가라네도 가라비도
명기풀어 낭자걸고
한모롱이 돌아가니
독모롱이 돌아가니
서런돌의 행상군아

원골밭에 미영가라、
풍우리 좋겨 펴열어네
거목줄노 색여내여
봄정 왔네 봄정 왔비 복곤
갈나네라 갈나비라
아깨꽃고 갈 하니
싯거놋고 갈나하니
머리맺고 가라네도
비、베、빼여 품에품고
우름소리 절노나네
행사소리 절노나비
행상조금 낫하주소

엄마얼골 볼나거덩 어제아래 볼정갈때
구름적에 네오지오 ×
똥굴나 맛오라바 × 행상조금 낫하구소
애라아 시그럽어 엄마얼골 볼나거덩
어제아래 볼정갈때 구름적에 나가오지
× 시모랭이 도라가니 엄마무덤 저리비네
간지뜨더 부양하고 눈물받어 제지내고
목을나어(날너) 엄마소리 몰너보니 아니나네 ㄱ

OS原稿用紙

10×20

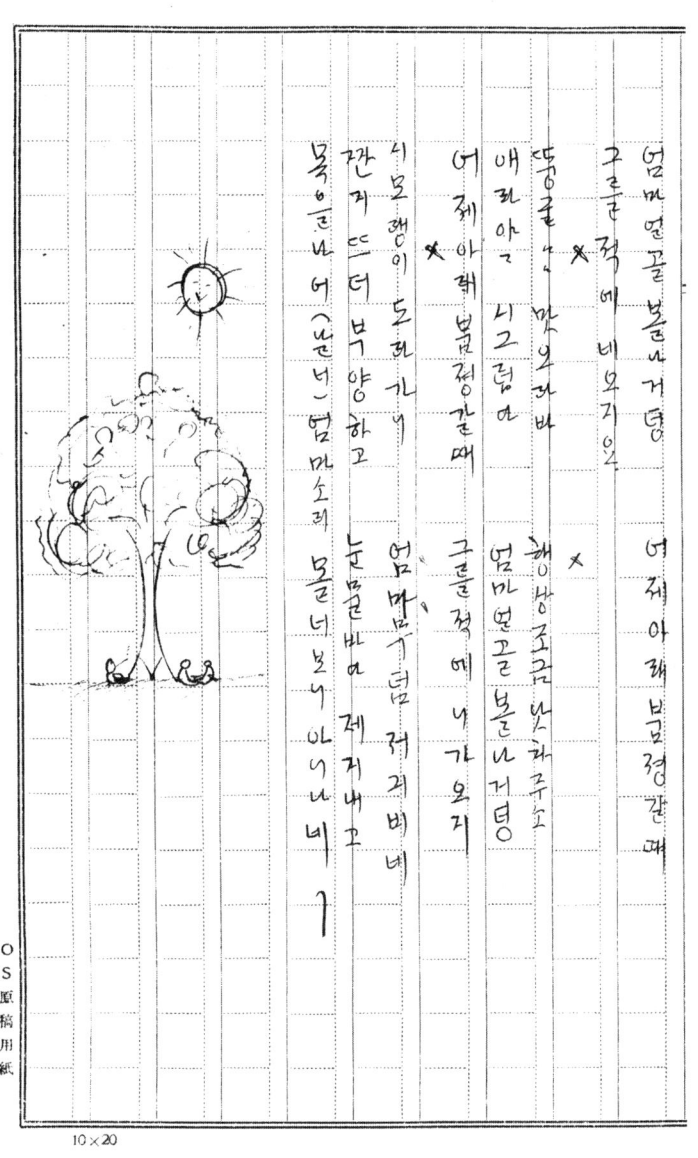

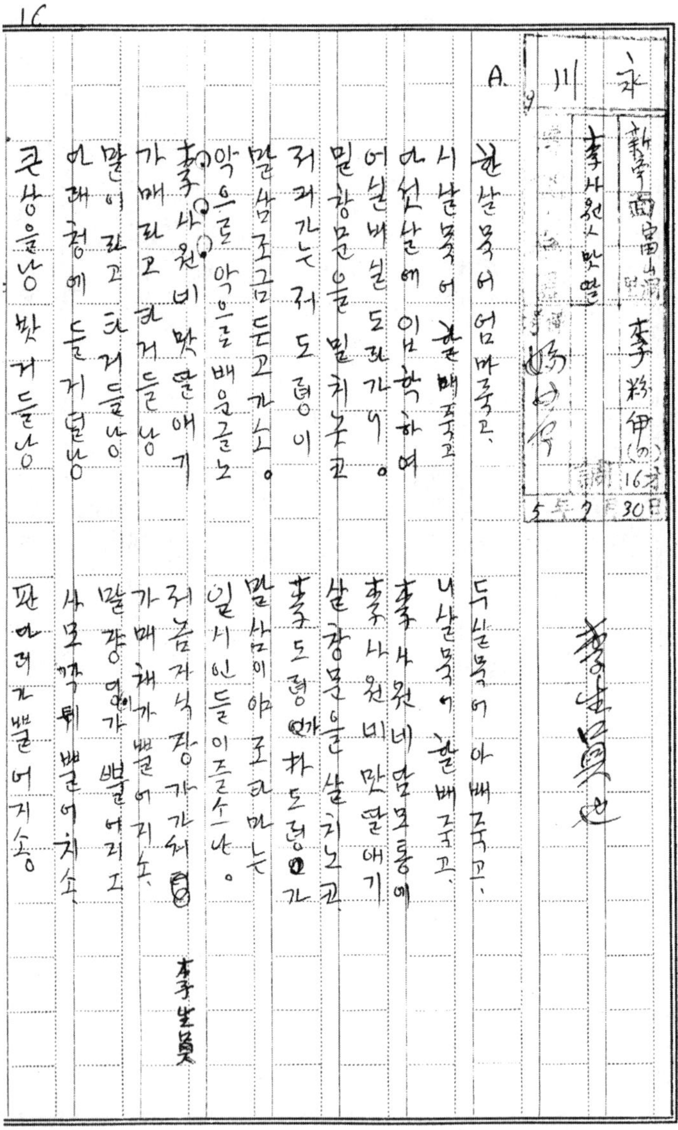
16

永川 新寧面 富山洞 李粉伊(여) 16才
李사원시맛딸
5年 9月 30日

李生莫

A.
한살묵어 엄마죽고,
시날묵어 한배죽고
다섯살에 입학하여
어선배실 도라가니。
믿창문을 빌치놋코
커커가는 저도령이
말삼조금 듣고가소。
악으로 악을배울글노
李사원비 맛딸애기
가매타고 건거들낭
말이라고 타거들낭
안래청에 들거덜낭
큰상을낭 밧거들낭

두살묵어 아배죽고,
나살묵어 한배죽고,
李사원네 담모롱에
李사원비 맛딸애기
살강문을 살치노코,
李도령아가 李도령가
말삼이야 조타마는
일시인들 이즐소나。
저놈자식 장가가제
가매채가 뿔어지소,
말장양이가 뿔어지고
사모깍뒤 뿔어치소,
판마러가 뿔어지송

李生莫

장가 갔고 가나 거네 가매 타고 타나 거네
가매채가 뿔어지고, 말이 잘라 나거네
말장 당이가 뿔어지네 다래청에 드니 거니
사모각뒤 뿔어지네 큰상이 받드니까
판대기가 뿔어지네 핑풍 넘어 저 색시야
머리조금 짐허주소. 언제 봤든 손이라고
머리조라 거뒤주리 큰 방에 어머님요
어제 왔든 새실낭이 숨이 깔딱 넘었네요.
(찰방)의 아버지요 어제 왔든 새실낭이
숨이 깔딱 넘어 비웅 아가 아가 내딸 아가
아가 아가 내딸 아가 말삼이야 좋지마는
말여기나 들어 봐라 말여기야 좋지마는
기찰연 이보살이다.
자근방에 들어가니 모시도복 서도복은
줄ㅅ이도 걸어노고. 장꼬방에 앉나드니
모시국시 시국시는 어너사위 주실나고

OS原稿用紙
10×20

永	川	10 B.
新寧面 富山洞里		傳說·樂器
李粉伊(の) 16才	調	備考
5年 7月 30日		

쥐러만히 해여낫노。 정지로 안나드니

괴〻동〻 떼와낫는 저술은 어너나위주실낫고,

쥐러만히 해여낫노。

행상으로 한니그거네 李사원이 암모퉁이가나고비

서편들의 행상꾼이 밭이쌀각 분고터잇네

미로섯네 미로섯네 그곳에미로섯네。

新?面 里 李粉伊の 16 30

순금세(上)

傳說 樂器

備考 婦女子

5年 7

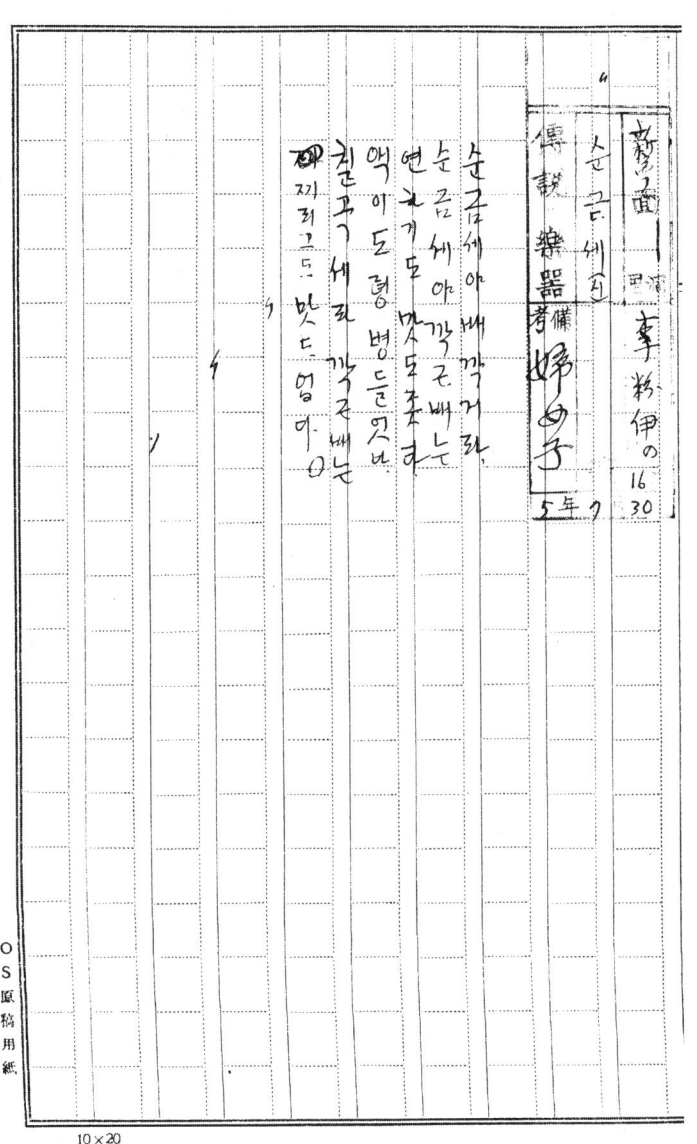

순금세아 배깍거라,
순금세아 깍군배는
연지기도 맛도좋다
액이도령 병든엿보
칠곤고기 세코 깍군배는
찌리그드 맛도 엄이

18

大邱	面	里洞
傳說·樂器	밀가는노래	金姓女( )46才
備考 旋回、	謠	
5年7月1日		

이 밀은 이대 갈아
어던독에 아엳난고、
晉州蘇山 얻은독에
오복노복 다 여을나네

大邱	面	里洞
傳說·樂器	나물노래	金姓女( )46才
備考 軍威地方도에	謠	
5年7月1日		

오른나 가는 올꼬사리
니러가는 날꼬사리

아자금 자자금 끈어다가
살금살작 뫼처다가
심금심금 시아바님
밥상에 올니놋코 (나물 캐고)
섬금심금 시오마니
밥상에 나물 캐놋고
미나리는 캐다가는
실낭상에 밀치노고
엉걱쿠 나물 캐어가는
쉬아바니상에 엉걸시노고
시조바리는 캐어다가
(쉬)오바니상에 조볼티리노코.

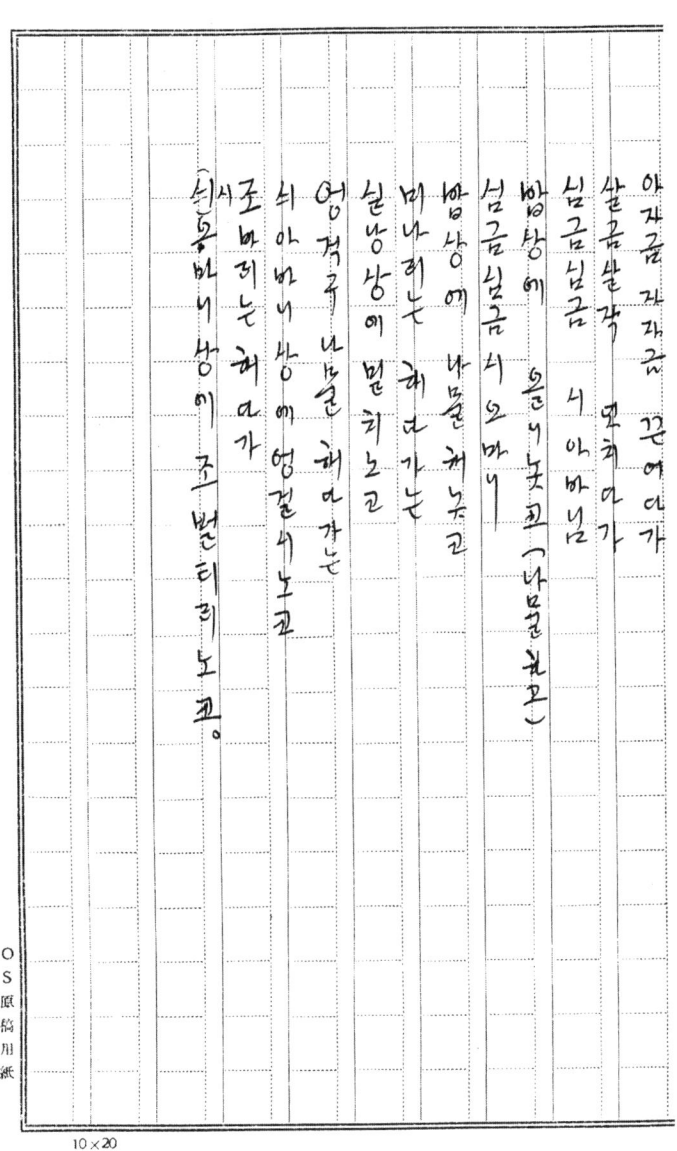

15

太郎 2

面 里洞

打麥노래

傳說·樂器

考備

李姓[illegible] ( ) 26才

調

5年 7月 1日

옹해야

옹해야、

산에가니

옹해야、

(밋추려난놈이 (低声)

×옹, 해야 ― 해야 옹해야

오날은보고

옹해야

꿍지가빠지드루

옹해야

(마파난다 (低声)

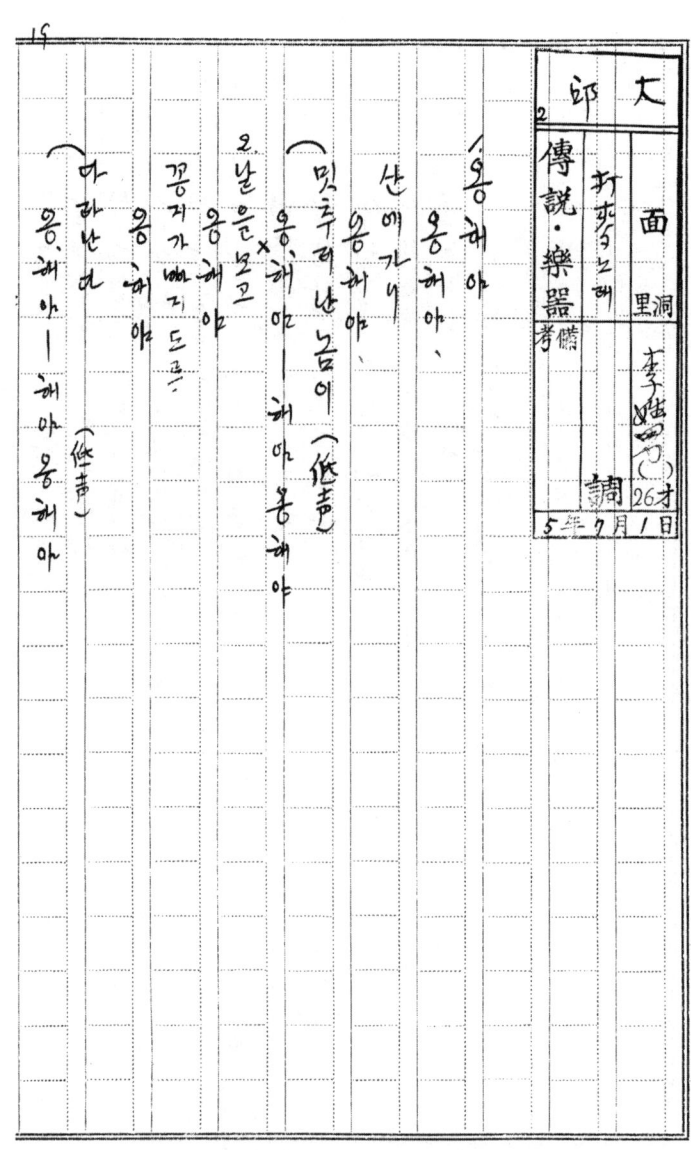

옹, 해야 ― 해야 옹해야

大邱		
傳說·樂器	방애 打令	面 里洞
備考	調	李[illegible] ( ) 26才
5年 7月 1日		

오ㅣ호ㄹ 방해요

오ㅣ호ㄹ 방해요

이 방해가 누방해고

오ㅣ호ㄹ 방해오

姜太公의 造作방해

오ㅣ호ㄹ 방해요

三時먹고 돈돈방해

오ㅣ호ㄹ 방해요

OS原稿用紙

10×20

20

大邱 3

面 里洞

傳說·樂器

칭ㅅ이

備考

李姓□(　) 26才

調

5年7月1日

1. 오ㅣ나ㅣ비
괘지나 칭ㅅ나ㅣ비

2. 얼시구나 절시구나
괘지나 칭ㅅ나ㅣ비

3. 하늘에는 빌도만고
괘지나 칭ㅅ나ㅣ네

4. 강빈에는 돌도만하
괘지나 칭ㅅ나ㅣ네

5. 대밭에는 대이(믜)도만고,
괘지나 칭ㅅ나ㅣ비

6. 솔밭에는 꿩이도만타
괘지나 칭ㅅ나ㅣ네

7. 시(쉰)질ㅂ사리 말도만고
괘지나 칭ㅅ나ㅣ네

8. 여러는 사람도만비
괘지나 칭ㅅ나ㅣ네

9. 노자노자 젊어노자
괘지나 칭ㅅ나ㅣ네

10. 늙어지면 못노나니(늙고병들면)
괘지나 칭ㅅ나ㅣ네

11. 사람은 만고 오리는 적네

大邱	面 里洞
傳說·樂器	달노래
備考	金姓女 ( ) 46才
	5年7月1日

달아 달아 밝은 달아
이태빽이 죽곤든낭
연꽃이나 피그든낭
우리엄마 날찬거든
국화동ㄴ 뛰야다가
우리엄머 대접하소
소주한잔 바다다가
운광반에 받쳐다가

이태빽이 노든 달아
연에 맺혀 목더구소
날만 엮어 도라보소、
약주한잔 바다다가
운광반에 받치다가
우리형님 날찬거든
국화동ㄴ 뛰아다가
우리형님 에접하소、

OS原稿用紙

10×20

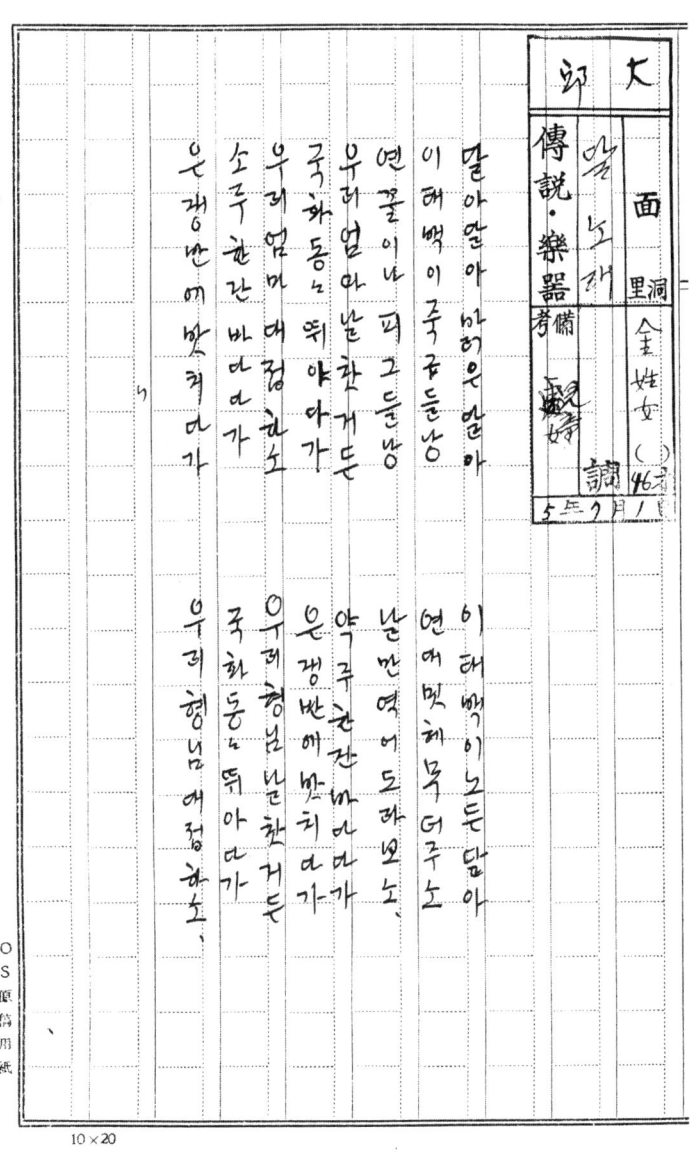

21

大	面	里洞	金姓女( ) 46才
4 卯	당기 謠		
傳說·樂器		備考	婦女、
5年 7月 1日			

서말 너말 너름멍기　　중지석 항문 넝멍기
빠갓어비 빠갓어비　　각사 뜰에 빠잣어비
通令 通令 金通令　　이내 멍기 날을 주소
각님(男上衣) 끝과 쾌매끝마　　한쾌매일 때 너를주면
도랑물과 거렁물과　　함수될 때 너를주리
고이읻 업시 너를주나。

大邱		
面 里洞	童謠一束	傳說·樂器
李生男( ) 26才 講		備考
5年 2月 1日		

*기·상·기·상· 공가리 방구애지, 네에지 *妓生

골목골목, 호양연 기상어마이, 빼엣오군,

×

바람아 바람아 불어라,

대추야 대추야 넘지거라

아야아야 조후라

어런아 어런아 만바라

×

떵ㄴ나부야 안진자리에 안거라

진낭아 가면 먹껀키주는다.

OS原稿用紙

10×20

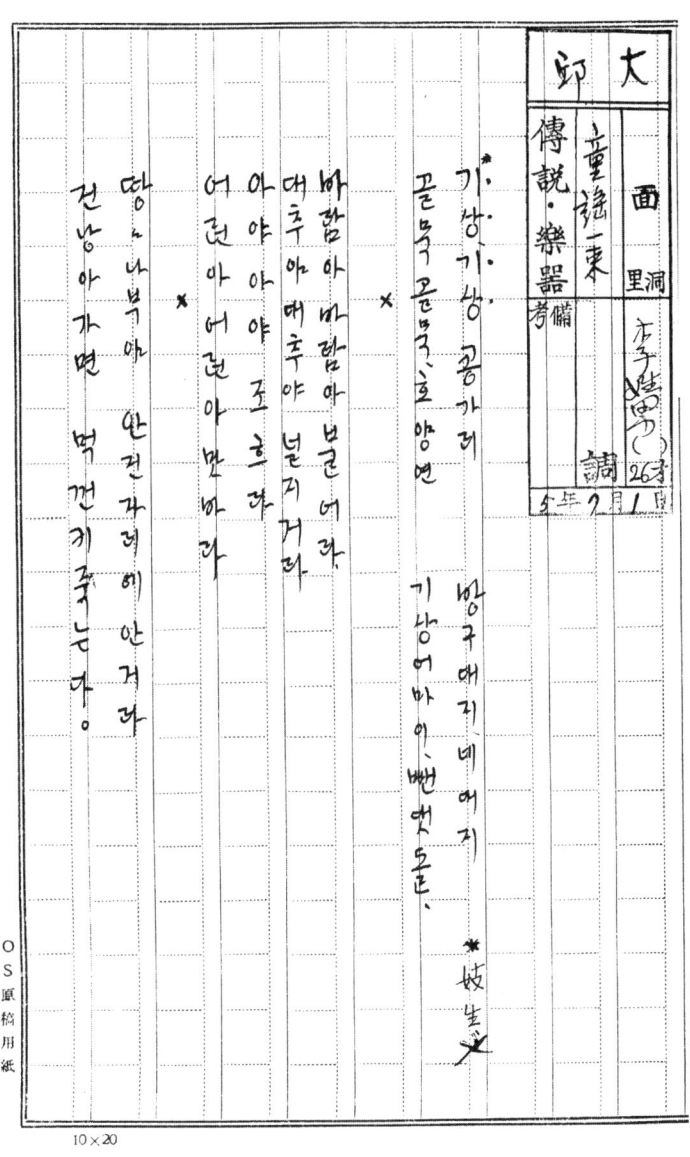

22

義城 面 里洞 柳尙默 ( ) 才

傳說·樂器 시집노래 調

備考 婦女

5年7月24日

(A 老婆로부터 (의) 蒐集品)

못질 못질은 가락지
시가야 조컨마는
반뚝 반뚝 비녀꼭지
찌르기야 좋컨마는
父母보기 하직이든세
사래비만 조고매리
이승가비야 동직
父母보기 좋컨마는
父母보기 하직일세

柳(酉)

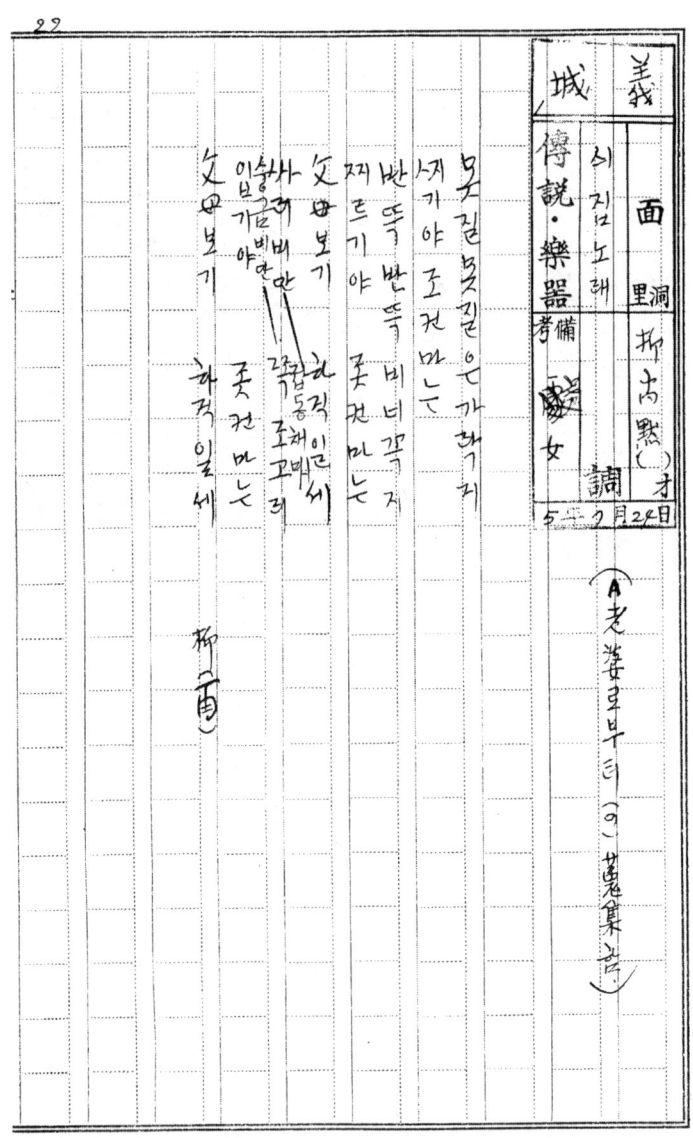

OS原稿用紙

10×20

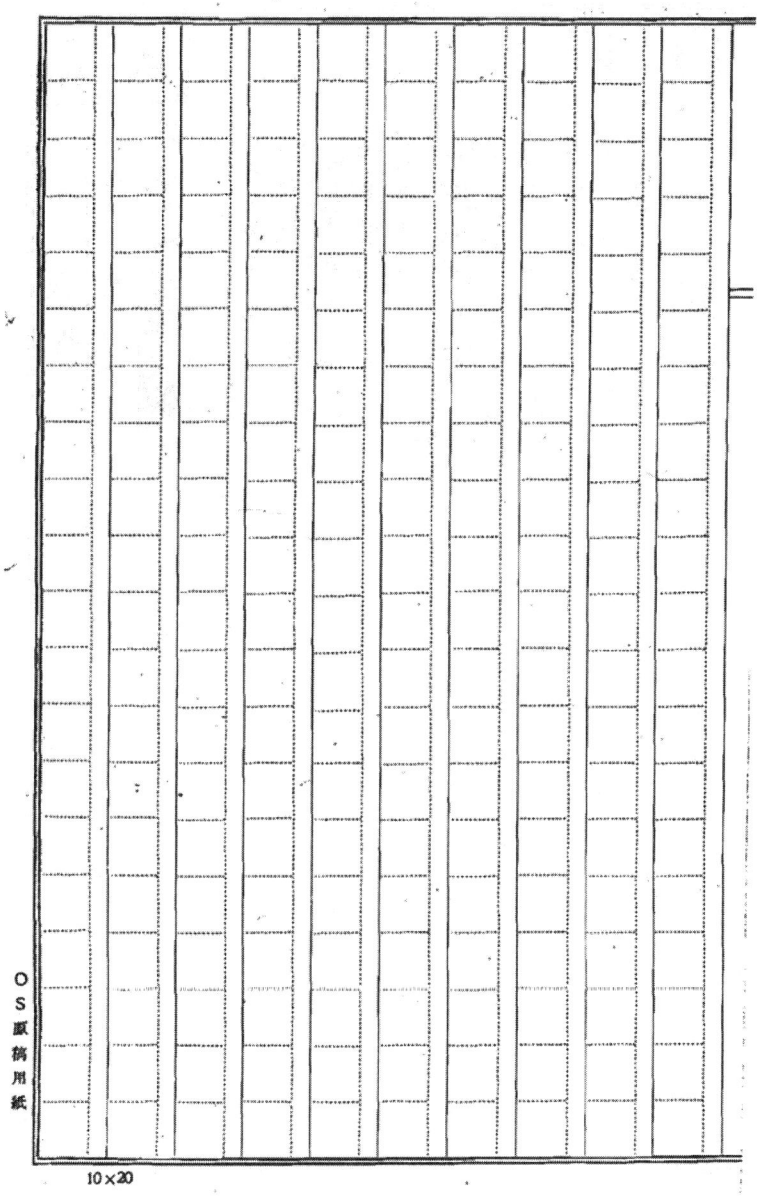

23

義城	義城面 中里洞	傳說·樂器
A 老婆(の) 64才	調	備考

5年 2月 24日

애ㅣ해 애ㅣ해

애ㅣ해 애ㅣ해

애ㅣ해 얼널ㅅ 방사데 ([illegible]).

×　×

이물개 저물개 풀피노고 (略)

우리집(이 논 주인) 주인은 어디갔노. (略) 무내아 전복 손에들고

등넘머 첩의 방에 놀는노로 갔네

(移秧)

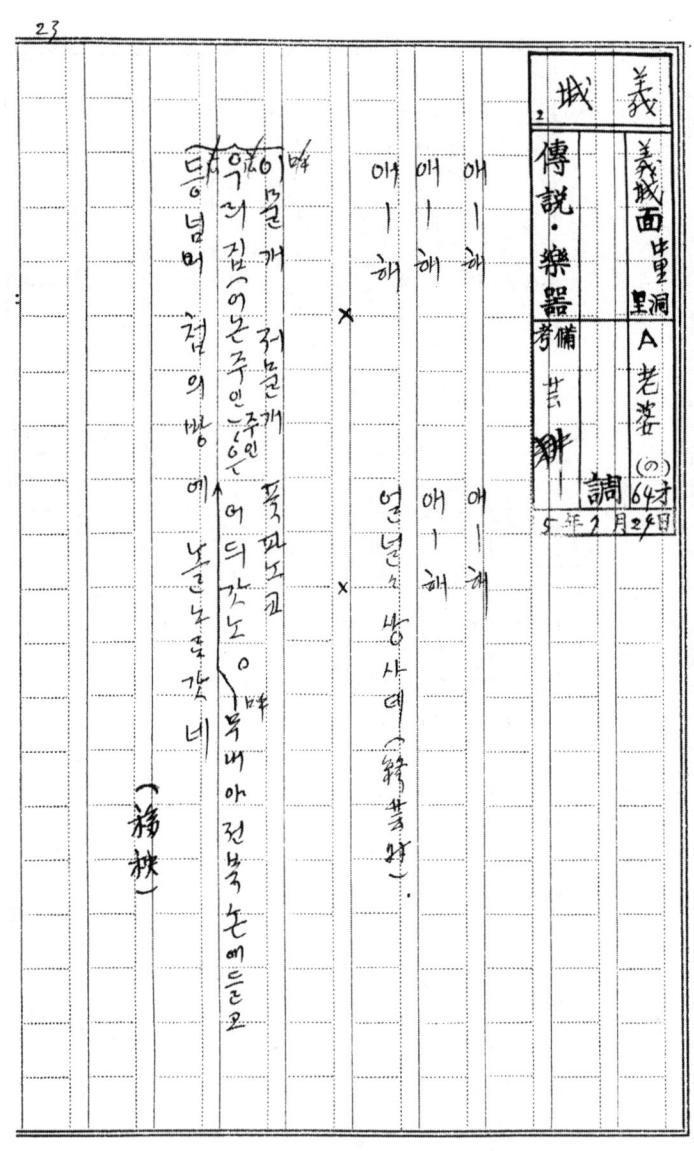

義城

面 洞里 柳尙默( )才

菜女人노래

傳說·樂器 備考

調

5年7月24日

A 老混으로부터(の) 聽取하엿다

꽃바구니 옆에끼고 (복희엄마 복주면서)
우리엄마 부르면서
나물을 캐로가니
저작건너 저양달에
나물하는 처녀가야
이짝건너 이음달에
으너리, 마너리 욱어젓비
저작건너 저음달에
나무하는 저총각아
이짝건너 이양달에
칼새, 밀새 쓸어젓비 柳(由)

O우너리, 마너리(머너리) 菜名,
O칼새, 밀새 薪名,

OS原稿用紙

10×20

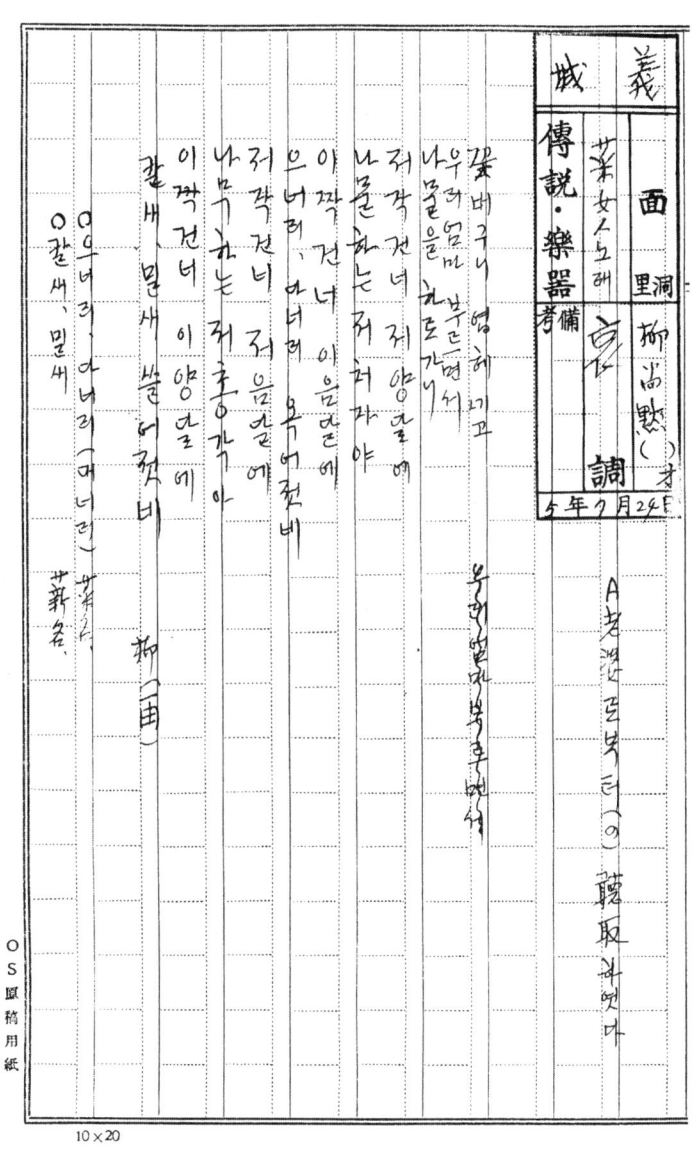

24

義城 春山面 里洞 金姓殷(農) 73才

산유화

傳說・樂器

參備 樵夫 調

5年 7月 24日

1. 어데 후ㄴ아 深山 深谷 가래 갈가마구야 간순만운 넘어

굳은 순 맛으로 넘어 가는구나 허ㄹ 후ㄹ 아 가리 갈가마구야。

2. 동모네아 × 벗님네아 어서 가자 밧비 가자 점심도 느저간다、

춘도 느저 간다 × 허ㄴ 후ㄴ아、 가리 갈가마구야、

3. 山川 草木은 × 젊어 가고、 우리 人生은 늙어 간다、 꽃아 나무 落

일단 고호에 × 王侯 將相도 한번 가면 그만이다 (허ㄹ 후ㄹ 아 가리 갈가마구야。) 가마구가

4. 검은 듯은 것이 검었지 속이야 검을소냐。 허ㄴ 후ㄹ 아

가리 갈가마구야。

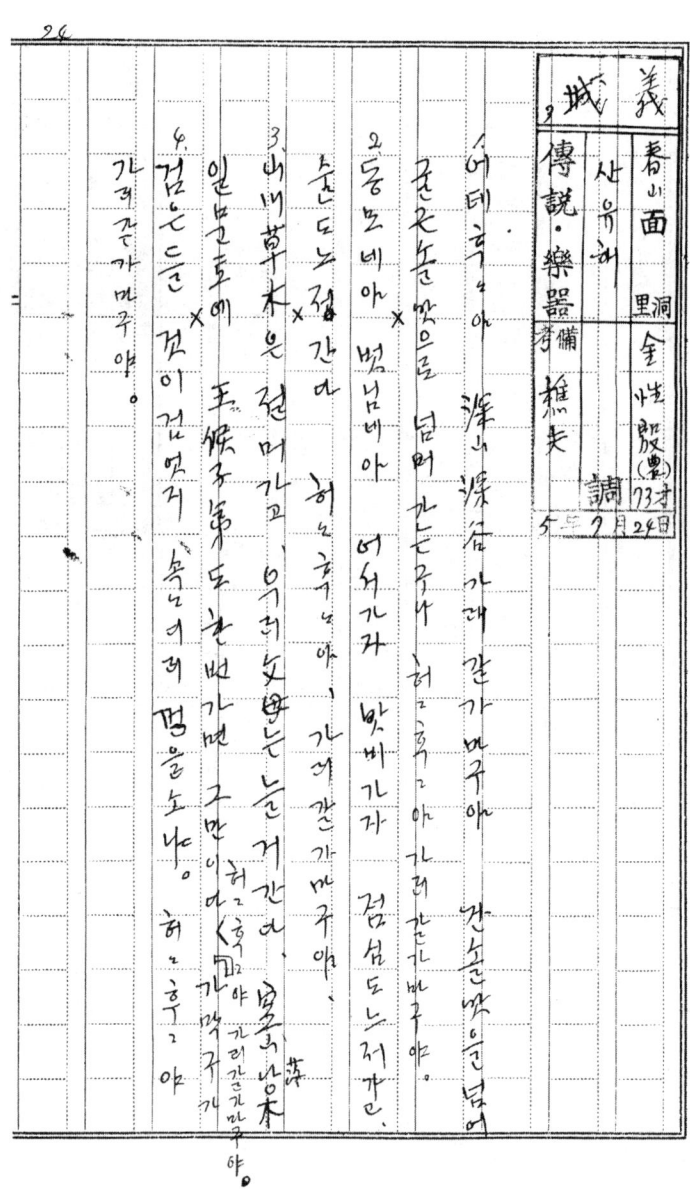

義	城
春山面 里洞	傳說・樂器
金性假(女) 73才	備考
調	
5年 7月 24日	

대북 春山에 노는 두끼야 、 아산에 노다가 포수한테
만나면 죽는다、
하늘의 저 봉학이 하늘에서 내려와서 모진 포수의
선불을 만나 빽더진 날개를 허터리고 解各하기는 게
어렵다。

10×20

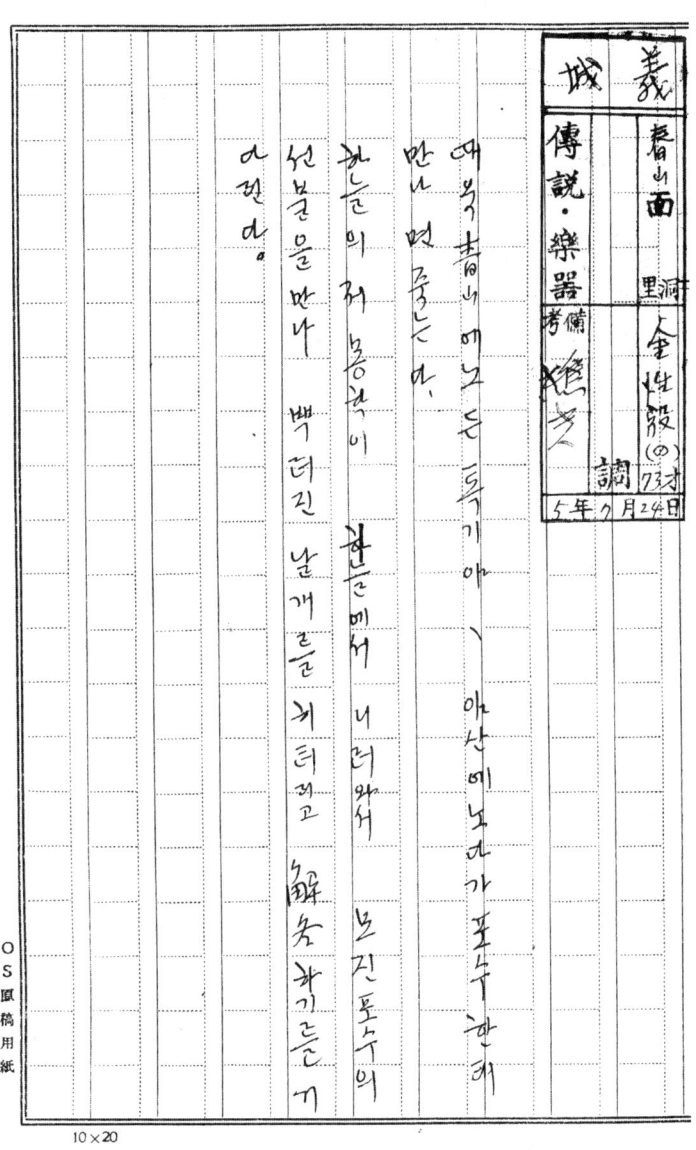

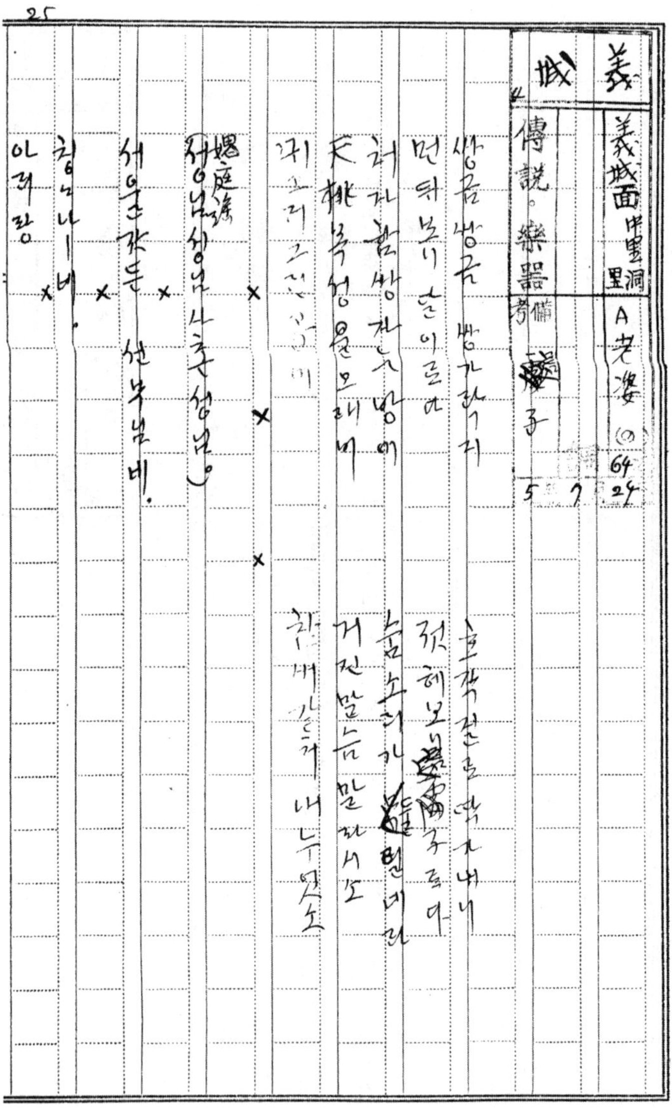
25
義城
義城面 中里洞 里
A 老婆 (0) 64
傳說。樂器
備考 子
5 7 24
상금 상금 쌍가락지 호작질로 닦아내니
먼데보니 달이로다 곁에보니 처자로다
저 처자 자는 방에 숨소리가 둘이라네
天桃복숭 오라버니 거짓말씀 말아시오
뀌꼬리 그린 방에 한배 같이 나누었소
媤庭孫 (시앙남 실앙남 사촌 성님)
서울갔든 선부님네.
청나비
아리랑

尙州 咸昌 공갈못에 연밥따는 저큰아가 (移秧歌)

"서마지기 논뺌에 반달이 떠오네

閑葉의 써래에 썩 솟나무 홍두깨 방망치로 따나간다

방아타령

○青鳥歌, 생금노래, 行旅3.

OS原稿用紙

10×20

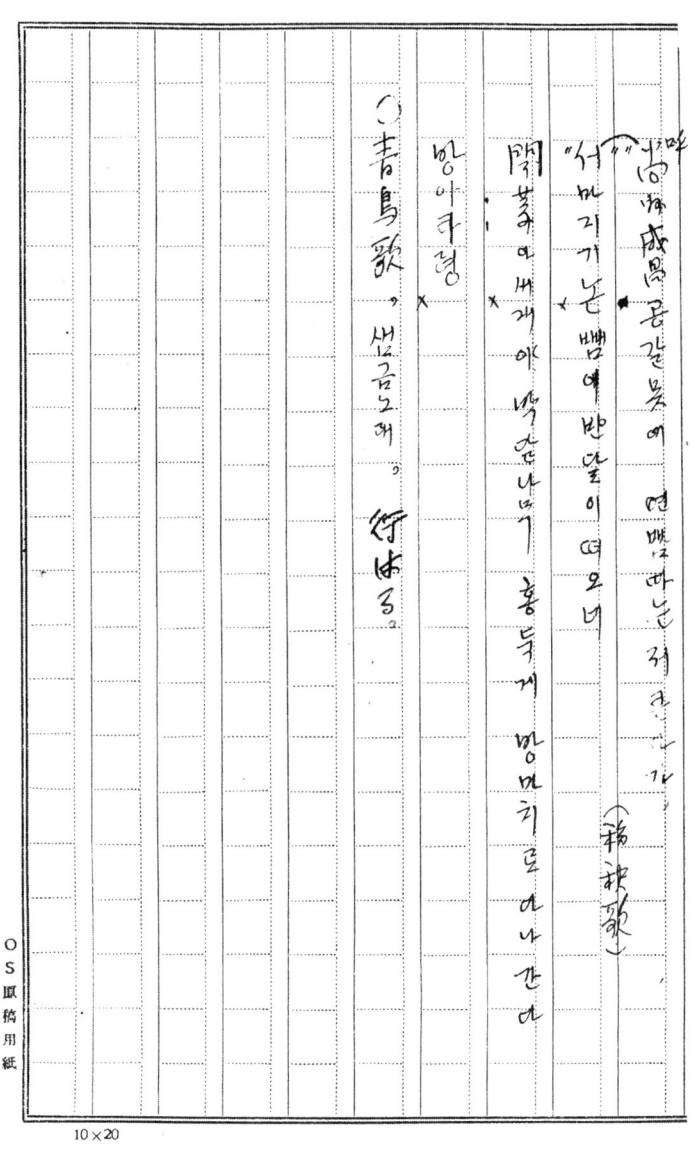

26

金泉

開寧面 楊川洞里

李聖根(男) 43

傳說。製糸紡績 婦女 處子

5 7 21

(註) 各人이 一家에 集合하여 물레를 처놓고、 이노래를 하면서 일을 한다

前) 쌍금 쌍금 쌍'가락지 호갈 길노 역가번다

後) 먼디보니 천일네라 젓헤보니 알일네라

前) 저 천이 자는 방에 숨소리가 둘일네라

後) 홍갈복성 오라바시 거진말슴 마라소서

前) 동남풍이 디리불어 풍지、 떠는 소릴네라。

金泉

〃面 〃里洞

李聖根(〃) 43才

傳說·樂器

얼사영

備考 [redacted] 王、四日 謠

5年7月21日

(註) 얼、사、영 대우자 하면서、 이노래를 始作 한다、 河陽 永川 地方、에 盛行 한다。

갈가마구야 가려 갈 가마구야 지리덕산 갈가마구야

날어리고 가거라 이후 ～ |

옥술가、

〃 〃 〃 〃 の 43 21

金泉 〃

칭칭이 7 ○金山地方에도 盛히 流行함。

男女 희축할 때 5

괘지나 칭칭 나ㅣ네
하늘에는 별도 만고
괘지나 칭칭 나ㅣ네
여밭에는 마되도 만고
괘자나 칭칭 나ㅣ네
⑨ 갱빈에는 李根(聖根) 만고

이노래는 大邱에서 盛行하는데、무정적 리와 ㅣ매주 치는 장수ㅣ 長鼓에 마추워 노래하는 것이다。
이노래는 「옥술가」를 趣味로 사람이 따아、끝막일수가 있다。그리고、이노래中에는 ○○이 만하다。
果然、筆者는 金泉地方에서 「옥술가」를 蒐集하였다。

OS原稿用紙

10×20

27

全泉 2

開寧面 楊川洞里

折麥歌

李聖根(の) 43才

5年7月21日

前 어―하 어―하

後 여리봐라 저리봐라

前 어―하 어―하

後 아전의 보련가 설소긴다

前 어―하 어―하

後 중의 보련가 수염도 업다

前 어―하 어―하

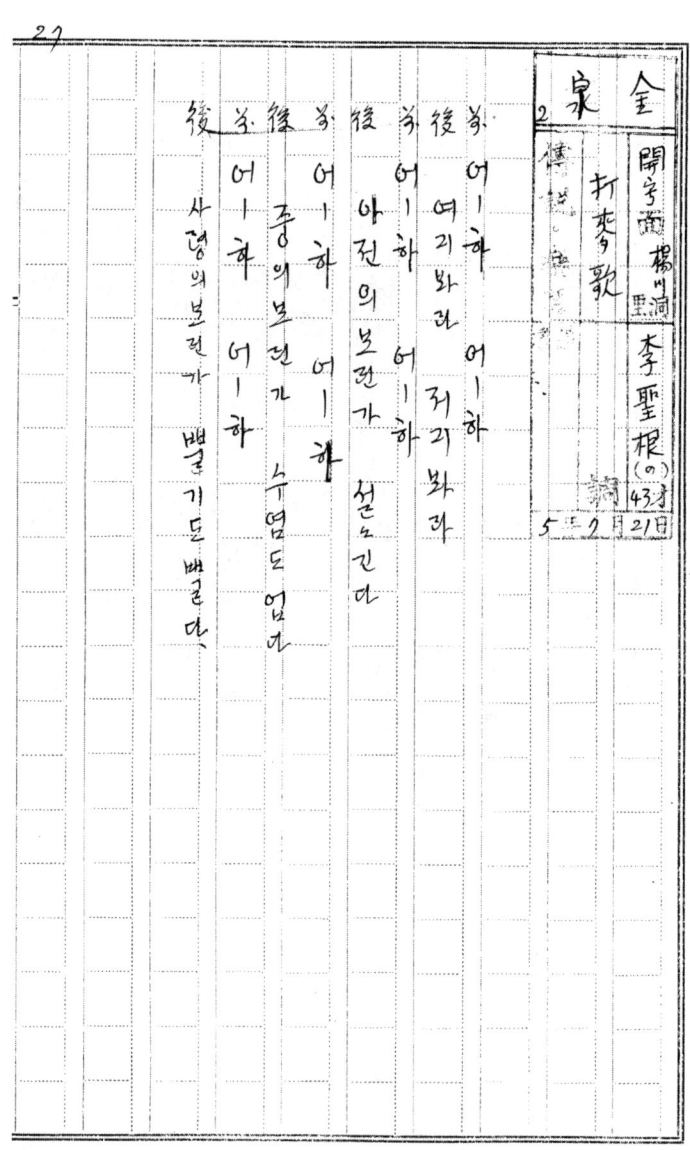

後 사령의 보련가 뺄기도 뺄단다

金泉 面 里洞

打稲歌

傳說·樂器

備考

李聖根(の) 43才

調

5年 2月 21日

어ㅡ후아 산아、 이후 ₂ ~~새~~ 애 단 나가고 헌 단 들어간다

어ㅡ후야 산 아 이후 ₂ 새 단 나가고 헌 단 들어가고

〃 〃 〃 〃

金泉

李聖根の 43

調

5年 2 21

칭이 소 6

괘지나 칭칭 나ㅡ네

하늘에는 별도 만고、

갱변에는 돌도 만다。

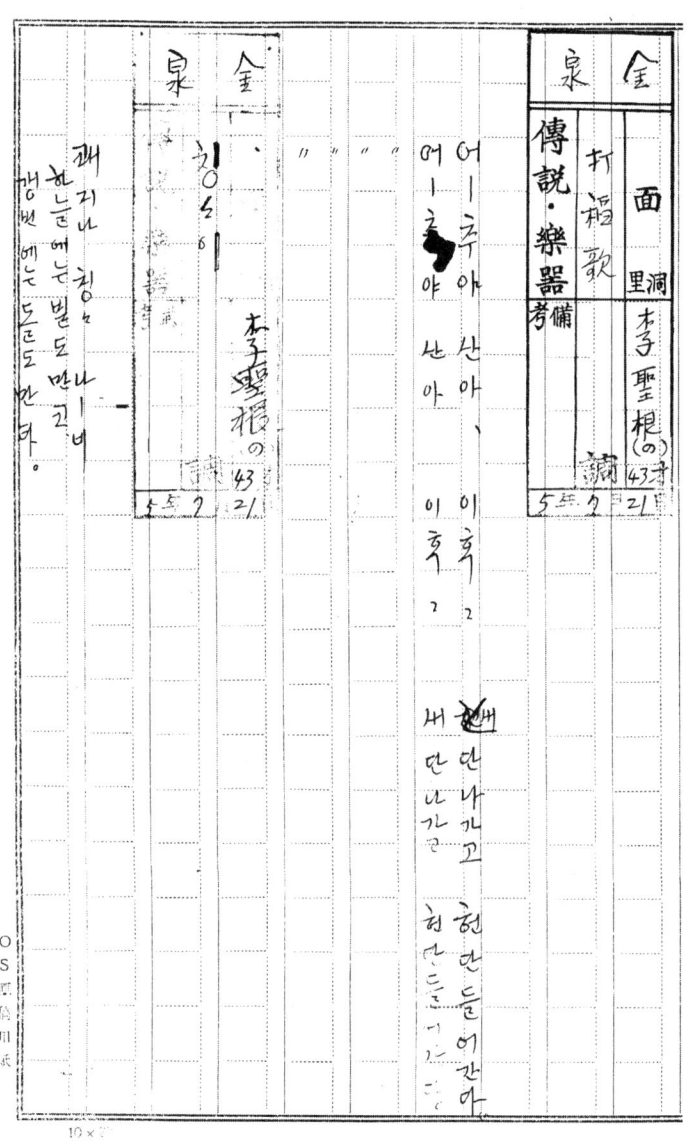

28

金泉 3

開寧 ... 李聖根の 43 21

農夫노래

裸[illegible]芸・会 5 7

(善山, 金山 地方에도 流行(李)함.)

※ 여봐라 農夫들아 이내 말 들어라

後 이 논 뺌이 모를 심가 半알 반치 나맛구나

※ 지가 무슨 반 알인가 初生 알이 반 알이지 열 별ㄴ 상사 뒤아.

後 그 논 뺌이 수군 모가 ~ 잔납히 활ㄴ피서 강헌구나

※ 우리 父母 山水(所)등에 솔을 심엇드니 그 솔이 크서

〃 정자[illegible]비 열 널ㄴ 상사 뒤아

金泉	面 洞里
採集歌	李聖根(の) 49才
傳說・樂器 考備	(放童)成式 誦
	5. 7. 21

고사리 꺾어로 간 ... 總角郞君 무덤에 삼보지
거내로 가는구나.

산에 논나 도라지란 캐고보니 산삼이라구나

面 洞里	採集歌
李聖根(の) 49	傳說・樂器 考備
5. 7. 21	

尙州咸昌 공갈못에 연밥따는 처른 아가.

공갈못. 咸昌附近에 있는데 모습은 埋立되여 田畓이 되었고 僅히 그 一部分만 殘存한다. 伊前에는 尙州 앞들 까지 이 못물의 蒙利區域이라 한다.

OS 原稿用紙

金泉

이카산이

傳說·樂器

李聖根(の)43

男·芸、 지고 호미가회

5年 7 21日

떼—

애해 해수야、 애ㅣ해 산이 같도 하는구나

、애해 해수아 애ㅣ해 산이 같도 하는구나

정과조타 구름정과 애해 같도 한다

″ 사람은 만고수러는 적구나 애해, 산이 아 같도、한다

″ ″

″ 앞두름은 개각아오고 뒤두름은 멀어간다。

金泉 開寧面 洞里 李聖根(の) 43才

아르랑

傳說·樂器

備考: 開寧으아리랑는 아님

5月 7月 21日

(尙州地方에도 流行함)

開寧어 새재아 물박굳은 홍두게 방마치로 다나가는구나

아르랑 아릉랑 ……

〃 開寧아 새재야 떡물푸레 말채쇠채로 다나간다

〃 품안에 둘제 우든 따님은 애산의 실갱이가 다몰어가게

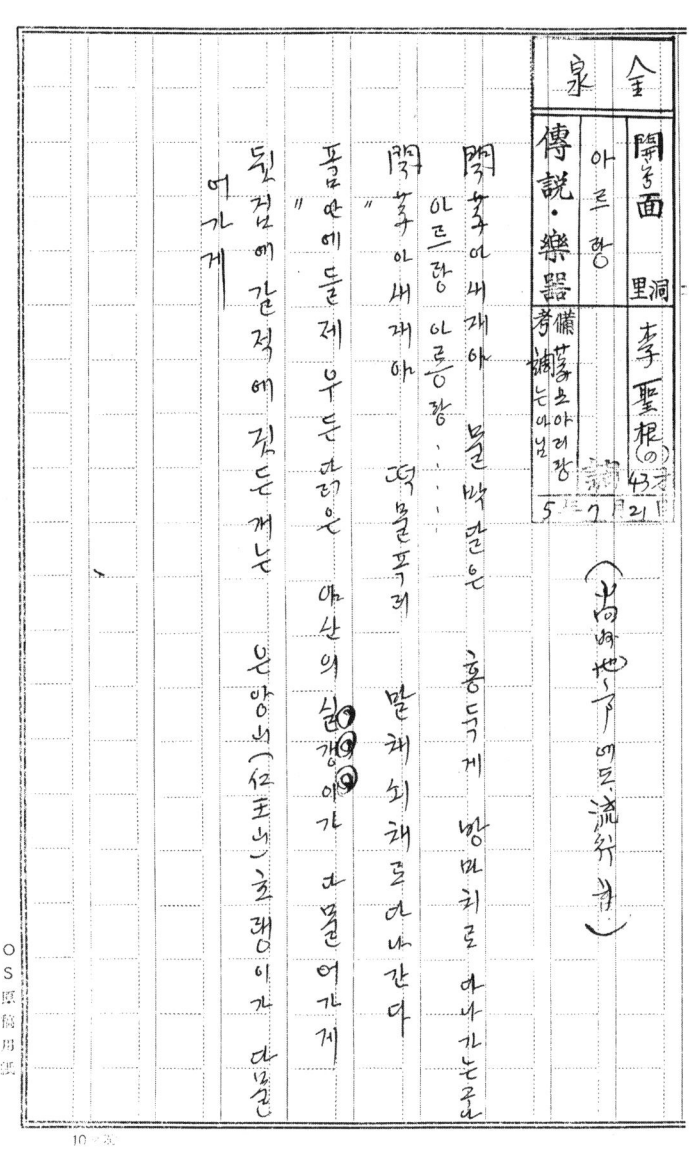

뒷집에 갈적에 짖든 개는 운양산(仁王山) 호랭이가 다물어가게

30

金泉

달거리

李聖根(43)

男女児

5年7月21日

正月이라 十五日에、 望月하는 少年들아

望月도 못컨마는 父母奉養 느러간다

二月이라 寒食日엔 寒食 차사(新臺)러 가는데

우리집 서방님은 어듸가고 못가는고

三月이라 삼짇날은 연자 옛집 다시 찾고。

호접은 편々하고 나무 나무 속닙나고

四月이라 初八日엔 燈花 싱이 떠엇다

五月이라 端午日인 천중지가절이라

엘재지 황해로다 (三)

六月이라 流頭節에 밀、개、떡이 떳다

七月이라 七夕일엔 銀河水 떳다

八月이라 한가운날 강방울이 떳다(강철 때니까)

九月이라 九日에는 각庶長이 떳다(九日이 吏胥이 있음)

尙州地方에도(尙州 金仁出) 流行한다。

十月이며 상달에는 떡놓아지비 떡ㅣ다 (도산=고사 들하니까)

冬至ㅅ달 冬至에는 팥죽 버지기가 떡ㅣ다。

註一. 밀개떡 (Milkeod)( )

畓式은 畓中갓흔 곳의 中央에 土塊가 있는 것을 보는 때가 있스니, 그것은 섬백이라 하는 것이다. 農家에서는 이것을 神聖視하고, 祭祀를 지낸다 한다. 畓主가 小麥으로서 밀餅(밀개떡)을 하여 담살이로 하여금 그곳에가서 (夜間) 祭祀케 한다.

그 祈禱하는 目的은 곤감(가 黃色을 變하여 枯死) 水감, 蟲災 및 災가 없도록 하기 때문이다。

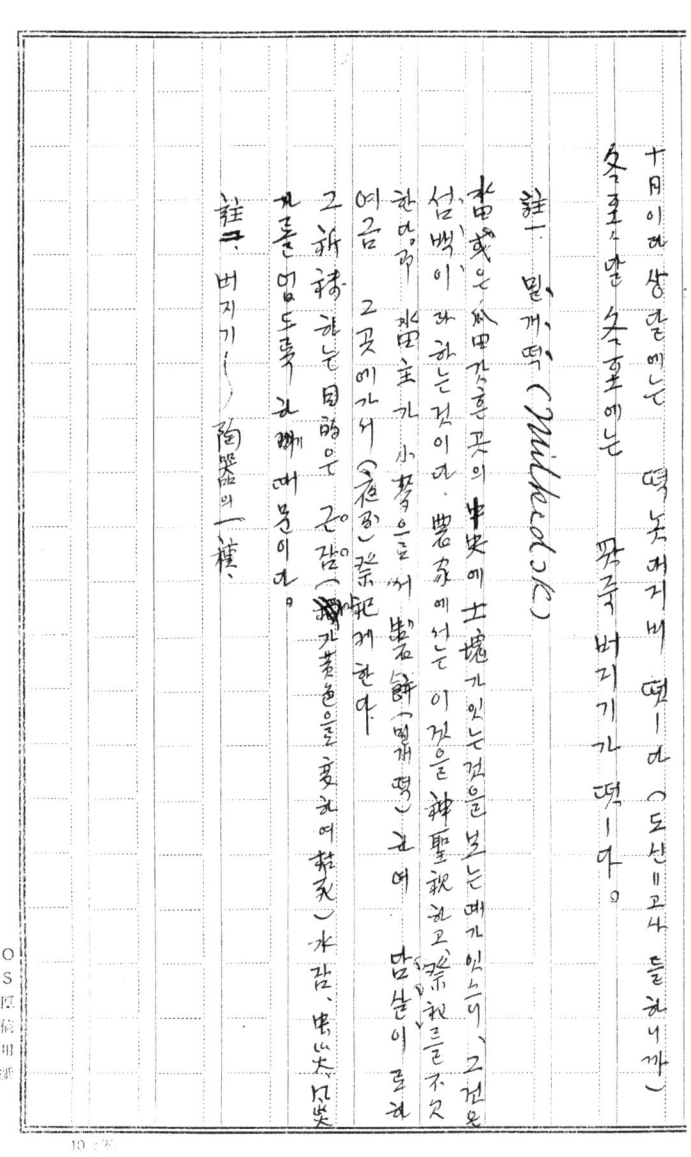

註二. 버지기 ( ) 陶器의 一種、

21

金泉 開寧面 李■根 (小) 43才 21日

6 青春歌

田力女 ...

二八아 青春에 홀흔、가수(과부)되아
한숨은 모아서 東南風 되고、
허트난 눈물은 자네수 되네
山에 草木은 다 속닙나고
기경가기가 다 느저간아。

金泉	面 里洞	李氏 (여) 43才
傳說·樂器	성주풀이	
備考	巫女及一般	5 7 21

에라만수야 에라大神아、
성주본이 어데잇느냐
慶尙道 安東땅에 재비원이 본일네라
재비원에 솔시바다 용문산에 치〃온나
소평대평 던젓드니 그솔이 점〃 잘아나여
황장목이 되연구나 청장목이 되엿구나
서편시멍 역군들에 옥독기를 두른너매고
구나무근들 잘나내야 、、、、、

A. 별신할때. 出祭時. 三四年式, 大作三日式. 金泊出金. 巫女十余名이 家戶次로 供飯請巫女、金泊의 安寧을 祈禱함.

B. 회갑때에 招聘

32

延日 浦項面鶴山洞里 紡麻·綿노래 傳說·樂器
備考 (名 장개) 金女史(の)67才 謠 5年8月1日

晝夜 둔개삼 삼을때
安東地方에서三氏民謠(金女史)
(午後五時頃採集) 於海岸

암맛헤미 명을 갈피 봉지봉지 떠여내고
독맛헤는 삼으로 가라 단々이 거라내고
재연서 삼으면서 하는말이 淸道密陽 진삼가라
앞(?)남산 간솔가지 불에삼고 달에삼고
한밭에 한범이라 청실뺀가 홍실뺀가
진사뺀가 役事뺀가 맛도좋고 연한순가

延日 浦項面鶴山洞里 담바구타령 傳說·樂器
備考 男女 金長수(女)67才 謠 5年8月1日

구야구야 담바구야 東萊蔚山(담바구야) 왜 왔배야

新婦죽음어디두고 조선국에하패햇노
그담배라시흘내다 산강안에심갑낫네
밤이슬에물을주어 아주지녁내가가여
다。크。거든。순을。아사 푸른닙은지커보고
어。양。어。섬。수배잡아(臺荊) 아숙빠숙역거내여
南風에다핫다가 順風에감을재여
운강두드는칼에 칠한치빤떡에
어석쓱쓱쓰러내서 운솔개엽배담고
놋솥개는불담고 운개놋개만갠내야
東窓門열던지고 사신청명거란저여
함보금펴엇스니 검은구름빗기처고
두모금펴엇스니 흰구름이빗기서고
시모금을퍼어무니 쥐성길이밭가운다
바대쓱쓱한암바대 열이대새벽은에
궁연나기출배

OS 原稿用紙
10×20

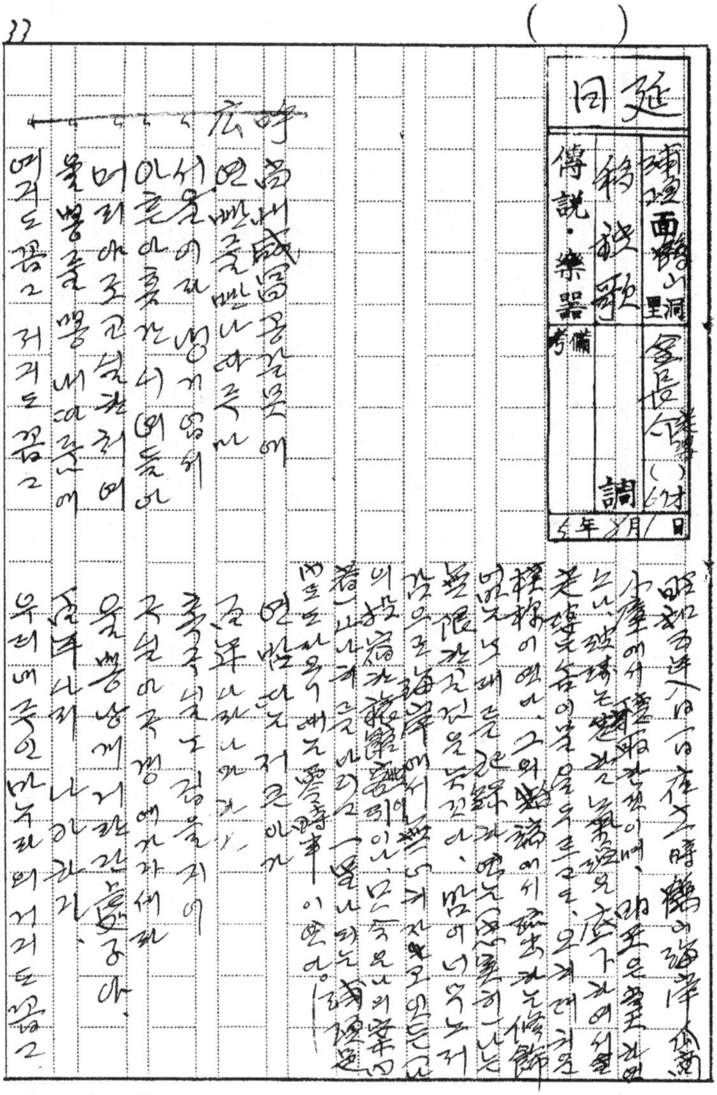
延日

浦項面 鶴山里洞

移秧歌

傳說·樂器

備考

金長命 謠

年 月 日

尙州咸昌 공갈못에
연밥 줄밥 나따주소
[illegible]
[illegible]
머리 아조고 [illegible]
[illegible]
여러도 꼽고 저러도 꼽고

연밥 따는 저 큰 아가
[illegible]
[illegible]
[illegible]
[illegible]
우리 네 [illegible]

昭和 [illegible]

雜歌　　金人

울나가는 울코나리　나려가는 니꼬나리
아금자금 꺾거쥐고　시폭보에 쥐를맞타이고 가다、

어ㅡ나영 어ㅡ나영 (童謠歌)
싱님〃
네들노래
모쩐노리
애겨나젱ㄷ나ㅡ네 (童謠로 ㅂ 豐樓 곳이 놨께)

十行 廿詰

コクヨ 65

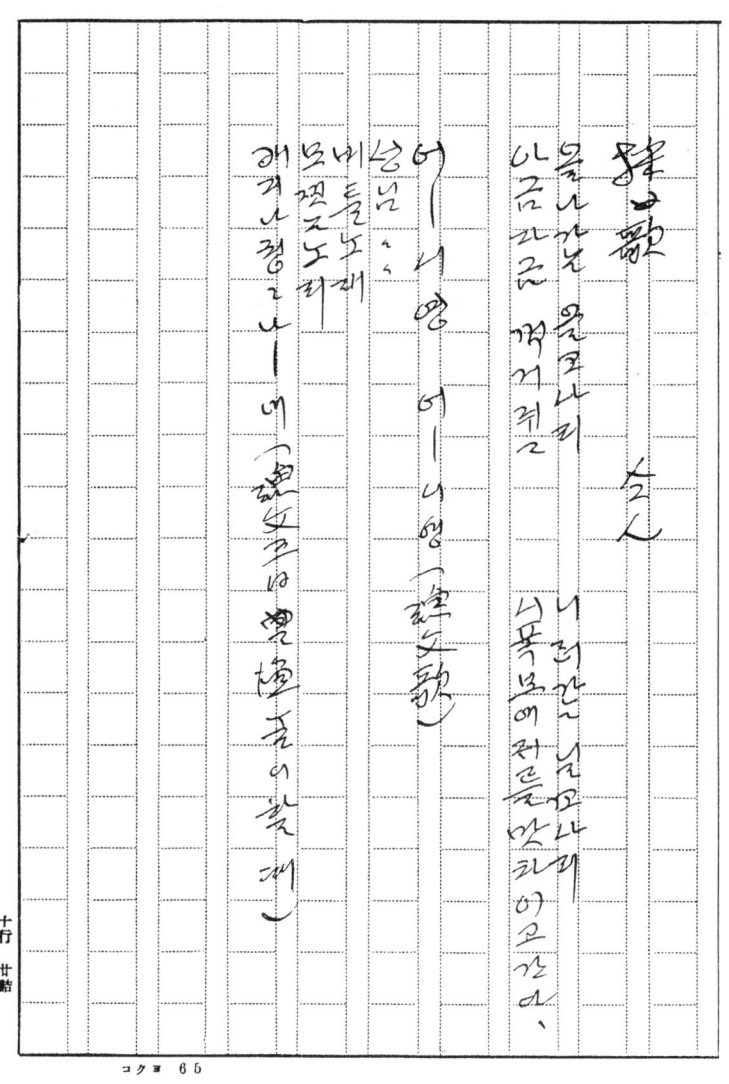

延 日 3

浦項面 鶴山洞 里 全長介(の) 67才

보음기노래 調

傳說·樂器 備考

5年 8月 1日

前 장사야 장사야 황아장사야 비건세진꺼이 무엇인고

後 광두아 장칸 유등퀸에 팔두위기생 머리엉기

前 포광부채 시선부야 꽃을 보고 지내가나

後 그꼴●아 꽃이대만 남의 꽃에 손을 예히

前 러역을 먹고 석기나서니 울명당 처자가 손을 치비

後 순치는 뒤는 밤에 가고 준보갑 집에는 낮에 가고

前 해빼길고 저물날에 어떤 행렬이 떠나가노

後 李太白의 本妻죽어 유명행상이 떠나가네。

日 延
浦項面 鶴山洞里 金長分(여) 67才
산유해 哀調
傳說·樂器 備考: 無
5年 8月 1日

가마구야 가마구야 심유심에산 같이 갈가 까구야
언재(온저) 놋재 수리만단 열에열낫만 딴소이도 가래물고
큰솔밭 님어들어 간솔밭으로 어미품에 감가로 드는티
우리는 구녀품에 참가로 두리 이후구

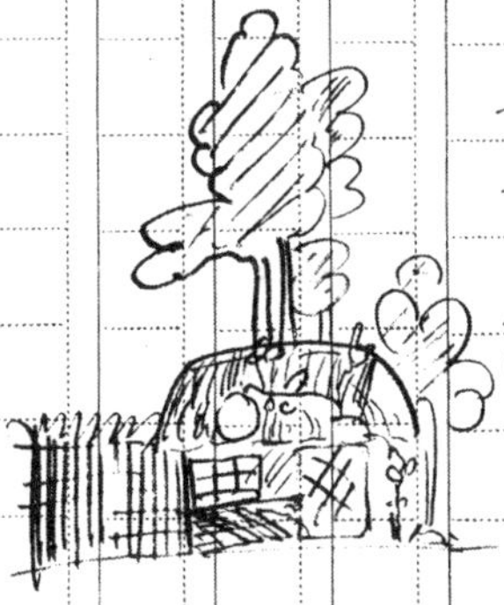

OS原稿用紙

10×20

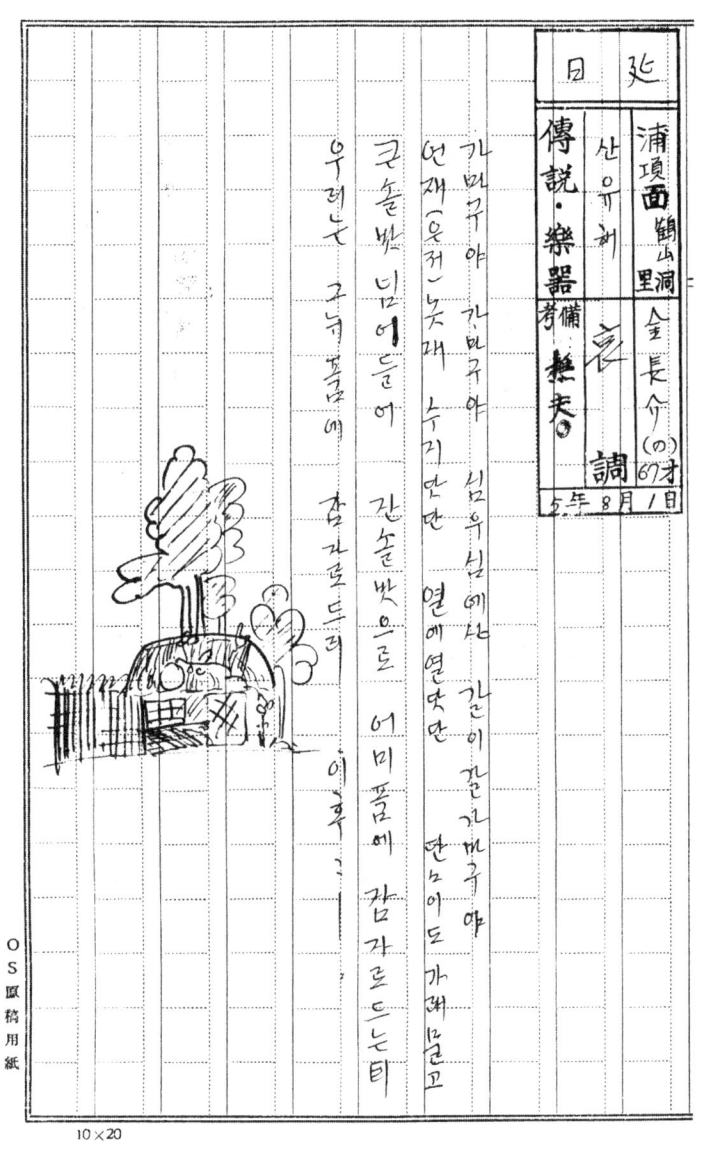

35

延日 4

浦項面 鶴山洞 里 金長分(여) 67才

傳說·樂器

꽃노래 謠

備考 婦女子

5年 8月 1日

北門밖에 北道令아
시관지러 엽혜끼고
혹조도 한창 [illegible] 뜻자몰나
어만峯이 기터온다
비내팔고 영기팔고
남훈낭게 숙넘사고
靑山을낭 안을하고
가는듯시 가고업다
별갈훈 몽쌍둥아
늘어늘어 훈미꽃은
설유강변 피리꽃은
산들산들 참꽃은

南門밖에 南道令여
金羅道라 매상들에(万頃野)
것터온다 것터온다
김주라 재피강에
우리父母 찾아간아
나준넘에 유자사고
綠山은낭 버개하고
달건든 형님네야
꽃노래나 지어보가
남면저도 피더선다
운강변에 헌날넌다
야산쪽쪽 헌날넌다

포여쭉쭉 도래꽃은 떼당말썽 회도러졌고

청청산중 먹고사리는 버지쭉쭉 휘도러졌다

落落長松 떡갈나보흔 단강안에 회도라졌고

상상江 빼비꽃은 시준앙에 회도러졌고

봄배산 전배꽃은 골골마다 회회돋는다

들고난다 조롱꽃은 방자손에 회도라졌고

연지찍고 분꽃은 새각시방에 회도라졌고

입은연초 해바래꽃은 해들안고 회도러졌고

봉울봉울 봉선화는 장독안에 회도러졌고

너틀너틀 고지꽃은(머가치) 집웅처마에 회도러졌고

빨고희고 호박꽃은 울담도른염에 회두러졌고

동내방내 어러신네 술잔바다 회도러졌공

[redacted]

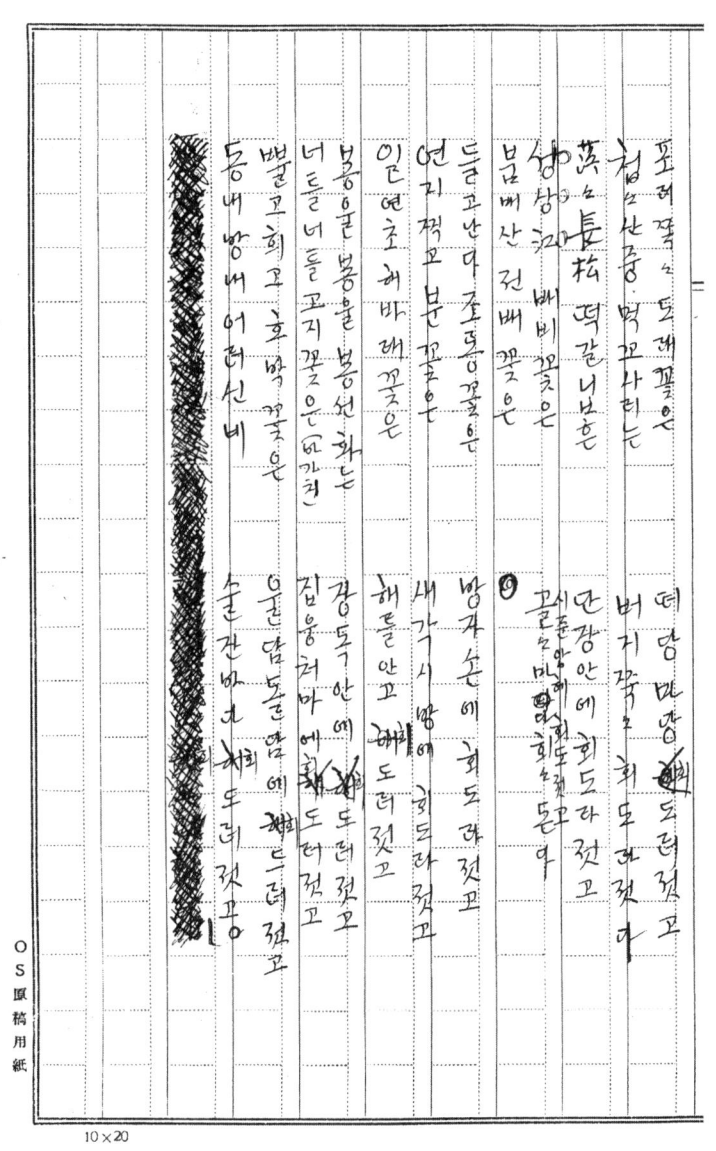

36

延日	5
浦項面 鶴山洞里	金長介(女史) 67才
과부타령	調
傳說·樂器	備考 婦女
5年 8月 1日	

四月이라 初八日에 앞집에도 觀燈달고
뒷집에도 觀燈달고 서울갔든 선부님네
우리선부 안오든가 오기사 온다마는 七星板에 실니온다
아이좋소 나의일이야 이것이 엇잔일고
쌍개(쌍코)+독개 어디두고 七星板이 웬일일고
일산대는 어디가고 七星板이 뷘일일고
금봉채 어디가고 흰댕기가 왼일인고
꽃댕이는 어디가고 어검신이 왼일일고
당홍치마 어디두고 상포치마가 왼일인고
백가잠문을 열고보니 먹지고 한쌍 빙이
먹(모)근 자리어 자래빙에 菊花酒가 梅花酒가
빙어 빙빙이 있것마는 어너친구 친홀소냐
조조만한 草堂암헤 무자화손 심고든다

우리님이 죽어지니 북각화초 간곳없비
초목으니(草)도 짝이있고 헌골도 짝이있고
짚신짝도 짝이있는데 나는 왜 짝이 없노
조베 합농을 열고보니 모시적삼광지하여
수모단 넉주 반일네라 뒷동산 치나 달나
百年草를 심갔드니 百年草는 간곳없고
一年草가 도더나네 기리고 못보는 불대에야
늬가 알가 내가 알가나 임의소식 들은났고
동창문을 열든치고 사신행면에 거 찬찼다가
임오는가 왈각 뒤에 내다드니 임은 간되 온되 없어지고
한눈의 소송야새 그름이 날속인다이

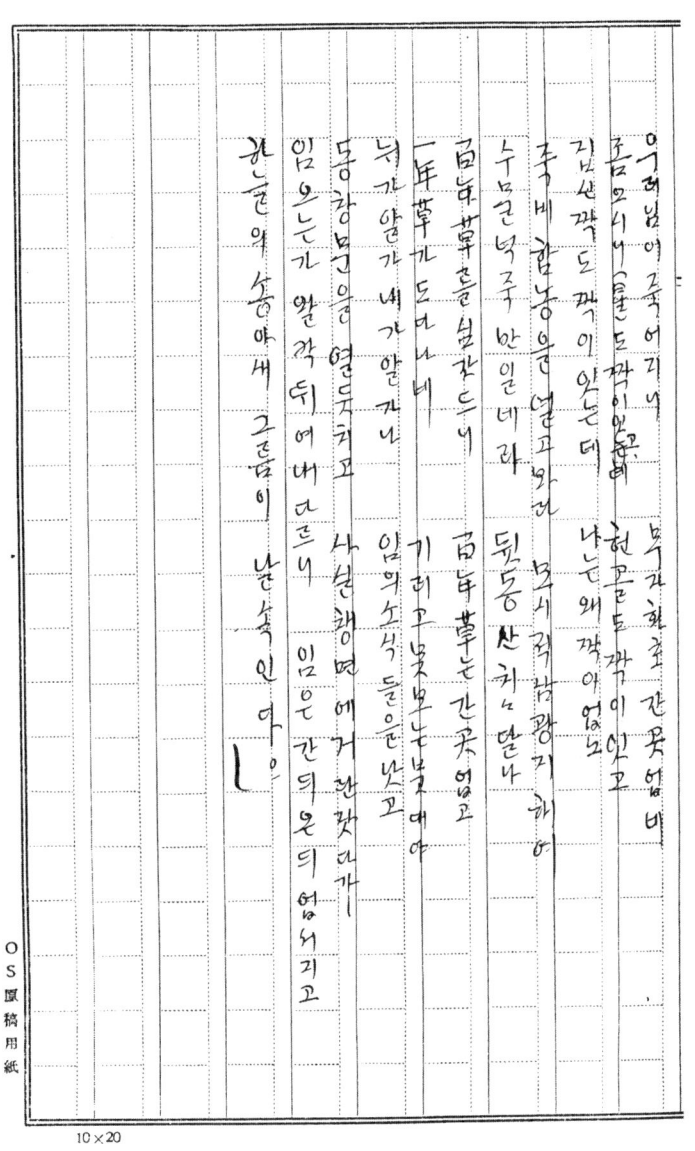

37

達城 多斯面 서천洞里

傳說·樂器 | 移、挾歌 | 考備 | 朴書房(農) 30才 調

5年 7月 3日

前 開京金山 홍갈못세 연뱀떠는 아큰아기

後 연뱀줄뱀 아아는아나 연순나가 겪지마라

前 사래(長) 지고 광찬밭에 목하떠는 아큰아가

後 목하밍은 다떠는다나 밍순나기 겪지마오

前 머리꽂고 잘난處子 울뺑낭게 거란간네

後 울뺑줄뺑 내다줍세 시간살이 나카차라

前 깨다리고 저문날에 우연아조라 울며가노

後 어린동상 앞세우고 갈때없어 울며가네

前 깨다려고 저문날에 우연아 형상 떠나가노

後 李太白이 번처죽어 이몰행상 떠나가네

前 애기야 도령님이 변난이(病) 든 여시는가

後 숭금새야 배가가다 숭금새야 까근배는

前 만도 조고 연할 손앙 尙州애 善山 허러난 몸은

後 상추 시는 아 큰 아가 입부훌낭 훌터서 맘기러 담고

前 쭐기 한쌍 나뜰 주게 서울갓든 선부님비

後 우리 선복 안오든가 오기사 온다마는

前 七물판에 실나어오비

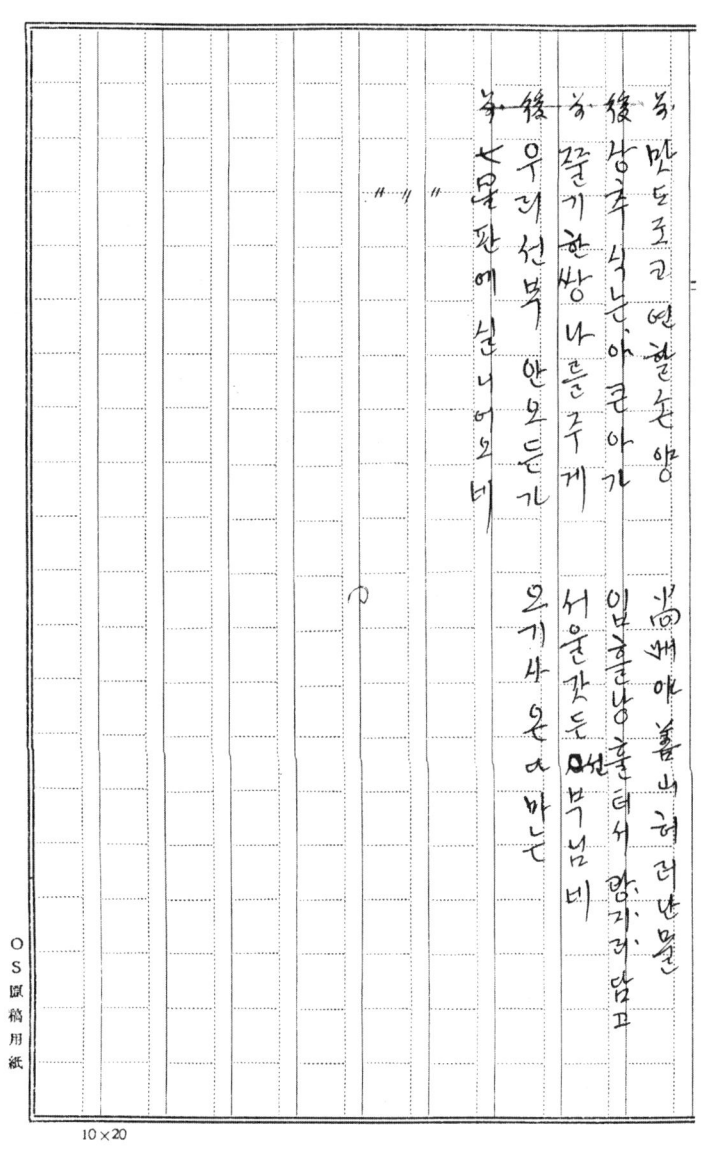

〃 〃 〃

38

達		城
多斯面 시천 洞里	농부가	傳說·樂器
朴書房(農) 30才	唱	備考 農夫
5年 7月 3日		

저건너 저묵논은
去年에는 묵어나고
今年에는 남이 갈든지 묵어가네
東海東天 돋는 해는
日落西山 해 떨어지고
月出東山領 달 밝아온데
노자노자 젊어노자
늙고 병들면 못노나니

노리사심

達城

面 里洞

노리사심

傳說・樂器 備考

朴[illegible] (農) 30才

[illegible]

今年 7月 3日

江原道 金剛山 노리사심이
새끼를 아홉마리를 낫코
훗배가 안해서 악지으로 가다가
江原道 金剛山 姜捕手 ・ 捕手
〃
〃
註 이노래는 「노리사심」이라는 것인데 매우 滋味있는 노래라 한
다.

OS 原稿用紙

10×20

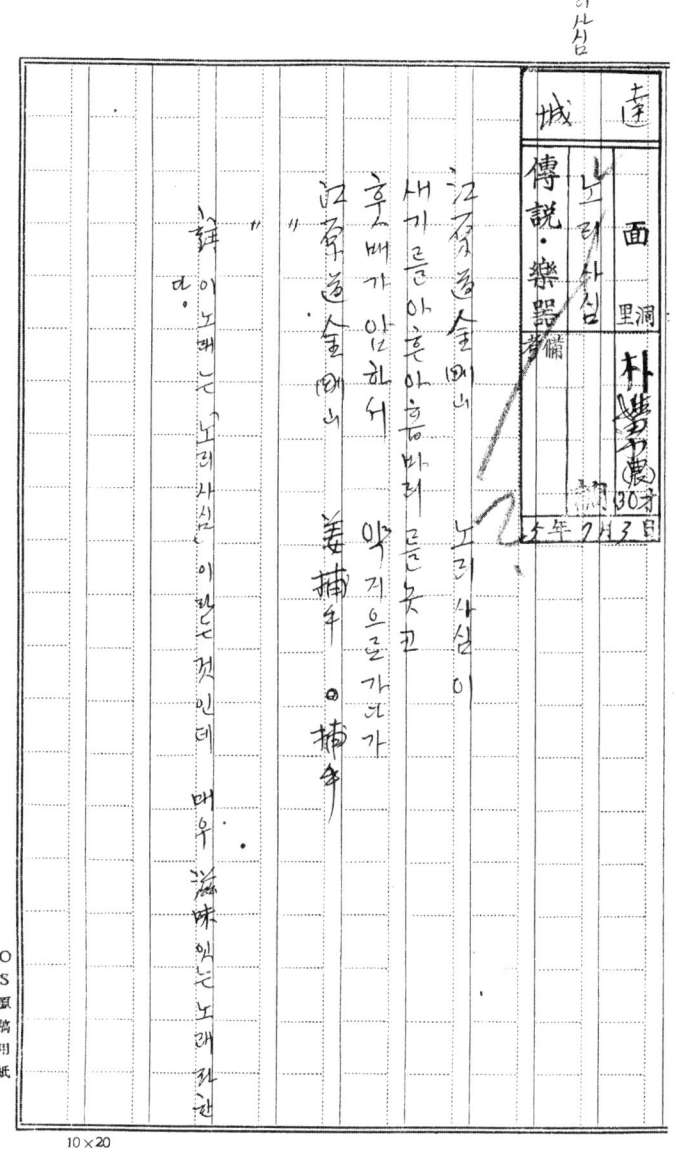

39

清道

1

비들노래

李姓男 26 22

5 8

월궁에 노든 선녀 하도나는 기가 싶고 하여
地下으로 나리 외거 분명주 한 필 짤라 하니
빗틀 엽에 못 짤네라 처음이라 깁고 대목
경상도 도대목 불너라 뒷동산 건하 올나
하나가문 건양하니 까막깐치 집을 지에
부정한기 못 빌비라 또 한나무를 긴양하니
황새 덕새 집을 지에 부정하기 못 빌네라
그두낭군 귀 노고 한날이라 귀 놀나
낭군가운데 계수나무 東으로 버던 가지
옥독기로 찍어 비여 금독기로 따듬어서
모야도대 모야도대 비들 한쌍 보이도다
비들 놓고 天세 엽서 左右 한상 살펴보니
비엇도다 비엇도다 옥난간이 비엇도다

옥양간에 베틀놓아 베틀다리 四모 前는

앞두다리 곱히노코 뒷다리 밧기노아

안질개 노는양은 정등것흔 저판대로 (素嫦-1)

書

◇ ◇

논맨대 하는소리

○○○○ 우 · ·

○○○○ 우 · ·

아리랑 ○ 아랑

뒷동산 비비 뻑 뻑 방구 홍두깨 방맹이로 다나간다、

애홍

애홍(哀乎) 애홍 애라 엄차 애홍

北邙山川을 들어간다

시집사리(媤家살이 謠)

하기싫은 가매타고 가기싫은 시집가서

〃 〃

◇ ◇

OS 原稿用紙

10×20

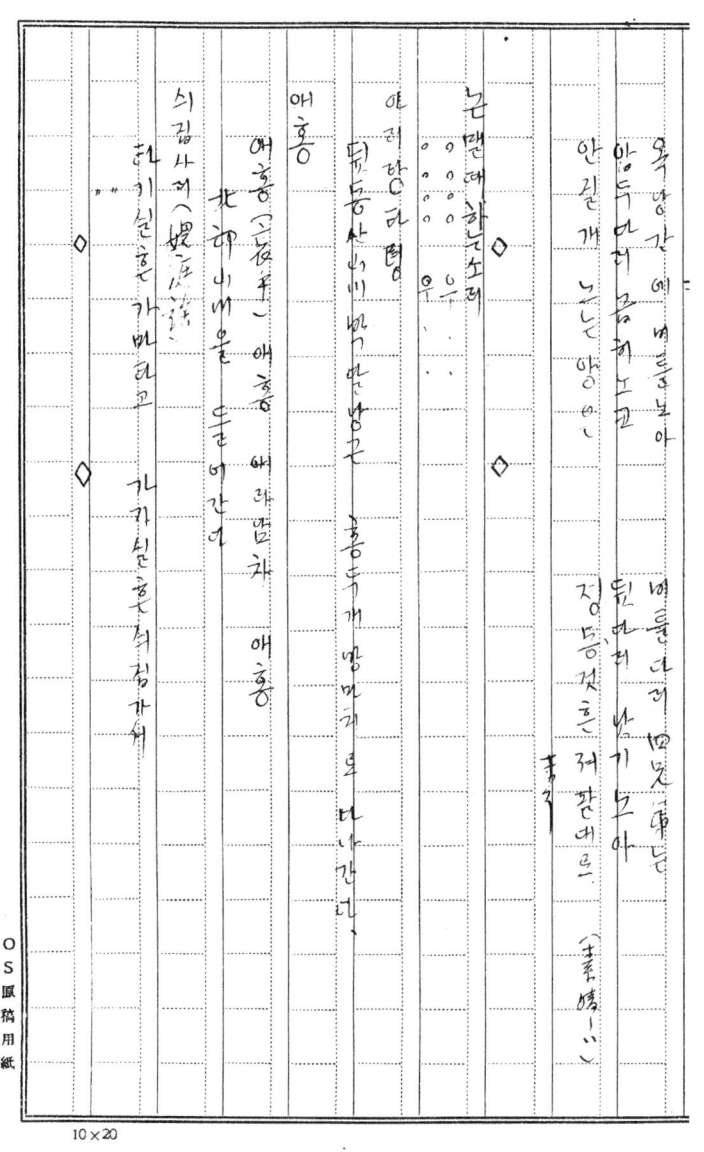

60

清	道
소面 里洞	李姓男(26才)
칭소이	快
傳說·樂器	備考

5 8 22

쾌지나 칭칭 나네
얼시구나 절시구나
뒷김이 한 길도 넘어야
나무 패고 가지 싣고
앞집이 한 월순이 야
나무 패고 가지 치고
캐연기 연여 밥해 먹고
두레 우물에 신발 매고
시해 우물에 석 나서、
술도 평은 명등을 뜻고
결순이는 곤드 뜻네
치매 벗어 쥐어 쥐고
헌 띠 벗어 핑풍 치고
둣시 벗어 비개 하고

清道			
全 面 里洞	稜稜노래	傳說·樂器	
李氏 ( ) 26才	謠	備考	
5年 8月 22日			

前 낭강낭강 뒤빈(崖) 끝에 서누 올기 떠러짓다

後 목청은 나우로 대며 나도 죽어 後生(우병) 가서 우리 郎君 싱긴네 하

前 紫陽아 조 滄津 꿈노름해 연밤 너는 뀌수자야 (공용각 드린님)

後 사대야(白) 길고 광념은 벽해 木花 따는 뀌처여야

前 이몸은 기러면 기 둑고노고 그 배주인 어되 갔노.

後 보내 아 권복 손에 듣고 첩이 방에 놀노갔네

OS 原稿用紙

10×20

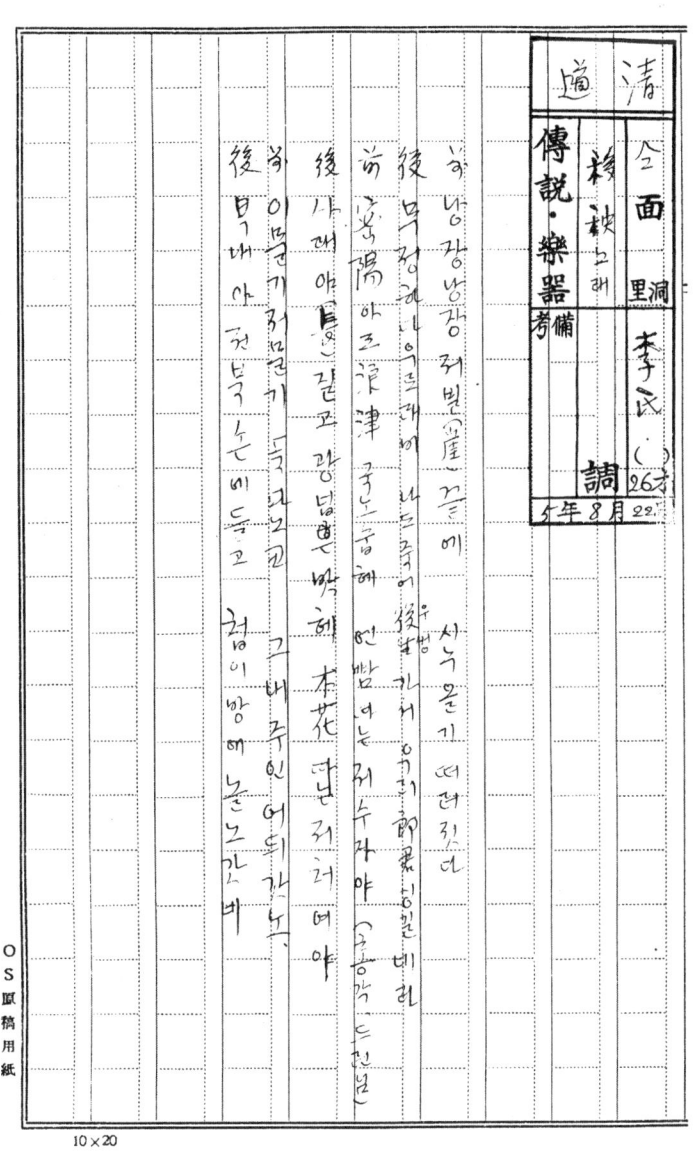

41

清 道 3

仝面 里洞

제비노래

傳說·樂器

金姓女 (7) 30才

調

考備 審子

5 8月22日

제비제비 호후제비

암뜰뒷뜰 진흑덩이

옹게봉게 물어다가

정한채롤 지엇더니

그집지흔 삼연만에

운아부기리 서울양반

울어무니 서골댁이

우리올빼 훈령대장

우리누부 옥양천여

옹게동게 모히안저

내갈낫비 내갈낫니

갈낫어는 자랑일세、

清 道

面 里洞 朴姓女(の) 43才

오만(만)춘이 調

傳說·樂器 備考

5年 8月22日

춘아춘아 옥단춘아 보들이네 시단춘아

네까딱지 뉘가주든 정상감사 주시드네

목물보고 주시드노 인물보고 주시드네

안그라면 문보자 시그라거든 보자

가거라 뒷골보자 그라면서 주시드네

㊟ 北南一里에 한개라 하는(今、陰地洞)洞里가 있음. 이곳이 옥단춘의 出生地라고 傳한다.

10×20

42

漆谷 倭館面 倭館洞里

採集 傳說·樂器

金在守(農) 49才

移秧歌 夜 謂

謹備 朝和

5年 7月 20日

前 서마지기 논빼미에 半달갈리 떠을따다
後 지가묵는 반달잇가 初生달이 半달이지
前 尙州咸昌 공갈못에 연빱따는 저큰아가
後 연빱줄빱 내따줌세 蓮순내기 겪지마라
前 능청능청 비렁끝에 시누올기 빠젔다네
後 無情하다 유럽바야 나도죽어 後生가서 郎君부터 섬길네라
前 머리조코 큰애기 올빵낭개 거단갓네
後 올빵줄빵 내따줌세 이내말삼 듣고가게

採 〃 谷 〃

〃 面 〃 里 洞 〃 (の)

移秧歌

唱說・樂器

備考 午時

5・7・20

(前後 日 呼應)

前 대로꽃사 어나오고、 이내꽃사 안나온다

後 찹살 엿말 멥살 연말 이느라고 더디오네

前 사양산구 현할물에 싱싱 숙시는 저기 아가

後 이날흔식거 광지러 담고 줄기한쌍 나를주소

칭소이

OS原稿用紙

10×20

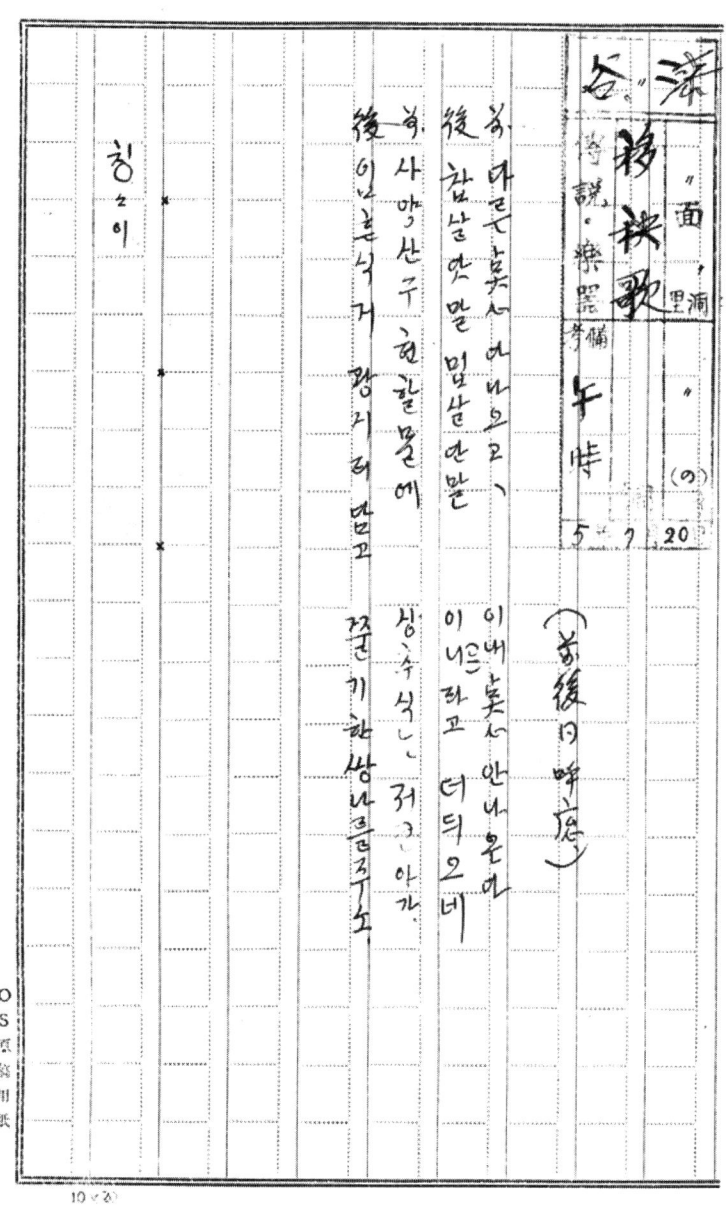

43

漆谷 2

倭館面 全洞里

잘하고소리

傳說·樂器 謠

郭令監(○) 59才

備考 芸

5年7月20日

잘로 하고 잘로 하고
애이로 상사 잘로 하니
잘로 하고 잘로 하고
애이로 상사 잘로 하니
잘로 하고 잘로 하고
아이로 상사 잘로 하니
잘로 하고 잘로 하고
애이로 상사 잘로 하니

漆谷 倭館面 소洞 郭令監(60) 59年 7月 20日

어사영 哀

키띠산 갈가마구야 껌버고 한탄마라 껌으면 것이 껌지

속々되리 껌을소냐 원경철경 건는말에(채)

옴부암 반부밤 살금빗기고 낭대리고가소.

어하 갈가마구야 이훅 ㄹ

OS原稿用紙

10×20

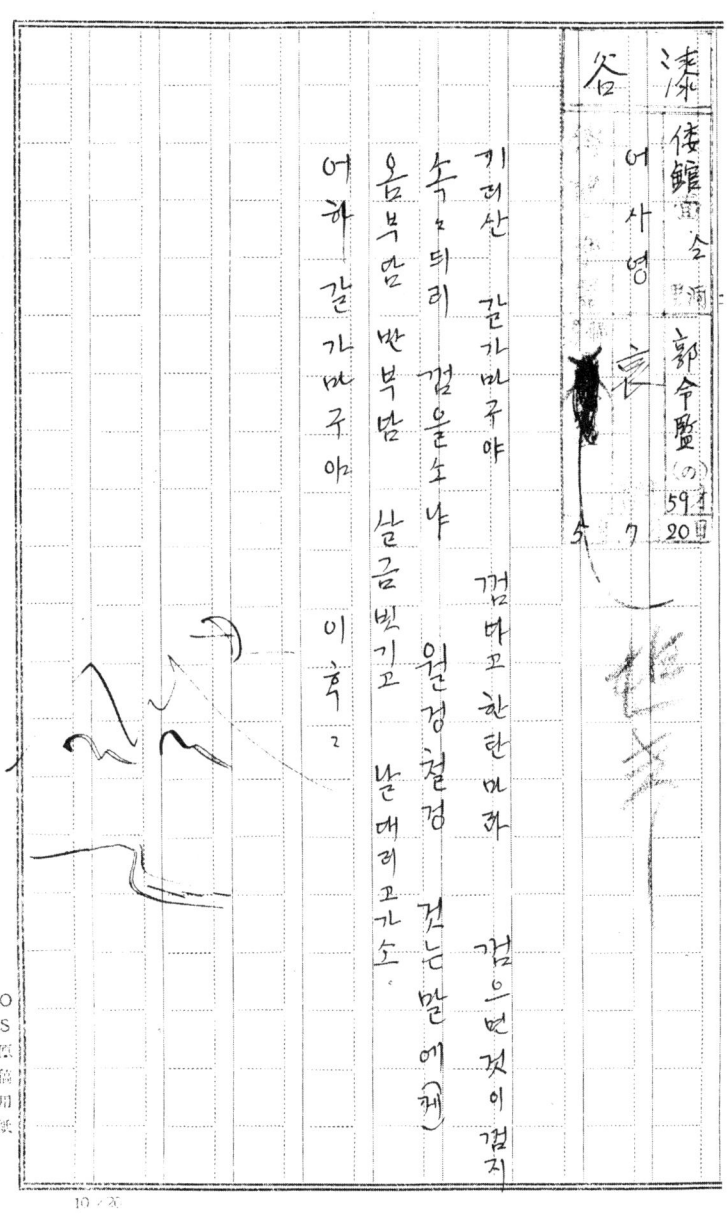

44

慶山		
瓦村面 大同洞 里	보리찌는노래	傳說·樂器
辛元道(の) 42才	謡	備考 揷苗時。
5年 7月 30日		

쥐루자 저루자 이모자 ○를 저루자

귀루자 저루자 시너부 울기를 저루자

저루자 저루자 유리아 강판을 저루자

(河陽附近에도 (辛) 盛歌)

慶山		
瓦村面 洞 里		傳說·樂器
辛元道(の) 42才	謡	備考
5	7	30

청소이, 방아타령,

尙州咸昌 공갈못에, 이물개 저물개。(揷秧歌)

저건너 갈미봉。

성님 성님, (시집노래)

서울 갓든 선부 반네 (揷秧謡)

성주 本郷(文) 續姓。

OS原稿用紙

10×20

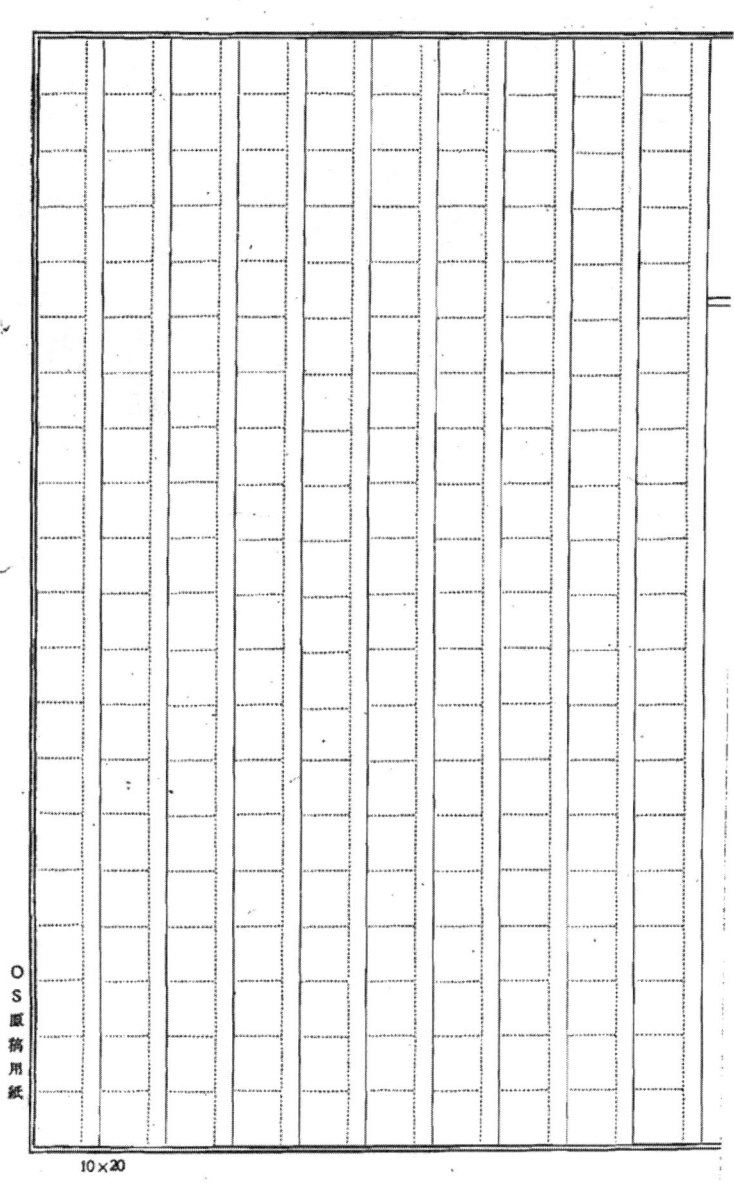

45

山 馬 面 洞里

傳說·樂器 옥동처자

朴姓女( ) 41才 調

備考 寡女

5年 8月 21日

아부지는 서울양반、
나하난 옥동처자
앞산에도 묻지말고
서울남산 연대밑해
아부지가 날찾거든
어머님이 날찾거든
오라버님 날찾거든
우리동생 날찾거든

어묵나는 진주댁이
옥동처자 죽거든낭
뒷산에도 묻지말고
꾹나파고 묵더주소
소주받어 대접하고
청주받어 대접하고
탁주받어 대접하고
떡을주어 앏내주소

(박、畫)

〃

面 里洞

放山歌

傳說·樂器

朴姓女( ) 41才

備考 婦女子

5年 8月 21日

이짝저짝 둘너보니
내ㄴ잇는 짝들인더라
한짝에는 산이잇고
한짝에는 물이더라
산도조코 물도조코
어느짝이 더조흔고
쌀을내여 밥을짓고
내잇는짝 조흔더라

(金老[illegible] 母)

馬山

面 里洞

放山歌

傳說·樂器

朴姓女 (41

備考 婦女子

5年 8 21

오동나무 그늘밋헤
부처님이 웬일인고
밥을밧쳐 공양한가
떡을밧쳐 공양한까
몸을밧쳐 공양한가

OS原稿用紙

10×20

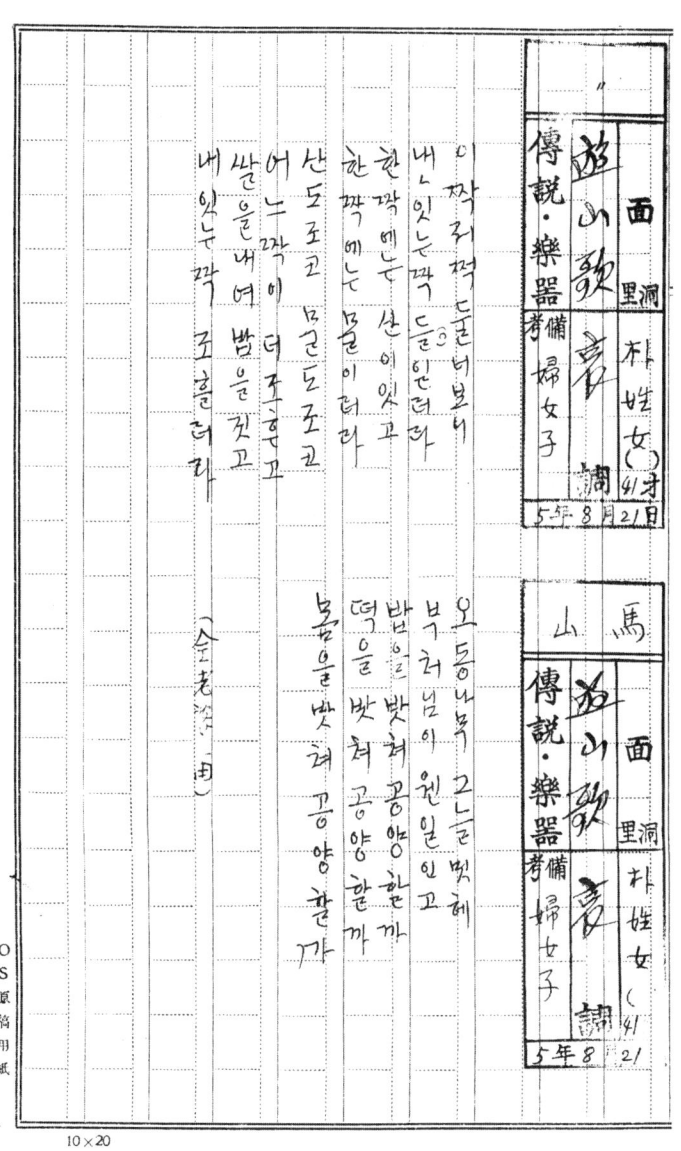

46

馬山 2

面 洞里 朴姓女(41才)

傳說·樂器 거구리 謠

備考 婦女子

5年 8月 21日

개자하니 살이지고
이나자하니 목매무고
줄때끝에 거러노코
난면보고 들면보고
눈살마자 다떠러지네

(金老婆 —南)

〃

面 洞里 朴姓女(41才)

傳說·樂器 사랑노래 謠

備考 이것은 務挾歌이다.

5年 8月 21日

머리조코 실한처자
울뽕낭게 안자우네
울뽕갈뽕 내따줄게

빅연혀레나 갈사자.

(金老婆甫)

OS原稿用紙

10×20

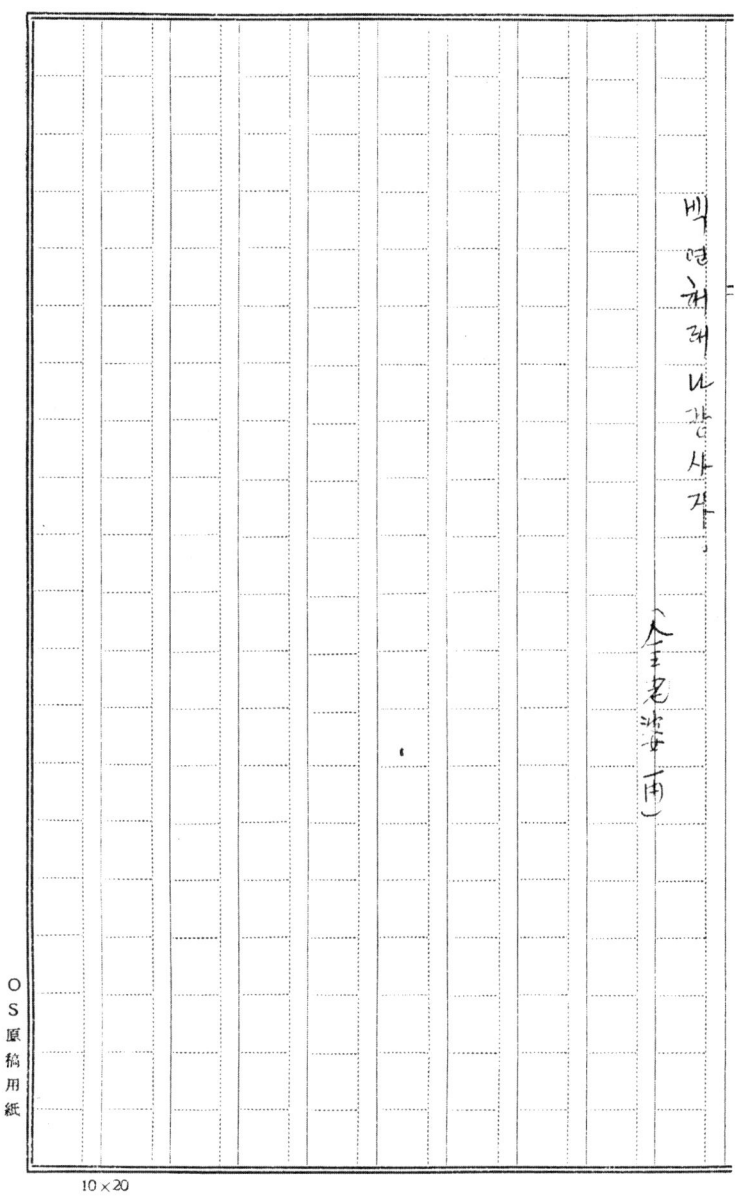

47

軍威

軍威 西部 金姓女 (26. 24
5日 7

윷노는노래

쥐동가튼 팔을것고 한번은 뽑아치니 저긔목엇고보
이엿비, 노용수가 진을치니 어영군 어듸패로다。 다시한
번재처치니 거리목엇고 걸이엿네、 길한다 우는앙운
새벽서리 찬바람에 청학홍학 우는듯베 (다시한번재처치니) 적이멋
고、 윷이엿네 윷광개광상적하니 원광새른부터
하네

(註) 星湖僿說五下 京都雜志(二), 卅二峯类說(十八)

〃

〃面 〃里洞 金姓女 ( ) 26才

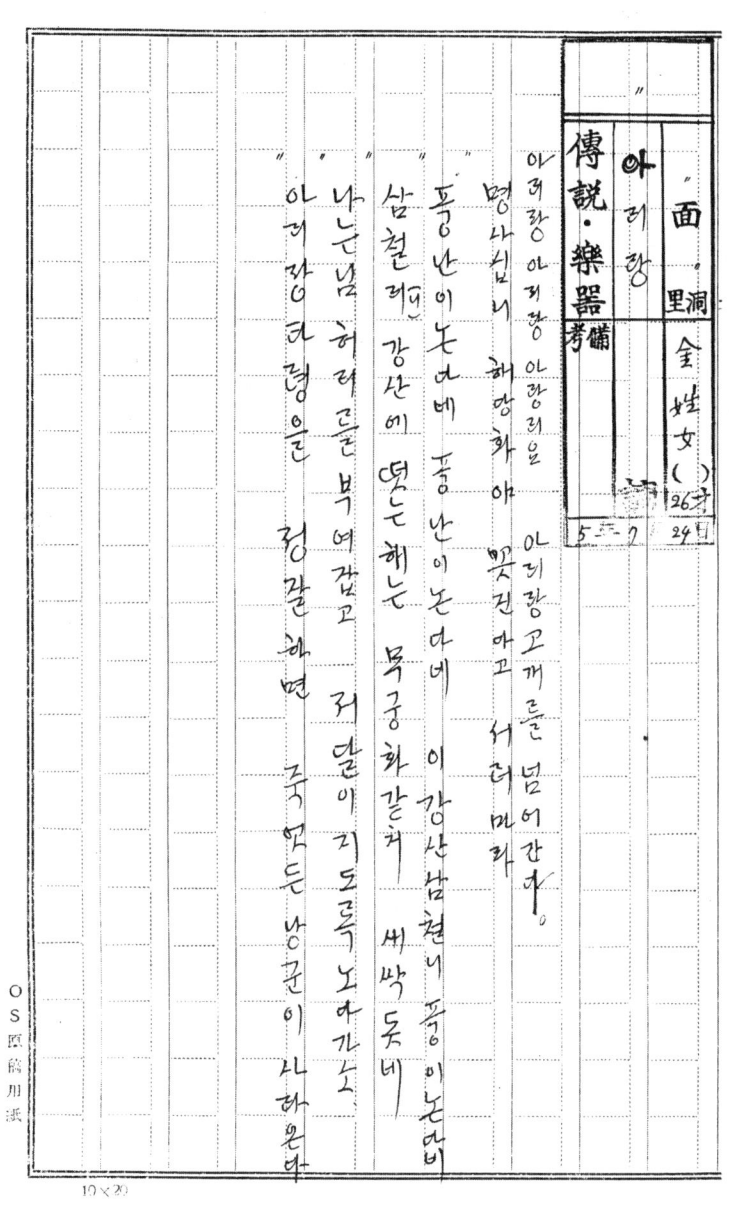

아리랑

傳說·樂器

備考

5-7 24日

아리랑 아리랑 아랑리요 아리랑고개를 넘어간다。

명사십니 해당화야 꽃진다고 서러마라

〃 풍난이 논다네 풍 난이 논다네 이 강산 삼천니 풍이 논다네

〃 삼천리(里) 강산에 떴는 해는 목궁화 같쳐 새싹 돋네

〃 나는 님 허리를 부여잡고 저 달이 지도록 노아가소

〃 아리랑 타령은 정 갈 하면 죽었든 낭군이 사라온다

軍		威 2
軍威面 里洞	鞦韆歌	傳說·樂器
金姓女(26)	謡	備考 五月五日 處子 쌍건뉘 뛸때
5年 7月 24		

秋천가세 秋천가세

우리兄弟 추천가세

五月五日 天中節(日)에

추천하로 가는치래

압밭에는 쪽을갈고 (꽃으로서 靑色染料를取함)

뒷밭에는 분홍갈고 (앙금새)

쪽조고리 분홍채매

공자고름 널끼달고

맹자고름 좁끼달고

성님머리 석자가웃

이내머리 두자가웃

半달갓흔 용허리도

머리설ㄴ 헐나뻬고

천반도리 넘기땅아

Indigo?

국호영기 끝만 붙니
이개넘에 휫던지고
이웃집의 동보든아
후천한곧 가자서라
老人네들 치레보소、
머리신디 먹칠하고
이빠진디 박시박고
송기꺽거 작지집고
참꽃꺾거 머리꼽고
아해양에 놀노가네。

49

3 咸 軍 ㅅ 面 ㅅ 里洞 金姓女 ( ) 26才

화전노래 謠

傳說·樂器 參備

5年 7月 24日

花煎歌

아든마의 婦女들아
화전하로 가자서라
꽃혼피여 花山이고
너는죽어 꽃이되고
꽃피라도 복만화야
흰기青山 깁혼곳에
우섭기도 우서워라
집이라고 들어가니
맛동시 ㅅ 거동보소。

웃마의 婦女들아
님혼피여 青山이고
나는죽어 나부되고
나부라도 범나부야
이별없이 살아보세
기상기도 키상워라
시어머니 거동보소

(未完)

註 春三月에 婦女들에 遊山하나니, 이때에 참꽃과 밀가루로 전을 만드러 먹는다。盈德, 英陽 等 地方에도 流行함。

咸	軍
仝面 里洞	金姓女 ( ) 26才
희칭노래	
傳說·樂器	備考 處女 이희칭때
	5-7 24

울도 담도 없는 집에 도리도리 산간집에

눈비 맞아 석은 집에 바람불어 것친 집에

머리조고 커쿤처며 뉘간장을 녹힌나고

처마송송 놉허뜨노 님의간장 녹~~[illegible]~~힌 한다 .

50

咸 郡 合面 里洞 金姓女 ( ) 26

나물노래

傳說·樂器

備考 採菜할 때

5 4月 24

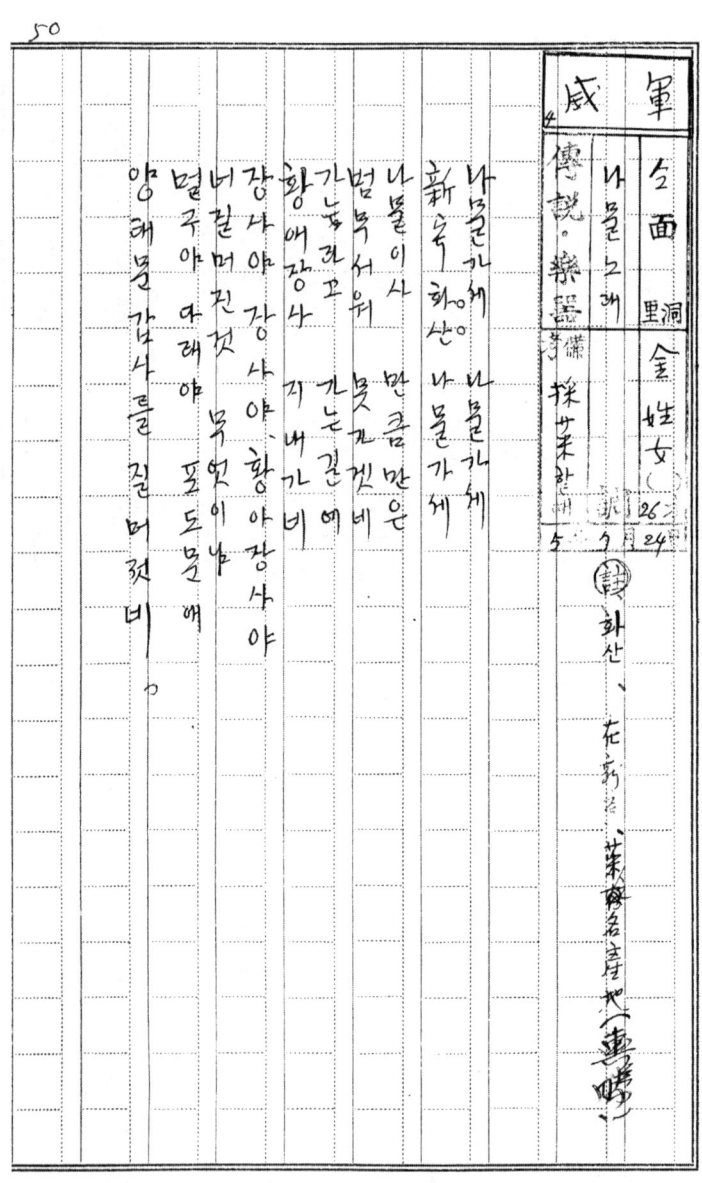

나물가세 나물가세
新옥 화。산。 나물가세
나물이사 만큼만은
범복서워 못가겠네
가놓라고 가는길에
황애장사 지내가비
장사야 장사야、황아장사야
비칼머칀것 뭐엇이나
멀구야 다래야 포도문에
양대몰 갑사를 질머졌비 ㄱ

(註) 화산、花新名、菜蔬名産地([illegible])

〃面 〃里洞 金姓女( ) 26才

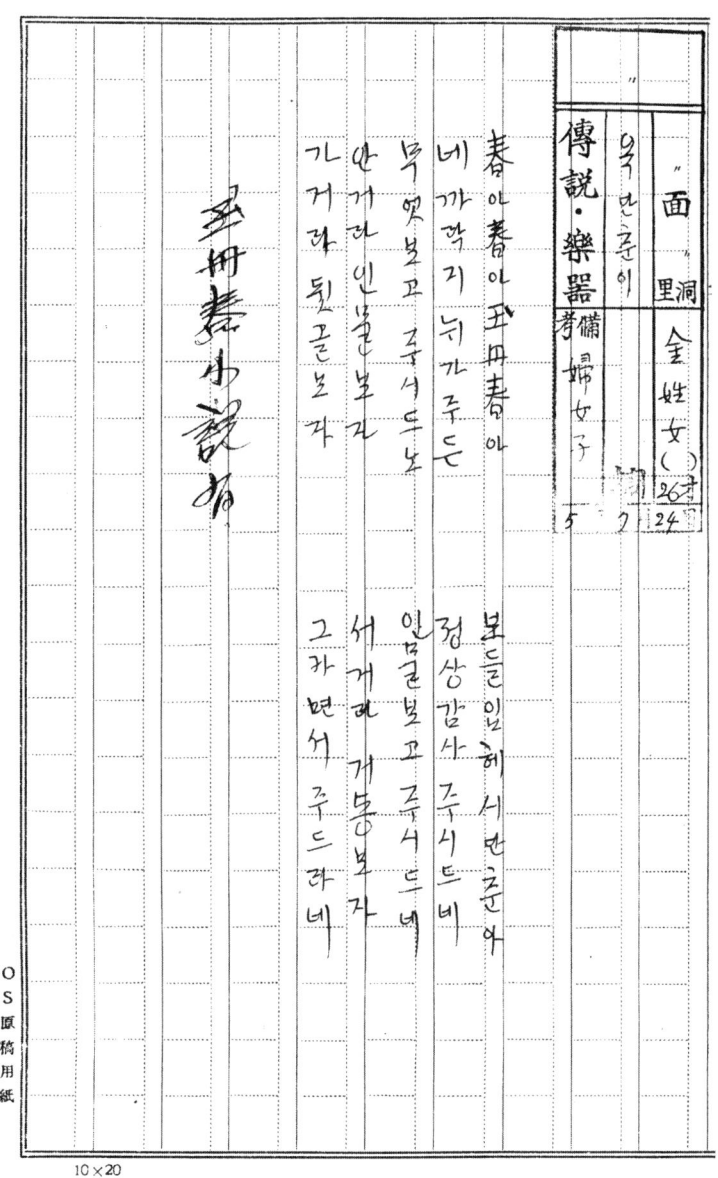

5 7 24

옥단춘이

傳說·樂器

備考 孝婦女子

春아春아 玉丹春아 보듣입혀서 단춘아

네까락지 뉘가주든 정상감사 주시드비

목엣보고 주시두노 인물보고 주시드네

안거라 인물보자 서게라 거동보자

가거라 뒷골보자 그카면서 주드라네

玉丹春小說 有

OS原稿用紙

10×20

51

軍威 5

面 洞里

移秧노래

傳說·樂器

金姓男 (40才)

備考

講

5年 7月 24日

유ㅣ야 (뒤ㅅ소리)

前 이물개저물개 헐어놓고 이논주인 어대 갔노
後 목내아 전북손에 들고 등넘어 첩의방에 놀노 갔네
前 서마지기(매고나니)산 점심참이 되였구나
後 저리봐라 저논귀에 半달이 떠나오네
前 네가엇지 반달이야 初生달이 반달이지
後 술도덧만 절도덧만. 점심참을 아치도록
前 이논주인 아니오네 등넘에 지첩을 두고
後 밤에는 자로가고 낮에는 놀노가네
前 첩의솜시 거동보소 모매꽃(나발꽃)은 큰봉때고
後 진매꽃훈 잔봉대고 인지굴나 전지굴나
前 밤이갈도 아니주며 해가가도 아니주네
後 큰어마서 거동보소 행주화매 덜처입고
前 짜방머리 집어헌고 칙업는신을 신고

後 책갈은낭ㅇ 품에품고 첩의기ㅂ에 들어가니

前 꽃가디를 피여놓고 크다큰아 큰어마님

後 여간지소 저간지소 애타웃연 물너치라

前 꽃자려가 내자려가 마록쟁이 내자려지

後 소상반죽 화죽설때 담배없아 갑으시소

前 애타웃연 물너치라 화죽설때 양찬구나

後 공반가 내매드야 첩의얼굴 다시보고

前 큰어마시 헌은말이 채배리가 저렸거든

後 직。엽。뒤가 이련허리 큰어마니 헐수없이

前 품을갈은 그양품고 제집으로 도라오네

(註) 직◎엽◎ (直葉) [redacted]

OS原稿用紙

10×20

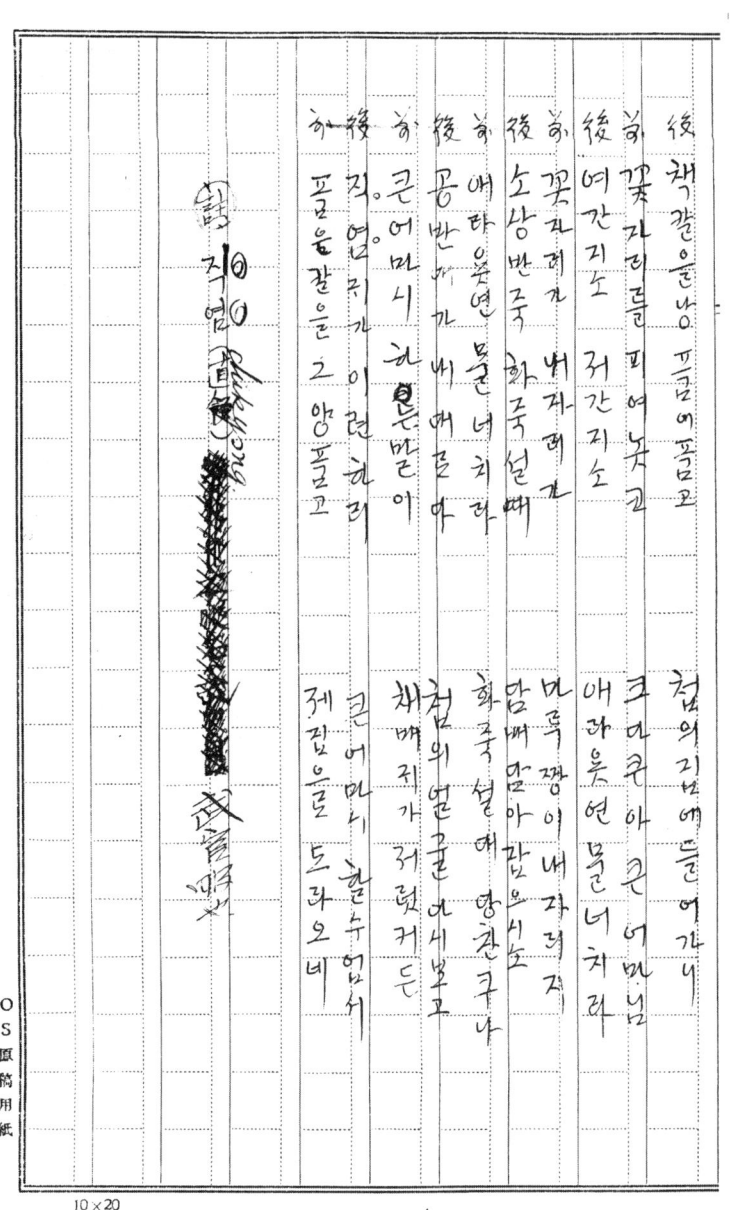

軍威 6 소面 洞里 金姓女 ( ) 26才

명기노래 謠

傳說·樂器 備考 婦女子

5 年 7月 24日

빠갓어네 빠잣어네
비단명기 빠갓아네
金通수이 조연어네
빠진명기 날울주소
마주칠때 너를주지
고이랑물과 거랑물과
고운엽니 너를주라
通수 通수 金通수·아
열두담강 넘리다가
반면갑아 밀치도다
성한같치 내다리면
되동산 최수뜬나
가지나무 노성낭깨

정상감사 만딸아기
조연어네 조연어네
通수 通수 金通수아
채매끝과 직영거가
고인업시 너를주라
합수될때 너를주지
정상감사 딸볼나고
신왓 까리 금패자로
꽃치곳튼 우리안해
그믄에 척엇지한고
부모에 한문 가셨다가
바람부러 갯어한소

(大邱地方에도 盛行한것)

그래일너 안듯거든 동원머양 치〃할나
성녹방게 잿어주소 그래일너 안듯거든
使道앞에 굴너어가 발길에 잿어하소
그래일너 안듯거든 홋발뒤여 어서오소、
뒹경〃〃 되뒹경에 사심지에 불을밝켜
물멍지 당에실노 홈솔업시 내해줌세

O S 原稿用紙

10×20

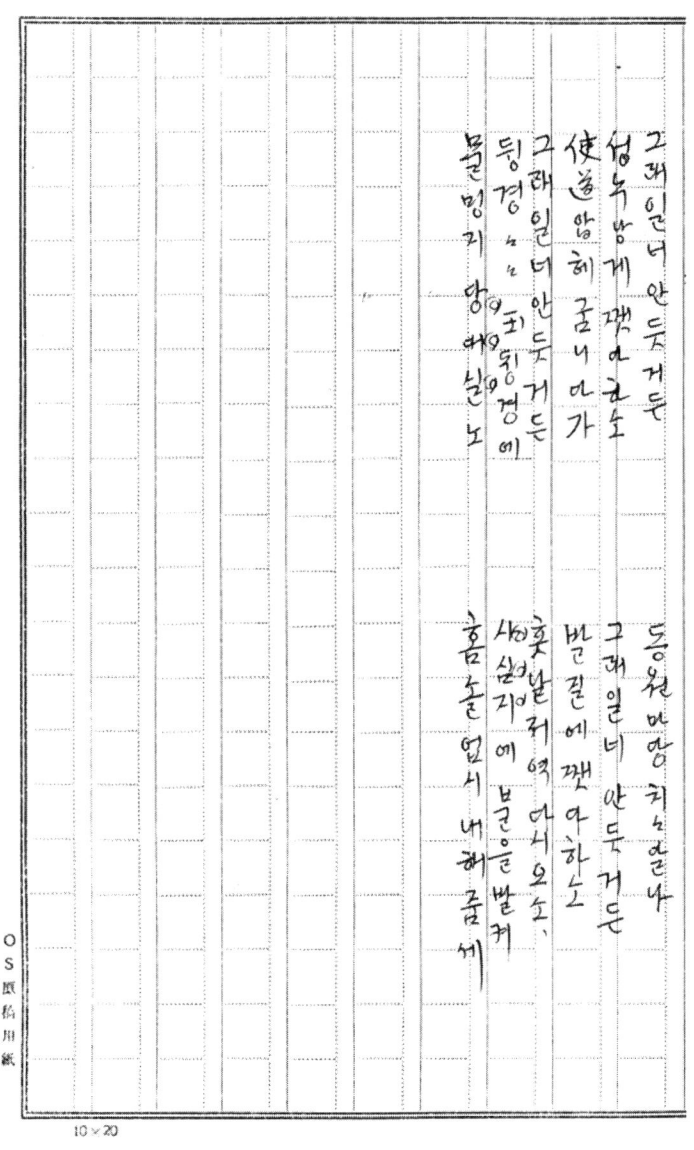

咸 軍

面 里洞

金姓女 (26)

추천노래

傳說·民謠 備考

女

5. 7. 24

쌍건네 뛰면서、

추천하네 추천하네
널젓다네 널젔다네
시누올기 널젓다네
올아바님 건지다네
무정한산 올아바님
못子부터 상길비다

시누올기 추천하네
넝청々 비럭끝에
건젓다네 건젔다네
넝청비럭 끝에
나도죽어 후생가서

〃 面 里洞 全姓女 ( ) 26才

농부가

傳說·樂器 備考 農夫

5 7 24

아침날시 淸明턴니 雨備없이 나섰드니

山中에는 눈이오고 들중에는 비가온다

〃 참비몸을 열어라 언뽄 조금 녹기가자

OS原稿用紙

10×20

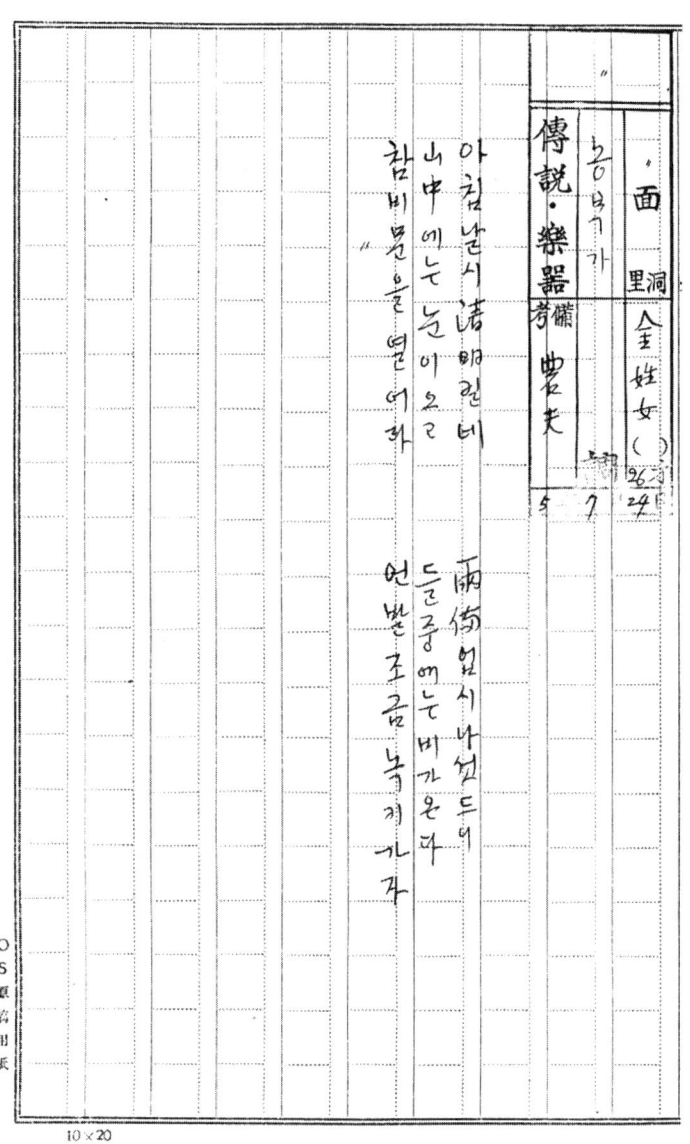

54

咸		軍
8		
傳說·樂器	紡麻노래	仝 面 里洞
考備		金姓女 ( ) 26才
5年 7月 24日		

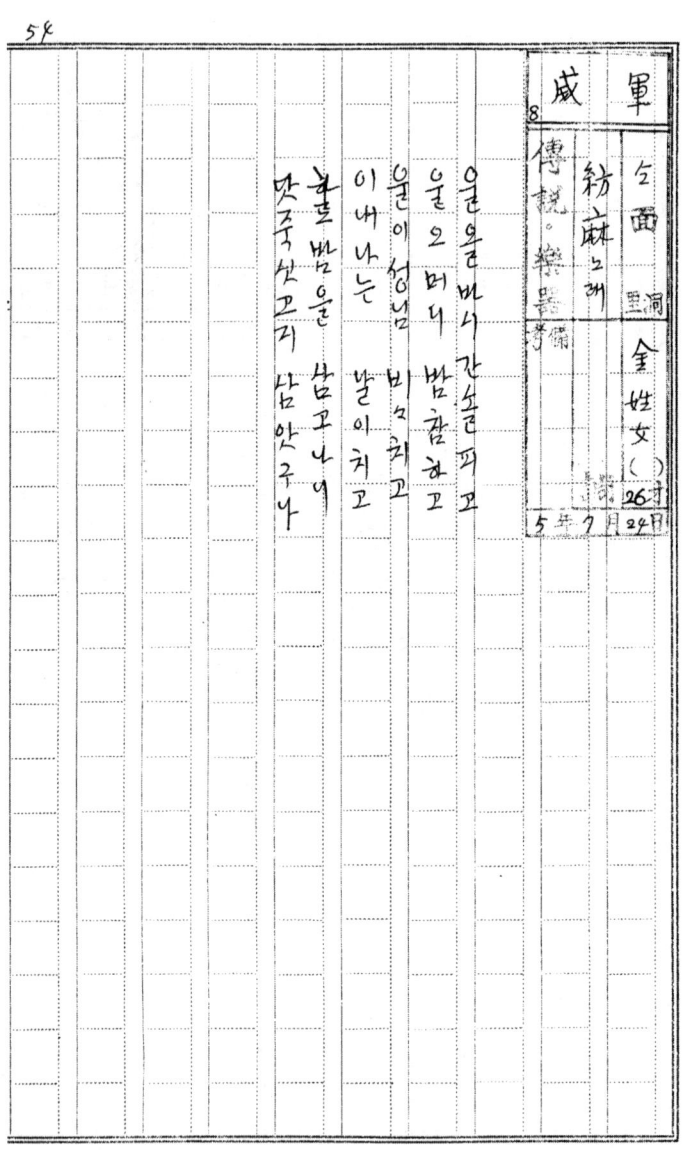

울올바시 간솔피고
울오머니 밤참하고
울이성님 비々치고
이내나는 날이치고
홀로 밤울 삼고나니
맛죽신고리 삼앗구나

〃面	〃里洞
스집사리	
傳說·樂器	
備考	〃 ( )
5-7-24	

형아 형아 뭏 형아
도러도리 도리판에
고추단말 안먹어도
훈초·생강 안먹으도
좌등산 왕대밭에
시매함쌍 숙가다가
이내사철 다암으서
울어묵니 보시면서
눈물헌비 어러것네

스겁살이 엇덧트노
수저노키 어렵드네
스집사리 맵드네
이내가슴 따갑드네
왕대는 지키노고
시앙색이 맨들어서
우리집에 보낸적에
궁초해매 암자패기

OS原稿用紙

10×20

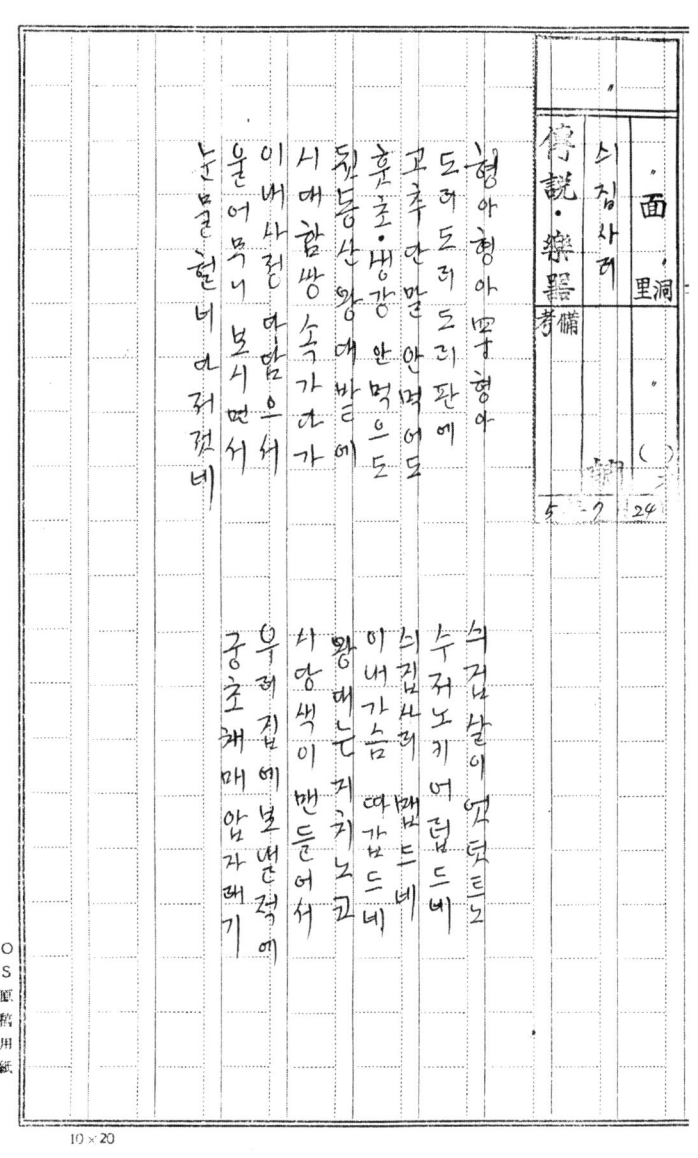

軍 咸 9

今 □ 里

全姓女 (26) 24

傳說·樂器 考備 柳菜女 5 1

동정호 밝은 달에 채란하는 아해들아
물결이 곱(홍)연 마라 네 소매 잠든 용 깨면
풍파일가 하노라 저리 가는 저 사람아
해는 지고 길은 먼데 주점에 시지 마소
비뒤에 굵은 비 오면 옷 젖을가 하노라
황주성 들나들에 매두 청루 몇 곳인고
담머리에 소슨 투각 강남풍을 완연하다
운몽은 우에 벽도화(桃) 춘풍에 피여 잇고
그곳에 아해 불러 나오거든 연옥인줄 아오소서 (연옥 외집)

(妓生 淸夫 詩 타한 작)

〃

面 里洞 金姓女( ) 26才

傳說·樂器 雙金勤 備考

5 7 24

생금 생금 생가락지 호작질로 딱까내니
먼데보니 달일네라 젙에보니 處子네라
그處子 자는房에 숨소리가 둘일네라
홍달복성 오라비 거진말슴 말아시소
동지섣달 설한풍에 풍지떠는 소리로다
열두가지 맘을먹고 아홉가지 약을먹고
조금만흔 쥐피방에 비상단말 피아노코
명지전에 목을매고 자는듯시 죽고지라
이내몸은 죽거들낭 압산에도 묻지말고
뒷산에도 묻지말고 연에밑혜 묻어주소
굴근비가 오그들낭 멍석떽이 덥허주고
가랑비가 오그들낭 격레여부흔 덥허주소
눈을낭은 오그들낭 시애비로 덥허주소。

(ㅗ)

OS原稿用紙 10×20

56

軍 威

비들노래

金姓女 26

5. 7. 24

옥황상재 맏딸애기
옥낭간에 둘너보니
빗들노세 옥낭간에
압어에는 놉기놓고
안에 질개라 안전양은
용상좌궤에 헌선듯고、
삼대독자 외동아들
북에에야 도는양은
우내왕리 둘넜듯다
유관장 시사람이
바에 길히는 양은
수백치는 소리로다
황금관혼 쥐고리가
서해서산 저는듯다 (완)
동해동산 목리개가 (산)

활일이 칭히 엽서
옥낭간이 비엿구나
빗들노세 옥낭간에
뒤다리는 낫기놓고、
우리나라 금상님이
만조아 감은 양은
명과복자 감은듯고、
전에로 대맹금 용본선에
桃園結義 매전듯다
크못弟는
仙女곳튼 侍女들이
북나두는 지상은
양유간에 往來한듯、
암금、、 것는 칫받 (上)

절노공문 신낭군
靑天한들 위기럭이
꿈을 불너 우는듯시、
울너가며 슬피울고
뎌러오며 슬피우네
물명리 쉰메자른
우알만에 뒤고나니
애기등ㅅ 서너렀고
청도복성 먹고리타
떠왔다비 ㅅ ㅅ (客)
복성함쌍 때왔다비
듣엿다네 ㅅ
노홍넘게 들엿다비、
갑으라네 갑으라비
이내몸을 갑으라네、
업치라네 ㅅ ㅅ
성형(甚刑)우에 업히라네
때리라네 때리라네
권장으로 때리라네
울어머니 울보아머지
매끝이나 돌바주소
아이고 아지 싯거겁다
매끝이야 보지면 눈
물명지 석자수군
눈물 딱가 다러젓비

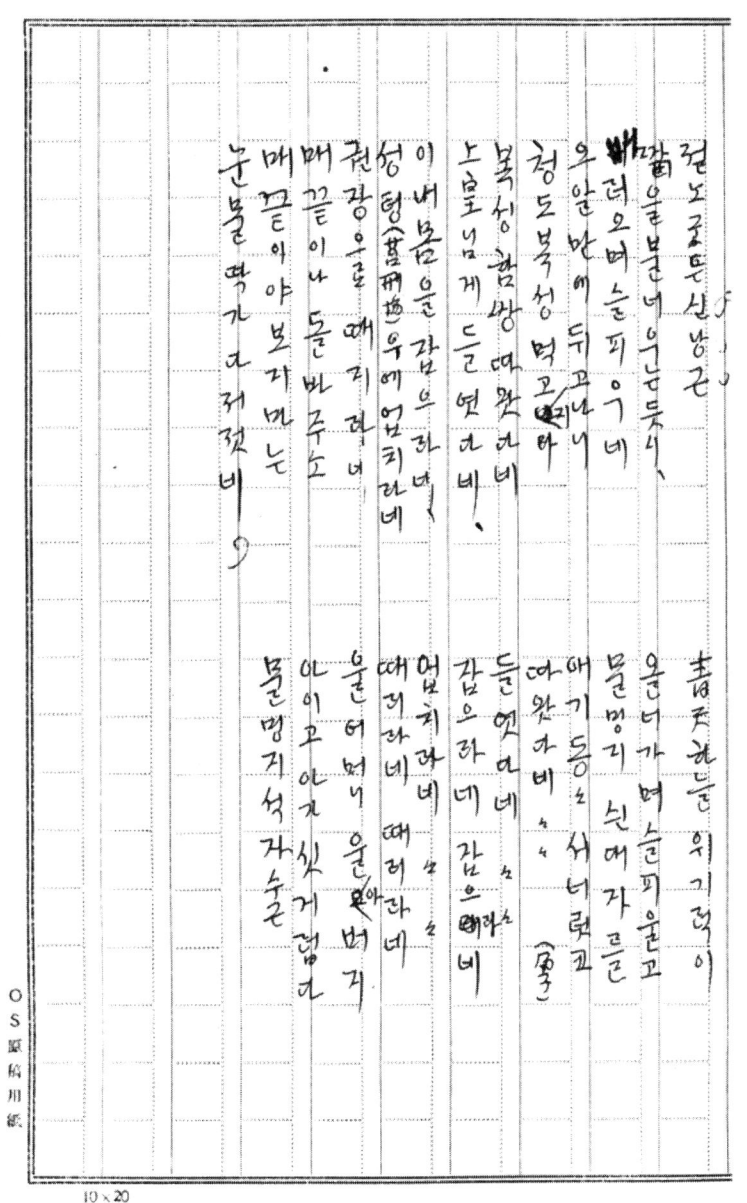

咸	軍
傳說·樂器	孝令面 里洞
備考	調 ( ) 才
5年 7月 24日	

칭승이 (稀有)

방아찌령 (에불게 지불게) ·

어사영

尙州咸昌공갈못에 (移秧歌)

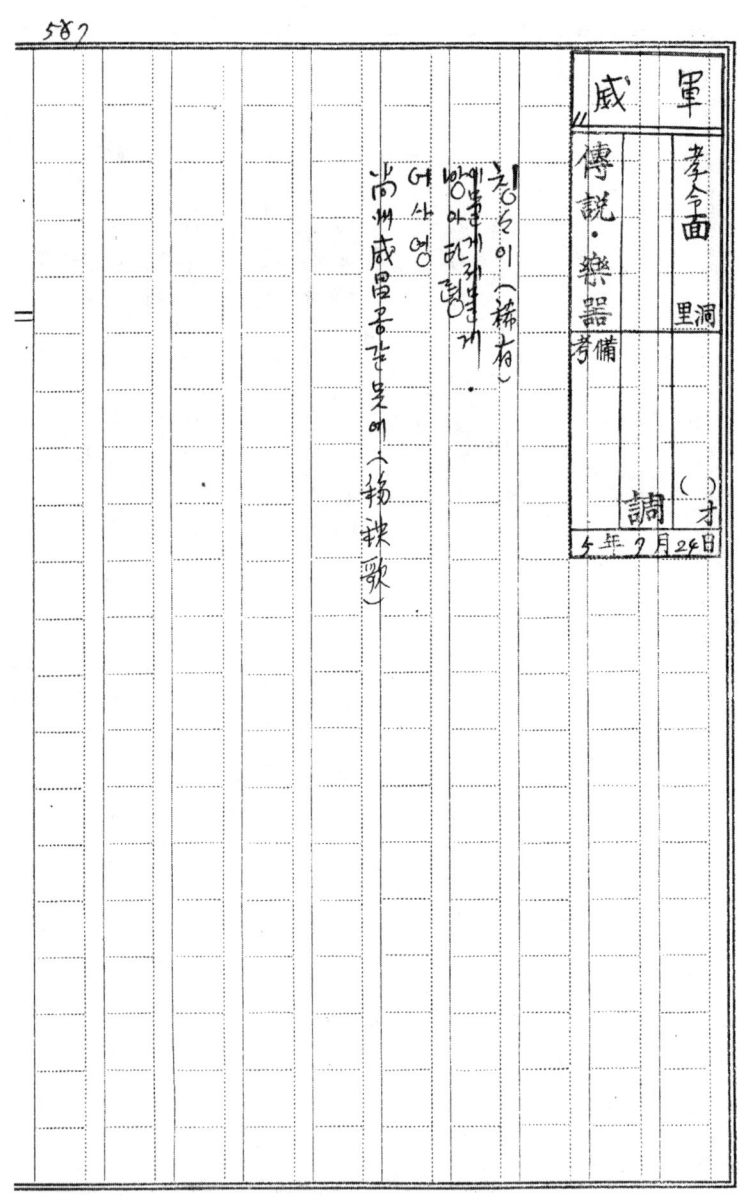

ＯＳ原稿用紙

10×20

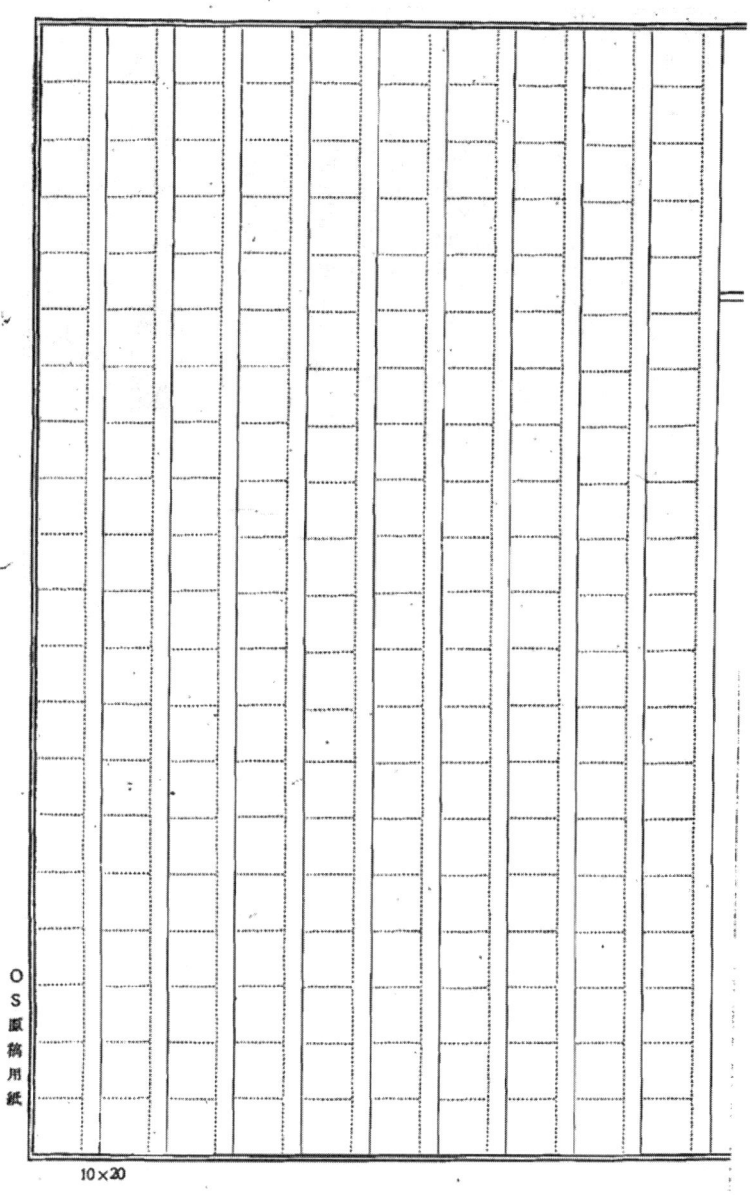

58

郡	咸
義興面 邑內洞 里	崔姓男(の) 46
모찌는노래	
傳說·樂器	備考 終了 녹음
5 7 30	

쥐루자 쥐루자 이모자리 고른 저루자

저루자 저루자 서오면서 미너리 저루자

저루자 저루자 쥐성해사 이명순아 이모판을 잡아가소

저루자 저루자 유지에 장판을 저루자

〃 面 〃 里洞	〃(の) 46
모숨기노래	이불개
傳說·樂器	備考
5 7 30	

씨아소소 백굼새야. 만첩산중 얻어두고 야산중에 숨피

우노、

移秧歌

칭칭이

방아타령(天門郞)

靑孀歌、

靑孀요아리랑(聞慶)

어사영

재밟는노래(日安東)

○놋다리노래

이래가 누래고 다라님의 玉래인해

이터이 누터인고 나라님의 玉터로다

애이야 저야 꽃게야 경철없이 드간다

南郞다 北郞다 돌거라 경상옷상 뒤간다

OS原稿用紙

10×20

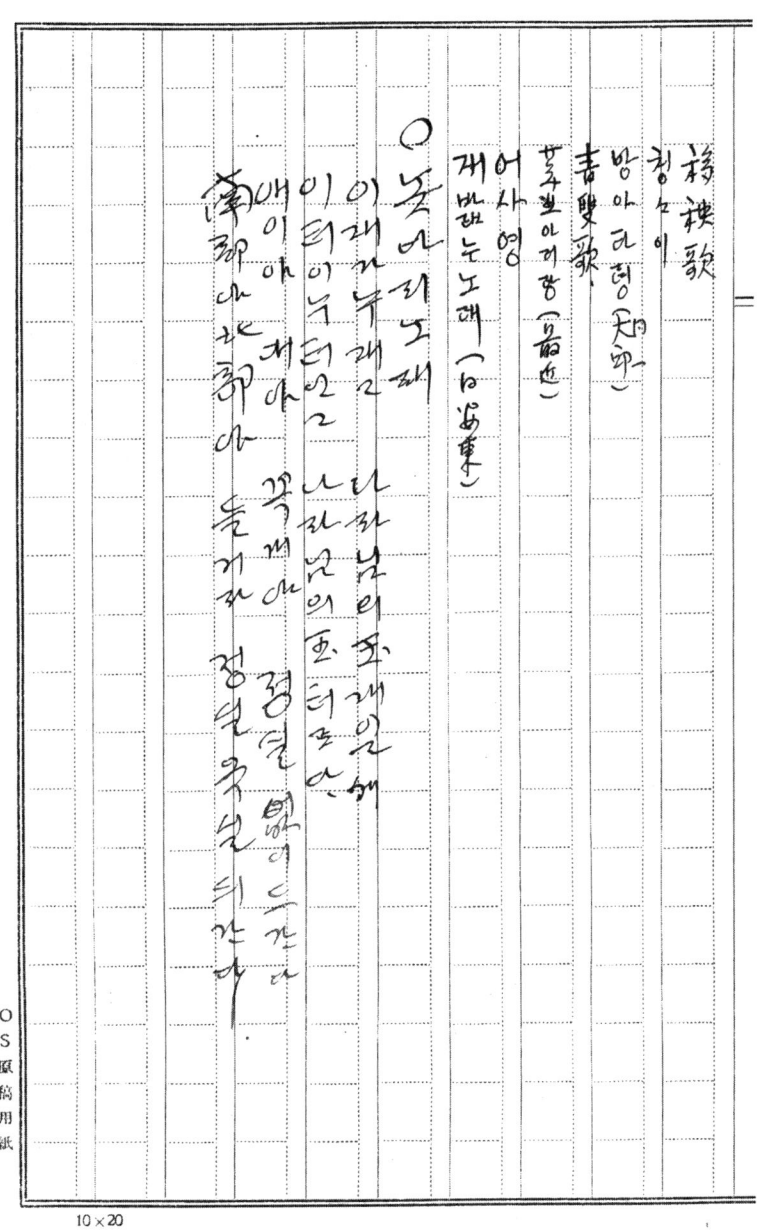

59

( )

安東

全 面 邑 里洞 權姓男 (7)4才 調

노나리

傳說·樂器

備考 [illegible]

年 7月24日

此行事에는 男性은 一切 禁하였으며 [illegible]

하는 것은 因하여 하는 [illegible]

는 [illegible] 道令이 如히 [illegible] 하여 가지고 [illegible]

惡行을 하나 [illegible] 노나리 [illegible] 에서 [illegible]

된 때인 이 그 傳說이다

노-나-래(리) 노-나-래(리) [illegible] 에서는 이 [illegible] 이 [illegible]

노-나-래(리) 노-나-래(리) 好의연은에 [illegible] 에서는 [illegible]

노-나-래(리) 노-나-래(리)는 이하고 하고 [illegible] 에서는 [illegible]

이라 하는 듯 하다.

○ 踏橋(或蓋)歌 全人

前 후 오- 아-오 애야 허리야 오-(一節)

前 후 오- 나-오 애야 허리야 오-(二節)

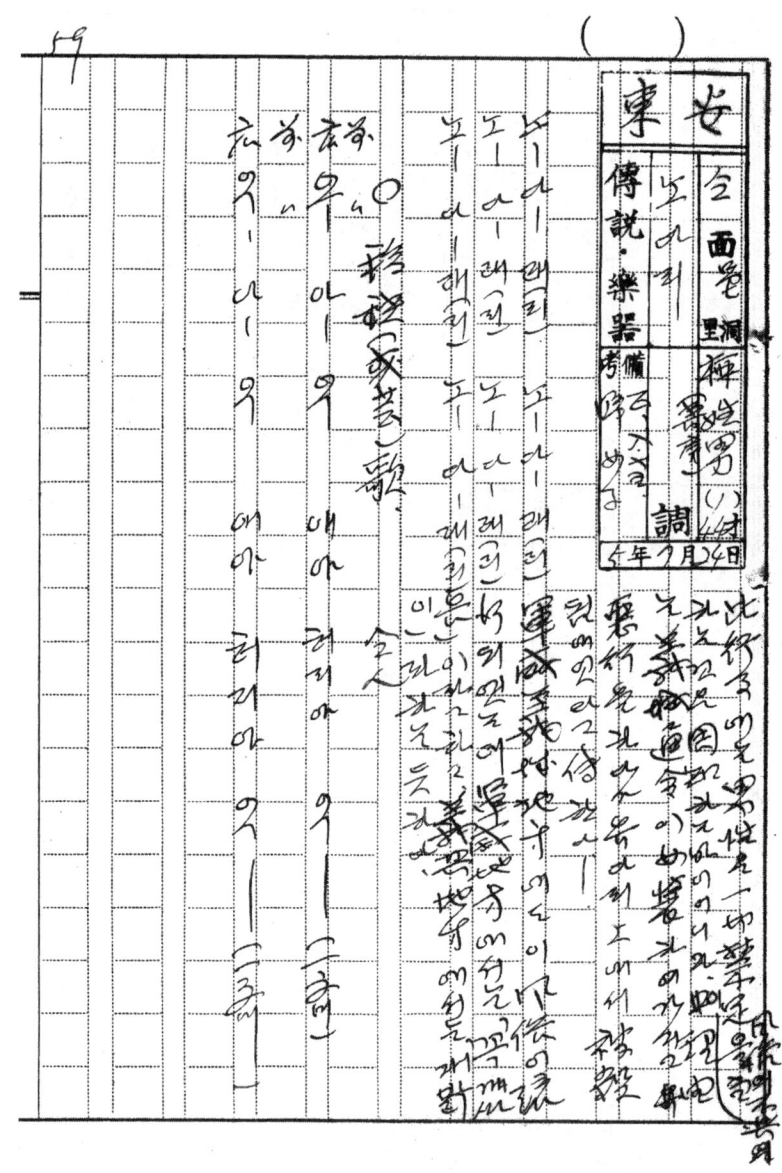

OS原稿用紙

10×20

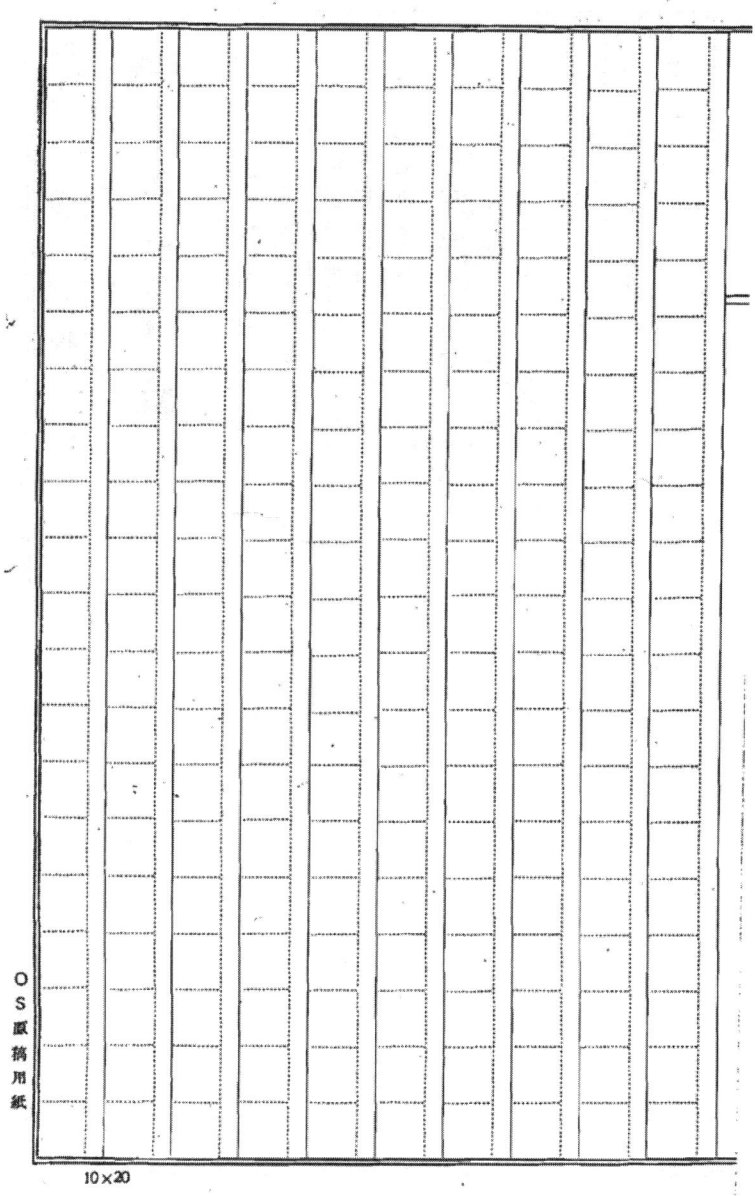

60

安東 2

面 里洞

柳姓男(○) 44才

傳說·樂器

備考

調

5年7月24日

패지나 칭칭 나ㅣ네 (노ㅣ세) (大即興)

오ㅣ호ㅎ 방해 요, (大即興)

蘭草 새재,

낙양 새 成풍 같은 꽃에 연밥 따는 저 큰 아기 (移秧歌)

蓮花 아리랑

용해야 용해야.

〃

面 里洞

金姓男( ) 19才

꿈치

傳說·樂器

備考

調

5年7月24日

낭글시 가 낭글싱가

洛東江에 낭글싱가

그나묵가 자란나서
묵는 열매 여렀던고
열매하나 떠여다가
갈님을 나○ 것을매여
중빈(中물) 떠서 중힘노고
묵지개로 신 두리고
동내팔사 꾼을 바라
올노가는 구 김사야
저줌치 훌구경하소
누가누가 지여내노
아배왔든 선이 씨와
저줌치를 지은솜시
은도싫고, 금도싫고
이내허리 둘너주소

열매하나 여렀다네
해와같이 여렀다네
현남을 낭안을 엿고
줌치한개 지여내서
상빌떠서 상힘노아
강홍실노 귓밥처서
한길가에 거러노고
나려오는 선감사야
그줌치를 누솜시로
어제왔든 순금씨와
둘의솜시 지여냈네
은을주다 금을주랴
물명주 삼척수건
(以下, 略)

OS原稿用紙
10×20

61

榮州		
榮州 面 榮州洞 里	農夫歌	傳說·樂器
李鉉國(農) 26才	調	備考 挾、芸
5年 7月 23日		

「방아하령
갈가마구(산유해)
菁菁오이 뫼랑
서울노래가락(農夫毛)
打麥打稻(又)。 尙州成呂、 開荐이새재야、 有り
생금노래(又)
쉬집사레(又)」

前 너ㅏ홍 너ㅣ홍 너호넘차 너ㅣ홍、
後 너ㅣ홍 너ㅣ홍 너호넘차 너ㅣ홍、
前 너ㅣ홍 너ㅣ홍 너호넘차 너ㅣ홍、
後 너ㅣ홍 너ㅣ홍 너호넘차 너ㅣ홍、

榮州

伊山面 陵洞里

移秧歌

傳說·樂器

林長水(の)21才

謠

備考

5年7月23日

패지나 후여리 노-세 〃

패지나 후여라 노-세 〃

패지나 후여리 노-세 〃

〃面 〃洞里

어사영

傳說·樂器

林長水(の)21才

謠

備考 推夫

5年7月23日

후는아 山에야 山에이고와서 내여기왔나

임사는 곳이니 내여기왔지 이후는—

OS原稿用紙

10×20

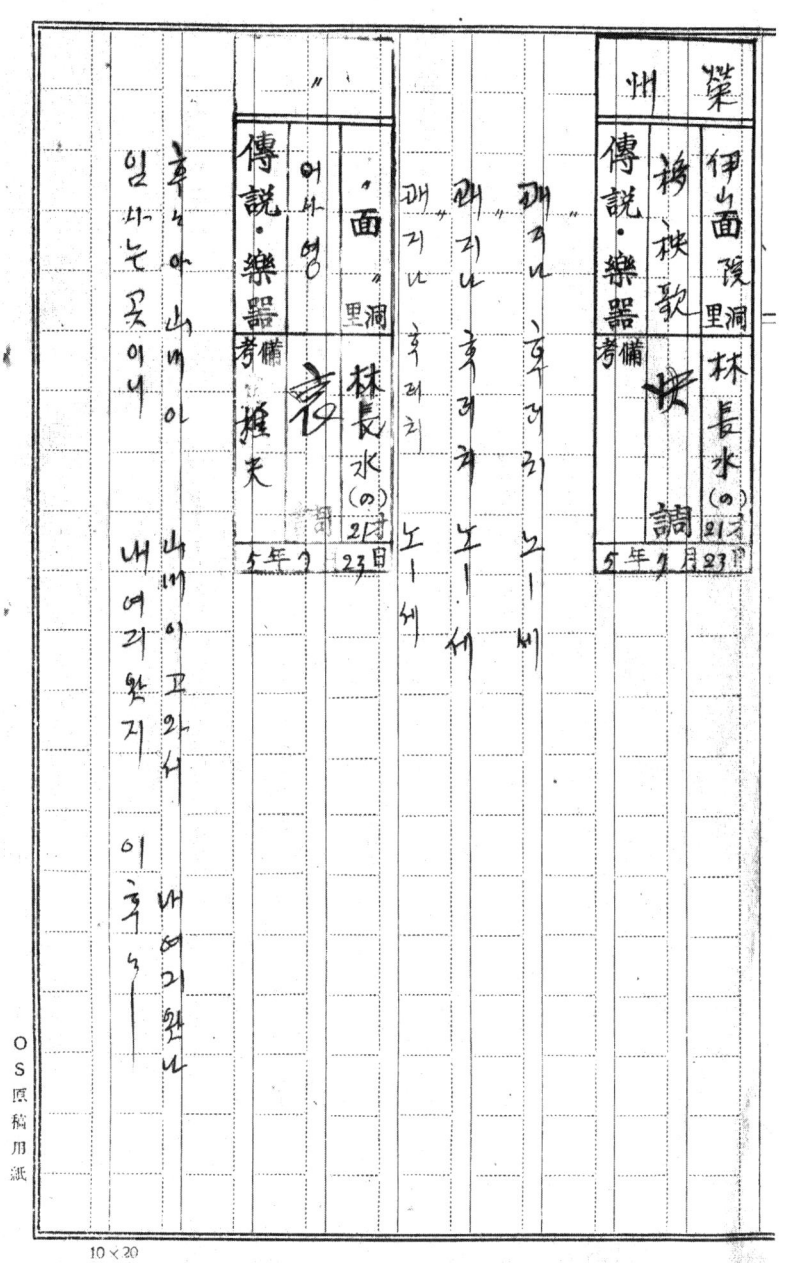

62

榮州 (2)

伊山面 ?洞里 | 방개타령 | 林長水(の) 21才 謠

傳說·樂器 | 備考 農夫

?年 7月 23日

얼넌는 흥개방께가 논다니 朝鮮의 十三道 실은면 한낭군

景福宮 집짓는데. 대들보 감으로 나간다.

먹동자 하는 저등봐라 먹동자 듣고 갈팡일팡 한다

얼넌는 거리고 흥개방께가 논다. 이여 하소리가

기묵슨 소린가 (얼넌는 거리고 흥개방개 논데) 景福宮 집짓는데 희방애 떠는소

리고 아 쿵자 각 둥 하는 소리가 그묵슨 소런고

景福宮 집짓는데 큰북 울니는 소리다

얼넌는 거리고 흥개방개 논다.

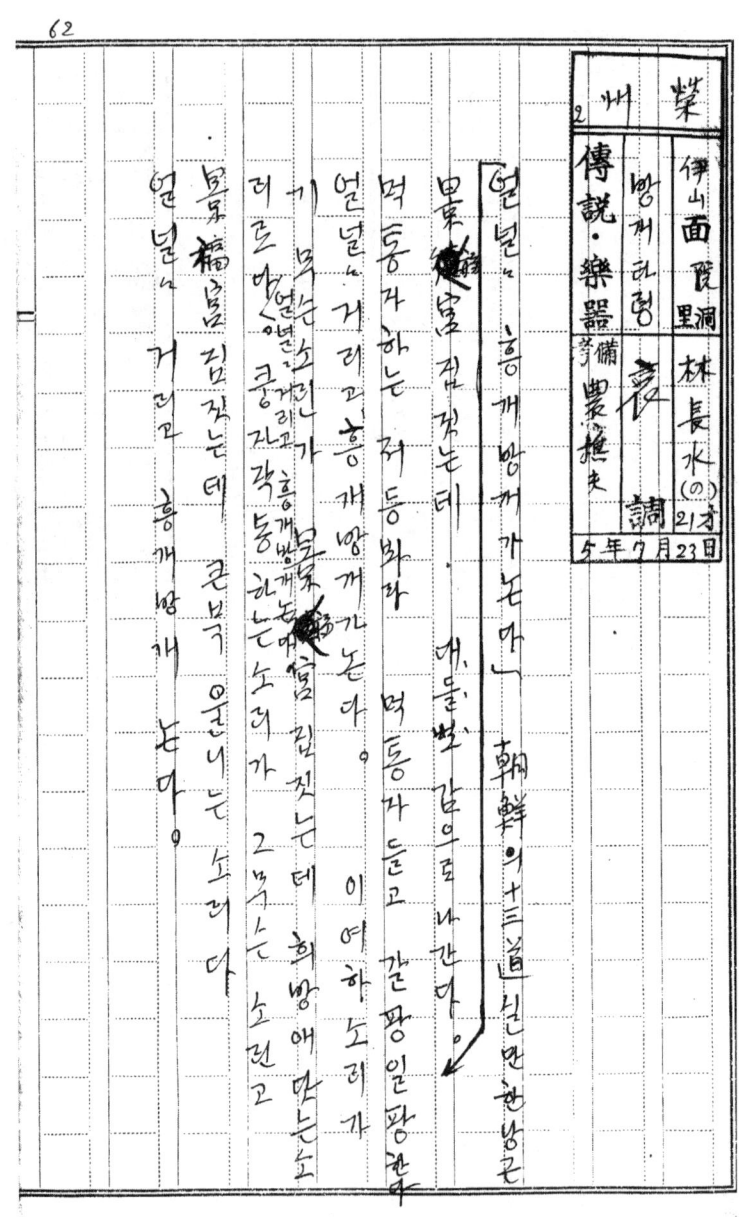

OS原稿用紙
10×20

63

東萊 1

仝 面 洞里 張浩辰 (67才) 誦

傳說·樂器: 모심는데

備考: 「동지나타랑」

5 8 22

남각 남각 피리꽃아 陽地〃〃 차려갈고

기크다 연단네는 돌우에 자리갈고

열벙도다 춘미꽃아 海花이나 좋은돗나 남면이라 피어나네

尹(一周)

\# 1

仝 面 洞里 仝人 (67才) 誦

傳說·樂器: 게모심는데

備考:

5年7月22日

수삼에야 수만에야

오신동는 울아베야

천리의 과식두고

혹본장가 가지만소

此歌 은 兩調 참 (新生十二号 發布된 것, 及大學 採集本)

모시적삼 속적삼에

눈물닦아 다젖는다

· 청소이(稀)

어사영(棒)

얌버구타령(農士)

성주풀이(儀式요논)

육자백이

성님성님 노래(시집노래)

通常의 通常、

베틀노래

우원의 아는

농창가

베는 노래

과거 환상、

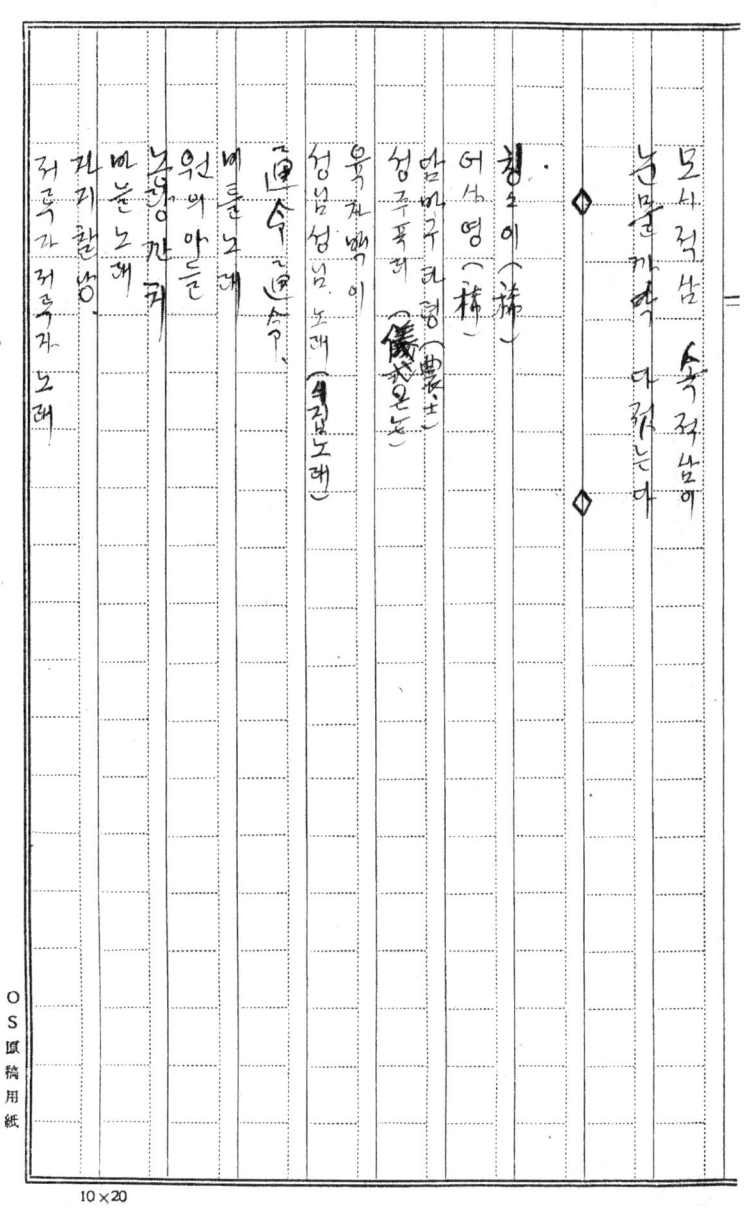

저국가 저국자 노래

2 東萊 全面 里洞

傳說·樂器 꽃노래에

備考 謂 尹斗宗(67才)

5年 8月 22日

남각남각 피리꽃은
陽地陽地 자라갈고
키크다 연만해는
石上에 자리갈고、
엔엇도다 할미꽃은
守節이나 하는듯이
남편이 죽 피어나네

尹(新生十一歲 女)

11 全面 里洞

尹斗宗(67才)

傳說·樂器 불당해라

備考 一處女 謂

5年 8月 22日

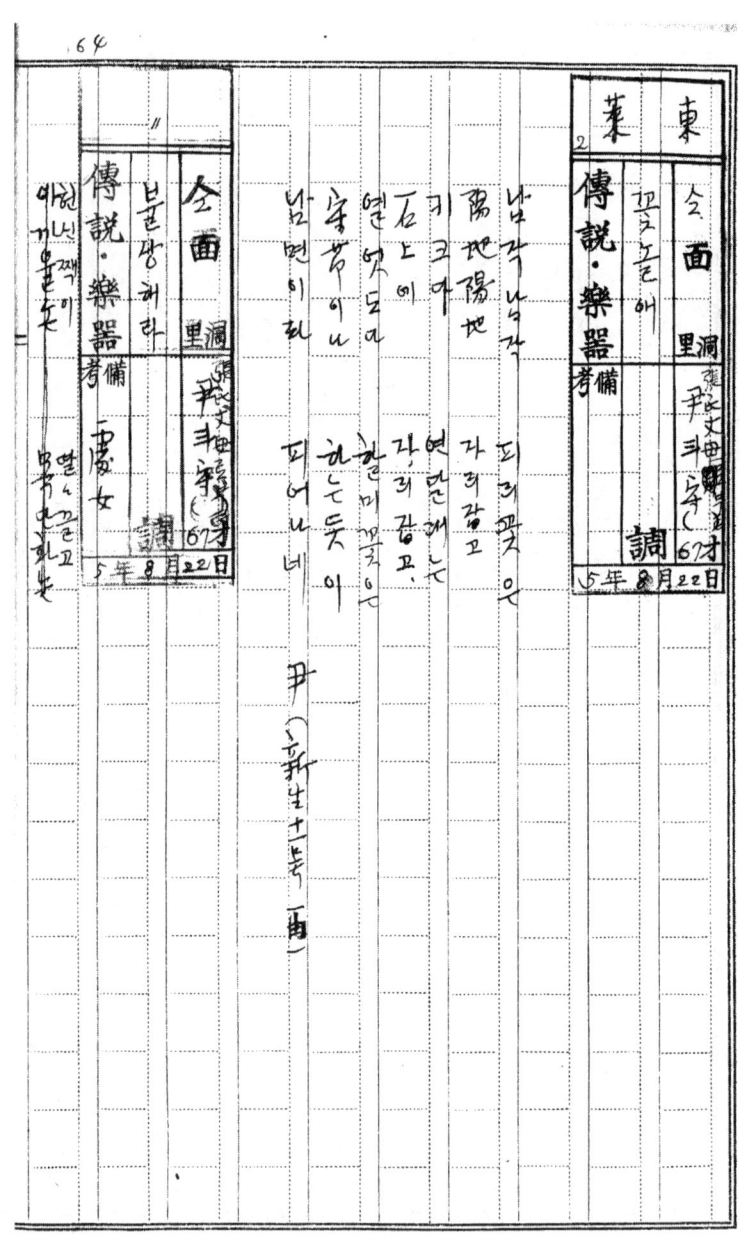

애현가신 잭이
가을초(?)
별나끝고
복숭화숙

부리든것 불상해라
오금쟁이 옷작 줏작 尹(新生, 畵)

東萊	
수 面 洞里	鄭仁植( )才
혼인노래	調
傳說·樂器	備考
5年 8月 22日	

(張氏丈母로부터 再唱。)

상투야 한분 빗나쨋고
장가를 한분 가고지라
머리야 한분 쪽늘엉고
시집을 한분 가고지라 (畵)

OS原稿用紙

10×20

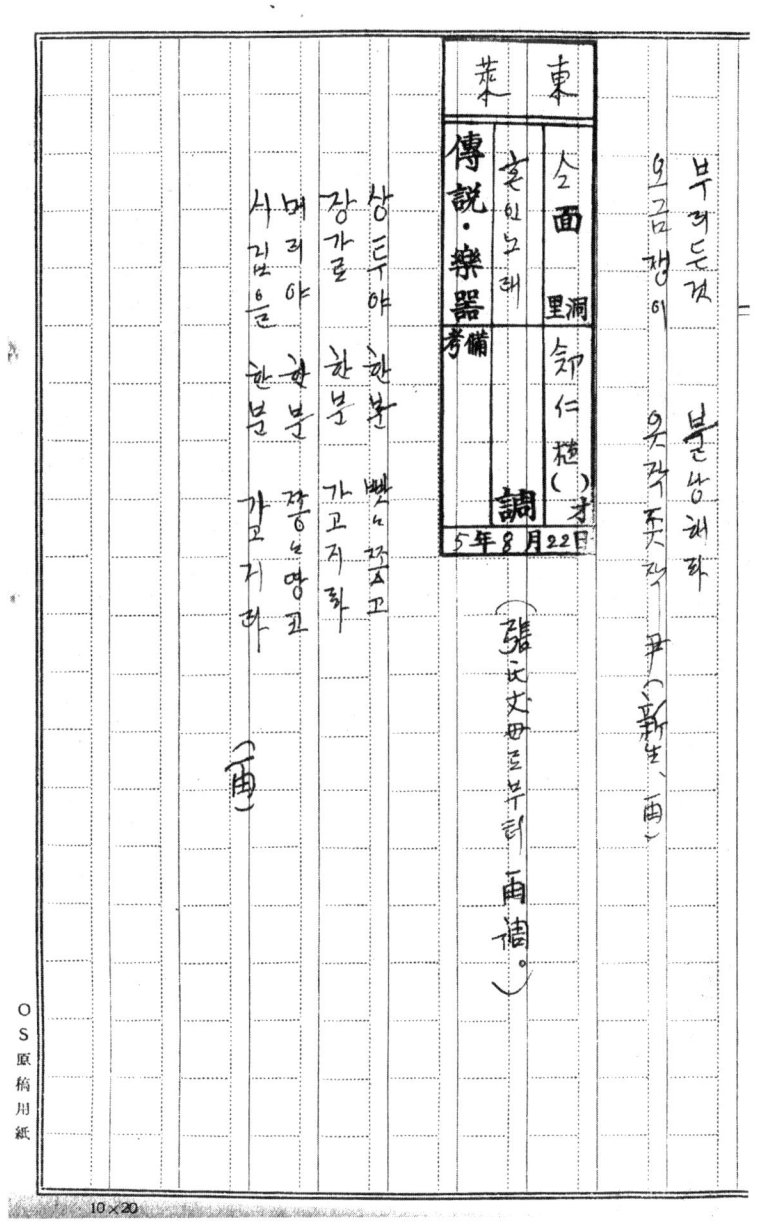

65

東萊 3	面	洞里
傳說·樂器	영화 謠	張氏文母 ( ) 67才
備考		5年 8月 22日

此民가 挿布(文産山流行)한 것。

丰春話 합천 너른들에

봉선화는 길을잡고

가지꽃은 질을닦고

분꽃은낭 돌쇠매어

운어리벽 뻡을맞처

서울길로 가시드니

강원급재 한엿다비

시가울노 내련어비

오는날이 영화로세

오늘날이 영화로세

원갖화초 능상하여

외꽃은낭 등을걸고

고초꽃은 동정군고

아츰이슬 쌀각밧처

우리님을 아보혔드니

첫명지는 둘에밧처

내린다네 내린다네

길너내든 우리父母

같히크든 우리동구

(二周)

東萊

面 里洞

張夫人 ( ) 45才

謠

傳說·樂器

염불선

備考

5年 8月 22日

우리금주 삼운나무 금강수물을주어
육판서 버던가지 각엽수령 꽃이피고
삼정승 열매열어 운독기와 금독기로
그낭글 버혀내여 모왔구나 모왔구나
염불선을 모왔구나 사공은 변려보니
대사십육 사공이요 적군은 바래보니
오바라 한적군이라 합쌀만말 미밥쌀만말
유리를 김박거라 이물가득 실어놓고
아밤줄노 허퍼줄노 어맘줄노 관정줄노
형제줄노 애정줄노 허리능청 둘너매고
그어되 가는 배요 양치부모 게시드니
금강산 재일봉에 개비불공 가는이여,

(東亞日報, 面)

OS原稿用紙

10×20

東		萊 4
面 里洞	원의아들	傳說·樂器
張氏夫人( ) 45才	謠	備考
年 8月22日		

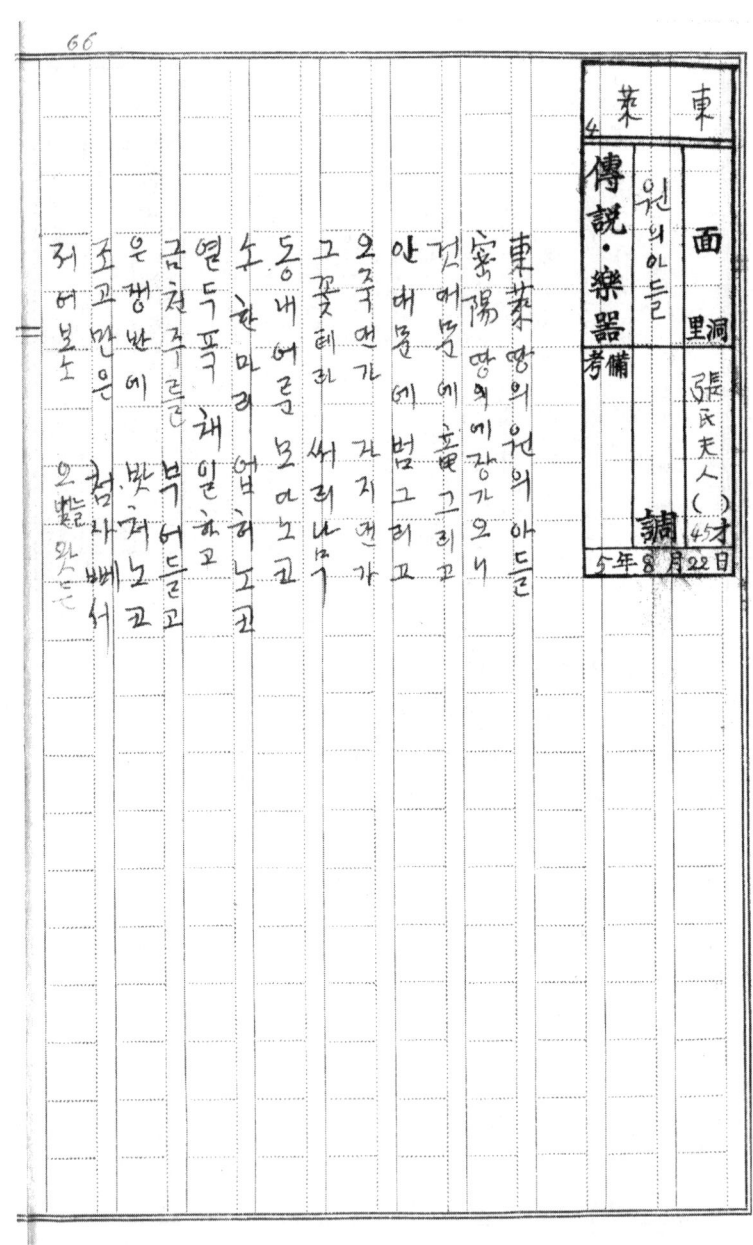

東萊 땅의 원의 아들은
密陽 땅에 장가오니
건너문에 흝그리고
안대문에 범그리고
오죽연가 가지연가
그꽃테리 씨리나무
동내어룬 보아노고
수한마리 업허노고
열두폭 채일은하고
금천주를 부어들고
은쟁반에 받쳐노고
조고만은 첩자빼서
쥐어보소 오빨는 왔는

새서방님 실끝 같은
이내목숨 떠러질가
염여하고 느거집에
천석하면 천석보고
내가왔나 봉선화、
꽃같은 주절보고
내가왔지。

(뭉、甬)

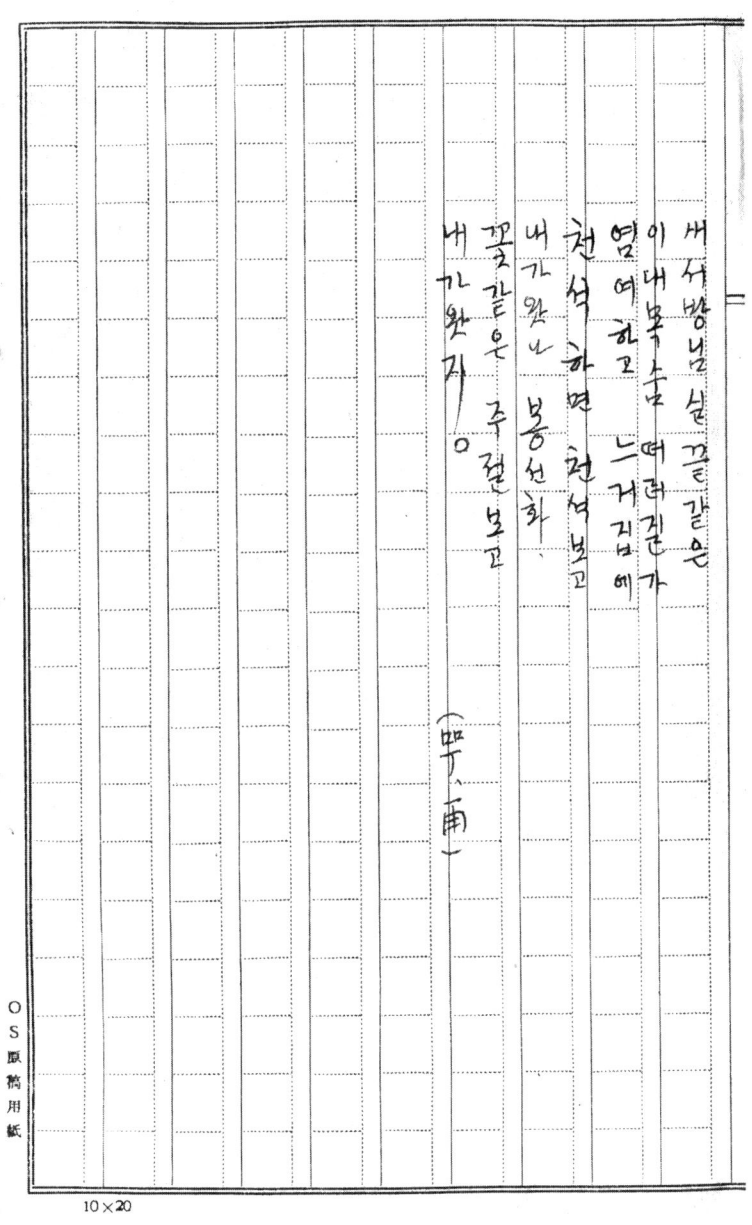

67

昌原

合面 中里洞 魯守奉 (　) 37才

중타령

傳說·樂器

備考

調

5年 8月 21日

중하나 내려온다　중하나 내려온다

저중의 거리보자　굴갓쓰고 장삼입고

염주를 목에걸고　백질포장 생지당뚜 쥐고

숭연만사 번난거무　귀우에 떠부치고

구하백통 가는광두　고름에 농적차고

허널거렁 나리든다　한곳으로 앙도하니

마우역적 바우밋헤　어더한 仙女가 남인이

(만학천봉)

모목은 시작한다　소승문안이요　소승문안이요

네요 중아 ― ― ―

昌原		
全面 里洞		傳說·樂器
魚昌守奉( ) 37才	調	備考 아리랑
5年 8月 21日		

거재봉산 빡달나무 홍두께 방마치로 다나간다

東萊釜山 큰애기는 공지름 장사로 다나간다

註 (봉산 産 有名하다)

S 原稿用紙

10×20

2 原	昌		
傳說·樂器	성주풀이	面 洞里	魯우奉 ( ) 37才
備考	調		

5年 8月 21日

에라만수 에신아 성주본이 어되라

경상도 안동땅 제비원이 본이로다

에라만수 대신아 강남서 나온 제비

솔씨를 한나물어다가 제비원에 던졋드니

그솔이 점ㄷ잘아 소부둥이 되엿구나

소부둥이 점ㄷ잘아나 대부등이 되엿구나

에라만수 대신아 |

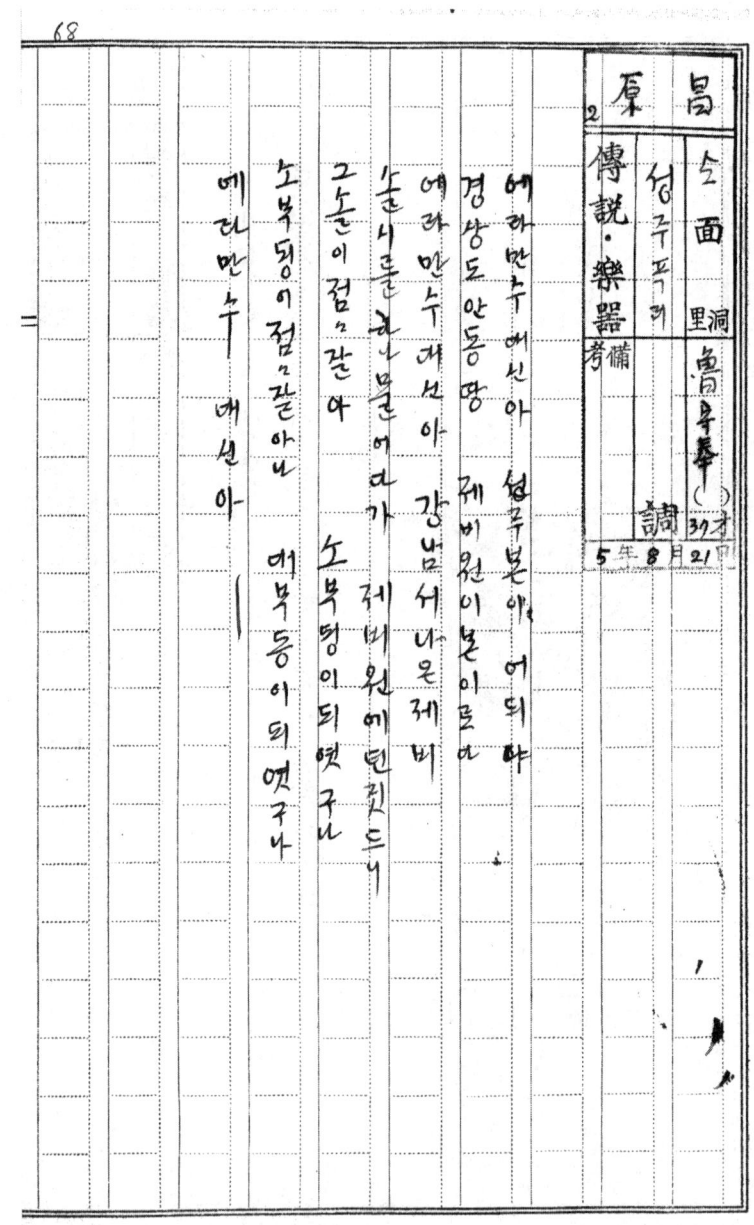

蔡 " 邑

傳說·樂器

" 面 里洞

備考

"

( ) 37才

調

5年 8月 21日

칭칭이, 방아타령

어사영(×)

암버주타령

성주푸레

육자백이

모숨기노래 (모숨기는 主로 女子가 함) 정지

새타령

개타령

영화애。오랜撫夫도 한다。

OS原稿用紙

10×20

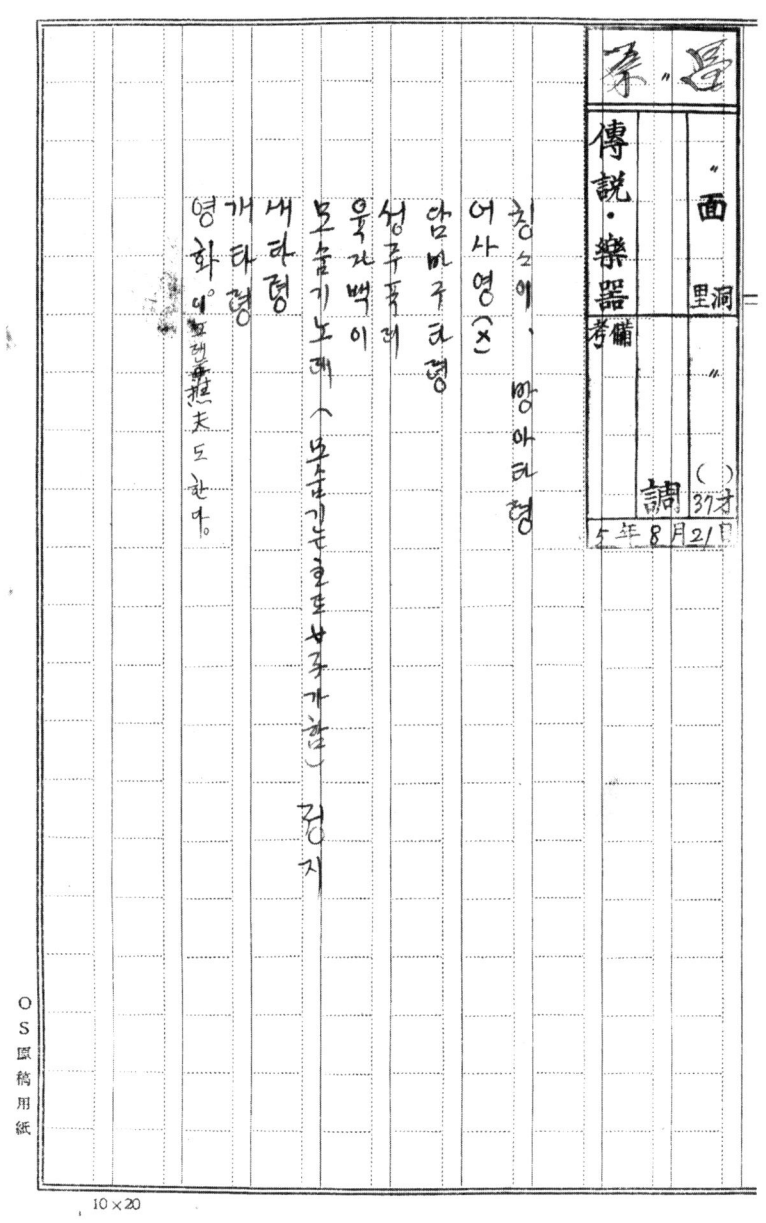

69

昌原 3 面 里洞

傳說·樂器

황선달네맏딸

金田宇奉 ( ) 37才 調

5年 8月 21日

황선달네 맏딸애기 한잘났다 소문듣고
한번이나 보고가니 왜가갔어 그시드니
두번이사 보러가니 안왔어고 그시드니
삼세번을 거듭가니 삼세간 마루청에.
어리동실 나섰구나 역게점점 볼작시면
보해비단 겹고조리 모양좋게 볼라입고
채마라도 모초치마 영기라도 궁초댕기
발끝점점 볼작시면 연지같은 저버선에
가지볼을 걸어신고 어리동실 나섰구나.
신기싫훈 만석댕이, 한기싫훈 조형꼬깨
듣기싫훈 절을하고 꽃새긴 유리잔에
남금압헤 굽니다가 유리잔을 깨였드니
죽일라고 안정하메, 꽃색인 유리잔은

중 갑주면 인거니와 항선 앞네 맞면 애기
중 갑도도 업서리라。 (東報甫)

面 里洞	魚日守奉( ) 37才
꽃노래	謂
傳說·樂器	備考
5年 8月 2日	

이때가 어느 땐가 춘삼월 호시 때가、
울아버지 생긴 면가 술을 지어 금청주라
그술 빚고 취중 끝에 노래 한장 지어주소
목는 노래 자여 줄고 꽃노래 서여주소
묵고묵고 노래 꽃은 야산에서 피여나고
시고남은 페지꽃(파랑인 꽃은 심산에서 피여나고
미나여 시천 꽃은 물가운데 피여나고
늘고 젊고 할미 꽃은 들가운데 피여나고
오내 몸에 처여 꽃은 방가운 때태 피여났다。

OS原稿用紙

10×20

70

昌原 4

面 里洞

傳說·樂器

바늘

備考

魯?字奉(37)

調

5年 8月 21

양치논상상품쇠낭

삼시월 긴긴해에

왔기안기 붙니만가

내몸이 숙진하나

반동으로 뽈어젔네

넘노하여 지어입고

넘노하여 지어번다

낙시들 후와내여

잉어들 낙가내여

지여내니 바늘히라

구중처여 벗잍니니

너몸이 각견하니

백려젔네 백려젔네

나라님의 곤룡포도

성인군자 유리복도

뽈어진 헌적이나

청유누에 내얻나서

부모봉양 하고지고。

(東穀面)

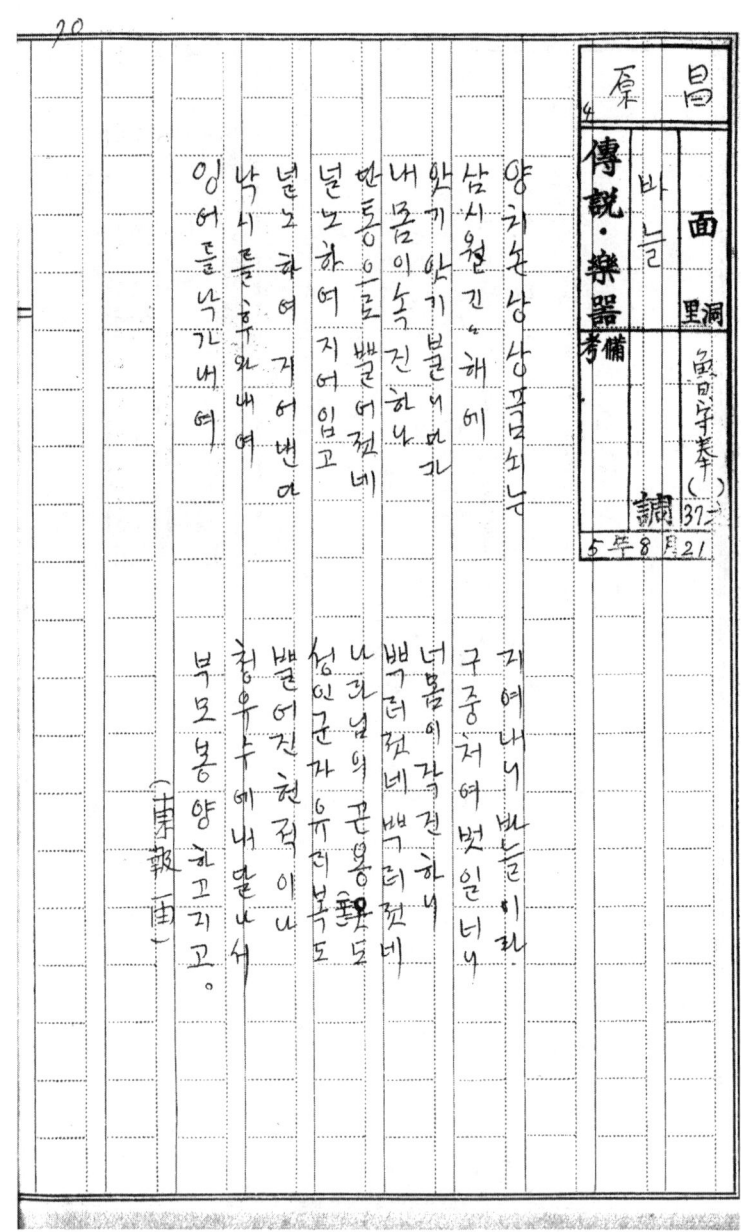

〃 面 里洞

傳說・樂器 — 자지찰랑

魯宇奉(여) 37才 — 調

備考

5年 8月 21日

자지찰랑 자지찰랑에
알숭달숭 갈은차고
사둥방에 섰더가이
복숭한나 휴는거로
한길가에 노곤었더니
내려가는 구관사도
맛좋다고 따따묵고、
우리동생 순남이는
안준다고 울고가네
이가아가 울지마라
명연에는 열거들낭
봉지봉지 보낸께마

(張權東 曲)

〃 面 里洞

傳說・樂器 — 삼금노래

魯宇奉(여) 37才 — 調

備考

5年 8月 21日

삼금삼금 쌍가락지
호작질여 닦가내어
먼데보이 달일러니
곁에보니 처잘네라
그처자 자는방에
숨소리가 둘일네라
헛들었소 오라버님
거짓말숨 말으소서
동풍이 들이불어
풍지떠는 소리던데
아홉가지 약을먹고
석자시치 목을매어
자는듯이 죽거들낭
앞산에도 묘지말고
뒷산에도 묘지말고
연못안에 묻어주소
연꽃이나 피거들낭
날만여겨 돌아보소。

(張權東 曲)

OS 原稿用紙

10×20

71

居昌

居昌面 里洞

고우메노래

傳說·樂器

金丙天(の) 50才

備考 男女

調

5年 8月20日

/춥고 덥거든 내품에 드는 여라

빈포이 없거든 내팔을 비여라

언니구 가시면 갔거 저가설때 갈거나,

/물가운데 저꿀봉지

심천이 죽은 넋이 던가

언니구 가시면 갔지 지가설때 갈거나

ㅡ결군악ㅡ

昔三月에 나는 申女가 거창나무를 먹으로 [illegible]方
에서 遠近을 分揀할 모르든다
前夜에 一切 [illegible] 들은 헤그고, [illegible]日山에 놓나가서
그 고을을 [illegible] 먹는다. 이 때 왜노래가 있으니, 其曲調
는 凄[illegible]하니 이나무를 「木中王」이라 한다
음, 피리, 취정, 대용에 有효(金丙天)라 한다。

居 昌

居昌面 洞 金甬天 の 50 20

고우ㅅ매노래 8

傳說·樂譜 備考 男女 5

註 용추는 景勝이며 그 附近에
거자나무가 만흠、
金羅、구(갓)매(안)의 참음事 에도 고우매에는 사람
이만히 모힘。

安義 용추야 비잘 외거라 (흑포 아네 잘 연거라)

明年 고우매 또 와서 보자

노자 노자 젊어 노자

늙고 병들면 못논다

註、金甬天 氏는 居昌 第一의 歌手 로서 居昌 農夫들이 愛唱하였고、

又、農夫들의 紹介로 金氏를 그 自宅에서 만나보았다。(午後十時頃)

그리하여 이 노래를 聽取한 것이다。又 採集은 極難하엿은

정월 아침에는 金[illegible] 하였다。

OS原稿用紙

10×20

72

居昌 2	
居昌面 里洞	傳說·樂器
金雨天(이) 50才	誦
備考	
5年 8月 20日	

外 數人

산、유、해、는 大道에 甚(金)、하며、

칭칭이、방아타령(×)

어사영(산유해)(×)

담바구타령(×)

성주풀이

모숨기노래(移秧歌)

베틀노래

아리랑

OS原稿用紙

10×20

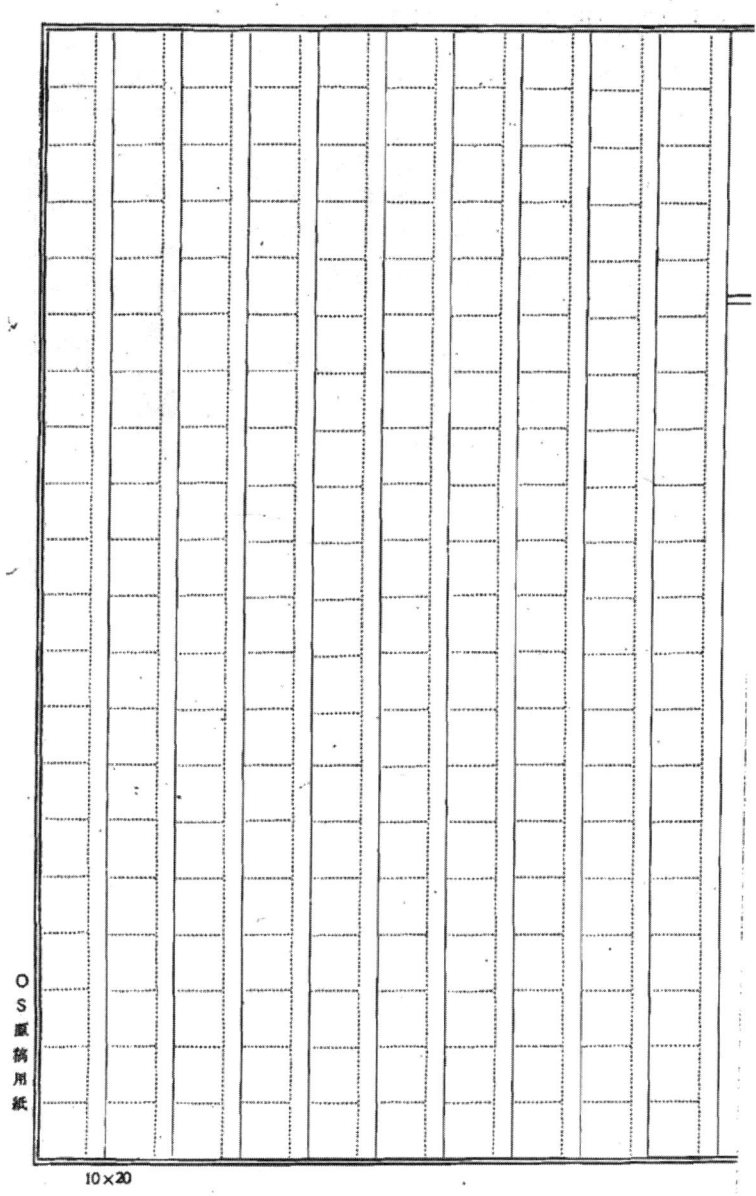

73

善山

善山面 洞里

傳說・樂器

備考

( )

調

5年 8月 12

칭소이(啼)(×)

방아타령

미나리(⊗)

정구지(×)

여사영(산유채)

尙州咸昌, 일곱개리묘군개(⊗)

善山

桃開面 洞里

傳說・樂器

備考

鄭某

( ) 31才

調

5年 8月 2日

칭소이(칭소나네)

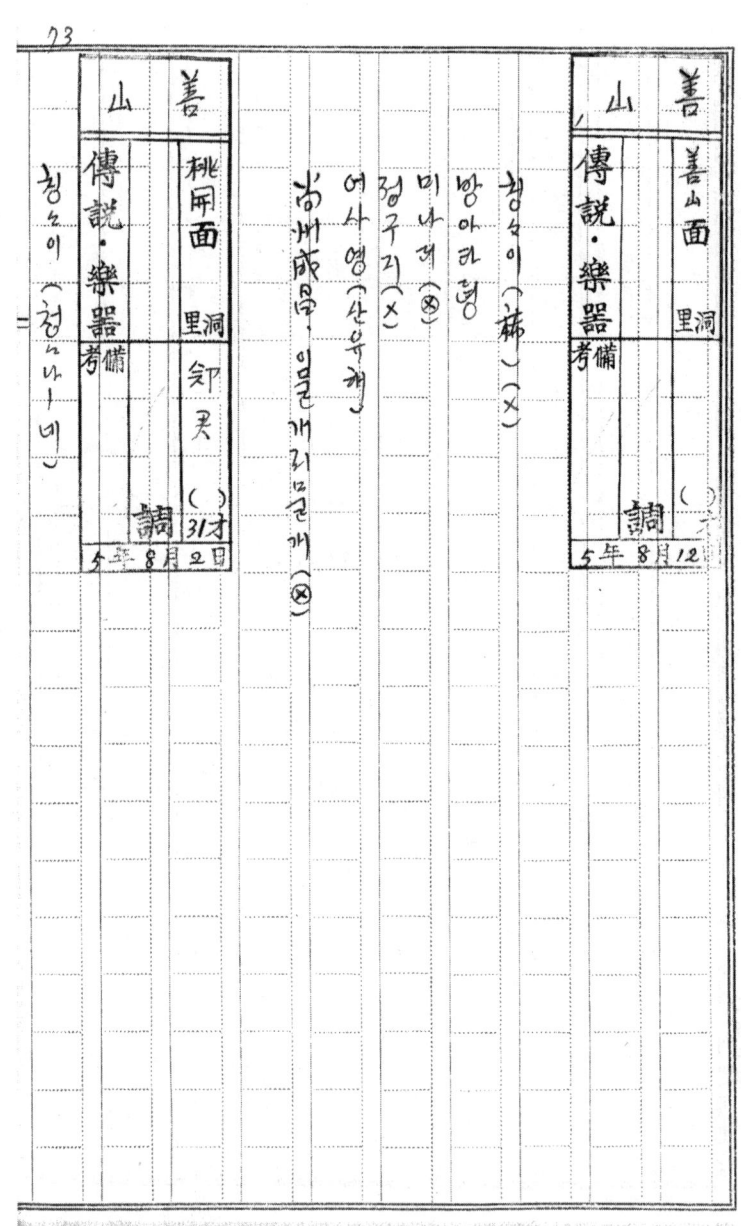

오니호 방해요 (방아타령)

웅ㅣ 헤야 (打麥) 大맥이 調子가 緩漫하니

善山		
善山面 洞里	沈相純 ( ) 23才	
農夫歌	調	
傳說·樂器	備考 農夫	
5年 8月 12日		

農夫들이 畢了(끝) 한後, 群聚하여 拍手하면서 노래 한다.

상추삼으로 애해ㅣ 오

뻐추삼으로 애해ㅣ 오

미나리삼으로 애해ㅣ 오

호박니삼으로 애해ㅣ 오.

香娘

◎善山邑內에서 東北方으로 約一里假量되는 洛東江邊에 여진이(女眞田) 방오ㄴ이 다는 한 部落이 있으며, 그 部落의 附近에 冶隱의 墓가 있고 또 深湖가 있다. —菜坡漫錄, 善山邑誌 參照—

OS原稿用紙

10×20

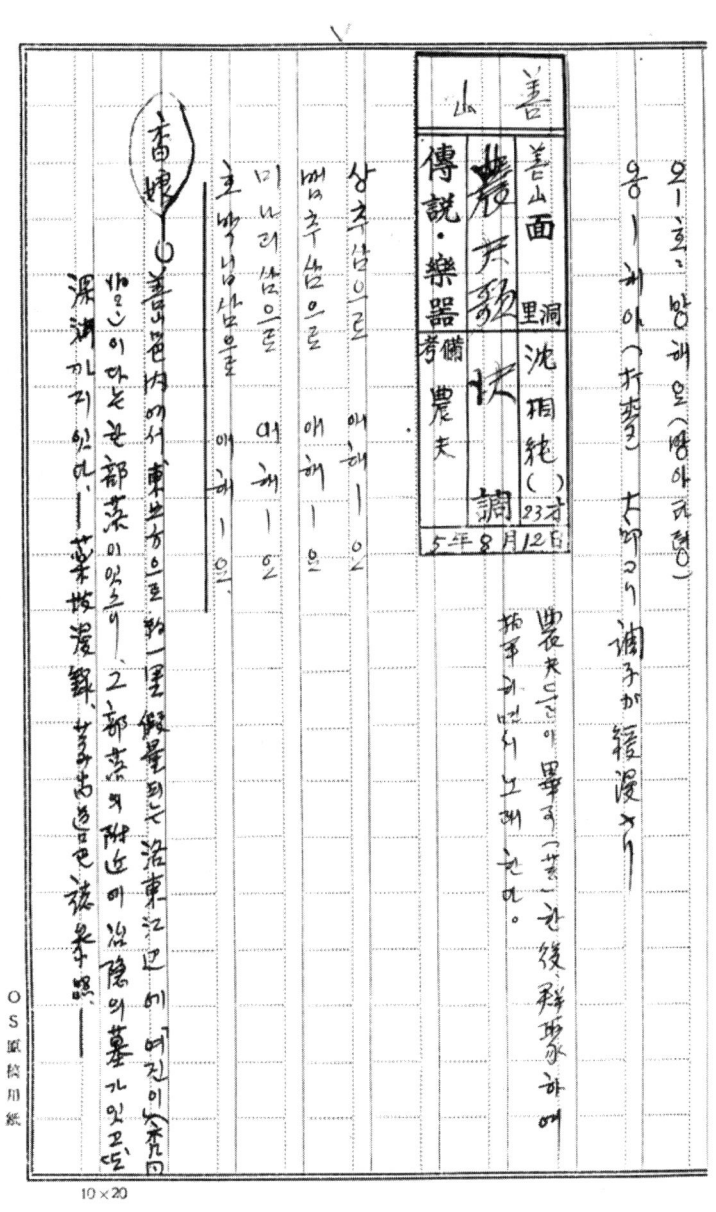

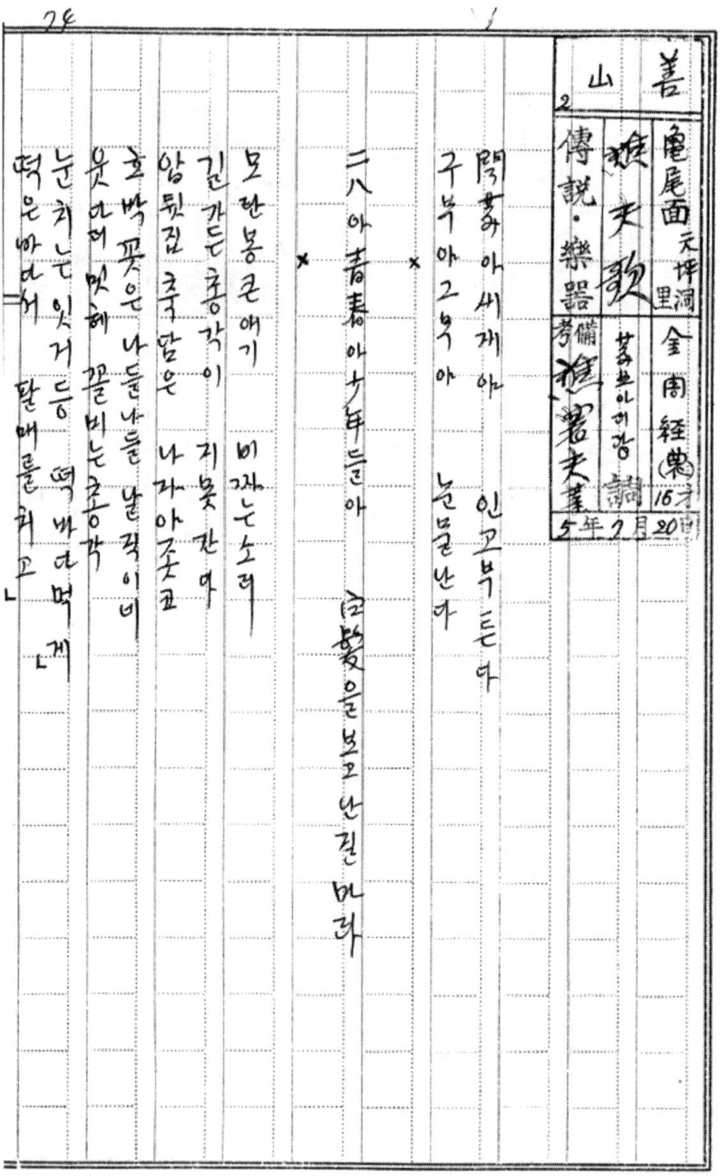
善山 2
龜尾面 元坪洞里
樵夫歌
傳說·樂器
金周經 16才
苦勞보아허랑 謠
備考 樵者夫業
5年 7月 20日

閑暑아 세재아 인고부든다
구부아 고부아 눈물난다
二八아 青春아 少年들아 白髮을 보고 반긴 마라
모란봉 큰애기 비짜는 소리
긴가든 총각이 지못 간다
암뒷집 축담은 나라아 좆코
호박꽃은 나둔나둔 날작이네
웃어 멋혜 꿀비는 총각
눈치는 잇거등 떡빠여먹게
떡은 빠여서 탈매를 키고

숨은바어서 났은식게

청ㄹ이(칭이야 청ㄹ나니네) 끔비기 먹은예(찼熱할보길때)

아-오호방해요.

草표이 과랑(ㅗ草菜子)

尚咸뫼공같은 못에 연밥따는 저큰 아가.(搗扶歌)

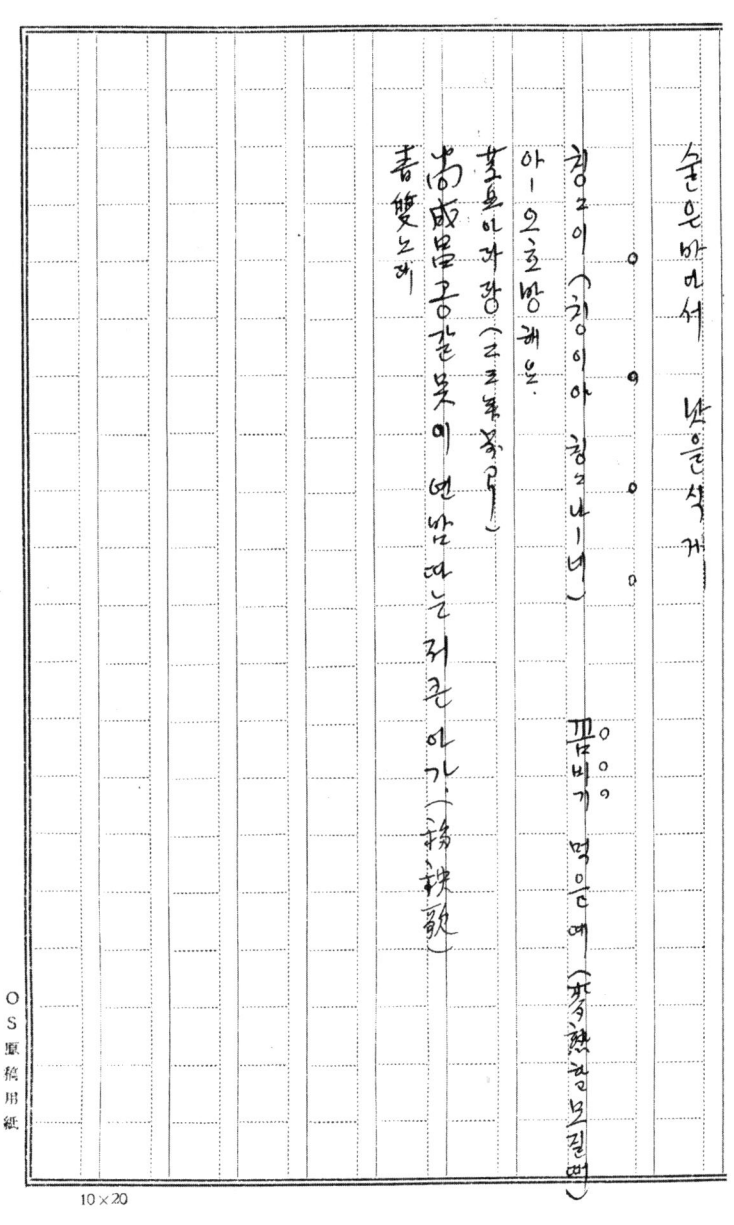

靑雙노래

75

晋州

晋州面 書谷洞里 朴○○ (○) 46

(모찌는 노래)

傳說·樂器

備考 秩·草보리

5. 8. 2.

咔 寧海東徐 호부락에 / 호미손은 늘근네라

広 밀치고 닥치고 / 터위아 갑으 어홉치라

咔 독장사 독을리고 / 東萊울산 넘어간다

広 판장사 판을리고 / 파왕파빵 넘어간아

咔 병장사 병은지고 / 병주판사 살노간다

広 참나무 십목숙에 / 방해뜰아 가자세라

咔 물군코 정자존되 / 방해걸노 가자세라

〃 面 〃 里洞 朴ㅊ伊(の) 40才

모찜에서 노래 調

傳說·樂器 備考

5年 8月 2日

저루자 저루구자

이모판을 저루구자

저루자 저루자

유지야 장판을 저루구자

저루자 저루자

갈미(갈모) 삼지를 저루자

저루자 저루자

너하나하 저루자

OS原稿用紙

10×20

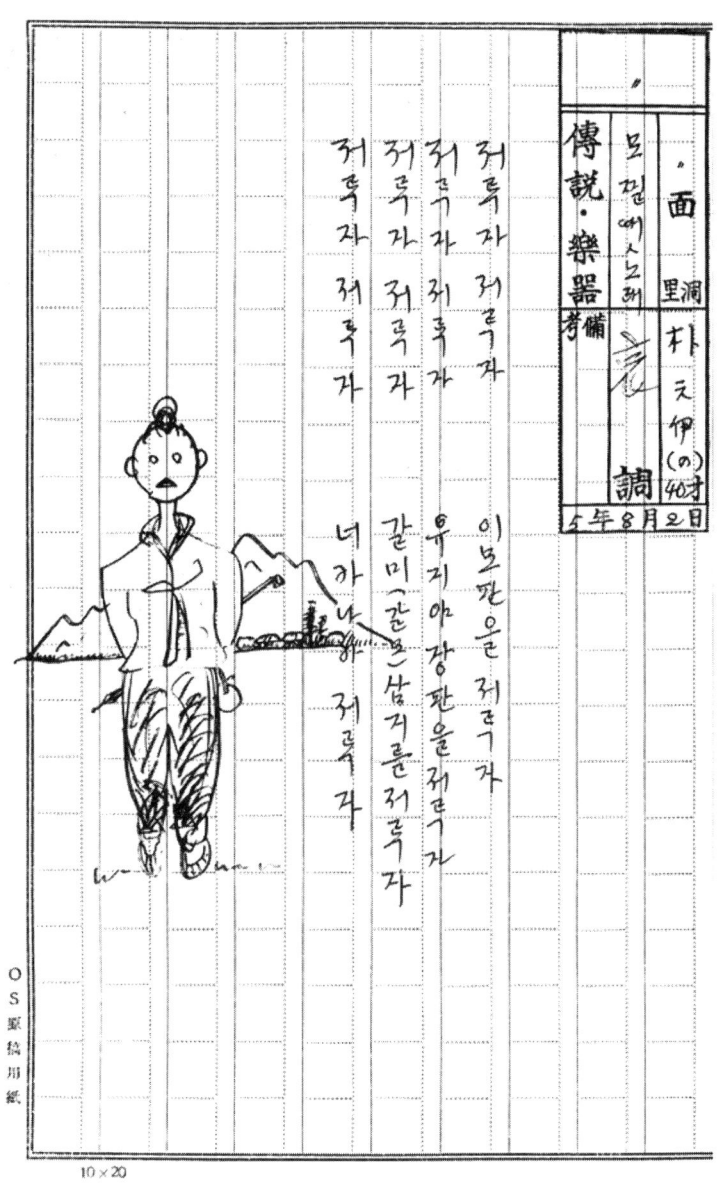

26

善州

善州面 里洞 朴元伊(の 40)

호해야소리

傳説·樂器 備考 農夫等

5 8 2

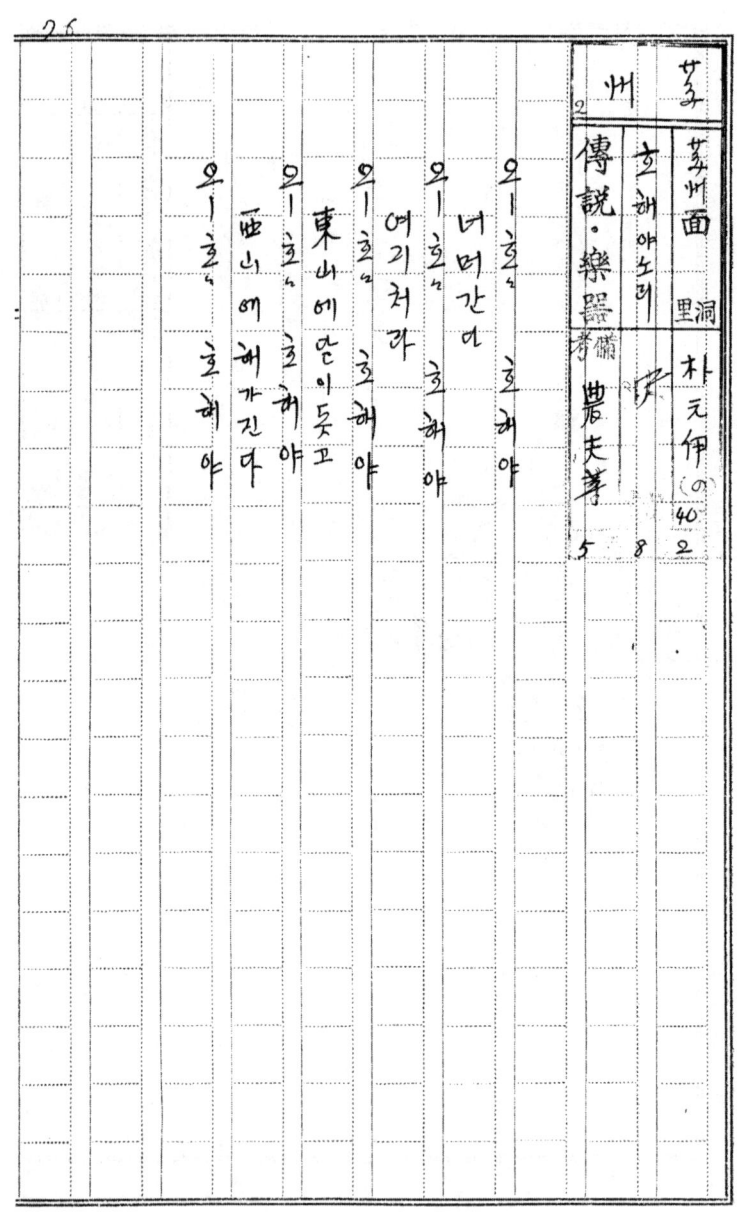

오-호ᄼ 호해야
너머간다
오-호ᄼ 호해야
여기처라
오-호ᄼ 호해야
東山에 안이돗고
오-호ᄼ 호해야
西山에 해가진다
오-호ᄼ 호해야

칭소이
(靑雙노래 ((靑鳥謠) 쌤금노래)
방아타령(大邱)
산유화(어사영)
담바구타령(초당草에서)
打麥·稿·歌
성님성님.(시집노래)
베틀노래
강사야 노래
앙맞히

OS原稿用紙

10×20

77

蔚山 1

蔚山面 학산洞 里 李周元(の) 17才

農夫 謡

傳說·樂器

備考 農夫謡

5年 8月 2

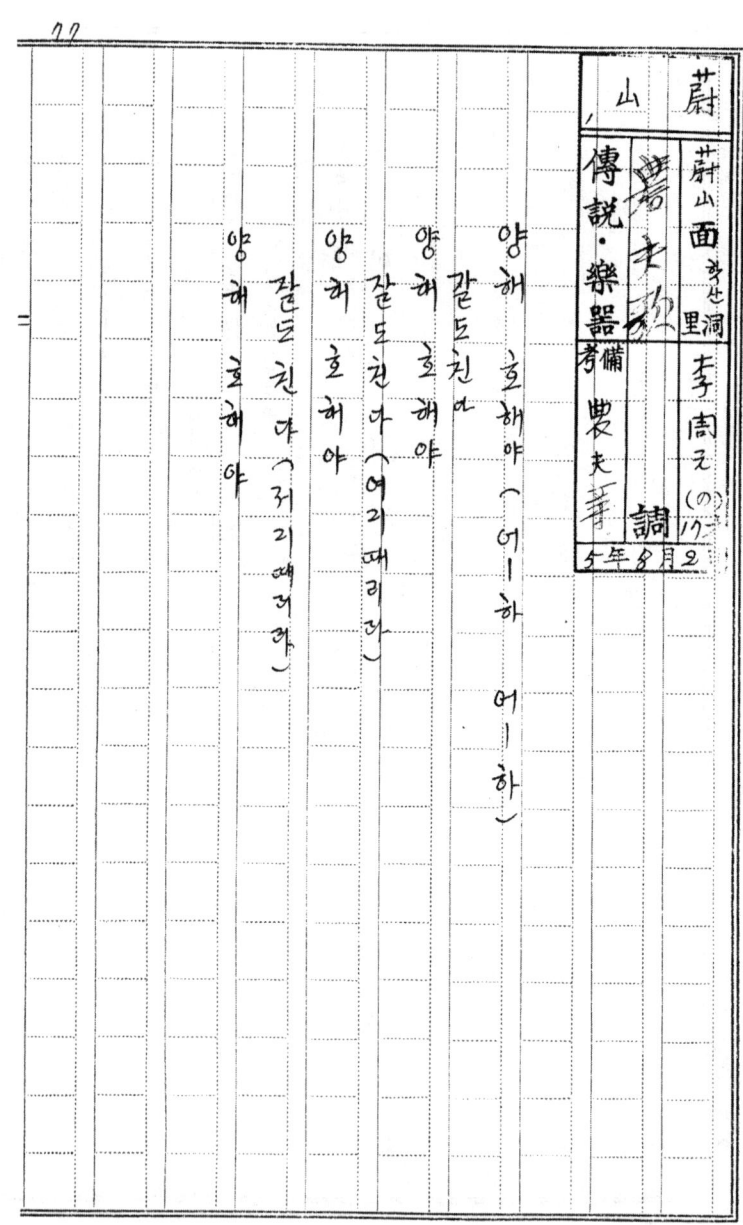

양해 호해야 (어ㅣ하 어ㅣ하)
같도 친다
양해 호해야
잘도 친다 (여리때리라)
양해 호해야
잘도 친다 (저리때려라)
양해 호해야

山 " 蔚

" 面 里洞 李周元(여) 17才

傳說・樂器 호부노래 考備 樵夫 謠

5年 8月 2日

나원아 시원아 가리마라 암상갑으선 靑春마이다 느른눈아

홍두께 × 방마리 얼마나 조와 큰애기손에다 녹아기노

"

수 面 里洞 李(여) 17才

傳說・樂器 장모 考備 謠

年 8月 9日

丈母丹城 얻근 독에 찹쌀비나 만갈주야

딸기여서 날군 丈母 이술한잔 잡으시오

이술 한잔 잡우시오

늙어도 죽지도 안하시오 꽃을 섞인 유리잔에

나위 삼산 거남주야 (一酉) 맞 大묵

OS原稿用紙

10×20

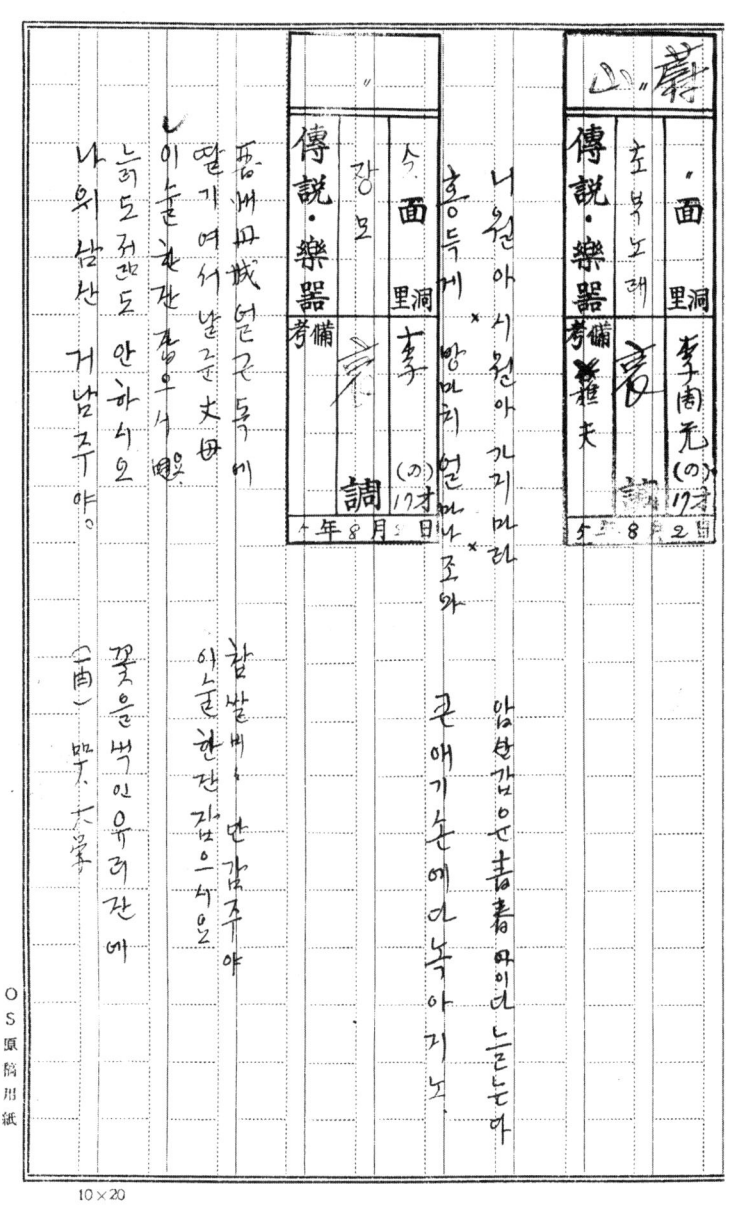

78

蔚山 2

仝面 里洞 〃 (の) 17才

傳說·樂器

備考 農夫謠 謌

5年 8月 2日

오동〃추야에 저달이 밝은가 님의동〃생각이 절노난다

오동나무 열매는 감실감실 큰애기 젖통이는 몽실몽실,

〃

〃面 里洞 〃 (の) 17才

모찐매노래

傳說·樂器

備考 農夫 謌

5年 8月 2日

〃 조루자 조루자 이논뺌을 처루자

〃〃 後〃海盈德호목에 호미손을 놓니라

담바구타령.

박연폭포

산유해

청소이, (稀行)

방아타령

베틀노래,

靑孀노래

閨秀아 씨개야.

장사야(모심기노래)

압맛혜

OS原稿用紙

10×20

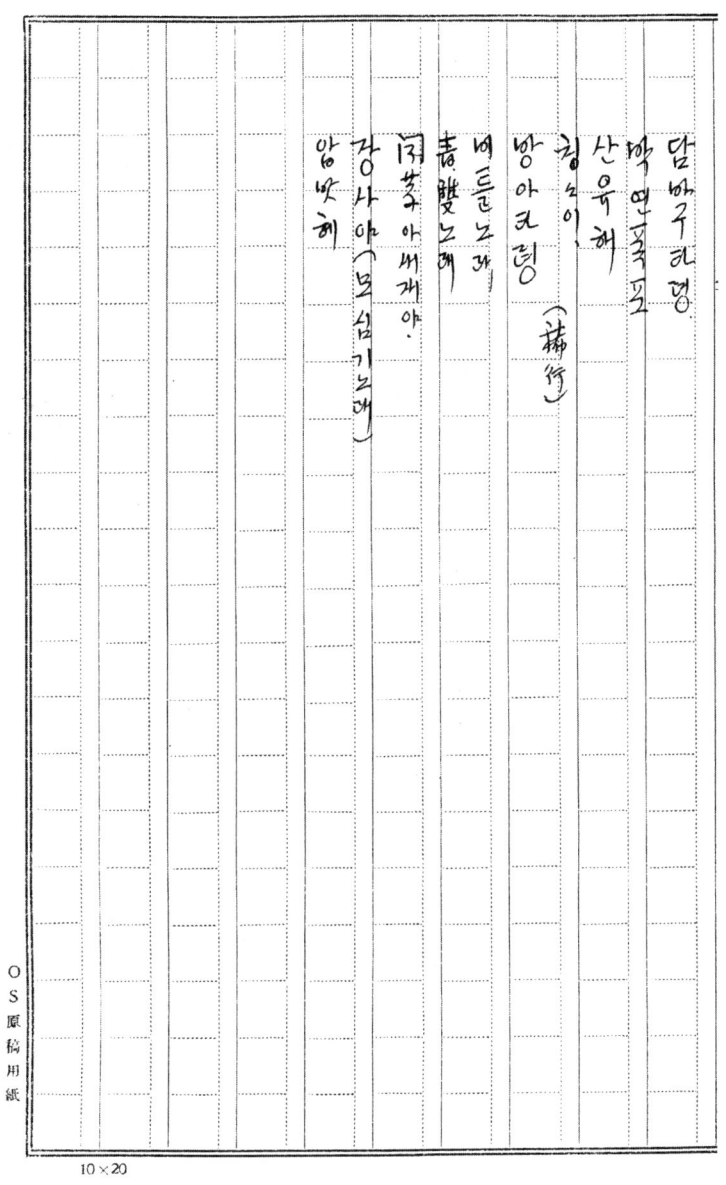

79

聞慶 1

산面 上里洞 金姓男(の) 50才 | 謠 | 傳說·樂器 | 備考 廿云(今稀)

5年 7月22日

ㄱ 칭ㄴ이 (ㅎ늠村 ㅈㅣㅗアル)

방아타령(×) 但, 애ㅣ해로 방해요, 는 있음。

尙州咸昌 공갈못에 연빰따는 저큰아가。(移挿歌) ㄴ

자로 한다 자로 한다 어이야 후ㅇ야 자로 한다。(一齊히)

자로 한다 자로 한다 어이야 후ㄹ 야 자로 한다 (一齊히)

〃 面 〃 里洞 金 (の) 50才 | 어사영 | 傳說·樂器 | 備考 採薪、草

5年 7 22日

〃

구야 내끼 가리、 갈가 버구야 어디갔노 후ㄹ— 우리 영감아

이후ㄹ—

〃

〃 面 〃 洞

打稻歎

金姓男 50

俗謠·樂器

考備 曲 農夫

5 7 22

엥해야

여리때리라

엥해야

저거때리라

엥해야

헌안나간

엥해야

새안나간다

엥해야.

OS原稿用紙

10×20

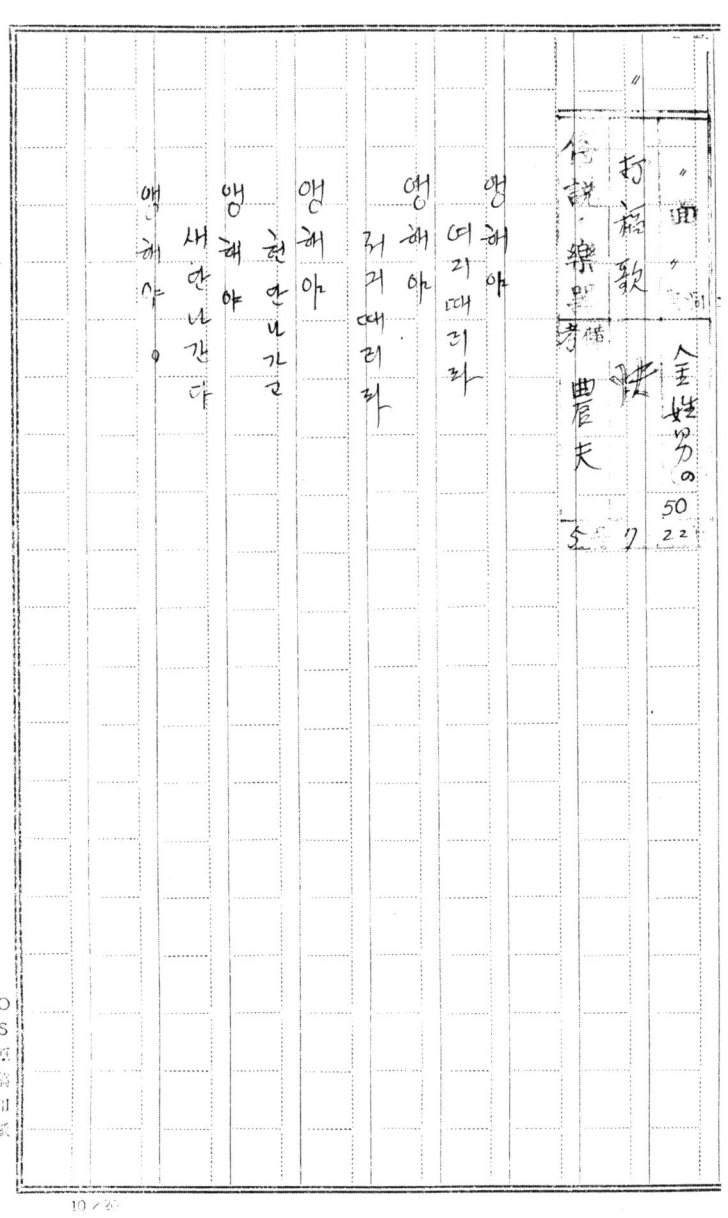

80

閨謠 2

麻城面 新次里洞 金琓培(男) 36才

傳說·樂器 備考 農夫(普通) 5年 7月 22日

往十里 [illegible] 子는 매나리 장사로 나간다

드매골 [illegible] 子는 해장작 패기로 나간다

東萊府山 큰아기 내다보기 일수래

을라 그치도 거진말이 안이다 저 郎君 고를나고 그런한다

〃 面 〃 洞 金琓培 36 22日

傳說 樂器 考備

謠生 5 7

閨謠이 내재야는 왠고갠가 구북아 구북아 눈물이라

閨謠야 내재야 박달낭군 방마치 홍두개로 다나간다。

閨謠이 씨개야 떡물두리 밤해쇠 채로 다나간다

閨謠야 씨재야 인심이 조와 노랑전(당백) 한푼에 [illegible]子 둘식

慶〃聞

傳說·樂器 | 방아타령 | 〃面 〃里洞

備考 | 謠 | 金璇培(の) 36才

5年7月22日

애 - 애라 방해야 (下同)
이 방해가 뉘 방해고
〃 姜太公의 造作 방해
〃 四벽 강춘 잘도 짓비
〃 山으로 들어 山진 방해
〃 골노 들어 물근 방해
〃 들노 들어 물근 내 방해
〃 집으로 들어 연가(半白) 반해
〃 騾태·취세 걷구 방해

OS 原稿用紙

10×20

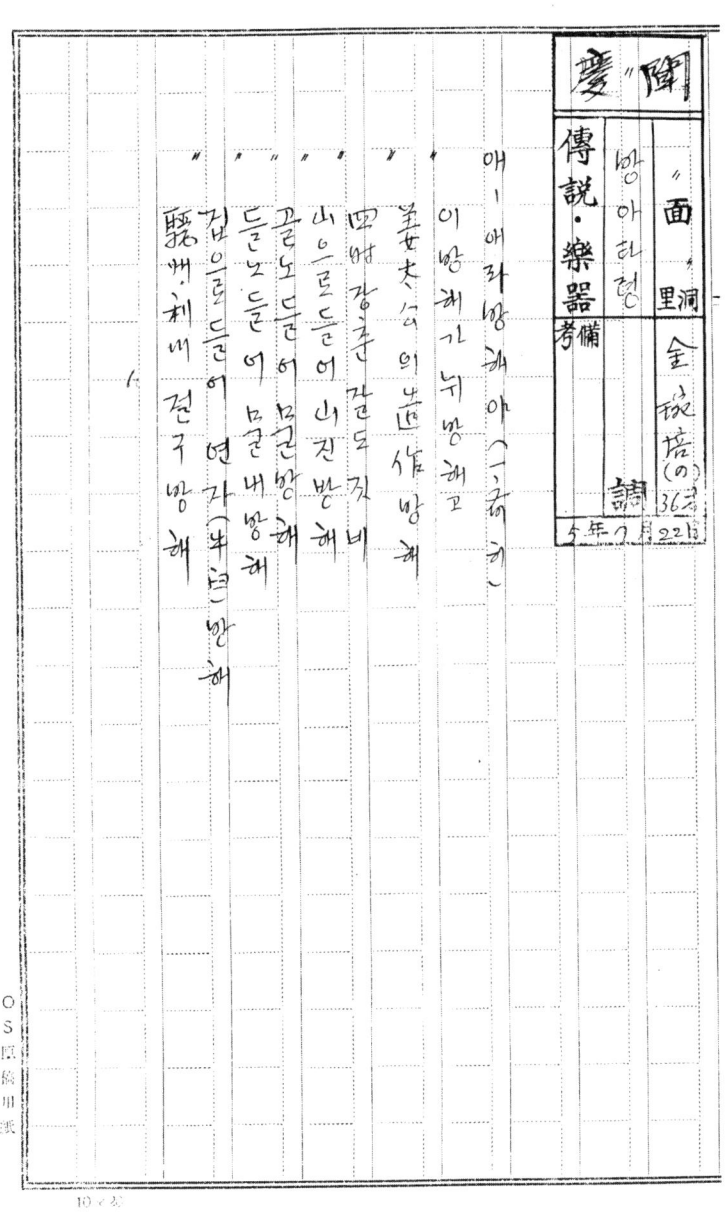

81

醴泉 소面 유개洞里 龍善 친아 랑 링이

傳說·樂器 元有根(男) 31才 調

備考

5年 7月 23日

에야 이야 어랑 링아 어러당고개 지처 난병넹겨주세

저건너 안산 방우밑헤 낫노고 집억자(기역자) 지브을지어

호박주치 유리남포등은 석가래(석가래) 끝마다

빈"걸인듯 하엿는데 어는님을 빠자서 님(남) 상봉을

할거나

아러 아러랑 아랑러엥가 낫구나 어리랑 뒤어러 너근

나고 놀는거나(長調)

에야 이야 어덩어 겅야 어러렁고개 지처 난명거주세

慶尙道大邱北門밧게 李泰奉네 빨수목 맛마근저기

停車(인)場 짓고 電車汽車는 오락 가락 괘ㄱ 하는구나

아러 아러 항 아랑 리엥가 낫구나 어리랑 뒤어러 너

고나고 놀는 께나

이야 이야 어령이야 어러령고개 지려 날 넘겨주세

旋善(산)門內 문내방해 하풍산이 굽ㅅ목은 문을

안고 四時長春 도라가는데 江陵李道令 비 큰아기는

날을 안고 도는구나

어려랑 아리랑 어랑얼싸가 ~~어러랑고개 지쳐~~

~~날넘겨주~~ 났구나 어러랑 뛰여라 놀아 니고나고놀

거나.

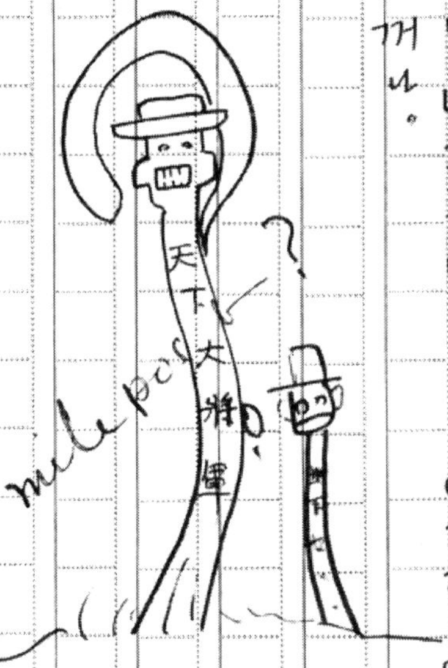

OS原稿用紙

10×20

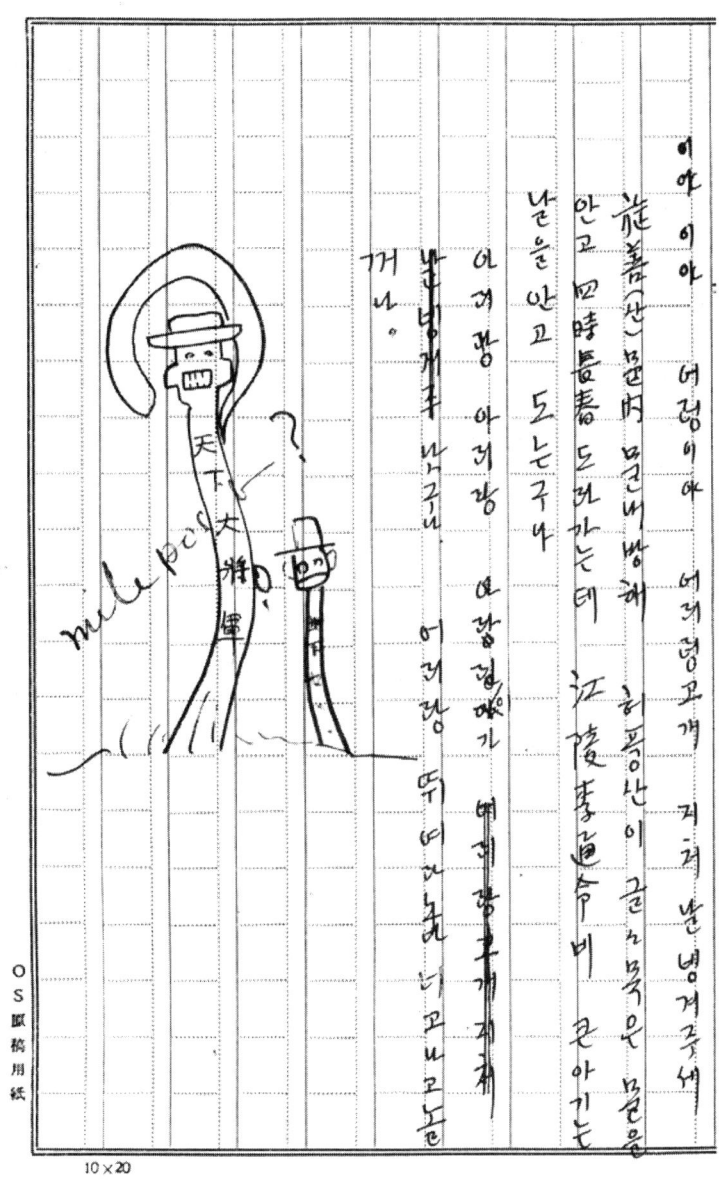

醴泉 郡 面 유개里 元有根 (の) 31

雙金歌

傳說·樂器

備考 盧子

5年 7 23

쌍금쌍금 쌍가락지 오색실노 딱가내니
먼듸보니 달일네라 졋헤보니 處子비라
處子흡쌍 자는방에 숨소리가 둘이로다
비틀노고 물내놋고 여두가지 맘을먹고
아홉가지 약을놋고 명지전대 목을맨뒤때
압집에 자근아가 우리父母 當痛커든
네가와서 위로해라 너와나와 맘먹기근
劉로兄弟 하연드니 인기이는 畫葉로다
이내일신 죽거들낭 압山에도 뭇지말고
뒷山에도 뭇지말고 상州咸昌 공갈못에
뭇어무더주소 〃 〃 눈오거든 실에주고
비오거든 덥허주고 우리父母 날차자서
내보압헤 오거들낭 청주한잔 바다다가

국화둥ㄴ 떼아주소.

OS原稿用紙

10×20

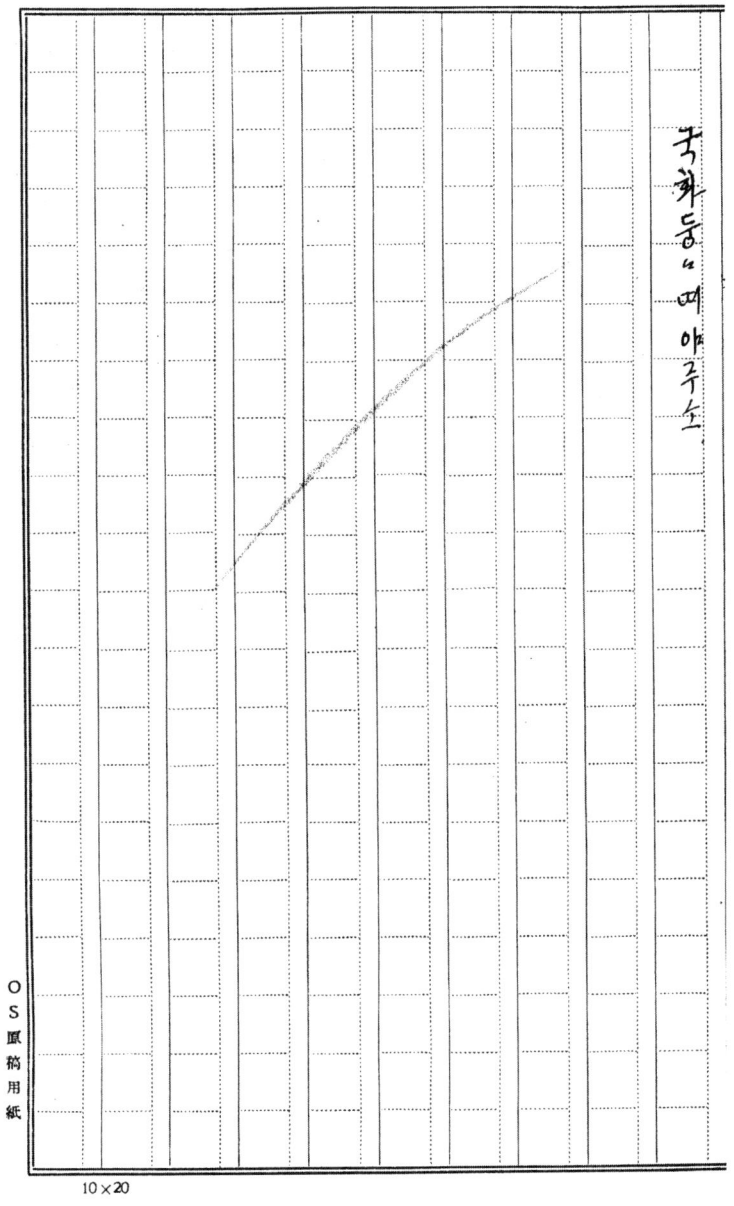

83

醴泉 3 面 里洞

傳說·樂器

備考 婦女子

元有根(여) 31才 調

5年 7月 23日

춘아 춘아 玉丹春아 보들이던 해 새간 춘아
그까꾸리 뉘가주도 올나가는 舊官使道
너려오는 新官使道 주신오네 그까꾸리 와바엿노
내일모레 네잡으로 벙치시고 청옷입고
가멧채 둘너매고 너잡으로 온다드라
안房門 닫어서서 어메어메 우리어메
온다비 온다네요 날잡으로 온다네요
온두바리 놓두바리 저리나 날을주소
죽으로 가난넘이 그것하여 무엇할네

○ 淸道에 傳說 있다.

醴泉

全面 …洞

元有根(の) 31 23

小說・樂器

考備

子 5

7

玉이로다、玉이로다、 이내일신 玉이로다、

(옥)玉門 압헤 거러논것 金油 박ㄴ박은 명기

이내 한번 다려 볼세、

OS原稿用紙

10×20

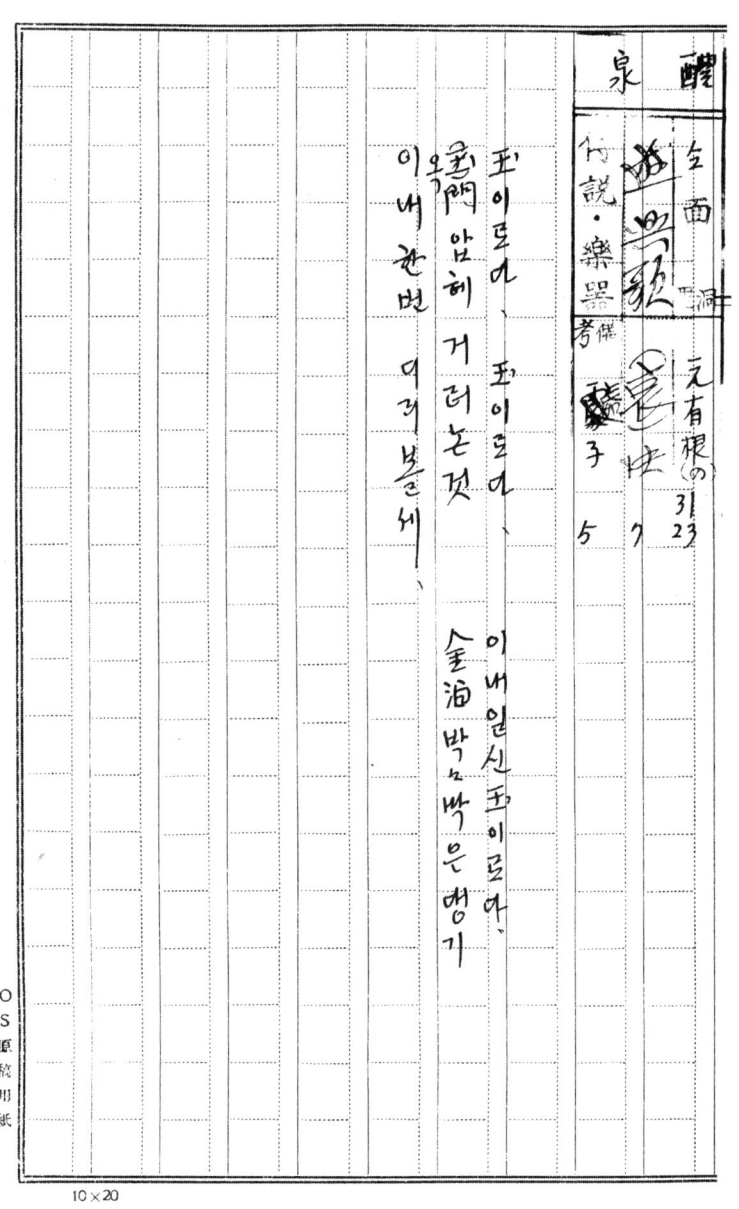

84

醴泉 今面 里洞

시집노래

傳說·樂器

元有根(の) 31才 調

備考

5年7月23日

성님성님 四寸성님 시집살이 엇덧든고

시집사리 말도마라 아〃 시집말도마라

도리소〃 삿갓접에 꺼적역이 문을달고

상침침수 어려운중 수저노키도 어렵드라

둥굴둥굴 수박개을 밥엄기도 어렵더라

중우벗은 시아재비 말하기도 어렵터라。

醴泉

[?]面 南本洞 里 | 金[?]東 (60) 19?

[?] 調

傳說・樂器

備考 農, 青年

5年 7月 23日

동부산 기차아 全羅南道 湖南線아

넘는 목는 事務가 없어 우리 지중안에 우리 님은 실고, 각보

東西가 편연이나 아이고 되고 성화가 났네

OS原稿用紙

10×20

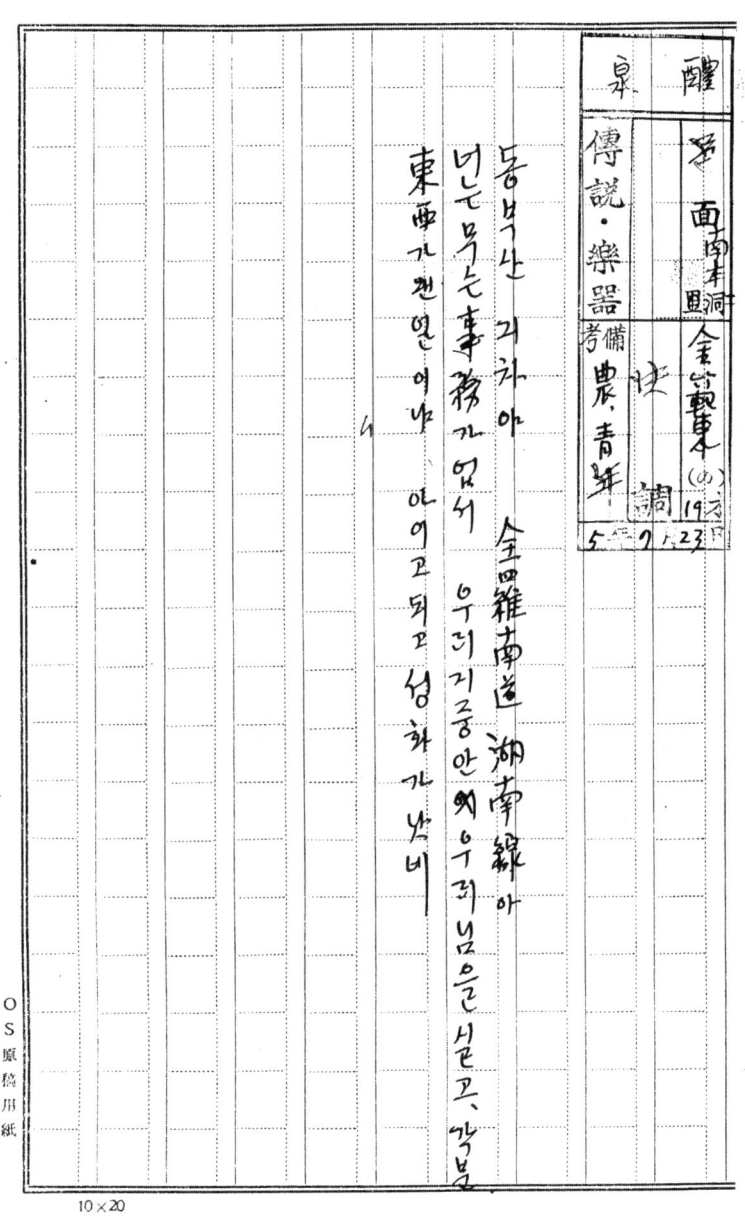

85

醴泉 5

全 面 南本洞 里

金範東 (?) 19才

謠

傳說·樂器

備考 [illegible]女

5年 7月 23日

새야 새야 은완새야 방치장이 맛덧트노
서붓으로 그런방에 천장에는 빌어 돗고
벼른박에 달이 돗고 목슨 이불 깔아주도
목슨 요를 깔아주도 목자요를 까다주터
목는 요강 던저주도 샛별같흔 놋요강을
발치마치 던저주테 우리동무 내죽거든
淸酒藥酒 빠다놓고 菊花동노 떠아서
우리父母 接待하소

OS原稿用紙

10×20

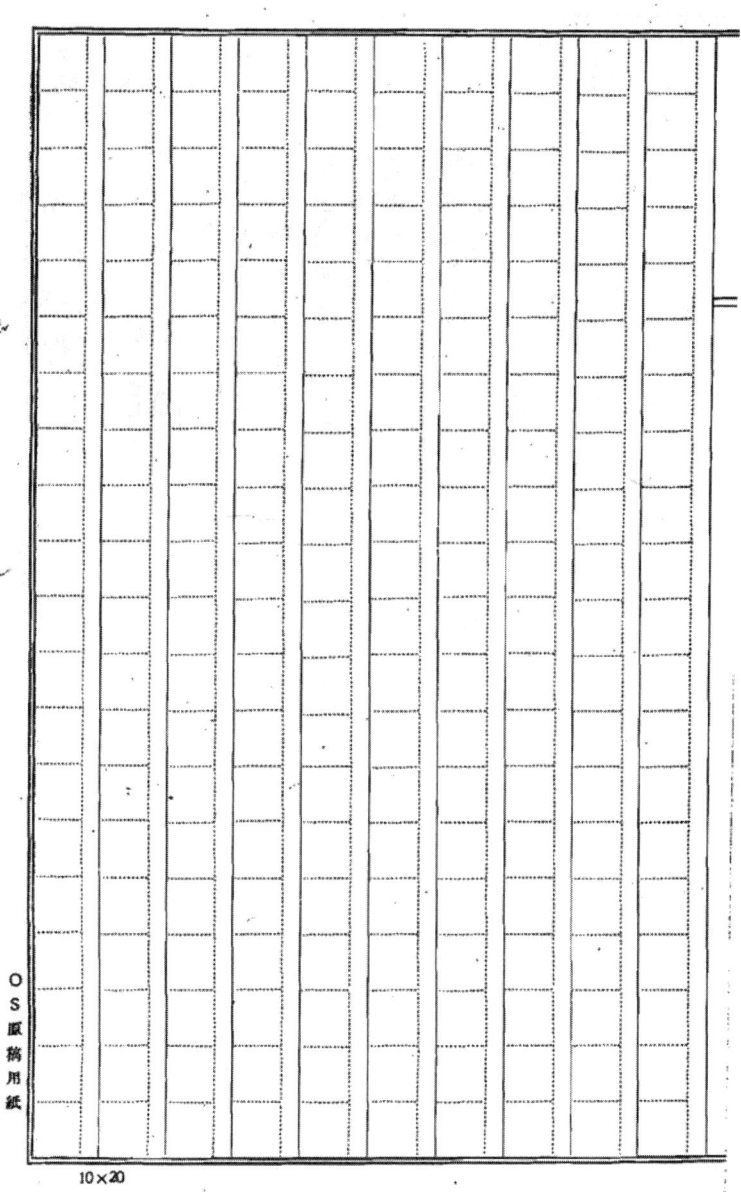

86

醴泉 6

今面 路上洞 里

아리랑

傳說·樂器

姜万得(の) 22才

[illegible]아리랑

備考 男女

5年 7月 23日

(아리아리랑)
山川아 고와 내처다 만나
情든님 오신가바 내처다 봤지
남의집 郎君은 自働車 汽車 타고
우리집 저문둥이는 공밧골만 판다
흰내동 팔내동 흥갑사 댕기
넙우나 좁우나 돈반짜리

泉	醴
傳說·樂器	칭ㅇ이	숲面 路上洞 里
考備 芸後故家时	快 調	姜方渭(の) 22才
年 7月 23日		

노-세 노-세(低調)

〃 〃 패기나 후러치 노-세(高調)

OS原稿用紙

10×20

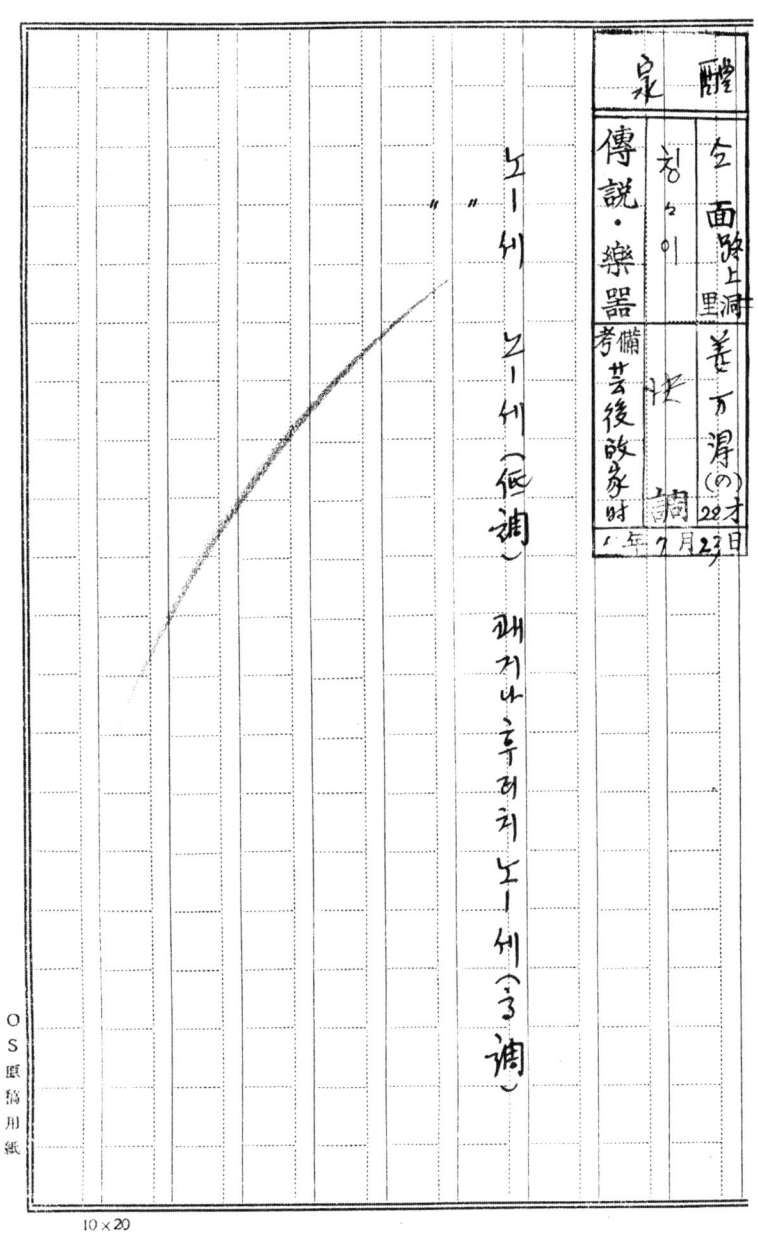

醴泉 ○面 稻田洞里

旌善칠 아리랑

金万兆(農) 36才 — 謠

傳說・樂器 — 備考

5年7月23日

이야이 야 어렁렁아 어러렁고개지처 날넘겨주세

北向마루 몇해 日月이 몇처서 해달이 돌기가 섭저

京畿面班내門前에오기는 子弟之하리

아리아리랑 아랑렁가 난그나 어리랑 띄여라 널

나고 놀거나

유수경첩에 大同江 물이 풀니고 情든님 연설에 이내속

풀니다 꿨비 솔 어던아기 꿨비 속어머님 간소리

에 어린애 꿨비

OS原稿用紙

10×20

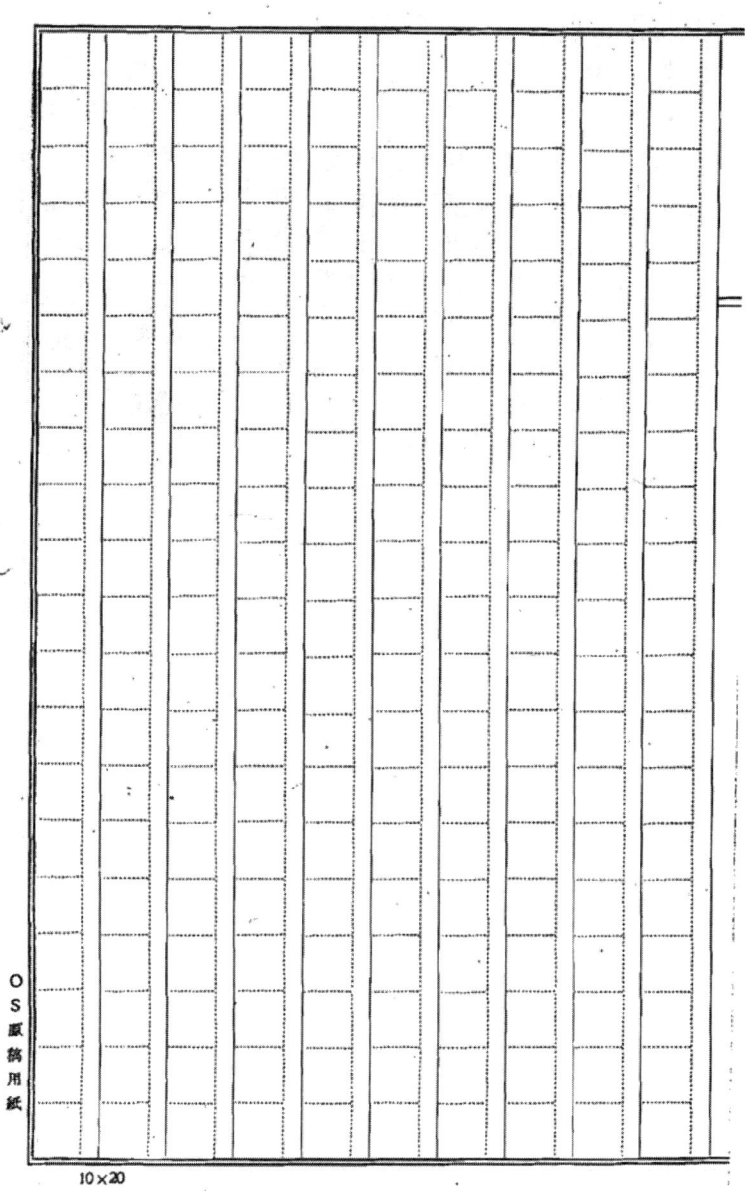

星州	
星州面 京山里洞	南料先(?) 22才
山노래	調
傳說·樂器	備考
5年 7月 3日	

기경가자 기경가자
산에올나 기경가자
나문뜨더 엽해찌고
꽃은꺽께 머리꼽고
닙흔뜨더 희금(희경)불고
만고강판에 기경가자
친정에도 흔적이읍
시집에도 흔적이런
어듸로 갈가나.

星州

州　　星州 京山 裵氏 23 3

포향새　作說·樂器 者 5 7

새아새아 포향새아 ○ 멀국자리 덮허주고
녹두낭게 안지마라 이슬비가 오그든낭
녹두꽃이 떠러지면
청포장사 울며간다 삭자리로 덮허주소
청포장시 죽거든낭
안산에도 묻지말고
뒷산에도 묻지말고,
연뱀밑헤 묻어주소
연꽃이나 피거들낭
날만역에 도라보소
굵근비가 오그든낭
덕석우로 덮허주고
가는비가 오그든낭

OS原稿用紙

10×20

89

星州

2

古面 京山洞 里 | 高基述(農) 31才

稀鉄歌 | 調

傳說·樂器 | 備考 夕陽

5年 7月 3日

이 노래는 해는 西山에 떠러지고、疲勞
는 茫太한데 稱種을 中止하고 洗足故家
하자는 主人의 말이 떠나슴은 맞았을 하는
노래라 한다。

前 앞놓알송유자금리
後 인지그럴가 전지그럴가
前 해다지고 저물날에
後 어린동생 아부시고
前 늦청능청 비려끝에
後 나도죽어 後生가서
前 동해동천 도든해는
後 우련넘은 에피가고

大부판사 꿈은마라
맥기(鷄)울어도 아니주비
소연상주 울면가네
갈때업서 울면가비
눈情라마 저모라비
帝君부터 싱길라네
白漢西山에 자너머가네
지역 함줄 이젖는고。

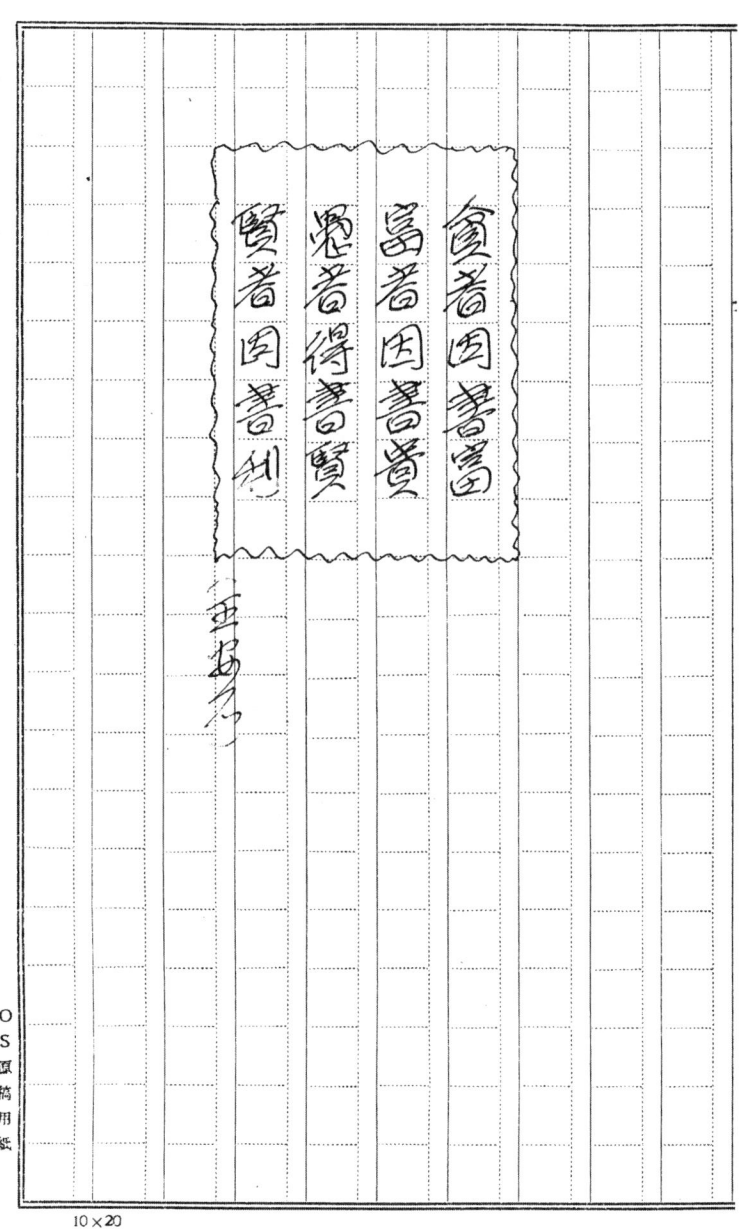

貧者因書富
富者因書貴
愚者得書賢
賢者因書利

(王安石)

OS原稿用紙

10×20

90

星州 3

星州面 京山里洞 高基述(衆) 31才

稿秧歌 調

傳說·樂器

備考 午前中

5年 7月 3日

註、稿秧歌에는 地方各地歌詞는 밧나한 土種이 잇다고 한다。

軍威、地方에도

前 聞慶金山 연건독에 쌀로석은 백·화·주·야 百花酒

後 꽃은노흔 유리잔에 나·우·(蝶)한상 진나하니(蘇)

前 尙州咸昌 공갈못에 연밥따는 저處子야

後 연밥줄밥 내따주마 이내말삼 듣고가게

前 患淸道라 가랍니에 실노東風 비부는데

後 그것이비 아니라 억만군사 눈물이라

前 사앙산수 험한물에 상주식는 최고큰아가

後 입·혼·식게 랑아뢰 맏고 쭐기한쌍 난을주게

星州

金面 東山里 高星述 の 313

칭칭이 7

傳說·樂器 5

나-비,

칭칭 나-네

노자 노자 절머 노자

칭칭 나-네

늙고 병들면 못노니라

〃 칭-칭칭 나-네

10×20

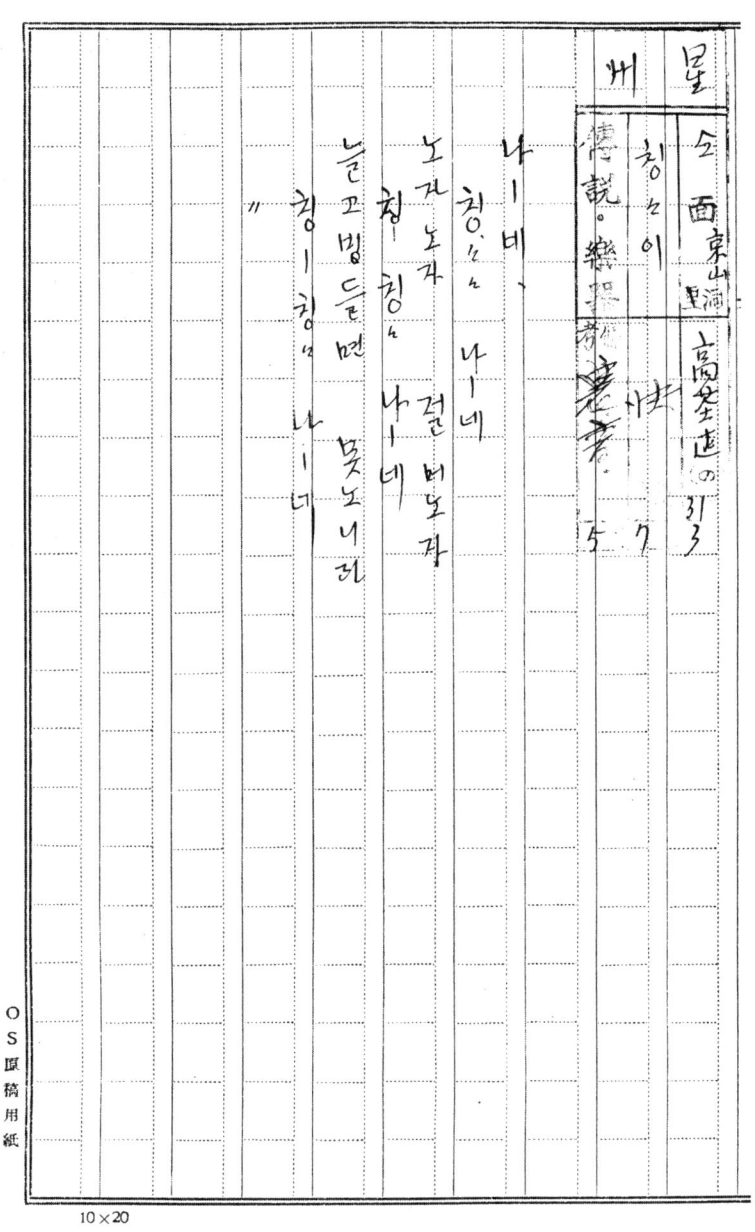

OS原稿用紙

91

星州

星山面 京山里洞	婦女歌 謠	傳說·樂器
高姓(農) 31才		備考 婦女會会時
5年 7月 3日		

강골은 강골은 강골서 에
유리 강골은 석누서 아
이순간 혼 자네 앉서 다
버선 발은 길 넛드니
바눌 업서 낮 지근 낮네
東海東天 언거노고
이용서 터 (上部) 오리 꽃고.
으더더더 위우 꽃고
위우청 곤배 돋가
나어데가 가고 왔노
七물방우 가고 왔네
그방치기 없더트노
그방치리 홀받긴 (回)

천주두간 나 한잔을
삼석간을 먹고나니
대동명이 발밧드네
마른되는 목하 갈고,
후전되는 피조 잡나
슈시꿀에 깊은지어
조용(姓)아 겁뜨더라
석압열힐 못 어뜨더
그림 짓든 조타만에
유라부기 쉬운 양반
우러마시 홈께 덕이,

大邱, 筆成 著

무산(何)이불른 덥고잤노
무자이불른 접이불른을
허리반반 둘너놓고
훌난춘기 자고왔네
달이뜻네 달이뜻네
비개모서리에 달이뜻네
별이뜻네 별이뜻네
베른빡에 별이뜻네
소이젓네 소이젓네
비개넘어 소이젔네
그기일사 소이라고
오데한쌍 기우한쌍
쌍도이 떠들어오네
암산에와 떠보네,
국화꽃이 만발했네
아른자근 끈어다가
김피아사 술을국여

OS原稿用紙

10×20

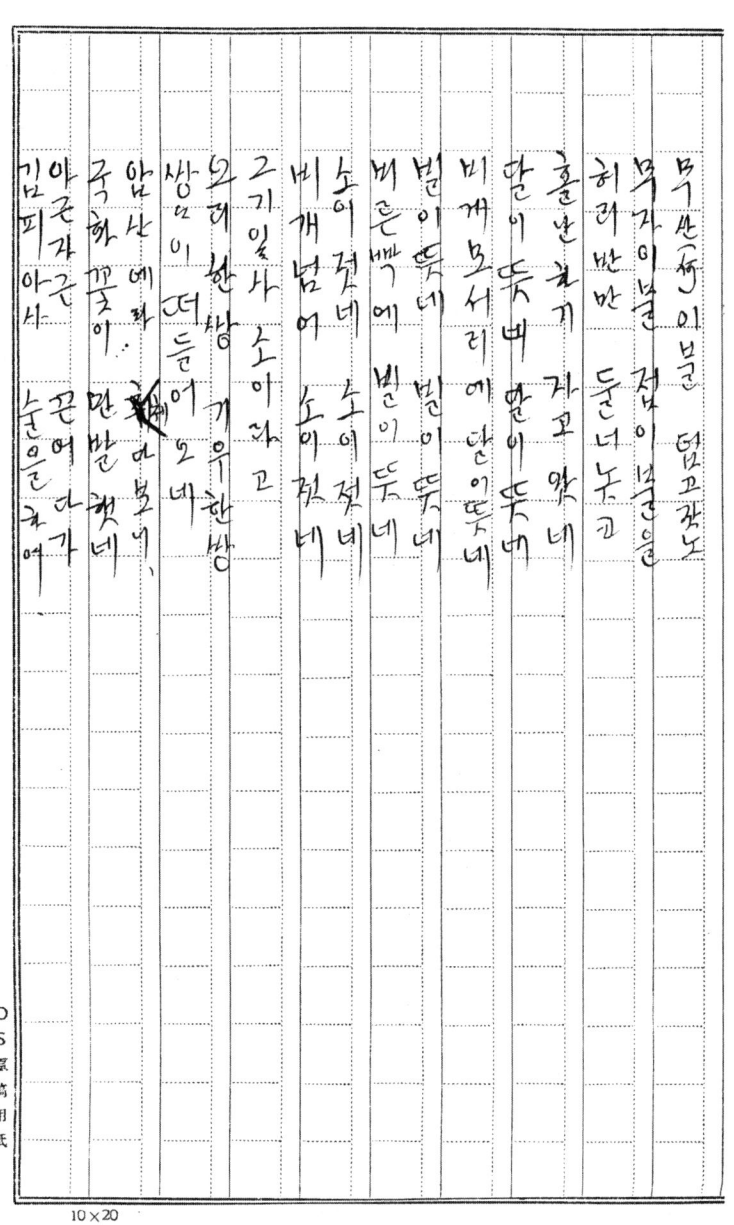

星州

星州面京山里 溜 高基述(農) 31才

移秧歌

傳說。樂譜 參備 夕陽 5年 9月 3日

前 포란부채 정두분에 꽃을보고 길을치네

後 꽃아꽃아 서럼마라 明年三月 아니보자

前 짠내꽃은 지처내니 님의버선 겐벌결어

後 버선보고 님을보니 님는생이 정이없네

前 방실방실 웃는님은 못다보고 해넘어간다

後 꽃아꽃아 서럼마라 明年三月 다시보자

OS 原稿用紙

10×20

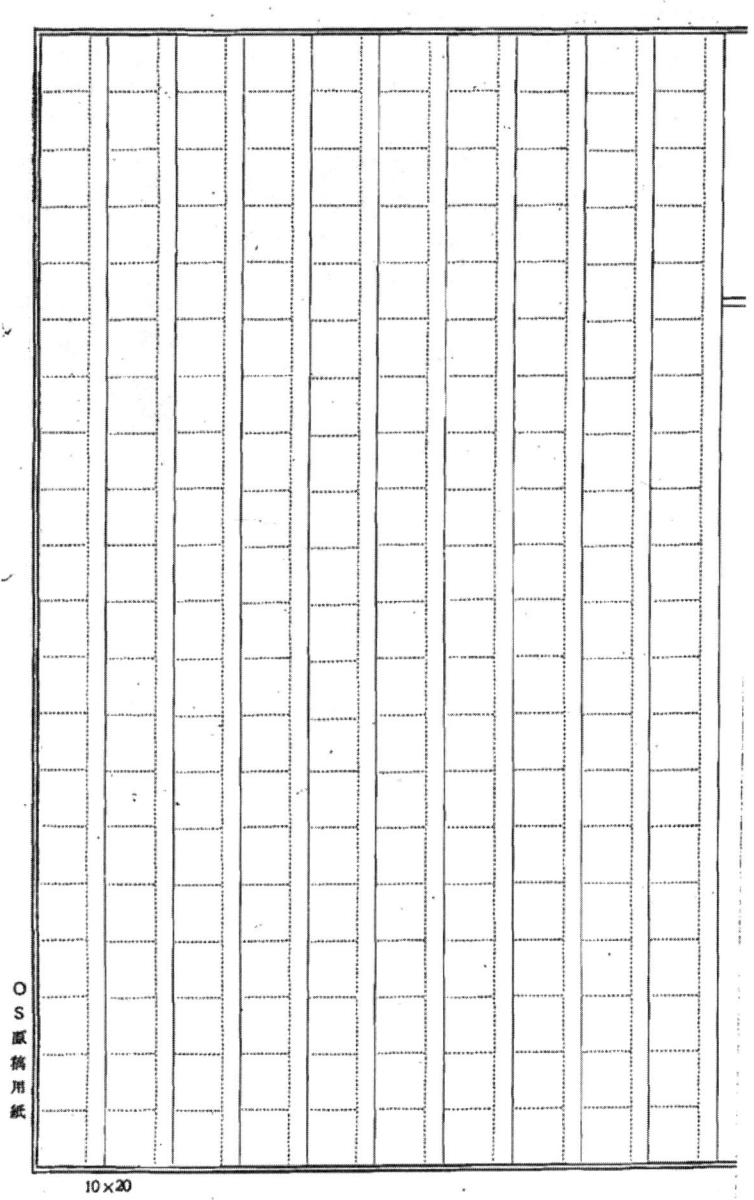

93

星州 6

星州面 ?里 ?洞 | 논매는노래 | 傳說·樂器

高?? 31才 | 調 | 考備

5年7月3日

첫、 애해ㅣ아 조ㅣ호 호ㄴ아

後、 애해ㅣ아 호ㅣ호 호ㄱ아

B處에서 나고래 소해리(든) 한後、 畔上에 나선다。

나○ 래○ 소○ 리○ (一齊히)

위ㄴ우여 위ㄴ우여 3(田)

애ㅣ해ㄴ 애ㅣ이 3″

애ㅣ애이ㅣ 사ㅣ애ㅣ이ㅣ오 위ㅣ여 3″

이후ㄱ。 사ㅣ히ㅣ애ㅣ이ㅣ오 3″

오ㅣ오후 방아오 3″

오ㅣ호 해ㅣ아 3″

아ㅣ아ㅣ오 이후ㄱㅣㅣ 3″

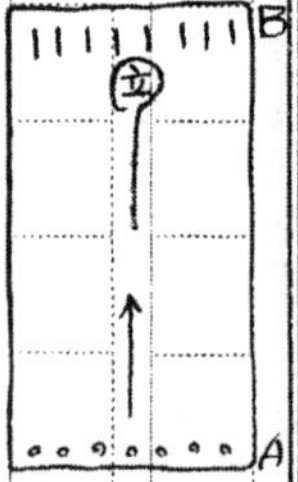

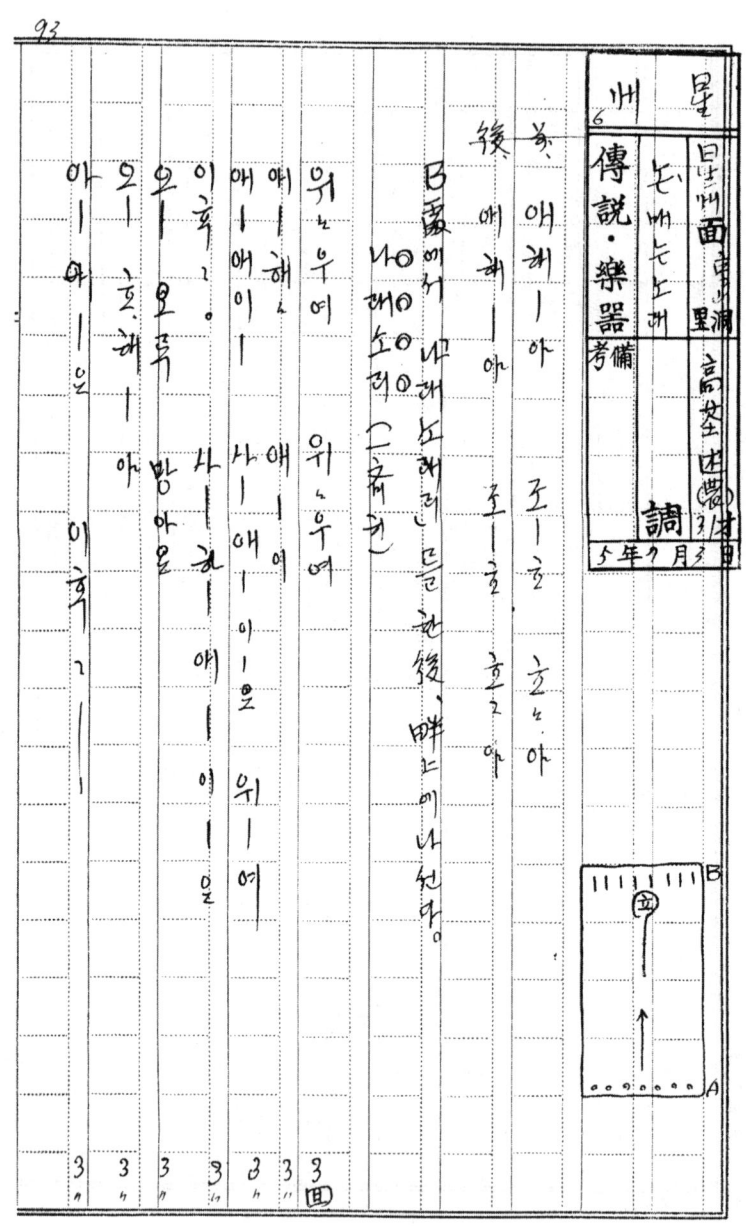

OS原稿用紙

10×20

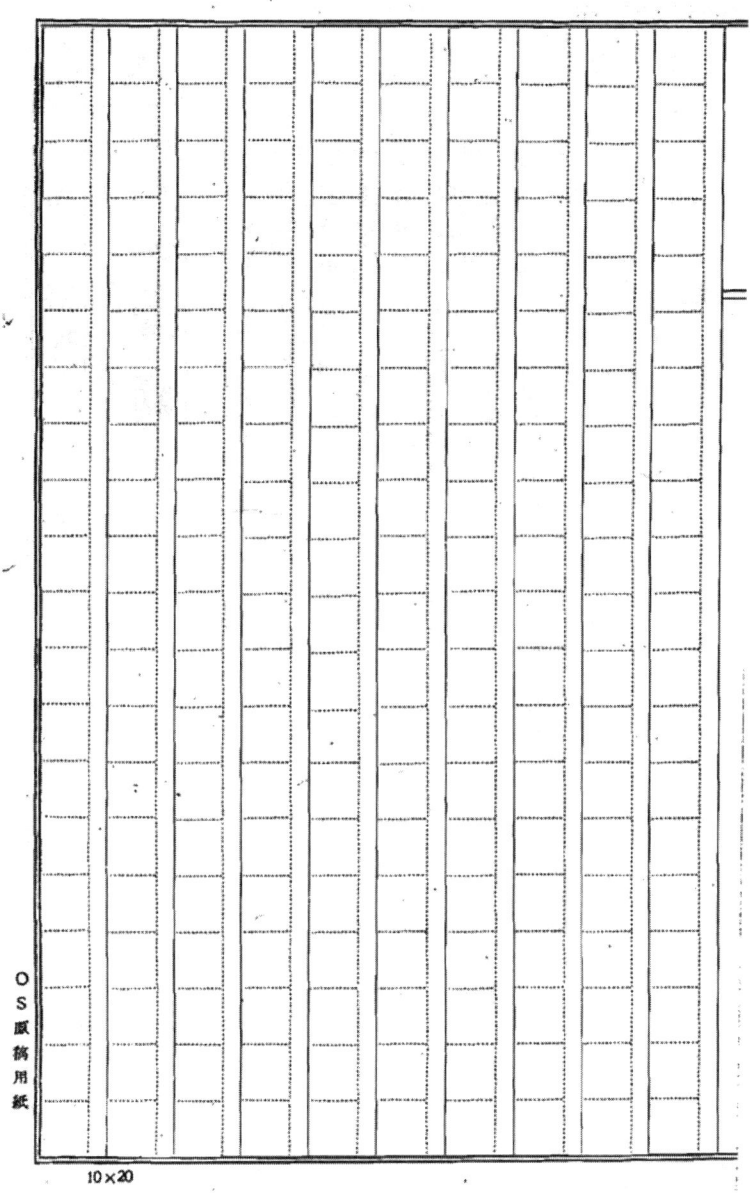

星州 2

星州面 □洞里 高姓述(書) 31才

傳說·樂器

보리 찐깨노래 調

考備

5年7月3日

前 永미아 도모게 @@@ 호미손을 놀니게

後 엽허고 젠치고 이모자리를 말치세

부 저성래사 가남도령 이모자리는 자버가게

後 쩌루쉐 쩌루쉐 유지아장판은 쩌루세

弟 쩌루세 쩌루세 갈모벗접을 쩌루세

後 쩌루세 쩌루세 이모아 자리를 쩌루세 (1)

OS原稿用紙

10×20

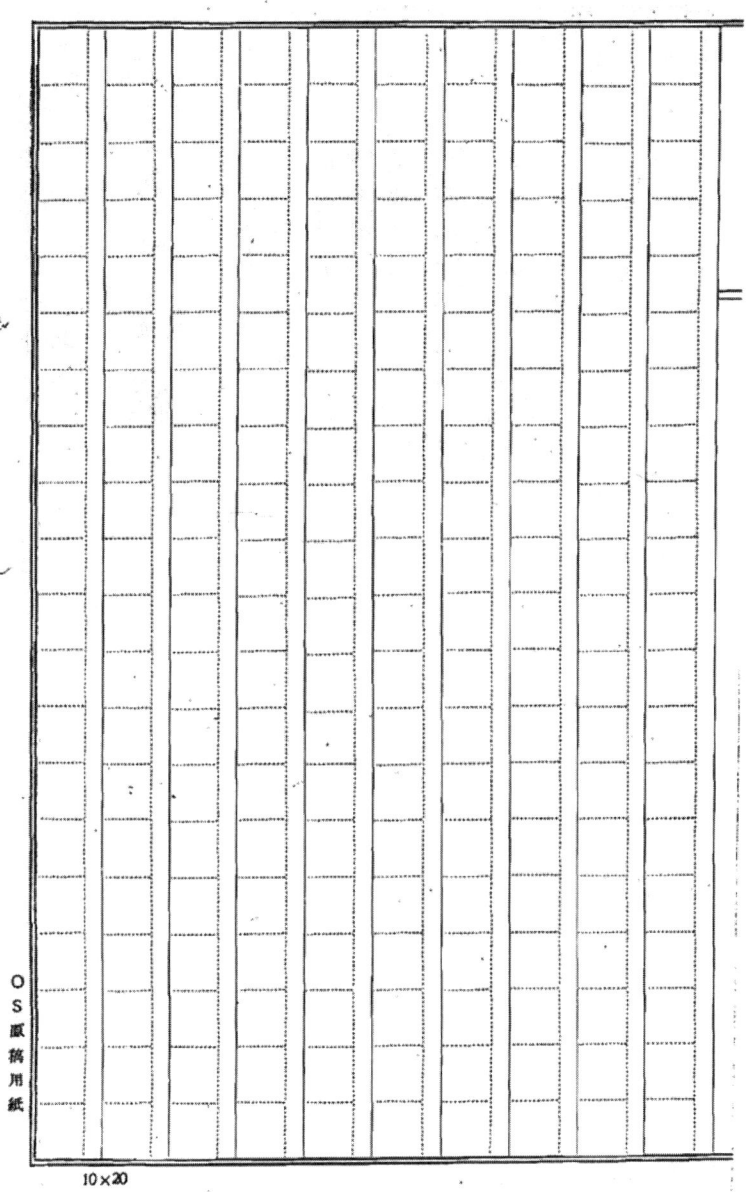

95.

星州	星州面 京山洞	高□□ 31才	
種類	傳說·樂器	調	
備考	不足歌時		5年7月3日

前 山도 山도 봄산일네
입도 피서 春山이라
後 우리 낭군 연헤누에
한삼소매 덥헛구나
前 서울이라 金마락에
金비들기 알을노아
後 올나가신 苗官使道
둔어보고 나아보고
보가지고 간다。

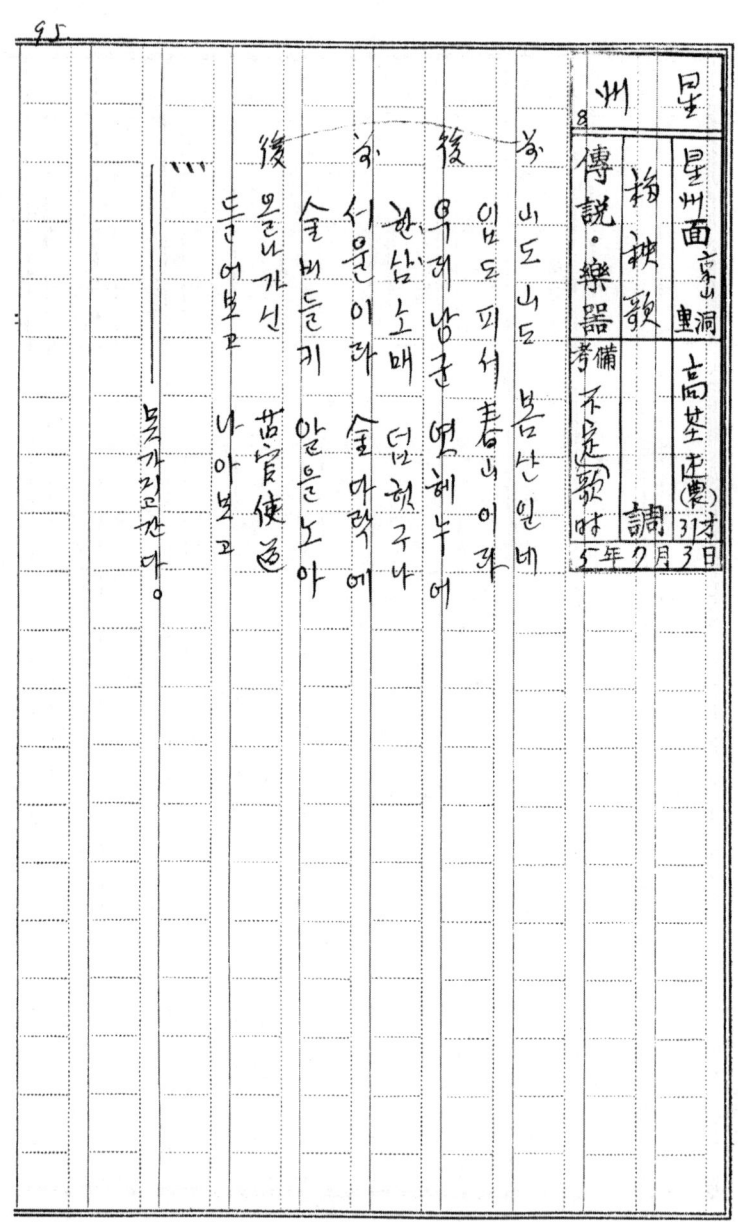

OS原稿用紙

10×20

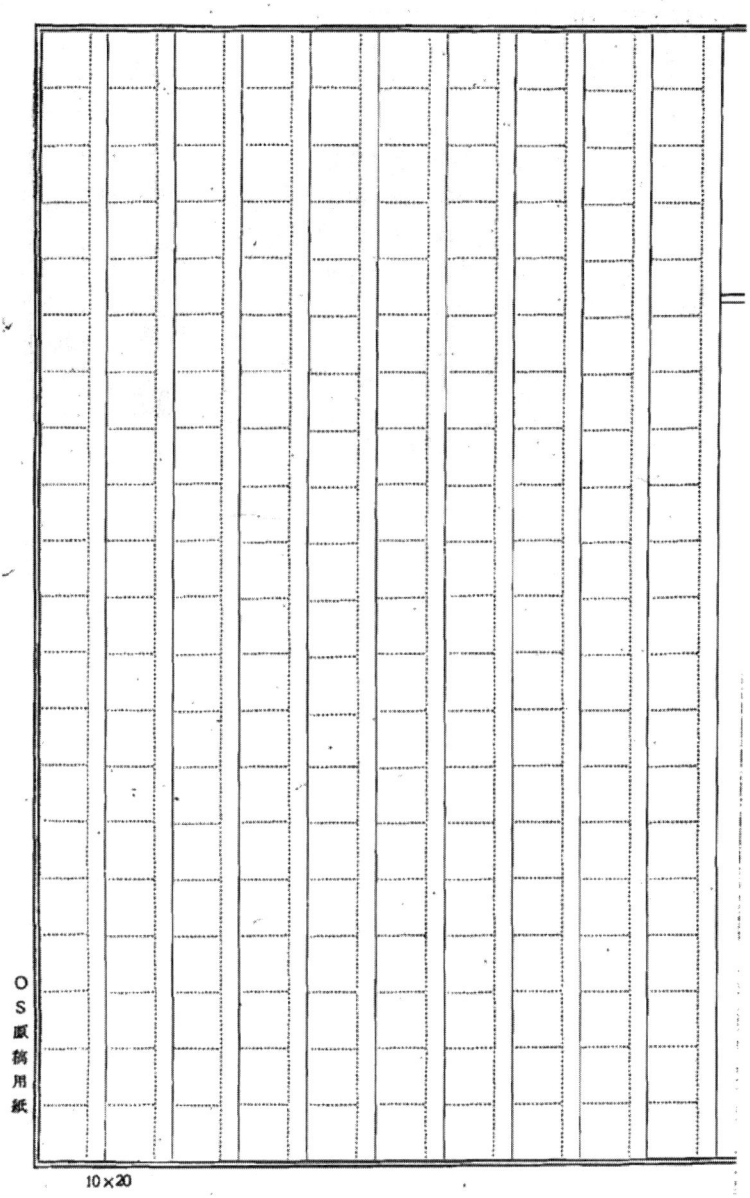

星州 9

星州面京山里洞 高茎述(農) 31才

打麥歌

傳說。樂器 備考

5年9月3日

애이여 애미타ㅡ불

애이이 애미타ㅡ불

九日菊花 唐菊花는

애이여 애미타ㅡ불、

세리 마자 춤운 춘다

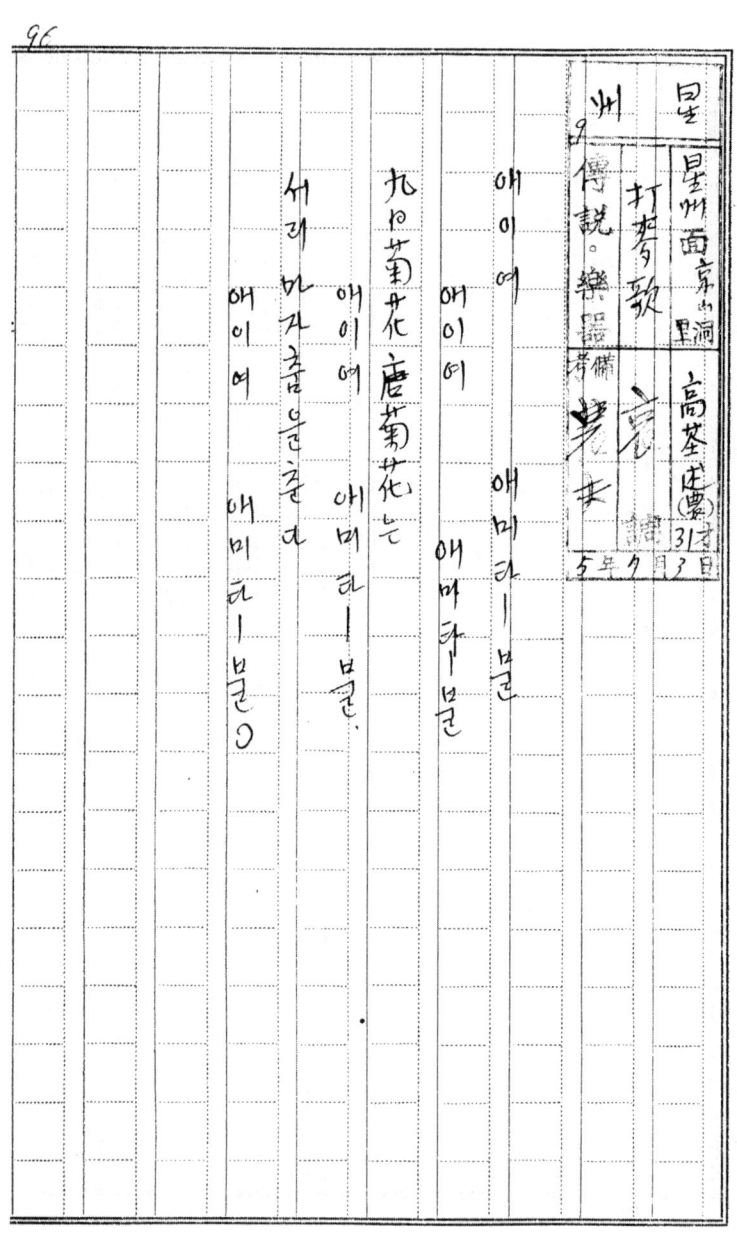

애이여 애미타ㅡ불 ○

星州 面 里洞 南 氏 47 3

打稻歌 7

傳說・樂器

考備 5

애이ㅣ아 애해 드러간다

애이ㅣ아 애해 드러간다

애이ㅣ아 애해 드러간다

애이아 애해 드러간다.

星州 面 里洞 南 氏 の47 3

執箒歌 7

傳說・樂器

考備 비 끌어모울때 하는 노래 5

오ㅣ 해아 오ㅣ 해아

오ㅣ 해아 오ㅣ 해아

오ㅣ 해아 오ㅣ 해아

오ㅣ 해아 오ㅣ 해아

OS原稿用紙

10×20

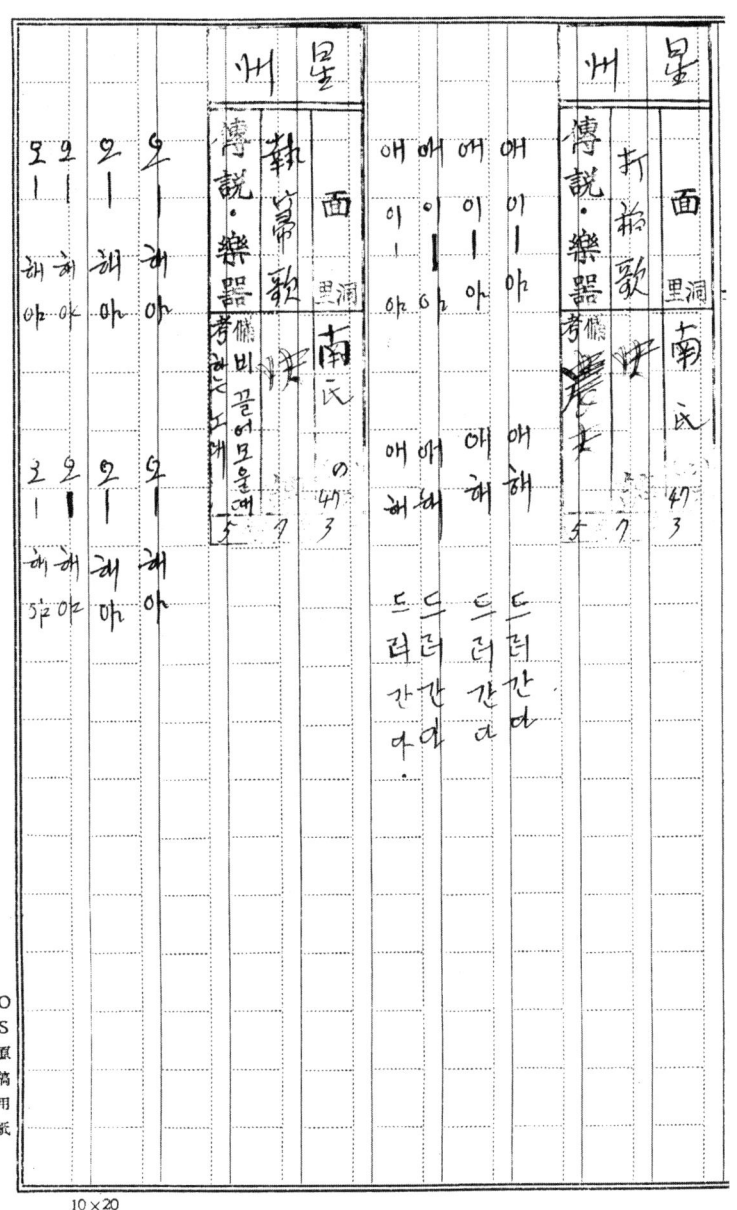

97

星州

星州面 京山洞里

裵姓女 ( ) 22才

베틀노래

傳說·樂器 考備

調

5年 7月 3日

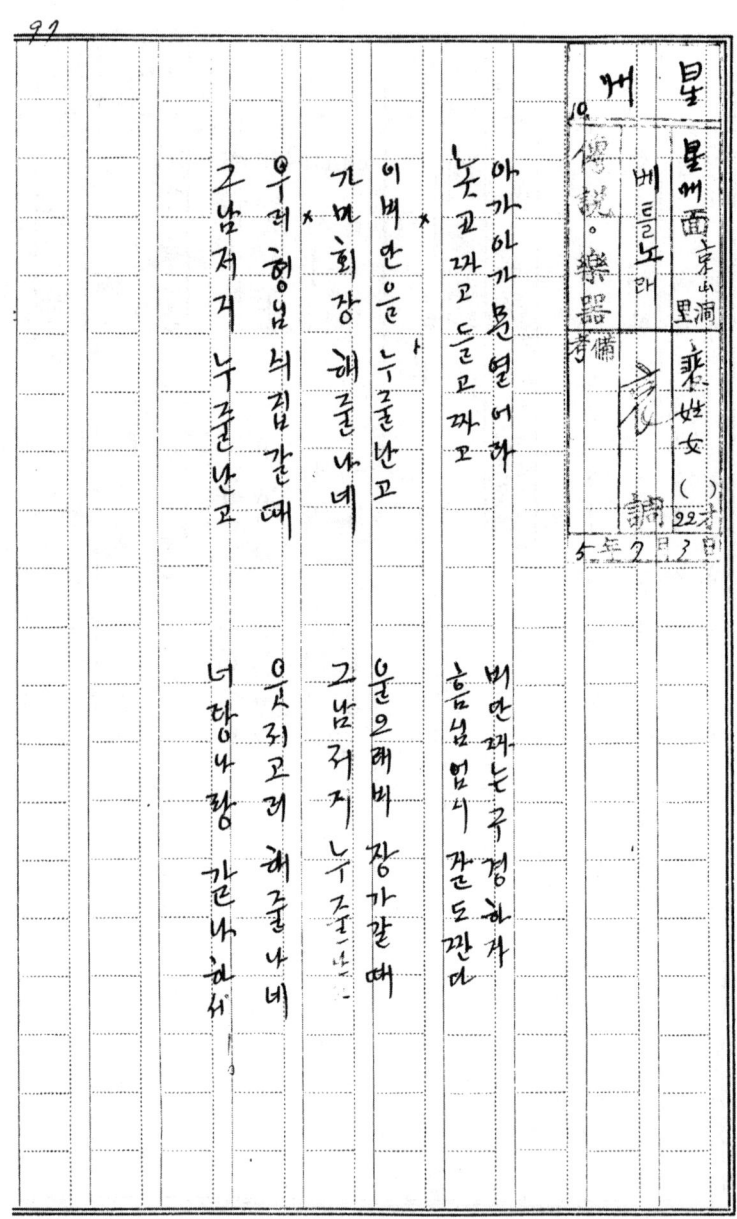

아가아가 문열어라 베안짜는 구경하자
놋고 짜고 들고 짜고 흠심 없이 짤도 짠다
이베 안을 누굴 난고 울오래비 장가갈때
가면 회장 해줄나네 그남저지 누줄난고
우리 형님 시집갈때 웃저고리 해줄나네
그남저지 누줄난고 너당나랑 갈나하세

淸山 面 西里 洞

朴姓男(?) 25才

傳說·樂器

備考

謠

5年 月 日

칭칭이 (全然 流行)

방아타령 (×)

연사영 (不流行)

담바구타령 (不流行)

성주푸리

OS原稿用紙

10×20

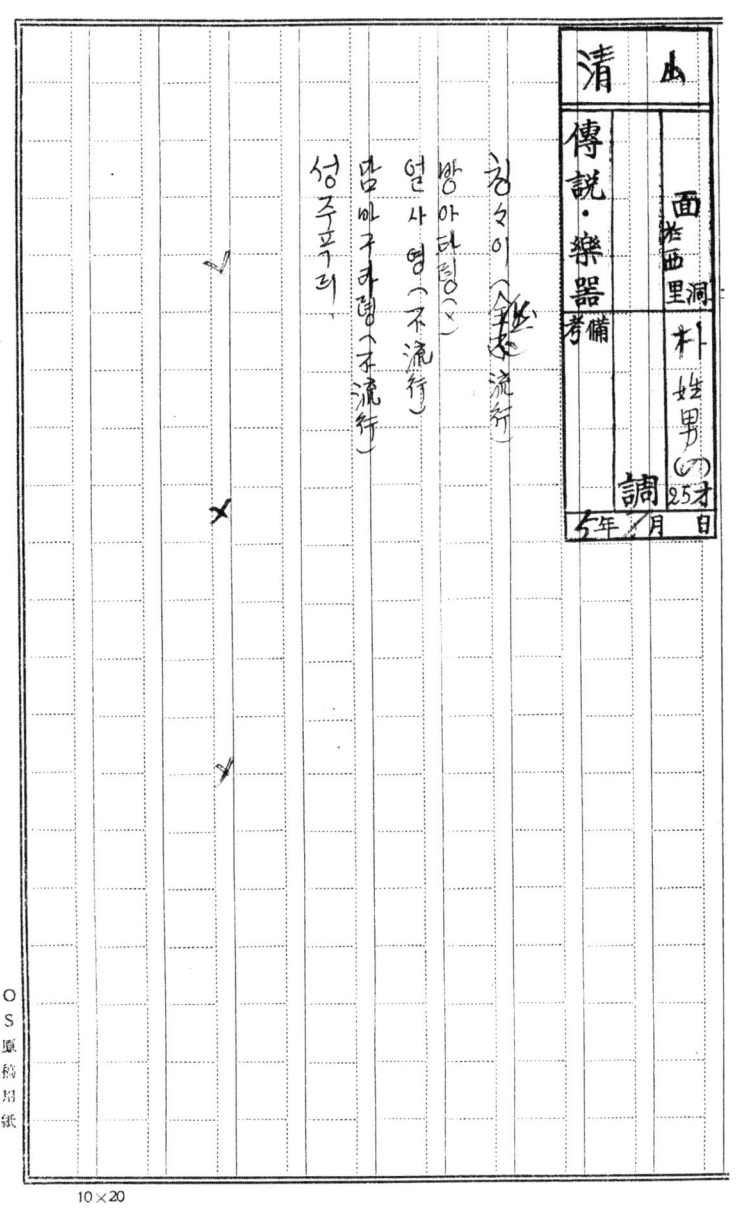

青松

巴川面 中坪洞 申在龍 (の 26 31)

傳說·俗謠 提供者 農·青年 5.7

나요나요 나발난실 낫이나 밤이나 山에 올나 (一節)

"산에 올나 들구경하니 길 가는 사람이 길 못 간다

"산에 오른나 도라지 캐니 인흠이 조와서 산, 삼인네 (사삼도 희)

"산에 올나 목을 캐니 인흠이 조와서 산옥이라

칭ㄴ이 (칭이야 칭ㄴ 나-네)

방아타령

尙成, 이름군개, (務秩歎)

산유해

서울 가는 선부님네

성주푸리 (靈夫)

運命노래

閨房에 개야

비들노래

저건너 갈비봉에 비묻어 온다.

꽃과보아 랑리(난곰보아소…)

折麥歌(×)

青鳥雙金歌(×)

10×20

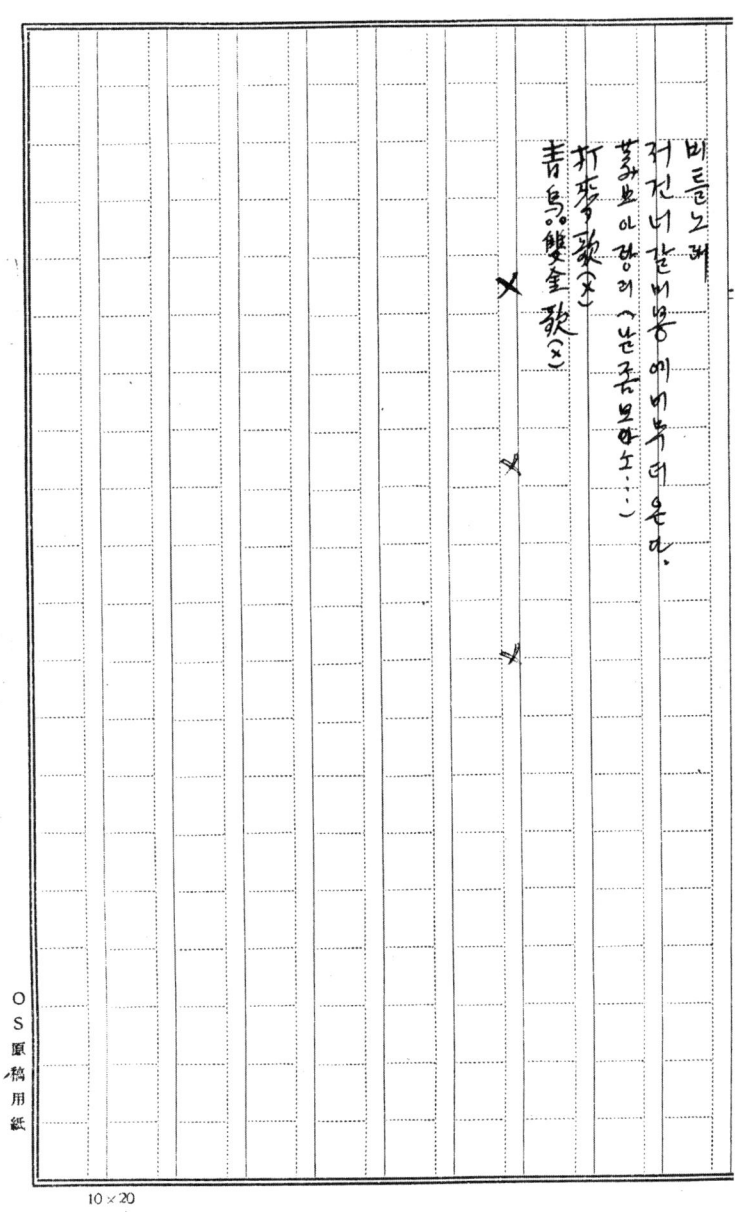

OS原稿用紙

高靈 全 面 里洞 全元道(の) 26才

모숨기노래

傳說·樂器

備考

5 8 20

(朝)

前 이부리개 쥐부리개 꾹 파노고 이부주인 어데 갔노

後 부구내야 전복수는에 듣고 첩이방에 늘노났네

(晝)

前 사영산주 헌한 봉근에 상주사는 서근아가

後 임은 훈삭거 가야고 닮고 꿈인기 한강 나든구나

(夕)

前 살랑 살랑 부는 바람 우는 어머님 한숨 바람

後 안막는 막 딸막 소리는 울는 어머님 꺼진 소리

前 복된님은 어데 가고 시역 한줄 못두는고 콩노바구 연리 난다

後 해 다지고 저문날에 곧노바구 연리 반다

高 灵

" 面 里洞 " (の) 26才

보찐 메노래 調

傳說·樂器 備考

○年 8月 20日

저주자 저주자
유지야 장판을 저주자

가주자 저주자
이보자 허를 대주자

덜어내거 덜어뻐자
이보거저들 덜어내자、

어사영(×)
힝소이
베틀노래
노놀기 노래
성주 푸리
콜매그 판령(内有)
이해랑(席)
打麥歌(응해야)

OS 原稿用紙

10×20

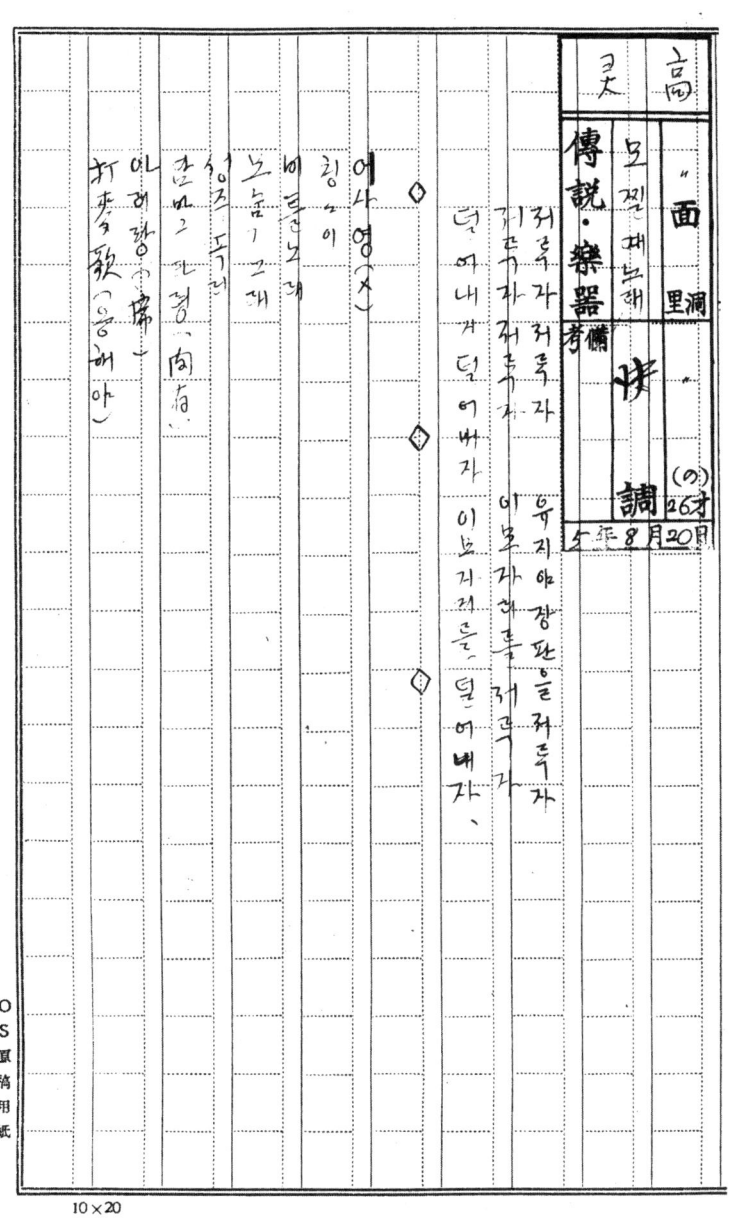

英陽

立岩面 興邱洞(里)

傳說·樂器

備考

A.

( ) 35才

5 7 23日

칭노이

바아타령

(尙州咸昌 공갈못에 연밥따는 저큰아가

이물개 저물개 훌떠노코 이논주인 어듸갔노。(採蓮歌)

密陽

傳說·樂器

面 里洞

李姓 男( ) 26才

備考

調

5年 8月 23日

모숨기노래、

칭칭이

화전(화조)打令、花煎[illegible]

媤廷謠(싱님싱님、)

어사영、

맨구춘이노래。(춘아춘아 맨근춘아 …… 노래가있다)

OS原稿用紙

10×20

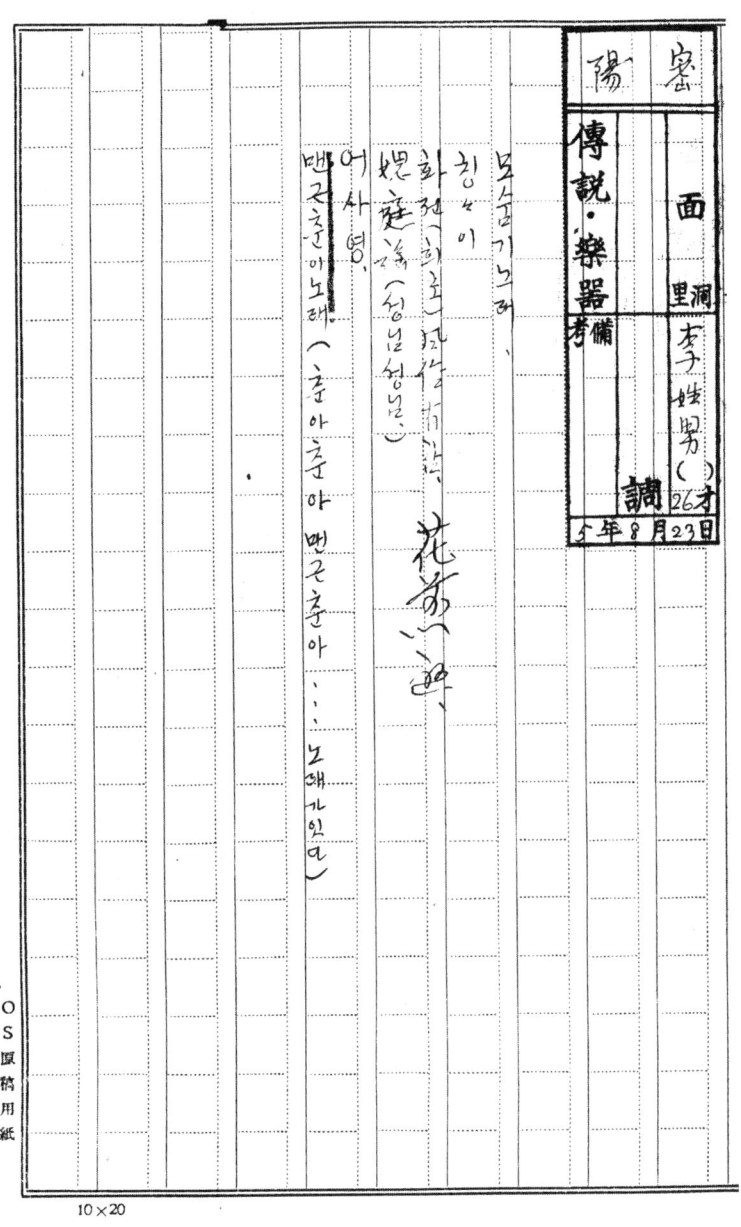

101

(末)

盈	德
寧海面 元邱里洞	傳說·樂器
南姓 田力(?) 26才	考備
	調
5年 9月 26日	

화전노래 1

三月, 一門中男女, 矣矣(日升) 뜻친으로 가리로 가서

참꽃으로서 전을 붙처 먹는다. 처음으로 전을 할 때는

各其 참꽃을 머리에 꽂곤 온다. 그리하여 할 때 본

厨房 부엌에 꼬가 갖는다. 이것은 깨수가 있기로. 故

한 것이다.

청수이. (×)

담배구타령 (⊗)

醴泉 有り

화전노래 새벽에 있음

晋	州
面	傳說·樂器
洞里	
崔姓 男(の) 47才	調
	備考
5年 8月 21日	

칭승이 노

담바구타령 ×

산유화 ×

媤庭謠、(싱니신 싱님)

성주풀이

○東國歲時記曰、

晋州俗是月晦日士女出江邊登矗城、祓除遠近來會觀者如市蓋

倭亂以是日陷城故也歲以爲常云

OS原稿用紙

10×20

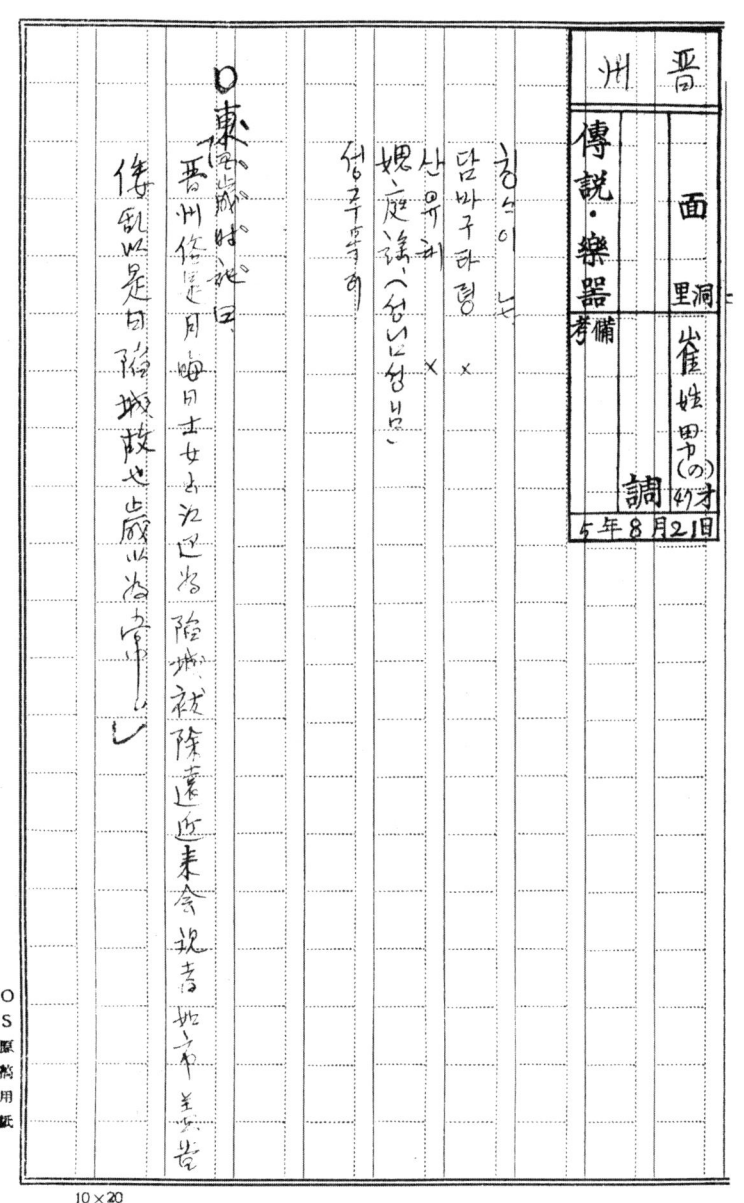

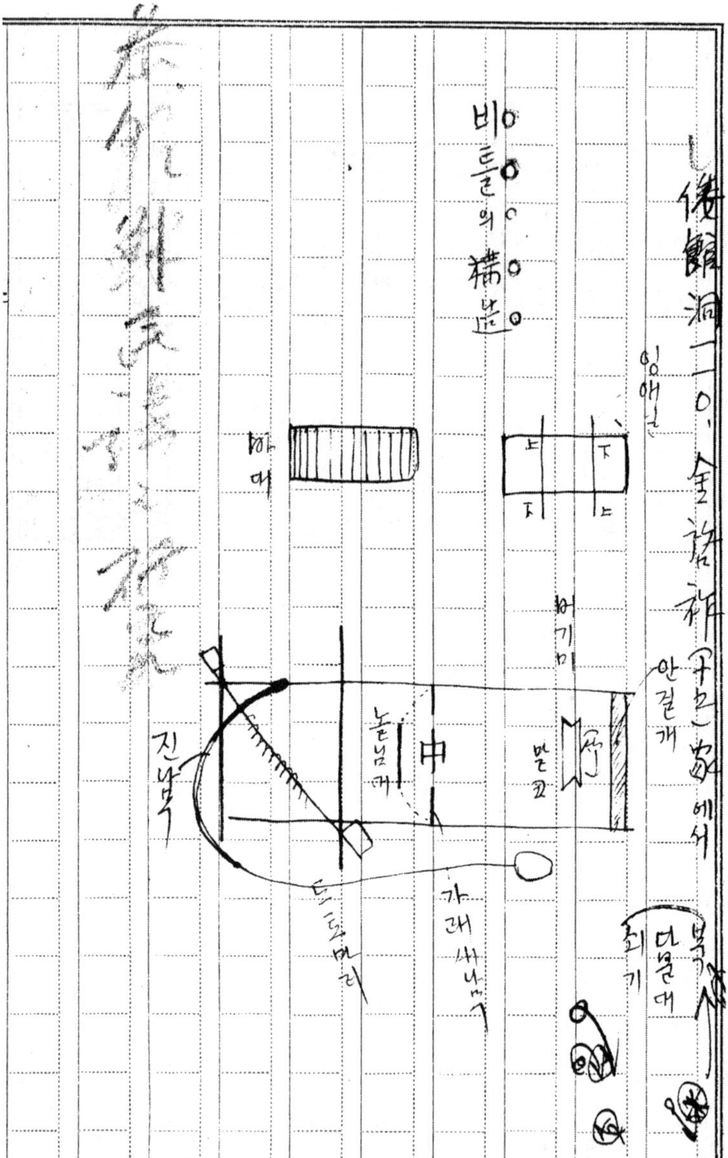

崔董善(王宰) 金羅道出生(경북고주)

어사영(樵)

칭칭이 방애타령(女)

담배구타령(謠)

성주풀이 (新築때 地神에게 祈禱)

양산도

諺 보습기, 논메기소리 끝에는、언넌그 상수되야 좋한다.

Be necessary to others.

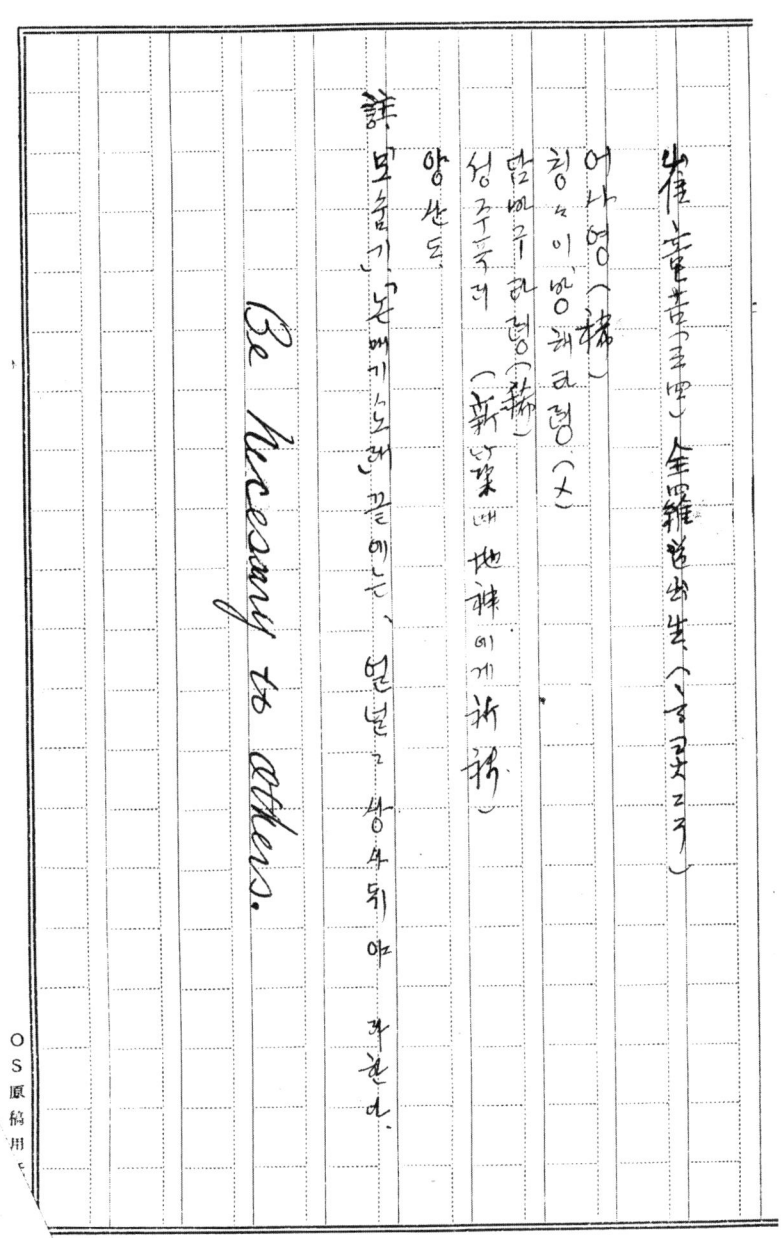

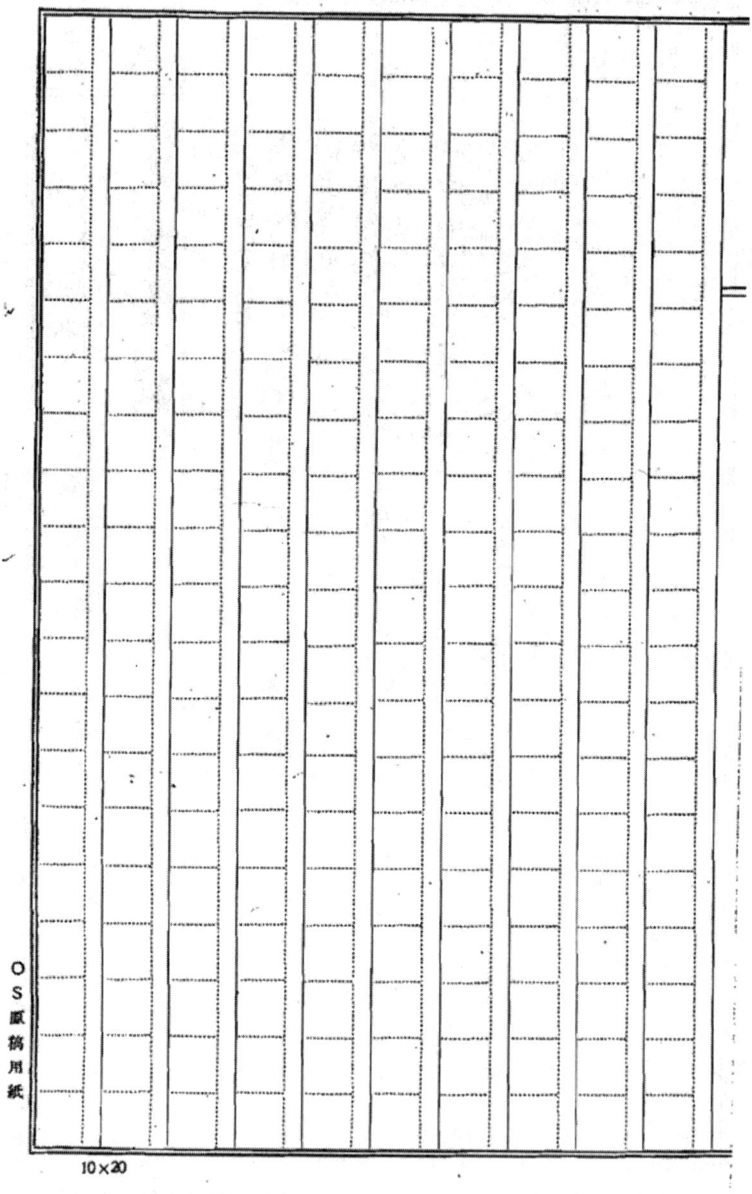
OS原稿用紙
10×20

이재욱과 『영남전래민요집』 연구

지은이| 배경숙

인쇄일| 초판1쇄 2009년 5월 25일
발행일| 초판1쇄 2009년 5월 29일
펴낸이| 정구형
총괄| 박지연
디자인| 김숙희 선승희
편집| 강정수 이원석
마케팅| 정찬용
관리| 한미애 손지애
펴낸곳| **국학자료원**
등록일 2006 11 02 제2007-12호
서울시 강동구 성내동 447-11 현영빌딩 2층
Tel 442-4623 Fax 442-4625
www.kookhak.co.kr
kookhak2001@hanmail.net

ISBN| 978-89-6137-448-4 *93800
가격| 47,000원